KB036364

행복한 하루 되세요
2018. 03.

Red And Mad

레드앤매드

II

II

Red
And
Mad

레드 앤 매드

권겨을 장편소설

D&C
BOOKS

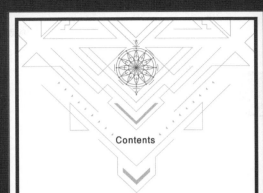

Contents

Chapter 5

시간이 멈춘 땅 (2)

Chapter 5. 시간이 멈춘 땅 (2)

　식탁에는 온갖 휘황찬란한 음식들이 차려져 있었다. 달콤하고 향 긋한 음식 냄새가 코를 부드럽게 자극하자 이예주는 눈이 돌아가는 것을 느꼈다.

　시뻘건 미친놈이 간식 주듯 간간이 던져 준 육포밖에 먹을 게 없 었던 지긋지긋한 사막에서의 상황에 비해 이곳은 거의 천국이었다.

　"앉으시죠, 레이디."

　족장이 마치 예수님처럼 인자해 보였다. 그녀는 사양치 않고 얼른 자리에 앉았다. 그러곤 들라는 말이 떨어지자마자 미친 듯이 흡입을 해 대기 시작했다. 그것은 조롱이도 마찬가지였다.

　통째로 구워진 닭고기부터 포크로 뜯은 이예주와는 다르게, 족장 은 우아한 체하며 와인잔을 들었다. 일리야는 그런 족장의 옆에 미 소를 지은 채 서 있었다.

　와인을 한 모금 마신 족장이 특유의 능글맞은 웃음을 지으며 뭐라 지껄이기 시작했다.

"레이디, 우리 팔족은 일반 인간들처럼 거지로 전락한 다른 시간 족과는 태생부터 다릅니다. 레이디께서도 알고 있는 사실이겠지만, 다른 시간족들은 구차한 목숨을 연명하기 위해서 일반 인간들과 결합하였지요. 세기말 용암 폭발 이후 시간족의 피는 옅어지고 보통 인간들과 별로 다를 바 없는 개돼지가 되어 갔습니다. 그러나 팔족만은 다르죠. 우리의 위대한 선조들께서 세기말 용암 폭발이란 끔찍한 사건에서…… 오우, 노우! 호뤄블!"

정말로 끔찍했는지 족장이 부르르 떨며 와인 잔을 내려놓고 두 손으로 제 양 뺨을 꼭 쥐었다.

"흠흠, 죄송합니다. 어쨌거나 우리 위대한 선조들이 검은 파편으로부터 이 도시를 지켜 낸 후 팔족만큼은 그 고귀하고 순수한 혈통을 유지해 왔습니다, 레이디."

"……."

"다른 시간족들이 벌벌 떨며 검은 파편에게 목숨을 빌 때, 우린 당당하게 우리의 것을 지켰지요. 서쪽 대륙에는 이런 먹을 것과 입을 것 따윈 아무것도 아닙니다. 이것들은 모두 우리가 검은 파편 놈으로부터 지켜 낸 긍지!"

족장이 포크로 제 앞에 놓인 레어 스테이크를 꽉 찍었다. 픽 하고 핏물이 허연 얼굴에 튀었다. 자신이 정말 자랑스러워 미치겠다는 듯 포크를 쥐지 않은 다른 쪽 손으로 사랑스럽게 핏물 튄 얼굴을 닦아 내며 족장이 외쳤다.

"프라이드! 프라이드요, 레이디!"

"……."

"큼큼, 래주. 제 말 듣고 있습니까?"

그때까지 정신없이 접시에 코를 박고 음식을 해치우고 있던 이예주가 저를 부르는 소리에 고개를 들었다.

"그럼요. 듣고말고요. 대단하네요."

음식을 한가득 우물거리며 그녀가 전혀 대단해 보이지 않는 목소리로 대충 대답했다. 더 커다란 반응을 원한다면 엄지손가락을 추켜올려 줄 용의도 있었다.

그러나 그녀가 음식으로부터 시선을 떼고 자신을 바라본 것만으로도 감격스러운지 팔족 족장이 촉촉이 젖은 눈으로 쳐다보았다.

"아름다운 레이디께서 제 노고를 인정해 주시다니 몸 둘 바를 모르겠습니다."

"아하하…… 예예."

이예주가 어색하게 웃었다. 족장이 그런 그녀를 바라보며 음흉하게 눈웃음치더니 다시 와인을 홀짝였다.

"음식이 레이디의 입맛에 맞을지 모르겠습니다. 귀한 손님이니 최선을 다해 준비하라고는 했다만……."

"맛있어요! 정말요. 감사합니다."

"흠, 그런데 레이디. 실례가 안 된다면 저쪽 손님과는 무슨 관계인지 여쭤봐도 되겠습니까?"

"아, 조롱이요?"

족장이 만남 이래 처음으로 조롱이에게 관심을 표현했다. 조롱이는 제게 시선이 쏟아진 줄도 모르고 이예주의 옆에서 접시에 얼굴을 박은 채 게걸스럽게 생선을 뜯어 대고 있었다.

방금 전의 제 모습 또한 마찬가지였단 사실을 망각한 이예주가 한심하다는 눈으로 그를 바라보며 테이블 밑으로 다리를 툭 쳤다. 조롱이가 흠칫 고개를 들었다.

"혹시 레이디와는 형제……."

"우리 엄마예여!"

그때 눈치 빠르게 무슨 소리를 하는지 파악한 새가 불쑥 소리쳤다.

"뭐?!"

"네?!"

그녀와 족장의 입에서 동시에 경악의 소리가 쏟아져 나왔다. 하지만 잘못 들은 게 아니라는 듯 조롱이는 다시 한번 이예주가 뒷목 잡고 넘어갈 소리를 지껄여 댔다.

"엄마여, 엄마. 우리 엄마라구여."

"너 미쳤어?"

"아악!"

이예주가 웃는 얼굴로 테이블 밑으로 손을 뻗어 조롱이의 허벅지를 쥐어뜯었다. 조롱이가 짧은 괴성을 질렀고 그녀는 재빨리 어색한 미소로 갈무리했다.

"아하하. 미안, 조롱아. 누나가 실수로 포크를 떨어뜨렸네."

"누나 아니고 엄마잖……!"

"드지고 싶으믄 계속 흐르……."

이예주의 입에서 이 가는 소리가 나오자 조롱이가 내뱉던 말을 뚝 멈췄다. 그와 동시에 엄청난 충격에 빠져 있던 족장이 창백한 얼굴로 비명을 질렀다.

"오 마이 갓, 테르르르르뤄블! 레이디, 아, 아니 부인이라고 불러야 하는 거예요?!"

"하하, 하하…… 아니에요. 동생이 농담한 거예요. 아하하, 부인이라뇨."

"농담?! 무슨 그런 끔찍하고 스케어뤼이한 농담을! 정말 농담인 겁니까?"

족장이 미심쩍은 눈으로 이예주와 조롱이를 번갈아 보았다. 미심쩍다는 그 눈빛에 더 기분이 나빠졌다.

"그럼요! 스물셋밖에 안 됐는데 제가 어떻게 이런 아들이 있겠어요? 대여섯 살에 애를 낳은 것도 아니고요."

게다가 이 망할 새는 무려 칠십몇 살이라고! 이예주가 정색을 하고 부정하자 족장은 미심쩍은 눈을 거둬들였다. 대신 창백한 얼굴로 연거푸 와인을 들이켰다.

"오, 지져스! 정말 심장이 찢어지는 줄 알았소, 래주. 당신을 잃는다는 생각에 눈앞이 다 깜깜해졌단 말입니다."

"아하, 아하하. 그러셨구나."

"다시는 그런 농담 하지 마시오. 불쾌하군! 장난이라도 그런 발언은 루으드하기 마련입니다, 미스터."

힘겹게 혀를 굴리며 족장이 그 짧은 새에 오래달리기라도 한 것처럼 지친 표정으로 조롱이에게 말했다.

조롱이가 부루퉁한 얼굴로 족장을 힐끗 쳐다보더니 "루으드, 루으드하기 마련입니다아." 하고 밉살맞게 따라 했다. 그러나 곧 테이블 밑에서 이예주에게 발을 콱직 밟히고 강제로 입을 다물어야 했다.

"난 너무 충격을 받아서 이만 잠자리에 들어야겠소."

심약하신 족장 나으리께서 누렇게 뜬 얼굴로 제 목에 걸린 냅킨을 쭉 잡아 빼어 테이블 위에 올려 두었다. 힐끗 그의 앞에 놓였던 음식을 보니 거의 대부분이 비워진 자신과 조롱이의 접시에 비해 거의 줄어든 게 없었다.

"저녁을 먹고 저택을 구경시켜 주고 싶었지만 내일로 미뤄야겠습니다, 레이디. 부디 가고 싶은 곳이 있다면 내게 미리 말해 주겠습니까?"

"가고 싶은 곳이요?"

"정원도 좋고, 레이디만큼 아름다운 내 온실도 보여 주겠습니다."

이예주는 족장의 말에 번뜩 제가 가야 할 곳이 떠올랐다. 옳다구나 싶어 그녀가 눈을 반짝반짝 빛내며 말했다.

"혹시 서재나 도서관이 있을까요?"

"서재? 도서관?"

"네. 장기간 여행했더니 책이 보고 싶어서요, 하하하."

학교 도서관도 과제 할 때가 아니면 잘 가지 않았던 그녀가 어색하게 웃으며 책을 언급했다. 그러자 족장의 흐리멍덩한 파란 눈에 황홀함이 떠올랐다.

"이런! 제가 레이디의 심해 바다처럼 깊고 심오한 지식 수준을 미처 몰라봤군요. 죄송합니다, 레이디. 내 저택의 서재는 3층 전체로, 이 도시의 도서관보다 크지요. 내일 바로 서재를 구경시켜 주겠소!"

"아하하, 그렇군요. 기대돼요. 감사합니다."

이예주가 꾸벅 고개를 숙여 감사를 표했다. 그녀의 감사에 기분은 좋은 듯했지만 정말 피곤한지 족장이 힘겹게 혀를 굴리며 자리에서 일어났다.

"퍼르으펙트한 당신을 이제야 만났다는 게 믿기지가 않군요. 내일이 무척이나 기다려집니다, 레이디."

"아, 예. 얼른 주무시러 가세요."

"부디 꿈에서도 당신을 만날 수 있기를, 마이 스윗 허르으으트."

"⋯⋯."

이예주는 마지막 말에는 끝내 대답할 수 없었다. 먹은 것이 다시 입 밖으로 쏟아져 나올 것 같았기 때문이다.

얼른 잠이나 처자러 갔으면 하는 그녀의 간절함을 읽지 못한 건지 족장은 연신 뒤를 돌아보며 눈을 찡긋했다.

"마저 드시고 계세요. 다시 오겠습니다."

여전히 웃는 낮의 일리야가 이예주와 조롱이에게 말한 후 족장의 뒤를 따라 식당을 나섰다.

"으웩!"

일리야가 떠나자마자 조롱이가 기다렸다는 듯 헛구역질을 했다. 두 사람이 완전히 식당을 떠난 것을 확인한 이예주가 눈을 희번덕 뜨고 조롱이를 휙 돌아보았다.

"야, 너 미쳤어? 엄마? 엄마?!"

"아, 그럼 어떡해여! 누나 도와주려고 기껏 얘기했는데 꼬집기나 하고, 히잉…….."

"그렇다고 엄마라고 해? 내가 어딜 봐서 너 같은 아들이 있어!"

"저 족장이란 인간, 누나를 바라보는 눈빛이 너무 불손해여. 주인님이 저런 눈빛의 인간들을 제일 경계해야 한다고 하셨단 말이에여!"

눈빛이 불손한 건 모르겠고 확실히 나사 하나 빠진 미친놈이란 건 알 것 같다. 체한 듯 미식거리는 속을 가다듬으면서 그녀가 이마를 부여잡았다.

과거로 가는 방법이나 알아볼까 했더니, 일이 어떻게 이 지경까지 온 건지 모르겠다. 다른 건 다 모르겠지만 그래도 이 도시의 인간들이 제정신이 아니란 건 확실했다.

"예주 누나, 여기 좀 그래여. 인간들도 다 이상한 것 같구…… 우리 그냥 도망가면 안 돼여?"

"여기까지 와 놓고 도망가긴 어떻게 도망가."

"그래두 차라리 사막에서 주인님 오시길 기다리는 게 더 나을 것 같아여."

나한텐 도망이 문제가 아니라 네 주인이 문제야, 네 주인이! 목 끝까지 차오르는 괴성을 지르지 못해 답답해 죽을 것 같은 눈으로 이예주는 조롱이를 돌아보았다.

저야 애완동물이니 저렇게 태평한 소리를 지껄이지. 지금 그녀에게 가장 위험한 건 이 도시도, 버터 몇백 개를 주워 먹은 것 같은 팔족 족장도 아닌, 바로 조롱이의 주인 놈이었다.

그 남자가 와서 자신을 죽이기 전에 빨리 집으로 돌아가는 방법을 알아야 한다. 하지만 저 맛이 간 족장 놈을 부여잡고 그런 것을 물어보기엔 위험부담이 너무 컸다.

음흉하게 비죽거리며 자신의 몸을 훑어보던 족장의 끈적끈적한 눈길이 떠올랐다. 울 것만 같은 얼굴로 족장이 사라진 복도와 조롱이를 번갈아 바라보던 이예주가 입술을 물어뜯었다.

지금 이 순간, 여기서 누구보다 도망가고 싶은 사람은 바로 자신일 것이다. 하지만 아무 데도 갈 수 없었다. 정말 미치고 환장할 일이었다.

"밤이 오지 않기 때문에 커튼을 꼭 치고 주무시는 게 좋아요. 방이 환하면 잠이 잘 안 올 수 있으니까요."

꽤 오랜 시간이 지났음에도 변함없이 흐린 바깥 날씨를 비추는 창문을 두꺼운 커튼으로 가리며 일리야가 친절히 설명해 주었다.

커튼 틈새로 희미한 빛이 새어 들어왔다. 도시에 처음 왔을 때와 조금도 변함없는 밖을 떠올린 이예주는 여기가 실로 시간이 멈춘 땅임을 다시 한번 깨달았다. 밤이 오지 않는다. 날씨가 바뀌지 않는다. 도시의 시간은 여전히 멈춰 있다.

그녀의 시선이 커튼 틈 사이에 있다는 것을 눈치챈 듯 일리야가 다시 한번 커튼을 꽉 옭아맸다. 빛이 완전히 차단되었다. 눈 가리고 아웅 하듯 인위적인 밤을 만드는 인간들을 보자니 기분이 묘해졌다.

"자정이 되면 저택 내부의 모든 불을 끄고 커튼을 치기 때문에 돌아다니지 않는 게 좋아요. 사물을 구분할 수 없을 정도로 깜깜하거든요."

행동을 미리 차단하는 듯한 일리야의 말에 이예주가 퍼뜩 묘한 기분에서 벗어났다.

"아…… 예. 뭐, 피곤해서 바로 잠들 것 같은데요."

"많이 피곤하신가요? 마사지라도……."

"아니, 아니요! 그냥 잘게요. 그냥!"

허겁지겁 거절하는 그녀를 향해 일리야가 푸훗, 웃음 지었다. 그 모습을 바라보던 이예주는 문득 자신이 정말 멀쩡한 인간들을 만나고 있음을 새삼 느꼈다.

그동안 괴물 같은 것들이 얼마나 숨통을 죄어 왔던가. 그에 비하면 이 팔족인지 뭔지 하는 인간들의 땅은 너무나도 평화로웠다. 시시때때로 저를 죽이려 드는 위험들, 그리고 하루도 빠짐없이 밥맛 떨어지는 태도를 고수하던 남자와 촉새 같은 새 자식 사이에서 눈물 지었던 나날들.

이렇게 호화스러운 잠자리가 아니더라도 좋았을 것이다. 말이 통하는 사람이 있다는 것만으로 안심이 될 것이라며 얼마나 그리워했던 사람 냄새인가.

그런데 그렇게 간절히 보고파 했던 인간들임에도 불구하고 정말 이상하게 별로 반갑다는 생각이 들지 않았다. 폐허 같은 텅 빈 도시와 팔족 근거지의 분위기 차이가 너무 컸던 걸까?

아까부터 자꾸 왠지 모르게 드는 불편함이 그녀의 신경 한구석을 찔러 댔다. 어디가 이상한가 싶어 곰곰이 생각해 보면 딱히 이상한 구석은 없었다. 일리야는 친절했고 시종일관 아름다운 미소를 지었다. 족장이란 놈은 약간 또라이 같은 면이 없지 않아 있었지만, 사실 람을 처음 봤을 때 이유도 모르고 죽을 뻔했던 것에 비하면 비교도 안 되게 양호했다.

그러면 대체 어디서, 어디서 이 위화감이 계속 느껴지는 걸까. 대체 어디서…….

"더 하실 말씀이 있으신가요, 레이디?"

조심스럽게 자신을 부르는 목소리에 낱낱이 여자를 뜯어보던 이예주가 퍼뜩 정신을 차렸다. 일리야가 여전히 웃는 얼굴로 자신을 내려다보고 있었다.

"아, 아니요. 별말은 아니고…… 조롱이는 잘 있나요?"

"같이 오신 남자 손님 말씀이신가요? 방금 전 씻고 잠자리에 드신 것까지 확인하고 왔습니다."

"아…….”

발 빠른 일리야의 행동에 감탄하며 이예주가 어색하게 웃었다.

"일리야는 집사…… 그런 건가요?"

"집사요?"

"네, 집사. 하는 일이 집사랑 비슷한 것 같아서…….”

일리야가 호호호, 소리 내어 웃었다. 무슨 가당치도 않은 소리를 지껄이느냐는 말을 웃음으로 대신한 것 같아서 이예주는 말끝을 흐렸다. 잠시간 맑은 목소리로 까르르 웃던 일리야가 웃음을 멈추고 질문에 답했다.

"집사라…… 집사는 아니에요. 그 비슷한 일을 하고 있긴 하네요."

"아…… 비슷한 일……."

집사 비슷한 일은 또 뭘까. 파출부? 아니면 좀 고급스럽게 가사 도우미?

"네. 시간이 늦었어요. 내일 아침 일찍 저택 구경을 하시려면 어서 잠자리에 드시는 게 좋을 듯해요, 레이디."

그러나 끝내 일리야는 그녀의 궁금증을 풀어 주지 않은 채 잠자리에 들 것을 종용했다. 이예주는 더 이상 파고들지 않고 고분고분 침대에 누워 이불을 덮었다. 목 끝까지 푹신한 이불을 올리는 걸 확인한 일리야가 방문 쪽으로 걸어갔다.

"부디 좋은 꿈꾸시길, 레이디."

일리야가 방문을 열고 속삭이듯 말했다. 왠지 모르게 공주 대접을 받는 것 같은 쑥스러움에 이예주가 이불 안에서 팔을 박박 긁으며 대답했다.

"안녕히 주무세요, 일리야."

불이 꺼졌다. 이어서 탁 하고 일리야가 밖에서 문을 닫는 소리가 들렸다.

온갖 잡생각으로 머릿속이 복잡하던 이예주는 낯선 곳임에도 불구하고 생각보다 빠른 속도로 스르륵 잠에 빠져 들었다.

'쥐새끼 한 마리 기어 다니는 소리 들리지 않는 고요한 밤, 깊은 잠에 빠져들던 이예주는 열심히 꿈속을 허우적대며 침대를 굴렀다.'는 개뿔. 그녀는 첩보 영화를 방불케 하는 몸놀림으로 3층을 향해 걷고 있었다.

모든 불을 끄고 커튼을 친다는 일리야의 말이 헛소리는 아니었던 듯 정말로 저택 내부는 깜깜했다. 방문을 열자마자 펼쳐진 한 치 앞도 보이지 않는 어둠에 매우 당황하던 이예주는 눈이 익을 때까지 여러 번 헛손질을 하며 더듬더듬 앞으로 나아갔다.

어둠이 눈에 익은 후에도 완전히 주위를 분간할 수 있는 것은 아니었기 때문에 연신 벽을 잡고 이동해야만 했다. 소리를 낼까 저어되어 천천히 움직였더니 중앙 계단으로 가는 길이 너무나도 길게만 느껴졌다.

쩌억. 맨발이었기 때문에 대리석에 살이 닿았다 떨어지는 소리가 들리자 그녀가 흠칫하며 걸음을 멈췄다. 식은땀이 삐질 흘렀다. 방 안으로 돌아가고 싶은 마음을 억누르며 이예주는 다시 한 발 한 발 조심스럽게 중앙 계단을 향해 걸어갔다.

마침내 중앙 계단으로 보이는 난간을 붙잡았을 때는 너무 기뻐서 환호성이라도 지를 뻔했다. 일단 2층에는 사람 기척이 나지 않는다는 것을 확신한 그녀는 꽤 대담하게 중앙 계단을 빠른 속도로 올랐다. 뭐 훔치러 가는 것도 아니건만, 남의 집이여서 그런지 괜히 가슴이 콩닥거렸다.

어서 원하는 것만 가지고 제 방으로 돌아갈 생각에 속히 계단을 오르던 이예주가 3층에 거의 도달했을 때였다.

불쑥 발소리가 들려온 탓에 그녀가 기겁을 하고 계단 난간에 붙어 쭈그려 앉았다. 일정하게 세워진 난간 기둥이 제 몸을 숨겨 줄 리 없었으나 달리 도리가 없었다. 어둠이 상황을 해결해 줄 것이라 믿는 수밖에.

저벅저벅. 계속해서 그녀가 있는 쪽으로 걸어오던 발자국이 계단에 들어서는 복도 근처에서 멈췄다. 그쪽에서 불빛이 보였다. 손전등을 들고 있는 것 같았다.

"2층은 똑바로 확인했겠지."

차가운 여자의 목소리가 들렸다. 낯설지 않은 목소리였다.

"네, 일리야 님. 3층의 커튼까지 모두 닫고 왔습니다."

다른 여자가 답했다. 일리야? 아는 이름에 이예주가 눈을 휘둥그 레 치켜떴다. 자신을 대할 때와는 일리야의 목소리가 완전히 딴판이 었다.

와, 저렇게 도도한 목소리도 낼 수 있는 사람이구나. 이예주는 쭈 그려 앉아 있었기에 난간 사이로 손전등 불빛만 볼 수 있을 뿐, 사람 들의 얼굴까지 낱낱이 볼 수는 없었다.

차가운 일리야의 목소리와 또 다른 인영의 대화가 계속 진행되었다.

"여자들은?"

"방에 데려다 놓았습니다."

"눈족이 한 명 있다지?"

"네. 아직 나이가 어리지만 숫처녀는 아닌 듯해서 같이 들여보냈 습니다. 인원도 맞춰야 했기 때문에……."

눈족? 시간족을 말하는 건가? 숫처녀는 뭐야? 들여보내긴 어딜? 이해가 가지 않는 일리야와 또 다른 여자의 대화에 이예주는 눈살을 찌푸렸다.

일리야는 목소리를 죽여 은밀하게 속삭였다.

"족장은?"

"여느 때와 같이 전혀 눈치챈 기미를 보이지 않았습니다."

"잘했다. 손님도 계시니까 신중에 신중을 기해야 해. 내 말, 무슨 말인지 알지?"

"예, 일리야 님."

심각해 보이는 두 사람의 말은 그 후로도 조금 더 오갔다. 이예주는 더 이상 그들의 말이 귀에 들리지 않았다. 쭈그려 앉은 다리가 저려서 죽을 것 같았기 때문이다.

들킬까 봐 긴장해서 몸에 힘이 들어간 탓일까. 열심히 손가락에 침을 묻혀 코에 찍어 발라도 다리는 점점 더 크게 후들거렸다. 난간을 잡고 있지 않는다면 바로 주저앉았거나 넘어져서 계단을 굴렀을 것이다.

"그 여자가 무슨 능력을 가지고 있는지 알 때까진…… 눈치채고 도망이라도 가면……!"

그때였다.

털썩. 미친 듯이 저리는 다리를 참지 못하고 이예주가 결국 주저앉았다. 순간 무게중심이 뒤로 쏠리면서 그대로 계단을 구르며 떨어질 뻔했지만 난간을 부여잡아 간신히 그런 불상사는 막을 수 있었다.

"거기 누구죠!"

일리야의 날카로운 고함 소리가 들렸다. 꽤 먼 거리에 있던 불빛이 순식간에 훅 가까워졌다.

'망했다.'

멍청이 같은 자신을 탓하며 이예주가 조심스럽게 몸을 일으켰다.

"하하. 저예요, 일리야."

"레이디?!"

계단 난간에서 이예주의 모습이 드러나자 일리야가 경악에 찬 신음을 내질렀다. 계단 쪽으로 빠르게 다가온 그녀는 이예주가 있는 쪽으로 손전등을 들어 보였다. 눈이 부셔 이예주가 인상을 찌푸렸다.

"안 주무시고 지금 여기서 뭐 하는 거죠?"

"아…… 저, 죄송해요. 잠이 안 와서 잠깐 바람 좀 쐰다는 게……."

빛으로부터 고개를 피하며 이예주는 의기소침하게 대답했다. 추궁하는 일리야의 목소리가 꽤 날카로웠다. 짜증스러워 보이기도 했다.

간신히 빛에 익숙해진 이예주가 정면을 바라보았다. 딱딱하게 굳은 표정으로 계단 위에 서서 자신을 내려다보는 일리야가 보였다. 왠지 모르게 오싹하고 소름이 돋았다.

난처해하던 이예주 또한 덩달아 얼굴을 차갑게 굳히자 일리야가 언제 그랬냐는 듯 굳은 표정을 지우고 웃음을 지었다. 섬뜩한 변화였다.

"정말 놀랐잖아요, 레이디. 저를 보셨으면 불러 주시지 않고 왜……."

"아, 3층으로 올라오다가 발을 삐끗해서요. 일리야가 있는 건 몰랐어요."

은근슬쩍 떠보는 일리야를 향해 이예주가 최대한 평정심을 가장해서 마주 웃어 보였다. 여자가 어둠 속에서 뱀같이 차가운 눈을 하고 살살이 자신의 얼굴을 뜯어보는 게 느껴졌다. 변함없이 활짝 미소 짓고 있었지만, 그것은 입가에서 그쳤다. 아까 따뜻하게 잠자리를 봐주던 여자와 같은 사람이라곤 믿기지 않을 정도였다.

여자는 한참 후에야 의심의 눈초리를 거뒀다. 그러곤 이예주를 향해 다시금 꽃처럼 환한 웃음을 지었다.

"3층 서재를 구경하러 오신 건가요? 서재는 내일 족장님과 같이 구경하시기로 했을 텐데요."

"아, 네. 그건 그렇죠. 그렇긴 한데……."

이예주가 변명거리를 생각하기 위해 눈을 허둥지둥 굴렸다.

"어…… 그냥 책 하나 방으로 가지고 와서 보다가 자려고 했어요. 실례가 되었다면 죄송해요."

"서재는 팔족에 대한 유서 깊은 책들이 많기 때문에 손님들에게 공개하는 범위가 정해져 있어요. 그래서 항상 문을 잠가 둔답니다. 물론 열쇠는 족장님만 가지고 계시죠."

"아하, 그렇구나……."

"그러니 오늘은 이만 주무시고 내일 일찍 족장님과 오시는 게 좋을 것 같아요, 레이디. 위험하니 이 손전등을 가지고 내려가세요."

영혼 없는 대답을 반복하던 이예주에게 사람 좋은 미소를 지어 보이며 일리야가 손전등을 넘겼다. 방으로 돌아가라고 쐐기를 박는 듯한 행동이었다. 일리야에 대한 미심쩍음이 더욱 상승했다.

"불은 안 주셔도 괜찮을 것 같은데요. 그냥 저 혼자 알아서 내려갈 수……."

"안 돼요! 깜깜해서 위험합니다. 레이디 이것을 가지고 어서 방으로 내려가세요. 저희는 아직 둘러볼 데가 남아서요."

일리야가 단호하게 이예주를 막았다. 어둠 속에서 그녀가 넘어질 것을 걱정하기보다는 중간에 다른 곳으로 새는 것을 걱정하는 것처럼 들렸다. 이예주는 더 이상 고집 피우지 않고 순순히 손전등을 받아 들었다.

"그럼 전 방으로 가 볼게요. 소란 피워서 죄송해요, 일리야."

"아닙니다."

일리야가 조용히 웃으며 고개를 가로저었다. 이예주는 뒤를 돌았다. 계단을 내려가는 길에도 뒤통수에 닿는 시선이 따갑게 느껴졌다. 더듬거리며 힘겹게 올라온 계단을 순식간에 되돌아 내려갔을 때쯤 뒤에서 친절한, 하지만 어딘지 모르게 의미심장한 목소리가 들려왔다.

"편히 주무세요, 레이디."

이예주는 잠시 힐끔 뒤를 돌아보았지만 대답하지 않았다. 다시 어두컴컴한 2층 복도에 들어선 그녀는 '릴렉스, 릴렉스.'를 속으로 외우며 빠르지도, 느리지도 않은 걸음으로 걸었다.

마침내 제 방이 위치한 복도로 가기 위해 모퉁이를 도는 순간, 이예주는 쿵쾅거리는 가슴을 부여잡고 벽에 붙어 섰다. 그리고 재빨리 손전등부터 껐다. 그녀는 등을 벽에 딱 붙인 채 계속해서 제자리걸음을 하며 발을 굴렀다.

맨발인 이예주의 발자국 소리가 일리야가 서 있는 계단 근처까지 들릴 리 없었다. 그러나 혹시 모를 사태를 대비하기 위해 그녀는 발을 구르는 것을 멈추지 않았다.

타박타박, 타박타박. 그녀가 모퉁이를 돌아 방 안으로 들어가고도 남을 시간이 지나자, 계단 쪽에서 미동도 없던 발자국 소리가 움직이기 시작했다. 소리가 점점 가까워지는 것으로 보아 계단을 타고 2층으로 내려오는 것 같았다.

이예주는 구르던 발을 뚝 멈췄다. 그와 동시에 계단을 타고 내려오던 그들의 일정한 발자국 소리 또한 2층 복도에 들어서는 곳에서 완전히 멈췄다.

"진은 어디 있지?"

일리야의 목소리가 들렸다. 아까보다 훨씬 작아서 모퉁이에 거의 달라붙다시피 해야만 간신히 들을 수 있었다. 메이드가 대답했다.

"레이와 함께 저택의 앞문과 뒷문을 지키고 있습니다."

진, 레이. 아까 이예주의 옷시중을 들었던 메이드들이었다.

별것 아닌 말이었다. 밤이 깊었으니 저택의 앞문과 뒷문을 지키고 있다는 건 어찌 보면 당연한 일이었다.

그런데 왜일까? 이예주는 자꾸만 드는 의문을 참기가 어려웠다. 왜 하필 자신의 시중을 들었던 여자들이 지키고 있을까? 도둑이나 다른 것을 경계하기 위한 보초라면 남자들을 세워 두는 것이 더 낫지 않을까.

아니, 그런 것을 다 떠나서 오늘 자신을 위해 급하게 교육을 받았다는 초짜들을 보초로까지 세워 두는 것은 무슨 이유일까. 인력이 모자라서? 아니면…… 내 얼굴을 아니까?

생각이 꼬리에 꼬리를 물어 점점 더 깊어졌을 즈음, 일리야와 메이드의 이야기도 점점 끝을 보였다.

"나는 잠시 족장에게 가 봐야 할 것 같다. 너는 혹시 모르니 나 대신 1층을 둘러보고 즉시 2층으로 올라와 방문 앞을 지키렴."

"네."

"빠르게 둘러보아라. 예민한 듯하니 방문 앞에서 기척을 죽이는 것 또한 잊지 말고."

"알겠습니다, 일리야 님."

이예주는 본능적으로 깨달았다. 일리야가 메이드에게 기척을 죽이면서까지 지키라고 명령한 '방문'이 바로 자신이 머물고 있는 방의 문이라는 것을.

뚜벅뚜벅, 두 사람분의 발자국 소리가 다시금 계단을 타고 멀어졌다. 이예주는 점점 사그라지는 발자국 소리를 엿들으며 손에 쥔 손전등을 꾹 다잡았다.

왠지 불안했다. 자신이 다시 방에서 나오지 않게 하기 위해 지키라 한 것부터 족장에게 가 본다는 일리야의 말까지. 커튼을 쳐 인위적으로 만든 밤 동안, 팔족 인간들은 대체 뭘 하는 걸까? 서재고 뭐고 그냥 방에 처박혀서 내일 서재를 구경시켜 준다던 족장을 기다려야 하는 건가.

이예주는 입술을 깨물며 컴컴한 복도를 바라보았다. 희미한 빛조차 새어 들지 않아 겨우 형태만 구별할 수 있는 앞, 그리고 곧 제 방 앞을 지키러 올 메이드까지.

정말이지 빌어먹을 상황이었다.

입 다물고 방으로 들어가 자라고 얘기한들 그대로 들을 이예주일 쏜가. 그렇게 말을 잘 듣는 사람이었다면 골로 갈 뻔한 여러 위험한 상황들을 진즉에 모면해 왔을 것이다.

이예주는 현재 어둠 속에서 벽을 더듬으며 3층 복도를 배회하고 있는 중이었다. 3층 계단을 다 오르자마자 복도 건너편에 바로 위치해 있는 문을 놔두고 왜 이런 쓸데없는 짓거리를 하고 있느냐면, 이게 다 문이 잠겨 있다는 일리야의 말 때문이다. 그런고로 혹시 뒷문이나 들어갈 수 있는 틈이 있을까 싶어 샅샅이 벽을 부여잡고 복도를 헤매는 중이었다.

손전등을 이용하면 진땀을 뻘뻘 흘리지 않고도 쉽게 거닐 수 있겠지만, 그녀는 아주 급한 상황에 잠깐 켰다 바로 끄는 게 아니라면 손전등 사용을 최대한 자제했다. 귀신같은 팔족 인간들이 언제 어느 곳에서 튀어나올지 모른다는 압박감 때문이었다.

'하…… 대체 문이 또 있긴 한 걸까?'

복도 끝에서 반대편 끝을 확인한 후에도 여러 번 3층의 긴 복도를 오갔지만 손에 닿는 감촉은 죄다 같은 느낌의 벽지뿐이었다. 다시 서재의 정문으로 돌아온 그녀는 머리를 박박 긁으며 짜증을 있는 대로 냈다.

"하아……."

어떡하냐. 이예주는 자리에 서서 머리를 싸매고 고민에 휩싸였다.

처음부터 책이 있는 곳으로 가야겠다고 떠올린 건 아니었다. 팔족족장에게 도움을 구하고 싶었지만, 맛이 간 듯한 놈의 말투에 일찍이 포기했다. 사람에게서 정보를 구하는 것을 체념하자 다음은 문서였다. 1000년 전의 상황을 보다 정확히 알기 위해서는 문서가 많은 곳에 가야 한다는 생각이 들었다. 그러고 나자 도서관이라는 답이 도출되었다.

과거의 상황을 안다 해서 당장 과거로 돌아갈 수 있을 거라 믿는 것은 아니었다. 그래도 무려 1000년 전부터 시간이 멈춘 땅에서 가만히 앉아 있을 수만은 없었다.

게다가 계단에서 일리야를 마주친 후 이예주는 서재든 뭐든 한시 바삐 눈에 불을 켜고 정보를 긁어모아야겠다는 위기의식을 느꼈다. 어느 면인지 모르겠으나, 일리야의 모습에 그게 다가 아니라는 스산한 예감이 들었다.

생각해 보면 일리야의 말에는 허점이 있었다. 서재에 공개하는 범위가 정해져 있다니? 이예주에겐 보여 줄 수 없는 것이 서재에 있다는 소리가 아닌가.

"하……."

하지만 이예주는 서재 안에 진입도 못하고 있는 상태였다. 그렇다면 그 허점이 다 무슨 소용이고 또 그녀 같은 타인에게 보여 줄 수 없는 무언가가 다 무슨 소용일까.

머리를 한도까지 굴리며 서재 안으로 들어갈 기막힌 아이디어를 떠올려 보았지만, 그런 게 있을 리 만무했다. 울적한 얼굴로 다시 한 번 깊은 한숨을 내쉰 그녀는 어둠 속에서도 희미하게 보이는 금색 문고리를 잡고 서재 문에 툭, 머리를 기댔다.

아무것도 생각하지 못한 자신이 무능하게 느껴졌다. 툭, 마지막으로 문에 머리를 박고 다시 한번 복도를 돌아볼 요량으로 몸을 일으키던 그때였다.

끼이익, 굳게 닫혀 있던 문이 너무나도 허무하게 낡은 비명을 지르며 열렸다. 서재 안은 커튼을 치지 않았는지 문틈으로 희미한 빛이 쏟아졌다.

'허……'

이게 웬 횡재요. 갑작스러운 상황에 어안이 벙벙해진 이예주가 손을 뻗어 문을 열었다. 그러자 끼이익 하는 소리와 함께 문이 활짝 열렸다.

퀴퀴하고 꿉꿉한 오래된 종이 냄새가 코를 찌르는 것과 더불어 사위가 환해졌다. 밤이랍시고 온통 시커멓게 만든 저택 내부와는 다르게 서재 창밖의 광경은 이예주가 도시에 처음 발을 들이밀었을 때와 전혀 달라진 것이 없었다.

그녀는 혹시 누가 있을까 싶어 계단과 복도를 샅샅이 훑어보고는 재빨리 문을 닫았다. 빛이 2층까지 새어 나갈까 두려웠던 것이다.

과연 도시에서 가장 커다란 규모라는 말답게 족장의 서재는 어마어마하게 컸다. 창문이 나 있는 곳을 제외한 온 벽이 책장이라고 해도 무방할 정도였다. 거대한 책장들이 천장까지 층층이 쌓여 있었고 그 책장에는 수백, 수천 권의 책들이 빽빽하게 꽂혀 있었다.

그렇게 책장에 책을 꽂고도 부족했던지 서재 안 구석구석에 먼지 쌓인 책들이 마구잡이로 쌓여 있었다. 커다란 시립 도서관을 그대로 옮겨 놓은 듯한 규모에 이예주는 아연해졌다. 책의 개수가 어마어마해서 제대로 된 정보가 담긴 문서를 과연 찾을 수 있을지 의문이었다.

"문 잠겨 있다더니…… 나한테 약을 팔아?"

입에 침도 안 바르고 천연덕스럽게 거짓말을 한 일리야의 얄궂은 얼굴이 떠오르자 이예주는 이를 부득부득 갈았다. 하지만 분노를 마저 표출할 새도 없이 책장 사이로 빠르게 뛰어들었다. 시간이 얼마 없었다. 그사이 수많은 책 중에서 과거와 관련된 것을 찾아내야 했다.

"하, 책 못 모아서 환장한 귀신이 붙었나."

지적인 것과는 거리가 멀어 보이던 느끼한 팔족 족장의 면상을 떠올리며 이예주는 우울한 얼굴로 사방을 둘러보았다.

"엄마…… 이 많은 책을 언제 다 확인하고 방 안으로 되돌아가……."

3층 전체라더니 정말 책장과 책장 사이로 보이는 반대편 끝이 까마득했다. 제 앞에 일정한 간격으로 쭉 늘어서 있는 어마어마한 수의 책장들을 보며 대체 어느 방향으로 먼저 가야 하는지 고민하던 찰나였다. 그녀의 눈에 문득 가장 가까운 곳에 있는 책장 옆면에 매달린 커다란 액자가 들어왔다.

액자 안에는 1부터 16까지 숫자 옆에 영단어가 적혀진 포스터가 들어 있었다. 가까이 다가가자 8이라는 숫자가 큼지막하게 액자 위쪽에 새겨져 있었다.

암담하던 이예주의 표정이 일순 환해졌다. 아무래도 팔족 인간들이 책들을 유형별로 나눠 놓은 것 같았다.

1. Time tribe's Literature

"타임…… 시간족?"

시간족에 대한 문학에 이예주는 잠시 마음이 혹했지만 이내 고개를 저었다. 시간족에 관한 건 내일 족장 놈과 같이 온 후에 천천히 봐도 늦지 않을 것이다.

"2. 제너, 제너럴…… 3. 칠드런스……."

나열되어 있는 숫자와 영단어를 번갈아 가며 중얼대던 이예주는 숫자 10과 11을 확인하고 회심의 미소를 지었다. 10과 11에는 'Societal Literature'와 'History Literature'가 적혀 있었다. 욕 나오게 많은 책들 중에서 그나마 범위가 두 가지로 좁혀진 것이다.

"10, 11 사회, 역사…… 10, 11."

서재 내부에는 시계가 없었다. 반대쪽에는 있을지 모르겠으나 그녀가 있는 입구 근처에는 책들만 벽에 다닥다닥 붙어 있었기에 시간을 확인할 수 없었다. 아까보다 새벽이 깊어졌다는 것은 확실했기에 마음이 급해졌다.

대충 훑어본 다음에 아무 책이나 가지고 방으로 돌아갈 요량으로 이예주는 다급히 걸음을 옮겼다. 그러나 그 순간 스치듯이 본 이상한 단어 때문에 걸음을 원상 복귀시켰다.

11 다음에는 확인하지 않고 무작정 시선을 돌렸기에 자칫하면 발견하지 못할 뻔했다. 이렇게 의미심장한 단어를.

"……16. Destruction."

1부터 15까지의 단어 뒤에는 단어 'Literature'가 붙어 있었으나 16만은 아니었다. 그냥 단어 하나. 그저 멸망뿐이었다.

이예주는 고개를 돌렸다. 16번 책장은 서재의 맨 끝에 있어 그녀의 위치에서 한참이나 걸어야 했다. 그녀는 오른쪽으로 빠르게 걷기 시작했다. 10번, 11번의 사회와 역사 문학 책장을 홀린 듯이 지나친 그녀는 서재의 끝으로 향했다. 그리고 마침내 숫자 16이 새겨진 마지막 책장 옆면에 도착한 그녀가 책장을 돌아 책들과 정면으로 마주했다.

생각보다 책이 많지 않았다. 아니, 수많은 칸에 놓여 있는 책들이라곤 많아 봐야 두세 권, 다 합쳐 봤자 채 열다섯 권도 넘어 보이지 않았다. 그녀가 마주 보고 있는 책장 옆으로도 수많은 책들이 꽂힌 책장들이 일정한 간격으로 쭉 늘어서 있었지만 모두 멸망에 관한 책일 거라는 생각은 들지 않았다.

실제로 바로 옆 책장을 확인하니 15가 새겨져 있었다. 고로 16이 새겨진 책장, 멸망에 관한 책들이 있는 것은 이 책장 딱 하나뿐인 것이다.

"이게 다라니……."

그녀는 눈높이에 가장 가까운 책을 들어 대충 훑어보았다. 굉장히 두꺼웠다. 그리고 완전한 영문 원서였다. 'Destruction' 혹은 'Lava' 같은 아는 단어들이 간간이 눈에 들어왔으나 전체를 해석하기엔 극히 시간이 부족했다.

이예주는 몇 권의 책을 더 들어서 훑어보았다. 모두 마찬가지였다. 너무 무거워서 두 손으로 들기도 벅찬 책들도 있었다.

이대론 안 되겠다 싶어 그녀는 눈대중으로 대강 훑어본 후 가장 두꺼워 보이는 책을 들어 보였다. 가장 두꺼운 책에 가장 많은 정보가 들어 있을 것이라는 단순한 논리에서 비롯된 행동이었다.

"으윽, 더럽게 무겁네."

끙끙대며 간신히 책을 안은 그녀가 불만스럽게 중얼거렸다.

일단 책을 방으로 들고 가야겠다. 그 후에 조롱이한테 물어보든, 아니면 내일 다시 와서 족장의 비위를 살살 맞추며 영한사전이 있나 물어보든, 어떻게든 해석할 길이 있지 않을까.

안일한 생각으로 책을 들고 걸음을 옮기던 중, 별안간 들고 있던 책 속에서 무언가 쑥 빠져 이예주의 발등을 꽉 찍고 바닥에 떨어졌다.

"악! 헙!"

머리카락이 쭈뼛 서는 고통에 비명을 지르려던 그녀가 황급히 제 입을 틀어막고 짜증 가득한 표정으로 바닥을 내려다보았다. 바닥에 검은색 표지의 얇은 책 하나가 떨어져 있었다. 두께도 일반 광고 잡지만큼 얇은 주제에 야무지게도 발등을 내려찍었다.

이예주는 제가 들고 있는 무거운 책과 바닥에 떨어진 책을 번갈아 바라보았다. 갑자기 하늘에서 책이 뚝 떨어질 일은 없을 테니 제가 들고 있던 책 사이에 저 검은 책이 끼워져 있었단 소린데.

"책 사이에 책이 숨겨져 있어……?"

이예주가 들고 있던 책을 앞에 있는 선반에 대충 내려놓은 뒤, 바닥에 쭈그려 앉아 얇은 책을 들어 보였다. 검은색 표지에는 아무런 제목도 쓰여 있지 않았다. 심지어 몇 번 열어 보지도 않은 듯한 새 책이었다. 책의 겉면을 쓰다듬으며 잠시 망설이던 그녀는 조심스럽게 표지를 열었다.

"이거……."

이예주는 놀라움에 두 눈을 휘둥그레 치켜떴다. 그림책인 듯 생생한 삽화와 짧은 영어 문장 하나가 내지에 적혀 있었다. 그러나 그녀가 놀란 것은 책 사이에 숨겨져 있던 책이 그림책이어서가 아니었다.

펼쳐진 책은 인쇄된 책이 아니었다. 누군가 활자 하나하나를 직접 손으로 적어 넣은 것이었다. 채색된 그림 또한 마찬가지였다. 필사본인 듯했다.

손에 와닿는 우둘투둘한 감촉에 멍하니 굳어 있던 이예주가 짧은 문장으로 시선을 옮겼다. 아이들이 읽는 동화책인 듯 다른 책들과는 달리 쉽고 간단한 영단어들이 나열되어 있었다. 그녀 또한 능히 해석할 수 있는 수준이었다.

아주 오래전, 태초의 지구에 검은 안개를 가진 검은 파편이 있었다.

"……검은 파편."

익숙한 단어가 눈에 훅 들어왔다.

검은 파편. 이곳에서 만나는 인간들은 모두 람을 검은 파편이라고 불렀다. 검은 파편이 이름이냐는 이예주의 질문에 부정하지 않던 남자가 떠올랐다. 연달아 히카톤에 대해 설명해 주던 그의 말 또한 같이 떠올랐다.

검은 파편, 검은 안개. 이예주는 문득 시선을 옮겨 글자 밑에 그려져 있는 그림을 바라보았다. 안개로 보이는 검은색 덩어리가 뭉뚱그려져 있었다. 검은 안개를 가진 검은 파편을 그린 듯싶었다.

그녀는 심각한 얼굴로 종이를 넘기면서, 불편하게 쭈그려 앉아 있던 자세를 바꿔 엉덩이를 아예 바닥에 깔고 앉았다.

검은 파편이 후 하고 숨을 내쉴 때마다 넘실넘실하며 바다가 춤을 췄고, 몸을 한 번 뒤척일 때마다 땅이 다져졌으며, 눈을 한 번 감았다 뜰 때마다 천둥이 내리쳤다.

검은색 덩어리가 앞 장과 다르게 역동적으로 그려져 있었다. 검은 파편으로 추정되는 검은 덩어리 옆에 천둥을 표현한 듯한 하얀색의 날카로운 직선이 그려져 있었고, 그 아래 출렁이는 바다와 땅이 직접 본 것처럼 상세히 그려져 있었다.

그린 자국 때문에 종이 표면이 우둘투둘하지만 않았더라면 사진이라고 믿을 정도로 정교한 그림이었다. 그 대단한 그림 솜씨 때문에 가끔 모르는 단어가 나와도 책을 읽는 데는 별 어려움이 없을 것이란 생각이 들었다.

빠져들 듯 그림을 바라보던 이예주가 서둘러 다음 장으로 넘겼다. 이번에는 여자의 초상화가 그려진 삽화가 보였다. 생생하게 그려진 휘날리는 황금색 머리와 순백의 옷을 걸치고 있는 아름다운 여자였다.

여자는 정면을 바라보며 묘한 표정을 짓고 있었다. 마치 이 세상에 존재하지 않는 양 모든 것을 초월한 표정 같기도 했다. 그러나 여자의 얼굴이 워낙 섬세하게 그려져 있었기에, 그럴 리 없음에도 실존하는 인물 같다는 착각이 들었다.

어느 날, 우리들의 위대한 여신 '시간'이 태어났다. 시간은 어떤 인간에게는 영원과 같은 시간을 주기도 했고, 어떤 인간에게는 주었던 시간을 빼앗기도 했다. 때론 어린 소녀의 형체, 때론 다 죽어 가는 노인의 형체, 때론 매혹적인 성인 여성의 형체를 하며 시간은 인간들에게 축복을 내렸다.

이예주의 눈이 'Time'에 못 박혔다. 형체 없는 시간이 여신이라니. 왠지 우스운 일 같음에도 시간족이란 인간들이 떠올라 쉽게 웃음이 나오지 않았다.

"이 여자가 여신인가?"

그녀는 다시 한번 여자의 모습을 훑어보며 중얼거렸다. 그림이 분명함에도 자꾸만 실제 같은 여자의 얼굴이 마음에 걸렸다. 잠시간 뚫어져라 그림을 바라보던 이예주가 천천히 다음 장으로 종이를 넘겼다.

우리들의 위대한 여신, 시간은 검은 파편에게 자신을 도와 인간들을 다스릴 것을 명령했다. 검은 파편은 시간의 명령에 따라 풍요로운 토지와 수

많은 수중 생물들을 실은 바다를 인간들에게 내주었다.

그로부터 뒤로 3쪽에 걸쳐 검은 파편이 인간들에게 토지와 바다를 내주는 장면이 그려져 있었다. 그림들을 샅샅이 훑어보며 그녀는 다시 종이를 넘겼다.

그다음 장은 앞의 평화로운 장면들과는 다르게 온통 끔찍한 빨간색으로 도배되어 있었다. 책의 양쪽을 가로지르는 피 같은 강물이 있었고, 그 주위에 난자된 인간들의 시체가 산처럼 쌓여 있었다. 나동그라져 있는 사람 발목을 보고 이예주가 확 인상을 찌푸렸다.

그러던 어느 날, 우리들의 위대한 여신 시간을 갖기 위한 대전쟁이 일어났다. 죽고 죽이고, 수많은 인간들의 피가 대지를 가로질러 흘렀다. 인간들의 피로 말미암아 바다가 오염되고 땅이 죽어 갔다. 검은 파편은 분노했다.

다음 장에는 검은색의 덩어리가 회오리치듯 분노하는 장면이 나왔다.

—너희 인간들은 시간을 가질 자격이 없다. 그것은 내 힘을 받을 자격이 없는 것과 마찬가지다.

검은 파편은 위대한 여신 시간을 인간들에게 빼앗아 도망쳤다. 신의 저주와도 같은 빙하기가 시작됐다. 모든 것을 얼려 버리는 추위가 인간 세상을 덮쳤고 인간들은 비탄에 빠졌다.

추위에 덜덜 떠는 인간들과 아름다운 여자를 훔쳐 가는 검은 덩어리의 장면이었다. 간신히 문장을 해석한 이예주는 성급하게 책장을 넘겼다.

—여신님, 여신님! 우리 일족을 구원해 주세요!

인간들은 위대한 여신 시간에게 빌었다. 그런 인간들을 안타까이 여긴 시간은 검은 파편의 행동이 노여워 불쌍한 인간들에게 축복을 내리며 자신의 힘을 아낌없이 나누어 주었다.

최초로 기도를 올린 인간에게 위대한 여신 시간은 자신의 다리에 담긴 힘을 내렸다. 그들 일족은 시간의 구애에서 벗어나 재빠르게 달릴 수 있는 다리족이 되었다.

두 번째로 기도를 올린 인간에게 시간은 자신의 팔에 담긴 힘을 내렸다. 그들 일족은 팔을 휘두르는 것만으로도 시간을 멈출 수 있는 팔의 힘을 가지게 되었다.

세 번째로 기도를 올린 인간에게 시간은 자신의 눈과 머리카락에 담긴 힘을 내렸다. 그들 일족은 오랜 세월을 길러 온 살랑거리는 시간의 머리카락만큼 과거를 볼 수 있는 왼쪽 눈의 힘을 가지게 되었다.

—오른쪽 눈의 힘은 검은 파편을 위해 남겨 두렴, 아이야.

우리들의 위대한 여신 시간은 관대하게도 검은 파편에게 용서를 내렸다. 하지만 눈의 힘을 가진 세 번째 인간은 검은 파편을 용서할 수 없었다. 그는 눈의 힘을 가졌기 때문에 검은 안개 속에 숨은 검은 파편을 볼 수 있었다.

팔락하고 이예주의 손에 의해 종이가 구겨지듯 장이 넘겨졌다. 그녀는 아까 전, 대전쟁을 뜻하는 삽화를 볼 때보다 더욱 얼굴을 찌푸렸다.

남자 하나가 무서운 표정으로 검은 덩어리에 달라붙어 있었다. 광기 어린 눈이 생생한 남자의 한 손엔 검은 안개에서 뜯어낸 것처럼 보이는 검은색 덩어리가 잔뜩 들려 있었고, 다른 한 손으로는 한 움큼 쥔 덩어리를 제 입에 가져다 대고 있었다.

그것은 검은 안개를 뜯어 먹는 행위였다.

—검은 파편이다! 검은 파편! 검은 파편!

검은 파편을 알아본 인간은 벌을 내리기 위해 검은 파편에게서 검은 안개를 빼앗아 뜯어 먹었다. 검은 파편은 겁에 질려 간신히 남은 검은 안개 한 줌을 타고 도망쳤다.

"이건 아니야…… 왜? 검은 파편이 무슨 잘못을 해서? 도와줬잖아. 해 달라는 대로 다 해 줬잖아."

그녀가 새된 비명처럼 중얼거리며 앞서 읽었던 장을 빠르게 넘겨 훑어보았다. 그 어디에도 검은 파편이 잘못한 것처럼 보이는 장면은 없었다. 그런데도 인간은 검은 파편에게서 검은 안개를 빼앗아 게걸스럽게 뜯어 먹었다.

—내게서 검은 안개를 훔쳐 간 시간족 혹은 그 후손이 검은 안개를 더럽힐 짓거리를 하고 죽어 버리면 저런 괴물이 되어 되살아나지.

내게서 검은 안개를 훔쳐 간 시간족. 훔쳐 간. 람은 분명히 그렇게 말했다. 그렇다면 람은 이 책에 나오는 검은 파편인지 뭔지란 말인가?

그렇지만 어떻게…… 이런 말도 안 되는 동화가…….

가장 깊숙한 곳에 몸을 숨긴 검은 파편은 울부짖었다.

—내가 다시 지상으로 끌어 올려질 적에 너희들을 반드시 죽여 버리겠다.

죽여 버리겠다. 하나도 남김없이 찢어 발겨 주마…… 까마득한 잠에 빠져들며, 검은 파편은 몇 번이고 울부짖었다.

드디어 검은 안개에 가려져 있던 검은 파편의 모습이 드러났다. 검은색의 파편이라면서 자그마한 파편 조각의 모습은 피처럼 시뻘겋다. 검은 파편이 아니라 빨간 파편이라고 해야 할 정도로.

어느덧 얇은 책은 한 장만을 남겨 둔 채 끝이 났다. 이예주는 혼란스러운 얼굴로 마지막 장을 펼쳤다.

마지막 페이지에는 아무런 그림이 없었다. 그저 하얀 종이 한가운데에 휘갈겨 쓴 스펠링이 정신없이 나열되어 있을 뿐이다. 앞선 페이지들의 정갈한 글씨들과는 너무나도 다른, 무언가에 쫓기듯이 쓴 다급하기 그지없는 글씨체였다.

One day in 2017, the black debris awoke.
The entire Earth had been covered with massive boiling lava.
The world was destroyed.

이예주의 눈이 마지막 문장에 못 박혔다. 글씨의 무게에 그녀는 숨이 턱 하니 막히는 것 같았다. 몇 번이고 읽어 봐도 글자는 변함이 없었다.

"……세상은 멸망했다."

등골에서부터 소름이 쫙 돋아 움직일 수 없었다. 머릿속이 엉망진창이고 뭔가가 자꾸만 생각날 듯 말 듯 한데, 정확히 그게 무엇인지 알 수 없었다.

용암이 덮치고 세상이 멸망했다. 2017년에 세상이 멸망했다. 세상이 멸망. 멸망.

"멸망이라니…… 이거 너무 표현이 극단적이잖아."

이예주가 애써 웃으며 가슴 한구석을 서늘하게 하는 생각들을 부정했다. 그런데도 자꾸만 멸망이라는 단어가 눈에 박혀 빠지지 않았다.

"……하하, 멸망? ……멸망이면, 과거로 돌아간다 해도 돌아갈 곳이 없는 거잖아. 그래서, 그래서……."

그녀가 자꾸만 목을 죄는 상상에 서둘러 고개를 휘저었다.

"아니야, 아니야. 그럴 리가. 어떻게 세상이 멸망해. 지하 벙커도 있을 테고…… 어떻게든 살 사람은 살겠지. 멸망은 무슨 멸망."

그런데도 자꾸만 울컥하며 눈시울이 붉어졌다.

"그런데 그럼 여기 시간은 왜 멈춘 거야? 그 용암 파도는 또 뭐고! 흑흑! 아니야, 아니야!"

이예주가 고개를 세게 휘젓다가 두 손을 들어 제 얼굴을 덮었다. 눈앞이 깜깜해졌다. 그것이 꼭 자신의 앞날 같았다. 죽음처럼 암담하고 우울하기 짝이 없는.

"……예주야, 정신 차려."

마치 앞에 또 다른 자신이 있는 것처럼 말을 걸며 그녀가 이를 으득 악물었다.

"넋 놓고 있으면 죽는 거 알잖아? 벌써 죽으면 안 돼. 그럼 안 되고말고. 과거로 돌아가야지. 죽더라도 돌아가서 엄마랑 죽어야지, 예주야."

자신에게 암시를 거는 듯 그녀는 주문처럼 끊임없이 죽으면 안 된다는 말을 외웠다. 한참을 그렇게 중얼대자 사시나무 떨 듯 떨리던 몸도 차차 진정이 되었다. 이예주는 힘을 줘 두 눈을 한 번 꽉 누른 후, 눈에서 손을 뗐다.

검은 책을 읽느라 시간이 많이 지체되었다. 일단 두껍고 무거운 책은 포기하고 이 검은 책을 가져가서 다시 한번 읽어 봐야겠다. 그 생각에 책을 들고 자리에서 천천히 일어나던 바로 그때였다.

타닥, 타다닥. 빠른 발자국 소리가 들리더니 그녀가 서 있는 곳보다 더욱 안쪽에서 무언가가 휙 하고 지나갔다. 이예주는 소스라치게 놀라 들고 있던 책까지 덜커덩 떨어뜨렸다.

"누, 누, 누구세요?!"

한계까지 홉떠진 눈에서 금방이라도 도로록 눈알이 굴러 떨어질 것 같았다. 기절할 정도로 놀란 그녀가 거의 비명 지르듯 누구냐 물었으나 들려오는 답은 없었다.

여전히 정적에 휩싸인 서재 안, 눈에 닿는 족족 책장과 책뿐이었지만 이예주는 사방을 향해 고개를 휙휙 틀었다. 한참 후, 주위에 아무것도 없다는 것을 확인한 그녀가 조심스럽게 고개를 숙여 떨어진 책을 주웠다.

그와 동시에 '타다닥!' 또다시 빠른 발자국 소리가 들렸다. 그녀가 번쩍 고개를 쳐들었다. 휙, 무언가가 책장과 책장 사이의 통로를 지나쳤다. 이번엔 분명했다. 두 눈으로 똑똑히 발견했다. 이예주가 새파랗게 질린 얼굴로 잔뜩 겁을 집어 먹었다.

"거, 거기 누구 있어요?"

"……."

역시나 들려오는 대답은 없었다. 그녀는 공책만큼 얇고 작은 검은색 책을 품에 꽉 껴안은 채 조심스럽게 걸음을 옮겼다. 16번 책장을 옆에 끼고 천천히 다음 책장과의 통로에 도달했을 때쯤, 침을 한 번 꿀꺽 삼킨 그녀가 획 통로를 향해 몸을 틀었다.

"어……."

통로는 텅 비어 있었다. 책장들만 굳건하게 서 있을 뿐, 1번 책장이 있는 까마득한 반대편까지 아무것도 없었다. 하지만 자신이 들은 것은 절대로 환청이 아니었는데. 두 번이나 환청을 들을 리도 없고.

겁에 질린 이예주의 얼굴이 점점 볼썽사납게 일그러졌다.

"……좋은 말 할 때 나와라."

그녀가 센 척을 했다. 원룸에 혼자 있을 때 자주 했던 행동이다. 그러나 역시 서재는 그녀를 제외하곤 아무도 없다는 양 고요하기 짝이 없었다.

착각인 것일까. 서재로 몰래 들어오느라 극도로 긴장했기에 환청을 들은 것일 수도 있다. 아니, 들은 것이다. 이예주는 텅 빈 통로를 바라보며 그렇게 믿기로 했다. 그렇게 믿기로 했는데…….

타타다닥! 오른쪽에서 들리는 소리에 그녀가 기겁을 하고 고개를 돌렸다. 획, 이번에는 환청, 환각이라고 자기 최면을 걸 수도 없을 정도로 정확하게 목격했다. 금빛 머리가 넘실넘실 이예주가 서 있는 반대편 쪽의 통로를 가로질러 사라졌다. 심장이 발아래로 쿵 떨어지는 소리가 귓가에서 울려 퍼졌다.

"……일리야?"

"……."

"일리야예요?"

제가 아는 유일한 금발을 떠올리며 그녀가 천천히 반대편 통로를 향해 걸었다. 일리야가 아니면 그것대로 난처해지겠지만, 만약 맞다면 그만큼 낭패가 또 없을 거란 생각이 들었다. 방 밖으로 나오지 말라는 그녀의 말을 무시하고 두 번이나 나왔기 때문이다.

하, 정말 왜 이렇게 운이 안 따라 주는 걸까. 이예주는 변명을 위해 필사적으로 머리를 굴렸다. 뭐라고 이야기해야 그 속 모를 여자가 자신의 말에 납득해 줄까.

"일리야, 저기 일단 미안해요. 방으로 들어가라고 손전등까지 줬는데……."

또 다른 책장을 넘어 반대편 책장에 도착했을 때쯤 이예주가 어렵사리 입을 떼며 몸을 틀었다. 변명은 찬찬히 생각하고 무작정 사과부터 할 생각이었던 그녀는 앞에 보이는 통로의 모습에 불현듯 말을 멈췄다.

"어⋯⋯."

통로는 역시나 텅 비어 있었다. 분명 이쪽으로 지나간 것 같은데. 뒤따라서 걸은 지 얼마 되지도 않았건만 일리야는 없었다. 이게 무슨⋯⋯.

투다닥! 그때 또다시 발자국 소리가 울려 퍼졌다. 이번엔 오른쪽이었다. 자신이 뒤쫓는 사이 저기까지 갈 정도면 엄청나게 빨리 움직인 셈이다. 말을 듣지 않은 자신에게 굉장히 화가 난 모양이다.

일리야라고 확신한 이예주는 두려움을 내려놓고 터덜터덜 그녀의 뒤를 쫓아 다시금 책장을 따라 걸었다.

"일리야, 화가 많이 난 건 이해해요. 저 같아도 이렇게 말 안 듣는 손님이라면 화가 많이 났을 텐데 정말 죄송해요. 그렇지만 제게도 사정이⋯⋯."

다시 일리야가 뛰어간 반대편 통로까지 도착한 이예주는 이번엔 저가 있는 16번 줄에서 4칸 정도 떨어진, 12번 줄로 추정되는 통로에 멀찍이 서 있는 금발을 발견했다.

"일리야? 일리야, 저기 잠시만⋯⋯!"

하얀 옷을 입고 있는 금발 머리는 이예주가 통로로 몸을 틀자마자 냉정하게 뒤로 돌아 다시 책장 사이로 걸어 들어가 버렸다.

아오, 저게! 사람 말도 듣지 않고 등을 돌린 일리야에게 불쑥 짜증이 솟았지만 제가 잘못한 것을 잘 알고 있는 그녀였기에 입 밖으로 불평을 토해 내는 어리석은 짓은 하지 않았다. 다만 걸음을 더 빨리해서 일리야의 뒤를 쫓아갈 뿐이었다.

"일리야, 제가 진짜 다 잘못했어요. 저랑 잠시 말 좀⋯⋯."

뒤를 다 따라잡은 것 같으면 일리야는 어느새 멀찍이 반대편 통로에 서 있었다. 그리고 이예주의 부름을 듣기도 전에 팽 하니 몸을 돌려 떠나가 버리는 것이 아닌가.

계속해서 그러한 행동이 반복되자 이예주는 이젠 휙 지나가는 흰색 물체만 발견해도 무작정 따라가고 보았다.

"일리야, 제발요. 이제 충분하지 않을까 싶은데요. 제발 제 말 좀⋯⋯! 하⋯⋯."

다시 여자를 놓친 이예주는 불쑥불쑥 솟아오르는 분노를 참으며 이를 갈았다. 잘못이고 나발이고 이제 제발 방으로 들어가서 잠 좀 자고 싶은데. 단단히 삐진 금발 여자는 저를 놓아줄 생각을 하는 것 같지 않아 보인다. 그녀는 휙 지나가는 흰색 옷자락을 따라 지친 발걸음을 떼었다.

그런데 일리야가 아까 흰색 옷을 입고 있었던가?

터덜터덜 걷다가 문득 드는 생각에 그녀가 고개를 갸웃거렸다. 처음 도시에서 헤매던 이예주와 조롱이를 데리러 왔을 땐 분명 살구색에 가까운 옷이었지, 흰색 옷은 아니었다. 그다음 자신의 시중을 들고 저녁을 먹을 땐 파란색 옷으로 갈아입고 있었으니까⋯⋯.

그녀는 아까 전 3층으로 몰래 올라오다 맞닥뜨린 일리야를 떠올려 보았다. 그때는 흰 옷이었나? 어둠 때문에 정확히 무슨 색인지 분간할 수가 없었다.

눈을 가느다랗게 좁히며 일리야의 인상착의에 대해서 심도 있게 떠올리던 이예주는 이내 깊게 생각하길 포기했다. 에이 뭐, 그사이 갈아입었겠지. 지금은 화가 난 일리야를 따라가기도 벅차다.

그녀는 그렇게 여자의 뒤를 쫓아 저도 모르는 사이 더 깊숙한 서재 안쪽으로 들어가고 있었다.

"일리야, 제가 진짜 죽을죄를 지었어요. 이제 그만해요!"

정신을 차리고 보니 어느덧 자신은 문과 반대편인 서재 끝에 와 있었다. 여전히 주위는 눈이 빙글빙글 돌 정도로 책, 책, 책뿐이었으나, 아까 있던 곳과는 기묘하게 공기가 달라졌다.

문 근처는 약간 텁텁하고 종이 냄새 나는 일반 도서관 냄새라면 반대쪽은 뭐랄까, 공기가 차갑고 무겁다. 어디 창문이라도 열어 놔서 찬바람이라도 부는 것처럼. 어디선가 비린내가 풍기는 것 같았다. 기분이 나빠지는 냄새다.

눈앞에서 휙 지나치는 일리야를 놓친 이예주가 불만을 더 이상 참지 못하고 입을 벌려 거세게 외쳤다.

"일리야! 그만 좀……!"

서재의 끝에 다다라 책장의 모퉁이를 따라 짜증스럽게 몸을 틀던 이예주가 제 눈앞에 보이는 광경에 우뚝 멈춰 섰다.

공기가 차가워진 이유가 달리 있는 게 아니었다. 벽면에 붙은 책장이 있어야 할 서재 끝에 사람이 들어갈 만한 크기의 네모난 구멍이 뻥 뚫려 있었다. 차가운 공기가 그쪽에서부터 새어 나오는 듯했다.

구멍 너머로 내려가는 방향의 계단이 보였다. 그리고 그 계단 위에 하얀 옷을 입고 있는 금발 여자가 한 칸 내려서 있었다. 여자는 일리야가 아니었다.

"다, 당신은……."

이예주는 여자의 얼굴을 확인하고 입을 떡 벌렸다. 혹시 제가 책에 너무 몰입한 나머지 환각을 보고 있는 걸까. 혹은 꿈을 꾸고 있는 것인가 싶어 한쪽 손을 들어 눈을 비볐다.

그런데도 여자는 사라지지 않았다. 묘한 표정으로 말없이 이예주를 바라보고 있는 눈.

"……당신!"

이예주는 허겁지겁 들고 있던 검은 책을 펼쳐 들었다. 정확히 2쪽에 여자의 초상화가 그려져 있었다. 너무나도 정교하게 그려져서 실존 인물일지도 모르겠다는 우스운 생각을 하고 지나쳤던 그림, 위대한 여신이란 시간이!

"대박."

이건 또 무슨 어이없는 상황이지? 동화 속에 나온 인물이 책과 똑 닮은 얼굴로 제 앞에 멀뚱히 서 있었다. 대체 이게 무슨 황당무계한…….

그녀가 제가 들고 있는 책과 앞에 실존한 여인을 번갈아 바라보던 와중이었다.

"어! 저, 저기요!"

말없이 이예주를 지그시 바라보고 있던 여자가 불현듯 몸을 틀어 계단을 타고 내려가기 시작했다. 여자의 빛나는 흰색 옷이 순식간에 어둠 속에 파묻혔다. 이예주가 황급히 불렀지만 그녀는 다시 뒤돌아보는 일 없이 그대로 사라져 버렸다.

"어, 어떡하지? 따라가야 하나?"

책과 너무나도 똑같은 실제 여자의 모습이 거짓말 같았다. 벌어진 이예주의 입이 다물어질 줄 몰랐다.

"아아, 어떡해. 어떡하지? 어떡할까, 예주야. 어떡해."

지금까지 행동을 보아하니 분명 따라오라는 신호 같긴 한데. 그렇다고 선뜻 어디로 이어졌을지도 모를 구멍 속으로 몸을 마구 날리고 싶진 않았다.

"어떡해, 어떡해! 따라갈까? 아니, 그냥 방으로 갈까? 아악!"

한 손으로 머리를 마구 헝클어뜨리며 이예주는 양자택일의 상황에 마구 갈등했다. 무작정 따라가자니 꺼림칙하기 짝이 없고 그렇다고 안 가자니…….

일단 여신 이름이 'Time'이었다. 무슨 이름을 그런 식으로 지었는지는 모르겠으나, 어쨌든 여신이란 여자는 시간족과 관계가 상당히 깊은 듯했다.

시간과 관계가 깊은 것은 시간족뿐만 아니라 이예주도 마찬가지였다. 빌어먹을 앞으로만 직진하는 능력! 자신은 후진을 좀 해야 하는 인생을 살고 있으니, 시간과 관계된 여신이 있다면 진지하게 이야기를 나눠 봐야 하는 사람이었다.

여태껏 자신을 골탕 먹이고 끝내 계단을 아래로 사라진 여자가 진짜 여신이라는 보장은 없다. 하지만 지금 놓치면 언제 다시 여신과 얼굴이 같은 사람을 만날 수 있을지 모른다. 만날 기회를 얻기도 전에 람에게 잡혀 죽을 가능성이 훨씬 컸다.

그렇다면.

"……가자."

죽이 되든 밥이 되든, 이예주에게 선택은 하나뿐이었다.

계단을 타고 내려가는 길은 온통 어두웠다. 손전등이 없었다면 이예주는 진즉에 계단을 굴러 저승을 헤매고 있었을 것이다.

끝없이 내려가는 계단뿐인 통로는 좁고 축축했다. 대체 어디서 떨어지는 건지 가끔 위에서 물이 뚝뚝 떨어져 안 그래도 경사 높은 계단을 한층 더 살벌하게 만들고 있었다.

이런 위험천만한 계단을 그렇게 빠른 속도로 뛰어 내려가다니. 여신 모습을 한 여자가 아무래도 진짜 여신일지도 모른다는 쪽으로 마음이 기울었다.

난간조차 없어서 한 손으로는 미끌미끌하고 축축한 촉감의 기분 나쁜 벽을 짚고, 나머지 한 손으로는 책을 꼭 안아 든 채 가까스로 손전등을 비추며 이예주는 한 칸 한 칸 내려갔다.

저택의 층수인 3층보다 더 깊이 내려가고 있다고 느낄 정도로 계단의 길이가 길었다. 오랜 시간 동안 내려가다 보니, 아무래도 지금쯤 날이 밝았을지도 모르겠다는 생각이 들었다.

자신이 방에서 고이 자지 않고 이런 뜬금없는 공간을 헤매고 있다는 사실을 안다면 일리야는 물론이고 조롱이도 눈을 까뒤집을 텐데. 불을 내뿜으며 제 주인에게 꼰지르겠다고 투지를 다질 조롱이를 떠올리니 머리가 아파 왔다.

"하……."

참 불쌍하고 박복한 내 신세야. 그녀가 한숨을 내쉬며 다시금 걸음을 재촉했다.

어쨌거나 이 비좁은 계단부터 다 내려가고 봐야 무언가를 할 수 있었다. 만약 자신을 이곳까지 끌고 온 여자가 그저 여신 흉내를 낸 미친 여자라면, 정말 그 금발 머리를 다 쥐어뜯어 놓겠다고 거듭 다짐하며 이예주는 계속해서 계단을 내려갔다.

차갑고 습한 공기 때문에 코끝이 얼얼하다 못해 마비된 것 같다는 느낌이 들 때쯤, 그녀는 드디어 평평한 땅에 발을 디딜 수 있었다. 제가 내려온 뒤를 돌아보니 온통 어둠뿐이었다. 손전등으로 비춰 봐도 끝이 보이지 않았다.

이런 곳을 겁 많은 자신이 통과했다는 게 믿기지 않았다. 이 미친 세상에 넘어와서 쉴 새 없이 괴물에 쫓기고 구르며 그만큼 많이 성장했다는 것일 테다. 그러나 하나도 뿌듯하지 않았다.

"……여긴 또 어딜까."

지친 목소리로 이예주가 이곳저곳 손전등을 비춰 봤다. 계단을 내려왔던 통로보다 크기가 약간 더 큰 복도라는 것을 빼곤, 딱히 달라진 건 없었다. 동굴을 개조한 곳처럼 돌벽 곳곳은 곰팡이와 이끼가 슬어 있었고 어느 하나 축축하지 않은 부분이 없었다.

맨발에 닿는 까슬까슬함에 이예주는 운동화를 신고 오지 않은 것을 무척이나 후회했다. 발바닥이 얼마나 시꺼메졌을지는 보지 않아도 충분히 짐작이 갔다. 그 순간, 무섭도록 잔뜩 피어 있는 곰팡이를 보며 오만상을 찌푸리던 그녀의 손전등 빛에 흰색 옷자락이 귀신처럼 스윽 모퉁이를 지나는 것이 비쳤다.

"아이씨, 저기요! 좀 천천히 좀 가요!"

무섭기는 저나 나나 매한가지일 텐데 손잡고 사이좋게 같이 거닐면 될 것을, 뭘 저렇게 혼자 바쁜 척은 다 하고 있는지 모르겠다.

바닥이 매끄럽지 않고 더러워 보여 까치발로 잠깐 걸어 보았지만 이내 포기했다. 이예주는 여자가 사라진 모퉁이를 향해 빠른 속도로 걸어갔다.

여자는 잡을라 치면 계속해서 모퉁이를 돌아 사라졌다. 이예주 또한 꽤 빠른 속도로 따라잡고 있는 것 같은데, 허겁지겁 모퉁이를 돌면 여자는 다시 저만큼 앞서가고 있었다. 흰색 옷을 입은 데다 속도도 빠른 게 꼭 귀신과도 같아서 괜히 오싹했다.

미로처럼 어지러운 구조라 자신 혼자였다면 길을 잃기 십상인 곳이었다. 가끔 갈림길도 나왔지만 여자는 익숙한 곳을 걷는 듯 망설임 없이 한쪽으로 휙휙 방향을 전환했다.

여자가 하도 빨리 걸어 실제로 길을 잃을 뻔했지만, 그때마다 기다려 주듯 흰색 옷자락을 반드시 휘날렸다. 때문에 이예주는 포기하지도 못하고 죽자 살자 쫓아갈 수밖에 없었다.

그렇게 다시 한참 동안 여자를 쫓아가다 보니 어느덧 손전등이 필요 없을 정도로 주위가 환해져 있었다. 사람들이 자주 다니는 길목인 듯 벽 중간에 뜨문뜨문 횃불이 걸려 있는 것이다.

"헉, 헉…… 저기요. 잘 따라갈 테니까 좀 천천히……."

"흐으……!"

쉴 틈 없이 걸어 댄 탓에 거칠게 헐떡이며 애원하던 이예주는 불현듯 들려오는 희미한 소리에 말을 멈췄다.

그 여자의 목소린가? 하지만 그렇다기엔 꽤 먼 곳에서 들려오듯 메아리처럼 울려 퍼졌다. 이예주의 얼굴에 순식간에 긴장감이 감돌았다. 그녀는 등이 걸려 있는 오른쪽 벽에 최대한 몸을 붙이면서 서서히 걸음을 늦췄다. 불 아래 있으면 쉽게 주변을 볼 수 있을 정도로 환했지만, 횃불이 워낙 커다란 간격을 두고 걸려 있어 횃불과 횃불 사이는 그다지 밝은 편이 아니었다.

뭔가 낌새가 이상하면 바로 줄행랑을 칠 수 있도록 발에 잔뜩 힘을 준 채 그녀는 앞에 있는 양 갈림길에서 천천히 오른쪽으로 몸을 틀었다. 앞서 가던 여자의 금발 머리가 휘날리던 것을 기억하고 있었기 때문이다.

"흐으, 흐읍, 흐윽……."

몸을 틀자 희미하게 나던 신음 소리가 더 커졌다. 한 명에게서 나던 것이 메아리쳐서 돌아왔다고 치기에는 높낮이가 많이 달랐다. 여러 명의 소리가 불분명하게 뒤섞인 듯했다.

이예주는 조심스럽게 한 발 한 발 걸음을 옮겼다.

"흐으, 흐윽……."

다시 한번 들려오는 흐느낌 같은 소리에 그녀가 마른침을 연신 삼켰다. 긴장해서 식은땀이 자꾸만 비죽비죽 흘러나왔다.

길은 왼쪽으로 꺾는 것 딱 하나뿐이었다. 더 이상의 갈림길은 없었다. 걸음을 뗄수록 더욱더 커지는 소리로 보건대, 모퉁이 너머에 사람들이 있는 것 같았다.

이예주는 조심스럽게 발걸음을 옮겨 왼쪽 벽에 달라붙었다. 듣기 싫은 신음 소리가 부쩍 가까워졌다. 듣지 않으려 해도 들리는 신음에 그녀는 점점 소리의 무게를 알아차렸다.

"아흑, 아아……!"

신음은 크게 세 가지가 있다. 몸을 점령한 아픔에 힘없이 내는 소리, 무거운 무언가를 잡아끌거나 들어 올릴 때 내는 굵직한 소리. 그리고 마치 지금 들리는 소리처럼 어딘지 모르게 질척한…….

묘한 상상을 떠올리며 모퉁이에 도달했을 무렵, 이예주는 벼락같이 들리는 비명 소리에 화들짝 놀랐다.

"아악!"

고통에 시달린 비명 소리가 돌로 만들어진 통로 곳곳으로 울려 퍼졌다. 혹시 여자가 무슨 일을 당한 걸까. 허겁지겁 모퉁이에 달라붙어 고개를 빼꼼 내민 이예주는 앞에 보이는 지옥도에 그대로 굳어 버렸다.

그녀를 계속해서 유인했던 여신을 닮은 여자는 없었다. 쫘악! 대신 채찍이 허공을 갈랐다. 휘익 하고 무서운 소리를 내며 떨어져 내린 채찍이 손목에 사슬을 감은 채 벽에 대롱대롱 매달려 있는 여자의 알몸에 커다란 생채기를 냈다.

"아, 아흑!"

여자가 경련하듯 몸을 떨었다. 쩍 하고 상처가 벌어지더니 시뻘건 피가 질질 새어 나왔다. 그러자 그 앞에 채찍을 들고 서 있던 남자 세 명이 광기 어린 눈을 번뜩이며 여자에게 달려들었다. 그리고 몸을 타고 흐르는 피를 성수처럼 마구 빨아 먹었다.

그 옆의 탁자엔 작은 몸집의 여자가 기절하듯 엎어져 있었고, 그 위에 커다란 남자 한 명이 개처럼 달라붙어 헉헉거리며 거세게 허리를 움직이고 있었다.

끼익 끼익, 남자의 힘에 몰린 탁자가 듣기 싫은 소리를 내며 흔들렸다. 살과 살이 부딪치는 질척한 소리와 여자의 괴로운 신음 소리가 탁자와 박자를 맞추듯 연달아 들려왔다. 무슨 짓을 한 건지 여자의 입에서 피거품이 자꾸만 흘러나왔다. 맞아서 찔끔 나온 상처가 아니라 내장이 잘못된 것처럼, 끊임없이 흘러나온 피가 탁자를 타고 뚝뚝 흘러 그 밑에 대어 놓은 양동이에 흘러내렸다.

탁자 옆쪽에 한 여자가 피투성이인 알몸으로 널브러져 있었다. 이미 채찍질이 끝난 후 졸도한 것 같았지만, 무의식에도 괴로운 건지 그녀의 입에서 계속 비명 소리가 터져 나왔다.

"아악! 어흑!"

찢어지는 비명 소리에 이예주의 시선이 다시 채찍질당하는 여자에게로 향했다. 세 명의 남자 말고도 순서를 기다리는 중인 듯 대여섯 명의 남자가 한쪽 구석에서 그 꼴을 보며 낄낄대고 있었다.

"헤헥, 족장님. 오늘은 왜 더 들지 않으시구요?"

걸쭉한 목소리에 이예주가 휙 시선을 돌렸다. 구석에서 낄낄대던 남자 하나가 채찍질 당하는 여자를 손가락질하며 느물느물 웃었다.

익숙한 버터 바른 목소리가 답했다. 족장이었다.

"오늘은 오랜만에 인간 음식을 먹어서 그런지 속이 굉장히 디스가스팅하군. 기분이 좋지 않아."

"에에, 족장님 아직도 샌님처럼 인간 음식을 드시는 거유? 거참, 이런 별미를 두고 왜 그런 계집들이나 먹는 쓰레기를……."

"그건 바로 네놈들이 처먹는 별미를 제공하기 위해서야. 오늘 새 계집이 들어왔다."

"오오, 정말이십니까? 안 그래도 이 계집들도 물려 가는 마당에 다행이네요."

또 다른 남자 하나가 족장의 말에 대답하며 별안간 옆에 널브러져 있던 피투성이 여자를 퍽 걷어찼다. 으으, 여자의 입에서 다시 얕은 신음 소리가 터져 나왔다.

"아, 다행이구말구! 흐흐 족장님, 새 계집은 언제 보이십니까? 설마 우리 몰래 먼저 드신 건 아니지유?"

"새 계집, 어리고 꽤 반반해. 성깔도 있어 보이고. 일리야 말로는 어떤 힘을 가지고 있을지도 모르겠다던데."

"허억! 무슨 힘이유?!"

남자들의 시선이 한 번에 족장에게 쏠렸다. 그것은 무자비하게 채찍질을 하던 남자들과 탁자 위의 여자에게 달라붙어 있던 남자 또한 마찬가지였다.

"글쎄. 차차 밝혀지겠지. 뭔가 있는 계집인 건 확실해. 깜찍하게도 신인류를 데리고 다니더군. 그것도 검은 파편의 힘이 꽤 강하게 깃든 신인류를 말이야. 그놈을 잠재우기 위해서 마취 향을 몇 개나 피워 댔는지. 아아, 아직도 머리가 아파. 지긋지긋해."

"그 신인류는 어떻게 했소?"

"어떻게 하긴 뭘 어떻게 해. 신인류라면 환장하는 인간 놈들에게 팔아먹으려고 지하에 가둬 뒀지. 제가 어디 있는지도 모르고, 처자 빠져서 자고 있겠군. 하여간 멍청한 동물 새끼들이란!"

족장의 말에 남자들이 다 함께 낄낄거렸다. 이예주는 족장이 말한 신인류가 조롱이라는 것을 단박에 눈치챘다. '흐읍!' 하고 신음 소리가 절로 새어 나왔다. 그녀는 황급히 손을 올려 제 입을 틀어막았다.

"잠깐! 무슨 소리가 났는데?"

족장이 갑작스레 손을 획 들어 올려 남자들의 웃음을 멈췄다. 들킨 건가 싶어서 이예주는 온몸의 핏기가 싸악 가셨다.

"껄껄, 소리는 무슨 소리요, 족장. 나가 떡 치는 소리겠지!"

그때 다행인지 불행인지 탁자 위의 여자에게 붙어 있던 커다란 남자가 낄낄대면서 큰 소리로 음담패설을 내뱉었다. 그러자 잠시간의 정적을 깨고 나머지 남자들 또한 다시금 배꼽을 잡고 웃었다.

족장의 옆에 서 있던 한 남자가 탁자 쪽으로 다가갔다. 놈이 여자의 입에서 흘러나와 탁자를 적시고 뚝뚝 떨어진 피를 받은 양동이를 번쩍 들더니 그대로 그 피를 꿀떡꿀떡 삼키기 시작했다.

"캬아! 그래도 새로 들어온 지 얼마 안 된 것이라고 아직은 쓸 만하네그려!"

"어이, 자네! 혼자 다 처먹지 말고 좀 나누자고, 나눠! 안 그래도 요즘 계집년들 피가 모자라 죽을 판에……."

나눠! 피! 피를 줘! 크크큭, 크하하하, 하하하!

입 주위가 온통 피로 물든 악귀들이 낄낄거리며 건배를 외쳤다. 그 지옥 같은 곳 근처, 꺾어진 모서리에 바짝 붙어 있던 이예주는 두 손으로 제 입을 틀어막은 채 숨도 제대로 쉬지 못했다.

'흐읍…… 도망가야 돼. 당장 도망가야 돼, 이예주.'

그녀가 터져 나오는 신음 소리를 계속해서 삼키며 계속해서 도망을 연달아 외웠다. 그러나 휴대폰 진동하듯 달달달 떨리는 몸이 좀체 움직일 생각을 하지 않았다.

끔찍했다. 여자의 몸에서, 입에서, 차마 말할 수 없는 곳에서. 질질 흐르는 피 냄새가 계속해서 코를 역하게 찔러 댔다. 해일처럼 몸을 짓누르는 역겨움과 두려움에 질려 그녀의 얼굴은 이미 땀, 눈물, 콧물 가릴 것 없이 체액들로 온통 범벅이었다.

들어섰을 때처럼 아무것도 못 본 척하고 당장 이 미친 곳에서 나가고 싶다. 하지만 조금이라도 움직이면 소리가 날 것 같아서 도저히 몸을 움직일 수 없었다.

"아…… 아…….."

"아악! 끄억!"

"흑, 흐으, 흐응……."

끊임없이 들려오는 여자들의 신음 소리, 그리고 마을에서 눈을 씻고 찾아봐도 없던 남자들의 웃음소리.

귀를 틀어막고 싶었지만 입을 틀어막는 것만으로도 벅찬 상태였다. 잠깐이라도 입에서 손을 떼면 살려 달라는 비명 소리가 새어 나올 것 같았다. 심장 소리가 저들에게 들릴 정도로 쿵쾅쿵쾅 커다랗게 고동쳤다.

걸리면 죽는다. 걸리면 안 돼. 그녀가 덜덜 떨리는 몸으로 계속해서 기척을 줄이기를 노력하던 그때였다.

탁, 타다닥!

뒤에서 누군가의 발자국 소리가 들렸다. 소리를 죽일 생각은 전혀 없는 것처럼 거세게 발 구르는 소리가 지하 통로 안에 텅텅 울려 퍼졌다. 이예주는 시체처럼 핏기가 사라진 얼굴을 천천히 소리가 난 쪽으로 돌렸다.

탁, 타닥!

또 한 번의 발자국 소리와 함께 저 멀리 통로 끝 모서리에서 하얀 옷자락이 사르륵 지나갔다. 그녀가 죽자 살자 쫓아온 여자였다. 자신을 이 끔찍하고 역겨운 악의 구렁텅이에 몰아넣은 채 여신을 닮은 여자는 깔끔하게 등을 돌려 사라졌다.

그와 동시에 이예주는 남자들의 낄낄거리는 웃음소리가 거짓말처럼 뚝 끊겼다는 것을 깨달았다.

"……아무래도 쥐새끼가 숨어 들어온 모양인데. 이봐! 얼른 확인해 봐!"

족장이 명령했다. 뒤를 향했던 이예주의 절박한 얼굴이 빛이 새어 나오는 앞을 향해 돌아갔다. 이런 상황에서 어떻게 해야 하는지 머리를 굴리기도 전에, 열려 있는 문에서 가장 가까운 위치에 서 있던 덩치 큰 남자가 그녀가 있는 모서리까지 저벅저벅 걸어 나왔다.

입에 피 칠을 한 악귀 같은 남자의 얼굴이 모서리 너머에서 불쑥 나타나는 순간.

"누구…… 악!"

그녀는 손에 들고 있던 손전등을 남자의 얼굴에 냅다 던졌다. 손전등의 유리 부분이 남자의 머리통에 부딪혀 날카로운 소리를 내며 사방으로 튀었다. 기습 공격을 당한 남자가 머리를 부여잡으며 비명을 질렀다.

"잡아! 침입자다! 잡아!"

"어떤 망할 놈이여……!"

남자들의 험악한 욕설과 목소리가 지척에서 들려왔고.

"흐, 흐흑!"

이예주는 흐느낌을 억누르며 미친 듯이 뛰기 시작했다.

얼굴이 퍼렇게 질린 여자가 횃불 밑에서 후다닥 달려갔다. 여자가 모퉁이에서 튀어나온 지 얼마 안 돼 입에 피 칠을 한 남자들이 뒤를 이어 우르르 튀어나왔다.

"잡아, 잡아!"

비루한 체력 탓에 남자 무리가 모두 모퉁이를 돌아 사라진 후에야 간신히 모서리에 도착한 금발의 족장이 파리한 얼굴로 괴성을 질렀다. 어두운 통로를 타고 그의 신경질적인 비명 소리가 쩌렁쩌렁 울려 퍼졌다.

"새 계집이야, 놓치면 안 돼! 저 계집은 내 꺼야! 내 꺼어어!"

숨이 턱에 차올라서 미친 듯이 도망가고 있던 이예주는 메아리치는 족장 놈의 목소리를 듣고도 뒤돌아볼 새가 없었다. 무조건 앞만 보고 달렸다.

"헉, 헉!"

한 발자국 한 발자국 내밀 때마다 심장이 갈비뼈를 부러뜨리고 튀어나오는 듯했고, 그때마다 눈앞이 아득해졌다. 거친 바닥 때문에 발바닥이 까졌는지 디딜 때마다 억 소리 나는 통증이 느껴졌다.

비릿한 잔향이 코에서 가시지 않았다. 잡히면 죽는다. 그 여자들과 같은 일, 혹은 더 심한 짓을 당하고 죽을지도 모른다.

다시 오른쪽으로 휙 꺾으며 뒤쫓는 남자들의 손아귀에서 간발의 차이로 벗어난 이예주는 흡, 숨을 들이쉬었다. 좌우 상관없이 눈에 보이는 대로 돌고 또 돌았기에 이미 여신 닮은 여자를 따라왔던 출구를 찾는 것은 불가능했다. 그나마 길이 미로처럼 이곳저곳 꺾여 있어서 다행이지, 일자로 되어 있는 복도였다면 금방 잡혔을 게 분명했다.

"거기 서! 쥐새끼 같은 계집!"

길은 어둡고 축축했다. 발바닥의 통증은 자꾸만 더 심해지고, 습한 땀방울이 송골송골 맺혀 머리카락이 목덜미에 달라붙었다.

"흐흑, 헉, 흐흡, 흐흑!"

남자들의 커다란 고함 소리에 휘청거리다 그대로 넘어질 뻔했다. 어금니가 깨져도 모르겠단 심정으로 거세게 이를 악물지만 않았어도 어쩌면 지금 바닥을 뒹굴고 있었을 것이다. 온몸을 꿰뚫는 두려움에 눈물이 치솟아 자꾸만 눈앞을 가렸다. 다리가 후들후들했다.

"으흑!"

타다다닥! 비명과도 같은 단발마를 내뱉으며 이예주는 제 앞에 펼쳐진 갈림길에서 1초의 망설임도 없이 무작정 왼쪽으로 몸을 틀었다. 등 뒤에서 남자들의 묵직한 발걸음 소리가 연달아 들린다. 꽤 멀었던 거리도 거의 좁혀졌다.

틈 하나 없이 꺾어지기만 하는 이 미로 같은 곳에서 과연 저 미친놈들을 따돌리고 도망칠 수 있을까. 아니, 따돌리기 전에 과연 제 형편없는 체력이 견뎌 줄까. 지금도 이렇게 다리가 후들거리는데.

이러다가 곧 잡힌다, 곧. 보이지 않는 손이 제 목을 조르는 것을 느끼며 그녀가 다시 오른쪽으로 몸을 꺾었다.

"으윽."

반동 때문에 중심을 잡느라 오른쪽 발을 세게 내린 탓에 눈앞이 하얘질 정도의 고통이 종아리를 타고 뇌까지 전달되었다. 남자들이 지척까지 쫓아왔지만, 이예주는 반사적으로 신음을 내뱉으며 발걸음을 멈췄다.

벽을 부여잡고 필사적으로 걸음을 옮겼다. 그러나 발을 한 발 뗄 때마다 눈앞에서 불똥이 튀었다. 절로 터져 나오는 비명을 참으며 그녀는 벽을 잡고 전진했다.

"어디, 어디야!"

"오른쪽이다! 오른쪽으로 한 번 더 틀었다!"

모퉁이 바로 너머에서 들려오는 남자들의 목소리에 가까스로 통로 끝, 왼쪽으로 꺾는 길에 다다른 이예주의 가슴이 허물어졌다.

상체의 반은 벽에 기대야 간신히 서 있을 수 있는 상태. 이 상태로 얼마나 더 도망칠 수 있을까. 그것도 절뚝이는 걸음으로. 타다다닥, 남자들의 발걸음이 점점 가까워졌다. 뇌리를 강타하는 공포에 그녀가 입술을 터져라 깨물던 그 순간.

어두운 모퉁이 너머에서 하얀 손이 쑥 나와 벽을 집고 있던 이예주의 한쪽 손목을 거세게 잡아챘다.

"으허억!"

갑작스러운 손길에 이예주는 그야말로 까무러치게 놀랐다. 동시에 하얀 손이 강한 힘으로 그녀를 잡아당겼다. 순식간에 모퉁이 너머로 끌려갔다. 직각으로 되어 있는 모서리를 돌자마자 벽에 체구가 작은 사람이 간신히 지나갈 수 있을 정도로 좁고 작은 틈이 있었다. 틈 너머는 너무나도 좁아서 온통 어둠밖에 보이지 않았다.

이게 대체 뭔가 싶어 그녀가 떡 벌린 입을 채 다물지도 못했을 때.

"으아악!"

이예주는 전혀 생각지도 못한 틈 속으로 몸이 잔뜩 구겨진 채 끌려 들어갔다.

"여기다!"

그녀의 하늘거리는 옷자락이 틈 속으로 빨려 들어가듯 사라졌을 무렵, 간발의 차로 횃불을 든 남자들이 들이닥쳤다. 몇 분 후, 그 뒤를 숨넘어갈 듯 헉헉거리며 쫓아온 족장이 남자 무리를 거침없이 밀치고 이예주가 방금 전 끌려갔던 자리에 도달했다.

"헤엑, 헥! 어디! 어디 있느냐!"

"그, 그게…… 방금 이쪽으로 사라진 것 확인했는디유! 귀신이 곡할 노릇이네. 어디 갔지?"

금방이라도 손에 잡힐 듯 말 듯 아른거리던 계집이 모퉁이를 돌자마자 사라졌다. 남자들이 이리저리 횃불을 들어 보였으나, 더 이상 길이 이어져 있지 않았다. 벽으로 막혀 있는 막다른 길이었다.

텅 빈 통로는 어둠만이 음산하게 도사리고 있을 뿐, 작은 계집의 몸을 숨길 곳은 없었다.

"오우 쉣! 테뤄러으브르르!"

거친 숨 때문에 한껏 더 심하게 혀가 말려 들어간 족장이 괴성을 지르며 벽을 걷어차다가 이내 통증으로 험악하게 인상을 찌푸렸다.

"이 틈으로 들어간 게 아닌가?"

족장이 옆 벽에 균열처럼 간신히 나 있는 틈을 가리키며 남자 무리를 노려보았다.

"이렇게 좁은뎁쇼? 몸뚱아리는커녕 대가리도 못 밀어 넣겠소."

탁자 위에서 여자를 겁간하던 덩치 큰 남자가 틈에 팔을 깊숙이 집어넣으며 생각 없이 지껄였다. 두껍고 우락부락한 그의 팔이 어깨 부분에 걸려 더 이상 들어가지 않았다.

"그렇고말고. 어떻게 이 좁은 틈에 숨겠어. 안 그런가?"

작은 이예주와 자신들의 덩치 차이까지 생각지 못한 그들은 저마다 덩치의 말이 맞다며 고개를 끄덕였다. 인정할 수밖에 없을 정도로 좁은 틈을 보며 족장이 끙 하고 앓는 소리를 내었다.

"족장, 그 계집은 어디든 저택 밖으론 도망 못 칠 테니 일단 돌아가서 덜 먹은 계집들이나 맛봅시다, 잉?"

"맞소, 맞소! 난 아직 피 한 방울도 입에 못 댔단 말이요!"

"간만의 포식인데……."

남자들이 멍청한 소리를 내뱉고 느물느물 웃어 대었다. 그러자 족장이 있는 대로 인상을 구기며 그 한심한 것들을 돌아보았다.

"닥쳐! 어떤 힘을 가진 계집인지도 모르는 마당에 그런 소리가 입 밖으로 나오나!"

족장이 희번덕하게 눈깔을 뒤집으며 신경질적으로 명령했다.

"혹시 중간에 다른 쪽으로 꺾었을지 모르니 샅샅이 뒤져. 어서!"

이예주는 틈새 깊숙이 들어갔다. 어찌나 눈 깜짝할 새에 일어난 일인지 반항 한 번 못하고 손목이 붙잡혀 속절없이 끌려가는 중이었다. 너무 놀라 발이 아픈 줄도 모르고 벽에 어깨를 이리저리 부딪치며 정신없이 끌려가다 보니, 어느 순간 눈앞이 환해졌다.

어두운 곳에 익숙해져 있던 이예주의 눈이 환한 불을 보자 반사적으로 찌푸려졌다. 그 짧은 사이, 그녀는 지하 동굴 같은 곳에서 벗어나 어떤 방에 도착해 있었다. 창고로 쓰이는 방인 듯 주변에 안 쓰는 가구들이 흰 천으로 둘러싸여 있었다.

무슨 일인지 파악도 하기 전에 피가 통하지 않을 만큼 꽉 붙잡혔던 손목이 맥없이 풀렸다. 밝은 빛에 따갑던 눈이 점점 평온해질 무렵, 절체절명의 위기에서 비밀 통로로 자신을 끌고 들어온 인물이 서서히 보이기 시작했다.

좁은 통로를 통과하느라 헝클어진 금발 머리에 지저분하게 더럽혀진 야스러운 옷.

"허억, 허억…… 일리야?"

"쉿."

낯익은 얼굴에 이예주가 제 눈을 의심할 적, 자신을 끌고 온 여자가 번개처럼 다가와 그녀의 입을 틀어막으며 침묵을 강요했다. 이예주가 놀라 휘둥그렇게 눈을 치켜뜨자 곧바로 입을 풀어 준 여자는 서둘러 그녀의 뒤쪽으로 가서 커다란 책장을 밀어 그들이 통과한 틈을 막았다.

드륵, 드르르륵. 바닥 긁는 소리를 내며 거대한 책장이 움직였다. 쿠궁, 얼마 안 가 엇갈려 있던 블록들이 제자리를 맞추는 것 같은 소음이 들려오면서 틈이 완전히 막혔다.

이예주는 그때까지 거칠게 숨을 몰아쉬며 갈비뼈를 두들겨 대는 가슴을 진정시켰다. 여자는 틈이 완전히 막혔음에도 불구하고 한참을 책장에 바짝 붙어 있었다. 누군가 틈을 타고 그들을 쫓고 있는지 확인하는 것 같았다.

"일리야, 대체 여긴…… 아니, 아까 그, 그 사람들……! 그 사람들. 조, 족장……!"

이예주가 하얗게 질린 얼굴로 방 안을 산만하게 훑으며 더듬더듬 말했다. 경악에 가득 찬 그녀의 목소리에 일리야가 책장에서 몸을 떼고 이예주의 앞으로 다가왔다.

여자는 전에 없던 차가운 표정을 짓고 있었다. 아직도 채 가시지 않은 공포의 여운으로 벌벌 떠는 이예주를 가만히 내려다보던 일리야가 이윽고 입을 떼었다.

"여긴 비밀 통로와 연결돼 있는 유일한 방이에요. 청소를 하다 우연히 발견했을 정도로 쓰는 일이 없는 외진 방입니다. 이곳이 있다는 걸 알고 있는 사람은 저밖에 없어요. 솔직히 당신이 이 방이 있는 쪽으로 도망쳐 올 거란 생각은 안 했는데, 정말 운이 좋다고 해야 할지 모르겠네요. 당장은 안전할 거예요."

당장은 안전하다는 소리에 허옇게 들떠 있던 이예주는 눈에 띄게 안도했다. 그러나 그녀의 눈에 잔뜩 담긴 경계심이 완전히 풀린 것은 아니었다.

"대체 아까 그 사람들…… 그 사람들 뭐예요? 여자 피를 먹고 있었어요. 채, 채찍으로 내리쳐서 여자들 피를 빨아 먹고 있었다고요!"

"그러게 방으로 돌아가서 조용히 잠이나 자라고 했잖나요."

일리야가 비명 같은 이예주의 질문을 짧게 일축했다. 차가운 눈동자에는 마치 하찮은 벌레를 내려다보는 것 같은 한심함이 가득 담겨져 있었다.

"팔족의 비밀을 들켰으니 이젠 정말 별수가 없네요. 당신의 우매한 행동 때문에 일이 이 지경까지 최악으로 치닫다니…… 매우 유감스럽습니다, 레이디. 아니, 예주 양."

"……이, 일리야?"

"시간이 없으니 본론만 이야기할게요. 당신이 이곳에서 무사히 살아 나갈 방법은 나와 거래를 하는 것뿐입니다. 물론 당신은 거래에 협상을 할 수도, 조건을 제시할 수도 없어요. 당신은 무조건 들어줘야 해요. 왜냐면 당신이 거절할 경우 나는 바로 족장과 그 패거리 놈들을 불러올 거니까요."

마치 기계처럼 쉴 틈 없이 쏟아지는 일리야의 말에 이예주는 멍한 얼굴을 고수했다. 그녀는 지금 이 상황을 쉽게 이해할 수 없었다. 아니, 이해를 하기는커녕 자신이 있는 이곳이 현실인지 꿈인지도 잘 모르겠다는 생각이 들었다.

밤을 새고 미친 듯이 뛰어다녀서 그런가. 머리가 온통 멍하고 온

몸이 무거웠다. 아직도 진정이 안 된 것처럼 심장이 가파르게 뛰고 호흡이 거칠었다.

이예주는 제 앞에 서 있는 여자의 굳은 입매를 쳐다보다가 고개를 내려 제 몸을 보았다. 밝은 불빛 아래 드러난 자신의 몰골은 온통 엉망진창이었다. 그 와중에 얼마나 필사적으로 검은 책을 챙겨 온 건지 오른손에 꽉 쥐어진 책의 검은 표지에 손톱자국들이 선명히 박혀 있었다.

발톱까지 시꺼멓게 때가 묻어 있는 더러운 발을 내려다보던 이예주는 간신히 떨리던 몸이 진정된 후에야 비로소 다시금 고개를 들었다. 일리야의 입매는 여전히 굳어 있었다. 절대로 협상은 없을 거란 말처럼 고집스러운 그녀의 태도를 고스란히 보여 주었다. 뇌 속에 찬바람이 들어찬 듯 머리가 점점 아파 왔다.

"그러니까……."

이예주는 이마를 부여잡고 조용히 되물었다.

"내가 당신의 요구를 무조건 들어줘야 이 미친놈들의 소굴에서 나갈 수 있다고요……?"

"그래요."

말이 끝나기가 무섭게 일리야가 답했다. 그 목소리가 꽤 다급해 보여서 남이 들으면 쫓기고 있던 것은 이예주가 아닌 그녀라고 해도 믿을 것 같았다.

"당신이 할 일은 딱 한 가지예요. 검은 파편이 팔족 여자들을 죽이지 못하게 하는 것."

"……."

"팔족 전체를 죽여 버려도 상관없어요. 다만 우리들은, 팔족 여자들은 아무 잘못 없으니까요. 우린 정당하게 요구할 수 있어요. 모든 건 저 미친 족장이 한 짓거리니까! 우리들도 충분히 당했어. 그러니까 우리들까지 싸잡아서 죽이지 말라는 거예요!"

일리야가 불현듯 이예주의 양어깨를 세게 부여잡았다. 놀란 이예주가 휘둥그런 얼굴로 그녀를 올려다보았다. 협박조로 몰아붙이던 것과는 달리 여자의 얼굴은 절박해 보였다.

"조류 신인류 그리고 검은색 남자와 같이 다니는 괴상한 옷을 입은 여자. 당신 맞죠?"

"그, 그건……."

"내 정보망은 피해 갈 수 없어. 당신이 맞아. 검은 파편과 이곳까지 온 당신! 당신만이!"

"……."

"당신만이 우리를 살려 줄 수 있어요. 족장한테서 살고 싶으면 당신은 우릴 도와야 돼. 아니, 도운다고 말해! 족장을 부르기 전에 당장 말해요. 어서!"

어깨를 잡은 일리야의 손아귀에 점점 힘이 들어갔다. 입을 벌리면 악 소리가 나올 정도로 통증이 느껴지자 이예주는 인상을 찌푸리며 일리야의 손목을 휘어잡았다. 그녀는 일리야의 손을 저에게서 떼어 내려 했다. 그러나 쉬이 제 어깨를 놓아줄 기세가 아니었다. 어쩔 수 없이 억지로 제 어깨에서 떼어 냈다.

일리야의 손이 마지못해 떨어져 나갔지만 이예주는 잡은 손목을 바로 놓지 않았다. 무뚝뚝한 표정의 그녀를 바라보는 일리야의 두 눈동자가 정처 없이 흔들렸다. 방금 전 협상은 없다던 일리야처럼, 이번에는 이예주의 입매가 단호하게 굳어 있었다.

어느새 이성을 되찾은 이예주는 명료한 눈으로 여자의 얼굴을 마주 보았다.

"……사람 피나 마시는 미친놈들한테 쫓기다가 간신히 피했더니 이번엔 당신이야?"

그녀가 일리야에게 조용히 읊조렸다. 그 얼굴은 무표정했지만, 언뜻 피곤에 가득 찌들어 보이기도 했다.

"대체 여기 인간들은 어떻게 돼먹었으면 툭 하면 살인에 식인질이야? 기본 상식도 없나? 엄마 아빠가 남한테 협박하고 뜯어 먹는 방법은 알려 주고, 도와 달라고 청할 땐 어떻게 하는지 안 알려 줘요?"

"……."

"하, 참…… 진짜 쓰레기 같네. 그래도 좀 멀쩡한 인간들 만나서 집으로 돌아갈 수 있나 했더니…… 이게 뭐야, 정말. 제대로 돼먹은 인간이라곤 하나도 없잖아……."

이예주가 혼잣말처럼 중얼거리다가 불쑥 일리야에게 초점을 맞췄다. 매서운 그녀의 눈초리에 여자가 긴장했다.

"여기까지 데리고 와 준 건 고마워요. 안 그래도 위로 가는 출구를 못 찾아서 헤매고 있던 차였는데 잘됐네. 그럼 난 이만 갈 테니까, 족장인지 뭔지 그 새끼 불러오려면 불러와요. 난 당신 도움 따위 필요 없어."

"그, 그게……."

"난 지금 딱히 도움이 절실하지도 않거든. 그러니까 불러오든 말든 네 맘대로 해. 난 당신과 거래 없이도 혼자서 얼마든지 도망갈 수 있으니까."

이예주가 짓씹듯 내뱉고는 여자의 손을 거세게 뿌리쳤다. 불쾌한 얼굴로 방을 훑어보던 그녀는 바로 출구로 보이는 문을 찾았다. 일단 이 빌어먹을 집구석을 나가야겠다는 생각이 들었다. 족장 같은 놈들이 득실거리는 이 집에서 홀로 조롱이를 찾는다는 것은 불가능에 가까웠다.

나가서 람을 찾자. 그를 찾아 조롱이를 구출한 다음, 차라리 가지고 온 책을 이용해서 혼자 집으로 돌아갈 방법을 찾는 것이 더 빠르겠다. 그럼 어떻게든 되겠지.

그렇게 결론을 내린 그녀가 걸릴 것 없다는 양 지체 없이 문 쪽으로 걸음을 옮기려던 차였다.

"제발 도와줘요!"

채 한 걸음도 떼기 전에 덥석 발이 붙잡혔다. 놀란 이예주가 뒤를 돌아보자 그녀의 발목을 붙잡은 채 바닥에 넙죽 엎드린 일리야의 모습이 보였다.

"우린 점점 죽어 가고 있어요. 아슬아슬하게 800년을 버텼지만, 미쳐 버린 족장 때문에 그것도 이제 끝났어요. 남자들이 기라면 기고, 핥으라면 핥고, 피를 바치라면 바쳐야 해요! 살기 위해선 우리도 어쩔 수 없었어요. 살기 위해선 어쩔 수 없는 거잖아요……."

"그게 무슨 소리……."

"이 도시는 저주받았어요!"

일리야가 절규처럼 소리 질렀다. 이예주를 올려다보는 그녀의 눈은 이제 절박을 넘어 공포로 가득 찼다. 이예주는 일리야의 반전에 놀라는 한편, 그런 그녀의 공포를 이해할 수 없었다.

문득 멈춰 버린 용암 파도를 올려다보며 팔족 인간들만큼 불쌍한 인간들은 없다고 말했던 조롱이가 떠올랐다. 왜 팔족들이 다시 시간을 흐르게 하지 않았는가에 대한 의문도.

이예주는 시간을 다시 흐르게 하면 용암을 피할 장소가 마땅치 않아서일 것이라 단순하게 치부했다. 시간을 멈춘 와중에도 얼마든지 용암에 녹지 않을 장소를 만들거나 혹은 다른 곳으로 도망칠 수 있었을 것이다.

하지만 팔족들은 굳이 1000년간이나 이 도시를 멈춘 상태로 이곳에서 살아왔다. 대충 눈치로 봐도 이런 유토피아를 버리고 위험을 무릅쓴 채 다른 대륙으로 이주한 인간들은 없는 듯했다.

그런데 일리야는 둘도 없이 안전한 이 도시가 저주를 받았다고 한다. 그리고 자신에게 도움까지 요청한다. 왜? 족장의 저택으로 향하면서 본 마을의 여자들은 적지 않은 수였다. 족장을 포함한 미친 남자들의 괴벽 때문이라면 얼마든지 다른 곳으로 이주해서 저들끼리 살아도 되는데 뭐가 아쉬워서 이렇게 도와 달라고 엎드려 빌기까지 하는가.

이예주는 일리야에게 잡힌 제 발을 빼내기 위해 발을 잡아당겼지만, 꿈쩍도 하지 않았다. 난감한 표정으로 잠시 어쩌나 하고 고민하던 그녀는 한숨을 내쉬며 일리야의 앞에 쭈그려 앉았다.

"……족장 놈한테 뭔 짓을 당했는지는 모르겠지만요. 아, 아니, 알 것도 같네요."

이예주가 아까 보았던 잔인한 피의 향연이 떠올라 눈살을 찌푸렸다.

"저주를 받았으면 다른 땅으로 옮겨 가서 살아요. 다른 땅이라고 안전하진 않겠지만, 적어도 미친놈들한테 피 빨리는 일은 없을 거……."

"우린 이 땅에서 벗어날 수 없어요. 한 발자국이라도 벗어나면 그대로 먼지가 되어서 사라질 테니까요."

일리야의 간절한 눈이 이예주를 바라보았다. 마지막 희망이라도 붙잡은 것 같은 눈빛이었다. 이예주는 순간 숨이 턱 막히는 것을 느꼈다.

"먼지라니. 왜 먼지가……."

"남자들에게 핍박받을 때마다 수도 없이 시도해 보았죠. 한 발자국이라도 도시에서 벗어나는 순간, 흔적도 남기지 않고 사라져요. 버티지 못한 여자들은 그런 식으로 자살을 시도하기도 했어요."

"……"

"팔족들은 시간을 멈춘다고 알려져 있지만 아무리 커다란 힘을 가진 인간이라도 모든 시간을 멈출 순 없어요. 정확히는 자신에게 주어진 시간만 멈출 수 있는 거죠. 자신 외의 남의 시간까지 멈출 수는 없고요. 우리가 시간을 멈추는 일족이라고 알려진 건, 자신의 생체 시간을 멈추면서 내뿜은 에너지의 파동으로 주위의 시간도 잠시 정지되어 보이기 때문이에요. 하지만 시간의 속성은 계속해서 흐르는 것이고 정지된 주위도 곧 풀리죠. 아무리 더 큰 에너지를 내뿜어 봤자 멈추는 건 우리 신체뿐이에요."

팔족에 대한 새로운 사실 때문에 이예주의 표정이 묘해졌다. 시간을 멈추면 멈추는 거지, 자신의 시간만 멈출 수 있다는 제약이 또 따른다니.

"흘러야 하는 시간을 무시한 채 계속 자신의 시간을 멈추면 능력을 사용하는 것을 그만둘 때 그동안 흐른 세월의 반동이 자신에게 되돌아와요. 몸은 멈춘 시간만큼 순식간에 늙어 버리고, 원래의 수명까지 넘겨 버렸을 땐 뼛가루가 돼서 사라지는 거예요. 그 누구도 반동을 피할 순 없죠."

"……"

"이 도시에 나만큼 오래 살아남은 팔족 인간은 없어요. 하지만 모두들 적어도 200, 300년은 거뜬히 살아남았죠. 제일 마지막에 태어난 부족 사람조차 100년을 넘겼고요. 난 이미 시간을 멈춘 지 800년이 넘었어요. 인간의 평균 수명을 100세라고 친다면 다시 태어나도 여덟 번을 더 태어났을 만한 시간을 살아온 거예요."

일리야가 허공을 바라보며 자조적으로 말했다. 그녀의 말에 이예주는 오소소 소름이 돋았다. 800년을 살아왔다니. 그건 영생이나 마찬가지였다. 그렇다면 팔족 인간들은 그 긴 시간 동안 이 도시에만 처박혀 있었단 말인가?

"왜…… 왜 능력을 멈추지 않았죠? 그리고 도시를 나가면 먼지가 돼서 사라진다니…… 자신들의 시간만 멈출 수 있다는 것과 도시를 나가는 게 대체 무슨 상관인데요?"

이예주는 자못 심각한 표정을 지으며 일리야의 말에서 오류를 지적했다. 그러나 일리야는 이예주의 질문에 답하지 않았다. 대신 그때까지 그녀가 악착같이 챙기고 있던 검은 책으로 눈길을 틀었다.

"……그 책을 봤군요."

"책? 아…….'"

이예주의 시선이 덩달아 일리야가 가리키는 검은 책으로 옮겨 갔다.

"그 책대로예요."

"예?"

"그 책대로 세상이 멸망했고 용암이 덮치기 전, 우리 선대들은 모두 모여서 이 도시의 시간을 멈췄어요. 눈족이 검은 파편을 깨운 것을 전해 들었을 때, 우리 아버지는 방법을 고안해 냈어요. 한 명만 능력을 발휘하면 곧 주위의 시간이 풀리지만, 도시에 살고 있는 모든 팔족이 같은 날 같은 시간에 시간을 멈추면 도시 전체를 멈출 수 있을 거라고요. 도시 전체를 멈추는 일은 단 한 번도 전례가 없던 일이었죠. 그렇지만 아버진 현명한 족장이었고, 선대 부족민들은 모두 아버지의 말에 수긍했어요. 그들은 힘을 모아 뉴 힐튼을 멈췄죠."

"족장? 하지만 시간을 멈춘 족장은 지금 족장의 할아버지라고……."

다리족 노인의 말을 떠올리며 이예주가 멍하니 대꾸하자 일리야가 고갤 들고 그녀를 바라보았다.

"현 족장은 내 남동생의 반쪽짜리 아이에요. 어미는 뉴 힐튼에 정찰 왔던 눈족 장로였죠. 그 여자한테서 무슨 소리를 전해 들은 건지 모르겠지만, 제 어미가 죽자마자 득달같이 달려들어 힘이 약해진 내 동생을 잡아먹더군요. 그쯤 동생은 이미 힘이 고갈된 상태였기 때문에 그 아이에게 반항 한번 못하고 잡아먹혔어요."

"……."

어디선가 들어 본 듯한 이야기에 이예주가 헉, 숨을 들이마셨다. 아버지를 잡아먹은 패륜, 다리족 족장이었던 노인네가 다리가 없던 이유.

일리야는 어느덧 온몸을 부들부들 떨고 있었다. 그녀의 두 눈은 금방이라도 피눈물을 쏟아 낼 것처럼 붉게 달아올라 있었다.

"아버지는 틀리지 않았어요. 뉴 힐튼의 시간은 멈췄고 아버지의 판단 덕에 팔족은 용암으로부터 무사했죠. 다들 검은 파편의 분노에서 우리 팔족만은 영원히 안전할 거라 믿었어요."

"……."

"그렇지만 세상에 영원이 어디 있을까요? 아무리 강한 에너지를 가지고 있다 해도 영원토록 쓸 수 있는 무한한 힘을 가진 이는 아무도 없어요. 아버진 완전히 안전하다고 판단될 때까지 계속해서 시간을 멈추면 된다고 생각했겠지만, 그것은 밑 빠진 독에 물 붓기라는 사실을 간과했죠."

"……."

"어쩌면…… 아버지는 엄청난 실수를 한 걸지도 몰라요. 그때 다 죽었어야 했을 운명들을 힘을 쏟아부어 억지로 멈춰 뒀으니 이상이 생기지 않을 수가 없겠죠."

일리야가 괴로운 표정을 지으며 두 손으로 제 얼굴을 감싸 안았다. 그녀는 말을 잇기 어려운지 잠시 몸을 잘게 떨며 흐느꼈다.

"선대 팔족들은 계속해서 시간을 멈췄어요. 계속해서 에너지를 내뿜었죠. 그렇지만 그 에너지들이 바로 분해가 되는 건 아니에요. 그것들의 파장이 도시 전체를 멈추는 것처럼, 에너지는 우리가 사는 도시 속에 계속해서 축적돼요. 그러나 반대로 선대 팔족들의 힘은 갈수록 고갈되어 갔죠. 그리고 도시에 축적되었던 에너지가 그들의 에너지를 능가했을 무렵, 제일 약한 팔족부터 처음 에너지를 내뿜었던 장소로 속절없이 되돌아갔어요."

"……."

"그렇게 영원할 거라 생각했던 팔족의 도시는 채 100년도 지나지 않아 붕괴되기 시작했지요. 처음 그 괴현상을 발견한 사람들은 당황했어요. 충격적이었죠. 자신들의 힘은 계속해서 고갈되고 있는데, 그 와중에 힘을 쓰는 사람마저 자꾸만 사라지니까. 서쪽 대륙 바깥에선 여전히 다른 사람들의 기척이 없었고, 세상은 온통 용암으로 덮인 상태였죠. 멀쩡한 건 뉴 힐튼밖에 없었어요. 팔족 인간들은 계속해서 힘을 쓸 수밖에 없는 상황이었지만, 이렇게 무분별하게 힘을 쓰다간 언젠가 나머지 사람들도 완전히 힘이 고갈되어 자신들이 간신히 멈춘 도시의 시간이 풀릴지도 모른다고 생각했을 거예요. 그들은 다시 모여서 머리를 맞댔고, 빠진 인원을 보충하기 위해 짝을 지어 2세대를 낳기로 결정했어요."

"……."

"하지만 말했다시피 팔족의 능력은 자신의 시간을 멈추는 거예요. 자신의 시간을 멈춘다는 건 신체의 시간도 멈춘다는 뜻이죠. 멈춘 신체로 아이가 잘 생길 리 없어요. 난자가 배출되지 않는 팔족 여자와 정자의 생성이 멈춘 팔족 남자 사이에서 수정이 될 확률은 극히 적었고, 시간을 멈추기 직전 배란기였던 여성 같은 아주 특별한 경우만이 아이를 가질 수 있었어요. 드물게 뉴 힐튼에 와서 살아남은 다른 시간족들이 있었으나, 아이를 갖기에는 너무 늙어 버린 때였죠. 가까스로 짝을 지어 임신을 했지만 선대 팔족들에 비해 터무니없이 적은 아이들이 태어났어요."

일리야는 힘없이 이예주를 바라보며 이야기를 이었다.

"난 그렇게 태어난 2세대예요."

"⋯⋯."

"2세대들이 힘을 자유자재로 쓸 수 있는 성인이 될 때까지도 계속해서 힘이 약한 인간들부터 차례로 사라졌지만, 아버지는 안심했어요. 이유는 모르겠지만 2세대들은 선대 팔족보다 월등하게 힘이 강했기 때문이에요. 비록 선대들은 많이 사라졌지만, 2세대들이 성인이 되어 힘을 보태면 다시 완벽하게 시간을 멈출 수 있다고 보았죠⋯⋯."

일리야의 말은 알아들을 것 같으면서도 무슨 말인지 이해가 잘 가지 않았다. 이예주는 복잡해진 머리를 감당할 수 없었다.

"시간이 흘러 2세대들은 성인이 되었어요. 혹시 모를 미래를 대비하기 위해 2세대 여자들은 모두 난자 배출을 촉진시키는 약을 먹은 상태로 광장에 모였죠. 아버지의 지시하에 2세대들은 에너지를 방출했어요. 그런데⋯⋯."

"⋯⋯."

"그런데 그 순간⋯⋯!"

빠르게 말을 쏟아 내던 일리야의 두 눈동자가 우뚝 멈췄다. 초점 없는 동공이 공포에 질려 커다랗게 확장되어 있었다.

"아, 아아⋯⋯."

"이, 일리야."

"아아…… 난 아직도 그 순간을 잊지 못해……."

일리야는 이미 자신이 말하는 그 당시로 돌아간 듯 보였다. 이예주가 걱정스럽게 팔을 흔들었지만, 그녀의 떨림은 멈추지 않았다. 실핏줄이 드러날 정도로 붉게 충혈된 일리야의 눈동자에서 한 가닥의 눈물이 떨어졌다.

"아버지…… 아버지가 광장에서…… 처음 힘을 썼던 장소로…… 줄리 이모가…… 옆집의 데이브 아저씨가…… 힘을 썼던 장소로……."

일리야가 숨 막히는 소리로 속삭였다. 이예주는 문득 아까부터 그녀가 되뇌던 소리에 번뜩 눈을 치켜떴다.

100년 전에 시간을 멈췄던 팔족 인간들이, 도시에 축적된 에너지가 팔족이 가진 힘을 능가하자 힘을 썼던 장소로 되돌아갔다고 했다.

'……혹시 과거로 돌아갔다는 소리가 아닐까?'

힘을 썼던 과거의 장소로, 과거로. 이예주가 뇌리를 가르는 생각에 정신없이 중얼거리고 있는 일리야의 어깨를 잡아챘다.

"혹시 힘을 썼던 장소로 되돌아갔단 말이요. 과거로 돌아갔다는 거 맞죠? 시간을 멈췄던 때로요. 과거로! 그래서 사람들이 사라진 거 맞죠? 네?!"

"아, 아아……."

"과거로 돌아갈 수 있는 방법 알죠? 말해 줘요, 일리야! 어떻게 과거로 돌아가는 거예요? 당신들이 검은 파편에게 죽지 않게 도와줄게요. 내가 할 수 있는 한 최대한 도와줄 테니까 과거로 돌아가는 방법만 알려 줘요, 응?!"

"……."

일리야는 여전히 허공만 바라보며 흐느끼는 소리조차 없이 눈물

을 흘렸다. 이예주는 다급함에 거칠게 그녀의 어깨를 뒤흔들며 소리
질렀다.

"제발 알려 줘요! 과거로, 어떻게 과거로 돌아가는 거냐고!"

"……2세대들이 내뿜는 에너지의 파장으로 도시가 다시 새롭게
멈췄고…… 1세대들이 멈춘 시간과 2세대가 멈춘 시간이 미묘하게
어긋났어요. 가까스로 유지하던 힘의 균형이 그 어긋난 틈 때문에
순식간에 무너져서…… 광장에 모여 있던 1세대들은 다들 처음에 힘
을 사용했던 곳으로 돌아가 도시 속으로 빨려 들어갔어요……."

경련하던 일리야의 눈동자에 서서히 초점이 돌아왔다. 그녀가 이
예주를 정확하게 바라보았다. 물기로 말갛게 빛나는 일리야의 두 눈
동자 속에 이예주의 얼굴이 비쳤다. 과거에 대한 질긴 미련을 놓지
않는 자신의 얼굴이 흉하게 찌푸려져 있었다.

"……과거로 돌아갈 수만 있다면, 난 제일 먼저 멈춘 시간을 흐르게
할 거예요. 절대 아버지의 말을 듣고 내 시간을 멈추지 않을 거야."

"……."

"팔족들이 힘을 썼던 장소로 돌아갔다는 말은, 과거로 돌아갔던
'때'를 말하는 게 아니에요. 말 그대로 '곳'이요. 그 장소로 돌아갔다
는 말이죠."

일리야가 단호하게 이예주의 착각을 부정했다. 이번에는 이예주
의 얼굴이 흐려졌다. 허물어지듯 구겨지는 표정으로 이예주가 울먹
거렸다.

"그게…… 그게 뭔데요."

"큰 에너지는 그보다 작은 에너지들을 모조리 빨아들인다."

"……."

"당신도 이곳으로 올 때 봤잖아요? 도시에 빨려 들어가서 동상처

럼 굳어진 사람들."

일리야의 말에 이예주의 얼굴이 경악으로 뒤바뀌었다.

팔족의 근거지인 마을로 오기 전에 보았던 무수히 많은 수의 괴상한 동상들. 건물 외벽에 빨려 들어가듯 손을 뻗던 남자의 동상과 소화기에 머리가 박혀 제 머리를 부여잡던 여자 동상. 그리고 곳곳의 시멘트에 하체가 모두 빨려 들어가 상체만 남은 참혹한 동상들까지.

일리야는 지금 그 모든 것들이 살아 있던, 살아서 생존하던 인간들이라고 말했다.

"그렇게 선대들은 단 한 순간에 빨려 들어가 도시의 일부가 돼 버렸어요. 그런 중요 사항들을 주지시켜 줄 선대들이 한순간에 사라졌으니, 아무것도 모르던 2세대들 또한 선대들의 전철을 밟아 갔어요. 우린 그래도 선대보다 힘이 강해서 그들보다 훨씬 오래 버틸 수 있었지만, 시간이 흘러갈수록 우리가 내뿜는 에너지들은 다시 도시 안에 차곡차곡 쌓였고 도시로 빨려 들어가는 인간들이 나오기 시작했죠. 우린 결국 선대들처럼 짝을 지어 아이를 낳기로 결정했어요."

"……."

"2세대에 비해 터무니없이 적은 수의 아이들이 태어났죠. 그리고 그 아이들은 우리보다 월등히 강한 힘을 가졌어요. 그쯤, 어떻게 살아남은 건지 알 수 없는 눈족 장로들이 교류를 위해 찾아왔어요. 우리들은 인원 보충이 간절했기 때문에 눈족과의 결합을 원했어요. 눈족들의 요구는 의외로 간단했죠. 도시에 있는 세기말 용암 폭발 이전의 모든 문헌들을 한곳으로 모아라, 그리고 매년 눈족 장로들이 그것을 볼 수 있도록 해 달라. 내 동생의 아이인 현 족장도 그때 태어났어요."

"……."

"2세대들은 아이들이 힘을 다룰 수 있게 되는 대로 시간을 멈추는데 동참하게 했어요. 순차적으로 하나하나 힘을 보태면 파장의 틈이 벌어지지 않을 거라 생각했죠. 아이들에게 부모들이 단 한 순간에 도시의 일부가 되는 아픔을 겪게 하지 않는 데에 모두 동참했고, 그 생각은 어느 정도 틀리지 않았어요."

파장의 틈, 도시의 일부. 어느 하나 제대로 와닿지 않는 소리들이었다. 이예주는 하염없이 중얼거리는 일리야를 그저 망연자실 바라보았다.

"시간이 흐르자 선대들과 우리가 방출한 에너지가 그대로 쌓인 도시는 자력으로 시간이 멈췄어요. 힘이 고갈된 사람들은 여전히 도시 속으로 빨려 들어갔지만, 그 수는 드물 만큼 줄어들었어요. 도시가 자력으로 멈춘 탓에 우리도 한결 수월하게 버틸 만했죠. 시간족을 잡아먹으면 그 힘을 빼앗아 강해진다는 제 어미 말을 들은 현 족장이 내 동생을 산 채로 뜯어 먹기 전까지 말이에요!"

일리야의 얼굴이 처절하게 일그러졌다.

팔족들은 누구 하나 힘의 고갈을 두려워하지 않는 자가 없었다. 힘을 처음 썼던 장소로 되돌아가 도시의 일부가 되는 끔찍한 공포를 피하기 위해, 팔족들은 점점 근거지를 축소하고 또 축소했다.

그러던 와중 시간족을 잡아먹으면 힘을 빼앗을 수 있다는 근거 없는 소문들이 눈족에게서부터 흘러나왔다. 상대적으로 약한 2세대를 산 채로 먹는 미친놈들이 나오기 시작했다. 그들은 약한 것들을 모조리 먹어 치워서 강한 자들에게 힘을 몰아주자는 논리를 주장했다.

도시는 순식간에 아비규환이 돼 버렸고, 팔족들은 식인을 자행하는 현 족장파와 그것을 반대하는 온건파로 나뉘었다. 그 지옥에서 벗어나기 위해 몇몇 팔족들이 도시 바깥으로 도망을 시도했으나, 이

미 원래의 수명을 넘겨 버린 팔족들은 도시에서 한 발자국만 벗어나
도 먼지가 되어 사라졌다.

족장을 포함한 포악한 남자들은 거세게 저항하는 제대로 된 남자
들부터 차례대로 먹어 치웠다. 피에 물든 남자들은 저들끼리 현 족
장을 추대했고, 그들에게 반항하는 자들은 모두 불러 모아 광장에서
산 채로 뜯어 먹었다.

협소한 수의 팔족들은 끔찍한 광기에 점차 물들어 갔다. 잡아먹히
든가 살기 위해 족장 파에 서든가. 그렇게 하나둘 사람들이 변해 갔
고, 남은 것은 남자들에 비해 물리적으로 힘이 약한 여자들뿐이었다.

팔족의 수는 현 족장이 추대된 후 5년도 안 되어 반으로 줄었고,
10년째에는 백오십 명도 넘지 않는 작은 부족으로 일단락되었다. 그
동안 같은 종족을 모조리 먹어 치운 족장파 남자들은 어마어마한 힘
을 가지게 되었다.

소식을 들은 눈족이 저주받은 도시를 방문했다. 눈족 족장은 팔족
족장에게 굳이 아까운 머릿수를 줄이지 않고도 힘을 착취할 방법을
알려 주었다.

족장은 두려움과 겁에 질린 여자들에게 살고 싶으면 정기적으로
팔에서 피를 뽑아 바치라고 명령했다. 마치 헌혈하는 것과 같이 여
자들은 남자들에게 끊임없이 피를 바쳤다.

그러나 시간이 지날수록 피와 광기로 얼룩진 남자들은 점점 피뿐
만 아니라 여자들의 몸까지 취하길 원했다. 어느덧 뱀파이어처럼 여
자들의 이곳저곳에 상흔을 내어 피를 빨아 먹는 괴벽이 하나의 놀이
처럼 자리 잡았다.

미친놈들에게 더 이상 가족이란 울타리는 없었다. 패륜은 저들끼
리의 저열한 농담거리 중 하나로 전락했다. 그 잔혹하고 끔찍한 소

굴에 들어갔다 온 여자들은 엉망진창이 된 채 몇 날 며칠 고열에 시달렸다. 그들 중 일부는 제 발로 도시를 걸어 나가 자살을 시도했다.

그것은 족장의 고모인 일리야 또한 마찬가지였다. 세 번째로 지하 공간에서 돌아왔을 때, 일리야는 죽어 가는 팔족 여자들을 바라보며 이를 악물고 결정했다. 족장의 저택을 노려보는 일리야의 두 눈에서 피 같은 독기가 흘러나왔다.

"……땅을 지나치는 여자들을 납치하기 시작했어요. 일반 인간이든 시간족이든 납치부터 해서 무조건 힘을 가진 여자라 속이고 족장에게 상납했어요."

일리야가 절박하게 이예주를 바라봤다. 잔뜩 경직된 채 그녀를 내려다보던 이예주의 눈이 천천히 혐오로 물들었다. 일리야는 애원하듯 타당성을 구했다.

"살기 위해선 어쩔 수 없었어요! 믿어 주세요. 절대 나쁜 의도로 여자들을 납치한 건 아니에요! 우리 선에서 해결할 수 있었으면 몇 번이고 우리들의 피만 바쳤을 거예요. 하지만 우리들은 아이가 필요했어요. 균형을 맞춰 줄 아이들이요! 이 도시는 붕괴되고 있어요. 히카톤은 자꾸만 도시 외곽을 부쉈고, 숨을 수 있는 면적은 줄어들고 있죠. 이대로 가다간 남은 여자들이 도시에 빨려 들어가기도 전에 검은 파편이 도시로 들어와 우리를 몰살할 거예요."

"……."

"우린 살고 싶어요! 죽고 싶지 않아요! 그래서 아이가 필요했어요. 우리들은 아이를 쉽게 가질 수 있는 몸이 아니니, 팔족의 아이를 가져 줄 여자들이 필요했던 거예요. 그래서 그런 거예요. 그래서……."

"……그래서."

이예주가 일리야를 차갑게 뿌리치며 다시 자리에서 일어났다.

아이. 그녀의 머릿속에 문득 사막에서 괴물에게 잡아먹히던 사람들이 떠올랐다. 람은 그들이 힘이 없고 장애가 있어 같은 인간 무리에게 버려졌다고 했다.

같은 인간을 버릴 수 있을 만큼 정상적인 생활을 영유하는 인간무리와 자신에게 주어진 시간만 멈출 수 있는 팔족, 그리고 조롱이가 내던진 곡물 알갱이들을 아무런 자존감도 없이 주워 대며 구걸하던 도시 내의 또 다른 인간들.

"그 미친놈들이 아무 죄도 없는 여자들을 강간해서 아이를 배게 했나요? 그래서 만족할 만큼 아이가 태어나던가요?"

"……."

이예주의 차가운 질책에 일리야의 두 동공이 다시 거칠게 흔들렸다.

"……혼혈 아이들은 대부분이 돌연변이였어요. 팔족 힘을 가지고 태어난 아이들은 극소수였고, 그마저도 제대로 힘을 쓸 수 있는 아이들은 다섯 명도 되지 않았죠."

그 말을 내뱉던 일리야가 불쑥 자세를 달리해 무릎을 꿇고 두 손으로 이예주의 옷자락을 부여잡았다.

"당신, 당신이 구원자죠? 미래를 보는 눈족이 예언했죠. 인간들을 구원할 사람이 과거에서 올 것이라고! 우린 마냥 시간의 여신이라고 믿었는데, 당신이었어. 신인류를 몰고, 검은 파편과 같이 다니는 당신! 당신이 구원자야!"

신에게 기도를 올리는 것처럼 정신없이 속삭이는 일리야의 동공엔 이미 이성이 사그라져 있었다. 아니, 애초부터 미쳐 있었을지도 모른다.

"우리, 우리를 구원해 주세요, 구원자님! 저희 죄를 사하여 주세요! 잘못했어요. 우리를 구원해 주기 위해 오신 것 다 알아요. 우리 모습에 실망하셔서 과거로 다시 돌아가시려는 거죠! 잘못했어요, 잘 못했어요!"

일리야가 정신없이 중얼거렸다. 그녀의 아름다운 두 입술이 얇게 벌어져 헐떡였다. 이예주는 금세 돌변한 일리야를 표정 없이 내려다 보며 생각했다.

여긴 모두 미친 인간들뿐이야. 너무 까마득한 옛적에 미쳐 버려서 이미 제대로 된 사고를 할 수 있는 사람이 단 한 명도 없는 것이다.

"우릴 구원해 주실 거죠, 레이디? 아니, 예주 양. 아니, 구원자님!"

일리야가 찢어지는 소리로 이예주의 발치에 매달려 빌었다.

"제발, 제발! 우리를 구해 주겠다고 말해요! 으흑, 더 이상은 못 버 티겠어요, 구원자님! 히카톤이 도시를 완전히 부수면 곧 검은 파편 이 들이닥칠 거예요. 이대로 그 족장 놈들과 같은 취급을 당하며 죽 을 순 없어! 우린 족장에게서 살려고 한 것밖에 죄가 없어요! 그러니 제발, 제발……!"

"당신들이죠?"

이예주가 한 팔로 일리야의 지껄임을 막았다. 아직도 눈에 선하 다. 수백, 수천 조각으로 찢어진 채 괴물의 입 속으로 갈려 들어가던 엄마에게 애타게 손짓하던 여자아이가. 갑자기 나타난 괴물의 모습 에 성치 않은 몸으로 혼비백산 도망가던 사람들.

이예주는 이를 악물었다.

"납치한 후 쓸모가 없어진 여자들과 그들이 낳은 돌연변이 아이들 을 사막으로 내몬 장본인 말이에요."

"……."

"아무것도 모르는 어린아이까지 싸잡아서 괴물을 잠재우기 위해 먹이로 보낸 게 당신들 맞냐고!"

"그, 그건……!"

일리야가 다시금 다급하게 변명을 시도했다.

"그건 우리 뜻이 아니에요, 구원자님! 족, 족장이. 나, 남자들이! 쓸모없이 밥만 축내는 것들은……!"

"아니."

이예주는 조용히 고개를 가로저었다.

"당신도 똑같은 쓰레기야."

"그게 아니에요, 구원자님! 우리는, 우리는……!"

"내가 본 여자애는 눈앞에서 엄마가 수백 조각으로 찢어졌어. 당신 얘기가 진실인지 거짓인지는 모르겠지만, 그 아이가 당신이 돌덩이가 된 당신 아버지를 보았을 때보다 어린 나이였다는 것만은 확실해."

"구원자님!"

일리야가 하얗게 질린 얼굴로 새된 소리를 내질렀다. 이예주는 울컥 들끓는 감정을 가라앉히기 위해 잠시 눈을 지그시 감았다 떴다.

"날 구원자라고 부르지 마! 당신들은 그 아이의 엄마처럼 수백 번 찢겨 죽어도 모자라니까."

"……."

"내가 당신들을 위해 온 구원자라면. 그래서 이 빌어먹을 곳에 온 거라면!"

이예주가 결국 참지 못한 채 일리야에게서 거칠게 발을 떼어 냈다. 여자가 힘없이 바닥으로 쓰러졌다.

"당신들은 구원은커녕 지옥에나 떨어져야 돼. 검은 파편인지 뭔지, 람이 진짜 신이라면 당신들한테 벌을 내릴 거야. 당신들은 천벌 받을 거라고!"

"제발! 구원자님! 으흐흑!"

일리야가 다시 급박하게 이예주의 발치에 매달리려 들었으나, 그녀는 빠르게 발을 물렸다. 독한 말을 서슴없이 내뱉으면서도 이예주의 얼굴은 시종일관 금방이라도 울음을 터뜨릴 것 같았다.

이젠 정말로 모르겠다. 정말 과거로 돌아갈 방법이 있는 건지. 돌아갈 과거가 존재하기는 하는 건지.

"구원자님! 잘못했어요! 검은 파편에게서 목숨만은 살려 주세요! 다시는 안 그럴게요. 뭐든 다 할게요, 뭐든! 족장에 대해서도 다 말할게요. 제발 검은 파편에게만은, 어떻게 버텨 왔는데. 어떻게, 어떻게! 이렇게 허무하게 용암에 깔려 죽을 순 없어! 구원자님. 구원자님! 검은 파편만은……!"

일리야가 흐린 이예주의 얼굴을 보고 필사적으로 싹싹 빌었다. 커다란 눈망울에서 뚝뚝 떨어지는 물이 고운 얼굴을 망쳤다.

자신의 시간을 멈췄다고 했던가. 아무리 봐도 800년을 산 노인으로 보이지 않았다. 많아 봐야 자신보다 서너 살 더 먹은 젊은 이십 대 아가씨였다. 그래서 더 기가 막혀 말도 잘 나오지 않는 이예주였다.

갈등하는 그녀를 알아챘는지 일리야가 더욱 거세게 흐느끼며 애원했다.

"구원자님! 우리를 구원해 주세요, 제발! 우리를, 우리를……!"

그때였다. 이예주의 등 뒤에서 벌컥 문이 열리는 소리가 들렸다. 그리고 짝짝짝, 박수 소리가 들렸다.

"이런 이런. 눈물겨워서 못 봐주겠군, 일리야. 네가 우는 모습을 보면 내 허르으트가 베리 허어얼트 하다고 했지 않나."

퍼뜩 놀란 이예주가 몸을 틀다 박수를 치며 방 안으로 들어오는 족장과 마주했다. 그녀와 일리야, 두 여자의 몸이 동상보다 더욱 딱딱하게 굳어졌다.

괴기스러울 만큼 즐거워 보이는 족장이 입이 찢어져라 헤벌쭉 웃었다. 놈의 뒤를 이어 커다란 덩치의 남자들이 실실 웃으며 들어왔다. 이예주의 눈이 부릅 홉떠졌다.

"어, 어떻게……."

일리야가 무릎 꿇은 그 자세 그대로 입술을 달싹였다. 그러자 족장이 우스워 죽겠다는 듯 폭소를 터트리곤 그녀의 눈앞에서 열쇠를 흔들어 보였다.

"이 배은망덕한 계집, 내 집에서 내가 못 들어가는 곳이 있을 거라 생각한 건가?"

"그…… 런, 그런…… 으윽!"

열쇠를 바지춤에 집어넣은 족장이 불쑥 손을 뻗어 일리야의 고운 머리채를 휘어잡았다. 그녀의 비명 소리에 이예주가 경기 일으킬 것 같은 표정으로 몇 발자국 뒷걸음질 쳤다.

일리야를 제 앞으로 거칠게 끌고 온 족장이 그 앞에 쭈그려 앉아 그녀의 뺨을 질척하게 핥아 올렸다.

"내가 이래서 널 귀여워할 수밖에 없는 거라니까, 고모. 조금만 틈만 내주면 이렇게 재밌는 일을 알아서 해 바치니 말이야. 이 얼마나 충성스러운 우리 팔족 일원인가, 응? 이번엔 얼마나 대단한 계집을 가지고 흥정을 하려나 했더니. 무려 검은 파편이 싸안고 다니는 계집이라고?"

족장이 이예주를 비열한 눈으로 훑었다. 그리고 아차 할 새도 없이 다른 한 손을 들어 일리야의 뺨을 내리쳤다. 좌악, 거센 파열음이 방 안을 메웠다.

"아흑!"

"깜찍하게도, 그런 중요한 사실을 나에게 숨겨? 내가 그래도 가족이라고 네년에게 얼마나 잘해 줬는데! 계집들을 통솔할 권리까지 줬는데 그게 성에 안 찼나 보지? 응?!"

"이, 이거 놔! 이거 놔!"

일리야의 반항에 눈이 뒤집힌 족장이 다시 한번 그녀를 내리쳤다. 어찌나 거세게 내리쳤는지 옆으로 쓰러진 일리야가 그대로 추욱 늘어졌다.

"이, 일리야!"

"아아, 가만히 있는 게 좋을 거요, 레이디."

이예주가 미동 없는 일리야에게 달려가려고 했지만, 쥐고 있던 머리채를 성의 없이 내팽개치고 일어난 족장이 그녀를 막아섰다. 광기로 뒤덮인 족장의 눈이 마치 뱀의 그것처럼 형형히 빛났다.

"보채지 않아도 지금부터는 네 차례거든."

일리야를 후려친 손을 허공에 탁탁 털며 족장이 비릿하게 웃었다. 그러곤 쓰러진 그녀 쪽으로 턱짓하며 뒤에서 흥미진진하게 바라보던 남자들에게 명령했다.

"이것은 끌고 가서 구워 먹든 삶아 먹든 너네들 맘대로 해."

"허 참. 그게 정말입니까, 족장? 평소엔 이년 뒤꽁무니도 못 쳐다보게 하더니. 참말 우리 맘대로 데리고 가도 된단 말이요?"

남자들이 족장의 말에 눈을 빛냈다. 참말이냐고 여러 번 되묻는 남자들에게 족장이 대꾸도 귀찮다는 양 성의 없이 손짓했다.

"아침이 밝았지 않느냐. 나의 아름다운 일리야가 브르뤡프뤄스트를 차리지 않았으니 나라도 네놈들의 밥상을 차려 줄 수밖에."

남자들이 족장의 말에 크게 웃음을 터뜨렸다. 그러더니 너 나 할 것 없이 달려들어 축 늘어진 일리야를 번쩍 안아 짊어지고는 빠른 속도로 방을 빠져나갔다.

"이, 일리야!"

"어허."

이예주가 일리야를 둘러멘 남자에게 달려들었으나 족장이 벼락같이 그녀의 앞을 막아섰다. 두려움에 질려 둘 곳 없이 흔들리는 이예주의 두 눈을 바라보던 놈은 이를 드러내고 웃었다.

"내 아침거리는 가만히 계셔야죠."

이예주에게 시선을 떼지 않으며 족장이 제 허리를 조이던 허리띠를 풀어 검처럼 쫘악 빼 들었다. 혀로 느릿하게 제 입술을 핥은 놈이 채찍처럼 공중을 향해 허리띠를 내리쳤다.

휘잉— 탁!

"그거 아나?"

족장이 이예주를 향해 한 발자국 다가왔다. 몸을 떨면서도 놈을 거세게 노려보던 그녀가 두 발자국 물러섰다.

"사냥을 했을 때, 잡은 사냥감은 그 자리에서 산 채로 목을 따 피를 마시지. 그렇지만 절대로 죽일 정도로 마시면 안 돼. 어떤 멍청이들은 그 자리에서 박쥐처럼 쭉쭉 피를 모두 빨아 마시더군. 그러면 또다시 공들여 사냥감을 찾아 나서야 한다는 것도 모르고 말이야."

허리띠를 휘두르며 족장이 한 발자국 다가왔다. 이예주는 다시 두 발자국 물러섰다.

"야생 동물들은 경계심이 많아서 산 채로 목을 딸 때 얼마나 버둥대는지 몰라. 실제로 피를 먹으려다가 발길질에 차여 갈비뼈가 나간 사람도 꽤 되니 말이야. 그렇지만 그 앙칼진 것을 강제로 제압하고 피를 빨아 마실 때 오는 쾌감이란! 아아, 무엇과도 비교도 되지 않을 희열이지! 그러나 그보다 더 짜릿한 일이 뭔지 아나?"

휘익, 다시 한번 허리띠가 허공에서 춤을 췄고 족장이 다가왔다.

"죽지 않을 만큼만 피를 빨아낸 사냥감들은 다시 정성스레 치료를 해 주고 널따란 우리에 가두어야 해. 무조건 널따란 우리여야 하지. 그래야 제가 우리에 갇힌지도 모르고 날뛸 테니까. 그 안이 완전히 제 세상이라고 여길 때 다시 그것을 잡아다가 목을 따 피를 빨아 먹지. 그땐 한 번 당한 기억이 있어서 처음보다 더욱 발버둥 칠 거야! 그러면 다시 치료를 해 풀어 두고 시간이 흐른 뒤 피를 빠는 거지. 목이 따일 때마다 발버둥은 점점 고조되지만, 그것도 어느 날을 기점으로 씻은 듯이 사라지게 돼. 피를 빨릴 날이 오면 그저 죽은 듯이 숨만 죽이고 있거든!"

휘익, 또 한 번.

"그렇지만 그때 포기하면 안 돼. 절대 안 돼지. 조금만 더 참고 그걸 더 반복하고 반복해서 어느 기점을 지나쳐야 고 앙칼진 것이 스스로 배를 까뒤집고 복종하는 거야. 아아, 그때가 되면 알아서 내 입까지 기어 와 제 목을 갖다 대지. 그때 느끼는 그 짜릿함! 크으!"

"……."

"그게 얼마나 눈 뒤집힐 정도로 즐거운지 넌 알고 있나? 응? 하아…… 여기 사는 것들 모두 내 손으로 그렇게 길들였다."

"……미친 새끼."

이예주가 씹듯이 중얼거리자 족장이 황홀한 표정으로 제 바지춤을 쓰다듬기 시작했다. 어느새 족장의 앞섶이 불룩 솟아 있었다. 그걸 본 그녀가 역겨움에 헛구역질을 했다.

"아아…… 야생 밤비야, 더, 어디 한번 더 욕해 봐. 더, 더……."

족장이 신음처럼 중얼거리며 거리를 좁혀 왔다. 이예주가 바싹 긴장한 얼굴로 족장의 발걸음에 맞춰 뒤로 물러서며 눈으로 빠르게 거리 계산을 했다.

남자들이 잊고 간 건지 족장의 등 뒤로 방문이 아직까지 열려 있는 상태였다. 다리가 후들거리고 발바닥의 상처가 다시금 따끔따끔 아파 왔다. 하지만 어떻게든 이 미친놈의 손아귀에서 벗어나 문으로 전력 질주를 하는 것밖에 방법이 없었다.

이예주는 마른침을 꼴깍꼴깍 삼키며 불안한 눈으로 계속해서 틈을 찾았다. 족장이 점점 앞으로 다가왔다. 한 걸음 한 걸음 다가올 때마다 긴장으로 숨 쉬기가 곤란해졌다.

이윽고 족장과의 거리가 단 세네 걸음으로 좁혀졌을 때, 그녀가 불현듯 족장의 오른쪽으로 몸을 날렸다. 그와 동시에 채찍이 허공을 날았다. 휘익!

"그래. 더 해! 더 날뛰란 말이야!"

"아아악!"

공기를 가르는 날카로운 소리가 바로 귀 옆을 스쳐 지나갔다. 이예주는 바닥을 뒹굴었다. 간발의 차로 허리띠가 귀 옆 바닥을 치고 공중에서 격렬하게 춤을 췄다. 족장이 붉게 충혈된 눈으로 허리띠를 든 팔을 다시 높이 쳐들었다.

"으흑!"

이예주는 헐레벌떡 제자리에서 일어났다. 재빠르게 발을 옮기려고 했지만 바늘 수십 개가 단번에 찌르는 듯한 발바닥의 통증에 절뚝거릴 수밖에 없었다.

휘익, 그새를 못 참고 족장이 허리띠를 미친 듯이 휘두르며 달려들었다. 그녀가 서둘러 발걸음을 뗐다. 그러나 마구잡이로 허리띠를 휘두르는 미친 족장에게서 벗어날 수 없었다.

"아악!"

살과 가죽이 맞닿는 섬뜩한 소리와 함께 이예주가 비명을 질렀다.

등을 간신히 가린 얇은 옷이 가죽에 닿아 쉽게 찢어졌다. 그렇게 얄팍한 천 쪼가리일진대 그녀의 연한 속살을 보호해 줄 수 있을 리 만무했다.

찢어진 옷 사이로 드러난 이예주의 하얀 등허리가 순식간에 시뻘겋게 달아오르더니, 맞은 자국이 진하게 새겨졌다. 후려 맞은 등에서 발바닥과 비교도 안 되는 시린 통증이 피어올랐다. 그녀의 얼굴이 고통스럽게 구겨졌다.

"어서 더 도망가야지, 마이 스윗 하니. 응? 한 대 맞고 벌써 지친 건가?"

이런 식의 무력한 폭력에는 한 번도 노출된 적이 없는지라 그녀의 몸은 단 한 대의 타격에도 무섭도록 굳어졌다. 충격으로 아득해진 정신에 잠시 고개를 뒤흔들던 그녀가 다시 이를 악물고 자리에서 일어났다. 뒤에서 '그래, 그래야지. 흐흐흐.' 하고 소름 끼치는 웃음소리가 들려왔다.

가까스로 자리에서 일어난 이예주가 다시금 문을 향해 박차를 가할 때였다. 휘익, 철썩.

"어흑!"

또 한 번 등을 강타하는 거센 매질에 그녀가 비명을 지르며 휘청거렸다. 그러나 이번엔 올라오는 고통을 감내할 새도 없이 다시 바닥에 쓰러졌다. 족장이 연달아 허리띠를 내리쳤기 때문이다.

철썩철썩. 떡메를 내려치듯 거센 소리가 잇따르고, 고통으로 인해 눈앞이 새하얗게 점멸됐다.

"후우…… 고작 이 정도로 나가떨어지면 안 되지. 안 되고말고."

쩔컥, 이예주가 쓰러진 근처에 족장이 차고 있던 손목시계를 내던졌다. 느슨하게 손목 운동을 하며 족장이 아가리를 찢어질 듯 벌려 웃었다.

"이제 시작인데 말이야."

"아악!"

그 말을 끝으로 다시금 이예주를 향해 날카로운 채찍질이 가해졌다. 그녀가 뭍에 오른 고기처럼 퍼뜩퍼뜩 몸을 떨었다. 그 행동이 족장의 가학심을 더욱 부추겼다.

휘익, 철퍽. 휘익, 철퍽. 허리띠가 오갈 때마다 연한 등살이 부풀어 올라 끝내 피가 튀었다.

쏟아지는 폭력을 피하기 위해 이예주가 끊임없이 벗어나길 시도했지만 그것도 잠시일 뿐, 순식간에 따라잡은 족장의 허리띠가 어김없이 그녀의 몸을 타격했다. 오히려 벗어나기 위해 꿈지럭거릴 때마다, 더 해 보라는 족장의 낄낄거림이 꼬리표처럼 따라붙었다.

"후아, 후…… 벌써 기절한 건 아니지, 하니?"

쉴 새 없이 쏟아지던 족장의 매질이 멈췄을 때 이예주의 등허리는 온통 축축하게 젖어 있었다. 살을 타고 흘러내리는 뜨끈한 물에서 비릿한 냄새가 풍겼다. 맞는 동안 얼마나 세게 주먹을 쥐었는지 하얗게 핏기가 가신 그녀의 손바닥을 손톱들이 날카롭게 파고들어 반달 모양의 자국을 만들어 냈다.

힘없이 바닥에 쓰러져 있는 이예주의 등 뒤로 터벅터벅 족장이 다가왔다. 뒤이어 그녀의 뒤에 쭈그려 앉은 족장이 송진소나무나 잣나무에서 분비되는 끈적끈적한 액체처럼 그녀의 등에 송골송골 맺혀 흘러내리는 핏물을 손으로 우악스럽게 훑었다.

"으윽……."

족장이 혀를 내빼어 제 손에 묻은 이예주의 피를 핥았다. 비릿한 액체를 머금은 혀가 금세 피처럼 붉어졌다.

"싱싱한 피야. 일리야처럼 늙어 빠진 년들과는 비교할 수조차 없는 맛이군."

혼잣말처럼 중얼거리며 족장이 비릿하게 낄낄거렸다. 무엇이 그리 웃긴지 한참을 웃어 대던 족장이 순식간에 표정을 바꾸더니 허옇게 뒤집어진 눈을 하고 이예주의 등을 향해 득달같이 달려들었다.

"하, 하지 마. 하지 마!"

족장이 그녀의 등에 낙지처럼 들러붙어 피를 빨아 먹었다. 다시 한번 통렬한 고통이 이예주를 강타했다. 벗어나려고 발버둥 쳤지만 소용없었다. 이예주의 머릿속은 온통 경악과 공포로 뒤범벅되어 제 기능을 잃기 시작했다.

눈앞이 시뻘게졌다. 코를 찌르는 비릿한 냄새가 아까 제가 본 끔찍한 장면의 잔향인지, 아니면 제게서 나는 피 냄새인지 분간이 가지 않았다. 기절할 것처럼 아찔한 현기증이 이예주의 몸을 추욱 늘어뜨리던 바로 그 순간이었다.

족장 밑에 깔려 바닥에 엎드려 있던 이예주의 눈에 열려진 문틈 사이로 시커먼 뭉치들이 스스스슥 밀려 들어오는 것이 보였다.

처음에는 제 정신을 앗아 가려는 암전이 찾아오는 것이라고 생각했다. 그러나 힘없이 눈꺼풀을 감았다 뜰 때마다 까만 뭉치들은 점점 빽빽하고 밀도 있게, 그리고 정확히 이예주를 향해 스스스슥 다가왔다.

"으읍. 응? 이게 뭐…… 으아악!"

마치 모세 앞에 갈라져 바닥을 드러낸 바다처럼 이예주가 있는 곳만 피해 지나친 그 빽빽한 뭉치들은 순식간에 족장의 몸을 타고 올랐다. 그녀를 짓누르던 무게가 사라지고 족장의 찢어지는 비명 소리가 들렸다.

"아악! 저, 저리 가! 저리 가! 일리야! 일리야!"

스스, 스스슥. 휘익 휘익. 무언가 움직이는 스산한 소리에 족장이 괴성을 지르며 허공을 향해 미친 듯이 채찍을 휘둘렀다. 이예주는 힘이 들어가지 않는 몸에 억지로 힘을 줘 바닥에서 일어났다.

스스스, 스스스슷. 퓨즈가 나갔던 그녀의 초점이 시꺼멓게 족장을 둘러싸고 있는 그 정체 모를 것들을 발견하곤 불이 들어오듯 되돌아왔다.

"아악, 끄아악! 일리야! 아니, 이보게들! 이 바퀴벌레! 바퀴벌레를! 우욱!"

족장이 한 번 허리띠를 휘두를 때마다 그의 몸에서 주먹만 한 바퀴벌레들이 우수수 떨어졌다. 그러나 그보다 더 많은 바퀴벌레들이 끊임없이 족장의 다리를 타고 빠른 속도로 기어올랐다. 소름 끼치는 까만 뭉치들이 족장의 옷과 신발, 심지어 비명을 지르느라 벌려진 입 안으로 꾸물꾸물 파고들었다.

"이보, 이보게……! 우욱! 옵! 옵!"

거대한 검은 덩어리가 이예주의 앞에서 몸을 뒤틀었다. 족장의 몸을 충분히 뒤덮었음에도 불구하고 그것들은 끊임없이 문틈으로 기어 들어와 족장을 향해 맹렬히 달려들었다. 방바닥이 순식간에 새까만 벌레들로 뒤덮여 넘실넘실 움직였다.

이예주는 하얗게 질린 얼굴로 금방이라도 튀어나올 것 같은 구역질을 억눌렀다. 족장처럼 비명을 지르고도 남을 심정이었으나, 입을 열었다간 금세 구토가 쏟아져 나올 것 같았다.

천만다행히도 그 득실득실 거리는 것들은 단 한 마리도 그녀를 공격하지 않았다. 이예주의 주위에 거짓말처럼 둥그런 경계가 생겼다.

문득 애써 구역질을 참고 있던 그녀의 머리맡으로 환한 빛이 쏟아졌다. 이예주가 힘없이 고개를 들었다.

눈앞에 세 개의 '문'이 열려 있었다. 하지만 모처럼 세 개나 열렸음에도 그녀의 눈엔 오로지 가운데 문만 보였다. 언뜻 지나치면 몰라봤을 것이다. 높은 빌딩에 우뚝 서 있는 '문' 안의 검은색 남자.

아니, 몰라봤을 리가 없다. 이 세계에 와서 유일하게 자신을 구해 주었던 인물을 대체 어떻게, 어떻게 잊을까.

"흐…… 으흐……."

그녀의 입에서 기어이 울음과도 같은 신음 소리가 터져 나왔다. 이젠 정말 모르겠다. 대체 누가 자신을 죽이고 누가 자신을 살릴지.

주변의 모든 살아 있는 것들이 자신을 죽이려 드는 것 같았다. 인간을 넘어 괴물까지 끝없이 나타난다. 자신을 구해 주려는 이는 단 한 명도 없는 지옥에 떨어진 것만 같았다. 이렇게 지옥 같은데도…….

"흑, 으흐흑……."

이예주는 힘이 들어가지 않은 몸뚱이를 끌고 필사적으로 '문'을 향해 기어가기 시작했다. 자꾸만 눈물이 쏟아져 앞이 온통 뿌옜다. 그래도 그녀는 기어가는 것을 멈추지 않았다.

스슥, 스스슥. 그녀가 조금씩 움직일 때마다 시꺼먼 바퀴벌레 떼들이 길을 터 주었다. 덕분에 이예주는 따사로운 빛이 제 몸을 감쌀 때까지 징그러운 생명체들에 손끝 하나 닿지 않고 도달할 수 있었다.

도시 안에서 가장 높은 빌딩 위의 송신탑에 새까만 머리, 새까만 차림의 남자가 우뚝 서 있었다.

남자는 무표정한 얼굴로 까마득한 도시 아래를 내려다보고 있었다. 얼핏 보면 무심하기 짝이 없는 태도였지만, 잘 보이지도 않는 도시 아래를 샅샅이 훑는 시뻘건 눈이 잘 벼린 검처럼 날카롭기 그지

없었다.

그때 남자의 발밑에서 발랄한 음성이 울려 퍼졌다.

"주인! 방금 그 쪼끄만 황조롱이 찾았다고 연락이 왔수다."

"……."

"에…… 그리고 주인, 주인이 말한 그 어린 인간 여자는 말이요. 그게…… 샅샅이 뒤졌는데도 아직 못 찾았다네? 우리 애들이 찾는 덴 도사거든. 특히 썩은 사과랑 인간 손톱 냄새는 십 리 밖에서도 귀신같이 알아채는……!"

말없이 건물 아래만 내려다보고 있던 검은 머리의 남자가 불현듯 사나운 기세로 고개를 돌리자 떠벌 떠벌 들려오던 말마디가 뚝 끊겼다.

"큼큼, 말이 샜네. 어쨌거나 주인, 그 인간 여자는 아직 못 찾았다우."

"찾아내."

"몇 번이나 애들 다 동원해서 모든 건물을 샅샅이 뒤졌는데! 혹시 주인 오기 전에 벌써 날랜 거 아니요?"

검은 머리의 남자에게서 다시 대답이 없었다. 잠시간 고요한 침묵이 송신탑 위로 내려앉았다. 긴 정적에 어색함을 못 참은 아래쪽에서 헛기침하며 다시 말을 걸 기회를 엿보던 중, 검은 머리 남자가 딱딱하게 말했다.

"……몇 시간째 기척이 느껴지지 않는다."

"에? 기척? 생명의 기척 말이요?"

"그래, 아직 도시를 벗어나지 못했을 것이 확실해. 그러니 입 다물고 당장 찾아."

"음, 흠흠."

아래쪽에서 이번엔 애매한 목소리로 가짜 헛기침을 쏟았다.

"에…… 주인, 도시를 벗어나지 못한 게 아니라 이미 벗어나고도 한참 지난 게 아, 아닐깝쇼? 왜 인간 놈들 특기잖수? 주인 무서워서 매번 도망쳐서 사는 마당에……."

아래쪽에서 잠시 눈치를 보며 말끝을 흐리다가 이내 결심한 듯 제 뜻을 관철시키기 위해 말을 이었다.

"주인, 내 생각엔 여기서 이렇게 죽치고 있을 게 아니라, 그 인간 여자의 뒤를 얼른 쫓…… 주, 주인!"

그때 동상처럼 우뚝 서 있던 남자가 별안간 어딘가로 저벅저벅 빠르게 걸어갔다. 벼락이 내리칠까 무서워 다급하게 주인을 부르는 목소리가 연달아 들렸다.

남자의 발이 향하는 허공에 마법처럼 환한 빛 덩어리가 나타났다. 손톱만 해서 웬만한 눈썰미로는 눈치채기 힘든 빛 덩어리가 남자가 다가갈 동안 점차 탁구공만 해졌다. 탁구공에 이어 농구공만 하게 커지던 그것은 마침내 그가 그 앞에 도달했을 땐 사람 모양을 이루었다.

공중에 떠 있는 커다란 빛무리를 향해 남자가 불현듯 손을 뻗었다. 그것이 무게를 띠고 허공으로 떨어지기 바로 직전, 강하게 빛을 움켜쥔 남자가 제 쪽으로 그것을 홱 끌어당겼다.

눈이 부실 정도로 환히 빛나던 빛이 사라졌다. 그리고 털썩, 람의 품으로 인간 여자가 떨어졌다.

"……너."

아슬아슬하게 건물 밖으로 떨어지지 않고 람의 품에 안착한 인간 여자가 사나운 어투에 멍하니 고개를 들었다. 대체 무슨 짓거리를 하고 돌아다닌 건지 못 본 사이 여자의 얼굴이 핼쑥해져 있었다.

한동안 얼빠진 얼굴로 남자를 올려다보던 여자가 고개를 숙여 남자의 품에 코를 푹 박았다. 잠시 킁킁하고 냄새를 맡은 여자가 다시 고개를 들고 그를 올려다보았다. 람의 시뻘건 눈동자를 확인한 그녀의 얼굴이 갑자기 왈칵 일그러졌다.

"으, 으으……."

커다란 눈 안에 순식간에 망울망울 물이 차올랐다. 그것은 차오르기 무섭게 뺨을 타고 흘러내리기 시작했다. 남자의 차가운 눈이 일순 커다래졌다.

"흐, 흐흑, 잘못했어요……."

여자가 람의 옷자락을 부여잡고 흐느꼈다.

"저 다리족 아니에요. 아무것도 모른다고 하면 당신이 죽일까 봐 거짓말했어요."

"……."

"그래도…… 흐흡, 그래도 다 말할게요. 능력에 대해서도 다 말할 테니까……."

"……."

"죽이겠다는 계약 조건…… 흐, 흐흑, 바꾸면 안 돼요?"

이예주의 두 눈에서 눈물방울이 뚝뚝 떨어졌다. 람은 한참 동안 말없이 그녀를 내려다보았다.

이예주는 차마 람의 눈을 똑바로 바라볼 용기까진 없어서 약간 시선을 비껴 그의 촘촘하게 난 눈썹을 바라보았다. 때문에 그가 대체 무슨 생각으로 자신을 바라보고 있을지는 알 수 없었다.

이대로 남자가 벼락을 내리칠까 봐 원치 않아도 몸이 바짝 긴장을 했다. 하지만 이예주는 더 이상 무섭지 않았다. 아니, 실은 더 이상 무서워할 기운도 남아 있지 않다는 말이 더 정확했다. 그렇게 포식자 앞에 떨고 있는 가녀린 먹이처럼 그녀는 간헐적으로 몸을 떨면서 남자의 심판을 기다렸다.

남자가 불쑥 손을 들었다. 이예주의 눈이 반사적으로 질끈 감겼을 때, 문득 눈가에 서늘한 손길이 닿았다.

"그렇게 요망한 짓으로 꼬리를 치더니 잘도 그런 소리를 지껄이는군."

그녀가 질끈 감았던 눈에 힘을 풀고 눈꺼풀을 들어 올렸다. 남자가 전과 같이 성의 없는 손길로 흘러내리는 눈물을 닦아 주었다. 람의 손이 닿는 족족 눈물이 흔적도 없이 사라졌다. 꼭 스펀지처럼 물기들이 모두 그의 손에 스며드는 것 같았다.

이예주의 얼굴이 다시금 왈칵 일그러졌다. 자꾸만 흘러나오는 눈물을 따라 남자가 무뚝뚝하게 손을 움직였다. 그의 눈동자가 흔들림 없이 눈물 콧물로 범벅된 그녀의 얼굴을 바라보았다.

그 눈동자가, 그의 시뻘건 눈동자가 그녀의 눈에 각인처럼 시뻘겋게 박혔다. 그 순간 가슴이 쿵 하고 저 밑으로 떨어졌다.

"계약 조건은 사막에서 이미 바뀌었다. 그러니……."

"……."

"울지 마."

끊임없이 눈물이 퐁퐁 솟아오르고 그 위를 서늘한 남자의 손이 꾹꾹 눌렀다. 울지 말라고 해 놓고 남자는 우는 이예주를 채근하지 않았다.

거짓말 같다. 이렇게 다정하게 자신을 쓸어 주는 남자가. 자신만 보면 죽일 듯이 으르렁거리던 남자라는 게 믿기지 않았다.

혹시 꿈을 꾸는 건가? 자신은 벌써 죽거나 아니면 미쳐 버린 족장의 채찍질에 못 이겨 기절한 상태일지도 모르겠다는 불안감이 불쑥 들었다.

이것이 만약 꿈이라면 차라리 꿈속에서 죽고 싶다. 더 이상은 못 가겠다. 죽음이 부르는 손길을 무시한 채 전진하는 것도, 필사적으로 과거를 찾아 헤매는 것도 더 이상.

꿈이라는 생각을 해서 그런 걸까. 문득 눈앞에 존재하던 남자의 얼굴이 뿌옇게 뭉개졌다.

안 돼, 안 돼. 싫어. 남자가 사라지고 꿈에서 깨어날까 싶어 이예주가 필사적으로 눈을 끔뻑이며 감았다 뜨기를 반복했다.

눈물 때문이다. 자꾸만 눈물이 흘러나와 남자의 얼굴이 흐려졌다. 못난이 인형처럼 흉한 얼굴로 눈물 콧물 질질 짜내고 있을 제 얼굴이 훤히 떠올라 그녀는 우는 것을 멈추려 했다. 그러나 이미 터질 대로 터진 서러움을 멈출 수 있을 리 만무했다.

남자는 여전히 이예주의 얼굴을 쓸어 주었다. 그의 손이 닿는 족족 붉게 달아오른 살갗이 시원해졌다. 더, 더 만져 주었으면 좋겠다. 꿈에서 깨기 전에 더 많이, 더 많이.

"이상하군."

"……."

"왜 이렇게 얼굴이 뜨거운 거지?"

남자가 이예주를 향해 무어라 말을 했다. 그러나 그녀는 이제 눈도 모자라 귀까지 먹먹해져 그의 말이 드문드문 끊겨서 들려왔다. 이예주는 남자에게 대답하기 위해 입을 달싹였다. 그러나 달달달 떨리는 몸 때문에 그것은 말이 되어 입 밖으로 나오지 못했다.

"몸은 또 왜 이렇게 떠는 거냐. 추운가?"

"히익! 주, 주인!"

그때 아래쪽에서 숨을 잔뜩 들이켠 다급한 목소리가 들려왔다.

"주인! 저, 저 인간! 인간 등이 온통 피투성이……!"

경악이 잔뜩 서린 외침과 동시에 이예주의 몸이 급격히 휘청거렸다. 그대로 송신탑에서 떨어져도 정신 차리지 못할 만큼 몸에 힘이 없었다.

람이 서둘러 그녀의 등허리를 단단히 붙잡았다. 여자의 등이 기괴할 정도로 축축했다. 손이 미끄러지자 그는 다시 한번 강하게 여자를 끌어안았다.

"……으윽."

인간 여자가 고통스럽다는 듯 얼굴을 일그러뜨리며 작게 신음했다. 람이 제 품에 힘없이 안긴 여자를 내려다보았다. 그녀의 등이 온통 시뻘겠다. 왜 진작 눈치채지 못한 건지 의심스러울 정도로 참혹한 상처들이 그녀의 등을 빽빽하게 메우고 있었다. 벌겋게 입을 쩍 벌린 그 상처들이 계속해서 피를 쏟아 내 그녀를 안은 람의 손까지 적신 상태였다.

"너 대체……."

람의 시뻘건 눈이 낮게 가라앉았다.

"어떤 놈이야."

그의 얼굴이 딱딱하게 굳었다. 파충류처럼 잔뜩 확장된 그의 동공이 주위 모든 생명체의 살을 베어 낼 것처럼 지독한 살기를 내뿜었다.

문득 그의 가슴에 힘없이 얼굴을 처박고 있던 인간 여자가 고개를 들어 그를 올려다보았다. 핏기라곤 하나도 없이 새하얗게 질린 그녀의 표정이 방금 전 울어 댈 때와는 약간 달랐다.

"저, 저기, 우욱……."

잠시 부들부들 떨던 이예주가 불쑥 헛구역질을 했다. 깜짝 놀란 람이 뿜어 대던 살기를 채 거둬들이기도 전에 그녀의 몸이 다시 부들부들 떨리기 시작했다.

"저, 저기…… 저기…… 우웁."

"뭐 하는……."

"저기 더듬이! 더, 더듬이……!"

이예주가 다시금 밀려오는 헛구역질을 애써 참으며 왼쪽 아랫부분을 손가락으로 가리켰다. 남자는 그녀가 가리키는 곳을 따라 스르륵 눈동자를 돌렸다가 다시 원상 복귀시켰다. 저 미치고 펄쩍 뛸 것을 보고도 아무렇지도 않아 보이는 그를 올려다보며 이예주가 더욱 경기를 일으켰다.

"저기, 저기 왕…… 왕더듬이…….."

"……."

"대…… 대왕…… 대왕 바퀴벌레…… 어윽…….."

필사적으로 자신이 본 끔찍함에 대해 토로하던 그녀가 이내 시든 콩나물처럼 픽 고개를 떨어뜨렸다.

"이봐, 인간. 인간!"

람이 화들짝 놀라 졸도한 이예주를 흔들었으나 그녀의 감긴 눈은 다시 뜨이지 않았다.

"내 더듬이가 뭐 어때서! 하찮은 인간 따위가 이 멋을 알 리 없지! 안 그러오, 주인?"

멀리 떨어지지 않은 곳에서 성인 몸통만 한 크기의 거대 바퀴벌레가 기절한 이예주를 바라보며 사납게 으르렁거렸다. 그의 불편한 심기를 대변해 주듯 굵고 기다란 더듬이가 스스스슷, 빠르게 흔들렸다.

━━◆◆━━

"헉, 헉, 헉!"

이예주는 정신없이 도망쳤다. 부서져라 이를 악물고 계속해서 발을 놀렸다. 뛸 때마다 등짝이 찢어질 것처럼 아파 왔다. 뜨끈한 피가 흘러내려 뒤가 온통 척척했다.

"거기 서! 거기 서, 야생 밤비야! 거기 서!"

"아악! 꺼져, 꺼져! 꺼져, 이 미친 새끼야!"

휙휙, 뒤에서 미친 족장이 제 허리띠를 카우보이처럼 휘두르며 숨 가쁘게 이예주를 쫓아왔다. 그녀가 비명을 지르며 발에 박차를 가했다.

"흐음, 스멜…… 하악, 밤비야! 흐흐흐, 싱싱한 피야. 싱싱한 피! 내놔! 피를 내놔, 당장! 밤비야! 래주! 레이디!"

족장의 목소리와 허공을 가르는 허리띠의 파열음이 지척에서 들려왔다. 이예주는 뒤도 돌아보지 않고 기를 쓰고 달렸다.

문득 미친 듯이 뛰고 있던 그녀의 앞이 환해졌다. 끝없이 이어졌던 길 끝에 누군가가 등을 돌린 채 우뚝 서 있는 것이 보였다.

그의 주위가 온통 빛으로 휩싸여 있었다. 아니, 그가 빛을 내뿜는 것만 같았다. 뒷모습뿐이었지만, 이예주는 그가 누군지 단번에 알아챌 수 있었다. 못 알아챌 리가 없었다. 지금껏 그 검은 뒤통수만 바라보고 걸어왔던 것이 몇 날 며칠인데. 절박함과 반가움을 동반한 수많은 감정들이 교차했다.

"……람!"

이예주가 환한 그의 등을 향해 미친 듯이 뛰어가며 소리 질렀다.

"람! 람! 도와줘요! 도와줘요!"

람은 뒤돌아보지 않았다. 다급해진 이예주가 후들거리는 다리에 더욱 힘을 주어 그에게로 뛰어갔다.

마침내 간신히 남자의 뒤에 도착했을 때, 별안간 그가 휙 뒤로 돌았다. 그리고 람의 잘생긴 얼굴이 있어야 할 그 자리에, 찢어질 듯이 입을 벌린 채 웃고 있는 족장의 얼굴이.

"……서프라이즈으! 벌써 지친 건 아니지, 하니?"

"아아아악—!"

이예주가 비명을 지르며 번쩍 눈을 떴다. 그도 모자라 자신의 위에 덮여 있던 이불을 박차고 벌떡 상체를 일으키기까지 했다.

족장, 족장! 그녀가 공포로 점철된 눈으로 허겁지겁 제 몸을 훑어보았다. 희번덕하게 눈이 뒤집힌 족장한테 미친 듯이 쫓기던 자신은 어느새 일리야가 안내해 준 저택의 호화로운 방, 침대 위에 고이 놓여 있었다.

"……꿈?"

이예주가 멍하니 중얼거렸다. 아닌데, 자신은 일리야 몰래 방을 빠져나와 서재로 갔다가 미친 족장 놈을 보았다. 그리고 분명 '문'을 넘어 람에게 갔다. 엄청나게 큰 대왕 바퀴벌레를 본 것 같기도 했는데. 그리고 또, 또…….

"그게 다 꿈이라고……?"

이예주는 다시 한번 '꿈' 하고 중얼거리다가 얼굴을 왈칵 구겼다. 눈물이 쏟아질 것 같았다. 분명 람을 만났다. 드디어 살았다고, 드디어 족장 놈한테 벗어났다고 무척이나 안심했는데. 그랬는데…….

"아니야! 안 돼, 안 돼……."

꿈이라니. 꿈이라니. 아니야, 아니야. 안 돼. 이예주가 겁에 잔뜩 질린 얼굴로 울먹거렸다.

여긴 너무 불길하고 음침하다. 처음 발을 들이밀 때부터 기분 나쁘기 짝이 없는 곳이었다. 이곳에서 당장 벗어나고 싶다. 사막도 좋고 숲도 좋으니까 제발, 제발.

"꿈 한 번 요란하게 꾸는군."

문득 들려오는 목소리에 그녀가 퍼뜩 고개를 돌렸다. 침대에서 꽤 떨어진 창문 옆에 커다란 인영이 우뚝 솟아 있었다.

채 완전히 닫히지 못한 커튼 틈 사이로 희미한 빛이 들어와 남자의 검은 머리카락을 부드럽게 훑고 지나갔다. 이예주의 눈동자가 공포에서 놀라움으로 탈바꿈했다.

"귀청 떨어질 정도로 괴성을 지르던데. 이제 좀 살 만한가 보지?"

"……람."

이예주는 대답 대신 속삭이듯 남자의 이름을 내뱉었다. 언제부터 저 남자가 있다는 사실만으로 이렇게 맘을 놓게 된 건지 모르겠다. 뒷목이 뻐근할 정도로 바싹 굳었던 게 풀리면서 온몸에 힘이 빠졌다.

남자를 발견하고 한시름 내려놓은 그녀는 다시 한번 찬찬히 주변을 둘러보았다.

람이 데려다 놓은 건가? 분명 저택 안의 방이 맞긴 맞았다. 그러면 족장은 벌써 람이 죽여 버린 걸까? 헉, 그리고 보니 일리야는 어떻게 된 거지? 조롱이는?

다시 족장의 저택임을 자각하자마자 물밀듯이 궁금증이 밀려들어 머리를 어지럽혔다. 문득 침대 위에 고이 놓인 제 몸을 내려다 보니 가슴과 등을 압박한 못 보던 붕대가 칭칭 감겨 있었다. 혹시 등짝의 상처도 치료를 해 준 걸까. 물어보고 싶은 말들이 산더미였으나 왠지 쉽게 입이 열리지 않았다.

뭐라 말을 꺼내야 할지 고민하면서 한참 입술을 달싹이던 이예주는 불현듯 자신의 괴상한 행동을 람이 모두 보고 있다는 사실을 퍼뜩 깨달았다. 민망함에 얼굴이 붉게 달아올랐다.

그런 그녀의 변화를 하나도 빠짐없이 날카롭게 주시하던 남자는 이예주가 있는 쪽으로 다가와 침대 옆에 놓여 있던 의자에 털썩 주저앉았다. 그녀는 여전히 민망함에 고개를 들지 못했다.

"그래서."

그가 무뚝뚝한 표정으로 말했다.

"대체 무슨 짓거리를 하고 돌아다녔던 건지 어디 들어나 볼까."

뚫어져라 자신을 바라보는 따가운 시선 탓에 이예주는 이번엔 다른 의미로 고개를 들지 못했다. 그러고 보니 람을 만나서 자신이 무슨 소리를 했더라.

그래, 다리족이 아니라고 했다. 다리족이 아니라고, 살려 달라고. 제 입으로 사실을 고하고 목숨을 구걸했다. 그녀의 안색이 순식간에 파리해졌다.

그냥 살려 달라고만 하지, 무슨 광영을 보기 위해서 제 입으로 마지막 보루까지 싹 고해바쳤던 걸까. 이 바보야, 이 정신 나간 계집아…….

"대답하는 게 좋을 텐데."

차가운 목소리에 이예주가 퍼뜩 고개를 들었다. 어느덧 처음 만났을 때처럼 인정머리라고는 쥐뿔만큼도 보이지 않는 얼굴로 돌아간 람이 그녀를 싸늘하게 쏘아보고 있었다. 간담이 서늘해졌다.

"그, 그게요……."

그녀가 덜덜덜 떨리는 입술 근육을 억지로 움직였다.

"제가 거, 거짓말을 하려고 했던 게 아니라요……."

"……."

"절대! 절대 처음부터 그쪽을 속이려고 거짓말했던 건 아니에요! 절대요! 그, 그게……."

"……."

"그게 그러니까…… 그……."

흘끗 돌아본 남자의 얼굴이 전과 다름없이 딱딱하기만 했다. 어둠이 자욱하게 내려앉은 주위에도 불구하고 새빨간 눈동자만은 변함없이 자신에게 고정되어 있자 이예주는 얼른 시선을 피했다. 죽을 것 같은 심정으로 그녀는 떨어지지 않는 입을 벌렸다.

"그게…… 미친 소리 같겠지만요. 저는…… 저는 과거에서 왔어요."

에라, 모르겠다. 이예주가 일단 질렀다.

"그리고 능력은요…… 그니까, 다, 다리족은 아닌데…… 아니긴 아닌데요. 그쪽 인간들이랑 약간 비슷한 능력을 가지고 있어서 그냥 다리족이라고 한 거예요."

"……."

"그니까 제 능력이 뭐냐면…… 위험해 처할 때마다 '문' 같은 게 생기는데요. 그걸 넘으면 위험에서 벗어날 수 있는 곳에 도착하는 데…… 아무튼 위험에 처할 때마다 벗어날 수 있어요. 그냥 별거 아 닌데요. 어쨌든 저는 과거에서 와서 말하는 새를 만나고 땅을 막 파 죽지세로 가르고 번개를 막, 막 내리치는 당신을 만나 가지고 너무 놀랐는데. 그, 그래서 정신없이 '문'을 넘고 또 넘어서 도망을……."

제가 무슨 말을 하는지도 모르고 무작정 횡설수설 늘어놓던 이예 주의 목소리가 점점 작아졌다. 고개도 점점 아래로 향하더니 결국 죄인처럼 완전히 푹 수그러들었다.

"……거짓말해서 죄송해요."

여전히 대답 없는 남자에게 그녀가 들릴락 말락 한 목소리로 죄를 고해바쳤다.

"그, 그치만 저도 어쩔 수 없었어요! 일단 저도 살고 봐야지 어쩌 겠어요? 이, 이런 미친 곳으로 와서 가만히 앉아 죽을 순 없잖아요. 흐, 흐흑…… 과거로 돌아갈 방법은 모르겠는데 망할 뱀 새끼는 자 꾸 쫓아오고……."

"……."

"그니까요. 너무 화내지는……."

"내가 궁금한 건."

별안간 남자가 이예주의 말을 뚝 잘라 냈다.

"네 시답지 않은 능력 따위가 아니다."

"……예?"

남자의 말에 이예주가 얼빠진 얼굴을 하고 고개를 번쩍 쳐들었다. 잘생겼지만 오만하기 짝이 없는 얼굴의 그가 마치 하찮은 것을 바라보는 듯한 눈으로 그녀를 내려다보고 있었다.

"그 알량한 능력이 네게 추가된다고 해서 네 한심하고 우둔하기 짝이 없는 머리통이 더 나아지거나 발전하지는 않을 것 아니냐."

"……"

왠지 기분은 더러운데 숨이 막힐 정도로 맞는 말이었다. 그냥 무시하고 싶었으나 남자가 새빨간 눈으로 대답을 종용했다.

"그……게…… 그렇겠죠. 예, 예."

이예주는 심란한 표정으로 마지못해 그것을 인정했다.

"그럼 그쪽이 궁금한 건 뭐……일까요?"

남자가 다시 고고하게 고개를 들고 말했다.

"왜 명령을 어겼지?"

"네? 무슨 명령을……."

"분명 이번에도 멋대로 행동했다간 까마귀 둥지 한가운데에 버린다고 했을 텐데."

이예주의 얼굴에 다시금 핏기가 가셨다. 전혀 생각지도 못한 람의 지적에 그녀는 입을 떡 벌린 채 어버버 거렸다.

황조롱이가 신신당부하던 남자의 지엄한 전언이 떠올랐다. 사실 저택을 돌아다니면서 과거로 돌아가는 방법을 찾는 데에만 급급해 그것은 그다지 신경 쓰지 않았다. 아니, 당장은 람이 없다는 사실에 거의 무시한 것과 다름없었다.

이 남자의 말을 무시했다. 이 미친놈의 명령을.

"게다가 일부러 네 곁에 남겨 둔 황조롱이까지 따돌리고 싸돌아다녔더군."

"……헉. 조, 조롱이는 괜찮아요?"

"황조롱이는 인간들이나 쓰는 마취 향을 잔뜩 마신 탓에 간신히 네 상처만 보고 다시 쓰러져 자고 있다."

람이 이예주의 가슴과 등을 칭칭 감고 있는 붕대를 무성의하게 턱짓했다. 그녀는 호흡을 멈췄다. 그제야 자신이 거짓말 이상의 엄청난 짓을 저질렀다는 사실을 깨달았기 때문이다.

"이제 네가 뭔 짓거리를 하고 다녔는지 말할 차례 같은데."

"그, 그게……."

목을 조르는 압박감에 이예주가 새된 소리를 내뱉으며 파르르 입술을 떨었다. 아무런 소득도 없이 일만 지르고 다녔던 행적을 고하면 남자가 대체 어떻게 반응할지 모르겠다. 황조롱이까지 위험에 처하게 했다는 사실을 알면 자신을 찢어 죽이겠지. 나름의 타당성이 있던 행동들이었지만, 남자가 그것을 옳다구나 받아들일 리 없었다.

두려움에 휩싸인 몸이 반사적으로 덜덜 떨렸다. 으, 으흑. 괴로운 소리를 입 밖으로 흘리는 그녀의 얼굴이 다시금 절망으로 물들었다.

"그, 그게요……."

남자가 어디 지껄여 보라는 듯 강한 눈으로 이예주의 얼굴을 노려보았다. 아까처럼 무심한 태도가 아니었다. 당장 진실을 토해 내지 않을 시, 죽음을 넘어선 고통을 맛보게 해 주겠다는 뜻이 빨간 동공에 선연히 떠올랐다. 그녀는 그것을 피해 질끈 눈을 감았다.

"그, 그게…… 과, 과거로 돌아가는 방법을 찾으려고 했어요! 조,

족장의 서재에 책이 많다고 들어서 밤에 몰래 빠져나갔다가……."

몰래 빠져나갔다는 부분에서 람의 기세가 지나치게 험악해졌다. 그녀는 눈치를 보며 더듬더듬 변명했다.

"서, 서재에서 이상한 검은 책을 봤는데…… 2017년에 검은 파편이 깨어났다고 써져 있었는데요. 세상이 멸망했다고 막 그랬는데…… 거기서 책에 나온 '시간'이란 여신이랑 똑같은 여자를 만났어요! 그래서 그 여자를 쫓아가다가 이상한 계단을 지나쳐서 지하 같은 데에 갔는데요……."

"……"

"거기에서 조, 족장이랑 남자들이…… 여자들을 채찍으로 때려서 피를 빨아 먹는 걸 봤는데, 흐으! 근데! 근데 누가 뒤에서 발을 구르면서 도망쳐 가지고! 아, 누구냐면 여신 그 여자랑 똑같은 망할 계집이었는데요! 아무튼 그래서 그 미친놈들이 막 저를 쫓아왔어요! 그래서 도망가다가 일리야를 만났는데요……."

"……"

"일리야가 있잖아요, 과거가 멸망했다는 거예요? 책대로라고, 책대로 세상이 멸망해서 자기네 팔족만 시간을 멈춰 살아남았다고요. 난 과거로 돌아가야 되는데 자꾸 나보고 구원자라고 도와 달라고만 그러고. 그러다가 족장이 방으로 쳐들어와서……!"

이예주가 찢어질 듯 눈을 크게 뜨며 말을 멈췄다. 순간 끔찍했던 일련의 일들이 눈앞을 스쳐 지나갔다. 공포로 확장된 눈동자 주위로 물이 가득 차오른 것은 순식간이었다.

휘익 휘익, 아직도 허리띠 내려치는 소리가 생생하다. 등을 강타하고 지나가던 충격이 떠올라 그녀가 반사적으로 몸을 부르르 떨었다.

"……그 미친 새끼가 허리띠로 등을 내리치고…… 으, 으으! 등에 달려들어서 피 빨아 먹고 깨물고…… 흐, 흐흑."

이예주가 히끅 히끅 거리며 안쓰러운 표정으로 람을 올려다보았다. 그는 여전히 말이 없었다.

"……잘못했어요. 그냥, 그냥 과거로 가는 방법만 알려고…… 그 여신 닮은 여자가 알려 줄까 해서 쫓아간 건데요."

"……."

"일리야는 자꾸 멸망했다고 이상한 소리만 해 대고. 책대로라고 하질 않…… 아, 맞다! 내 책!"

그녀가 불현듯 알아챈 책의 부재에 주변을 황급히 훑어보았다.

"흐허헝, 내 책! 내 책! 씨잉…… 책을 놓고 온 것 같아요. 어떡해요?"

"하."

마치 하나의 희극을 보는 것같이 극과 극을 달리는 감정 변화에 람이 냉소를 지었다. 어디까지 하나 싶어 주절거리는 것을 끝까지 들어 보았더니 결국 책의 부재를 저에게 물어보는 것으로 끝이 났다. 깊숙한 곳에서 피어오르는 살심을 억누르며 람이 입을 열었다.

"지금 그깟 책 따위가 중요한가?"

"그럼 안 중요해요? 그 책에 당신에 대한 얘기랑 용암 얘기 다 써 있었단 말이에요! 얼마나 중요한 건데!"

"……."

책의 부재로 이예주가 훌쩍이는 사이, 람은 어이의 부재로 머리가 깨질듯이 아파 왔다. 이리저리 책의 행방을 고민하던 그녀가 결국 모든 것이 족장 새끼 때문이라고 결론을 낼 때까지 침묵하던 람은, 어두운 목소리로 그녀의 죽음을 예고했다.

"……대체 널 죽여야 할지 살려서 데리고 다녀야 할지 모르겠군."

"……흡!"

무서운 소리에 그녀가 퍼드득 놀라 남자를 올려다보았다. 어둠 속에서 시뻘건 눈동자가 활화산처럼 불타오르고 있었다.

"그, 그런 소리를……!"

이예주가 창백한 얼굴로 어색하게 웃었다.

"하하, 그런 무서운 것을 고민하실 것까지…….."

"과거로 돌아갈 방법을 찾는다 했나."

"예, 예? 네! 그쵸! 과거로 돌아가야죠. 믿어 주시는 거예요?"

"흐르지 않은 미래로 가는 것은 가능할지도 모르겠으나, 이미 흘러 버린 과거로 가는 방법은 없다."

이예주가 흠칫 몸을 굳혔다.

"없…… 없다뇨? 과거로 갈 방법이 없다고요?"

"그래."

"그럴 리가…… 그럴 리가 없는데…….."

그녀가 순식간에 허망한 얼굴을 하고 혼잣말처럼 중얼거렸다. 가슴이 무겁게 내려앉았다. 람을 올려다보던 고개가 지는 꽃처럼 다시금 수그러들었다.

그녀는 람에게 무어라 대꾸를 하려고 입을 열었다가 바로 닫았다. 그리고 한 번 더 열었다가 또다시 닫았다. 말을 꺼내고 싶었지만 여지조차 주지 않고 단호하게 잘라 낸 남자에게 어떤 말을 해야 할지 몰랐기 때문이다.

사실 입을 열면 그대로 눈물이 질질 쏟아질 것 같았다. 어쩌면 이미 오래전부터 직감하고 있었을지도 모른다. 자신에게 '과거'로 가는 능력은 전혀 존재하지 않는다는 것과 그리하여 이 세계에서 '과거'로 갈 수 있는 방법은 전무하다는 사실을. 타임머신은 개뿔, 제대로 된 인간도 없는 이 망할 곳에서 대체 어떻게 과거로 간단 말인가, 어떻게.

애써 묻어 두고 있었을 뿐이다. 하지만 그럼에도, 그럼에도 갈 수 있다고 철저히 믿었다. 아니, 가야만 했다. 과거로 가지 않으면 집도 없고 아는 이도 하나 없는 이 척박한 곳에서 자신이 어떻게 살아남을 수 있단 말인가.

2017년 현대에서도 사회에 적응을 못해 학창 시절부터 몇 년을 겉돌던 자신이다. 그런데 이곳에서, 조금만 길을 걸어도 괴물 같은 인간들이 득실거리는 이곳에서 홀로 살아가야 한다고? 조금만 정신 놓고 서 있어도 자신을 죽이거나 잡아먹으려는 것들이 사방에서 꾸역꾸역 기어 나오는 이 빌어먹을 곳에서……?

"그럼…… 그럼 난 어떡해요……? 여긴 미친놈들만 잔뜩 있는데…… 여기서 어떻게 살아! 흑흑."

이예주가 절망에 빠져 눈물을 글썽거렸다. 딱히 람에게 답을 구하기 위해 질문한 건 아니었다. 눈앞이 까마득했다. 답 없이 깜깜하기만 한 자신의 인생을 떠올리자 눈물이 절로 뚝뚝 떨어졌다.

"당신은 날 죽이려고 하고…… 난 하루하루가 무서워서 죽을 것만 같은데! 으허엉, 어떡해? 어떡해, 흑흑. 어떡해, 예주야. 어떡해! 어떡……!"

이예주가 미쳐 버리지 않고는 못 배길 이 상황에 기어이 발악하며 울음을 터뜨리려던 그 순간.

"후…… 죽이긴 누가 죽인단 말이야. 안 그래도 이미 살려 놔서 머리가 아플 지경인데."

"흐끅!"

말없이 그녀를 바라보던 람이 인상을 험악하게 구기며 사납게 으르렁거렸다. 그에 놀란 이예주가 화들짝 놀라 딸꾹질을 하다가 다시금 눈가에 눈물을 주렁주렁 매달았다.

남자가 짜증이 가득 담긴 눈으로 손을 뻗어서 그녀의 눈가를 꾹꾹 짓눌렀다. 그의 손가락이 닿는 족족 살갗이 싸해지더니 물 자국이 사라졌다. 잔뜩 좁혀진 눈썹을 꿈틀거리며 남자가 히끅 히끅 우는 이예주를 노려보았다.

"뚝. 말도 더럽게 안 듣지."

"힉, 히잉…… 그, 그게 무슨 소리예요? 그럼 저 안 죽여요?"

"하……."

남자가 속 깊은 곳에서 우러러 나오는 한숨을 내쉬었다.

"네 멍청함은 가끔 나에게 미칠 듯한 살기를 불러일으켜."

짓씹듯이 내뱉어진 말에 이예주는 뒷골이 서늘해졌다.

"그…… 그런……!"

"하지만 벌써 살려 버렸으니 별수 없지."

"사, 살렸다고요?"

"그래. 살린 것뿐 아니라 검은 파편의 조각까지 먹여 내게 종속까지 시켜 버렸다."

그녀가 람의 뜻 모를 말에 토끼 눈을 했다. 마침 눈물을 다 빨아들인 그의 손이 무릎 위에 얌전히 놓여 있던 그녀의 왼쪽 손목을 잡아챘다. 검은 대리석처럼 흉측하게 변해 버린 이예주의 흉터가 드러났다. 남자가 그것을 눈앞에서 성의 없이 휙휙 흔들며 말했다.

"이게 내게 종속되었다는 표식이다. 너와 나의 계약이 정식으로 완료되었다는 증거지."

"아, 조롱이가 말했던……."

"넌 앞으로 내 허락 없인 아무것도 못해. 도망은 물론이고 죽으려 들 수도 없다. 네 그 한심하고 덜떨어진 행동에 제약을 걸어 둘 수 있어 다행이지만, 바꿔 말하면 나 또한 널 함부로 죽여 버릴 수 없는 제약에 걸린 것이나 다름없지."

이예주가 전보다 훨씬 더 괴상하게 변해 버린 흉터를 바라보며 인상을 찌푸렸다.

"인간에게 핍박당하고 힘없이 죽어 가는 것들이 쉽게 죽지 않도록 내리던 힘을 어째서 너 따위에게. 후……."

남자가 자조적으로 중얼거렸다. 이예주는 입을 삐쭉 내밀었다. 그러나 제 잘못을 잘 알고 있기에 가만히 고개를 주억거리며 반성하는 태도를 취했다.

"넌 내게 살기뿐만 아니라 다른 이름 모를 감정도 불러일으켰다. 그래서 널 살렸고, 서쪽 대륙에 도착하면 죽이겠다는 계약 조건이 바뀌었지. 그러니 너는 앞으로 내가 널 살려 버린 이유를 찾아내. 그것이 새로운 계약 조건이다."

"……예? 뭐라고요?"

뜬금없는 바뀐 계약 사항에 을이 제자리에서 펄쩍 뛰었다. 그러자 갑이 친절하게도 다시 한번 계약 사항을 읊어 주었다.

"내 마음이 바뀐 이유를 찾으라 했다."

"……다, 당신 마음의 이유를 찾으라고요?"

"그래."

"아니, 마음을 바꾼 건 당신인데 내가 신도 아니고 당신 마음을 어떻게……!"

번쩍, 어둠 속에서 새빨간 눈동자가 이예주를 향해 형형히 번득였다. 그 살기등등한 위협에 그녀는 말도 안 되는 요구에 반박하려던 말을 다급히 멈췄다.

포악한 들짐승 앞에 벌벌 떠는 가녀린 사슴이 되어 조용히 침묵하던 이예주는, 한참 후 떼어지지 않는 입술을 힘겹게 열었다.

"······사, 살렸으면 살린 거지 그 이유가 뭐가 그렇게 주, 중요해요······."

미약한 반항이었다. 남자의 심기를 최대한 건드리지 않도록 그녀가 꿍얼거렸다. 남자의 귀에 들리지 않을 만큼 최대한 발음을 뭉갰다고 생각했는데 귀신같이 알아들은 남자가 단호하게 결정을 내렸다.

"중요해."

"······그게 그니까요, 왜 그게 중요한지······."

"난 미물들이 가지는 감정을 알 수 없다. 그것을 가르쳐 주겠다던 계집은 죽어 버렸으니······ 네가 그것을 찾아내면 너에게 과거의 흔적을 찾아 주마. 과거로 돌아가는 방법은 지금으로썬 딱히 없지만, 네가 살던 시대의 후손들이 아직 남아 있을지 모르지. 과거의 흔적을 찾다 보면 방법이랄 게 나올지도."

이예주의 눈에 다시금 생기가 돌았다.

"그, 그게 정말이에요? 정말이죠? 정말 과거로 가는 방법을 찾아 줄 거예요?!"

람의 눈썹이 꿈틀거렸다. 기뻐하는 인간 여자를 바라보자니 묘하게 기분이 나빠졌다. 왠지 모를 심술에 그가 아무 대답도 하지 않자 인간 여자가 자꾸만 칭얼대며 그를 채근했다.

"정말이죠? 약속해 줘요! 정말, 정말 그럴 거죠?"

"······약속하지."

"하, 진짜. 당신, 진짜 최고예요!"

"하지만 과거로 돌아가도 네가 원하는 시대가 그대로 보존되어 있을지 모르겠군. 용암 폭발 이후에 대부분의 에너지를 빨아들였기에······ 이봐."

이미 과거로 갈 방법을 찾을 수 있다는 사실 하나만으로 기쁨에 젖은 이예주의 귀에는 람이 덧붙이는 말이 대수롭지 않게 느껴졌다.

엄마만 볼 수 있다면 아무래도 좋아. 오직 그 생각만이 머릿속을 점령했다.

방금 전까지 훌쩍훌쩍 울던 게 언제였냐는 양 이예주가 무릎걸음으로 재빠르게 침대 끄트머리로 기어 와 람을 마주 보고 앉았다.

"그럼! 우리 당장 이유 찾아요! 음, 언제부터 죽이겠다는 마음이 바뀐 거예요? 숲? 아니면 사막에선가? 아님…… 혹시 처음부터……? 맞죠, 처음부터 맞죠!"

"……."

"알고 보니 나한테 반해서 처음부터 죽일 생각 없었던 것 아니에요? 그쵸, 그쵸?"

이예주가 눈을 게슴츠레 뜨며 람을 이리저리 찔러 보았다. 혼자 질문하고 답을 내리며 수긍하는 그 웃기지도 않는 태도에 람은 기가 찬다는 조소를 흘릴 뿐이었다. 그의 차가운 비웃음에도 이예주는 굴하지 않고 계속해서 조잘거렸다.

"에이, 웃는 거 보니까 맞죠? 처음부터……."

"돼먹지도 않은 소리 그만하고."

람이 그녀의 헛소리들을 단호하게 끊어 내더니 검지를 까딱거렸다.

"이리 와."

제 방정맞음이 도가 지나쳤나 싶어 그녀의 얼굴이 순식간에 경직됐다.

"왜, 왜…… 왜요?"

"스읍, 제발 한 번 말할 때 좀 알아들었으면 좋겠군."

"……."

"이리 와."

람이 다시 한번 손을 까딱거리며 강압적으로 명령했다. 이예주의 심장이 긴장으로 거세게 방망이질하기 시작했다. 헉, 너무 심했나?
왜 저래, 왜 저러는데.

"내가 가기 전에 오는 게 좋을 텐데."

"……."

"이리 와."

람이 이를 악물고 씹듯이 내뱉었다.

"당장."

이예주는 결국 침대 아래로 발을 내릴 수밖에 없었다. 무슨 불벼락
이 떨어질지 몰라 잔뜩 목을 움츠린 그녀는 천천히, 아주 천천히 발
을 옮겨 그가 있는 쪽으로 쭈뼛쭈뼛 다가갔다. 최대한 보폭을 좁혀
갔음에도 몇 걸음 걷지 않아 남자가 앉아 있는 의자 앞에 당도했다.

람의 새빨간 눈동자가 자신을 잡아먹을 듯이 흉흉하게 불타오르
고 있었다. 그녀는 범 앞에 선 하룻강아지처럼 언제라도 배를 까 보
일 준비를 한 채 비장하게 입을 열었다.

"다, 다 왔는데요."

"……."

남자는 침묵했다. 대신 이예주로선 당최 이해하지 못할 명령을 행
동으로 지령했다. 그녀를 바라보며 제 허벅지 위를 손으로 두어 번
탁탁 치는 게 아닌가.

이예주는 얼빠진 얼굴로 남자를 멍하니 바라보았다. 생각에 생각
을 거듭해도 도무지 어쩌라는 건지 알 수 없었다. 그래서 그의 얼굴
을 가만히 바라보기만 했다. 남자가 답답한 듯 짜증스러운 얼굴로
입을 열었다.

"엎드려."

"……예, 예?"

"꼭 두 번씩 말해야 알아먹나? 엎드리라고."

남자가 다시 한번 제 허벅지를 내리쳤다. 이예주는 이 황당하고 경악스럽게 돌아가는 상황에 입을 떡 벌렸다. 그러니까 지금 나보고 허벅지에 엎드려라, 이 말이지?

일순 정신이 아찔해진 그녀는 자신이 혹시라도 잘못 들은 게 아닌가 싶어 되물었다.

"그, 그, 그…… 그러니까…… 다, 당신 무릎 위에 내 몸을 이렇게……."

그녀가 엎드리는 포즈를 취하며 람을 바라보자 그가 무뚝뚝하게 고개를 끄덕였다.

"……이, 이렇게? 이렇게라고요?!"

"마지막이다."

남자가 더 이상 못 봐주겠다는 듯 차갑게 일갈했다.

"내 무릎 위에 네 몸뚱이를 엎어. 지금 당장."

그러니까 대체 왜 그래야 하는 거야! 이예주는 혼이 나간 듯한 얼굴로 람을 바라보았다. 그러나 이 딱딱하고 단호한 남자는 당장 명령에 복종하지 않을 시, 찢어 발겨 주겠다는 뜻을 가득 담은 눈으로 그녀를 재촉했다.

움직일 생각은 않고 하얗게 질린 얼굴로 자리에 서서 벌벌 떨기만 하던 이예주는 남자의 시뻘건 눈에 점점 살기가 돌자 후다닥 몸을 움직였다.

그녀는 가만히 앉아 있는 람의 곁으로 주춤거리며 조금 더 다가갔다. 그의 사정권 안으로 간신히 들어갔을 때, 별안간 람이 벼락처럼 그녀의 팔을 움켜잡고 거세게 잡아당겼다.

"으아악!"

이예주가 비명을 지르며 람의 위로 쓰러졌다. 그러나 힘센 남자가 요령 좋게 그녀의 몸을 뒤집은 탓에 부딪히는 일 없이 람의 무릎에 살포시 안착했다.

"어억! 왜, 왜 이래요! 왜 이래요!"

한순간에 반전된 시야 때문에 눈앞이 어질했다. 이예주가 기겁을 하고 버둥거렸다. 그의 허벅지 위에서 일어나기 위해 몸을 움직였지만, 그것은 모두 희망 사항으로만 끝이 났다. 남자의 돌덩이 같은 손이 꿈쩍도 하지 않고 목과 다리를 아래로 내리눌렀다. 때문에 그녀는 그저 그물에 잡힌 활어처럼 무의미한 펄떡임을 반복할 수밖에 없었다.

그때였다. 그의 허벅지 위에 빨래처럼 엎혀진 것도 모자라 더 미쳐 버릴 것 같은 타격이 이예주를 내려친 것은.

짝―! 그녀의 토실한 엉덩이 위로 람의 손바닥이 가차 없이 떨어졌다.

"아악!"

엉덩이가 화끈해졌다. 남자가 제 엉덩이를 때린 것이다. 다 큰 처녀의 엉덩이를……! 눈앞에 새빨개지는 것 같았다. 이예주는 아픔보다 수치심에 몸을 부르르 떨며 꽥 괴성을 질렀다.

"미, 미쳤어요?!"

"이건 감히 황조롱이를 통해 전언한 명령을 무시한 죄."

퍼덕이는 그녀의 목을 꾹 눌러 고정한 남자가 무심하게 읊조렸다. 이예주는 눈이 뒤집히는 것이 뭔지 통렬하게 느끼며 경악 어린 목소리로 다시 한번 비명을 내질렀다.

"왜, 왜 이래요! 이거 성희롱이야! 왜 다 큰 여자 엉덩이를 손으로……!"

짝―! 그러나 듣기 싫다는 듯 다시 한번 화끈한 통증이 엉덩이를 강타했다.

"이건 황조롱이를 따돌리고 도망침으로써 신인류를 능멸한 죄."

"아악—! 미쳤어? 당신, 미쳤냐고요!"

짝—!

"이건 이따위 천 쪼가리를 걸치고 멋대로 싸돌아다닌 죄다."

"아악! 그만! 때릴 거면 딴 데 때려! 왜 엉덩이를 때리고 그래, 이 미친놈아!"

엉덩이가 따끔따끔했다. 그렇게 세게 때린 것도 아니지만 남자에게 맞았다는 사실 하나만으로 이예주는 정신이 나갔다.

그녀는 눈이 돌아가는 심정으로 있는 힘껏 발버둥을 치며 몸을 뒤흔들었다. 그러나 여전히 몸은 꿈쩍도 하지 않았고 피가 쏠린 얼굴은 터질 것처럼 달아올랐다.

경기 일으키는 사람처럼 펄떡거리는 그녀를 웃음기 가득한 눈으로 내려다보며 람이 짐짓 엄한 목소리로 다그쳤다.

"잘못했어, 안 했어."

"잘못은 내가 무슨 잘못을 해요!"

"스읍, 몇 대 더 맞아야 정신 차리겠군 그래."

몇 대 더 때린단 소리에 이예주의 몸이 파르르 경련했다.

"아악! 잘못했어요! 잘못했다고요! 다신 안 그럴게요! 다신! 그러니까 그만해액!"

이예주는 저택이 떠나가라 고래고래 소리를 질렀다. 얼마나 크게 질렀는지 '푸훗' 하는 남자의 웃음소리도 알아차리지 못했다.

그녀의 머리를 거세게 압박하던 손이 풀렸다. 그와 동시에 배 밑으로 불쑥 팔이 들어오는가 싶더니 남자가 이예주를 번쩍 들어 앉혔다. 순식간에 시야가 뒤바뀌었다. 어느새 그녀는 남자의 품에 고이 앉혀진 채 시뻘겋게 물든 얼굴로 씩씩대고 있었다.

"못생긴 홍당무 같군."

남자가 달아오른 그녀의 얼굴을 발견하곤 약 올리듯 지껄였다. 비죽 웃는 그 얼굴을 마주 보는 순간 이예주는 눈앞이 새하얘지며 웃는 남자의 얼굴로 주먹을 내지를 뻔했다. 이성을 조금만이라도 놓쳤다면 분명히 그리했으리라.

"웃어……?"

그녀의 몸이 분노와 수치심으로 부들부들 떨렸다. 몸과 같이 목소리도 덩달아 떨렸다.

"웃음이 나와요? 지금 웃음이 나오냐고!"

"그럼 울어야 하나?"

"이, 이……!"

이 개새끼야아악!

세상의 온갖 쌍욕이 그녀의 온 정신을 지배했다. 잘도 맞는 말만 지껄이는 저 주둥이를 한번 쥐어뜯을 수만 있다면 악마에게 영혼이라도 바치리.

"내가 뭘 그렇게 잘못했다고……! 아니 아니, 다 내가 잘못했다고 쳐요! 그래! 내가 다 잘못했어. 그렇다고 여자 궁둥짝을 이렇게 떡메 치듯 내리쳐요?! 내, 내 엉덩이는 우리 엄마도 안 때린 성지라고요!"

"흠…… 말 안 듣는 어린것에게는 매가 딱이라고 했는데. 너에겐 잘 안 통하는 것 같군."

"안 통…… 안 통해?! 하아…… 하나님."

남자의 개소리 퍼레이드를 듣는 족족 이예주의 눈앞은 하얘졌다가 새빨개졌다가 시퍼렇게 점멸되어 갔다. 아아, 이성이 끊어질듯 점점 가느다래지는 게 느껴졌다.

"그리고 어리긴 누가 어려요! 당신 이거 성희롱이야, 어?! 우리나라에서 당신 같은 사람은 쇠고랑 찬다고! 알아?!"

"쉬이…… 벌 말고 상도 줄 테니 그만 칭얼대거라."

점점 격해지는 그녀를 람이 얼싸안고 타일렀지만 역효과였다. 완전한 어린아이 취급에 이예주는 '어흑!' 하고 뒷골을 잡았다.

"상? 하! 상은 무슨! 또 이상한 돌조각 쥐어 주고 과자 사 줄 테니 울지 말라고 협박하려……!"

입에서 불을 뿜어내던 이예주는 덥석 제 양 볼을 부여잡은 람의 손에 놀라 말을 멈췄다. 그 순간 쪽, 말캉한 게 쪼듯이 이예주의 입술에 닿았다 떨어졌다.

"뽀뽀."

남자가 코앞에서 무어라 속삭였다. 간질간질한 숨이 입술 위에 살랑거렸다. 그녀의 숨이 뚝 멈췄다.

"사막에서 이걸 좋아하지 않았던가? 도망 안 치고 잘 기어 돌아왔으니 주는 상이다."

동상처럼 굳은 이예주의 시선이 저를 바라보며 곱게 사부작거리는 남자의 붉은 입술에 고정되었다. 마치 확대라도 한 것처럼 그 야스럽고 요망한 것이 눈에 박혀 떨어지지 않았다.

"지금…… 뭐……."

그녀의 맹한 반응에 남자가 문득 눈살을 찌푸리며 되물었다.

"왜. 상으로는 부족한 건가?"

얼굴을 붙잡은 손에 다시 힘이 들어갔다. 아차 할 새도 없이 이예주의 얼굴이 속절없이 끌려갔다. 그 순간 방금 느꼈던 촉촉하고 물컹한 것이 다시 입술 위를 점령했다.

뱀처럼 미끄덩한 혀가 윗입술을 할짝할짝 건드렸다. 그 간지러움에 미처 움츠리기도 전에, 그것은 너무나도 자연스럽게 벌어진 입술

사이로 한가득 밀려 들어왔다.

살아 있는 유동체가 그녀의 혀를 숨 쉴 수 없을 만큼 얽었다. 이예주의 혀, 타액, 날숨, 모든 것이 빨려 나갔다. 그 사이로 그녀의 혼도 빨려 들어갔다. 눈앞이 아득해지고 심장이 쿵쿵 횡격막을 내리쳤다.

마지막으로 한 번 강하게 치열을 훑고 지나간 그 물컹한 것이 추욱 하고 기다란 은색 실을 늘어뜨리며 이예주의 입에서 떨어져 나갔다.

"……이건 키스."

남자가 이예주의 입술 위에서 야살스럽게 속삭였다. 쿵쾅쿵쾅, 발광하는 심장이 바깥으로 튀어나올 것 같았다. 호흡 부족으로 얕게 헐떡이던 그녀는 방금 자신에게 일어난 믿을 수 없는 일을 상기하기 위해 머리를 굴리려 노력했다.

지금 뭐지? 뭐가 자신의 입술을, 입 속을, 혓바닥을…….

"이, 이게…… 뭐…….."

"표정이 왜 그러지? 꼭 울 것처럼 흐려져 있군. 네가 내게 직접 가르쳐 주었지 않아."

"어, 언제…….."

"네 돌덩이 같은 머리는 기억력조차 나쁜가 보군. 며칠 전 사막에서다."

멍하게 정지된 머리가 남자의 말을 따라 자동으로 과거를 회상하기 시작했다. 사막에서 무슨 일이 있었더라…….

조롱이의 말로는 자신이 괴물에게 얻어맞고 독 때문에 사경을 헤매던 것을 남자가 살려 주었다고 했다. 그런데 그녀는 남자가 치료해 준 기억이 씻은 것처럼 없었다. 아니, 조금씩 기억이 나는 것도 같았다.

무슨 오아시스에 있었는데…… 쪼르륵 물 따르는 소리가 계속해서 연달아 울렸고…… 그리고, 그리고…….

쪽.

─……잘생겼어…….

─……뽀뽀.

남자의 얼핏 당황한 것 같은 모습과.

─이게 무슨…….

─이건 키스.

"잘 생각해 봐라. 네가 먼저 좋다고 달려들었…….."

"아아악!"

이예주가 창백하게 질린 얼굴을 하고 괴성을 지르며 허겁지겁 람의 입을 제 두 손으로 틀어막았다. 무슨 짓이냐는 듯 그가 눈썹을 위로 치켜들었으나 그녀는 미친 듯이 도리질을 치며 치욕스러운 과거를 부정했다.

"아아악! 거짓말! 아니야! 아니야, 내가 그럴 리 없어! 아니야!"

"생각났나 보, 읍……!"

"아악! 말하지 마!"

이예주가 람의 입을 틀어막은 손에 더욱 힘을 주며 그의 말을 막았다. 얼굴이 터질 것처럼 새빨갛게 달아올라 있었다. 미쳤다. 자신이 미치지 않고서야 그런 짓을…… 그런 미친 짓을…….

─이런 요망한 짓은 어디서 배운 거지.

귓가에 소름 끼치게 낮은 남자의 목소리가 요동쳤다. 하나하나 떠오르는 과거의 편린에 이예주가 거칠게 고개를 저었다.

"미쳤어…… 아니야! 아니야! 미쳤어. 미쳤어, 이예주…… 너 돌았니? 어떻게…… 어떻게……."

필사적으로 남자의 입을 틀어막고 있던 이예주의 손 위로 커다란 손이 얹어졌다. 그녀는 고통스러울 정도로 머릿속을 점철하는 부끄러움에 몸부림치다가 제 손을 잡는 그 손길에 조심스럽게 고개를 들었다.

이예주에게 입이 막힌 남자의 새빨간 눈이 즐거워 죽겠다는 듯 휘어져 있었다. 그 순간, 그녀의 심장이 바닥까지 내던져졌다.

남자가 입을 틀어막은 이예주의 손을 가볍게 떼어 냈다. 뿌리치려면 얼마든지 그럴 수 있을 만큼 강한 힘은 아니었지만, 그녀의 두 손은 그에게 잡혀 힘없이 끌려 내려갔다.

웃는 람의 얼굴을 차마 대면할 수 없어 그녀의 고개가 아래로 푹 꺼졌다. 마구 휘몰아치는 감정들을 대변하듯 그녀의 귓불이 빨갛고 탐스럽게 익었다.

"……원래 이렇게 요망한 짓거리로 멀쩡한 이들을 홀리는 건가?"

남자가 이예주의 머리 위에서 가당치 않은 말들을 지껄여 댔다. 그녀가 시뻘건 얼굴을 번뜩 쳐들었다.

"뭐요?"

"익숙해 보이는데."

"이, 이……! 내가 그럴 남자가 어디 있어요! 난 이렇게 남자랑 손잡는 것도 처음인데!"

남자의 말 같지도 않은 소리에 몸서리친 이예주가 남자에게 잡힌 두 손을 거칠게 흔들며 외쳤다. 그런 그녀의 반응에 남자가 만족스럽다는 듯 입꼬리를 들어 올리고 웃었다.

"좋아. 계약 기간 동안 네 몸은 너 혼자의 것이 아니다."

그게 무슨 말도 안 되는 소리냐고 따지기도 전에 람은 살벌한 기세로 경고했다.

"앞으로 다른 놈들 앞에서 이런 요망한 짓을 하는 것을 들켰다간……."

"……."

"차라리 죽여 달라고 애원하게 해 주지."

농담인 듯 농담 같지 않은 남자의 그 말이 실현될 가능성을 떠올리며 이예주가 방금 전과는 다른 의미에서 몸서리를 쳤다. 이거 뭔가 크게 잘못되고 있는 것 같다. 남자와 가까워지면 가까워질수록 불쑥불쑥 불안함이 들었다.

일단 남자가 자신을 죽이지 않는 것은 좋은 일이긴 한데…… 지진을 쩍쩍 일으키고 번개를 마구 내리치고 무식한 힘으로 괴물을 터뜨리는 미친놈의 편에 서면 위험할 일은 없을 것이라는 것도 확실한데…… 과연 이게 좋기만 한 일인가?

그때 남자가 갑작스레 그녀를 가볍게 안아 들고 의자에서 일어났다. 사람이 물건도 아닐진대 마치 무게가 느껴지지 않는 것처럼 번쩍번쩍 들어 대는 남자의 힘에 소름이 돋았다. 이예주는 아기처럼 그의 품에 안긴 채 한숨 쉬듯 말했다.

"……당신은 신이에요?"

"……."

람은 한 번 흘끗 내려다볼 뿐, 답하지 않았다. 터벅터벅, 그녀를 든 채로 그는 침대로 향했다. 대답을 재촉하려던 이예주는 민망한 자세에 그만 입을 다물고 가만히 그의 품에 몸을 맡겼다.

이윽고 람이 침대 위에 그녀를 조심스럽게 내려놓았다. 내려놓는 도중에 힘을 주어 아예 그녀의 몸을 돌려 옆으로 눕게 했다. 왜 이렇게 불편하게 누워야 하냐는 의문을 담아 쳐다보자 그가 가만히 그녀의 붕대를 눈짓했다.

아, 등의 상처 때문이구나. 생각지도 못한 곳에서 드러나는 그의 배려에 이예주는 이상하게 마음속에서 어떤 이름 모를 감정이 울컥 치솟는 것 같았다. 가슴이 심란했다.

람이 그녀를 내려놓자마자 볼일 끝났다는 듯 휙 돌아섰다. 방을 빠져나가려는 듯한 남자의 옷자락을 이예주가 황급히 붙잡았다.

"가, 가려고요?"

"……."

"흑, 여기 너무 무서운데……."

그녀는 울상을 지으며 내심 그가 남아 주길 바랐다. 그러나 이 눈치 없는 놈은 그래서 뭘 바라냐는 식으로 짜증스럽게 그녀를 돌아보았다. 이예주는 결국 한숨을 내쉬며 직설적으로 이야기했다.

"자, 잠들 때까지 옆에 있어 주면 안 돼요? 혼자 있으면 악몽 꿀 것 같아요."

"……."

"족장이, 족장이 막 쫓아온단 말이에요……!"

미동도 없는 남자에게 이예주가 애타는 얼굴로 애원했다. 정말이었다. 이 남자나 조롱이도 없이 저 혼자 남게 되면, 허리띠를 든 족장이 문을 벌컥 열고 들어와 금방이라도 자신의 등허리를 사정없이 내리칠 것만 같았다.

그녀가 울 것 같은 얼굴로 람의 옷자락을 미약하게 두어 번 흔들었다.

"후……."

무표정하게 그녀를 내려 보던 남자가 결국 짧게 한숨을 쉬며 침대 위로 올라왔다. 이예주는 냉큼 엉덩이를 움직여 옆으로 비켰다.

람이 침대 헤드 보드에 느슨하게 상체를 기대앉았다. 이예주는 그가 있는 쪽을 향해 모로 누워 꾸물꾸물 이불 속으로 파고들었다. 푹신한 매트리스가 그녀의 몸을 부드럽게 받쳐 들었다.

정말 오랜만의 편안한 잠자리다. 해가 지지 않는 불길한 저택이어서 사실 편안한 것도 잘 느끼지 못했는데, 무적인 남자와 함께하니 깜짝 놀랄 정도로 안심이 되었다.

이예주는 마른 섬유 냄새가 나는 배게 속에 얼굴을 파묻으며 제 옆에 앉아 있는 람을 올려다보았다. 남자는 정말 그녀가 자는 것만 보고 가려는 듯 팔짱을 낀 채 눈을 감고 있었다.

오뚝한 콧날에 모양 좋은 붉은 입술, 날카로운 턱선. 완벽한 대칭의 끝내주게 잘생긴 얼굴인데 왜 이렇게 인간미라곤 눈을 씻고 찾아봐도 없는 걸까. 완전체에 가까운 외모에 비해 결여된 인성에 탄식하며 이예주는 남자 쪽으로 슬금슬금 몸을 붙였다.

"……자라."

그런 그녀의 움직임을 귀신같이 알아챈 남자가 눈을 감은 채 짧게 명령했다. 가까이 가서 관찰하려 했던 이예주가 지레 찔려 몸을 크게 펄떡였다. 덕분에 누구나 다 알아챌 만큼 침대가 커다랗게 요동쳤다. 올라오는 부끄러움에 그녀가 잠시 숨을 죽였다가, 내친김에 대놓고 남자의 얼굴을 바라보기로 했다.

입을 다무니 뭇 여인네들이 가슴 부여잡고 통곡할 얼굴상이로다. 보기만 해도 미소가 절로 지어지는 얼굴을 흐뭇하게 감상하던 그녀의 시선이 문득 남자의 붉은 입술에 머물렀다. 그와 동시에 이런 남자와 잘도 쪽쪽 입을 맞춘 자신이 떠올랐다. 이예주의 얼굴이 눈 깜짝할 새에 시뻘겋게 달아올랐다.

미쳤지, 미쳤어. 이런 것에 홀리면 안 돼, 이예주! 원래 악한 것들이 아름다운 법이다. 이 요염한 입술이 자꾸만 자신을 홀린다. 안 돼, 안 돼!

얼굴이 시뻘게졌다가 도리질을 쳤다가 홀로 난리를 해 대던 이예주는 그래도 자꾸만 입술을 비집고 실실 터져 나오는 웃음을 막을 수 없었다.

잘생긴 남자와 키스를 했다. 그 흔한 이성 친구조차 없이 정신없는 인생을 살아오던 제가! 이 얼마나 경이로운 일이란 말인가!

"……근데, 저기요. 있잖아요."

"……."

이예주가 불쑥 람을 불렀다. 그는 미동도 하지 않았다. 심지어 눈조차 뜨지 않았으나 그녀는 개의치 않았다.

"저기, 우린 그럼 썸남 썸녀예요?"

제가 말해 놓고도 부끄러워 죽겠다는 듯 그녀가 베개에 얼굴을 처박고 몸을 부르르 떨었다. 자꾸만 가슴 깊숙한 곳이 간질간질 거려서 팔로 마구마구 긁어 대고 싶은 기분이다.

그렇게 이예주는 한참 동안이나 간지럼을 참았다. 그리곤 다시 조심스럽게 고개를 들었다. 시뻘건 눈동자가 번쩍 떠진 채 자신에게 고정되어 있었다. 람이 고개를 갸웃거렸다. 심장이 다시 두근두근 진동하기 시작했다.

"그게 뭐지?"

"예? 썸남 썸녀요? 아…… 그러니까요. 그게 뭐냐면, 어…… 애인인 듯 아닌 듯?"

"……."

"그니까요. 내가 이제 당신 감정도 찾아 줄 거고 이렇게 키, 키…… 키스도…… 키스도…… 으흑!"

결국 간지러움을 참지 못한 이예주가 다시금 이불 속에 얼굴을 파묻고 몸부림을 쳐 대다가 찌르르한 등짝의 고통에 움직임을 멈췄다. 조금 뒤 이불 속에서 찐만두처럼 벌겋게 달아오른 얼굴을 꺼낸 그녀는 용기를 내어 입을 열었다.

"암튼! 우린 그, 그 입도 맞췄잖아요! 나 누구랑 이런 거 완전 처음이에요. 어머, 어떡해."

스스로 모태 솔로임을 고백하던 이예주가 화들짝 놀라 제 입을 틀어막았다. 고등학교에 올라가기 전에 엄마가 모솔인 걸 알리면 남자들이 얕본다고 했는데. 게다가 이예주는 그냥 팔자도 아니고 남자를 멀리해야 할 사주팔자였다!

그녀가 금세 울상이 된 얼굴로 남자를 애절하게 올려다보았다. 그러나 걱정했던 것과 달리 람은 전혀 이예주를 얕보거나 비웃는 얼굴이 아니었다. 대신 그녀를 바라보는 시뻘건 눈동자가 심각하게 굳어져 있었다. 이예주는 그 의미 모를 눈빛에 고개를 갸웃했다.

"왜 그렇게 봐요?"

"대체…… 네 멍청함에 관해서는 어디서부터 손대야 할지 모르겠군."

"……네?"

"우린 계약관계 그 이상도 이하도 아니다."

남자가 이예주와의 관계를 '썸남 썸녀'에서 '계약관계'로 냉정하게 뒤바꿔 버렸다. 그녀는 멍청한 얼굴로 남자의 말을 곱씹다가 그것이 세 번을 넘었을 때 그 말을 완전히 이해했다.

'그러니까…… 너와 내 관계는 계약관계이니 혼자 착각하고 헛물켜지 말라……?'

이예주의 눈에서 번쩍 불똥이 튀었다. 등짝이 아픈 줄도 모르고 그녀가 벌떡 자리에서 일어나 앉았다.

"왜요!"

"뭐."

"난 당신이 다 처음이란 말이에요! 포옹도! 뽀뽀도! 키, 키스도! 이런 게 어디 있어!"

"……."

"그럴 거면 뽀뽀는 왜 했어요? 키스도! 아악! 와, 나 진짜. 완전 어
이없네? 어장 관리 하세요?"

"……."

"왜 말이 없어요? 어장 관리냐고요!"

이예주가 흉포한 기색으로 대답을 강요했다. 첫 키스를 빼앗긴 충
격으로 눈이 뒤집어진 그녀의 형형한 모습에 람이 못 볼 걸 봤다는
듯한 태도로 고개를 돌렸다. 그 모습에 이예주는 더욱 부아가 치밀
어 올랐다.

"그럼 우린 무슨 사인데!"

"그만 자."

"무슨 사인데요! 대답해요. 무슨 사이냐고요!"

이미 대답했음에도 불구하고 인간 여자는 자꾸만 대답을 재촉해
람을 난감하게 만들었다. 그렇다고 한 번 더 일러 주자니 자리에서
일어나는 것뿐만 아니라 괴성을 지르며 발광할 것 같아 람은 결국
제가 한 번 참고 넘어가기로 했다.

"빨리 말해요. 우린 무슨……!"

"스읍, 안 잘 거면 그만 나간다."

나간다는 말에 이예주의 입술이 거짓말처럼 뚝 닫혔다. 그녀가 억
울한 얼굴로 람을 매섭게 쏘아보았다. 하지만 그의 새빨간 눈동자는
다시 닫힌 눈꺼풀 뒤로 사라진 후였다.

잠시 씩씩대며 화를 주체하지 못하던 이예주는 결국 "씨이!" 하고
람의 반대쪽으로 힘차게 돌아누우며 불만을 표출했다. 그러나 등이
아플까 봐 끝에 가선 주춤하며 살살 움직여서 화를 내는 것보단 우

스운 꼴이 되었다.

그런 자신의 등 뒤에서 남자가 눈을 감은 채 조용히 미소 짓고 있다는 사실을 그녀는 알 수 없었다.

한참 동안 분노에 가득 차 씩씩댈 줄 알았던 인간 여자는 의외로 얼마 못 가 바로 곯아떨어졌다. 축적돼 있던 피로가 안도로 인해 한꺼번에 덮친 탓이었다.

깊은 잠에 빠진 내내 여자의 몸에서 신열이 올랐다. 악몽을 꾸는 건지 땀을 뻘뻘 흘리며 내내 괴로운 표정으로 신음했다. 검은 빛이 꾸물꾸물 새어 나오는 손으로 여자의 불덩이 같은 이마를 쓸어 주며 람은 계속해서 침대에 앉아 있었다.

이윽고 시간이 멈춘 땅에도 아침이 밝을 무렵에야 인간 여자의 열이 내렸다. 아직 미열이 가라앉지 않아 얕게 헐떡이던 그녀가 불현듯 람의 품에 파고들었다.

"엄마……."

어미를 찾으며 자꾸만 더욱 깊숙이 파고드는 여자를 상처에 유의해 조심스럽게 감싸 안으며 람이 뽀얀 얼굴을 내려다보았다. 문득 눈에서 뜨거운 불을 내뿜으며 흉흉한 기세로 소리 지르던 인간 여자를 떠올랐다. 람은 저도 모르게 설핏 웃었다.

―난 당신이 다 처음이란 말이에요! 포옹도! 뽀뽀도! 키, 키스도!

"네 처음이라……."

이예주의 얼굴을 다 덮고도 남을 커다란 손이 땀에 젖어 얼굴에 달라붙어 있는 머리카락을 한 올 한 올 섬세하게 떼어 주었다. 곧 하얀 얼굴이 완전히 드러났다.

그것을 바라보던 람은 인간 여자가 깨어 있을 때는 절대로 하지 않을 말들을 속삭였다.

"나쁘지 않군. 내가 처음이라는 것."

찔꺽…… 찔꺽, 쩌억…… 시커먼 것들이 야들야들하고 여린 살 속을 힘껏 파고들었다. 배 속의 내장과 식도는 이미 셀 수 없이 많은 것들로 꽉 메워져 있어 바람 한 점 파고들 틈이 없었다.

족장의 몸뚱이에는 수많은 구멍이 뚫려 있었다. 내장과 창자를 바글바글 파고든 것들이 시뻘건 속살 깊숙한 곳에 있는 힘껏 알을 깠다. 이미 오른쪽 맹장은, 막 태어난 좁쌀만 한 것들이 점령하고 있는 상태였다.

"으…… 흐……."

찔쩍, 질척한 소리가 나더니 오른쪽 눈에서 무언가 스스슷 기어나왔다. 그것은 눈 밑에 철썩 달라붙어 완전히 떨어져 나갈지 말지 고민했다. 그러나 그도 잠시, 누군가 저벅저벅 걸어오는 소리에 화들짝 놀라 다시금 눈 속으로 기어 들어갔다.

생살을 파헤치고 그 속으로 엄지손가락만 한 것이 맹렬히 파고들었다. 비명조차 지르지 못할 만큼 통렬한 고통이 엄습했다.

"흐어, 흐어어……!"

"꼴이 볼만하군."

온몸에 구멍이 뚫려 괴로움에 몸부림치는 족장의 위로 비릿한 비웃음이 떨어졌다. 지속적으로 가해지는 고통 때문에 실핏줄이 모두 터져 시뻘게진 왼쪽 눈동자가 제 꼴을 비웃은 누군가를 바라보았다.

어둡고 냄새나는 시궁창에 처박혀 있는 자신과는 달리, 앞에 있는 자는 환한 빛 아래 우뚝 서 있어 그 얼굴이 잘 보이지 않았다. 드문드문 보이는 새까만 머리와 복장으로 그가 누구인지 짐작할 뿐이었다.

"흐으…… 으으!"

족장의 왼쪽 눈이 금방이라도 튀어나올 것처럼 거세게 부릅떠졌다. 무어라 외치기 위해 그가 입을 벌렸으나 그 속에서는 말 대신 벌레들만이 바글바글 기어 나왔다. 그 끔찍한 모습을 아무런 감흥 없이 바라보던 람이 심드렁하게 중얼거렸다.

"걱정 말거라. 네가 네 일족들을 처먹고 쌓은 힘과 이 도시를 빼앗을 생각은 추호도 없으니."

"……흐어, 흐으……."

"아니, 빼앗을 이유가 없지. 네 수명이나 마찬가지인 것들이 아닌가. 넌 이 도시가 멸망할 때까지 영원히 지배자로 남을 것이다. 물론 네 동료들도 마찬가지지. 곧 너와 같은 꼴로 이 더러운 곳에 처박힐 테니 외로울 일도 없을 테고."

"흐, 흐으, 으으……!"

"게다가 내 친히 자비를 더 베풀어 네 일족 모두가 널 알아볼 수 있도록 얼굴 가죽만큼은 그대로 보존하라 일렀다."

남자가 차게 웃으며 덧붙였다. 역광 때문에 시야가 방해되는 와중에도 시뻘건 눈동자가 형형히 번뜩이는 것이 보였다. 재밌어 죽겠다는 듯 빛나는 그 눈동자가, 여자들을 채찍질하고 피를 빨아 먹던 때의 자신과 비슷하다는 생각이 들었다.

그때, 오른쪽 눈에서 다시 극심한 고통이 느껴졌다. 찍꺽찍꺽, 누군가 칼로 눈을 난도질하는 듯한 통증과 더불어 또 다른 바퀴벌레한 마리가 눈알 속으로 파고들었다. 족장이 짐승처럼 울부짖었다.

"아, 미안하군. 오른쪽 눈은 실수다."

마지막 말을 뇌까린 검은색 남자가 산뜻하게 뒤로 돌았다.

"……으허, 으흐흡! 으흡! 그으흐!"

가지 마! 가지 마악! 검은 파편, 검은 파편!

족장이 떠나가는 남자를 붙잡기 위해 괴성을 지르며 발버둥 쳤다. 하지만 입을 벌릴 때마다 쏟아지는 것은 검은 뭉치들뿐이었다. 조금이라도 움직일라 치면 그것들이 날카로운 톱니가 달린 다리로 살갗을 파고들어 차라리 죽는 게 나을 만큼의 고통을 남겼다.

이도 저도 하지 못한 채, 그렇게 시궁창 속의 팔족 족장은 시간이 멈춘 도시의 영원한 지배자가 되었다.

도시의 구석에 처박혀 있는 쓰레기 처리장을 등진 람이 썩은 내가 진동하는 그곳을 빠져나오던 찰나였다. 멀리서 한 무리의 여자들이 무언가를 질질 끌며 그가 있는 곳으로 다가오는 것이 보였다.

간밤에 격렬한 격투 대회라도 있었던 듯 여자들의 얼굴은 하나같이 성한 데 없이 푸르뎅뎅하게 죄 터져 있었다. 그중 가장 앞장서서 무리를 통솔하던 금발 여자가 람을 발견하곤 우뚝 멈춰 섰다.

새빨간 동공이 퍼렇게 부어올라 있는 자신의 얼굴로 향하자 흠칫하던 여자가 이내 결심한 듯 가까이 다가왔다. 그녀가 꾸벅 고개를 숙여 정중하게 인사를 올렸다. 그러곤 마른침을 연신 삼키는 듯하더니 다시금 결의를 다진 얼굴로 입을 열었다.

"우리 팔족 여인들을 도와……주셔서 감사합니다. 모두들 검은 파편님의 은혜에 감사하고 있습니다."

숙여진 금발 머리채를 아무런 동요 없이 내려 보던 람은 한마디만을 내뱉고 그대로 여자를 스쳐 지나갔다.

"도와준 적 없으니 착각하지 마라."

차가운 남자의 목소리에 허리를 숙인 채 그대로 굳어 버렸던 일리야가 서둘러 뒤로 돌아 휘적휘적 걸어가는 검은 뒤통수를 향해 외쳤다.

"그, 그래도……! 선대들은 시간을 멈췄기에 검은 파편 당신이 우리 땅에 들어오지 못할 거라고 여겼어요!"

"……."

"세기말 용암 폭발 이후 시간이 멈춘 서쪽 대륙에 일찍이 들어올 수 있었음에도 1000년간 팔족을 멸족시키지 않은 것은……."

"……."

"자비를…… 자비를 베풀어 주셔서 그런 게 아닌가요?"

일말의 희망이 담겨 있는 여자의 외침에 람의 걸음이 멈췄다. 그가 천천히 뒤돌아 금발 여자를 다시금 바라보았다. 그녀는 눈동자에 간절함을 가득 품은 채 그를 바라보고 있었다.

"……이상한 소리를 하는군."

람의 미간이 설핏 찌푸려졌다.

"내가 왜 하찮은 네놈들에게 자비를 베풀었다고 생각하지?"

"네? 그, 그럼……."

"너희 인간들은 이미 새장에 갇힌 새를 사냥하기 위해 공을 들이는가?"

람이 정말로 이해가 안 간다는 듯이 되물었다. 일리야의 얼굴이 당황으로 물드는 것은 순식간이었다.

"멍청하기 짝이 없는 네 선대들이 시간을 멈춘 탓에 너희 일족은 스스로를 도시 안에 가뒀다. 쥐새끼처럼 요리조리 빠져나가는 다리족부터 잡아 죽이고 난 후에, 이 땅에 갇힌 네놈들이야 언제든지 없앨 수 있는 일이지. 게다가……."

"……."

"너희 일족은 이 도시 안을 점령한 것이 네놈들뿐이라고 단단히 착각하고 있더군."

남자의 말에 일리야가 날카롭게 숨을 들이켜며 두 눈을 부릅 홉떴다.

도시 안을 점령한 게 팔족뿐만이 아니라고? 그렇다면 또 누가 있단 말인가. 이 도시에서 1000년을 살아온 자신들인데 대체 또 누가…….

그때 여자 한 명이 축 늘어진 커다란 남자의 발을 질질 끌며 정적에 감싸인 그들 사이를 지나갔다. 남자가 끌려간 자리에 주먹만 한 바퀴벌레 떼들이 툭, 투둑 떨어져 시멘트 위로 검은 흔적을 만들었다. 람이 시뻘건 눈동자로 그것을 흘낏 눈짓했다.

"저들의 수는 처음부터 너희 머릿수의 배를 훨씬 웃돌았지. 간밤에 똑똑히 보았지 않느냐. 이제 저들이 한 번 들고 일어나면 너희 따위는 이 도시에서 흔적도 없이 사라지리란 것을."

"……."

"그러니 나에게 그런 말을 지껄이기 전에 아직까지 네놈들을 살려 두고 영역을 나눠 준 저들에게 먼저 감사해야 할 것 같군."

람은 경악으로 일그러진 일리야를 남겨 둔 채 다시금 휘적휘적 걸어갔다.

두근두근, 인간 여자의 기척이 느껴진다. 규칙적으로 느릿하게 뛰던 심장이 점차 빨라지는 것으로 보아 곧 잠에서 깨어날 것이다. 그러곤 간밤처럼 빽빽 울며 자신을 찾겠지.

제 품을 파고들던 어린 인간을 떠올리던 람이 순식간에 풀어진 얼굴로 입꼬리를 슬쩍 말아 올렸다.

오늘은 또 어떤 깜찍한 짓을 하고 놀려나. 너무도 단순해서 알아 맞히기 쉽다가도 조그만 틈을 보이면 예측 불허의 사고를 치는 인간 여자 때문에 그는 요즘 심심할 틈이 없다.

인간 여자에게 가기 위한 그의 걸음걸이가 점차 빨라지던 그때였다.

"⋯⋯구, 구원자님! 아니, 예주 양은 괜찮은가요?"

뒤에서 금발 여자가 다시금 소리쳤다. 그러나 람은 다시 돌아보지 않았다.

"어디 다친 데는 없죠!"

"⋯⋯."

"예주 양에게 미안하다고 전해 주세요! 그리고 고맙다고! 고맙다고 전해 주세요!"

"⋯⋯."

"미안하다고! 용서해 달라고! 꼭이요! 검은 파편님! 검은 파편님!"

애타는 여자의 목소리를 귓등으로도 듣지 않은 채, 람은 계속해서 걸음을 멈추지 않으며 마음먹었다. 인간 여자를 품에 안고, 음침하고 재수 없는 이 저주받은 땅에서 하루 속히 벗어나야겠다고.

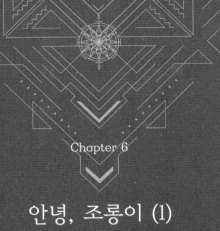

Chapter 6

안녕, 조롱이 (1)

Chapter 6. 안녕, 조롱이 (1)

세기말 용암 폭발 이후, 이 세계에서 많은 대륙이 사라졌다. 인간들이 살던 땅들은 부글부글 끓는 용암에 녹아 한순간에 재가 되어 버리고, 용솟음치는 파도에 쓸려 바다 깊은 곳으로 침몰했다.

조각조각 부서진 땅덩어리들이 해안가를 둥둥 떠다니는가 하면, 지하 깊숙한 곳부터 솟구친 강한 힘 때문에 대륙이 융기하여 세계에서 가장 높고 가파른 산을 형성하기도 했다.

살아남은 인간들은 뜨거운 용암이 닿지 않는 높은 곳으로 도망쳤다. 그들은 오랜 시간 들끓던 용암이 마침내 모든 것을 불사르는 것을 멈추고 굳었음에도 불구하고 산을 내려오지 않았다.

들끓는 용암이 멈춘 대륙 위에는 어느 순간부터 말로 설명할 수 없는 생명체들이 소록소록 생겨나기 시작했다. 인간이라 부를 수도 동물이라 부를 수도 없는 기이한 괴수. 어쩔 때는 인간의 모습으로, 어쩔 때는 동물의 모습으로 자유롭게 몸을 변성할 수 있는 반인반수들.

검은 파편의 힘을 받아 수명도, 힘도, 지능도 이전에 비해 월등해진 생명체들이 대륙에 자리를 잡았다. 검은 파편은 그들을 신인류라 일컬었고, 새로 태어난 신인류들은 자연히 그를 주인으로 섬겼다. 주인이 그들에게 내린 명령은 딱 한 가지였다.

—내가 돌아올 때까지 인간처럼, 아니 인간보다 더 발전하며 생존하라.

신인류들은 그의 명령에 따라 무리를 지어 대륙 각지에 터를 잡았다. 인간만큼, 어쩌면 인간보다 더 진화된 그들은 새로운 땅에 쉽게 적응했다.

전쟁에 전쟁을 거듭하며 하나의 종으로 진화해 왔던 초기 인류와는 다르게, 신인류들은 큰 유혈 사태 없이 순조롭게 진화했다. 그들은 먹이 사슬이 태어날 때부터 뼛속까지 각인되어 있었기 때문이다.

개체 수는 많지만 약한 것들은 그보다 수가 적은 강자에게 잡아먹혔고, 강한 것들은 더 강한 천적에게 잡아먹혔다. 막 진화한 동물들의 관계는 더없이 완벽한 피라미드를 구축했다.

그러나 그것도 잠시였다. 살아남은 인간들이 산속에서 흙 뿌리를 캐어 먹으며 간신히 연명하고 있을 때, 신인류들은 농사짓는 법을 터득했다. 그것은 신인류들의 변천과 진화에 엄청난 이바지를 했다.

신인류의 농사 혁명이 일어났다. 그들은 인간의 모습에 익숙해졌고, 배고픔에 굶주려 굳이 무자비한 사냥과 생식을 할 필요가 없어졌다. 불을 사용할 줄 알게 되고 도구를 만들자 육식을 즐기던 몇몇 신인류들이 식성을 바꾸는 기현상까지 벌어졌다.

물론 그렇지 않은 종도 있었다. 황금빛 갈기를 가진 사자들이 쉽게 인간 육체에 적응하여 불로 익힌 음식을 먹는 반면, 얼룩 점박이 하이에나들은 신인류임에도 불구하고 야수의 형태를 고집하여 지나가는 물소를 잡아먹곤 했다.

신인류는 초기 개체와 마찬가지로 인간으로 변신할 수 있는 자손을 낳을 수 있지만, 계약의 힘과 종족에 따라 인간으로 변신할 수 없는 일반 동물을 낳는 경우도 왕왕 있었다. 그러한 종은 세대를 거듭할수록 점점 진화에서 도태되어 결국 본래의 동물 모습으로 퇴화하였다.

그렇게 신인류들은 제각각의 형태를 가지고 인간이 없는 대륙을 마음껏 점령해 갔다. 그중에서도 바다를 앞에 두고 아름다운 숲을 등지고 있는 동쪽 대륙은 조류인 신인류들이 살기엔 더없이 알맞은 유토피아였다.

자유롭게 날개를 펼칠 수 있도록 도와주는 시원한 바닷바람과 작은 설치류나 곤충 같은 먹이들이 넘쳐 나는 풍요로운 숲.

비록 인간들이 숨어 사는, 이 세계에서 가장 높은 산과 밀접해 있다는 위험을 감수해야 했으나, 인간들은 산에서 내려올 기미조차 보이지 않았다. 그리하여 날개를 가진 신인류들은 대부분 동쪽 대륙에 터를 잡고 진화했다.

그것은 황조롱이 가족도 마찬가지였다.

동쪽 대륙의 광활한 숲 너머에는 인간들이 숨어 살고 있는, 이 세계에서 가장 높은 산맥의 초입이 있었다. 그 주변에는 페어리니틀과 만드라고라 같은 진귀한 식물들이 많이 자랐다. 그래서 신인류들은 그곳을 '약초 언덕'이라고 불렀다. 이전의 신인류들은 다치거나 병이 들면 그곳으로 달려가 약초들을 캐어 달여 먹었다.

그러던 어느 날, 인간의 모습을 하고서도 나무만 보면 들이박는 습성을 고치지 못한 딱따구리가 편두통 때문에 약초 언덕에 올랐다가, 그곳 꼭대기에서 오두막을 짓고 있는 말더듬이 인간을 발견했다.

신인류들이 모여 살던 마을은 한바탕 난리가 났다. 인간을 다시 산 위로 쫓아내자는 주장부터 인간을 제거하고 약초 언덕을 되찾자는 주장, 그리고 이참에 아예 산까지 점령하자던 호전적인 주장까지.

신인류들은 몇 날 며칠 머리를 맞대고 고민했다. 하지만 먹이 사냥과 암컷을 차지하기 위한 때를 제외하고는 불필요한 싸움을 하지 않던 그들은 끝내 약초 언덕을 포기하기로 뜻을 모았다.

그 이후로 신인류들은 신비한 약초들을 떠올리며 입맛만 다실 뿐, 약초 언덕 근처에는 얼씬도 하지 않았다. 심지어 숲 반대편으로 가는 길마저 차단해 놓고 그곳으로의 진입 자체를 금지했다.

그 금기를 황조롱이 가족 또한 열심히 지켰다. 하지만 그즈음, 태어난 지 한 달도 채 되지 않은 아기 황조롱이가 이유 모를 신열로 밤낮을 앓는 일이 생겨났다.

첫째를 낳은 후 몇 년 만에 얻은 귀하디귀한 아기였다. 아직 변성變性조차 하지 않은 아기를 위해 부모 황조롱이는 하루 종일 불편한 동물의 형태를 한 채, 번갈아 가며 들쥐를 잘게 찢고 씹어서 아기 황조롱이에게 먹여 주었다.

하지만 아기는 채 두 모금을 넘기지 못하고 모조리 토해 내었다. 아기는 금방이라도 숨이 끊어질 듯 헐떡댔다. 안절부절못한 채 그 모습을 지켜보는 부모의 얼굴은 나날이 시름에 잠겨 갔다.

아름다운 황갈색 깃털을 가진 황조롱이는 죽어 가는 동생과 슬픔에 잠긴 부모를 위해 무언가를 해야 한다고 생각했다. 황갈색의 머리를 가진 아름다운 아가씨는 '펑!' 하고 원래의 모습으로 돌아갔다. 그러곤 해가 쨍쨍히 내리쬐는 어느 낮에 금기의 숲길을 넘어 약초 언덕이 있는 곳으로 높이 날아올랐다.

신인류들의 관리가 사라진 숲 반대편은 무성한 풀들이 자라 정글을 이룬 상태였다. 어둡고 음침한 숲의 모습에 황조롱이는 덜컥 겁이 났다. 그러나 숨이 꼴딱꼴딱 넘어가는 동생을 떠올리며 애써 무서움을 달랬다.

머리를 풀어헤친 귀신처럼 가지를 힘없이 늘어뜨린 나무 사이를 요리저리 파고들며 열심히 작은 날개를 파닥이자, 금방 페어리니틀의 향긋한 냄새를 맡을 수 있었다. 하지만 어린 동생의 열을 내릴 약초는 그것이 아니기에 황조롱이는 더 높은 언덕까지 올라야 했다.

열심히 날개를 퍼덕이느라 숨이 거칠어질 무렵, 황조롱이의 날카로운 눈에 붉은 열꽃이 포착됐다. 황조롱이는 화색을 지으며 쏜살같이 내려갔다. 인간의 기척은 느껴지지 않았다. 황조롱이는 안심하고 날카로운 발톱을 오므려 조심스럽게 붉은 열꽃을 움켜쥐었다.

그때였다. 열꽃의 뿌리를 채 뽑기도 전에 철컹하고 거친 쇳소리가 들리더니 왼쪽 발목에서 찢어지는 통증이 엄습했다. 덫에 걸린 것이다.

덫에서 빠져나오기 위해 발버둥 치는 황조롱이를 말더듬이가 발견했다.

"새, 새다!"

다가오는 말더듬이 인간을 바라보는 황조롱이의 황금색 눈동자가 겁에 질렸다. 인간들은 동물을 산 채로 뜯어 먹는다는 딱따구리의 무시무시한 말이 떠올랐기 때문이다.

하지만 다가온 말더듬이는 황조롱이를 산 채로 뜯어 먹지 않았다. 게다가 발목을 파고든 덫을 풀어 주며 연신 미안하다고 사과까지 했다.

"미, 미, 미안해요, 새, 새님. 며, 며칠째 굶어서 토끼라도 잡을 수 있을까 해서……."

우물쭈물 변명하던 말더듬이는 주변의 '열꽃'이라고 불리는 약초와 타박상에 쓰이는 약초를 모두 뽑아서 황조롱이에게 주었다. 금안을 되록되록 굴리고 있는 황조롱이를 향해 말더듬이가 수줍게 웃었다.

"여, 여, 여기 사는 새님들은 모두 똑똑해요. 약초를 다, 다, 아는가 봐요."

황조롱이는 말더듬이가 안겨 준 약초를 발톱으로 보듬어 움켜쥐고 날개를 퍼덕이기 시작했다. 말더듬이가 날아가는 황조롱이를 향해 외쳤다.

"야, 야, 약초가 필요하면 어, 언제든 와요! 꼬, 꼬, 꼭이요!"

말더듬이는 황조롱이가 완전히 사라진 후에도 오랜 시간 제자리에 서서 손을 흔들었다. 멀리 있는 기척도 기민하게 알아채는 용맹한 황조롱이의 입가에 끝내 미소가 걸쳐졌다.

황조롱이가 가져온 열꽃을 달여 먹자마자 어린 동생의 열병은 씻은 듯이 나았다. 황조롱이의 동생뿐만 아니라 오랜 시간 동안 미열을 앓던 마을 안의 몇몇 아기들 또한 쉽게 병을 떨쳐 냈다.

금지 구역인 약초 언덕을 다녀온 것도 모자라 왼쪽 다리까지 다쳐 온 황조롱이는 크게 노여워하는 부모님과 어른들 앞에서도, 왠지 모르게 자꾸 웃음이 터져 나와서 혼이 났다.

―또, 또 와요, 똑, 똑똑한 새님.

바보같이 헤실헤실 웃던 말더듬이 인간이 떠올랐기 때문이다. 잘게 찧은 약초를 다친 발목에 붙이면서 황조롱이는 나쁘지 않은 경험이었다고 생각했다.

그 후 황조롱이는 종종 약초를 구하러 약초 언덕을 올랐다. 황조롱이를 발견할 때마다 말더듬이는 함박웃음을 지으며 좋아했다.

황조롱이와 말더듬이는 점점 가까워졌다. 말더듬이는 황조롱이를 말 못하는 미물로만 여긴 건지, 아니면 천성이 바보라서 그런 건지 언제나 살갑게 말을 붙여 왔다.

말더듬이는 본디 가장 높은 산에서 인간들과 함께 살았지만, 말도 제대로 못하고 밥만 축낸다며 쫓겨났다. 산을 내려오자 괴롭히는 못된 인간들은 없어졌지만, 대신 지독한 외로움과 고독에 시달려야 했다.

같이 살던 인간들이 보고 싶어서 몇 번이나 다시 산을 올랐으나, 돌아오는 것은 돌팔매질과 험한 욕설뿐이었다. 상처받은 말더듬이는 결국 약초 언덕에 완전히 터를 잡을 수밖에 없었다. 그러나 외딴 곳에 홀로 남겨져 느끼는 고독이란 시간이 지나도 견딜 수 없을 만큼 쓰게 다가왔다.

그런 와중에 황조롱이가 자신을 찾아와 주어서 얼마나 고마운지 모른다고 환히 웃었다. 더듬거리며 수줍게 고백하는 말더듬이의 표정에선 아련한 외로움과 고통이 느껴졌다.

혼자라는 외로움 때문인지 말더듬이는 하염없이 황조롱이가 찾아오길 기다렸다. 내색은 하지 않았지만 황조롱이는 말더듬이가 거의 매일같이 약초 언덕 꼭대기에 주저앉아 자신이 날아오던 방향을 하루 종일 바라보고 있다는 것을 알았다. 게다가 제대로 먹지 않는 건지 커다란 덩치의 말더듬이는 날이 갈수록 말라 갔다.

하루는 몰래 숨어서 지켜본 결과, 몇 개 놓지 않은 덫으로 간신히 잡은 토끼나 다람쥐 따위도 연신 미안해하며 놓아주는 멍청한 그의 모습을 발견할 수 있었다.

황조롱이는 착하지만 때때로 바보 같을 정도로 순박한 이 인간 남자를 어째야 할지 모르겠다고 생각했다. 자신이 약초를 캘 수 있도록 그가 도와주는 것처럼, 자신도 그를 위해 뭐라도 해 주고 싶었다.

며칠 내내 어떤 식으로 말더듬이를 도와줄지 고민하던 황조롱이는 얼마 지나지 않아 쉽게 그 답을 찾았다.

황조롱이를 기다리지 않을 때면 말더듬이는 오두막 옆에서 삽과 호미 따위로 무언가를 심고 기르는 듯했다. 그러나 매번 싹이 트기도 전에 땅이 황폐해지면서 심어 놓은 작물들이 말라 죽었기 때문에, 말더듬이는 계속해서 제대로 된 음식을 섭취하지 못했다. 이 세계의 위대한 주인께서 인간들의 생존을 돕는 모든 것들을 금지했다는 사실을 그는 모르는 것 같았다.

그래서 황조롱이는 그가 농사를 짓는 시간마다 몰래 날아와 아름다운 아가씨의 모습으로 변신하여 남자의 오두막 안에 밥상을 차려놓았다. 호미로 열심히 땅을 갈고 온 말더듬이는 방 한가운데에 떡하니 차려져 있는 진수성찬에 까무러치게 놀랐다.

입에 댄 지 까마득한 고기부터 시작해서 귀한 생선 반찬까지. 대체 이게 무슨 귀신이 곡할 노릇인가 싶어 오두막 주변을 샅샅이 훑어보았으나 오두막에는 처마에 앉아 '삐익 삐익' 노래하는 황조롱이 한 마리와 자신뿐이었다. 어안이 벙벙한 얼굴로 방 안을 바라보던 말더듬이는 그날 결국 차려져 있는 밥상에 손을 대지 않았다.

하지만 그런 말더듬이를 비웃듯 다음 날도, 그다음 날도 잠시 오두막을 나갔다 들어오면 방 한가운데에 진수성찬이 차려져 있었다. 말더듬이는 자신에게 이토록 과한 호의를 베푸는 사람이 누구인지 꼭 알고 싶었다.

어느 날, 말더듬이는 농사를 지으러 가기 위해 호미를 들고 나가는 척하며 오두막 뒤에 숨어서 자신의 방을 지켜보았다. 말더듬이가 나간 지 얼마 안 되어 숲속에서 낯익은 황조롱이가 포르르 집 안으로 날아 들어왔다.

잠시 방 한가운데에 앉아 퍼드덕퍼드덕 날개를 떨던 황조롱이는 이내 '펑!' 하는 커다란 소리와 함께 사라졌다. 자욱한 연기가 가득 피어오르더니 그곳에서 황갈색 머리카락을 가진 아리따운 아가씨가 튀어나왔다. 말더듬이의 눈동자가 튀어나올 만큼 휘둥그레진 것은 당연한 일이었다.

아름다운 황조롱이 아가씨가 방 안에서 서둘러 움직이자, 금세 뚝딱뚝딱 밥상이 차려졌다. 정성스러운 손으로 찬이 식지 않도록 밥상 위에 천을 덮은 황조롱이 아가씨가 뿌듯한 얼굴로 뒤돌아서 말더듬이의 방을 빠져나가려던 때였다.

말더듬이가 숨어 있던 곳에서 황급히 뛰쳐나와 황조롱이 아가씨의 손을 부여잡았다.

"아, 아, 아가씨! 가, 가, 가지 마요!"

"어머나!"

황조롱이 아가씨가 화들짝 놀라 말더듬이를 돌아보았다. 그녀의 아름다운 자태에 숨이 멎을 것 같았다. 말더듬이가 용기를 쥐어짜 그녀를 또 한 번 붙잡았다.

"가, 가지 마요! 나, 나랑 살아요. 화, 황조롱이 아가씨! 세, 세, 세상에서 가장 행복한 시, 신부로 만들어 줄게요. 나, 나랑 살아요!"

말더듬이의 절박한 외침에 황조롱이 아가씨가 얼굴을 붉혔다. 고운 금색 눈동자를 흔들며 잠시 말이 없던 황조롱이 아가씨가 이내 수줍게 웃으며 고개를 끄덕였다.

외로운 말더듬이에게 예쁜 황조롱이 각시가 생겼다. 황조롱이 아가씨를 얼싸안은 말더듬이는 산을 내려온 이후 처음으로 느낀 행복에 활짝 웃었다. 비록 가난하고 농사조차 지을 수 없는 인간이었지만 아내만큼은 세상에서 가장 행복한 각시로 만들어 주겠노라고, 말더듬이가 몇 번을 다짐하듯 되뇌었다.

"화, 화, 황조롱이 각시님."

첫날밤, 황조롱이 아가씨를 각시라고 부른 말더듬이가 쑥스러운 듯 푹 고개를 수그렸다. 바보 같지만 더없이 순박한 말더듬이의 그 모습이 그녀를 웃게 만들었다.

비록 부모를 포함한 신인류 어른들의 무지막지한 반대에 부딪혀 마을에서 거의 쫓겨나다시피 했으나, 이 착한 사람을 데리고 서로 부족한 부분을 채워 가며 살다 보면 영원히 행복할 수 있을 것이라고 황조롱이 아가씨는 생각했다.

불행은 너무나도 갑작스럽고 급박하게 찾아왔다. 농사를 지을 수 없는 남편을 대신하여 황조롱이가 마을에서 열심히 곡물과 음식을 얻어 왔기 때문에, 두 사람은 풍족하진 않지만 그런대로 생활을 유지할 수 있었다.

그러던 어느 날, 더 이상 산을 올라오지 않는 말더듬이가 살았는지 죽었는지 궁금했던 말더듬이의 형제들이 오두막을 찾아왔다.

말더듬이의 오두막집에 들어선 형제들은 깜짝 놀랄 수밖에 없었다. 말도 제대로 못하고 매번 바보 같은 짓을 일삼아서 산에서 쫓겨난 말더듬이가 매끼마다 떡 벌어진 찬을 먹는 것도 모자라, 아름다운 아내까지 낀 채 떵떵거리며 살아가고 있었기 때문이다.

산속에선 먹을 것이 모자라 수천 명의 인간들이 굶고 있는데, 다 먹지 못해 밥을 남기는 말더듬이를 보자 형제들은 불뚝 샘이 났다. 그들은 말더듬이에게 이게 어찌 된 일인지 꼬치꼬치 캐물었다. 말더듬이는 순박하게 웃으며 황조롱이 아가씨와 그녀가 살던 마을에 대해 털어놓았다.

황조롱이 각시가 차려 준 밥상을 와구 와구 게걸스럽게 입에 쑤셔 넣은 형제들은 황급히 산으로 돌아가 다른 인간들에게 그 소식을 전했다. 그때까지 산 아래가 아직 용암으로 들끓고 있다고만 생각했던 인간들은 당장 내려가자며 들고 일어났다.

말더듬이의 형제들이 이어서 전한, 인간의 모습으로 변하는 동물들의 이야기에 모두들 경악했다. 짐승들이 마치 인간처럼 집을 짓고 농사를 지으며 대륙에서 풍족하게 살아가고 있다니.

산속에 숨은 인간들은 분노했다. 신인류의 논과 밭, 집, 하다못해 농기구 하나까지 모두 다 자신들의 것을 빼앗긴 것만 같았다. 인간들은 하찮은 동물들로부터 터전을 도로 빼앗아 와야 한다고 한데 입을 모았다.

그러나 약초 언덕에서 신인류들이 사는 마을까지 당도할 숲길은 꽁꽁 숨겨져 있었고 신인류들만이 그 길의 입구를 알았기 때문에, 인간들은 당장 내려가고 싶어도 별다른 방도가 없었다.

고민 끝에 형제들은 다시 한번 산을 내려가 말더듬이를 찾았다. 형제들은 사악한 말로 말더듬이와 그의 아내를 이간질했다.

"네 아내는 사실 요괴다. 너 같은 멍청이를 남편으로 데리고 사는 것을 보아 널 살찌워 잡아먹으려 함이 틀림없어! 그러니 잡아먹히기 전에 우리가 먼저 그들을 없애 버려야 한다."

형제들의 말에 말더듬이는 사색을 하고 손사래를 쳤다.

"아, 아니에요, 형님들! 내, 내 아내는 요괴가 아니야! 내, 내 아내는 화, 황조롱이 아가씨예요!"

"이런 멍청한 놈! 황조롱이 같은 새 따위가 어떻게 인간 아가씨가 되겠어!"

형제들은 말더듬이의 바보 같은 말에 오히려 역정을 내었다. 그런데도 말더듬이가 완강하게 고집을 부리자 이번에는 달콤한 말로 구슬렸다.

"네가 요괴들이 사는 곳으로 가는 길만 알려 주면 나머지는 우리가 다 알아서 하겠다. 그런 다음 우리들은 너를 위대한 족장으로 추대하기로 했단다, 동생아. 너 예전에 유리엘을 좋아했지? 유리엘의 혼기가 꽉 찼다. 네가 족장이 된다면 유리엘의 부모님도 유리엘을 너와 결혼시키겠다고 했다더구나. 저런 요괴 따위와는 비교도 되지 않을 만큼 예쁜 유리엘을 설마 버릴 생각은 아니겠지?"

"제, 제게는 이미 아, 아내가 이, 있는데요."

"물론 네 아내는 무사할 테니 걱정 말거라. 유리엘은 첩으로 삼으면 되지 않겠느냐? 위대한 족장은 그리해도 상관없단다, 동생아."

동생아, 동생아. 너와 같은 인간인 우리들보다 저런 요괴들 따위가 중요하단 말이냐? 동생아, 응?

동생아, 족장이 되려무나. 족장이 된다면 이렇게 후줄근한 집에서 홀로 살아가지 않아도 된단다.

요괴들의 마을로 가는 길만 알아내면 네 주변에는 언제나 사람들이 넘치겠지. 우리들의 위대한 우두머리가 되어 아름다운 여자를 쟁취하려무나.

형제들은 간악스럽게도 말더듬이가 취약한 외로움을 파고들었다. 그 달콤한 말들을 순진한 말더듬이가 쉽게 물리칠 수 있을 리 없었다.

형제들이 돌아가고 잠시 마을로 떠났던 황조롱이 아가씨가 집으로 돌아왔다. 말더듬이는 아내에게 조심스럽게 신인류들이 사는 마을로 가는 숲길을 물어보았다.

황조롱이 아가씨는 처음엔 가르쳐 주지 않으려 들었다. 그러나 말더듬이는 음식을 얻기 위해 가끔 마을로 며칠씩 훌쩍 다녀오는 아내를 위험한 숲길로부터 지키기 위해 마중 나오겠다는 핑계로 황조롱이 아가씨를 설득했다.

자신이 없는 동안 그가 형제들과 무시무시한 이야기를 나눈 것은 꿈에도 몰랐던 황조롱이 아가씨는 그저 남편의 고운 마음씨에 반해 얼굴을 붉혔다. 혼자만 알고 있어야 한다며 남편에게 몇 번이나 당부한 황조롱이는 끝내 신인류들이 사는 곳으로 가는 길을 알려 주었다.

다음 날 다시 찾아온 형제들은 여전히 망설이는 말더듬이를 설득했다. 죄 없는 사람들을 헤치려는 게 아니냐는 말더듬이의 물음에 형제들이 복장이 터진다는 듯 저희들 가슴을 퍽퍽 내리치더니 이내 애써 웃음 지으며 동생을 타일렀다.

그들이 우리의 것을 모두 빼앗은 것이기에 우리는 우리 것을 되찾을 뿐이다. 그저 터전을 바꾸는 것뿐이다. 요괴, 아니 동물들이야말로 우리가 살던 산에서 살아야 하는 게 맞지 않느냐.

물론 네 아내는 예외다. 네 요괴 아내는 네가 평생 데리고 살든지 말든지, 우리는 그저 우리가 살 터전만 되찾으면 끝이다.

황조롱이 아가씨에겐 털끝 하나 손대지 않겠다는 형제들의 말에 결국 말더듬이는 동조했다.

산속에서 살아가는 동안 인간들은 너무나도 고통스러웠다. 굶주림이란 정말 무서운 것이었다. 그것을 면하기 위해 인간들은 수백 년 동안 땅을 일구고 작물을 심기 위해 노력했다.

하지만 어찌 된 일인지 무언가를 심는 족족 땅은 황폐해졌고, 그 주위 식물들은 모조리 시들시들 말라 갔다. 결국 야생에서 나는 나무뿌리나 열매 혹은 버섯 따위를 따먹으며 굶어 죽어 가야 했던 그

비참함.

말더듬이는 가족들과 같이 살았던 이웃 사람들 또한 더 이상 굶주리지 않았으면 했다. 그는 신인류들이 사는 마을로 직결되는 숲길에 대해 입을 열었다.

그리고 지옥이 시작되었다.

◆ ◆ ◆

오랫동안 굶주린 인간들은 야수와 다름없을 정도로 날카로워져 있었다. 그들은 길을 알자마자 본능적으로 먹이를 향해 달려들었고, 그것은 정복 전쟁으로 이어졌다.

생전 처음 겪는 침략에 신인류들은 아무런 저항도 못하고 그대로 스러져 갔다. 몇몇 맹금류와 맹수들이 날카로운 발톱과 이빨로 인간들을 해쳤지만, 그것도 얼마 가지 못했다. 무기라고는 본래 모습의 이빨과 발톱뿐인 신인류들과는 다르게, 인간들은 신인류들이 듣도 보도 못했던 살상 무기를 가지고 있었기 때문이다.

쾅 하고 천지를 진동시키는 '총'이라고 부르는 무기와 화살과 창, 칼 등이 반항하는 신인류들의 여린 살을 가차 없이 쏘고 베어 냈다. 평화로웠던 동쪽 대륙은 하루아침에 아비규환으로 변했다.

인간들은 연승을 거두었고 그들의 기세는 날이 갈수록 살기등등해졌다. 신인류들은 숨을 거둘 때 본연의 모습으로 되돌아가기 때문에, 인간들은 마치 사냥하는 기분으로 그들을 마구잡이로 죽여 대고 거리낌 없이 구워 먹었다.

오랜만에 맛보는 고기는 눈을 뒤집히게 만들었다. 더 많은 고기가 필요했다. 반항하는 신인류들은 모조리 인간들의 입 속으로 사라졌다. 신인류들의 피가 튀고, 살이 그을리고 뭉그러졌다.

단숨에 마을을 차지한 인간들은 신인류들이 피 땀 흘려 일군 논밭의 곡식으로 곡주를 만들어 마시며 전쟁의 승리를 축하했다. 잡힌 포로들은 광장에서 잔인하게 처형한 후 즉시 요리로 만들어 먹었다. 신인류에겐 매일매일이 지옥이었고, 인간들에겐 매일매일이 축제였다.

성인 신인류들의 씨가 마를 때쯤, 약속대로 이 모든 일의 원인인 말더듬이는 위대한 족장으로 추대되었다. 그러나 말더듬이는 어디까지나 이름뿐인 족장, 그 이상도 이하도 아니었다.

그러나 말더듬이는 처음 받아 보는 다른 사람들의 우대와 환영이 눈물 날 만큼 행복했다. 아무도 그를 말 못하는 병신 취급 하지 않았다.

처음 마셔 보는 곡주는 너무나도 맛있었다. 게다가 수많은 여자들이 새 족장의 환심을 사기 위해 주변으로 몰려들었다. 아내가 생각날 틈이 없었다. 그는 매일 술과 여자들에 둘러싸여 좀체 정신을 차리지 못했다.

말더듬이를 앞세워 권력을 손에 쥔 형제들은 그를 대신하여 포로들을 가둘 감옥을 만들고 신인류들에게서 뺏은 마을을 정비했다. 형제들은 말더듬이의 눈과 귀가 되어 그를 외부와 차단했다. 그렇기에 전쟁 중에 부모를 잃은 어린 동생을 품에 안은 황조롱이 아가씨가 감옥에 갇히는 것 또한 전혀 알지 못했다.

감옥에 갇힌 신인류들은 대체로 반항하지 않은 어린아이들과 연약한 여성들뿐이었다. 그러나 살아남았다고 해서 안심할 수는 없었다. 갇힌 신인류들은 마치 구담으로 전해져 왔던 전래 동화 속 소와 돼지들처럼 노동력을 착취당하고 인간들의 먹이로 사육당했기 때문이다.

감옥에 갇힌 신인류들의 발목에 무거운 족쇄가 채워졌다. 남녀노

소 가리지 않고 인간의 모습으로 변신할 수 있는 신인류들은 모두 노예로 부려졌다. 아직 인간으로 변성하지 못하는 어린아이들 또한 사냥과 먹이 채취 같은 노동에 투입되었다.

그중 가장 고된 일은 바다에 나가 하루 종일 날개를 퍼덕이며 할당된 물고기를 잡아 오는 일이었다. 어린 황조롱이는 날개를 가졌다는 이유로 어른 신인류도 힘들어하는 그 일에 동원되었다.

황조롱이는 바다 사냥을 하지 않는 맹금류였으나 그런 핑계 따윈 인간들에게 통하지 않았다. 무거운 족쇄 때문에 움직임조차 여의치 않았지만 할당된 물고기를 잡지 못하면 인간들로부터 무서운 매가 쏟아졌다. 맞아 죽기 싫으면 미친 듯이 물고기를 잡아 와야 했다.

그뿐만이 아니었다. 가끔 변성하지 못한 신인류들은 순차적으로 하얀 가운을 입은 어떤 인간 무리에게 끌려가, 피나 깃털 따위가 뽑히거나 이상한 약을 강제로 주입당하기도 했다. 인간들은 그들을 '박사님'이라고 부르며 따랐다.

어느 날, 어린 황조롱이와 같이 하루 종일 물고기를 잡고 돌아와 박사 인간에게 불려 갔다 온 박새 한 마리가 온몸에 붉은 두드러기가 다닥다닥 올라온 끔찍한 모습으로 죽었다.

그 박새는 아직 인간의 모습으로 변할 수 없을 만큼 약했는데, 박사 인간이 무슨 짓을 한 건지 감옥으로 돌아왔을 적엔 빨간 머리에, 등에는 잿빛 깃털이 박힌 벌거벗은 어린아이의 모습으로 바뀌어 있었다.

박새는 제 몸을 인간의 손톱으로 박박 긁었다. 간지러워, 엄마. 엄마, 변할 수 없어. 원래 모습으로 변할 수 없어. 변하지 못한다고 밤새 괴성을 지르며 울던 빨간 머리의 박새는 숨을 거둔 후에야 그토록 원하던 박새의 모습으로 돌아갔다.

어린 황조롱이는 박새의 바로 옆 감옥에 있었기에 그 모습을 모두 지켜볼 수밖에 없었다. 박새에 이어 직박구리와 갈매기가 비슷한 증상으로 죽어 갔다. 죽은 새들의 시체는 인간들이 수거해 그들의 반찬으로 올렸다.

그런 끔찍한 나날들이 반복되던 중 박사 인간들로부터 괴상한 소문이 흘러나왔다. 인간 모습으로 변성하기 직전의 신인류를 먹으면 불로장생할 수 있다는 허무맹랑한 소리였다. 인간들은 그 헛소리를 당연하다는 듯 신봉했다. 감옥에 감시인들이 늘어났다.

이 세계의 주인이 동물들에게 내린 축복의 힘은 신인류들에게는 제2의 탄생과도 같았다. 신인류들은 각 개체마다 인간으로 변성하는 시기가 제각기 달랐기 때문에 원치 않아도 때가 되면 고열에 시달리며 인간의 모습으로 변했다. 고열에 시달린 후에도 인간의 모습으로 변하지 못한 신인류들은 주인에게 불만을 가지는 대신 자신의 운명에 수긍하고 남은 삶을 일반 동물과 같이 살아갔다.

인간들은 마치 그 소문만을 기다려 왔던 것처럼 신인류가 고열에 시달리는 증조만 보이면 득달같이 달려들어 데리고 갔다. 점점 어린 신인류들이 줄어들었다. 그러자 인간들은 신인류들을 억지로 짝짓게 하여 또 다른 신인류가 태어나도록 사육했다.

변성하는 아이들을 족족 잡아먹어 그 수가 현저히 줄어들자, 인간들은 성체 신인류가 불편함 때문에 잠시 잠깐 인간의 모습으로 변하기만 해도 변성이라 외치며 무조건 끌고 갔다. 노동 시간 이후의 변신은 무조건 제2의 탄생이라고 여긴 것이다. 이제 신인류들은 더 이상 그 누구도 인간의 모습으로 변하려 하지 않았다.

어린 황조롱이의 얼굴에서 미소가 사라졌다. 인간의 모습으로 변성하기를 고대하는 신인류들은 이제 아무도 없었다. 인간으로 변신은커녕 모두들 노동이 끝나면 본래의 모습으로 제 모습을 숨기기 급급했다.

세계의 주인이 내려 주신 힘은 축복이 아닌 저주가 되었다. 동물의 모습을 한 신인류들로 가득 찬 감옥은 축사나 다름없었다. 다음 날 눈 뜨는 것이 두려울 정도로 하루하루가 지옥 같았다.

신인류들은 이 일의 원인인 어린 황조롱이의 누이를 원망했다. 그것은 어린 황조롱이도 마찬가지였다. 부모의 반대도 무릅쓰고 인간을 반려로 맞이한 누이가 미친 듯이 원망스러웠다.

몸과 마음을 지치게 만드는 것은 노동만 해도 충분할진대, 감옥에서조차 신인류들의 원성과 날카로운 눈초리를 받자 황조롱이의 누이는 말이 없어졌다. 아름답던 황갈색 깃털은 빛이 바래고 윤기를 잃었다. 심리적 충격 때문인지 깃털이 빠져 드문드문 구멍까지 생겨났다.

어린 황조롱이는 그런 비참한 모습의 누이가 너무너무 미웠다. 어린 황조롱이의 얼굴엔 미소가 사라졌고, 누이 황조롱이는 말이 없어졌다. 이제 더 이상 삐익 삐익 하는 아름다운 황조롱이 아가씨의 노래를 들을 수 없었다.

죽지 못해 살아가는 시간은 계속해서 흘렀고, 어느덧 어린 황조롱이 또한 인간의 모습으로 변성할 시기가 다가왔다.

어린 황조롱이가 고열에 시달리기 시작했다. 때마침 인간들의 축제 시기였기 때문에 감시인이 많이 줄어들었다는 것이 다행이라면 다행이었다. 하지만 이런 때일수록 인간들에게 제2의 탄생을 맞았다는 것을 들키면 꼼짝없이 뜯어 먹히리라.

끙끙 앓으면서도 어린 황조롱이는 내내 겁에 질려 있었다. 그때,

감옥 문이 열리면서 화려한 옷을 입은 인간 무리가 들어왔다.

"더, 더, 더럽잖아."

이름뿐인 족장이 된 말더듬이었다. 그간 어찌나 잘 먹어 댔는지 덩치는 두 배로 커져 있었고 얼굴에는 기름이 좔좔 흘러 대었다.

그 돼지 같은 인간 옆에는 금발의 아리따운 인간 여자가 철썩 붙어 있었다.

"내, 내, 오늘 내 사랑스러운 아내 유, 유리엘의 생일을 맞아 치, 친히 제, 제2의 탄생을 맞은 도, 동물을 잡으러 와, 왔다."

"아이참, 이이는."

말더듬이가 더듬더듬 말을 하자 그의 옆에 서 있던 여자가 입을 가리며 즐겁게 웃었다.

"머, 먹고 싶은 것이 있소, 부, 부인?"

"며칠 전부터 황조롱이 새끼 하나가 고열에 시달리고 있다고 들었는데요."

여자의 하늘하늘한 목소리에 감옥 한구석에 누워 있던 어린 황조롱이는 심장이 쿵 내려앉는 듯했다.

"화, 화, 황조롱이? 화, 황조롱이는 안 된다고 했잖아……."

"당신! 전 아내인지 뭔지 그 요괴 년 때문에 그래요? 그 여잔 이미 죽었다고 그랬잖아요!"

"그, 그래도……."

소심하게 중얼거리는 말더듬이의 목소리에 여자가 순식간에 얼굴을 표독스럽게 바꾸고 고함을 질렀다. 말더듬이는 더 이상 대꾸하지 않고 두터운 목을 쑥 움츠렸다.

"어쨌거나, 난 그 잘난 황금색 눈동자를 산 채로 잡아먹어 볼 거예요. 그러니 딴소리하지 마요, 당신은!"

그렇게 외친 여자가 "여봐라. 제2의 탄생을 맞은 황조롱이를 족장님께 진상하지 않고 뭐 하느냐." 하고 감옥지기를 재촉하곤 휙 몸을 돌려 감옥을 빠져나갔다.

　"가, 같이 가, 유, 유, 리엘!"

　말더듬이가 그 뒤를 쫓아 나갔다.

　저벅저벅. 감옥지기가 누이와 어린 황조롱이가 갇혀 있는 쇠창살로 걸어왔다. 어린 황조롱이는 숨도 멈춘 채 바짝 얼어붙었다. 부모를 죽게 만든 것부터 시작해서, 모든 신인류를 위험에 처하게 만든 누이에 대한 원망이 열로 시뻘겋게 달아오른 뇌리를 잠식했다.

　미웠다. 신인류가 사는 마을을 침략한 인간들보다, 누이를 버린 멍청한 말더듬이 인간보다, 제 변호 한 번 하지 않고 입을 꾹 다물어 버린 답답한 누이가.

　인간에게 속아 한순간에 피식자로 전락한 누이가. 윤기 있는 깃털을 모두 잃고, 비참하고 형편없는 꼴을 한 누이가. 웃는 모습이 누구보다 아리따웠던 누이가. 누이가…….

　철컥. 감옥지기의 손에 감옥 문이 열리고, 어린 황조롱이의 황금색 눈동자에 체념이 서릴 쯤이었다. 불현듯 어린 황조롱이의 옆에서 말없이 앉아 있던 누이가 '펑!' 하는 커다란 소리와 함께 황갈색 머리를 한 아가씨의 모습으로 변했다.

　"이번에 제2의 탄생을 맞은 것이 네년이냐?"

　"예, 저예요. 저 맞아요!"

　"나이가 많은 것 같은데…….."

　감옥지기의 동료가 의심의 눈초리를 보냈다. 그러나 아름다운 누이의 모습을 본 그들은 이미 제2의 탄생 따윈 아무래도 상관없어 보였다. 인간 남자들의 눈이 탐욕스럽게 번들거렸다.

"어서 이리 나오지 않고 뭐해!"

"으윽!"

인간들이 누이의 황갈색 머리채를 잡고 끌고 갔다. 어린 황조롱이가 노란 부리를 짝 벌리고 누이를 불렀다. 누이. 누이. 누이. 그러나 그 입에서 나오는 목소리란 힘없는 새의 지저귐뿐이었다.

삐익, 삐익. 구슬픈 새소리가 감옥 안에 울려 퍼졌다. 누이를 데려가려던 감옥지기 한 명이 어린 황조롱이만 남은 쇠창살을 거칠게 걷어찼다.

"이게 미쳤나. 안 닥쳐? 너도 잡혀가고 싶냐?!"

"그러지 마세요! 제발 그러지 마세요…….."

고운 아가씨의 모습을 한 누이가 애처로운 몸짓으로 남자들을 막아섰다. 그러곤 우는 황조롱이를 따뜻한 금안으로 바라보며 웃었다.

"괜찮아. 괜찮아. 금방 올게. 괜찮아, 엘로."

"빨리 와!"

남자들에게 머리채를 붙잡혀 끌려가면서도 누이는 계속해서 어린 황조롱이를 돌아보며 달래 주었다.

괜찮아. 괜찮아. 금방 올게. 다시 만나자, 엘로. 엘로…….

그날 밤 어린 황조롱이 대신 잡혀간 누이는 다시 돌아오지 않았다.

금방 변성할 것처럼 무섭게 치오르던 어린 황조롱이의 고열은 다음 날 거짓말처럼 내렸다. 부모 황조롱이가 강한 신인류였기에 어린 황조롱이 또한 그 피를 고스란히 이어받았을 것이 분명했다. 그러나 어린 황조롱이는 끝내 인간의 모습으로 변성하지 않았다. 신인류들은 어린 황조롱이가 저 대신 잡혀간 누이 때문에 충격을 받아서 그런 것이라 제멋대로 판단했다.

어쨌든 축하받아야 할 어린 황조롱이의 제2의 탄생은 변성 없이 무사히 지나갔고, 다시 끔찍한 나날들이 시작되었다. 변성하지 않은 어린 황조롱이의 생활에 변화란 없었다. 다만 늦은 밤 날개의 근육통으로 끙끙 앓으며 잠든 그를 쓰다듬어 주는 누이의 손이 없어졌을 뿐이다.

그것 하나 없어진 것뿐인데, 어린 황조롱이는 이상하게 세상이 전부 없어졌다는 생각이 들었다. 전부 없어졌다. 부모도 누이도, 전부.

신인류들은 그 후로도 수십 년 동안 인간들에게 사육당하며 노예처럼 부려졌다. 그러다 말더듬이의 아들이 태어나고, 그 아들의 아들이 태어나 잔치가 열리던 어느 화창한 날, 이 세계의 주인이 돌아왔다.

감옥의 문이 열리고 신인류들의 자유를 구속하던 족쇄가 풀렸다. 다들 해방의 기쁨에 환호하며 감옥을 벗어날 때, 어린 황조롱이는 족쇄가 풀렸다는 것도 인지하지 못한 채 차가운 감옥 바닥에 멍하니 누워 있었다.

그런 어린 황조롱이의 눈앞에 검은색 가죽신이 멈췄다. 어린 황조롱이는 황금색 눈만 도르륵 굴려 위를 올려다보았다. 환한 빛을 등진 새까만 복장의 남자가 오만한 표정을 지은 채 어린 황조롱이를 내려다보고 있었다.

"인간의 모습으로 변성하려는 본능을 억눌렀군."

"……."

"신인류라는 것이 저주스러운가."

온통 검은색인데도 주인이란 남자에게서는 눈이 부실만큼 환한 빛이 쏟아졌다. 눈이 시려서, 눈물이 나올 정도로 너무나도 환하여, 어린 황조롱이는 아무 대답도 할 수 없었다.

"아니면."

"……."

"인간들에게 잡아먹히기 두려워서 겁쟁이처럼 동물의 모습 안에 숨은 것인가."

아니다. 두려워서 겁쟁이처럼 숨은 것이 아니라고 말하려고 했다. 인간 따위는 두렵지 않았다. 오히려 힘이 있어 더 빨리 변성했더라면, 인간들이 침략하기 전부터 힘이 있었더라면, 불쌍한 누이를 지켜 주었을 텐데. 더 빨리 변성해서 힘을 가졌더라면. 힘을, 힘을.

"넌 내 힘을 억누를 정도로 강한 힘을 가지고 있다. 다만, 인간에 대한 두려움에 질려 쓰지 않았을 뿐."

마치 어린 황조롱이의 마음을 읽은 것처럼 남자가 대꾸했다. 정말 이상하게도, 그 말을 듣자 슬프지도 않은데 눈시울이 뜨거워졌다. 어린 황조롱이는 주위를 둘러보았다. 모든 감옥의 쇠창살이 열려 있었고 그 안은 텅텅 비어 있었다. 남은 것은 오로지 자신과 검은 복장의 남자뿐이었다.

"모두들 인간에게 빼앗긴 터전을 되찾고 그들에게 당했던 수모와 치욕을 갚아 주기 위해 복수하러 갔지."

"……."

"일어나라."

주인이 명령했다.

"잡아먹히기 전에 먼저 잡아먹어라. 내가 너희들에게 쥐여 준 힘은 그리 형편없는 것이 아니니."

눈을 한 번 깜빡이자 검은색 복장의 남자는 거짓말처럼 사라졌다. 황조롱이가 몸을 일으켰다. 이제 그는 더 이상 작은 황조롱이가 아니었다. 갈색 머리에 황금 눈동자를 가진 소년이 쇠창살을 빠져나갔다.

바깥은 꼭 몇십 년 전과 같았다. 다른 것이 있다면 열려 있는 무기 창고에서 뛰쳐나와 무차별한 학살을 하는 것이 인간이 아닌 신인류란 점뿐.

수십 년간 인간 마을의 지리와 계급, 무기 사용법 등을 외운 신인류들은 능히 총과 화살을 쏘고 칼과 창을 휘두르며 제 집을 되찾기 위해 인간과 싸웠다. 난데없는 신인류들의 반란에 인간들은 앞다퉈 도망치기 급급했다.

"사, 살려 주세요! 제, 제발 살려 주, 크아악!"

그들의 얼굴은 하나같이 죽음에 대한 공포로 질려 있었다. 잔인할 정도로 비죽비죽 웃어 대며 신인류들을 닥치는 대로 처형하던 인간들이라곤 믿기지 않았다.

그 아수라장 속을 열네댓 살 먹어 보이는 갈색 머리 소년이 아무렇지도 않게 걸어갔다.

"사, 살려 줘. 얘, 얘야! 살려 줘!"

그때 하얗게 질린 인간이 갈색 머리 소년의 다리를 덥석 부여잡았다. 잠시 그를 내려다보던 소년이 이내 냉정하게 뿌리쳤다. 인간이 더러운 바닥을 나뒹굴었다. 소년은 다시 길을 걷기 시작했다.

마을의 끝, 다른 집들보다 유난히 크고 화려한 족장의 거처 앞에 도달한 소년은 허겁지겁 그를 막아서는 인간들을 간단히 처리하고 거침없이 족장의 거처로 들어갔다.

"족장님! 신인류들이 반란을 일으켰습니다! 어서, 어서 피하셔야!"

"뭐, 뭐야! 무, 무슨 일이야!"

겁에 질려 두툼한 몸을 한껏 움츠리고 있던 말더듬이 족장이 황급히 자리에서 일어나다가 푹신한 침대로 넘어졌다. 방금 전까지만 해도 술을 마시고 있었던 건지 그의 침실에는 술병들이 나뒹굴고 있었다.

"족장님! 빠, 빨리! 억!"

무거운 족장을 부축해 일으키려던 인간 하나가 불현듯 비명을 지르며 푹 고꾸라졌다.

"왜, 왜 그러느냐!"

말더듬이가 당황하며 자신을 부축하던 인간을 내려다보았다. 그러자 인간의 가슴을 꿰뚫은 날카로운 네 개의 발톱이 보였다. 심장 부근을 옹골지게도 뚫고 튀어나와 오므리고 있던 발가락들이 서로 맞부딪히며 섬뜩한 쇳소리를 내었다.

"이, 이, 이게……!"

스르륵 인간이 쓰러졌다. 그리고 그 뒤에는 손 대신 맹금의 날카로운 발톱이 달린 발을 가지고 있는 갈색 머리 소년이 서 있었다. 신체의 일부만 변형한다는 신인류는 지금껏 듣지도 보지도 못한 말더듬이의 두 동공이 커다랗게 확장되었다.

"허, 헉!"

소년의 팔에 달린 검은 발톱에서 뜨뜻한 피가 뚝뚝 흘러 바닥으로 떨어졌다. 그 모습을 무감정하게 바라보던 소년이 눈알을 굴려 말더듬이를 바라보았다. 훤한 대낮임에도 불구하고 번쩍번쩍 빛나는 황금색 동공이, 오랫동안 잊고 있었던 누군가를 떠올리게 했다.

"너, 너, 너는……!"

"내가 누군지 알아여?"

"흐, 흐, 흐허……."

"내가 누군지 알면 안 죽일게여."

말더듬이가 무표정한 갈색 머리 소년의 말에 부르르 몸을 떨었다. 자신보다 훨씬 작은 아이였으나 마치 거대한 곰 앞에 선 것처럼 두려움에 질렸다. 이 괴기한 모습의 소년이 누구인지 어렴풋이 짐작했기 때문일 터였다.

"너, 너, 넌……."

아리따운 황조롱이 아가씨는 무릎 위에 말더듬이를 눕혀 놓고 가끔 노래하듯 가족 얘기를 들려주었다. 자신과 똑 닮은 황금색 눈을 가진 아주 귀여운 동생이 있다고. 그녀는 동생이 잔병치레가 많아 변성할 시기가 늦어지는 것 같다며 걱정하곤 했다. 아름다운 황조롱이 아가씨의 가슴에 언제나 가시처럼 박혀 있던 어린 동생.

"너, 넌, 화, 황조롱이 각시님의 도, 동생……."

"……."

"에, 에, 엘로!"

언젠가 들었던 이름을 용케도 기억해 낸 말더듬이가 황급히 소년에게 말했다. 그러나 소년의 표정 없는 얼굴은 변하지 않았다.

"잘 아네여? 내가 누구 동생인지."

"그, 그, 그치만 너, 넌 저번에 잡아먹었던 걸로……!"

"근데 틀렸어여."

"컥!"

소년이 아직도 인간의 피가 뚝뚝 떨어지는 날카로운 발톱으로 말더듬이의 살집 가득한 목을 콰득 움켜쥐었다. 어느새 그의 다른 쪽 손마저 맹금의 발톱으로 변해 있었다.

기도가 차단되어 시뻘게진 얼굴로 버둥거리는 말더듬이를 무심하게 내려다보던 금안에 언뜻 형형한 빛이 스쳐 지나갔다.

"나는 엘로가 아니거든여."

"커, 커, 컥! 사, 살려……!"

"난 아무것도 아니에여."

누이가 죽은 후로 저는 아무것도 아닌 게 되어 버렸다.

숨을 쉬기 위해 말더듬이가 필사적으로 입을 벌려 뻐끔거렸다. 갈색 머리 소년이 변해 버린 다른 쪽 발톱을 인간의 입 사이로 콱 구겨넣은 것은 순식간이었다.

"난 아무것도 아니야."

"커덕! 커럭! 컥!"

날카로운 발톱이 인간의 입 속에서 서걱서걱 여린 점막을 헤집더니, 기어이 도망가던 혓바닥을 집어 꿰었다. 말더듬이가 벗어나기 위해 필사적으로 몸부림쳤지만, 목을 움켜쥔 발톱의 힘이 어찌나 센지 금방이라도 살을 뚫고 틀어박힐 것만 같았다.

"난 그냥 용맹한 황조롱이야."

다시 한번 다짐처럼 중얼거리던 황조롱이가 발톱에 꿰었던 인간의 혀를 힘껏 잡아당겼다.

"커헉! 컥! 어어억! 으으, 으아악!"

털썩, 바닥에 쓰러진 말더듬이는 눈알을 뒤집고 경련했다. 혀가 뽑힌 그의 입에서 피가 웅덩이를 이룰 만큼 끊임없이 흘러나왔다. 황조롱이는 그 모습이 아주 조금도 불쌍하다는 생각이 들지 않았다. 그렇다고 통쾌한 것도 아니었다. 이건 그저 단죄였다. 이 간악한 인간에 대한 단죄.

철퍽. 간헐적으로 떨리는 말더듬이의 몸뚱이 위로 더러운 혓바닥이 내던져졌다.

"당신이 놀린 간악한 혀 때문에 당신 아들도, 당신 아들의 아들도, 그 아들의 아들도 계속해서 혀가 뽑힐 거예여."

황조롱이가 짓씹듯 내뱉었다.

"대를 잇고 대를 잇고 또 대를 이어도 당신의 후손들은 혀가 없으니 앞으로 그 간사한 혀를 함부로 놀리지 못하겠져?"

"으르…… 으, 으, 으윽…….''

말더듬이의 입에서 피거품이 부글부글 끓었다. 황조롱이는 끝내 말더듬이를 죽이지 않았다. 그는 말더듬이를 죽이고 싶었던 게 아니라, 그저 벌을 줘야겠다고 생각했을 뿐이다. 아름다운 누이를 울게 한 것에 대한. 누이를 다시 감옥으로 돌려보내지 않은 것에 대한.

─괜찮아. 괜찮아. 금방 돌아올게, 엘로.

말더듬이를 가만히 내려다보자니, 문득 누이의 마지막 웃음이 떠올랐다.

어린 황조롱이는 마을을 망쳐 놓은 누이가 참으로 미웠다. 그렇지만 누이 또한 스스로가 미워 죽을 것 같았을지도 모른다는 생각이 들었다.

자신을 산 채로 잡아먹는 남편과 그의 가족들을 보며 죽어 가던 누이의 심정은 어땠을까. 그녀는 아마 부모를 잃고 고향이 파괴된 그 어떤 시련보다도, 자신이 일족을 등지면서까지 선택했던 남자가 고작 이런 버러지였다는 사실에 가장 슬퍼하지 않았을까.

"끄룩…… 꾸룩, 끄윽…….''

─괜찮아. 괜찮아. 금방 돌아올게, 엘로.

그러나 말더듬이를 크게 혼내 줬음에도 불구하고 누이는 돌아오지 않았다. 황조롱이의 금안이 짙은 황갈색으로 젖어 들어갔다.

─괜찮아. 괜찮아. 금방 돌아올게. 다시…… 다시…… 만나자……
엘…….

"헉!"

굳게 닫혀 있던 눈꺼풀이 번쩍 열리면서 황금색 동공이 드러났다. 갈색 머리 소년은 재빨리 눈을 굴리며 제가 있는 곳이 아직도 역겨운 냄새와 신인류들의 신음 소리가 가득한 감옥 안인지를 확인했다.

움직임이 굼뜨거나 조금이라도 아픔을 호소하는 신인류들에게 가차 없이 채찍과 몽둥이를 내리치며 욕설을 지껄이던 악귀 같은 인간들. 금방이라도 감옥지기가 튀어나와 자신을 걷어찰 것만 같았다.

겁에 질린 소년의 황금색 눈동자가 샅샅이 방 안을 훑었다. 곧 그의 시선이 낯선 침대 휘장과 고풍스러운 방 천장에 이어, 죽어 버린 도시를 담고 있는 창가에 닿았다.

마치 빛바랜 사진을 가져다가 붙여 놓은 것처럼 회색 도시의 고층 건물들이 우중충하게 늘어서 있는 창문 밖의 광경. 보는 사람의 기분까지 축축 처지게 만드는 도시의 모습이었으나 소년은 그 모습을 확인하곤 되레 안도의 한숨을 내쉬었다.

긴장이 탁 풀렸다. 친구들과 마을 사람들이 하루가 멀다 하고 죽어 나가던 그 끔찍한 감옥이 아니었다.

자신이 있는 현실을 자각하며 완전하게 마음을 놓은 순간이었다. 등 뒤에서 불쑥 들려오는 음성에 소년이 자리에서 펄쩍 뛰어오른 건.

"깼어?"

"아아악!"

펑! 전광석화와도 같은 속도로 침대에서 벗어난 갈색 머리 소년이 폭발하듯 자욱한 연기를 내뿜으며 사라졌다. 코를 간질이는 깃털들이 침대 위로 풀럭풀럭 떨어졌다. 이예주가 콜록콜록 기침을 연발하며 버럭 성질을 냈다.

"야! 왜 갑자기 소리를 지르고 난리야! 귀청 떨어질 뻔했네!"

"그건 내가 할 소리예여! 남의 침대에 몰래 들어와서 뭐 하고 있는 거예여!"

어느덧 허공에서 신경질적으로 날개를 퍼덕이는 황조롱이가 인간 여자를 향해 빽 소리를 질렀다. 동물의 모습인데도 황조롱이의 인상 쓴 얼굴이 선연히 보여 이예주가 목소리를 누그러뜨렸다.

"이, 일어나니까 방 안에 아무도 없잖아! 혼자 있기 무섭단 말이야. 등짝도 아프고, 람은 없고……."

황조롱이는 대답 대신 다시 '펑!' 소리를 내며 변신했다. 한차례 연기가 지나가고 이예주의 앞에 다시금 귀여운 갈색 머리 소년이 등장했다.

"꺅!"

이예주가 두 손으로 눈을 가리자 황조롱이가 씩씩대며 바닥에 떨어진 옷가지들을 재빨리 주워 입었다.

"그렇다고 이렇게 마구 쳐들어와여? 안 그래도 인간 놈들이나 쓰는 마취 향 때문에 머리 아파 죽을 뻔했구면여!"

이예주의 무섭다는 변명에도 기분이 나아지지 않는지 조롱이는 여전히 똥 씹은 얼굴이었다. 부득부득 내지르는 그의 노성에도 그녀는 어깨를 으쓱거렸다.

"무서운 걸 어떡해? 언제 어디서 그 미친 족장 놈들이 튀어나올지 모르잖아! 참, 그 족장 놈!"

족장 이야기를 꺼내던 이예주가 갑자기 도끼눈을 떴다.

"너, 너! 그 족장 새끼가 나한테 무슨 짓을 했는지 알아?! 그 미친 놈이, 이따만 한 채찍으로 내 등짝을 막, 막……!"

"됐고여."

양손을 크게 벌려 거대한 채찍의 크기를 나타내던 그녀의 말을 조롱이가 좋지 않은 표정으로 단칼에 잘랐다. 마치 향을 잔뜩 마셨다더니 평소엔 보기 힘든 날카로움이 그에게서 뿜어져 나오는 듯했다.

"어젯밤에 대체 왜 마음대로 돌아다닌 거예유?"

"어, 어? 어젯밤?"

이예주가 모르는 척 말을 더듬으며 시선을 다른 데로 돌렸다. 그러나 이미 꽤 많은 시간 동안 인간 여자를 겪어 온 황조롱이에겐 통하지 않았다.

"모르는 척하지 말구여! 아, 진짜! 갈 거면 저라도 깨우든가여! 누나 때문에 마취 향만 잔뜩 뒤집어쓰고!"

"……."

"위험하니까 마음대로 움직이지 말라고 했잖아여! 누나 이럴까 봐 미리 말해 둔 건데, 씨잉…… 잘못은 누나가 다 했는데 주인님께 나만 혼났잖아여!"

조롱이가 울상을 하고 이예주를 책망했다. 화끈거리는 제 등짝만 챙기느라 조롱이가 혼났다는 사실은 미처 몰랐던 이예주가 놀란 얼굴로 조롱이를 돌아보았다.

"헉. 혼났어?"

"누나 기절해서 치료하는 동안 주인님이 얼마나 무서웠는데여!"

"그러니까. 잘못은 내가 했는데 왜 네가 혼나?"

그녀의 얼굴이 당황으로 물들었다. 자신 때문에 조롱이가 혼났다는 사실이 믿기지 않는 듯했다. 그 답답한 모습에 속 터지고 머리 터지는 것은 조롱이뿐이었다. 제 가슴을 팡팡 내리치며 조롱이가 버럭 외쳤다.

"그럼 안 혼나여?! 누나 사고 못 치게 잘 감시하라고 그러셨는데, 하루도 안 지나서 누나가 사고를 뻥뻥 쳐 댔으니 안 혼나냐고여! 이 사고뭉치 인간아!"

"뭐? 사고뭉치 인간? 이게 죽을래? 내가 무슨 사고를…… 어, 어억!"

사고뭉치 인간이란 소리에 이예주가 단박에 눈을 세모꼴로 뜨고 조롱이에게 달려들려다가, 등을 타고 찌르르 흐르는 통증에 침대 위에 무너졌다. 그러고는 팔을 뻗어 등을 부여잡고 끙끙댔다.

"아, 아아…… 아이고, 나 죽네. 아이고, 이예주 죽어! 그 미친 족장 놈 때문에 이게 무슨 생고생이야, 흐허헝."

"괘, 괜찮아여?"

이예주가 시트를 끌어안으며 침대를 뒹굴었다. 그녀의 곡소리에 조롱이가 짐짓 화내는 것을 멈췄다.

"급한 대로 남은 약초랑 인간들이 쓰는 약 섞어서 상처에 발라 놨는데, 마, 많이 아파여? 누나. 예, 예주 누나!"

"아아, 어으으……."

이제는 완전히 걱정으로 탈바꿈한 얼굴의 조롱이는 시트를 부여잡고 신음하는 이예주를 바라보며 안절부절못했다. 결국 보다 못한 그가 조심스레 다가가 그녀의 어깨에 손을 올렸을 무렵이었다.

"우어억!"

"으악!"

이예주가 불현듯 벌떡 일어나더니 품에 가득 쥐고 있던 새하얀 시트로 조롱이를 와락 덮쳤다. 아닌 밤중에 홍두깨라더니, 조롱이는 이예주에게 밀쳐져 괴성을 지르며 침대에 꼴사납게 처박혔다.

"으악! 뭐, 뭐 하는 거예여!"

"사고뭉치 인간이라는 거 취소해! 안 그래도 나 누구한테 어장관리 당해서 기분 완전 꿀꿀하거든? 이씨, 이제 너까지 날 무시해?"

"으헉! 놔여! 놔주떼엽!"

온몸에 말려드는 시트 때문에 일어서지도 못하고 조롱이는 계속해서 몸을 허우적거렸다. 그에 맞춰 이예주도 필사적으로 온몸에 힘을 줘 조롱이를 압사시킬 듯 내리눌렀다.

"으억! 숨 막혀! 황조롱이 죽어여! 무거워여! 무겁다구여!"

"얼른 취소해!"

"으으헉, 취소! 취소!"

이예주는 조롱이가 취소를 외치고도 한참이나 발버둥 쳐 온몸의 진이 모조리 빠져나갔을 후에야 그의 위에서 굴러 내려왔다. 그녀는 태평하게 남의 침대에 대자로 뻗었다.

시트의 늪에서 간신히 빠져나온 조롱이가 산발이 된 갈색 머리를 매만지며 이예주를 날카롭게 쏘아보았다.

"아, 진짜!"

"진짜 뭐."

인간 여자가 거만하게 시선을 맞받아치자 불쌍한 황조롱이는 조용히 고개를 수그렸다.

"진짜 누나 같은 인간은…… 세상에 둘도 없을 인간이에여."

"그건 그래."

짓씹듯 내뱉은 말에 허망할 정도로 쉽게 고개를 끄덕인 그녀 때문에 소년의 분노는 결국 온데간데없이 사라졌다.

잠에서 깨어나기가 무섭게 괴물 같은 인간 여자에게 시달렸더니, 아직 하루가 시작되지도 않았는데 벌써 심신이 피곤했다. 조롱이는 결국 이예주의 옆에 힘없이 드러눕는 것을 택했다.

"상처 아프진 않아여? 다 나은 거 맞아여? 벌써 나을 리가 없는데."

조롱이가 물었다. 그러고 보니 참으로 이상했다. 이예주의 상흔은 꽤 심각했다. 그녀가 입고 있던 옷이 찢어져 길쭉하게 파인 상처 사이로 말려 들어간 탓에, 그 옷 조각을 일일이 꺼내는 데도 한참 걸렸다.

기절한 와중에도 아프다고 성질을 어찌나 내던지, 하마터면 이예주가 내지른 발차기에 명치를 가격당할 뻔한 조롱이는 그녀가 정말로 기절한 것인지 아니면 그런 척을 하는 것인지 심각하게 고뇌하며 치료를 이어 가야 했다. 그러나 피를 많이 흘려 새하얗게 질린 얼굴만은 거짓이 아니었다.

그렇게 다 죽어 가던 얼굴로 제 동정을 샀던 인간이 이렇게 하루아침에 자리에서 털고 일어나다니. 그 어떤 인간도 이토록 괴물 같은 치유력을 가지고 있지 않았다. 그것도 모자라 아침부터 괴력을 자랑하며 용맹한 신인류를 짓누르는 일은 더더욱 말이 안 되었다.

"밤새 람이 치료해 준 것 같아. 자고 일어나니까 상처도 말끔하게 사라져 있던데?"

"주, 주인님이여?"

"응. 왜 그 사막 여우 있잖아, 포니. 걔 치료해 줄 때 그것처럼 손에서 검은빛을 막막 뿜어 대 준 게 아닐까? 완전히 힐러야, 힐러."

이예주가 "신기해 죽겠다, 그치?" 하고 덧붙이며 좋알댔다. 주인이 치료해 준 것이라면 지금 그녀가 멀쩡한 것도 이해가 되었다. 그러나 왜인지 모르게 조롱이의 표정은 그다지 좋지 않았다.

"야, 진짜 그런 능력 있으면 완전 대박일 텐데. 아픈 사람들 다 치료해 주면 돈도 왕창 벌 거 아니야? 그럼 또 그 돈으로 땅을 사서…… 아니, 아니지. 요즘은 땅보단 빌딩 부자가 대세니까 역세권에 빌라를 잔뜩 사서…… 아! 모르겠다. 부럽다!"

"……."

"그러고 보니 네 주인은 못하는 게 뭐야? 지진도 일으켜 천둥도 내리쳐. 또 뭐야, 용암도 일으킨다 그랬나? 신이야 뭐야, 진짜. 완전

사기 캐릭터야. 안 그래, 조롱아?"

"······."

"조롱아?"

이예주는 그제야 뭔 말만 해도 떽떽대던 소년이 매우 조용하다는 것을 깨달았다. 눈동자만 돌려 슬며시 확인하려던 그녀는 웃음기 없는 얼굴로 자신을 응시하고 있는 황금 눈동자와 정확히 마주쳤다. 민망할 정도로 자신을 빤히 쳐다보고 있는 조롱이의 모습에 이예주가 어색하게 웃어 보였다.

"왜 그렇게 쳐다봐?"

"······."

"조롱아? 말도 안 하고 왜······."

"누나는······."

대답 없이 침묵하던 황조롱이는 한참이나 뜸을 들였다. 그러다가 이예주가 잘못한 것도 없이 괜히 가슴이 따끔거릴 때쯤 어렵사리 입을 열었다.

"누나는 정말 바보예여."

"뭐?"

어떤 말을 할지 한참을 기다려 주었더니 기껏 나온 것이 자신에 대한 인격 모독이었다. 그녀의 눈이 길게 찢어졌다.

"마취 향을 많이 맡았다더니, 이게 정말 미쳤······!"

"큰 에너지는 그보다 작은 에너지들을 빨아들인다구여."

조롱이의 목소리는 작았다. 이예주에게 하는 이야기라기보단 혼잣말에 가까웠다. 그러나 그 한숨과도 같은 말이 그녀의 귀에 날카롭게 박혀 들었다.

그녀는 그의 말에 멈칫했다. 왠지 모를 위화감이 들었다. 낯설면서도 익숙한 말이었다. 어디선가 분명히 들어 본 듯한.

어디서 들어 본 말이지? 그녀가 골똘히 생각해 보려 할 때 조롱이의 말이 다시 이어졌다.

"누나는 주인님한테서 도망가고 싶다면서여? 자꾸 그렇게 주인님의 힘을 몸에 받다가 누나가 가지고 있는 힘을 주인님이 집어삼키면 어떡하려고 그래여?"

"힘을 집어삼켜? 왜?"

"그거야 누나 몸에 자꾸 주인님의 힘이 쌓이면……."

대꾸를 하던 조롱이가 말을 멈추더니 우울한 얼굴로 한숨을 폭 내쉬었다. 사람 면전에 대고 한숨이라니, 이예주는 조금 황당해졌다.

"우리 신인류처럼 주인님께 종속되어 봤자 누나한테는 좋을 것 없어여. 주인님께선 시간족이 아닌 인간들에게 최소한의 호의를 베풀기는 하시지만, 누나한테처럼 이렇게 관대하게 대하신 적은 처음이에여."

"호의? 관대라니? 하하, 네 주인 얘기 하는 거야? 재밌다."

이예주가 전혀 재밌지 않은 얼굴로 기계처럼 내뱉었다. 변명할 틈도 주지 않고 자신을 용암 구덩이 속에 집어 처넣고, 무자비하게 벼락을 내리치던 남자가 관대하다니. 두 번 관대했다가는 이미 자신은 요단강을 건너고 있을 테다. 그러나 그녀의 말에 발끈한 황조롱이가 바로 반박했다.

"주인님이 인간을 마구잡이로 죽이고 다니시는 건 아니에여! 그래도 힘이 약하고 어린 인간들은 함부로 죽이지 않는 자비로운 분이시라구여!"

"내가 아는 자비의 뜻과 이곳의 자비의 뜻은 다른가 보구나."

이예주가 시큰둥하게 덧붙였다. 그러나 말이 끝남과 동시에 덧붙여지는 조롱이의 말에 그녀는 굴을 수밖에 없었다.

"어쨌거나여. 주인님이 왜 누나한테 그런 호의를 베푸는지는 모르겠지만, 너무 그렇게 주인님의 힘에 의지하지는 말라구여, 누나. 주인님은 인간을 증오하시니까여."

인간을 증오한다. 조롱이의 마지막 말이 뼈아프게 와닿았다. 맞는 말이다. 맞는 말인데. 그런데 이예주는 왜인지 모르게 머릿속이 일순 멍해졌다.

사실 그녀가 일어나자마자 조롱이의 방에 난입한 것은 람을 마주하는 것을 피하기 위해서였다. 한숨 자고 일어나니 어제 제가 벌였던 추태가 너무 적나라하게 떠올랐기 때문이다.

외, 외간 남자와 입술을 마주 대고 혀, 혀를 막! 그래 놓고 우리 썸타는 거냐고 물어봤더니 '넌 그냥 어장 관리녀들 중 하나'라는 답변이 돌아왔다. 남자와 이런 긴밀하고도 농밀한 스킨십을 주고받은 게 머리털 나고 처음인 그녀로서는 엄청난 충격이 아닐 수 없었다.

한데 그런 말을 듣고도 아침에 일어나니까 가슴이 설렜다. 자꾸만 지난밤이 떠올라서 얼굴이 화끈거렸고 그녀가 잠든 틈을 타 바람처럼 사라진 남자가 못내 서운했다.

그러면서도 금방이라도 문을 벌컥 열고 그가 들어올까 봐 안절부절못했다. 결국 피신해 온 곳이 그나마 만만한 조롱이 방이었다.

—주인님은 인간을 증오하시니까여.

그 한마디에 이예주는 요란했던 백일몽에서 깨어나 듯 순식간에 우울해졌다. 그렇다. 람은 인간을 증오하고, 자신은 인간이었다. 그가 얼마나 인간을 증오하는지는 그의 눈동자만 보아도 알 수 있었다.

조롱이, 포니, 하다못해 지나치는 풀 한 포기에도 다정한 검은색을 띠던 그의 동공이 유독 저와 다른 인간들을 볼 때면 시뻘겋게 물들었다. 그 신기하고도 섬뜩한 변화를 계속해서 마주하며 그녀는 자연히 깨달았다. 그것이, 그의 증오와 분노를 나타내는 것이라는 걸.

얼마나 인간을 싫어하면 그렇게 눈동자 색까지 시뻘겋게 물들 수 있는 걸까. 얼마나 싫어하면. 얼마나…….

이예주는 애써 자신을 위로하듯 중얼거렸다.

"그래. 싫어하지. 싫어하고말고…… 칫, 누군 좋대? 나도 어장 관리거든."

"예? 뭐라구여?"

속삭임같이 작은 말이 조롱이의 귀에까진 미치지 못했는지 그가 되물었다. 그저 되물은 것일 뿐인데 조롱이는 이예주의 벼락같은 고함 소리를 들어야 했다.

"안 뺏어 간다고! 너나 네 주인이랑 평생 물고 빨고 잘 먹고 잘 살아!"

"그냥 말하면 되지, 왜 갑자기 소리는 질러여!"

"몰라! 나 잠깐 챙길 거 있어서 온 거야! 그것만 챙기고 나갈 테니 신경 꺼!"

그 말을 끝으로 이예주는 침대에서 벌떡 일어나 부산스럽게 움직였다. 덩달아 몸을 일으킨 조롱이가 뜬금없이 화를 내는 그녀를 끔벅끔벅 바라보았다.

"엥? 뭘 챙기는데여?"

"생리대."

짧게 대꾸한 그녀가 방 한편의 화장실 쪽으로 저벅저벅 발걸음을 놀렸다.

"근데 여기 여자들은 시간을 멈추네, 어쩌네 그러더니 진짜 생리를 안 하나 봐. 생리대가 화장실에 몇 개씩 있는데 막 먼지가 쌓여 있는 거 있지. 아! 여기도 있네? 혹시 모르니까 다 챙겨 가야겠다."

이예주가 화장실 선반에서 쉽게 일회용 생리대를 찾아 꺼내 들었다. 다시 방으로 나온 그녀가 설핏 인상을 찌푸리며 주절거렸다.

"하여간에 이상한 곳이야. 별 사람을 다 만나 보네. 생체 시간이 멈춰서 난자가 배출이 안 된다느니…… 참, 넌 생리대 모르려나? 새들도 생리해? 알 낳으니까 안 하려나. 하긴 넌 어차피 수컷이니까…… 야, 근데 넌 짝짓기는…….."

"그만!"

문득 들려오는 조롱이의 경악 서린 고함에 이예주가 화들짝 놀라 고개를 돌렸다. 그러자 평소보다 붉게 상기된 얼굴의 소년이 자신을 노려보고 있는 것이 보였다.

"그런 소리 좀 함부로 하지 마세여! 저도 어엿한 성인이거든여! 아, 알 거 다 아는 나이라구여!"

강조하면서도 조롱이가 못내 말을 버벅거렸다. 연애 한 번 못해 본 숫총각처럼 구는 조롱이의 반응에 이예주가 설핏 웃었다. 그 모습이 흡사 올챙이 적 기억 못하는 개구리 같았다. 그러나 이미 람과 할 것 다 해 본 그녀는 전혀 그것을 자각하지 못하고 되레 당당한 태도를 보였다.

"아하, 그러시겠지."

"씨이, 누나는 정말 부끄러운 것도 모르고……."

"나 그만 간다. 넌 더 자든가."

이예주는 '짝짓기는 아름다운 행위야.'라고 대꾸해 주려다가 다시 떽떽거리며 열변을 토해 댈 조롱이를 떠올리고는 마음을 고쳐먹었다. 양손 가득 생리대를 챙기며 방을 나서는 그녀의 뒤에서 조롱이가 불평을 터뜨렸다.

"다 깨워 놓고 잠은 무슨 잠이여! 그리고 누나 원래 옷, 누나 방 침

대 옆 서랍에 넣어 놨으니까 옷이나 빨리 갈아입어여! 주인님이 뭐
라 안 하세여?"

조롱이가 너덜너덜해지다 못해 걸레짝같이 몸에 걸쳐 있는 천 조
각을 지적했다. 그나마 허리 아래 치마 부분은 쓸려서 더러워진 것
이 전부였지만, 허리 위 상체는 붕대가 없었다면 거의 헐벗은 것이
나 다름없었다. 생각지 못한 조롱이의 배려에 이예주의 불퉁한 얼굴
이 금세 환해졌다.

"헐, 조롱아……."

그녀의 얼굴이 감동으로 물들자 조롱이는 의기양양해졌다.

"안 그래도 이 천 쪼가리 때문에 어제 네 주인 놈이 나를……!"

"잉? 주인님이 뭐여?"

감동하다 못해 하마터면 간밤의 수치스러운 일까지 제 입으로 나
불댈 뻔한 이예주가 재빨리 말을 멈추고 고개를 저었다.

"큼큼. 아, 아니야. 어쨌든 고맙다. 넌 어서 더 자, 어서."

"누나 때문에 잠 다 깼다니까여!"

토를 다는 조롱이 관대한 마음으로 무시하며 이예주는 서둘러 방
문을 열었다. 드디어 아침 댓바람부터 그를 괴롭히던 인간 여자가
방을 나서는 것이다.

그녀의 뒤에서 조롱이가 나지막이 한숨을 쉬며 안도할 적이었
다. 이예주가 불쑥 뒤로 돌아 간신히 다잡았던 그의 가슴을 허물어
뜨렸다.

"근데 조롱아, 너 누이 있어? 자면서 계속 누이 찾더라. 누이면 동
생? 아니면……."

"……."

"누나려나?"

"왜 이렇게 늦게 나와여!"

조금 너덜너덜하지만 깔끔하게 세탁되어 있는 후드티와 청바지를 입은 이예주가 걸어오자, 기다림에 지친 조롱이가 버럭 소리를 내질렀다. 흘끗 돌아보니 람 또한 한쪽에 서서 묵묵히 그녀를 바라보고 있었다.

모두의 시선이 주목되자 괜히 민망해지는 기분에 그녀가 어색하게 웃으며 후드티의 소매 부분을 가리켰다.

"이거 좀 자르느라. 다 찢어져서 너무 지저분해 보이길래⋯⋯."

이예주의 후드티는 어느덧 시원하게 잘려 반팔이 되어 있었다. 드러난 살결을 바라보는 그녀의 얼굴은 그다지 좋지 않았다. 나름 비싼 돈 주고 산 브랜드 옷인데, 이 빌어먹을 곳에 와서 완전히 걸레쪼가리가 되어 버렸기 때문이다.

가위로 얼기설기 자른 소매의 단면을 잠시 만지작거리던 그녀가 고개를 들어 람을 바라보았다.

"근데 우리 이젠 또 어디로 가는 거예요?"

조롱이도 마침 궁금했던 참인 듯 그를 돌아보았다. 그때까지 아무 말도 없이 서 있던 람은 고민조차 하지 않은 태도로 확고하게 대답했다.

"다시 북쪽 대륙으로 간다."

"북쪽이여, 주인님?"

조롱이가 되물었지만 그는 대답하지 않았다. 이예주 또한 묻고 싶었으나 머릿속으로 북쪽이 어디인지 생각하느라 겉으로는 입을 다물고 수긍하는 체를 하였다.

3019년의 지구는 여러 대륙이 합쳐진 상태이기 때문에 '북쪽이면 북한이려니.' 하고 태평하게 생각할 수 없었다. 분명 예전에 조롱이가 동서남북으로 대륙을 나눠 알려 줬던 것 같은데. 북쪽이라 하면은…….

"설마. 설마 그 숲?!"

드디어 북쪽 대륙이 동물의 숲이라는 것을 기억해 낸 이예주가 경악에 가득 찬 얼굴로 람을 바라보았다. 강렬한 그녀의 눈빛이 느껴지지 않는 건지 남자는 시종일관 무표정했다.

"저기요! 우리 그 숲으로 다시 간다는 거예요? 눈알 파먹는 까마귀가 살고, 내 휴대폰 훔쳐 간 망할 뱀이 사는 그 미친 숲이요?!"

"그래."

남자가 드디어 대답했다. 이예주가 하얗게 질린 얼굴로 이마를 부여잡았다.

"아아, 머리야…… 저기요, 저는 못 가요."

"……."

"저기요. 제 말 듣고 있어요? 기껏 그 지옥에서 빠져나왔더니 다시 거기로 간다고요? 먹을 것도 잘 곳도 심지어 변 볼 곳도 없는 그곳에! 게다가 다시 거기로 가려면 사막을 또 건너야 하잖아!"

또다시 끔찍한 사막을 건널 생각에 그녀는 새된 비명을 질렀다.

"전 절대 안 가요, 절대! 우리 그럼 이쯤에서 찢어……."

"왔군."

창백해진 얼굴의 이예주가 필사적으로 자신은 가지 않을 것임을 선언했지만 그는 그녀를 쳐다보지도 않은 채 자기 할 말만 해 대었다.

"왔어요? 누가요?"

그녀가 그의 말에 휩쓸려 주위를 둘러볼 즈음이었다. 쿵! 땅에 거대한 해머를 내리친 것처럼 묵직한 소리가 그들의 뒤편에서 들려왔다.

깜짝 놀라 뒤를 돌아보자 반질반질하게 광택이 나는 껍질을 가진 거대한 생명체가 막 착륙을 마치고 그 위용을 드러냈다.

"주인!"

몸뚱이만큼 커다란 목소리가 쩌렁쩌렁하게 울려 퍼졌다. 그것에 달린 기다랗고 가느다란 더듬이가 바람에 나부끼는 갈대처럼 스스스스 흔들렸다. 저의 늠름한 날개가 자랑스럽다는 듯 부르르 떠는 거대한 생명체를 람이 소개했다.

"빠르게 뒤쫓아야 하니 이것을 타고 이동한다."

창백함을 떠나 금방이라도 구토를 할 것처럼 얼굴이 시퍼렇게 변색된 이예주가 숨을 멈췄다. 앞에 가만두고 보는 것도 고역이건만, 심지어 저것을 타고 이동하잔다.

온몸에 소름이 끼치고 머리가 아파 왔다. 그와 동시에 원룸에 혼자 살 적, 저것의 친구 몇이 나타나 침대 아래로 발도 뻗지 못했던 날들이 떠올랐다. 결국 전화로 살려 달라고 난리를 친 탓에 놀라 달려 온 주인아저씨가 돌돌 만 신문지로 그것을 내리쳐 죽인 후에야 이예주는 두 발 쭉 뻗고 잘 수 있었다.

그러한데 이 1000년 후의 세상은 대체 어떻게 돌아가는 건지 이런 것을 이동 수단으로 타고 다닌단다. 이예주가 정색을 하고 한숨처럼 중얼거렸다.

"……우린 정말 여기까지인가 봐요."

그녀의 말에 무슨 개소리를 하냐는 듯 남자가 한쪽 눈썹을 위로 휙 들어 올렸다. 그에 맞춰 번쩍번쩍 광택이 나는 대왕 벌레가 이예주를 향해 털이 숭숭 난 앞다리를 싹싹 비벼 댔다. 우욱, 그녀가 터져 나오는 헛구역질을 꾹 눌러 참으며 예의 바르게 인사했다.

"안녕히 계세요."

진심을 다해 남자와 그의 친구 대왕 바퀴벌레에게 목례를 한 이예주는 누가 잡을세라 뒤를 돌아 곧바로 그들의 반대편으로 빠르게 걷기 시작했다. 저 대왕 바퀴벌레가 있는 곳에서 속히 벗어나야 했다.

그런데 이 음침한 도시에 있는 모든 바퀴벌레들이 다 저만하면 어떡하지? 아니, 저런 것이 하나라도 더 있다면……!

끔찍한 상상에 그녀는 정신없이 고개를 내저으며 걸음을 재촉했다. 그런데 참 이상하게도 몸이 앞으로 나아간다는 기분이 들지 않았다. 이를테면 제자리걸음을 하는 것처럼.

'뭐야, 왜 이래?'

그녀가 이상한 기분에 걸음을 멈추고 뒤를 흘끗 돌아보았다. 목 뒤에 달린 후드가 길쭉하게 늘어나 있었고, 그것을 억세게 움켜쥔 커다란 손이 보였다. 시뻘건 눈동자가 두 눈에 레이저를 켜고 자신을 바라보고 있었다.

"스읍, 가긴 어딜 간다고."

"이, 이거 놔요! 난 그거 절대……."

"네게 선택권 따윈 없다.

이예주는 남자의 손아귀에서 벗어나기 위해 미친 듯이 몸부림쳤다. 그러나 그것이 무색하게도, 그녀의 몸은 점점 그에게 끌려갔다. 하도 잡아당겨 다 늘어난 후드가 치명적인 약점이라도 되는 것처럼 이예주는 옴짝달싹하지 못했다.

"아악! 싫어! 난 절대 안 타요! 난 대, 대왕 바퀴, 우욱……!"

"말 좀 들어 먹었으면 좋겠군. 어제처럼 맞고 싶은 건가."

마치 폭군처럼 무덤덤한 말투였다. 실로 어마어마한 소리에 이예주가 반사적으로 멈칫한 사이, 그녀의 몸이 종잇장처럼 가볍게 허공에 붕 들렸다. 람의 어깨에 짐짝처럼 둘러진 그녀는 그토록 끔찍해 하던 대왕 바퀴 쪽으로 빠르게 가까워졌다. 그녀가 버둥거리며 괴성을 질렀다.

"아악! 이거 놔요! 놔! 난 싫어! 싫어!"

그러나 그녀의 반항이 람에게는 솜털보다 약하게 느껴지는지 조금도 먹히지 않았다.

"조롱아! 조롱아, 살려 줘! 조롱아!"

"저는 제 날개로 날아갈 거라서여."

이예주의 절망적인 외침에 조롱이는 가볍게 어깨를 으쓱였다.

무겁지도 않은지 람은 그녀를 둘러멘 채 거대한 바퀴벌레의 다리를 등산하듯 밟고 잘도 올라탔다. 어딜 봐도 온통 반질반질한 까만색 껍질 위에 올라타자, 그토록 람에게서 벗어나려고 발버둥 치던 이예주가 이번에는 그의 가슴팍에 찰떡처럼 달라붙었다.

"이상한 냄새 나는 것 같아요. 우욱, 토할 것 같⋯⋯."

"더듬이 옆에 앉고 싶지 않으면 참아."

"⋯⋯."

아주 간단하고 명쾌하게 남자가 이예주의 입을 다물게 만들었다. 이 남자, 날 너무 잘 다룬단 말이야. 전혀 유쾌하지 않은 사실을 깨달으며 그녀가 조금 더 람의 가슴팍 안으로 몸을 사렸다. 그때였다.

"이봐, 인간! 내가 너보다 깨끗해. 이거 왜 이래! 나도 매일같이 하수구에서 목욕을 한다고!"

그때까지 아무 말도 하지 않고 있던 대왕 바퀴벌레가 더듬이를 미친 듯이 흔들며 쩌렁쩌렁하게 소리쳤다. 바퀴벌레의 기분이 좋지 않은 듯 람과 이예주가 앉아 있는 곳 옆에 붙어 있는 비닐 같은 양 날개가 스스스스 진동했다. 그 징그러운 모습에 그녀가 '어억!' 하며 기겁을 하는 것은 당연지사였다.

"그리고 나도 인간 모습을 하면 인간 여자들이 줄줄 따라온다고! 어때. 내가 인간으로 변한 모습 보고 탈래, 그럼?"

"아악! 더듬이 떨지 좀 말라고 해요!"

그들이 탄 대왕 바퀴벌레가 말을 할 때마다 자꾸만 가느다란 더듬이를 비벼 대자 이예주가 람의 널찍한 가슴에 얼굴을 파묻으며 울먹였다. 머리 위로 가볍게 한숨을 내쉰 람이 그제야 그녀의 소원을 들어주었다.

"그만하고 가지."

"치. 알겠수다, 주인. 그럼 갑니다!"

푸르르르. 비닐같이 얇지만 한 올 한 올 섬세하게 엮여져 있는 날개가 진동하듯 떨렸다. 이내 대왕 바퀴벌레가 이예주와 람을 태우고 허공으로 훌쩍 날아올랐다.

이예주는 그 엄청난 광경을 차마 볼 자신이 없어 람의 품에서 애써 숨을 고르며 '냄새 나지 않는다, 냄새 나지 않는다.' 하고 자신에게 주문을 걸었다. 그런데도 자꾸만 옷 속에서 무언가 기어 다니는 기분이 들어 주기적으로 경련하듯 몸을 꿈질거렸다.

그사이 대왕 바퀴벌레는 그 크기에 걸맞지 않게 훌쩍 날아올라 이제는 도시를 한눈에 내려다볼 수 있을 만큼 높은 상공까지 도달했다. 고도가 높아질수록 바람이 거세졌다. 반팔이 된 후드를 입고 있던 이예주는 자연스럽게 몸을 움츠렸다.

제 가슴에 얼굴을 처박은 인간 여자를 내려다보던 시뻘건 눈동자의 남자는 그녀의 허리에 손을 두른 후 품속으로 강하게 끌어안았다.

어느 순간부터 답답할 정도로 몸을 움직이는 게 힘들어졌다. 하지만 높은 상공과 대왕 바퀴벌레 등의 끔찍해 마다하지 않는 것들이 겹쳐진 상황이었기에 이예주는 자신이 남자에게 꽉 안겨 있다는 사실조차 깨닫지 못했다.

제 등 위에 타고 있는 남녀의 미묘한 변화를 알 리 없는 바퀴벌레는 도시를 벗어나 사막을 향해 신나게 날아가기 시작했다. 황조롱이 한 마리가 날개를 힘차게 퍼덕이며 그들의 뒤를 쫓았다.

❖

이예주가 바퀴벌레를 타는 데에 익숙해진 것은 사막에 진입하고도 한참이나 지난 후였다. 물론 바퀴벌레에 익숙해졌다는 것이 아닌, 당연히 람의 무릎 위에 주저앉아 고소공포증을 가까스로 참아내는 데에 익숙해졌다는 소리였다.

태양과 한층 가까워진 탓에 얼굴이 발갛게 달아오른 그녀는 람이 벗어 준 검은색 겉옷을 훌떡 뒤집어쓰고 그의 품에 앉아 조롱이가 비행하는 모습을 구경했다. 항상 인간형으로 변신한 모습만 봐 와서 그런가, 막상 조롱이가 새가 되어 작열하는 태양 아래 묵묵히 나는 것을 보니 기분이 이상했다.

마치 절친한 친구가 알고 보니 두 살 많은 복학생이었다는 것을 알게 됐을 때 같은 기분. 물론 이예주에게 그런 친구, 아니 친구 자체가 있을 리 없지만 말이다.

새삼 조롱이가 새롭게 보였다. 이리 안정적으로 나는 것을 보니 새는 새였구나.

조롱이는 비행을 즐기는 것처럼 나는 것에 굉장히 집중했다. 주요 인물들 중 한 명이 입을 다무니 모처럼 그들 일행은 침묵에 잠길 수 있었다. 이예주는 고소공포증을 잊기 위해 조롱이를 관찰하는 것으로 나름 열심히 현실 도피를 했다.

검은색 무늬가 점점이 박힌 갈색 깃털이 조롱이가 인간 모습일 때의 머리털 색과 똑같았다. 커다란 인간의 모습에서 저렇게 작은 새로 변하려면 대체 어떤 요술을 부려야 할까. 새로 변할 땐 몸 안에 있는 뼈를 꺼내서 따로 보관해 둔 후에 인간으로 변할 때 다시 몸에 집어넣는 걸까?

제 스스로 갈비뼈를 꺼내는 조롱이의 모습을 떠올리니 그녀의 눈살이 와락 구겨졌다. 그건 너무 잔인한 상상이었다. 게다가 조롱이는 매번 순식간에 변신하곤 했으니 뼈 보관설은 패스.

아니면 고무고무 열매 같은 걸 먹은 걸까? 변신할 때마다 뼈가 지 맘대로 늘어났다 줄어들었다 하는 거지. 그렇지만 조롱이는 만화 주인공처럼 '고무고무!' 외치면서 팔을 늘여 펀치를 날렸던 적이 전무했다.

그동안 너무나도 정신이 없어 대수롭지 않게 여겼지만, 신인류의 변신은 현실적으로 불가능한 일이었다. 그러나 사실 이예주는 동물이 인간의 모습으로 변신하는 것이 딱히 큰 충격으로 와닿지는 않았다.

1000년도 가뿐히 넘은 자신인데 세상에 말하고 변신하는 동물 하나쯤 있는 게 뭐가 대수랴. 물론 말하는 거대 바퀴벌레는 상상 그 이상의 충격이었지만.

자세히 보니 조롱이의 날개 끝은 갈색이 아닌 짙은 고동색이었다. 또 완전한 황금색인 눈동자에 비해 부리와 발은 밝은 노란색이었다. 발끝에는 꽤 날카로운 검은색 발톱들이 달려 있었는데, 노란색이 워낙 강렬해서 그런지 위협적이라는 생각은 별로 들지 않았다.

그 작은 노란색 발을 바라보자니 탐스럽게 익은 바나나가 생각났

다. 아, 바나나 먹고 싶다. 계핏가루 뿌려서 구워 가지고 그 위에 초
코 소스 뿌려 먹으면 대박인데.

입맛을 쩝쩝 다시며 꼬리에 꼬리를 물며 생각을 더해 가던 이예주
는 문득 조롱이의 발목 근처에서 이상한 상처를 발견했다. 왼쪽 발
목 중간이 오른쪽과 확연히 비교될 정도로 깊게 파여 있었다. 흉터
라고 보기에는 그 깊이가 꽤 깊어 선천적인 문제일 거란 추측까지
들었다.

그녀의 왼쪽 손목처럼 하필 왼쪽 발목이었다. 조롱이가 인간 모습
일 때도 저런 것이 있었나? 아, 발목이니 손이 아니라 발에 있으려나.

그의 발목을 유심히 관찰하던 이예주가 궁금함을 참지 못하고 입
을 열었다.

"조롱아."

"에, 예?"

비행에 온 신경을 몰두하고 있었던 듯 이예주의 부름에 황조롱이
가 화들짝 놀라 옆을 휙 돌아보았다. 커다란 황금색 동공에 남자 위
에 편히 앉아 있는 인간 여자의 모습이 비쳤다.

"너 발목에 이상한 거 있는데."

"에?"

"왼쪽 발목 말이야. 흉터야? 아니면 혹시 어디 다쳤어?"

"……."

어쩐지 조롱이는 그녀의 질문에 바로 대답하지 않았다. 왠지 모르
게 자신이 오랜 침묵을 깨고 말을 꺼내자마자 바로 분위기가 싸해진
것 같았다.

영문 모를 얼굴로 조롱이의 대답을 기다리던 이예주는 무심결에
고개를 돌리다가 자신을 내려다보는 시뻘건 핏빛 눈동자와 마주쳤

다. 그 순간, 뒤통수에서부터 척추 끝까지 오싹한 느낌이 그녀를 강타했다. 그녀를 내려다보는 람의 눈동자가 처음 만났을 때처럼, 혹은 사막 여우를 만났을 때처럼 차가움으로 중무장한 채 싸늘한 빛을 띠고 있었다.

"아까는 벌벌 떨기 바쁘더니, 이젠 살 만한가 보지."

"……."

"넌 가끔 보면 참 쓸데없는 질문을 하는군. 인간들은 지능이 모자란 건지 아니면 생각이라는 것을 안 하고 사는 건지 모르겠다."

품에 안은 사람의 머리맡에 내뱉는 말치고는 너무나도 서늘한 어투였다. 사막 여우를 만났을 때도 느낀 것이지만, 남자는 그녀의 호기심에 대해 굉장히 적대적인 자세를 취했다.

아니, 이것은 적대적인 자세를 훨씬 넘어선 태도였다. 마치 이예주와 신인류는 전혀 다른 존재라고 정확히 선을 긋는 듯한. 이제 좀 친해진 건가, 이제 좀 가까워진 건가 안도하다가도 절대로 마음을 놓지 못하게.

그녀의 벌어진 입이 스르르 닫혔다. 다른 때 같으면 분에 겨워 '나도 네놈 싫다.' 하고 씩씩대겠건만 이상하게, 정말 이상하게 시뻘건 눈동자를 마주하자 숨이 턱 막혔다.

─주인님은 인간을 증오하시니까여.

팔족들의 도시를 나오기 전 조롱이가 자신에게 했던 말이 떠올랐다. 그와 동시에 우린 계약 관계 그 이상도, 그 이하도 아니라고 딱 잘라 말하던 남자 또한 같이 떠올랐다.

사실 이예주는 다른 사람을 어떻게 대해야 하는지 잘 몰랐다. 어렸을 땐 그럭저럭 친구를 잘 사귄 것 같은데, 고2 수학여행 이후로 모두들 그녀를 피하기 바빴다.

이곳으로 온 후 처음 겪는 일이 너무나도 많아 그녀는 혼란스러웠다. 타인과 친밀한 관계를 형성한 것, 관계를 이렇게나 오랫동안 유지한 것, 그리고 그 관계를 끊어 내기에는 이미 너무 멀리 와 버린 것. 그 관계로 인해 이렇게 가슴이 따끔거리는 것까지 모두…… 그녀에겐 모두 처음이었다.

"……물어보는 것도 안 돼요?"

이예주가 공허한 표정으로 남자에게 물었다. 그가 여전히 따갑도록 시린 눈으로 그녀를 바라보며 날카롭게 대꾸했다.

"허용할 수 있는 선까지. 그 이상은 넘으려 들지 마."

"……그 선이 어디까진데요?"

이예주가 우울한 얼굴로 되물었다. 친밀한 관계라 착각했다는 사실 때문인지 그녀의 목소리는 거의 체념에 가까웠다.

"……."

그는 그녀의 말에 대답하지 않았다. 허용할 수 없는 선의 질문인 듯싶었다.

이예주는 조심스럽게 남자의 허리에 감은 두 팔을 풀고 그의 다리 위에서 주춤주춤 내려왔다. 그 아주 조그만 움직임에도 시야가 빙글빙글 돌며 헛구역질이 솟아올랐다.

그녀는 잠시 반질반질한 등딱지 위에 손바닥을 대고 몸을 지탱했다가 '으허! 으윽!' 하고 괴성을 지르며 경기 일으킬 듯 놀라 손을 뗐다. 그러고도 다시 비틀거리며 손을 짚는 원맨쇼를 여러 번 반복했다.

보다 못한 조롱이가 작작 좀 하라고 말을 꺼낼 때쯤, 허옇게 질린 얼굴의 그녀가 가까스로 균형을 다 잡았다. 이예주는 최대한 닿는 면적이 적도록 보는 사람조차 아슬아슬하게 몸을 움츠린 채 한숨처럼 작게 속삭였다.

"……모르겠어."

남자가 무슨 소리냐는 듯 검은 눈썹을 위로 치켜들었다. 그러나 그녀의 시선은 그를 비껴 지나 허공으로 흩어졌다.

"미안한데, 나한텐 너무 어려워요."

남자는 그녀를 몇 번이나 죽을 위기에서 구해 주었다. 그녀의 요구 사항 또한 어지간해선 모두 들어주었던 것 같기도 하다. 다정할 땐 한없이 다정했다. 가슴이 설레서 숨 쉬기가 불편할 정도로. 심장이 갈비뼈를 때리다 못해 가슴팍을 뚫고 튀어나올 정도로.

그런데 이렇게 말 한마디에 눈빛부터 변해 버릴 땐 대체 어떤 반응을 취해야 하는지 도저히 알 수 없었다. 자신이 뭘 잘못했는지도 모르고 시린 눈빛을 받아 내는 건, 1000년 전이나 1000년 후나 그녀에겐 너무나도 어려운 일이었다.

이예주는 볼에 느껴지는 따가운 시선을 피해 조심스레 몸을 돌려 앉았다. 코앞에 기다란 더듬이 한 쌍이 살랑살랑 움직이는 것이 보였지만 더 이상 헛구역질이 터져 나오지는 않았다.

"……진짜 그 선이 어디까지인지 모르겠어."

"……."

"어느 장단에 맞춰야 할지 모르겠다고요."

그 말을 끝으로 그들은 완벽한 침묵 속에 잠겨 들었다.

해가 저물 무렵에야 바퀴벌레는 사막 한가운데에 사뿐히 착지했다. 그나마 커다란 바위가 양옆에 위치해 있어 거친 모래바람을 막아 주는 지형이었다.

푸르르 진동하던 날개가 거대 바퀴벌레의 양옆에 착 달라붙기도 전에, 이예주는 좋지 않은 얼굴로 서둘러 그 위에서 뛰어내리다가 하마터면 크게 넘어질 뻔했다. 그 정도로 질색 팔색을 하는 그녀를 보고 대왕 바퀴벌레가 심술을 내며 커다란 털이 수북이 난 다리를 위협스럽게 휘둘렀다.

"거참, 인간 여자. 내 인간 모습을 보면 틀림없이 반할 거라니까? 한번 보여 줘? 어? 여기서 변신해 볼까? 응?"

"아악, 다, 다가오지 마!"

이예주가 뒷걸음치다가 서둘러 조롱이의 뒤에 숨어 버렸다. 그 모습을 바라보던 남자가 설핏 미간을 찌푸리며 대왕 바퀴벌레에게 명령했다.

"지하로 들어가라."

"그치만 주인! 저 인간 여자가 나를 아주 더러운 취급을 하잖수! 이럴 때일수록 내 인간 모습의 페로몬으로 홀려야지 정신을……."

"그만."

남자가 가볍게 바퀴벌레의 말을 끊고 그녀를 두려움의 수렁에서 구출해 주었다.

"그리고 황조롱이, 날이 저물기 전에 불을 피우도록."

"옙, 주인님!"

"체엣!"

대왕 바퀴가 아쉽다는 듯 이예주를 향해 동공 없는 시꺼먼 홑눈을 한 번 굴리고는 휙 몸을 돌려 앞다리로 모래를 파헤쳤다. 마치 굴삭기로 땅을 파는 것처럼 순식간에 구덩이가 생기더니 그 속으로 바퀴벌레가 쏘옥 들어갔다. 이예주는 자연스레 '싸늘한 사막의 밤 기온으로부터 체온을 유지하기 위해서구나.' 하고 이해하는 자신이 싫었다.

황조롱이가 품에서 장작으로 쓰일 종이 뭉치와 부싯돌이 달려 있
는 목걸이를 꺼냈다. 그가 주저앉아 불을 피우는 것을 흘끗 확인한
람이 커다란 바위를 돌아 조롱이와 이예주에게서 멀어졌다.

남자의 뒷모습이 완전히 사라진 것을 확인한 그녀가 온몸에 힘이
풀려 휘청거리며 주저앉았다. 그와 있는 내내 진이 다 빠지는 기분
이었다. 물론 진이 안 빠진 적이야 손에 꼽을 정도로 없었지만, 이토
록 불편하고 긴장된 순간은 처음인 것 같았다.

아니, 한 번 있었던 것도 같다. 사막 여우를 만나고 그가 이예주에
게 얼음장같이 차갑게 화를 내뿜었을 때. 그때는 지옥 불보다도 더
뜨거운 모래 위를 걷느라 금세 잊어버렸지만, 지금은 그때와 상황이
달랐다.

그와 같이 있는 것이 고역이다. 이예주는 아직도 제가 무슨 말실
수를 한 건지 파악하지 못해 억울했다. 하지만 한편으론 자신으로
인해 관계가 망쳐졌다는 사실에 줄곧 기분이 울적했다.

타닥타닥, 그사이 조롱이가 마술처럼 모래 한가운데에 불을 피워
냈다. 시야가 환해졌지만 망연자실 주저앉은 이예주의 얼굴은 여전
히 어둡기만 했다.

아롱아롱 춤을 추는 불꽃을 멍하니 바라보는 그녀의 곁으로 조롱
이가 다가와 털썩 주저앉았다. 부싯돌을 품에 소중히도 갈무리하는
그를 확인한 이예주가 심드렁하게 물었다.

"라이터 없어?"

"에? 라이터여?"

"응. 라이터나 성냥, 뭐 그런 거. 매번 이렇게 불 피우기 힘들잖아."

"인간들이 만든 물건은 안 써여."

조롱이의 말에 이예주가 무릎을 모아 두 손으로 끌어안으며 몸을

움츠렸다. 어쩐지 그 말에 한층 더 우울해지는 것 같았다.

"인간, 인간, 인간. 그래…… 인간인 내가 다 잘못했고, 인간인 내가 죽을죄를 지었다."

"……."

"인간으로 태어난 내가 죽일 년이야, 내가."

한탄하듯 중얼거리자, 조롱이가 휘둥그레진 황금색 눈동자로 그녀를 돌아보았다. 조롱이의 시선이 느껴졌지만 이예주는 흔들리는 불꽃만 고집스레 바라보았다.

어느덧 날이 완전히 저물었다. 끔찍했지만 바퀴벌레를 타고 왔기에 옷 속으로 모래가 들어오지도, 땀에 흠뻑 젖어 끈적끈적함에 몸서리를 치지 않아도 되었다. 하지만 오히려 걸어서 사막을 건널 때보다 더욱 몸이 고단한 날이었다. 유난히 엄마가 보고 싶기도 했다.

이예주가 드디어 시야를 몽롱하게 만드는 불꽃에서 눈을 떼어 어두운 사막 하늘을 올려다보았다. 보통 사막의 밤하늘은 장관이라고들 하는데, 어찌 된 일인지 이곳은 별 하나 없었다.

반짝임 하나 없는 검은색 도화지 구석에 달이랍시고 병뚜껑만 한 하얀색 동그라미를 하나 그린 듯한 하늘. 이 칙칙한 하늘 때문에 그녀는 덩달아 기분이 칙칙해졌다.

그때였다. 옆에서 조롱이의 목소리가 들려온 건.

"……아주 어렸을 때부터 몇십 년간 왼쪽 발목에 인간들의 사슬을 달고 살았어여."

"응?"

이예주는 조롱이 쪽으로 고개를 돌렸다. 그녀처럼 아무것도 없는 거무튀튀한 밤하늘을 올려다보고 있는 조롱이가 보였다.

"인간들에게 조달할 물고기를 잡으러 바다에 나갈 때만 사슬을 풀어 주곤 했는데여. 그때도 완전히 풀어 준 건 아니고 사슬보다 더욱 무거운 쇠고리를 발목에 차고 날아야 했어여. 발이 무거우면 도망을 치더라도 멀리 못 가 잡힐 테니까여."

"……."

"사슬에 꽉 묶여 있으니까 왼쪽 발목이 잘 자라지 않더라구여. 너무 오랫동안 성장이 강제로 멈춰 버려서 그런지, 인간들의 감옥에서 풀려난 후에도 사슬에 묶인 자국이 그대로 남게 되었어여. 전 그래도 양호한 편이에여. 잘못 묶여서 피가 제대로 통하지 않은 비둘기는 발목이 썩어서 절단까지 했는걸여."

이예주의 얼굴이 일순 멍해졌다. 그것을 아는지 모르는지 조롱이는 여전히 하늘 위로 고개를 바짝 쳐든 채 마저 말을 이었다.

"계약할 때 주인님께서 검은 파편의 조각으로 다리를 고쳐 주시겠다 하셨는데 그냥 거절했어여. 이미 익숙해져서 비행할 때도 별문제 없구. 또 이 정도는 제가 지은 죄에 비해 가벼운 벌이었으니까……."

끝말은 들리지 않을 정도로 작게 얼버무렸기에 이예주는 그 말을 정확히 들을 수 없었다. 들었다고 해도 별로 달라질 건 없었다. 그녀는 제가 정말 생각 없는 질문을 했음을 깨닫게 되었다.

"미안해, 조롱아. 난 그런 줄도 모르고……."

이예주가 어쩔 줄 몰라 하다가 울상을 하고 사과했다. 그러자 오히려 황금색 눈동자가 화들짝 놀라며 하늘에서 시선을 떼고 그녀를 돌아보았다.

"에? 지금 뭐라고……."

"미안해. 내가 진짜 네 주인 말마따나 생각이 모자라긴 한가 보다."

"아, 아니에여! 새, 생각이 모자랄 것까지야……."

그와 비등비등하긴 하지만. 뒷말을 꾹 눌러 삼키며 조롱이가 글썽

글썽한 눈을 하고 있는 그녀에게 서둘러 덧붙였다.

"괜찮아여. 이미 한참 지난 일이고. 아프지도 않은걸여."

"그래도…….."

"주인님도여. 너무 섭섭해하지 마여, 누나. 누나가 인간이니까, 나름 누나 입장도 제 입장도 고려해서 그러신 걸 거예여. 아직도 신인류를 일반 동물 취급해서 잡아 길들이려는 이상한 인간들이 많거든여."

이상한 인간들이 많다는 조롱이의 말에 안 그래도 울상인 이예주의 눈꼬리가 더욱 축 처졌다. 조롱이에게는 정말 미안한 소리였으나, 그녀가 살던 2000년대에서는 새를 길들이는 거야 비일비재한 일이었다. 그래서 이상한 인간들이란 소리가 크게 공감되지는 않았다.

비록 무식하게 사슬로 묶어 두진 않았지만 한국만 해도 삼국시대부터 보라매를 이용한 매사냥이 성행하였고, 길들인 새에게는 주인의 이름이 달린 시치미를 발목에 걸어 두었다.

인간인 그녀에게는 익숙한 일이지만, 당하는 입장에서 들어 보니 정말로 잔인하기 짝이 없었다. 하지만 그뿐이었다. 당해 본 적이 없으니 이예주는 조롱이가 겪은 일의 천만 분의 일도 이해할 수 없을 것이다. 그녀 또한 그것을 잘 알았기에 더더욱 조롱이에게 미안해졌다.

그녀는 조롱이와 람의 이러한 반응에 억울함을 서서히 버려 가고 있는 자신을 느꼈다. 제가 아무리 억울할지라도 람과 조롱이에게 자신은 똑같은 인간들 중 하나였다. 당장 찢어 죽이지 않는 것을 감사해야 하는 인간.

계약 관계 그 이상도, 그 이하도 아니란 그의 말이 또 한 번 떠올랐다. 몸에서 힘이 쭈욱 빠지는 것 같았다.

"그럼…… 계약의 대가로 받은 건 뭐야?"

이예주가 물었다. 미처 생각지 못한 물음이었는지 조롱이의 눈이 댕그렇게 변했다.

"에?"

"네 주인과 계약하려면 뭔가를 주고받아야 한다며? 네가 받은 건…… 아, 이런 것도 물어보면 안 되는 범위인가."

조롱이가 받은 대가에 대해 궁금함을 드러내던 이예주가 문득 떠오른 '허용 범위'에 서둘러 고개를 획획 저어 댔다. 그녀는 다시 우울한 얼굴로 목을 움츠리며 작은 소리로 내뱉었다.

"미안."

이예주의 의기소침한 사과에 조롱이가 황금색 눈동자를 한 바퀴 되록되록 굴렸다. 인간의 모습을 하고도 새의 습성이 남아 있는 탓인지 조롱이는 가끔 고개를 갸웃거리며 상대방의 말을 되새겨 보는 귀여운 짓을 곧잘 하곤 했다.

잠시 말이 없던 조롱이는 꽤 오랜 시간이 지난 후에 답해 주었다.

"아직 못 받았어여."

"……응?"

"주인님이 당장 주실 수 없는 거라고 하셔서…… 대신 신체 일부분만 간편하게 변화시킬 수 있는 특별한 힘을 받긴 했지만여."

"당장 줄 수 없는 거?"

이번에는 이예주가 고개를 갸웃거렸다. 계약을 하면 계약서를 쓰는 동시에 서로 계약 조건을 교환하는 게 아닌가? 그녀가 해 본 계약이라고는 원룸 계약이 전부였기에 자동적으로 집 계약 당시가 떠올랐다.

집을 둘러본 후에 계약서에 사인하고 바로 스페어 키를 받았더랬다. 계약은 부동산 아저씨와 둘이 진행했고 전세 비용은 계좌로 이체했다. 절차가 복잡한 현대에서도 그렇게 속전속결로 이뤄졌던 계약인데, 그 철저한 남자가 당장 줄 수 없어 대가를 미룬다?

구구절절 옳은 말만 하는 얄미운 남자의 얼굴을 떠올리며 이예주가 입을 삐쭉거렸다. 대가도 지불하지 않은 상태에서 조롱이를 애완동물 다루듯 마구 부려 먹었겠다, 이거 완전 양아치구만?

잠재워 뒀던 남자를 향한 불신이 튀어나옴과 동시에 이예주가 동정 가득한 눈으로 조롱이를 돌아봤다.

"특별한 힘? 그게 받은 거야?"

"에?"

조롱이가 자신을 안쓰럽게 바라보는 그녀를 보고는 두 눈에 쌍심지를 켰다.

"씨이, 제가 뭐 어때서여!"

"누가 뭐래? 나 아무 말도 안 했다?"

"누난 이런 거 안 되잖아여!"

약이 바짝 오른 조롱이가 그녀의 눈앞에 제 손을 한 번 휙 휘둘러 보였다. 이예주의 눈이 튀어나올 것처럼 치켜떠진 건 순간이었다. 휘두름과 동시에 조롱이의 손이 노란색 매의 발로 바뀌어 버린 것이다.

황조롱이의 모습일 때는 작고 귀여웠는데 인간의 신체 크기에 맞게 바뀐 커다란 발은 약간 징그럽기까지 했다.

"헉. 이, 이게 뭐야?"

"또 봐여."

조롱이가 엣헴, 헛기침을 하더니 손을 다시 한번 휘둘렀다. 그의 손이 이번에는 뿅 하고 사람 손으로 바뀌었다. 그 후로 조롱이가 몇 번 더 손을 휘두를 때마다 그의 손은 새의 발과 사람 손으로 뿅뿅뿅 바뀌었다. 마술 같은 변화에 이예주는 어린아이처럼 좋아했다.

한참이나 계속되던 조롱이의 재롱은 그녀의 질문에 의해 불쑥 끝이 났다.

"근데, 그렇게 바뀌어 봤자 좋은 게 뭐 있는데?"

"네, 네?"

"그렇잖아. 뭔가를 줍기에는 긴 발톱 달린 발가락 네 개보다는 손가락 다섯 개 달린 인간 손이 더 나을 것 같고."

이예주가 제 손가락을 쫙 펴 보이며 말했다. 방금 전까지 물개 박수를 치며 좋아한 사람치곤 냉정하기 그지없는 평에 조롱이는 꿀 먹은 벙어리가 되었다. 대답할 말을 떠올리느라 눈만 굴리던 그가 자신 없는 목소리로 간신히 제 힘의 장점을 피력했다.

"그…… 그…… 배고플 때 생쥐를 빨리 잡기엔 편한데여……."

점점 쪼그라드는 조롱이의 목소리에 이예주는 다시 불쌍함을 가득 담은 얼굴이 되었다.

"어휴…… 바보는 내가 아니라 너야, 너. 조롱이 너, 진짜 그렇게 순진하게 인생 살다간 큰코다친다?"

"예? 순진하게여?"

"그래! 네 주인이 무슨 꿍꿍이를 가지고 있는지도 모르는데 그렇게 덥석 계약을 맺어? 게다가 줘야 하는 대가도 안 주고! 안 봐도 뻔하다, 야. 너 노예 계약 맺었지?"

"노, 노예여?"

"응, 노예!"

이예주가 강하게 고개를 끄덕였다.

"네가 네 주인한테 줄 수 있는 건 노동력밖에 없잖아? 시키는 건 토 달지 않고 무상으로 뭐든 다 해야 하는 노동 말이야. 응? 맞아, 안 맞아?"

"노동…… 그…… 주인님 심부름이나 시키시는 일 하는 건 맞는데……."

"그게 바로 노예야, 등신아! 어휴!"

이예주는 순진해 터진 황금색 눈동자를 보며 답답하다는 듯 제 가슴을 쾅쾅 내리친 후, 다시 조롱이에게 음해의 말을 늘어놓기 시작했다.

"네 주인 놈이 얼마나 이중인격자인지 몰라서 그래."

"이중인격자여? 주인님이여?"

"그래! 이중인격자! 아까 네 주인이 나한테 하는 거 못 봤어? 참나!"

일장연설을 하다 보니 불현듯 아까의 서러움이 봇물 터지듯 터져 나왔다. 사실 이예주는 아직도 제가 뭘 그렇게 잘못해서 그런 폭언을 들어야 하는지 알 수 없었다. 사람을 뭐? 생각이 모자라고, 또 뭐? 지능이 모자라? 내가 어디가 어때서 저능아 취급을 당해야 하는데!

아까 전엔 너무나도 갑작스럽게 변한 남자의 태도에 적응하지 못해 미처 대꾸할 수 없었던 울분들이 마구 치솟았다. 이예주가 희번덕거리는 눈으로 조롱이를 홱 돌아보았다. 혼자 중얼거리다 또 저 혼자 성질이 차 오른 종잡을 수 없는 인간 여자를 조심스럽게 바라보던 조롱이가 몸을 움찔거렸다.

"그 자식이 어제 나한테 무슨 짓을 했는데! 나한테 그런 짓을 막, 막 해 놓고! 사람이 하루아침에 점 하나 안 찍고 그렇게 변하면 안 되는 거 아냐?"

"……."

"맞아, 안 맞아?!"

전혀 알지도 못하는 일인데, 황조롱이에게 뜬금없는 양자택일이 주어졌다. 눈앞이 핑핑 돌 정도로 정신없는 인간 여자 때문에 버벅거리던 조롱이가 눈알을 굴리며 할 수 있는 대답을 떠올려 보았다.

안 되는 거 아냐? 마지막은 의문문이었으니 아니냐고 묻는 건데.

안 되는 거 아니니까 부정에 부정이 더해진 거니 긍정이 될 것이다. 그러면 맞다고 대답을 해야 하는 것인가.

그런데 왠지 분위기상 인간 여자가 그러한 대답을 원하는 것 같진 않다. 부정의 부정에 의문이니 그러면 부정으로……. 아아, 인간의 언어는 너무 어렵다.

눈앞이 핑핑 도는 황조롱이의 고통을 모르고 이예주가 다시 득달같이 소리 질렀다.

"맞냐고, 안 맞냐고!"

"그, 그런데! 그, 그런데 주인님이 누나한테 무슨 짓을 했는데여?"

"……응?"

"주, 주인님이 누나한테 무슨 짓을 했길래 그러냐구여!"

벼랑 끝에 몰린 조롱이가 살기 위해 필사적으로 매달리는 사이 그녀의 머릿속은 자동으로 간밤의 일을 회상했다.

말 안 듣는 어린애 버릇 들이는 것처럼 놈이 제 무릎 위에 그녀를 자빠뜨려 놓고 손으로 볼기짝을 짝짝 내리쳤다. 그리고 또…… 상이랍시고 뽀뽀를…… 아니, 상이랍시고 키, 키스를…… 물컹한 것이 입 속으로 한가득 들어와서 혀를 막……!

"……누나. 아, 누나!"

"응? 응?"

"뭘 생각하는데 얼굴이 시뻘게져여? 그래서 주인님이 누나한테 어떤 짓을 했냐구여."

"…….."

이예주는 조롱이의 말에 말없이 고개를 돌려 그를 외면했다. 너 같은 어린놈은 상상도 못할 짓이라고 대꾸해 주고 싶었지만, 자신 또한 상상도 못했던 짓이었기에 차마 입 밖으로 그 말이 튀어나오지

않았다. 다시 일렁이는 모닥불로 시선을 옮긴 그녀의 귀가 발그레
달아올라 있었다.

"무슨 짓을 했냐니까여?"

"……."

"왜 대답이 없어여!"

다른 건 귀신같으면서 꼭 이럴 때만 눈치라곤 쥐뿔도 없는 조롱이
가 다시 그녀를 채근했다. 이예주가 충혈된 귓불을 매만지며 마지못
해 답했다.

"이, 있어. 그런 게."

"예? 있긴 뭐가 있어여? 말하기 좀 그러면 주인님한테 물어볼까여?"

"아, 몰라! 그런 게 있으니까 알려 들지……!"

미치고 펄쩍 뛸 소리를 해 대는 조롱이 때문에 당황한 이예주가
버럭 괴성을 지르던 그때였다.

그녀와 한 발자국 떨어져 앉아 있던 조롱이가 눈 깜짝할 새에 엄
청난 속도로 달려들어 그녀의 입을 손으로 틀어막았다. 이예주의 동
공이 찢어져라 확장됐다.

"우, 우읍! 우읍!"

놀란 그녀에게 조롱이가 제 입에 손가락을 가져다 대며 입 다물
것을 종용했다.

"쉿. 누나, 누가 있어여."

"으읍?!"

"아, 조용여! 조용."

이 사막 한복판에 대체 누가? 기껏 사막을 건넜더니 다시 왔던 곳
으로 되돌아가는 자신의 일행 같은 무리가 아니고서야, 누가 이 망
할 사막을 찾느냐 이 말이다.

설마, 혹시, 그 팔다리가 몇천 개씩 달려 있는 괴물? 거대한 3층짜리 괴물을 떠올리던 이예주의 얼굴이 한순간에 시퍼레졌다. 그 징그럽고 혐오스러운 거대 괴물을 만나 죽다 살아난 것을 생각하면 가만있어도 절로 몸이 떨리는 그녀였다. 조롱이를 바라보는 이예주의 두 동공이 순식간에 공포와 두려움으로 물들었다.

그 순간, 그들의 뒤편에서 저벅저벅 누군가 걸어왔다. 조롱이가 반색을 하며 소리쳤다.

"주, 주인님!"

"푸하! 뭐야? 뭐야?"

어느덧 바위를 돌아 튀어나온 람의 얼굴이 딱딱하게 굳어 있었다. 드디어 조롱이에게 틀어 막힌 입이 풀린 이예주가 겁에 질린 얼굴로 빠르게 고개를 돌리며 주위를 확인했다.

작은 모닥불이 피어오르고 있는 중앙부터 그들이 있는 곳을 감싸고 있는 커다란 바위까지 아무것도 없었다. 그러나 모닥불의 불빛이 닿지 않는 모래 너머는 온통 시꺼메서 아무것도 보이지 않았다.

"서쪽 대륙에서부터 계속 뒤쫓던 놈들이군."

"계속여? 중간에 사라지기에 그냥 지나가는 인간들인 줄 알았는데……."

"서서히 다가오고 있다."

조롱이와 람이 이예주만 빼놓고 그들만 아는 이야기를 했다. 그녀의 불안감이 한층 더 증폭했다.

"뭔데? 뭔데?"

이예주가 부산스럽게 질문했으나 그녀의 두려움을 덜어 주는 이는 없었다. 양팔로 제 몸을 꽉 끌어안고 앉아 있는 그녀에게 시뻘건 두 개의 레이저가 고정되었다.

어쩐지 자신을 바라보는 시뻘건 눈동자가 다른 때보다 더 이글이
글 들끓는 것 같은 착각이 들었다. 그녀는 제가 또 무슨 잘못을 한
건가 싶어 지레 먼저 말문을 텄다.

"왜, 왜 그렇게 봐요? 저 아무 말도 안 했는데요?"

설마 조롱이 좀 골려 주었다고 또 제게 지능 낮은 인간이니 뭐니
폭언을 퍼부을까 봐 더럭 겁이 났다. 이예주는 자신은 아무 잘못도
없음을 알리기 위해 정신없이 고개를 뒤흔들었다. 그런 그녀를 날카
롭게 쳐다보던 남자가 입을 열었다.

"너."

"예?!"

그녀가 어깨를 흠칫 떨며 비명처럼 대꾸했다.

"저 아무 짓도 안 했어요! 진짜요!"

"다리족처럼 단시간 내에 빠르게 도망칠 수 있다고 했나."

람의 영문 모를 소리에 이예주가 토끼처럼 눈을 휘둥그레 치떴다.
그러자 남자가 짜증스럽다는 듯 질문의 논지를 제시해 주었다.

"네 능력."

"느, 능력요?"

"그래. 도망치는 것 말고 더 숨기고 있는 건 없겠지."

"아……."

남자의 시뻘건 눈이 이예주를 정확하게 꿰뚫어 보고 있었다. 부담
스러울 정도로 따가운 시선에 그녀가 어색하게 말을 얼버무리며 슬
쩍 고개를 돌렸다.

그러고 보니 람에게 미래를 건너는 개똥 같은 능력이 있다는 사실
을 말하지 못했다. 말하는 도중, 자신의 능력을 하찮은 줄행랑으로 일
단락시킨 남자 때문에 가장 중요한 부분을 빠뜨리고 말았던 것이다.

'갑자기 그런 건 왜 묻는 거지? 지, 지금이라도 말을 해야 하는 걸까?'

그런데 참 이상하게도 입이 바짝바짝 마르면서 말이 나오지 않았다. 식은땀이 등을 타고 삐질삐질 흘러내렸다. 수천 가지 생각으로 갈등하는 그녀에게 람이 대답을 재촉했다.

"시간 없다. 대답."

"어, 없어요! 없어요! 그런 게 있을 리가요!"

이예주가 서둘러 큰 소리로 말했다. 더듬거리는 그녀의 대답에 남자의 눈이 미심쩍다는 듯 가느다래졌다. 그녀는 다시 한번 마른침을 삼켰다.

자신이 왜 이런 거짓말을 하는지 이해하기도 전에 다른 능력이 없다고 대답을 해 버렸다. 특별한 이유 따위는 없었다. 그냥 본능처럼 거짓말을 해 버렸다.

어색함이 느껴질 만큼 크게 외친 대답 때문에 남자가 혹시 거짓말임을 눈치챌까 싶어 이예주는 속으로 벌벌 떨었다. 샅샅이 그녀의 얼굴을 훑던 남자가 마지막 기회를 주는 것처럼, 다시 한번 물었다.

"확실한 거겠지."

"예? 예. 그, 그럼요. 확실해요!"

확실하고말고요! 몇 번을 확신하며 고개를 끄덕이자 남자의 가느다랬던 눈이 미심쩍음에서 어느덧 '그럼 그렇지.' 하는 하찮음으로 뒤바뀌었다. 그녀에게 도망치는 것 외의 능력이 있을 거라고는 전혀 생각지도 못하는 눈치였다.

람을 속여 먹었다는 사실에 마음이 무거워지는 것도 잠시, 그 적나라한 눈빛 변화에 이예주는 왠지 기분이 좀 그랬다. 너무나도 쉽게 속아 기뻐해야 하는데 왜 자꾸 이가 악물릴까? 자신도 알 수 없는 제 감정 변화에 그녀가 혼란스러워하고 있을 때, 람이 조롱이에게 짧게 명령했다.

"바퀴벌레와 함께 인간 옆에 붙어 있도록."

"넵, 주인님!"

황조롱이가 충성스럽게 대꾸했다. 다시 바위 뒤로 돌아가려던 람이 문득 멈춰 서더니 새빨간 눈으로 이예주를 쏘아보았다.

"너."

"예?! 또 왜, 왜요?"

"그럴 리는 없겠지만, 불가피하게 능력을 사용하게 될 시엔 최대한 가까운 곳으로만 이동하도록."

"……."

"만약 저번 숲에서처럼 멀리 떨어진 곳까지 도망쳤다간……."

람은 뒷말을 잇지 않았다. 이예주는 정말 알고 싶지 않았지만, 남자의 눈에 함축된 살기를 충분히 읽을 수 있었다. 바위를 돌아 다시 어둠 속으로 자취를 감추는 남자의 뒷모습을 바라보며 그녀는 터져 나오는 욕설을 참느라 주먹을 부들부들 떨었다.

이런 답답해 환장할 소리는 머리털 나고 처음 듣는다. 능력이 마음대로 되는 줄 알아?! 내 맘대로 도망칠 수 있었으면 진작 이런 곳에 오지도 않았을 것이다!

남자가 완전히 사라질 무렵 조롱이가 이예주의 손을 잡아끌었다.

"누나, 내 옆에 딱 붙어 있어. 혼자 있다가 사고 치지 말구여."

"……이젠 하다하다 새마저 나를 짐짝 취급 하는구나……."

"뭐라구여?"

이예주의 혼잣말에 조롱이가 되물었지만 그녀는 두 번 말하지 않고 입을 다물었다. 그때 모닥불 너머의 어둠 속에서 사사삭 소리와 함께 거대한 벌레가 나타났다.

"아, 꿀잠 자고 있었는데 무슨 일이야. 짜증 나는 인간 놈들!"

어느새 다가온 대왕 바퀴벌레가 갈고리가 달린 앞발로 애먼 모래를 푹푹 쑤시며 분풀이를 해 댔다. 이예주가 그 모습을 애써 외면하며 스리슬쩍 조롱이의 곁으로 다가가 찰싹 붙어 섰다.

"물러서여, 누나."

조롱이가 이예주를 제 등 뒤로 밀었다. 얼떨결에 밀려난 그녀가 '왜?' 하고 되묻기도 전에, 그들의 가운데에 있던 모닥불이 갑자기 무섭게 치솟아 오르기 시작했다. 그 위험한 화염 앞에 람이 서 있었다. 아무래도 그가 또 무슨 일을 벌이는 것 같았다.

꽤 멀리 떨어져 있음에도 불구하고 불길에 닿은 듯 피부가 후끈했다. 장작도 없이 저 혼자 타오르는 불길에 이예주는 입을 떡 벌렸다.

화르륵, 불꽃이 모든 것을 잡아먹을 것처럼 끝도 없이 하늘로 치솟았다. 소풍 가서 캠프파이어 할 때 본 불보다 몇십 배는 더 커다란 불이었다.

"이, 이게…… 으악!"

이예주의 괴성은 그다음 벌어진 말도 안 되는 현상에 묻혀 버렸다.

쾅! 콰콰광!

하늘 높은 줄 모르고 활활 타오르던 모닥불이 갑자기 엄청난 굉음을 내면서 폭발했다. 사람 머리통만 한 불덩이가 마치 운석 떨어지듯 지면 곳곳에 떨어지기 시작했다. 별 하나 없이 거무튀튀했던 하늘이 순식간에 번쩍이는 불길로 뒤덮였다.

어둠이 내려앉은 사막 위로 불똥이 떨어지는 광경은 가히 장관이었다. 아롱아롱 춤을 추는 불덩이들이 모래알을 튀기며 퍽, 하고 바닥에 처박혔다. 한 치 앞도 보이지 않던 주변이 대낮처럼 순식간에 환해졌다.

땅에 박힌 불덩이들은 타닥타닥 소리를 내며 삭막한 사막을 밝혔다. 이예주의 눈동자에도, 조롱이의 눈동자에도 번쩍거리며 떨어지는 불빛이 점점이 수놓였다.

그리고 그 중심에 람이 서 있었다. 본인이 터뜨려 놓은 불덩이들이 바로 옆에 있는데 뜨겁지도 않은지, 그의 커다란 뒷모습은 미동조차 없었다.

"……대박."

이예주가 속삭이듯 중얼거렸다. 그의 뒷모습을 멍하니 바라보는데 이상하게도 일렁이는 불꽃처럼 가슴이 울렁거렸다. 심장 부근이 혼자서 요동치는 것 같다가도 전기라도 통한 듯 찌릿찌릿 아파 왔다.

으윽, 이예주가 작게 신음하며 제 가슴께를 붙잡았다.

"……왜 이러지?"

바라보지 않기 위해 시야를 돌리려 해도 주문이라도 걸린 듯 남자의 뒷모습에서 눈이 떼어지지 않았다. 불꽃 한가운데의 그가 꼭 신 같았다. 제가 생각해도 어이가 없어서 이예주가 헛웃음을 지었다. 뼛속까지 무신론자인 자신이 신을 다 찾다니.

그런데 신이 아니면, 대체 저 남자를 무어라 정의할 수 있을까? 땅을 움직이고 번개를 내리치고, 불덩이를 사막에 깔고.

……이렇게 자신의 혼을 쏙 빼놓는 남자를.

"캬아! 인간 놈들 당황하는 것 좀 보소!"

언제 다가왔는지 바로 옆에서 중얼거리는 거대 바퀴벌레 때문에 이예주는 퍼뜩 정신을 차렸다. 화들짝 놀라 다른 쪽으로 자리를 옮기는 것도 잠시, 그녀는 얼마 지나지 않아 바퀴벌레가 말한 당황한 인간들을 볼 수 있었다.

그녀는 순간 제 눈을 의심했다. 람이 입이 떡 벌어지는 엄청난 방법으로 사막에 불을 밝히자 어둠 속에 숨어 있던 인간들이 환히 드러났다. 그들은 꼭 액션 영화에서나 보는 특전사들처럼 모두 완벽하게 무장을 하고 있었다. 야간 투시경을 차고 총을 들고 있는 인간들이 대략 세어 봐도 오십 명은 족히 넘어 보였다.

1000년 후로 넘어와 이예주가 지금까지 봐 온 인간들은 모두 구걸하는 거지들처럼 거적때기를 걸친 차림새였다. 물론 팔족의 도시를 겪으면서 제대로 된 옷을 입는 인간들도 있다는 것을 알게 되었지만, 하나같이 어디가 결여된 인간들뿐이었다.

그런데 그런 이예주의 눈앞에 현대인들 같은 인간들이 나타났다. 아무런 기대도 희망도 없던 사막 한복판에.

그러나 그녀는 그나마 말이 통할 것 같은 인간들을 만났다는 사실보다, 그들이 생각보다 매우 가까운 데에 잠복하고 있었단 사실에 더 충격을 받았다.

저 많은 인원들이 먹이를 노리는 하이에나처럼 기척 하나 없이 살금살금 다가왔다는 말이 아닌가. 자신이 조롱이와 깔깔 웃고 떠드는 동안 어둠 저편에선 많은 수의 인간들이 분주하게 움직이고 있었을 거란 생각을 하니 소름이 다 돋았다.

그때 밝아진 시야 때문에 잠시 주춤하던 무장 인간들 중 선두에 선 남자 하나가 번쩍 손을 들었다. 남자가 두터운 장갑을 낀 손가락 세 개를 들었다. 곧이어 손가락은 두 개, 그리고 하나가 되었다. 그가 마지막 남은 검지를 접고 주먹을 꽉 쥐는 순간.

두두두두—! 남자들이 들고 있던 총에서 작은 불꽃이 일었다. 동시에 람이 서 있는 곳 앞의 모래들이 '추와왁—' 하고 일제히 솟아오르더니 순식간에 거대한 모래 벽을 만들었다.

피슉, 피슉. 아슬아슬한 차로 높이 솟아오른 모래에 총알 박히는 소리가 선명하게 들렸다. 이예주가 머리를 감싸 안으며 괴성을 질렀다.

"아아악!"

이게 뭐야? 이게 대체 다 무슨 일이야? 1분, 1초, 눈 한 번 깜짝할 때마다 정신없이 흘러가는 촉박한 상황에 눈앞이 다 빙글빙글 돌았다.

두두두두두두! 피슝, 피슝, 피슝!

모래 벽 건너편에서는 여전히 총성이 빗발처럼 울렸고, 그에 맞춰 총알이 박히는 소리도 끊이질 않았다. 이예주가 잔뜩 겁을 집어먹고 혼비백산할 때였다.

"어억!"

누군가 억센 손길로 그녀의 손목을 잡아끌었다.

"누, 누나!"

조롱이의 경악 어린 목소리에 이예주가 간신히 고개를 들었을 때, 그녀는 무장한 남자들 대여섯 명에게 포획되어 있었다.

'이 인간들, 대체 여기까지 어떻게 온 거지?!'

분명 무장한 남자들은 그들의 반대편에 서 있었다. 그 증거로 여전히 람이 서 있는 모래 벽 바깥에서 '두두두두' 하는 총성이 계속해서 들려왔다. 그런데 대체 어느 틈에 이 남자들이······.

"비켜, 황조롱이!"

그 순간, 조롱이 옆에서 씩씩거리며 더듬이를 비벼 대던 바퀴벌레가 그녀를 둘러싼 대여섯 명의 인간들에게 성난 황소처럼 돌진하기 시작했다.

"타깃을 보호하라."

"라져Roger."

이예주의 손목을 움켜쥔 군인이 주위의 남자들에게 명령했다. 그러자 그들이 재빨리 거리를 좁혀 그녀를 둘러싸며 철컥하고 총을 장전했다. 덩치 큰 남자들이 시야를 가렸기에 그녀는 더 이상 조롱이와 달려오는 바퀴벌레를 볼 수 없었다.

"악! 왜, 왜 이래요! 놔!"

그때 이예주의 손목을 잡은 대장급으로 추정되는 남자가 자신의 등 뒤로 그녀를 거칠게 잡아 세웠다. 그녀는 반항했지만 거센 남자의 힘 앞에서는 속수무책이었다.

"목표물 전방 2미터 앞. 1미터. 3, 2, 1."

대장급 남자의 카운트다운을 끝으로 '두두두두두, 탕탕탕!' 하고 안 그래도 시끄러운 가운데 총성이 덧입혀졌다.

이예주가 남은 한 손으로 귀를 틀어막을 때, 그들이 말한 목표물로 추정되는 대왕 바퀴벌레가 '촤악─' 모래를 흩뿌리며 공중으로 솟아올랐다. 그리고 거대한 그림자가 머리맡을 덮쳤다.

쿠웅─! 육중한 소음과 함께 떨어진 대왕 바퀴벌레는 가히 기절할 만한 속도로 그녀를 둘러싼 인간 바리케이드를 단숨에 뚫었다.

"으아악!"

"으윽!"

"아아아!"

진영을 유지하던 남자들이 거대 바퀴벌레에게 압사당하는 끔찍함을 모면하기 위해 일사불란하게 흩어졌다. 그 와중에 손목을 강하게 압박하던 대장급 남자도 이예주에게 떨어져 나갔다.

거짓말 안 보태고 한 뼘 거리 앞에 바퀴벌레가 떨어졌다. 무게를 견디지 못한 부드러운 모래땅이 푹 꺼지며 사방팔방 모래를 튀겨 댔다. 혼자 남겨진 이예주만이 엄청난 모래 더미 속에 파묻혀 버렸다.

너무나도 순식간에 일어난 일에 어버버 하는 사이, 벌어진 입 속으로 모래가 쏟아져 들어왔다. 물속에 빠진 것처럼 모래 늪에 갇힌 그녀가 미친 듯이 허우적거릴 때였다.

"푸헉, 푸억!"

"이봐, 인간!"

언뜻 바퀴벌레의 목소리가 들린다 싶더니, 그녀의 후드가 무언가에 걸려서 들어 올려졌다. 모래 속에 반쯤 파묻혔던 이예주의 몸 또한 타인의 엄청난 힘에 의해 쑤욱 끌어 올려졌다.

이내 그녀의 몸이 공중에 떠올랐다. 코앞에서 바퀴벌레의 홑눈이 뒤룩뒤룩 움직였다. 후드가 위로 번쩍 들렸기에 웃옷 또한 덩달아 들려 아랫배가 민망한 줄도 모르고 횅하게 드러났다.

이예주가 멍하니 불쑥 위로 솟은 제 후드를 올려다보았다. 후드 끝에 걸린 두터운 검은색 더듬이 한 짝이 보였다. 자신의 몸은 그 바퀴벌레의 더듬이에 매달려 공중에서 달랑거리고 있는 것이다.

최악이다. 그것을 자각함과 동시에 이예주의 입에서 구역질 같은 신음 소리가 쏟아졌다.

"어억, 우으윽……."

두두두두, 두두두! 탕, 타당!

시끄러운 총성이 대왕 바퀴벌레의 아래에서 연신 울려 퍼졌다. 별안간 바퀴벌레가 집게 같은 입을 양옆으로 '찌규 찌규' 움직이며 이예주에게 소리쳤다.

"던질 테니까 너무 겁먹지 마, 인간! 정신 놓지 말라구!"

천둥처럼 우렁찬 목소리였으나 패닉 상태에 빠진 이예주의 귀에 그것이 들릴 리 없었다. 그러거나 말거나 바퀴벌레는 성실히 자기가 말한 바를 지켰다.

"에잇, 귀찮은 인간 놈들."

대왕 바퀴벌레가 털이 수북이 나 있는 앞발로 간지럽지도 않은 총알을 쏘아 대는 인간 몇 명을 내리치며 고개를 왼쪽으로 돌렸다. 이 예주를 매단 더듬이가 허공에서 반 바퀴를 휙 돌았다. 대왕 바퀴벌레가 다시 반대편으로 고개를 세차게 돌리면서 엄청난 반동력으로 그녀를 던졌다.

"받아라, 황조롱이!"

마치 활공하는 로켓처럼 이예주가 허공을 가르며 쏜살같이 날아갔다. 칼바람이 얼굴을 마구 스치고 지나갔다.

핏발 선 채 부릅뜬 이예주의 눈에 그녀를 바라보며 당황한 표정을 짓는 조롱이가 보였다. 보잘것없어 보였던 신체 일부 변화 능력을 나름대로 열심히 써먹고 있었는지 그의 양쪽 손이 모두 노란색 매의 발로 변해 있었다.

조롱이와 충돌하기 직전이었지만, 그는 이예주를 받을 자세를 전혀 취하지 않고 있었다. 그녀와 마찬가지로 입을 떡 벌리고 있는 황조롱이의 얼굴이 점차 가까워졌다. 점점. 점점. 점점.

"아, 아아아아악—!"

얼굴을 때리는 거센 바람에 소리도 못 내고 있던 이예주에게서 그제야 비명 소리가 트였다. 찢어질 듯한 비명과 함께 그녀가 조롱이와 충돌하기 일보 직전, 그의 뒤에서 돌연 검은 인영이 허공으로 훌쩍 뛰어올랐다.

"허, 흐억! 윽! 악!"

그녀의 몸은 누군가에게 낚아채어져 거칠게 모래 바닥을 뒹굴었다. 숨이 턱턱 막힐 정도로 목구멍 그득 들어차는 모래에 이예주는 이곳이 이승인지 저승인지조차 구분할 수 없을 정도로 눈앞이 혼미해졌다.

"어으, 어흐으……."

다 죽어 가는 소리로 앓던 이예주가 정신을 채 챙기기도 전에, 그녀의 몸을 낚아채 같이 굴렀던 누군가가 그녀를 번쩍 쳐들어 제 옆구리에 끼고 내달리기 시작했다.

이예주의 몸이 힘없이 덜렁거렸다. 온몸이 부서지는 듯한 통증이 느껴졌다.

"허으, 허어…… 엄마…… 사, 살려 줘……."

"여기서 정신 놓으시면 안 됩니다. 조금만 더 버티십시오."

귀에 물이 들어찬 듯—실제로는 모래가 가득 들어찬 상태였다— 먹먹한 머릿속에 낯선 남자의 목소리가 파고들었다. 이예주는 흔들리는 목을 추스르며 간신히 고개를 들었다. 난생처음 보는 남자가 자신을 허리에 끼고 내달리고 있었다.

그녀를 들고 달리기가 꽤 여의치 않은지 남자의 입에서 연신 헉헉하고 숨넘어가는 소리가 터져 나왔다. 힘을 분산시키기 위해 얼마나 대충 멘 건지, 그사이에도 그녀의 몸이 끈 떨어진 인형처럼 끊임없이 덜렁거렸다. 이예주가 지진 나듯 흔들리는 시야 때문에 새하얗게 질린 얼굴로 작게 속삭였다.

"누, 누구……."

"저희는 구원자님을 구출하러 온 구조대입니다. 능선 넘어 구조 헬기가 있습니다. 그곳까지 안전히 모셔다드리겠……."

"데려가긴 어딜."

근방에서 남자의 말을 끊는 묵직한 목소리가 들려왔다. 불현듯 흔들리는 시야가 멈췄다. 남자가 이예주를 안고 달리는 것을 우뚝 멈춘 탓이었다.

그녀는 흘끗 위를 올려다보았다. 남자의 얼굴을 확인하고 싶었지만 고글을 쓰고 있고 아래에서 올려다본 탓에 각진 하관밖에 볼 수 없었다. 아까 그녀의 손목을 억세게 잡아챘던 대장급의 사내인 것 같았다.

이예주는 허옇게 질린 얼굴로 고개를 힘겹게 쳐들었다. 그들의 전방에 장신의 남자가 귀신처럼 서 있었다.

"감히."

부드득. 이를 가는 소리가 들렸다. 어둠 속에서 남자의 시뻘건 눈이 살기등등하게 번쩍였다. 그 흉흉한 모습에 이예주는 제 잘못이 아닌데도 울고 싶어졌다. 그녀를 짐짝처럼 옆구리에 끼워 든 남자가 흠칫 몸을 떨었다. 저 미친놈이 두려운 것은 마찬가지인 듯했다.

"기생충만도 못한 것들이 감히 누구의 것을 탐내는 건지."

이예주는 멍하니 생각했다. 기생충만도 못한 것들이 제발 저까지 싸잡아 포함한 게 아니었으면 좋겠다고.

"머리통을 깨부숴서."

남자가 한 발 한 발 다가왔다.

"네놈들의 뇌를 꺼내 직접 새겨 줘야 좀 알아 처먹을 것 같군."

람이. 이예주에게로.

"……역시 쉽지 않군."

위에서 들려오는 낯선 목소리에 그녀는 퍼뜩 정신을 차렸다. 황급히 주위를 둘러보자, 밝았던 시야가 한층 어두워져 있었다.

이 무장한 군인 남자가 이예주를 들고 뛴 지 얼마 되지도 않은 것 같은데 조롱이와 대왕 바퀴벌레가 있는 곳과는 엄청나게 멀리 떨어져 있었다. 주변에 타들어 가는 불덩이들도 없었다. 조롱이로 추정되는 인영은 점이 되어 잘 보이지 않았다. 대왕 바퀴벌레 또한 힘겹게 알아볼 수 있을 만큼 머나먼 거리였다.

람은 그렇다 쳐도, 이 남자는 어떻게 이렇게 멀리까지 뛰어올 수 있었던 거지? 인간이라면 그 짧은 사이에 이렇게 멀리까지 뛰어올수 없었다. 그것도 자신을 옆구리에 낀 채로 이렇게 멀리까지…….

'이 괴물 같은 놈은 대체 뭐야?'

그녀는 경악 어린 눈으로 군인 남자를 다시금 올려다보았다. 그런 이예주의 시선을 느낀 남자가 고개를 내려 그녀를 마주 보더니, 이내 결연하게 고개를 한 번 끄덕였다.

"안 되겠습니다. 플랜 B로 작전 변경합시다."

아니, 플랜 B도 있었어? 그럼 지금까지 말 한마디 없이 무작정 총을 쏴 갈기던 것도 모두 작전에 의해 이루어진 짓거리였단 말인가?

그녀는 군인 남자의 괴물 같은 달리기 솜씨를 알아챘을 때보다 더욱 소스라치게 놀랐다. 대체 이 인간들은 또 어떤 괴기스러운 힘을 가진 집단이란 말인가.

이예주가 갑자기 등장한 인간들에 대해 잠시 생각할 때, 그녀를 둘러메고 있는 남자가 반대편 허리춤에서 뭔가를 번쩍 꺼내 들었다. 팔뚝만 한 크기의 커다란 뿔각이었다.

부우우― 부우, 부우우― 부우우―.

남자가 힘차게 뿔각을 불어 대었다. 크기 값을 하는지 뿔각에서 엄청난 소리가 쏟아져 나와 고막을 괴롭게 만들었다.

얼마 지나지 않아 공허한 사막에 울려 퍼지던 뿔각 소리가 잦아들었다. 사방이 고요해졌다. 이예주는 어리둥절한 얼굴로 주위를 훑어보았다. 방금 전까지만 해도 연달아 들리던 시끄러운 총소리조차 완전히 멎은 상태였다. 마치 사막의 소리를 뿔각이 앗아 가 버린 듯.

침묵은 얼마 지나지 않아 깨져 버렸다. 어디선가 소리가 들렸다. 아니, 그것은 소리보다는 진동에 가까웠다.

쿠궁, 쿠구궁.

먼 곳에서부터 희미하게 울리는 작은 진동에 이예주가 미간을 찌푸렸다. 너무나도 미세해서 제가 듣는 것이 진짜인지 착각인지도 구별하기가 어려웠다. 그러나 그런 그녀의 생각이 우습게도 진동을 동반한 소음은 빠른 속도로 커졌고 점점 가까워졌다.

두두두, 두두두두두.

마치 거인이 온 사막을 헤치며 뛰어오는 것 같았다. 마침내 진동이 그녀의 온몸을 타고 흐를 때쯤, 그들과 얼마 떨어지지 않은 곳에 서 있던 람의 뒤에서 모래가 '쾅!' 하고 커다란 소음을 내며 폭발했다.

순식간에 뿜어져 나오는 매서운 모래 연기에 람의 모습이 사라졌다. 이예주의 입에서 비명이 터져 나왔다.

"라, 람!"

"끼기, 기기기기긱―."

눈이 따갑도록 휘몰아치는 모래 폭풍 속에서 들려온 대답은 람의 딱딱한 목소리가 아닌, 전에 들어 보았던 기괴한 칠판 긁는 소리였다. 그녀는 숨을 멈췄다. 뒤통수를 타고 소름이 쫙악 도는 기분이었다.

군인 남자가 뿔각을 불자 괴물이 나타났다.

"기기, 끼기, 기긱."

머리, 팔, 다리가 수백, 수천 개씩 달려 있는 거대한 괴물이 뿌연 먼지와 함께 그 위용을 드러냈다. 하다 하다 뿔각으로 괴물을 부르는 집단이라니.

"꽉 잡으십시오, 구원자님."

그때 이예주를 옆구리에 꽉 끼운 남자가 그녀를 한 번 더 고쳐 들며 무뚝뚝하게 지껄였다.

"이제 가도록 하겠습니다."

"이, 이게 무슨…… 놔, 이거 놔! 람! 람!"

"발버둥 치면 위험합니다."

말은 신사처럼 정중했지만 그녀를 짐짝처럼 다룸에 있어서는 람의 뺨을 칠 정도로 거친 사내였다.

어느새 뿌옇게 시야를 차단하던 먼지가 옅어졌다. 이예주는 람이 멀쩡한지 확인하기 위해 고개를 돌리려 했지만 그럴 수 없었다. 남자가 엄청난 속도로 달리기 시작했기 때문이다.

"으, 으억!"

쉬익, 쉬익. 칼 같은 바람이 귓가를 날카롭게 스쳐 지나갔다. 정신을 어느 정도 차린 상태였기에 아까만큼 시야가 흔들리지는 않았다. 하지만 그래서 더 기절초풍할 것 같은 심정이었다.

아까 전, 대왕 바퀴벌레가 더듬이로 자신을 집어 던질 때 느꼈던 속도는 애기 장난치는 수준이었다. 군인 남자는 KTX와 비등한 속도로 빠르게 달리고 있었다. 그만큼 그녀의 안면을 강타하는 바람도 어마어마했다.

바람에 섞여 날려 들어오는 모래 때문에 연신 피부가 따가웠다. 주변이 제대로 보이지 않을 정도로 미친 듯이 달려 대는 남자 때문에 이예주의 입에서 연신 정체 모를 괴성이 쏟아져 나왔다.

"으으…… 으허…… 멈춰! 멈춰!"

"조금만 참으십시오, 구원자님."

"얼굴 시려! 얼굴 시리다고!"

"곧 지원 병력이 도착할 겁니다. 그때까진……."

그러나 이예주가 멈추라고 더 소리치지 않아도 남자는 멈출 수밖에 없었다. 콰아앙—! 그녀를 끼고 달리던 남자의 코앞에 조금 전 그가 부른 괴물이 날아와 처박혔기 때문이다.

천지가 진동하며 또다시 황사 같은 먼지가 부옇게 피어올랐다. 이예주는 놀랄 새도 없이 콜록콜록 거센 기침을 터뜨렸다.

"끼, 끼기기긱—."

한차례 기관지를 점령하던 먼지의 공격이 사라지자 3층짜리 히카톤이 드러났다.

수천 개의 사람 머리통이 다닥다닥 달린 괴물의 맨 꼭대기 층이 이예주를 향한 채로 모래 속에 파묻혀 있었다. 그나마 파묻히지 않은 반대쪽 대가리들이 역겹게도 고개를 좌우로 흔들어 대며 일제히 괴상한 소리를 내질렀다. 손톱으로 칠판을 거칠게 긁어내리는 것처럼 소름 끼치는 소리였다.

"끼기, 기긱. 끼기기긱—!"

괴물은 무언가에 묶여 있는 듯 옴짝달싹하지 못하는 꼴이었다. 그게 무엇인지 알아챈 이예주의 얼굴에서 핏기가 가셨다.

"저깟 쓰레기 뭉치로 날 막을 수 있을 거라 생각했나."

뒤에서 악당 같은 목소리가 들려왔다.

"……대박."

이예주는 나직이 속삭였다. 괴물의 몸을 묶고 있는 것은 다름 아닌 모래였다. 모래로 만들어진 밧줄, 그리고 그것을 자유자재로 만들어 대는 남자는 그녀가 아는 한 이 세상에서 딱 한 명뿐이었다.

"그것, 내려놓아라."

그가 말한 '그것'이 자신을 가리킨다는 걸 너무나도 잘 알았기에 이예주는 기분이 조금 안 좋아졌다. 그러나 내려놓기는커녕 그녀의 허리를 붙든 군인의 팔에는 더욱 힘이 들어갔다. 이예주는 상황 파악 못하는 눈치코치 없는 인간을 미치도록 뜯어말리고 싶었다.

"지금 내려놓는다면 고통 없이 소멸시켜 주지."

"내, 내려놓으라잖아요!"

사색이 된 얼굴로 그녀가 군인 남자를 재촉했다. 그러나 고글을 쓴 남자는 그녀를 내려다보며 단호하게 고개를 저었다.

"걱정 마십시오, 구원자님. 제가 목숨 걸고 구원자님만큼은 지켜 드리겠습니다."

"예?! 지금 그게 문제가 아니잖아요!"

죽고 싶으면 당신 혼자 죽을 것이지, 왜 엄한 사람 끌어들이고 그래! 이예주가 거세게 몸부림치며 군인 남자의 몸에서 떨어지기 위해 발버둥 쳤다. 하지만 문제의 본질을 미처 깨닫지 못한 군인은 여전히 환장할 소리만 해 대며 그녀를 강한 힘으로 잡고 놓아주지 않았다.

"저는 괜찮습니다, 구원자님. 저놈은 구원자님을 잡아먹어 그 힘을 흡수하려고 드는 겁니다. 정신 차리십시오, 구원자님. 저놈의 농간에 놀아나지 마십시오."

이건 또 무슨 소리야? 람이 날 잡아먹다니? 허. 이예주는 너무나도 어이가 없으면 정말 웃음조차 나오지 않는다는 것을 실감했다.

그러나 군인 남자는 대단한 사명감에 사로잡혀 있는 듯 보였다. 고글에 가려져 보이지 않음에도 이예주를 바라보는 시선이 뜨거웠다. 그녀는 심한 두통을 느꼈다.

"저기요. 저기, 누군진 모르겠는데요. 일단 저를 먼저 내려놓고 마저 이야기를……."

"놓으라고 했을 텐데."

그새를 못 참고 흉흉한 목소리가 득달같이 끼어들었다.

"끼기, 끼기긱."

그때까지 앞에서 꿈지럭거리며 옴짝달싹 못하던 괴물의 울음소리도 덩달아 들렸다. 육중한 괴물의 몸이 가볍게 들썩였다.

끼긱, 끼긱. 끼기긱. 모래 밧줄에 꽉 묶인 채 하염없이 들썩이던 괴물의 몸이 별안간 공중으로 번쩍 들렸다. 괴물이 남자와 이예주가 있는 곳 바로 위로 떨어지기 시작했다. 그와 동시에 이예주의 입술이 조가비처럼 짜악 벌어졌다.

"아아아악!"

콰앙—!

모래로 이루어진 밧줄에 의해 들린 괴물의 몸이 사방으로 모래를 튀기며 다시 바닥에 처박혔다. 천만다행인지 불행인지, 그녀는 그 수천 개의 대가리가 달려 있는 끔찍한 괴물의 몸뚱이에 깔려 압사하지는 않았다. 그녀를 안은 군인이 때맞춰 몸을 날려 구른 덕이었다.

"억! 윽! 하윽!"

다시 거친 모래에 몸을 처박으며 이예주가 나뒹굴었다. 보다 가벼운 그녀의 몸이 빠르게 튕겨 나간 탓에 군인 남자에게서 벗어날 수 있었지만, 커다란 충격을 받은 몸이 고통스러웠다.

이게 무슨 난리일까. 정신없이 모래 바닥을 뒹굴며 이예주가 생각했다. 여기 정말 쓰레기 같다고. 제가 람과 같은 힘을 가지고 있다면, 그 무식한 힘으로 당장 이곳을 도륙 내어 버릴 것이다. 가루로 만들어서 지구상에 존재조차 하지 않는 지역으로 만들어 버릴 것이다.

"으윽, 타깃이 위험하다. 지원 요청 바란다. 반복한다. 타깃이 위험하다. 지원 요청 바란다."

그녀와 얼마 떨어지지 않은 곳에 꽤 안정적으로 안착한 군인이 무전기로 지원 요청을 하는 모습이 보였다.

몸의 구멍이란 구멍에 다 들어찬 모래가 버석거리고, 관절이 삐걱거리는 것을 느끼며 이예주는 비척비척 자리에서 일어나려고 노력했다. 그러나 온몸에 힘이 빠진 상태로 수렁 같은 모래를 파헤치고 일어나기란 쉽지 않았다. 여전히 얼굴을 모래 속에 파묻은 채 그녀가 괴로움으로 끙끙댔다.

"으으……."

모래라고 우습게 여겼다간 정말 사람 죽어 나가도 모를 것이다. 너무 아팠다. 너무 아파서 죽을 것 같았다. 숨이 턱턱 막힐 정도로 온몸이 고통으로 비명을 질렀다. 필히 맨살이 드러난 팔 부분은 다 까지고 파였음이 분명할 터였다.

고래 싸움에 새우 등 터진다는 것이 이런 것일까. 지들 일은 제발 지들끼리 해결할 것이지, 왜 괜히 나를 중간에 끼워서는. 개새끼들. 개새끼들!

입으로 버석거리는 모래가 쏟아져 들어오는 것도 인지하지 못한 채 이예주가 쉼 없이 씨근덕대는 와중이었다. 멀리서 그녀를 지칭하는 듯한 짜증 나는 목소리가 들려왔다.

"구원자님! 조금만 참으십시오. 곧 구하겠습니다. 조금만!"

이예주가 조금만 힘만 있었다면 쏜살같이 달려가 그녀를 납치해서 이 위험 속으로 몰아넣은 저 눈치 없는 놈을 걷어찼을 것이다. 하나 마음과는 다르게 모래 수렁에서 일어난 이예주는 간신히 넘어지지 않고 힘겹게 서 있는 정도였다.

"끼기, 끼기기긱."

그들과 얼마 떨어지지 않은 곳에서 여전히 모래 밧줄로 꽁꽁 묶여 있는 거대한 괴물이 밧줄 사이사이로 수많은 팔을 허우적대며 그녀와 군인이 있는 쪽을 향해 군침을 흘렸다.

그녀는 얼이 나간 얼굴로 그 끔찍한 괴물 뒤에 팔짱을 끼고 서 있는 남자를 바라보았다. 시뻘건 안광이 어둠 속에서도 터져 나올 것처럼 붉게 달아올라 있었다.

"이 괴물은 분명 못 죽인다고 했는데……."

이예주가 멍청한 얼굴로 혼잣말처럼 중얼거렸다. 그러나 꽤 멀리 떨어져 있는 상태에서 대체 어떻게 그 속삭임을 들은 건지 남자가 그녀를 바라보며 귀신처럼 입꼬리를 말아 올렸다. 잘생긴 그의 웃음에도 불구하고 이예주는 왠지 모르게 소름이 돋았다.

"물론 히카톤을 완전히 소멸시킬 수는 없다. 그러나."

"……."

"귀찮은 벌레 새끼들을 잡아 죽일 땐 이처럼 유용하게 쓸 수 있지."

"끼기, 기기, 기기긱—."

남자의 말을 끝으로 거대 괴물이 다시금 모래 밧줄에 의해 번쩍 허공에 들렸다. 꼭 보이지 않는 손이 그것을 들어 움직이는 모양새였다. 그와 동시에 남자의 시뻘건 눈동자가 금방이라도 붉은 물을 철철 흘릴 것처럼 더 짙게 물들었다.

허공에 들린 괴물이 가벼운 물건 옮겨지듯 이예주의 머리 위를 넘어 어둠이 가라앉은 능선 너머로 이동하더니 어느 순간 '쾅—!' 하고 꿍음을 내며 바닥에 집어 던져졌다. 모래 폭풍이 또다시 일어나면서 어둠에 가려졌던 능선이 환해졌다. 곧이어 '두두두두' 시끄러운 총성이 울려 퍼졌다.

"으아악! 내 다리! 내 다리가……!"

"크아아악! 살려 줘! 살려 줘!"

"으윽! 1군 전부 히카톤에게 깔렸다! 1군 구조 요청! 구조 요청!"

두두두, 탕탕탕. 불이 밝혀진 능선 너머의 또 다른 인간 무리들은 마른하늘에 날벼락 치듯 하늘에서 뜬금없이 떨어진 괴물을 향해 비명을 지르며 총을 쐈다.

시끄러운 총성이 차가운 밤공기를 타고 사막 곳곳에 울려 퍼졌다. 그 와중에 모래 밧줄 사이사이로 삐죽삐죽 튀어나와 있는 괴물의 수

많은 팔들이 주변을 미친 듯이 쓸어 대며 인간들을 잡으려고 들었다. 먹잇감들이 코앞에서 괴성을 질러 대니 더욱 흥분한 것 같았다.

"기기기, 끼기긱."

모래 밧줄로 꽁꽁 묶여 처박혀 있음에도 수천 개의 머리와 팔과 다리가 움직이는 인간들을 좇아 각기 따로 꿈틀댔다.

고개를 돌려 또 다른 방향을 바라보니 대왕 바퀴가 아까 전 뿔각 대장과 함께 이예주를 덮친 인간들을 마저 처리하며 신나게 날뛰고 있었다.

괴물의 끔찍스러운 소리와 고막을 때리는 시끄러운 총성을 연달아 듣던 이예주는 문득 눈 옆을 찌르는 환한 빛 때문에 다시 고개를 돌리다 그만 아연실색했다. 왼쪽으로 세 발자국 떨어진 곳에 밝게 빛나는 하나의 '문'이 열려 있었다.

"하……."

그녀의 입에서 얄팍한 한숨이 튀어나왔다. 이게 대체 무슨 일일까. 구원자를 구한답시고 자신을 이렇게 버려진 휴지 조각처럼 처참한 신세로 만든 군인은 뭐고. 저기 또 새로 나타나 괴물에 깔린 인간들은 또 뭐고. '문'은 대체 왜 또 열린 거야.

머릿속이 너무 복잡했다. 복잡하다 못해 미칠 지경이다. 이예주는 그냥 과거로 돌아가고 싶었다. 그러기 위해서 람의 도움이 필요했을 뿐이다. 그냥 그뿐이었는데. 이건 대체…….

"구원자님! 정신 차리십시오! 곧 헬기가 올 테니 그때까지 버티기로 약속하지 않았습니까!"

이예주는 열린 '문' 옆쪽으로 그녀보다 더했으면 더했지, 절대 덜하지 않은 꼴로 파묻혀 있는 뿔각 대장을 바라보았다.

그는 이예주를 향해 별 생뚱맞은 소리를 두 손 모아 간절히 지껄였다. 금방이라도 벌떡 일어나 이예주에게로 뛰어올 기세였지만 자리에서 일어서다가 넘어지는 것을 반복했다. 마치 보이지 않는 손에 속박되기라도 한 듯 땅 위에서 허우적대는 뿔각 대장을 주의 깊게 바라보고 있자니, 괴물을 묶은 것보다 훨씬 얇고 가는 모래 밧줄이 그의 몸을 땅에 묶어 둔 것이 보였다.

안쓰러운 그의 모습을 바라보며 이예주는 본인이 언제 그런 약속을 했냐고 되묻기보단, 정말 헬기가 있긴 한 거냐고 물어보고 싶었다. 그리고 헬기가 있어도 저 남자의 손아귀에서 살아서 도망칠 수 없음을 모르는 뿔각 대장이 불쌍했다.

"구원자님!"

그가 이예주를 향해 묶이지 않은 손을 뻗으며 소리쳤다. 그 절절한 목소리를 그녀는 구겨진 얼굴로 외면했다.

뒤통수에서 '끼기기긱—' 하는 괴기스러운 소리가 들리더니 다시 한번 '콰쾅, 쾅!' 하고 육중한 것이 내던져지는 소리가 들렸다. 이어서 인간들의 생생한 비명이 듣고 싶지 않아도 옵션으로 따라붙었다.

온통 아수라장이다. 혼란과 혼돈, 그 중심에 이예주가 서 있었다.

그녀를 부르는 뿔각 대장을 묶어 둔 채 뒤에 있는 나머지 군인들을 거대한 괴물로 두더지 잡기 하듯 찍어 누르는 멀티 플레이를 하면서도 남자의 표정은 무심하기 그지없었다. 마치 지금 일어난 일은 자신과 전혀 무관하다는 듯 모든 것을 초월한 그의 표정이 이예주와는 정반대였다.

그녀는 슬쩍 제 모습을 내려다보았다. 대체 그 짧은 시간에 제 불쌍한 몸뚱이는 얼마나 굴렀는지 온통 모래와 먼지투성이였다. 까진 팔도 아프고 이마도 따끔거렸다. 모래가 들어간 신발이 무거웠다. 팬티 속에도 들어갔는지 가랑이 또한 까끌거렸다.

한바탕의 폭풍이 휩쓸고 지나간 자신과는 대비되게 람의 주변은 아무 일도 없던 것처럼 잔잔하고 고요했다. 자신은 이렇게나 버려진 비닐 조각처럼 구겨졌는데, 그는 너무나 멀쩡하다. 없던 분노가 화산 폭발하듯 치솟을 정도로.

"흐으……."

비루하기 짝이 없는 제 모습을 확인한 후, 안 그래도 울상이던 이예주의 얼굴이 더욱더 일그러졌다. 그 모습을 시뻘건 눈으로 주시하던 남자가 문득 팔짱을 풀더니 자신을 향해 스윽 한쪽 손을 내밀었다. 이 지옥 속에서 구해 줄 테니 알아서 기어 오라는 것 같았다.

그러나 이예주는 오히려 그의 행동에 지금까지의 원초적인 믿음이 뒤바뀌었다. 저 자식은 처음부터 나를 구해 줄 생각은 있었을까? 신경도 쓰지 않았는데 어쩌다 살아남았으니 마지못해 거두는 것은 아니고?

그렇지 않고서야 아무리 뽈각 대장에게 납치당하는 것을 저지하기 위함이라고 한들 저렇게 거대하고 흉측한 괴물을 무식하게 내던질 리 없었다.

수천 개의 대가리가 바로 코앞에 떨어졌었다. 뽈각 대장이 때맞춰 몸을 날리지 않았다면 꼼짝없이 그 역겨운 것에 깔려 쥐포처럼 납작하게 짜부라졌을 것이다.

이예주는 여전히 흐린 얼굴로 양옆을 번갈아 가며 바라보았다. 왼쪽은 '문', 오른쪽은 람.

"흐, 흐흑……."

그녀가 흐느끼며 중얼거렸다. 온통, 온통 엉망진창이야. 엉망진창…….

"구원자님! 검은 파편에게 현혹되지 마십시오! 저희가 도와 드릴 수 있습니다! 저희가 검은 파편에게서 구원자님을 구해 드리겠습니다! 그러니 제 쪽으로 몸을 날리십시오, 당장!"

근처에서 허우적대던 뽈각 대장이 이예주에게 큰 소리로 애원했다. 제 몸 하나 가눌 수 없어 허우적거리는 주제에 그녀가 몸을 날리면 받아 준다는 헛소리나 하고 앉아 있으니 웃음이 다 나왔다.

이예주가 물끄러미 바라만 보고 있자 남자가 답답하다는 듯 다시한번 입을 벌렸다.

"검은 파편은 악의 축입니다! 그는 우리 인간들을 멸망시키기 위해 당신을 속이고 있는 것뿐입니다. 구원자님, 제발!"

악의 축이란 말에 그녀는 고개를 끄덕이며 격하게 동의했다. 그건옳소. 거참, 옳은 말 잘하는 사내일세. 그녀의 고갯짓을 용케도 본건지 남자가 필사적으로 그녀를 설득하려 들었다. 뒤이어 들려오는목소리를 흘려들으며 이예주는 심각한 고뇌에 빠져들었다.

'나는 정말 속고 있는 걸까?'

능력에 대해 모든 걸 밝힌 것이 아니니 아직 제 이용 가치가 남아 있을지도 모른다. 아니, 아닌가. 남자는 그것을 모르니까. 자신은 그저그의 작은 배려로 이곳에서 지금껏 살아남을 수 있었던 것일지도……

람이 내민 손이 그저 하찮은 미물에 대한 동정이라니. 그녀는 왠지 모르게 서글퍼졌다.

2017년 현대에 살 때, 이예주는 다른 이들에게 마음 한 자락 내주지 않기 위해 무던히도 노력했다. 물론 정을 내줄 만큼 그녀에게 살갑게 다가온 사람도 별로 없었지만, 다가오기도 전에 먼저 선수를치고 벽을 쌓았던 적 또한 무수히 많았다.

그것은 남에게 피해 주지 않기 위한 본능인 동시에 그녀의 유일한자기 방어였다. 누군가에게 능력에 대해서 말하며 이해를 구걸하고, 희망을 짓밟히고. 그것은 십 대 후반의 이예주에게 두 번 다시는 겪고 싶지 않은 끔찍함이었다.

엄마와 살던 집 마당 풀 한 포기에도 정을 떼고 미련 없이 원룸으로 들어간 자신. 서운해하던 이웃집 주민들과 그나마 알고 지내던 동네 아이들의 인사마저 굳은 얼굴로 지나친 자신. 대학교에 들어서서 밥을 같이 먹자던 여자애들 무리에게 침묵으로 일관하던 자신이 머릿속에 스쳐 지나갔고…….

이예주는 자신답지 않게 람과 조롱이에게 그동안 많은 감정을 내비쳤다는 것을 깨달았다. 언제부터였나. 최대한 선을 그었던 자신이 그들에게 포함되기를 간절히 갈망하기 시작했던 것은.

제 이야기는 거의 하지 않았으면서 그들의 이야기와 사정을 집요하게 파고들었다. 예의가 아니라고 생각하면서도 불쑥불쑥 람과 조롱이에 대한 이야기를 알길 원했고, 그럴수록 더욱 자신에 대한 것은 숨겼다. 그리고 그들이 선을 넘은 그녀에게 위치를 상기시켰을 때마다 상처받은 것은 오로지 자신뿐이었다.

이예주는 멍하니 고개를 들어 제게 손을 내민 채 서 있는 람을 바라보았다. 남자가 지옥에서 방금 올라온 사람처럼 두 눈을 번득이며 서 있었다.

그녀를 오롯이 바라보는 그의 눈동자는 여전히 시뻘겠다. 처음 만났을 때와 다른 점이 전혀 없었다. 그는 인간을 증오하고, 자신은 그가 증오하는 인간이었다.

"……아."

누군가 망치로 뒤통수를 후려갈긴 것처럼 뇌리를 통렬하게 꿰뚫는 전율에 이예주가 나지막이 탄성을 내뱉었다.

아, 당신은 변한 것이 없었구나. 변한 건 자신뿐이었다. 어느새 이예주는 홀로 그들을 갈망하고 있었던 것이다.

"이리 기어 와."

잠시 흠칫거리던 그녀를 놓치지 않고 포착한 붉은 눈의 남자가 명령했다. 허튼짓을 하면 가만두지 않겠다는 듯 그의 미간이 짜증스럽게 구겨져 있었다. 딱히 위험한 것도 아닌데 그 작은 표정 변화에도 이예주는 단번에 겁에 질렸다.

그녀가 주춤거리며 저도 모르게 몇 발자국 뒷걸음질 쳤다. 그러자 왼쪽에서 '문'으로부터 뿜어져 나오는 환한 빛이 더욱더 눈을 따갑게 찔러 댔다.

문과 람. 또 한 번 그것들을 번갈아 바라보던 이예주의 얼굴이 울 것처럼 흐려졌다. 그녀가 순순히 '기어 올' 기미가 보이지 않자 남자의 기세가 단숨에 흉포해졌다.

"당장."

람이 흡사 말을 짓씹는 것처럼 내뱉었다. 시뻘건 동공이 마치 당장 오지 않으면 이예주의 사지를 하나하나 분해해 와득와득 씹어 먹을 것처럼 무섭게 빛나고 있었다.

저 흉포한 남자에게 걸어가는 것이 정녕 답이란 말인가. 잔뜩 울상을 지은 채 그녀가 답을 고민하고 있을 적, 왼쪽에서 다시 그녀를 부르는 소리가 들렸다.

"구원자님! 속지 마십시오! 이용당하면 안 됩니다! 당신을 죽일 겁니다, 구원자님!"

아직도 죽지 않은 건지 뿔각 대장이 제 존재를 계속해서 부각시켰다.

"구원자님! 제발 악의 축에 현혹되시면 안 됩니다!"

새로운 인간들의 등장에 그쪽으로 마음이 전혀 흔들리지 않는 것은 아니었다. 그들은 일단 자신과 같은 인간이었다. 그리고 무엇보다도 팔족 땅에서 일리야가 말했던 구원자란 소리.

구원자. 정말 자신은 구원자일까? 저주받을 능력을 가지고 저 미친놈으로부터 인간들을 구원하기 위해 빌어먹을 1000년을 넘어왔단 말인가.

하지만 자신에게 관대하게 손짓하는 람을 뒤로하고 눈 딱 감은 체하며 그들을 믿기엔 이예주의 간은 너무나도 작았다. 머리통과 팔다리가 수백, 수천인 괴물에 깔려 싶은 생각은 추호도 들지 않았다. 본인들이 뿔각으로 부른 괴물에 의해 압사당하고 있는 인간들인데, 저 시뻘건 남자로부터 자신을 보호하겠단 말이 확실할지도 미지수였다.

"으으, 어떡해."

이예주가 혼란스럽다는 듯 고개를 천천히 저었다. 하나님 아버지, 저에게 왜 이런 양자택일의 시련을…….

"구원자님! 저를 믿으……."

"인간."

뿔각 대장의 말을 끊고 람이 다시 한번 이예주에게 손을 내밀었다.

"두 번 말 안 한다."

"……."

"이리 와."

그의 말에 이예주의 얼굴이 왈칵 일그러졌다.

"아아, 모르겠어……."

이예주는 속삭이듯 혼잣말을 했다. 자신을 꿰뚫을 것처럼 바라보고 있는 남자의 붉은 시선에 이상하게도 가슴이 따끔거렸다.

팔족 땅에서 그와 부끄러운 짓을 했을 때까지만 해도 이예주는 람만이 그녀의 정답이라고 믿었다. 모르긴 몰라도 그는 1000년 후인 이 세계에서 뭔가 특별한 존재로 통하는 것 같았다. 그의 곁에 있다 보면 집으로 되돌아갈 수 있는 단서를 얻을 수 있을 것이라 생각했다.

그러나 이제 그 믿음은 뿌리째 흔들렸다. 남자는 그녀가 위험에 처하든 말든 상관하지 않는다. 어쩌면 자신은 남자의 인간 말살 계획에 이용되고 있는 체스 말일 뿐, 그 이상의 의미는 없을지도 모른다.

이번처럼 앞으로도 간신히, 아주 간신히 남자에게 붙어 살아남다가 이용 가치가 모두 떨어지면 그땐…… 그때 나는 어떻게 되는 거지? 남자의 손에 개죽음을 당하는 것인가?

이예주는 울상을 지은 채 다시 한번 고개를 뒤흔들었다. 그녀의 이상한 태도에 람의 잘생긴 얼굴도 덩달아 굳었다. 그는 말로 해선 안 되겠다 싶었는지 그녀를 향해 다가오려 몸을 움직였다. 그녀가 눈에 띄게 움찔거리며 뒷걸음질 쳤다.

그러자 남자가 오던 걸음을 뚝 멈췄다. 이예주는 곧바로 차가운 뱀처럼 번뜩이는 남자의 시뻘건 눈과 마주쳤다.

"나, 난 몰라……."

그를 화나게 만들었다. 이예주의 얼굴이 순식간에 창백하게 질렸다.

남자가 다시 움직였고 그녀는 잔뜩 두려움을 집어 먹은 채 주춤주춤 물러섰다.

"움직이지 마."

"……히익!"

남자가 딱딱한 목소리로 또 한 번 명령을 내렸다. 뒷걸음질 친 것 말곤 딱히 잘못한 점도 없건만, 이예주는 사방을 둘러보며 살 구멍부터 찾았다. 평평한 모래뿐인 사방을 급하게 둘러보던 그녀의 눈에 하나뿐인 살 구멍이 닿은 것은 결코 우연이 아니었다.

아직도 '문'이 환하게 빛을 흩뿌리며 저를 건널 주인을 기다리고 있었다. 밤이 깊은 현재와는 달리 '문' 너머엔 환한 태양 빛 아래 출렁출렁 거세게 파도치는 바다가 보였다. 단지 영상일 뿐인데도 물씬 시원한 바다 내음이 몰려오는 것 같았다.

어두운 사막에서 유일하게 환히 빛나는 '문' 때문인지, 아니면 그 안이 비추는 평화로운 바다의 풍경 때문인지는 모른다. 그 순간 이예주의 머릿속에 문만이 자신이 살길이라는 생각이 파고들었다.

"네 도망 길은 죽음뿐이라고 했을 텐데."

마치 그런 그녀의 생각을 읽은 것처럼 람이 말했다. 그가 다시 저벅저벅 다가오기 시작했다.

"으, 으으⋯⋯."

지금이라도 그에게 달려갈까? 달려가서 납죽 엎드려 목숨을 구걸해야 할까? 그러나 살기 어린 그의 눈동자를 마주하자 이예주는 1초 만에 그 생각을 황급히 치워 버렸다.

그녀가 갈팡질팡 하는 사이, 람이 공포 영화의 한 장면처럼 훅훅 가까워졌다. 그의 표정이 굉장히 좋지 않았다. 곧 있으면 그 커다란 손아귀에 후드가 잡힌 채 질질 끌려갈 것 같았다.

"인간."

"어, 어흑⋯⋯ 몰라. 난 모른다고! 아악!"

다시 자신을 압박하는 목소리에 이예주가 불현듯 양손으로 귀를 틀어막으며 빛을 향해 뛰어가기 시작했다. 결국 그녀가 살기 위해 선택한 방법은 늘 그렇듯 자신의 능력이었다.

"으헉! 난 몰라!"

빠르게 다가오는 람의 손이 자신의 후드를 낚아채기 전에, 이예주는 '문' 쪽으로 미친 듯이 뛰었다. 곧 환하게 빛나던 '문'이 그녀를 덥석 삼켰다.

이예주는 그 순간 차라리 다행이라고 생각했다. 진저리 나는 사막을 혼자서나마 탈출할 수 있어서.

익숙하고도 따뜻한 감각이 온몸을 감쌌다. 바로 뒤에서 "빌어먹을, 인간!" 하고 으르렁거리는 목소리가 울려 퍼졌다. 간담이 서늘해졌다. 겁먹은 이예주는 자신의 무모한 행동을 외면하듯 눈을 감았다.

어린 인간 계집이 얼이 빠진 얼굴로 멍청하게 자신을 바라볼 적까지만 해도, 람은 그녀가 그 대단하신 '능력'을 발휘할 것이라고는 생각조차 하지 않았다. 그런데 간신히 그것을 데려가려던 인간에게서 떨어뜨려 놓았더니, 그 곁에 환한 빛 뭉치가 생겼다.

정확히 인간 여자를 두 번째로 다시 만났을 때였다. 람이 내리친 번개에 혼비백산하며 도망가던 여자가 불현듯 희미한 빛 덩이 속으로 쑥 들어가더니 기척도 없이 사라졌다.

다시 인간 여자의 기척을 느낀 것은 무려 나흘이나 지난 후였다. 다리족이라고 주장하는 인간 여자의 말을 믿지 않은 것은 당연한 일이었다.

살아 있는 것들 중 그 어떤 것도 그의 눈을 피해 나흘간이나 기척 하나 내지 않고 숨을 수 없었다. 미약한 풀 한 포기조차 생명의 기척을 내기 마련이건만, 그 이후로도 인간 여자는 며칠 간격으로 기척을 숨기는 것을 넘어 아예 이 세계에 존재조차 하지 않는 것처럼 사라질 때가 있었다.

그의 권속에서 태어난 것이 아닌가, 의심도 해 보았지만 다시 나타날 때쯤엔 멀쩡히 살아 있다는 기척을 강하게 내뿜었기에 그 의심은 부질없어졌다.

희미한 빛무리처럼 보이던, 인간 여자가 말한 '능력'이라는 것이 이번에는 전보다 더 생생하게 그 실체를 드러냈다. 그녀의 옆에 지금껏 봐 왔던 것들보다 훨씬 강하고 밝은 빛 덩이가 나타났다.

인간 여자가 그 눈부신 빛을 바라보며 움찔거릴 때, 람은 확신할 수 있었다. 저것은 그의 권능 아래 속한 것이 아니라고.

인간 여자가 금방이라도 빛 속으로 뛰어들 것처럼 아슬아슬한 눈빛으로 람을 바라보던 순간이었다. 단순히 빛을 발하기만 하던 그것의 위로 희미하게 무언가가 떠올랐다. 꽤 먼 거리에 있었기에 람의 눈매가 자연스럽게 가늘어졌다.

인간 여자가 그것을 바라보며 울상을 지었다가 안도했다가 다시 얼굴을 찌푸리는 등 표정을 달리했다. 람은 그녀의 얼굴에서 시선을 떼고 다시 빛 덩이로 고개를 돌렸다. 그 순간, 그의 붉은 눈이 형용할 수 없이 번뜩이는 이채를 쏟아 내었다.

환한 빛 너머에 간신히 알아볼 정도로 희미한 영상이 보였다. 밝은 태양 아래 푸른 물살이 넘실거리는 바다였다.

"이리 기어 와."

그의 말에 마치 도망질을 치려다 걸린 도둑처럼 인간 여자가 눈에 띄게 움찔거렸다. 람의 눈살이 한층 더 깊게 찌푸려졌다. 그녀가 험악한 그 기세에 울먹이며 뒷걸음질 쳤다.

대체 심경에 무슨 변화가 있던 건지 그녀에게서 불안하고 혼란스러운 기척이 선명하게 느껴졌다. 인간 여자는 무언가를 고민하고 있었다. 람의 눈에는 그것이 금방이라도 빛 덩이 안으로 뛰어들려는 전초로밖에 보이질 않았다.

"네 도망 길은 죽음뿐이라고 했을 텐데."

살기 어린 말을 씹듯이 내뱉자 여자의 얼굴이 단박에 하얗게 질렸다. 람은 지금이라도 그녀가 말없이 온다면, 잠시간의 갈등을 관대하게 용서해 줄 용의가 있었다.

이미 능력을 남발하지 말라 엄포를 놓은 상태였기 때문에 그는 곧바로 그녀가 쪼르르 달려와 제게 다친 곳을 보여 주며 징징거릴 것을 믿어 의심치 않았다.

그러나 그가 계약으로써 소유한 인간은 그의 인내심을 한계까지 시험하는, 이 세계의 단 하나뿐인 인간이라는 것을 미처 망각하고 있었다. 그간 사막과 시간이 멈춘 땅에서 그녀가 행했던 요망한 짓들 때문이다.

"인간."

초조해지는 마음에 제 발로 걸어오기 전 먼저 움직인 탓이었을까. 그것이 불쑥 괴성을 지르며 그의 반대편으로 뽀르르 달려갈 줄 대체 누가 예측이나 했을까.

"으헉! 난 몰라!"

람이 채 그 발칙한 것을 잡아채기도 전에, 인간 여자가 빛 덩이로 뛰어들었다. 희미한 바다 영상을 배경으로 인간 여자가 환한 빛에 둘러싸여 눈 깜짝할 새 사라져 버렸다.

그가 간발의 차로 그녀의 뒤에 달린 후드를 낚아채려 했지만 소용없었다. 잡았다고 생각했을 때 그의 손은 텅 비어 있었다.

"하."

람이 빈손을 내려다보며 헛웃음을 지었다. 너무 어이가 없는 나머지 분노도 일지 않았다.

손도 못 쓰고 한순간에 인간 여자를 놓쳐 버렸다. 잠깐 방심한 사이, 순식간에 이뤄진 일이었다. 도망, 인간 계집이 도망을 쳤다. 감히 제 손아귀에서.

까드득, 입꼬리가 올라간 그의 입에서 어느덧 이 가는 소리가 섬뜩하게 들려왔다.

"숨바꼭질인가. 재미있겠군그래."

그러나 말과는 다르게 그의 눈동자가 흉흉한 광채를 쏟으며 시뻘 겋게 타올랐다. 그때였다.

"주인님! 주인님!"

멀찍이서 조롱이가 꾀죄죄한 모습으로 람을 부르며 뛰어왔다. 바 퀴벌레와 함께 인간 무리를 다 해치운 건지 그의 옷자락은 비린내를 풍기는 핏물로 가득 물들어 있었다.

한참을 뛰어온 조롱이가 이윽고 람의 앞에 도달하여 잠시 헉헉 숨 을 골랐다. 열네댓 살의 미소년 같은 그의 새하얀 얼굴에도 군데군데 핏방울이 튀어 있었다. 어느새 인간의 신체로 변신한 손에선 피가 물 처럼 뚝뚝 흘렀다. 이예주가 봤다면 기절하기 딱 좋은 몰골이었다.

"헉, 헉. 주인님!"

"인간들은."

"대충 거의 다 끝냈어여! 나머지 뒤처리는 바퀴벌레가 하고 있는 데엽…… 어? 그런데 예주 누나는여?"

'주인님께서 데리고 있지 않으셨어여?' 하고 되물으려던 조롱이는 제 눈치 없는 말에 순식간에 흉악스러워지는 분위기를 감지하고 재 빨리 입을 다물었다.

주인은 조롱이의 물음에 침묵했다. 그러나 그의 얼굴에 전에 없던 감정이 눈에 띄게 드러났다.

조롱이는 살기 어린 주인의 눈동자에 속으로 벌벌 떨며 이예주를 추모했다. 이 사고뭉치 인간이 또 대단한 사고를 친 것이 분명했다. 하루도 조용히 넘어갈 날이 없는 괴팍하고 성가신 인간. 그는 나직 이 이예주 욕을 했다. 일을 칠 거면 좀 들키지 않게 치든가, 왜 매일

같이 가만히 있는 저에게까지 피해를 입히는지 도무지 알 수가 없는 인간이었다.

조롱이가 시무룩하게 고개를 숙일 때였다. 두두두두두— 고막을 진동시키는 시끄러운 소리가 창공을 갈랐다. 멀리서 인간들의 기계가 하늘 높이 떠올랐다.

잠시 히카톤이 있는 쪽으로 다가오던 헬기가 사막 위의 참담한 현장을 발견하곤 급히 방향을 틀어 꽁지 빠지게 멀어지기 시작했다.

"어? 주인님! 저것 보세여! 저 인간 도망가여, 주인님!"

용케도 두더지 잡기에서 살아남은 두더지 몇이 헬기를 따라 엄청난 속도로 멀어지기 시작했다. 인간이 달리는 것이라고 볼 수 없을 정도로 그 빠르기가 굉장했다.

그러나 조롱이가 손가락으로 가리킨 인간은 무지막지한 히카톤 망치에서 살아남은 인간 무리가 아닌, 방금 전까지 그들 근처에서 숨죽이고 있던 뿔각 대장이었다. 몸을 묶고 있던 모래 밧줄이 풀리자마자 그는 전광석화처럼 벌떡 일어나 람과 조롱이로부터 빠르게 멀어졌다.

"전군 퇴각한다. 다시 한번 말한다. 전군 퇴각한다."

명령을 읊조리며 달리는 그의 속도 또한 인간이라고 보기엔 무리가 많은 빠르기였다. 눈 한 번 감았다 뜨니 능선을 하나 넘었고, 다시 한번 감았다 뜨니 뿔각 대장은 이미 그다음 능선 너머로 점이 되어 사라지고 있었다. 순간 이동이라고 해도 믿을 수 있을 만한 움직임이었다.

놈이 완전히 사라졌을 때쯤, 람과 조롱이의 옆으로 쿵 하고 육중한 소리와 함께 거대한 검은색 덩어리가 떨어졌다.

"헉헉, 뭐야. 인간들 벌써 다 죽여 버렸소, 주인?"

대왕 바퀴벌레였다. 조롱이가 앞서 말한 '뒤처리'를 다 하고 온 건지 활기 가득했던 목소리가 잔뜩 지쳐 있었다.

"그 인간 여자는?"

대왕 바퀴벌레도 조롱이와 마찬가지로 눈치 없이 이예주를 찾다가 이내 람의 타오르는 시선을 받고 조용히 입을 다물었다.

"주인님, 안 잡아여?"

인간들이 헬기보다 훨씬 더 빠르게 몸을 감췄다. 두두두두, 희미해진 소리를 내며 헬기마저 까만 점이 되어 사라지자, 조롱이가 아쉽다는 듯 입을 다시며 주인에게 물었다.

누구 하나 잡아 죽일 듯 흉흉한 기색으로 사막 위에 우뚝 서 있던 람은 한참 뒤에야 뜬금없는 물음을 내뱉었다.

"바퀴벌레, 여기서 동쪽 대륙까지 얼마나 걸리지?"

"에? 동쪽? 동쪽은 갑자기 왜 찾는 거요, 주인? 이제 북쪽 대륙과의 경계까지 거의 다 왔는데……."

"쓸데없는 말 집어치우고, 대답."

"동쪽이라면……."

바퀴벌레가 은근슬쩍 곁에 서 있는 조롱이의 눈치를 힐끗 보았다. 동쪽 대륙이 언급됨과 동시에 조롱이의 안색이 눈에 띄게 굳었다. 바퀴벌레는 꺼림칙한 얼굴로 말꼬리를 흐리다가 어렵사리 대꾸했다.

"나, 나흘은 잡아야 하오, 주인."

"이틀 주마."

"예?"

"나흘 후면 보름이니 이틀 안에 도착하도록."

"이, 이틀? 이틀은 절대 무리요, 무리!"

주인의 무지막지한 말에 대왕 바퀴가 대경실색하여 소리쳤다. 그러나 람은 대답 없이 대왕 바퀴의 등에 올랐다. 그는 미간을 설핏 찌푸리며 아까 보았던 영상의 잔해를 기억했다.

화창한 태양 빛 아래 푸른 바다. 한가로운 풍경이었지만 파도가 집채만큼 높고 물살이 거셌다.

마냥 한가롭게 넘길 만한 사안이 아니었다. 바다가 온통 뒤집어질 정도로 유속이 빨랐으니 대조기에 근접했다는 소리다. 적어도 이틀 안에 도착해야 한다.

"황조롱이, 타라."

어느덧 검은색으로 변한 람의 눈이 바퀴벌레 아래에 있는 조롱이에게 향했다. 마치 못 들을 것을 들은 것처럼 황조롱이의 얼굴이 파리하기 그지없었다.

그는 바퀴벌레 위에 올라타지 않고 다시 한번 작은 목소리로 주인에게 질문했다. 그 말투가 거의 애원하는 어조에 가까웠다.

"도망간 인간은…… 안 잡아도 돼, 주인님?"

빠드득, 람이 다시 한번 이를 갈았다. 광포한 그의 기운에 조롱이도, 그의 밑에 깔린 대왕 바퀴도 모두 흠칫 몸을 떨었다.

"동쪽으로."

말에 살기를 담는다면 이런 느낌인 걸까. 조롱이는 제가 말한 도망간 인간과 주인의 말이 뜻하는 도망친 인간이 과연 동일 인물이 맞는지 확신할 수 없었다.

"지금 잡으러 간다."

"주인님. 그런데 여기서 그냥 기다리기만 하면 정말 예주 누나가

와여?"

조롱이가 지친 얼굴로 제 옆에 야차같이 서 있는 남자를 올려다보며 물었다. 그러나 제 주인은 대체 무슨 생각에 잠긴 건지 입을 한일자로 굳게 다문 채 먼 바다 너머 수평선만을 노려보고 있었다. 그 좋지 않은 기세에 조롱이가 잠잠히 앞으로 고개를 돌리며 입을 다물었다.

그들은 정말로 밤낮을 쉴 새 없이 달려 이틀을 넘기지 않고 동쪽 대륙에 막 도착했다. 이틀이 다 뭐냐. 따지고 보면 하루 반나절 만에 그 먼 거리를 먹지도 자지도 않고 날아왔다. 그러고는 해안 근처에 망부석처럼 우뚝 서서 하룻밤을 하얗게 지새워야 했다. 도망간 인간을 기다리기 위함이었다.

북쪽 대륙 경계선 근처에서 다시 동쪽 대륙까지. 그 어마어마한 강행군도 모자라, 차가운 바닷바람을 맞으며 밤을 꼬박 새웠더니 조롱이는 당장 쓰러져도 놀랍지 않은 기분이었다.

이 정도의 강도 높은 움직임은 처음이었기에 제 주인도 분명히 지쳤을 거라고 생각했지만, 막상 올려다본 주인의 얼굴은 아무 일도 없던 것처럼 멀쩡하기만 해서 더 기절할 것만 같았다.

사실 따지고 보면, 그 먼 거리를 날아오는 동안 쉴 새 없이 얇은 날개를 퍼덕인 조롱이와 그의 주인을 태워 나른 대왕 바퀴벌레가 가장 고되었을 것이다. 실제로 바퀴벌레는 얼마나 힘들었는지 해안에 도착하자마자 급히 암석 뒤로 달려가 똥을 지렸다.

한참 후 언제나 하늘 위로 꼿꼿이 처들고 있던 한 쌍의 더듬이를 땅에 끌리도록 힘없이 늘어뜨린 채 터덜터덜 기어 나온 대왕 바퀴벌레는, 시꺼먼 껍데기가 보기 안쓰러울 만큼 허옇게 질려 있었다.

대왕 바퀴벌레는 잠시 쉬었다가 다시 제 동료들이 있는 서쪽 대륙으로 돌아가겠다며 창백한 낯빛으로 해안가의 고운 모래를 파헤쳤다. 당장이라도 배를 까뒤집고 죽어도 이상하지 않을 만큼 힘없는 몸짓이었지만 주인도, 조롱이도 딱히 그를 불쌍히 여기는 기색은 내지 않았다.

아니, 조롱이는 그를 불쌍히 여겼다. 그들 종족이 서쪽 대륙에서 서식하는 데에 그 어떤 인간도 그들을 위협할 수 없게 해 달라는 계약 조건을 내세운 그의 어리석음을.

고작 인간들의 위협에서 피하게 해 달라니. 저 같으면 차라리 서쪽 대륙 안의 모든 인간들을 깡그리 죽여 달라는 계약 조건을 내세울 것이다.

과정이 어찌 됐건 대왕 바퀴벌레는 더 이상 팔족 인간들의 눈을 피해 더러운 하수구 밑이나 뒷골목을 전전하지 않아도 되었다. 대신 주인이 부르면 언제든 그를 태우고 하늘을 날아야 했다.

꼬르르륵. 피곤하고 지친 조롱이의 배가 맛있는 쥐를 넣어 달라고 아우성쳤다. 배도 고프고 씻고 싶고 잠도 자고 싶다. 조롱이는 애원하는 눈길로 다시 한번 람을 올려다보았다. 분명 그 소리를 들었음에도 저의 주인은 굳은 얼굴로 말 한 마디 없이 거센 바닷바람을 맞으며 서 있기를 고수했다.

"주인님. 자꾸 여쭤봐서 죄송한데여…… 진짜 예주 누나 오는 거 맞아여? 온다면 언제쯤 올까여? 히잉, 이 인간, 대체 어딜 간 거야…….""

이 사고뭉치 인간! 정말 상종하기 힘든 인간이 분명하렷다. 조롱이가 거칠게 입을 씨근덕대며 이예주에 대한 욕을 마저 좋알대었다. 그의 절절한 애원 덕인지 그토록 답을 갈구했던 주인님께서 드디어 묵직한 입을 열었다.

"확실히 파도가 거칠어졌군."

"예? 파도여?"

"그래. 내일이면 보름이다. 대조기지. 파도가 높고 유속이 가장 빠를 테니 오늘이나 내일쯤 나타나겠군."

"대조기랑 예주 누나랑 무슨 상관인데여, 주인님?"

황조롱이의 되물음에 람은 차갑게 웃었다. 하지만 눈은 전혀 웃지 않고 형형하게 빛나고 있어 조롱이는 그만 소름이 돋았다. 그는 잠시 주인을 피해 사흘 동안이나 도망갈 생각을 한 멍청한 인간 여자를 애도했다.

"황조롱이, 너 그 인간 계집이 제 능력을 쓰는 순간을 본 적 있나?"

"예주 누나가 능력을 쓸 때여? 음…… 주인님이 벼락을 내리칠 때 갑자기 뿅 하고 사라졌잖아여? 정말 눈 깜짝할 새에 사라져 버려서 엄청 강한 다리족인가 보다 했는데여."

"아무리 강한 다리족일지언정 기척도 남기지 않고 사라질 수는 없는 노릇이지."

"어? 그러고 보니, 다리족 족장도 그렇겐 도망가지 못할 텐데…… 그건 또 그러네여. 그럼 예주 누나는 어떻게 그렇게 빨리 도망간 걸까여?"

조롱이는 이예주가 주인이 내리는 벼락을 피해 도망가던 때를 떠올렸다.

이틀 전에 사막에서 주인을 습격했던 인간들은 바로 다리족 놈들이었다. 그들은 상황이 불리해지자 그 짜증 나는 능력을 이용하여 꽁지가 빠지게 도망을 쳐 버렸다. 주인이 다리족 놈들을 쉽게 전멸시킬 수 없는 이유도 다 그것에 있었다. 치고 빠지는 얍삽한 짓거리를 반복하기 때문에 잡아 족치기도 힘든 놈들이 바로 다리족이었다.

하지만 도망을 친다고 해도 완전한 도망은 없기 마련이다. 지금껏 대단한 능력을 지닌 그 어떤 다리족 인간도 도망가는 모습조차 남기지 않고 사라지지는 못했다.

그러나 인간 여자는 달랐다. 마치 순간 이동을 하는 것처럼 사라졌다. 다리족이라고 철석같이 믿은 것이 우스울 정도로 흔적 하나 남기지 않고. 그 어떤 다리족도 그런 능력을 갖추고 있지 않았다.

"으으, 그러고 보니 누나는 나타날 때도 갑자기 기척도 없이 뿅 나타났었는데……."

황금색 동공을 정신없이 굴리며 이예주에 대한 기억을 쥐어짜던 조롱이의 얼굴이 순식간에 혼란으로 물들었다.

"그럼 누, 누나는 뭐예여? 귀, 귀신이에여? 귀신이라 그렇게 기척도 없이……."

"그 계집, 제 능력을 발휘해서 도망칠 때마다 몸에서 빛이 나거나 주위에 빛 더미를 만들더군."

"에? 에? 빛이여? 반짝반짝 빛 말이에여, 주인님?"

이예주의 정체가 꼬리에 꼬리를 물어 귀신설까지 발전되었을 무렵, 주인이 냉정하게 그것을 자르고 인간 여자에 대해 일갈했다. 뜬금없는 빛 이야기에 조롱이가 고개를 갸웃거렸다.

"그래, 빛. 너도 사막에서 보았겠지. 검은 안개를 빨아들이던 것을."

"아……!"

힌트를 주는 주인의 말에 조롱이가 옳다구나, 무릎을 쳤다. 사막에서의 일이 떠오른 듯 안색이 환해졌다. 그러나 그것도 잠시였다. 무언가 이상하다는 듯 조롱이는 금세 표정을 달리했다.

"그렇지만 그냥 검은 안개가 다른 곳보다 더 빨리 뭉쳐지기만 할뿐, 빛은 못 봤는데여……."

조롱이는 문득 딱딱하게 굳어진 주인의 얼굴에 끝말을 흐리다가 슬슬 입을 다물었다.

"양반은 못 될 인간이군. 왔다."

람이 눈을 가느다랗게 치뜨며 저 멀리 파도치는 바다 한가운데를 바라보았다. 조롱이도 덩달아 바라보았지만 거세게 몰려와 거품같이 부서지는 푸른 바닷물만 보일 뿐, 인간으로 보이는 건 딱히 없었다.

"그 계집의 몸에서 빛이 나는 건 도망칠 전조 중 하나이니 새겨 두도록 해라."

"감시인가여, 주인님?"

"쥐새끼처럼 한 번 도망칠 땐 기척도 남기지 않고 도망치는 계집이니, 이왕이면 미리 차단하는 것도 좋겠지."

람은 그 말을 끝으로 기다렸다는 듯 앞으로 나아갔다. 하룻밤을 앉지도 않고 동상처럼 꼬박 서 있던 사람치고는 너무나도 절도 있는 걸음걸이였다.

조롱이는 비장한 얼굴로 주인의 말을 되새기며 서둘러 그의 뒤를 쫓았다. 지나가며 흘려 말한 듯 보이지만, 명령이라는 것을 모를 정도로 어리석지 않았다.

람은 정확하게 한곳을 바라보며 걸었다. 쏴아아― 거센 파도가 몰려오는 해안선 위로 조롱이에겐 보이지 않는 빛 더미가 수박만 하게 커지고 있는 중이었다.

쏴아아― 철썩.

차가운 무언가가 이예주의 뺨을 서늘하게 치고 지나갔다. 으응, 그녀가 작게 신음했다. 침이라도 흘린 것처럼 얼굴과 맞닿은 부분이 축축했다. 그 느낌이 싫어 고개를 돌리고 싶었다.

그러나 채 고개를 돌리기도 전에 다시 '쏴아아―' 하고 무언가 몰려와 이번에는 조금 더 세게 뺨을 치고 쪼르르 물러났다. 마침내 그녀가 두 눈을 번쩍 치켜떴다.

"헉."

쏴아아. 다시 차가운 물이 몰려오는 것이 보이자 이예주가 서둘러 자리에서 벌떡 일어나다가 핑 도는 현기증에 다시금 주저앉았다.

"뭐야, 뭐야! 여기 뭐야…… 여기 어디지?"

잠시 주저앉아 정신을 차리려고 노력하는 동안에도 파도가 계속해서 몰려왔다가 물러갔다. 그녀가 의식을 되찾기도 전에 이미 푹 젖어 있던 청바지가 또 한 번 물을 머금으면서 더욱 짙은 색으로 변했다.

서늘한 물기운에 오싹 한기가 들었으나 이예주는 다가오는 파도를 피하기 위해 재빨리 몸을 일으키지 않았다. 어차피 이미 버린 몸, 이제 와 피한다고 해서 축축하고 질척한 느낌들이 사라질 것 같지 않았기 때문이다. 그래서 그녀는 바닷물이 몰려오는 것을 그대로 맞으며 그냥 그 자리에 앉아 있었다.

꽤 오랜 시간이 지난 후에서야 이예주는 고개를 들어 주위를 돌아보았다. 오묘한 비린내와 짠 내가 섞인 바람이 훅 몰아쳐 안 그래도 차가운 그녀의 몸을 더욱더 싸늘하게 만들었다.

"사막에 웬 바다가……."

멍하니 눈앞에 펼쳐진 광활한 바다를 바라보던 이예주는 불현듯 제가 '문'을 넘었다는 사실을 깨달았다. 그녀의 얼굴이 순식간에 창백해졌다.

"미친……."

그녀가 아무렇게나 내팽개쳐 두었던 두 손을 들어 조심스레 제 볼을 감싸 안으며 중얼거렸다.

"미쳤어, 미쳤어! 이예주, 어쩌자고…… 어쩌자고……!"

네 도망 길은 죽음뿐이라는 람의 말이 생각났다. 반사적으로 온몸을 타고 흐르는 두려움에 이예주가 얼굴을 감쌌던 손을 더 올려 제 머리를 쥐어뜯었다.

"왜 그랬어, 왜! 딱히 위협한 것도 없었는데 왜!"

제 머리통을 붙잡고 왜 도망을 쳤는지 이유를 묻고 또 물었다. 하지만 본인도 정확한 이유는 몰랐다. 그의 시뻘건 눈동자와 마주쳤을 때, 그저 생각도 하기 전에 몸이 먼저 움직였달까.

쏴아아, 다시금 파도가 몰려와 하체를 감싸 안더니 잡힐세라 꽁무니를 빼며 순식간에 쏴르르 도망갔다. 다리에서부터 몸을 타고 올라와 머리까지 점령하는 한기에 그녀가 반사적으로 몸을 한 번 부르르 떨었다.

그래도 그나마 파도에 씻겨 나간 덕분인지, 가랑이와 허벅지를 까끌거리게 하던 모래 알갱이들이 느껴지지 않았다. 다행이었다.

물을 머금어 다리에 착 달라붙은 청바지를 애절하게 바라보던 그녀가 조심스럽게 자리에서 일어나려고 하체에 힘을 준 때였다. 쏴아아, 멀어지는 바닷물과 함께 덩달아 둥둥 떠밀려 가는 무언가가 보였다.

"……어?"

엄지손가락만 한 크기의 곰돌이 인형이 수면 위로 떠올랐다 가라앉기를 반복하며 그녀로부터 멀어지고 있었다. 안 그래도 손때가 타지저분하던 그것이 물에 푹 젖어 짙은 갈색으로 변해 있었다.

그러나 팬시점에서 흔히 볼 수 있는 인형이 중요한 것이 아니었다. 중요한 것은 인형의 머리통 부분에 달린 것이었다.

"안 돼! 내 열쇠!"

이예주가 비명과도 같은 소리를 지르며 자리에서 벌떡 일어나 제 몸을 더듬거렸다. 어디 흘릴까 봐 헐렁한 후드티 주머니에서 빼내 청바지 뒷주머니에 고이 집어넣어 두었던 것 같은데 어느 틈에 빠진 걸까.

"안 돼! 가지 마!"

당황하는 그녀를 약 올리듯 파도가 한 번 칠 때마다 그녀의 하나뿐인 원룸 열쇠가 더욱 멀리멀리 떠밀려 갔다. 잃어버리면 피 같은 십만 원을 집주인에게 전해야 했다. 그렇기에 열쇠를 휴대폰만큼이나 소중하게 여겨 고이 모시고 다녔던 것이다.

다른 집은 다 기본으로 달려 있는 도어 락을 사용했으나, 처음 자취 생활을 하는 이예주는 괜한 찜찜함에 홀로 도어 락을 뜯어내고 걸쇠 달린 자물쇠로 잠금장치를 바꾸었다.

그녀의 원룸은 신축 건물이었다. 전화도 잘 받지 않던 집주인이 현관문의 잠금장치를 임의로 바꿨다는 이예주의 말을 듣고 한달음에 달려왔다. 불만에 가득 찬 얼굴로 뚱하니 바뀐 자물쇠를 바라보던 주인이 그녀에게 복사 키를 달라고 요구했다.

이예주는 당연히 침묵으로 일관했다. 끝내 키를 주지 않자 뿔이 난 주인은 멋대로 바꿨으니 키를 잃어버려서 다시 현관을 건드릴 시 벌금 십만 원을 내야 한다며 짜증을 내었다.

이예주는 절대 그럴 리 없을 거라 호언장담했다. 그녀의 생활 경로는 너무나도 단조로웠기 때문이다. 집, 학교, 집, 학교로. 가끔 냉장고가 비었을 때 집 앞 편의점에 가는 것이 다였으니 잃어버릴 틈이 없었다.

아무튼 그랬다. 그렇게 장담했던 십만 원짜리 열쇠가 그녀의 앞에서 항해를 시작하며 멀어지고 있었다. 당장엔 쓸모가 없을지언정, 집으로 돌아간 후엔 가장 잃어버리면 안 될 물품 1순위였다. 이예주가 사색이 되어 그것을 잡기 위해 바다로 뛰어든 것은 당연했다.

첨벙첨벙, 물살을 헤치며 뛰자 얼굴과 머리로 짠 바닷물이 거세게 튀었다. 그녀는 오만상을 찌푸렸다.

"어흐! 추워! 어흐으!"

이미 다 젖었으니 뭐 다를 게 있나 싶었지만, 막상 뛰어든 바다는 정말로 욕 나오게 차가웠다. 잠시 멈칫하던 그녀는 이내 점점 더 깊은 곳으로 떠내려가는 열쇠를 보고 마음을 굳게 먹었다.

얼마 들어간 것 같지도 않은데 물이 금방 허리까지 차올랐다. 무심코 내려다본 바닷물은 얕은 곳임에도 불구하고 심해처럼 그 안이 보이지 않았다. 원래 이렇게 바닷물이 어두운 색이었나? 이예주가 잠시 고개를 갸웃거리다가 이내 몰려오는 바닷물 때문에 생각하기를 포기했다.

철썩철썩. 그녀를 밀어내려는 듯 파도가 꽤 거셌다. 자신 쪽으로 물살이 밀려오는 것이 분명한데, 왜 열쇠는 잡을 만하면 자꾸만 멀어지는 것인지 모르겠다.

"아오! 이리 와!"

쭉 뻗은 손에 닿을 듯 말 듯 흔들리던 열쇠가 손가락 사이를 물처럼 유려하게 빠져나갔다. 거의 다 잡은 고기를 놓친 것처럼 이예주가 인상을 찌푸리며 외쳤다. 그러나 그녀의 말을 알아들을 리 없는 열쇠고리는 사람 애간장 떨어지게 자꾸만 파도에 휩쓸려 가라앉았다 뜨기를 반복했다.

그것을 쫓아 물살을 헤치고 들어가는 동안, 허리까지 차올랐던 물이 어느덧 가슴까지 차올랐다. 그녀는 조금도 알아채지 못했다. 서둘러 가느라 연달아 발이 꼬였다. 아무래도 수면 아래쪽은 위보다 물살이 더욱 빠른 것 같았다. 발목을 잡아끄는 듯한 바닷물을 헤치고 이예주는 열심히 앞으로 전진했다.

어느새 곰돌이가 달려 있는 십만 원짜리 열쇠가 한 뼘 남짓한 거리에 떠 있었다. 그녀가 화색이 도는 얼굴로 안도의 한숨을 내쉬었다.

이예주는 몰려오는 파도에 몸을 맡기고 잠시 한 박자 쉰 후, 손을 뻗으며 나름 전광석화 같은 속도로 몸을 날렸다.

"잡았다, 요놈!"

딱딱한 쇠의 질감이 손바닥을 찔렀다. 완전히 열쇠를 손에 쥐었다고 생각한 그때였다. 그녀의 발치에 무언가가 턱 하니 걸렸다. 안 그래도 물살이 거세 간신히 버티고 있던 하체의 균형이 무너지는 건 순식간이었다.

"으아웁―!"

비명을 채 지르기도 전에 이예주는 빨려 들어가듯 물속으로 엎어졌다. 정신이 번쩍 들 정도로 차가운 물이 얼굴에 닿는다고 느꼈을 때, 그녀의 머리는 이미 물속에 처박혀 있었다.

"어푺! 어헉! 사…… 꾸룩!"

'사람 살려!' 하고 외치기도 전에 짜고 따가운 물이 코와 입 속으로 마구 밀려 들어왔다. 당황한 그녀가 팔다리를 거세게 허우적댔다. 그 노력이 가상했는지 '푸헉!' 하고 몸이 잠시 수면 위로 떠올랐지만, 얼마 버티지 못하고 도로 바닷속으로 끌려 들어갔다.

"우붑! 웁! 우룩!"

입에서 뽀글뽀글 공기 방울들이 쏟아져 나왔다. 바다 밑은 생각보다 더욱 물살이 거셌다. 버둥대다 간신히 균형을 잡았다 싶으면 금세 몰려오는 파도에 속절없이 휘말렸다.

"어헉, 어헉! 살려……!"

그다지 깊지도 않았던 수면이 자신을 너무나도 쉽게 집어삼켰다.

개구리가 헤엄치듯 앞뒤로 정신없이 팔다리를 흔들어 대던 이예주는 시간이 지날수록 점점 몸에 힘이 빠지는 것을 느꼈다. 그녀는 수영에 자신이 없었다. 물론 모든 운동에 자신이 없었지만, 그래도 가장 자신 없는 것을 꼽으라면 수영이었다.

숨이 컥컥 막혔다. 반사적으로 부족한 숨을 들이쉬었지만 콧속으로 공기 대신 비릿한 바닷물이 들어와, 있던 공기도 갉아 먹었다. 그 바람에 두 눈이 흡사 물귀신처럼 핏발 선 채 부릅 홉떠졌다.

살려 줘! 살려 줘! 이예주는 그렇게 소리 질렀다. 그러나 입에서 나오는 것은 꾸룩 꾸룩 하고 숨넘어가는 소리뿐이었다. 목이 죄어 왔다.

몸이 무겁고 부릅뜬 눈이 따가웠다. 주위에 아무것도 없는 것이 분명하건만 무언가 그녀의 몸을 아래로, 더 아래로 잡아당기는 것만 같았다.

서서히 잦아드는 제 움직임을 느끼던 그녀는 섬뜩한 기분이 들었다. 설마, 자신은 1000년이 넘는 시간을 건너와서 이렇게 어이없이 익사하는 운명인 건가? 그것도 깊은 심해도 아닌, 수위가 가슴까지밖에 오지 않는 얕은 바닷가에서! 자신을 죽일 듯 달려오던 그놈을 피해 간신히 도망쳤나 했더니, 자유를 느끼기도 전에 이렇게 어이없이 죽는 것이 바로 이 저주받을 능력의 끝이란 말인가!

허흑, 허흑. 심장이 터질 것처럼 쿵쾅댔다. 눈앞이 하얘지고 온몸에서 힘이 빠져 축 늘어지던 바로 그때, 그녀 주변의 물살들이 살아 있는 손처럼 미묘하게 움직였다.

미역처럼 흐물거리며 깊숙이 가라앉던 이예주가 거세게 덮쳐 오는 파도에 꽥 소리도 내지 못하고 휩쓸렸다. 발버둥을 쳐 대도 수면 위로 좀체 뜨지 못하던 그녀의 몸이 놀랍게도 엄청난 속도로 몰려온 파도를 타고 육지로 향하기 시작했다.

쏴아아— 넘실넘실 춤을 추던 바닷물이 빠르게 육지와 맞붙은 곳으로 달려가 인간 여자의 비루한 몸뚱이를 철퍽, 토해 냈다. 그녀가 정신을 차린 것은 젖은 땅 위에 안면을 거세게 부딪쳤을 때였다.

"푸헉! ……크헉! 쿨럭!"

신선한 공기가 콧속을 후비고 들어오기 시작했다. 동시에 이예주는 내장을 모조리 토해 낼 듯 격렬하게 기침을 했다.

볼과 맞닿은 백사장의 모래 알갱이들이 입 속으로 들어가는지도 모르고 목에 핏줄을 세운 채 기침을 해 대니 울컥하고 목구멍에서 무언가 쏟아져 나왔다. 드라마나 영화에서 보던 것처럼 병으로 인한 울혈이었으면 차라리 이유도 있고 좋았을 텐데, 이예주의 입에서 쏟아져 나오는 건 침 섞인 짭짜름한 바닷물이었다.

물이 잔뜩 들어간 눈, 코, 입이 온통 따가워 죽을 것만 같았다.

"허억, 허억…… 커흑!"

기침을 한 번 할 때마다 즙을 짜내는 것처럼 코와 입에서 물이 쭉쭉 쏟아져 나왔다. 정신이 없었기에 망정이지, 제정신으로 자신을 보았다면 정말 눈 뜨고는 못 봐 줄 만한 꼴이었다.

그렇게 꺽거리며 마신 바닷물을 도로 쏟아 내는 그녀의 위로 음산한 그림자가 드리워졌다. 이예주의 코앞에 검은색의 가죽신이 우뚝 멈춰 섰다.

"물놀이 좋아하나."

"으으……."

불현듯 머리맡에서 들려오는 목소리에 이예주가 괴상한 신음 소리를 내며 땅에 처박고 있던 고개를 천천히 들었다. 자신은 납죽 엎드려 있고 상대방은 머리맡에 서 있기 때문인가. 고개를 한참이나 높이 쳐들어도 그 얼굴이 보이지 않았다.

그 후에도 더욱더 목이 꺾어져라 고개를 들려고 노력하던 이예주는 그의 얼굴이 잘 보이지 않은 이유가 역광 때문이라는 것을 깨달았다.

눈부시게 빛나는 태양 아래, 거짓말처럼 그 남자가 서 있었다. 지금 이 순간 가장 만나고 싶지 않았던 시뻘건 미친놈이.

"더 놀 걸 내가 억지로 꺼낸 건가?"

눈물, 콧물로 온통 범벅된 지저분한 인간 여자의 얼굴을 무심하게 내려다보며 남자가 말했다. 그 말을 채 이해하기도 전에 이예주는 불쑥 팔을 뻗어 남자의 검은색 가죽신을 움켜쥐고 목숨을 구걸했다.

"……허윽, 헉. 살려 주세요."

인간 여자가 물 섞인 묽은 침을 질질 흘리며 애원을 해 대는 통에 람은 관대하게 자리에 주저앉아 그녀와 눈을 맞춰 주었다.

"왜. 여기까지 기어 오자마자 좋다고 뛰어들던데. 혹시 심해 생물도 좋아하나?"

이예주는 남자의 말에 대답하지 않았다. 아직도 뇌에 들어찬 물이 빠지지 않았는지 정신이 몽롱했고 물이 가득 찬 귓구멍 또한 멍멍했기 때문이다.

그녀는 남은 잔기침을 토해 내며, 혼이 나간 것 같은 눈으로 주위를 둘러보았다. 어찌 된 일인지 자신은 제 발로 들어간 바다 한가운데에 빠져 익사할 뻔하다가, 다시금 육지로 끌어 올려진 상태였다. 정말 죽는다 싶을 때, 물살이 빠르게 자신의 몸을 밀어낸 것 같기도 했는데…….

제대로 돌아가지 않는 머리를 억지로 굴려 제 처지를 파악하던 이예주의 눈에 그제야 남자의 시뻘건 두 눈동자가 정확히 들어왔다.

태양 빛이 너무 강해서 그런가. 제 앞에 주저앉아 있는 거대한 남자의 모습이 너무나도 눈이 부셨다. 남자에게서 흘러나오는 밝은 빛에 반사적으로 눈살을 찌푸리며 그녀는 멍하니 생각했다. 이 인간에게 어디로 도망갈 거라고 언질을 주고 도망쳤던가…….

아니, 아니다. 분명 '문'을 넘을 때 남자에게 잡힐세라 이를 악물고 뛰기 바빴을 뿐, 남자에게 어디로 도망간다고 이야기했을 리가 없다.

대체 이 남자는 뇌 속에 네비게이션이라도 달고 있는 건가? 항상 자신을 주시했던 엄마도 아닐진대, 어떻게 문을 넘자마자 제 앞에 나타날 수가 있는 거지? 마치 자신이 이곳에 오길 기다렸다는 양…….

"아…….."

이예주가 저도 모르게 굳은 입술 사이로 신음 소리 같은 감탄사를 내뱉었다.

자신을 기다렸다. 기다렸다?

기다리다니. 너무 간지러운 말이잖아. 그럴 리가 없는데. 자신을 기다릴 리가 없을 텐데. 왠지 모르게 온몸이 근질근질해서 막 긁고 싶고 가슴이 답답한, 그런 느낌이 들었다.

"……혹시, 나 기다린 거예요?"

이예주는 얼빠진 표정으로 작게 속삭이듯 물었다. 그러자 남자가 또 무슨 헛소리를 하냐는 듯 얼굴을 찌푸렸다.

무표정을 고수하던 그가 눈에 띄게 감정을 드러냈다. 그와 동시에 무언가 와장창 깨지는 소리가 들렸다. 아, 망상이 지나쳤구나, 예주야…….

그런 그녀를 알 수 없는 눈길로 마주 보던 남자가 붉은 입술을 설핏 열었다.

"그보다 심해 생물, 좋아하느냐고 물었다."

"……."

"대답."

심해 생물? 이 자식, 아까부터 왜 자꾸 심해 생물 타령이야. 뜬금없는 그의 말에 이예주가 멍한 표정을 지우고 그 위에 어리둥절함을 덧입혔다.

아직도 바닷물에 푹 담겨 있는 하체가 이제는 차갑다 못해 시릴 정도로 아렸다. 이제 물도 다 토해 냈으면 정신 차리고 일어나서 남자에게 무언가 해명을 해야 하는데. 그 생각에 그녀가 내동댕이쳐져 있던 두 팔에 힘을 줘 꾸물꾸물 자리에서 일어나려고 애를 썼다.

그때였다. 바닷물에서 잠겨 있던 이예주의 한쪽 발목을 차갑고 기다란 것이 스르륵 휘감은 것은.

미역인가. 해초라도 발에 걸린 것인가 싶어 그녀가 물속에서 발을 거칠게 털었다. 그러나 떨어지기는커녕, 청바지 위로 미끄덩하고 축축한 무언가가 슬금슬금 기어 올라오더니 이내 종아리까지 꽈악 감았다.

더는 해초라고 생각할 수 없을 만큼 노골적인 힘이 느껴졌다. 그것도 모자라 그녀의 발에 감겨 있는 것이 마치 간을 보듯 슬쩍 잡아당기기까지 하는 것이 아닌가! 무언가 이상함을 깨달은 이예주가 날카롭게 숨을 들이마셨다.

"⋯⋯헉."

낑낑거리며 육지로 올라오던 그녀의 움직임이 우뚝 멈췄다. 그녀는 참으로 멍청하게도 저와 눈을 마주치고 있는 남자의 눈동자를 발견하고 나서야 깨달을 수 있었다. 장난기 하나 없이 진중하게 빛나는 그 눈으로 보아 '내 다리를 잡은 것은 과연 해초 따위가 아니로구나.'라는 것을.

그와 동시에 한쪽 발이 쑤욱 위로 올라갔다. 절대 자의가 아니었다.

"허억! 뭐, 뭐, 뭐예요? 뭐, 뭐가 발을 잡고 있어요! 뭐가 잡고 있다고요!"

이예주의 얼굴이 순식간에 시퍼렇게 변색되었다. 그 말에 반응하듯 한쪽 다리를 착 감고 있는 무언가가 강한 힘으로 그녀를 바다로 끌어당겼다.

"꺄아악―!"

지익, 몸이 끌려가자 이예주가 반사적으로 비명을 질렀다. 무뚝뚝한 표정으로 내려다보고만 있던 남자가 불현듯 손을 뻗어 그녀의 손목을 강하게 휘어잡았다.

끌려가던 몸이 멈췄다. 이예주가 사색이 된 얼굴로 비명을 지르며 자신의 발목을 잡고 있는 것의 정체를 확인하기 위해 고개를 뒤로 꺾었다. 그러나 미처 보기도 전에 아슬아슬하게 자신을 잡고 있는 남자가 무미건조하게 지껄였다.

"보지 않는 게 좋을 텐데."

"허흑, 헉! 뭐야! 뭐야!"

"조차가 큰 대조기에는 깊은 곳에 사는 것들이 미처 되돌아가지 못할 때가 있지. 너랑 더 놀고 싶어 하는 것 같군."

"그, 그게 뭔데요? 그게 뭐예요!"

"글쎄. 네 몸보다 세 배쯤 큰 문어인가?"

문어……? 타코야키에 들어가는 문어? 초등학교 시절 학교 앞 문방구에서 팔던, 꼬릿꼬릿한 냄새나는 불량 식품의 그 문어……?

그러나 그녀는 문어에 대한 생각을 더 이어 갈 수 없었다. 람의 말이 끝남과 동시에 다리를 휘감고 잡아당기는 그것이 확 힘을 줬기 때문이다. 그녀의 몸이 바다 쪽으로 무섭게 끌려가기 시작했다.

"아아악! 놓지 마요! 놓으면 안 돼요! 놓지 마!"

그녀가 찢어지는 고음을 내지르며 남자에게 잡히지 않은 다른 손을 뻗어 그의 손목을 다급히 잡았다. 그리고 안간힘을 쓰며 매달렸다.

그러나 바닷속에서 제 발목을 잡아당기는 미지의 것에 대한 공포로 인해 덜덜 떨고 있는 그녀와는 다르게, 남자의 얼굴이 너무나도 무심했다.

"흠, 문어의 침에는 염산 성분이 들어 있어서 먹이를 서서히 녹여 먹는 걸로 알고 있는데. 꽤 아프겠군."

남 얘기하듯 남자가 중얼거리자 이예주가 악을 썼다.

"아악! 놓지 마요! 어떡해, 끌려가! 어떡해. 잡아당긴다구요!"

람은 심각할 정도로 느슨하게 그녀를 잡았다. 그 얼굴이 자못 태평하기까지 했다. 이예주는 금방이라도 남자가 제 손을 놓을까 봐 통곡이라도 하고 싶은 심정이었다.

"제발, 제발! 흐헝엉! 람!"

그녀가 새된 비명을 지르며 람에게 애원했다. 눈물이 그렁그렁한 얼굴로 울던 그녀의 애간장이 닳아 다 없어질 무렵, 마침내 남자가 선심 한번 써 준다는 듯 입을 열었다.

"사막에서는 뒤도 안 돌아보고 쥐새끼처럼 잘도 줄행랑을 치던데. 문어와 물놀이를 하고 싶어서 동쪽 대륙까지 부득부득 기어 온 게 아니었던가."

'동쪽 대륙까지 부득부득'이라는 부분을 남자가 이를 부득부득 갈면서 강조했다. 무심하기만 해 보였던 람의 시뻘건 눈동자가 어느새 이예주를 태워 죽일 것처럼 활활 타오르고 있었다.

동쪽 대륙은 또 어디야. 그녀는 제가 어디로 왔는지도 잘 몰랐기 때문에 남자의 말에 심히 억울해졌다. 그러나 그것을 토로하기엔 그가 지나치게 화가 많이 나 보였다. 그녀는 앞뒤 잴 것 없이 무조건 빌었다.

"잘못했어요!"

"……"

"제가 다 잘못했어요! 진짜 제가 잠깐 미쳤었나 봐요! 제가 죽을죄를 지었어요! 제발 용서해 주세요, 제발요! 흐엉엉!"

"이번 기회를 통해 네가 비는 잘못은 신뢰할 게 못 된다는 것을 알게 되었지. 팔족 땅에서 그렇게 엉덩이를 맞고도 넌 별로 반성하는 태도가 없는 것 같군."

귀신같은 놈. 칼처럼 예리한 람의 지적에 이예주는 질겁했다. 그러는 사이 바닷속에서부터 뻗어 나와 그녀의 다리를 덩굴처럼 감싸 안은 것이 또 한 번 강하게 힘을 주었다.

"아아악!"

지익, 이예주의 몸이 젖은 땅을 파헤치며 한 차례 끌려가다 멈췄다. 죽을 거야. 죽을 거야! 남자의 말처럼 문어가 내뱉은 염산에 따끔따끔 살이 녹아내리면서 잡아먹힐 것이다.

이예주가 두려움에 파들파들 떨리는 눈으로 람을 절박하게 바라보았다.

"진짜 하라는 대로 할게요! 으, 으흐으, 다시는 안 그럴게요, 진짜! 살려 주세요, 제발! 하라는 대로 다 할게요, 흐, 으흑."

"간사한 것. 물론 그 말도 신뢰하지 못하는 대상에 포함된다. 좀더 참신한 거 없나?"

너무 많이 들어서 이젠 질리기까지 한다는 듯 남자의 미간이 찌푸려졌다. 이예주는 말문이 막혔다. 잘못했다는 말 외에 더 이상 무슨 말을 해야 하는가. 필사적으로 머리를 굴렸지만 역시나 아무 생각이 나지 않았다. 그러자 남자가 타임 오버라는 듯 그녀를 향해 무뚝뚝하게 뇌까렸다.

"없으면."

그 말과 동시에 이예주의 손목을 붙잡은 손에서 힘이 빠져나갔다. 곧바로 끌려가도 이상하지 않을 만큼 느슨해진 손목의 압박감에 그녀는 필사적으로 람에게 매달렸다. 그러나 남자는 자신을 붙잡는 그 손마저 떼어 내려는 듯 굴었다.

"이, 이러지 마요. 장난이죠? 놓지 마요. 왜 이래요, 람. 왜 이래요!"

"여기서 그만 인사할까."

"아, 아악! 이러지 마요! 잘못했어요! 제발, 잘못했어요! 다신 안 그럴게요! 흐흑! 끌려, 끌려가!"

"황조롱이가 그동안 즐거웠다고 안부 전해 달라 하더군."

남자가 이예주의 손을 털고 자리를 떠나려는 기색을 보였다. 그녀의 동공이 찢어질 듯 확장되었다.

정말로 저를 버리고 가 버리려는 듯한 그에게 아무 말이나 나오는 대로 지껄여 댄 건 생존을 향한 이예주의 본능이었다. 그랬을 뿐인데.

"주인님!"

그것이 통한 듯 남자가 움직임을 멈췄다.

"주인님! 우, 우리 계약했잖아요!"

"……."

"내, 내가 당신이 날 특별하게 여겨 살려 주었던 이유도 찾아 주기로 하고! 당신이 다른 놈들 앞에서 요망한 짓거리를 하면 죽인다고도 했었고! 내 몸이, 내 몸이 아니라 이제 당신 거라고도 했었고!"

"……."

"우, 우리 그런 조건으로 계약했으니까 당신이 내 주인이잖아요! 이렇게 버리고 가면 어떡해!"

저 비루한 몸뚱이를 특별히 살려 주었고, 또 그것을 제가 가진다
는 조건으로 계약을 했었던가. 람은 서쪽 대륙에서 인간 여자와 나
눴던 이야기들을 떠올렸지만 그 어디에도 그런 망발을 했던 기억은
없었다.

남자가 여전히 시큰둥한 반응이자 이예주가 다시 외쳤다.

"순진한 처녀 꼬드겨서 사, 상 준다고 뽀, 뽀뽀도 하고 키스도 하
고 막, 막 그랬으면서!"

"에엑? 뽀…… 뽀뽀…… 키, 키스도 했다구여?!"

멀리서 조롱이의 경악에 가득 찬 목소리가 꽥 울려 퍼졌다. 그러
나 죽네, 사네 하는 이예주의 귓구멍에 그것이 들어올 리 없었다.

"이렇게 가면 천벌 받아요, 당신! 아니, 아니, 주인님! 살려 줘요!
제발 흐으, 제발 놓지 마요!"

그녀는 숨넘어가는 사람처럼 쉴 새 없이 울며불며 호소했다. 그러
나 여전히 남자는 미동이 없었다.

그사이 다리를 휘감은 것이 뼈를 부숴 먹을 것처럼 거세게 압박했
다. 그 마지막 예고를 끝으로, 그녀는 바다 쪽으로 확 끌어당겨졌다.
순간적으로 잡아끄는 강한 힘에 간신히 붙잡고 있던 남자의 손이 미
끄러지듯 이예주의 손을 빠져나갔다.

그대로 끌려간다. 바다로. 심장이 발끝까지 쿵 떨어지는 느낌에
그녀가 눈을 질끈 감았다.

"아아악―! 엄마! 예주 죽어! 살려 줘어억!"

그 순간, 속수무책으로 주르륵 끌려가던 이예주의 손목이 턱 하니
붙잡혔다. 그녀는 가슴까지 바닷물에 잠긴 채 간신히 멈췄다.

이예주의 입에서 '억!' 하고 짧은 비명이 튀어나왔다. 잡힌 손목이
부러질 듯 아팠다. 그녀는 꾹 감았던 눈을 떴다. 시뻘건 눈동자가 그

녀를 깔보듯 내려다보고 있었다. 그 모습에 왠지 눈물이 다 나올 것 같았다. 이렇게 세게 잡아 줄 수 있으면서 왜 그렇게 사람 애간장을 다 태웠는지, 정말 천벌 받을 놈이었다.

"놔라."

남자가 짧게 명령했다. 그러자 그녀의 다리를 옥죄던 촉수 같은 것이 거짓말처럼 스르륵 풀렸다. 이예주는 그것이 채 풀리기도 전에 괴성을 지르며 다다다닥 육지로 재빠르게 기어 올라왔다.

바다에서 빠져나온 후에도 한참이나 더 기듯 뛰듯 달린 이예주는 젖은 땅에서 완전히 벗어나 고운 모래가 풀썩 날리는 백사장에 다다라서야 다리에 힘이 풀린 듯 자리에 주저앉았다.

고개를 내려 정체 모를 것이 옥죄던 다리를 내려다보니 끈끈한 점액질 같은 게 청바지에 잔뜩 묻어 있었다. 그것이 소름 끼쳐서 그녀는 다리를 허공에 발작적으로 털어 댔다.

"두 번이나 알고도 날 속아 넘어가게 만들다니."

"……."

"역시 혀가 간사하기 짝이 없는 계집이로군."

그런 그녀를 바라보던 람이 짧게 혀를 찼다. 간사한 혀를 가진 계집이란 말에 매우 억울하고 화가 치밀어 올랐지만, 그녀는 반응하지 않았다.

그러자 남자가 이예주의 신경을 더욱 박박 긁는 행동을 개시했다. 바로 눈앞에서 그녀도 잘 알고 있는 물건을 들고 약 올리듯 짤랑짤랑 흔들어 대는 게 아닌가.

"내 열쇠!"

대체 어느 틈에 가져간 건지 이예주의 십만 원짜리 열쇠가 남자의 손에서 흔들리고 있었다. 그녀가 다리를 털어 대는 것을 멈추고 벌떡 일어나 열쇠를 낚아채려고 달려들었다.

　그러나 손가락이 채 닿기도 전에 곰돌이가 위로 휙 들어 올려졌다. 그녀의 키로는 절대 닿을 수 없는 미지의 세계였다.

　"돌려줘요! 중요한 거란 말이에요!"

　"이건 압수다."

　"뭐, 뭐요?!"

　"도무지 한 번 말하면 들어 처먹질 않으니, 이런 거라도 담보로 삼을 수밖에."

　"안 돼엑!"

　이예주는 남자가 들어 올린 열쇠를 낚아채기 위해 있는 폴짝폴짝 뛰어올랐다. 남자는 그런 그녀의 모습을 고양이 재롱 보듯 바라보며 여유롭게 열쇠를 흔들어 댔다.

　"왜 이래요, 나한테! 다 잘못했다고 했잖아요. 핸드폰도 뺏어 가더니 이젠 열쇠까지 가져가고 흐, 흐흑……."

　이예주는 결국 제풀에 지쳐 백사장에 주저앉으며 울먹였다. 람에겐 씨알도 먹히지 않는 소리였다.

　"말 잘 들으면 돌려주마."

　"먼저 돌려주면 말 잘 들을게요."

　"너에 관해선 뭐든지 후불이다."

　그게 뭐야, 이 자식아! 이예주는 남자의 멱살을 붙잡고 소리 지르고 싶은 충동을 간신히 참으며 입술을 씰룩거렸다.

　이건 다 계획적인 일이었다. 아무리 눈치 없는 그녀라도 모를 수가 없었다. 문어도, 열쇠도 모두 다 남자가 계획한 일이 분명했다!

　뒤통수가 당기다 못해 얼얼할 지경이었다. 그런 그녀의 심경을 아는지 모르는지, 제 품에 그녀의 열쇠를 쏙 집어넣은 남자가 무뚝뚝하게 물었다.

"그래서."

"……."

"사막에서 도망은 왜 친 건지 이제 대화 좀 나눠 볼까."

"헉."

남자가 잊고 있었던 주제에 대해서 꺼내자, 이예주가 짧게 숨을 집어삼켰다. 그러고 보니 까맣게 잊어버리고 있었다. 자신이 왜 물에 빠진 생쥐처럼 홀딱 젖은 꼴로 문어 밥이 될 뻔하다 간신히 살아난 건지.

대체 어떻게 찾아온 거란 말인가. 남자의 집요함이 이제 무섭다 못해 섬뜩하기까지 했다. 그녀는 '문' 안의 광경을 제대로 보지도 않고 무턱대고 넘어 버린 과거의 저에게 욕을 퍼부었다.

"대답."

남자가 짜증스럽게 미간을 좁히며 재촉했다.

"그, 그게요. 그, 그게 있잖아요……."

그녀가 우물쭈물 거리다가 어렵사리 입을 열었다.

"그게 도망을 치려고 친 게 아니라요…… 어…… 그냥 모르는 사람들이 와서 막 끌고 가려고 하고, 바퀴벌레는 또 저를 막 집어 던지고…… 그리고 군인들이 막 마구잡이로 총을 쏴 대고……."

"……."

"그 뿔각 대장! 그놈이, 그놈이요. 갑자기 막 미친 듯이 끌고 가다가 뿔각을 불었는데 그 괴물이……! 괴물이 나타났잖아요! 괴물이 나타났는데, 그, 그게 너무 무섭고, 소름 끼치고…… 당신은 갑자기 그 괴물을 마구 내리찍어 대니까……."

"그래서."

이예주가 특유의 횡설수설 말하기를 펼쳤다. 그러나 다른 때 같았으면 모두 다 정신 나간 헛소리로 치부했을 람이 그녀의 말꼬리가 끊기기 무섭게 채근했다. 이예주가 다시 떠듬떠듬 말을 이었다. 어느덧 그녀의 얼굴은 울상이 되어 있었다.

"그러니까요…… 도망가고 싶어서 간 게 아니라, 흐, 흐흑. 사막은 너무 어둡고…… 당신은 너무 멀리 있었고, 총소리가 뒤에서 막 미친 듯이 나는데 저는 혼자 있었으니까…… 그니까 그게, 그게요…….."

"……."

"자, 잘못했다고요! 앞으로 당신한테 바로 달려갈게요. 진짜! 다시는 안 그럴게요!"

이예주는 제 헛소리 타령이 전혀 먹히질 않자 바로 계획을 달리해 남자의 바짓가랑이를 붙들고 싹싹 빌었다. 아, 불쌍한 을의 인생이여.

"한 번만 봐주시면 안 돼요? 다신 안 그럴게요. 진짜요! 네? 주인니임, 한 번만 읍……!"

그녀가 마음에도 없는 주인님 소리까지 내뱉으며 손이 발이 되도록 싹싹 빌 때였다. 남자가 문득 티 하나 묻지 않은 매끈한 손으로 떠벌리던 입을 틀어막았다.

"입."

"우읍! 읍!"

"그 주인님 소리, 다시 한번 지껄이면……."

람이 시뻘건 눈으로 음산하게 으르렁거렸다. 그 말을 내뱉는 그는 어쩐지 그녀의 눈을 피하는 것 같았다.

이 방법은 잘못 먹혔던가. 오히려 남자의 화를 돋운 것이 아닌가 싶어, 단박에 겁에 질린 이예주가 연신 고개를 끄덕였다. 몇 번이고 그녀의 확답을 받아 낸 후에야 남자가 억세게 입을 막고 있던 손을 풀어 주었다.

"너. 내게 더 속이고 있는 건 없나."

"네, 네?!"

몸을 사리고 있던 이예주에게 남자가 또 다른 질문을 던졌다. 그녀가 의심스러울 정도로 화들짝 놀라며 몸을 떨었다.

"네 능력. 대륙에서 다른 대륙까지 쉴 틈 없이 도망칠 수 있는 것. 그 외에 내게 더 말하지 않은 것이 있냐고 물었다."

"어, 어……."

남자의 붉은 눈동자가 이예주를 꿰뚫듯 바라보았다.

또다. 그 알량한 능력 따윈 이미 다 알고 있다는 것처럼, 그녀보다 한 단계 위의 고차원적인 세계에 있는 존재처럼 내려다보는 눈빛.

'설마, 다 알고 있는 건가?'

단순히 도망을 치는 게 아니라, 미래를 넘어 도망을 치는 자신의 능력을. 그러나 이예주는 금방 도리질 쳤다.

아니야, 아니야. 알 리 없다. 자신이 직접 이야기하며 설명하지 않는 이상, 누구도 그녀의 능력을 알 수도, 믿을 수도 없을 것이다.

이예주는 남자가 이미 모든 걸 알고 자신을 떠보는 게 아닌가 싶어 주의 깊게 남자의 눈치를 살폈다. 그러자 남자가 의심을 가득 품은 눈을 가느다랗게 좁혔다.

"왜 대답이 없는 거지? 뭐 또 다른 게 있나? 혹시나 속인 것이 있다면 뭐든 지금 말하는 게 좋을 거다."

"어, 없어요!"

하지만 이예주는 보통 인간이 아니었다. 그녀는 머리가 자각을 하기도 전에 입을 먼저 움직일 줄 아는, 자랑스러운 답 없는 인간의 표본이었다. 재빠른 이예주의 대답에 그녀보다 더 놀란 듯, 람이 되물었다.

"뭐?"

"……어, 없어요. 없다고 저번에 말했잖아요. 저한테 또 다른 능력이 뭐가 있겠어요? 도망치는 것도 힘들어 죽겠는데, 무슨 다른 능력이요?"

한 번 거짓말을 하니 그다음은 청산유수처럼 말이 쏟아져 나왔다. 그러나 그럴수록 가늘어지는 남자의 눈에 이예주는 속으로 벌벌 떨었다.

이게 과연 옳은 걸까. 지금이라도 솔직하게 불까. 사실, 저는 예지몽을 꾸고 미래로 갈 수 있는 능력이 있고, 제가 왔다는 과거는 1000년 전입니다. 이렇게 그냥 털어놓고 말까. 하지만 이미 해 놓은 거짓말이 있는데 이제 와서.

그러나 마음속에서 치열하게 싸우는 두 가지의 생각과는 다르게 자유분방한 이예주의 입은 주인의 의지에 반해 제멋대로 움직이고 있었다.

"아, 알량한 능력, 들어 볼 필요도 없다고 한 건 누군데요? 나도 도망만 칠 줄 아는 이딴 능력 말고 다른 능력 있었으면 좋겠어요. 있지도 않은 능력 가지고 사람 속상하게 뭐 속이냐고 자꾸 그러고…… 그런 거 없어요. 진짜요."

되는대로 내뱉는 변명에 람은 한참 동안 말없이 그녀를 바라보았다. 그 시뻘건 눈동자가 오늘따라 너무나도 따가워서 이예주는 차마 마주 보지 못하고 슬쩍 그 눈을 피했다.

이윽고 람이 입을 뗐다.

"확실한 거겠지."

그저 확실하냐고 물어봤을 뿐인데 이예주는 가슴이 쿵 하고 밑바닥으로 떨어지는 것 같았다. 남자의 말이 꼭 마지막 기회이니 지금이라도 사실대로 불라는 것처럼 들렸다.

입이 바짝바짝 타는 기분에 그녀는 꿀꺽 마른침을 삼켰다. 이래서 남 속이고는 못 산다더니. 서툰 거짓말을 들킨 후를 떠올리니 벌써부터 눈앞이 아득해지는 그녀였다.

"그, 그럼요! 속이는 것 없어요. 후불이라고 그랬으니까 이왕 계약한 거, 저한테도 조롱이처럼 특별한 힘이나 주시면 안 돼요?"

"……."

남자는 이예주의 이어지는 주절거림에 답하지 않았다. 속아 넘어간 것일까. 어느덧 그녀를 향해 내리 쪼듯 쏘아 대던 눈초리도 거둬졌다.

'생각보다 참 순박한 사람이구나…….'

이런 사람을 속여 먹다니, 왠지 모르게 피어오르는 죄책감에 마음이 무거워졌다.

"헛소리 그만하고, 손."

"……예? 손요? 손은 왜요?"

"한 번 말할 때 들었으면 좋겠다고 이미 여러 번 말했던 것 같은데."

이예주가 고개를 갸웃거리다가 이내 순순히 손을 내밀었다. 그러자 남자가 그녀의 손을 빠르게 낚아챘다. 그리고 다른 한 손으로 제품을 뒤적여 무언가를 꺼내기 시작했다.

그의 손을 따라 전에도 한 번 본 적 있는 징글맞은 것이 '차르륵' 쇳소리를 내며 튀어나왔다. 반응할 새도 없이 오른쪽 손목이 묵직해졌다.

철컥, 자물쇠가 맞물리는 경쾌한 소리가 연달아 들리자 이예주는 멍하니 눈을 내려 제 손목을 억압한 것을 확인했다. 사슬이었다.

"……이, 이게 뭐 하는 거예요?"

그녀가 어안이 벙벙한 얼굴로 물었다.

"뭐 하긴. 사슬을 채운 것이지."

"그, 그니까 사슬은 왜, 왜……."

남자는 말없이 사슬을 늘어뜨려 그 끝을 잡았다. 그러더니 잔말 말고 일어나라는 듯 두어 번 성의 없이 흔들어 대는 게 아닌가. 이예주가 황당한 얼굴로 그에게 반박했다.

"트, 특별한 때가 아니면 안 채운다고 약속했잖아요!"

"지금이 그 특별한 때다."

남자가 특별한 때를 너무나도 당당하게 선포했다. 이예주는 기가 막히다 못해 코까지 막히는 것을 느끼며 입을 벌린 채 버벅거렸다.

그녀가 알아서 일어날 기미를 보이지 않자 람이 이번에는 사슬이 팽팽해질 만큼 세게 잡아당기며 닦달했다.

"이, 이, 이러고 어떻게 가라고! 풀고 가요! 이게 뭐예요!"

"떼쓰지 말고 그만 일어나. 네가 자초한 일이다."

"떼쓰는 게 아니라! 이러고 가냐고요! 이, 이게! 내가 노예도 아니고 무슨 사슬에 묶여서 끌려가야……!"

"스읍— 열쇠, 돌려받기 싫은 건가?"

열쇠 얘기에 이예주의 입이 다물렸다. 그러나 좀체 분이 풀리지 않아 그녀의 얼굴은 못생긴 홍당무처럼 잔뜩 붉어졌다.

이예주는 별수 없이 남자가 사슬을 잡아당기는 대로 조용히 자리에서 일어났다.

"옳지. 앞으로도 그렇게 말 잘 듣는 어린이처럼 예쁘게 굴도록."

입을 다문 그녀가 마음에 드는 건지 서슬 퍼런 시선을 거둔 남자가 칭찬하듯 말했다. 그러나 그녀의 귀에는 조롱보다 더 무서운 소리로만 들렸다.

'저건 악마야.'

짤캉짤캉, 사슬에 묶인 채 질질 끌려가면서 이예주는 잠시나마 저 남자를 순박하게 생각했던 자신의 어리석음을 한탄했다.

"에, 에, 엣취—!"

거하게 재채기를 하자 격렬하게 몸이 떨렸다. 그 격한 진동이 사슬을 타고 람에게까지 전해졌다.

해안가라 그런지 다른 지역보다 바람이 유난히 거셌다. 비 맞은 강아지처럼 머리끝부터 발끝까지 바닷물로 쫄딱 젖은 이예주가 바람을 한 번 맞을 때마다 사시나무 떨듯 떠는 것은 당연했다.

"어흐으! 추워."

"추워여, 누나?"

그녀가 나직이 중얼거리며 두 팔로 몸을 감싸 안자 조롱이가 곁에 다가서며 천진난만하게 물었다. 몇 번째인지 셀 수 없이 쏟아져 나오는 재채기 소리를 들었음에도 매정하게 제 갈 길만 가는 람의 검은 뒤통수를 노려보며 이예주가 짧게 대답했다.

"당연하지. 추워 죽을 것 같아."

짤캉짤캉 시끄러운 쇳소리를 내는 사슬과 남자의 뒷모습을 번갈아 바라보던 그녀는 그의 귓구멍에도 들리도록 최대한 크게 '크헝!' 하고 코를 들이마셨다. 그러자 조롱이가 비꼬며 놀렸다.

"난 안 추운데. 그러게 누가 물놀이 하러 들어가래여?"

그놈의 물놀이 소리에 이예주의 이마에 빠직 힘줄이 솟았다. 당장에 '너!' 하고 괴성을 지르려던 그녀는, 이런 사소한 감정 소모에 힘을 빼느니 차라리 체온을 유지하는 데 힘을 아끼겠다는 기특한 생각을 하고는 심호흡을 했다.

"너는 말 안 하는 게 도와주는 거니까 제발 말 걸지 마."

"흥, 쌤통."

이예주로 인해 동쪽 대륙까지 달려오며 개인적으로 쌓인 것이 많았던 조롱이는 기어이 '베─' 하고 혀를 내밀며 약을 올렸다. 그러고는 씩씩대는 그녀를 남겨 두고 앞서가는 제 주인 옆으로 쪼르르 달려가 버렸다.

"저게……!"

두 주먹을 움켜쥐고 조롱이를 뒤쫓으려던 이예주는 제 분수를 알려 주듯 짤칵하고 손을 압박하는 수갑의 서늘한 느낌에 몸에 잔뜩 주었던 힘을 탁 풀었다. 조롱이도 자유롭게 제 두 발로 걸어 다니고 있는 마당에, 이렇게 죄인처럼 포박하여 질질 끌려가는 자신이 화를 내는 것도 우스운 일이리라.

손목에 추를 매단 듯 무겁게 느껴지는 검은색 수갑을 멍하니 내려다보던 이예주가 급속도로 우울해질 때였다. 다시금 휘잉, 썰렁한 바람이 불어와 그녀의 가련한 몸뚱이를 부르르 떨게 만들었다.

"아흐, 춥잖아."

자신과도 같은 가녀린 여성이 이렇게 추워하고 있는데 남자는 단 한 번도, 그저 스치듯이라도 뒤돌아보지 않았다. 정말 있던 정마저 모조리 떨어지게 만드는 재주가 가히 박수 쳐 줄 만했다. 으으!

잠시 이를 갈던 이예주는 누구 들으라는 식으로 한 글자 한 글자 또박또박 발음해서 내뱉었다.

"아! 춥다!"

"……."

"너무 추워서 겨울도 아닌데 얼어 죽겠네!"

"……."

"얼어 죽으면 양지 바른 곳에 누가 좀 묻어 줘요! 죽었는데도 사슬로 끌고 가지 말고. 그래도 사람 취급을…… 헙!"

듣거나 말거나 제멋대로 마구 지껄여 대던 이예주는 앞서가던 남자가 뒤돌아 다가오자 곧바로 입을 다물었다. 시뻘건 눈동자가 좋지 않은 기세로 그녀에게로 뚜벅뚜벅 걸어왔다. 지레 찔린 이예주가 목을 움츠렸다.

"왜, 왜요? 다, 당신한테 하는 소리 절대 아닌…… 에, 에, 에……!"

당황하여 뒷걸음질 치던 이예주는 다시금 코를 찡하게 울리는 재채기의 기운에 얼굴을 와락 찌푸렸다. 그리고 람이 채 피하기도 전에 '푸에춰—!' 하고 분무기처럼 엄청난 파편들을 흩뿌렸다.

매운 코에 고개를 절레절레 흔들며 고개를 든 그녀의 앞에 내뱉은 모든 것을 뒤집어쓴 채 지그시 눈을 감고 있는 람이 보였다.

"헉."

제 입에서 튀어나온 것으로 추정되는 침방울들을 남자의 턱 근처에서 발견한 이예주가 기겁했다. 그와 동시에 그의 미간이 그녀의 신변을 위협할 정도로 빠르게 구겨졌다.

그냥 있어도 미친 것 같은 남자에게 침을 뱉다니. 이예주의 얼굴이 창백하게 질려 갔다.

"저, 저기 이, 일부러 그런 건 아닌데요. 다, 당신이 갑자기 다가와 가지고 가릴 새도 없이……."

이예주는 저도 모르게 달달 떨리는 손을 뻗어 남자의 하얀 얼굴 군데군데 튄 것들을 서둘러서 닦아 냈다.

"됐다."

"예, 예?!"

이제 그만 더듬어 대라는 소리에 그녀가 멍청한 얼굴로 되물었다. 그러자 남자가 가볍게 그녀의 손을 제 얼굴에서 쳐 냈다.

찰싹, 이예주의 손이 힘없이 아래로 휙 떨어졌다. 남자는 불현듯 입고 있던 검은색 겉옷을 주섬주섬 벗었다. 그러더니 그것을 그녀의 머리 위로 풀썩 덮어씌웠다.

"뭐, 뭐, 뭐 하는……!"

옷이 너무 커서 그런지 그녀의 허리 아래까지 흘러내렸다. 한순간 에 어린애가 아빠 옷을 뒤집어쓴 우스운 꼴이 되어 버렸으나 그것을 눈치챌 수 없었다. 숨소리가 들릴 정도로 그의 얼굴이 너무 가까웠 기 때문이다.

자꾸만 뒤로 빼는 머리를 억세게 잡아챈 남자가 허리를 숙여 저보 다 한참 아래에 있는 그녀의 턱밑에 소매 두 짝을 묶어서 옷을 고정 시켰다. 그의 서늘한 손가락이 그녀의 피부를 간질이듯 스쳤다. 온 몸에 소름이 돋는 기분에 이예주가 몸을 한 번 흠칫 떨었다.

그러자 그녀가 아직도 추워하는 줄 알았던지 남자가 손을 뻗어 턱 밑에 고정된 매듭을 한 번 더 세게 묶었다. 코앞까지 다가오는 남자 의 얼굴에 이예주는 떨던 몸도 멈추고 딱딱하게 굳어 버렸다.

'미쳤나 봐. 왜 이래, 이 남자? 왜, 왜 갑자기 자기 옷을 막 벗어서. 왜 갑자기 나한테 이렇게 다정하게…… 이거 너무, 너무 가깝잖아.'

처음 보는 것도 아니건만 가까이서 보니 새삼 남자의 얼굴에 전율 이 일었다. 일부러 꼬투리를 잡고 싶어도 잡을 수 없는 이목구비를 훑어보던 이예주의 시선이 문득 남자의 모양 좋은 붉은 입술에 닿았 다. 그리고 마치 당연한 수순처럼 팔족 땅에서의 과거가 떠올랐다.

저 섹시한 입술이 막무가내로 다가와 제 입술을 물고 빨고 그랬다. 그리고 그 사이로 들어와 혀를 막, 막……!

그녀가 홀린 듯이 남자의 얼굴을 바라보고 있던 사이, 그의 미간이 슬쩍 좁혀졌다.

"춥다고 난리를 치더니, 그사이 또 변덕이 생긴 건가."

생각보다 더욱더 가까이서 들리는 남자의 목소리에 이예주는 퍼뜩 경련을 하며 고개를 쳐들었다.

"얼굴이 시뻘겋군. 더 이상 안 춥나 보지."

"……."

"변덕이 일어서 이젠 덥다고 떼를 써도 소용없다. 다 떠나서……."

남자가 다시 한번 매듭을 꽈악 묶으며 말했다. 너무 세게 묶은 나머지 목이 조이는 기분이 들었다. 비단 기분 탓만은 아니었지만, 그녀는 불평할 수 없었다. 남자가 입꼬리를 들어 올리며 소름 돋는 소리를 지껄여 댔기 때문이다.

"풀면."

"……."

"죽는다."

쿵. 이예주는 그 순간, 갈비뼈가 와르르 무너졌다고 생각했다. 아니면 누군가 심장을 쥐어 끌고 발끝에 내던졌든지. 이상하게 자꾸만 얼굴에 열이 올랐다.

죽이겠다는 협박을 한두 번 듣는 것도 아니건만, 폭언이라도 들은 듯이 가슴이 턱 막혔다. 이건 갑에게 차마 대들 수 없는 을의 분노인가?

그런 생각을 할 즈음, 이윽고 남자가 허리를 펴며 얼굴을 떨어뜨렸다. 이예주는 그제야 제가 숨을 완전히 멈추고 있었다는 사실을 깨달았다.

"이제 그만 종알대고 걸어."

남자가 시뻘건 눈동자를 거두며 홱 돌아섰다. 쩔컹쩔컹, 남자와 이어진 쇠사슬이 요란한 소리를 내며 흔들거렸다. 얼빠진 숙맥처럼 따라가지 않은 채 서 있던 이예주는 그녀가 오든 말든 사슬을 억세게 끌며 전진하는 남자 때문에 '어, 어!' 하고 버둥대다가 강제로 걸음을 옮길 수밖에 없었다.

무정한 줄로만 알았던 남자의 뜻밖인 행동에 너무 당황해서인지, 혹은 남자가 무슨 마법이라도 걸어 놓은 건지, 신기하게 그의 겉옷을 뒤집어쓴 이후로 쌩쌩 부는 바람도 더는 차갑게 느껴지지 않았다.

매듭을 짓고도 한참 길이가 남는 남자의 겉옷 소매가 턱밑에서 덜렁덜렁 움직였다. 그것을 멍하니 내려다보던 이예주는 기분이 정말 이상하다고 생각했다.

"우리 근데 어디 가는데 계속 걷기만 하는 거예요?"

실제로 얼마 걷지 않았음에도 불구하고 벌써부터 체력이 바닥난 이예주가 세월의 풍파를 맞은 노인처럼 힘겹게 물었다. 벌써 두 번째 물음이었다.

몸이 피곤으로 축축 늘어졌다. 하긴 피곤하지 않을 리가 없었다. '문'을 넘고서도 바닷물에 떠내려가던 열쇠 때문에 그 난리를 치고 죽다 살아났는데, 멀쩡하다면 그건 살아 있는 인간이 아닌 것이다.

그러나 여전히 몇 걸음 앞서 걷고 있는 남자는 그녀의 작은 투정에 뒤조차 돌아보지 않았다. 대체 어떤 보양식을 혼자 드셨기에 저렇게 지치지도 않고 끊임없이 힘이 솟아나는 건지, 미천한 인간인 그녀로서는 도저히 알 수가 없었다.

분명 숲에서 사막까지 먹고 마신 건 자신과 별다를 바가 없었던 것 같은데. 그사이 저 혼자 호랑이 기운이 솟아나는 콘푸로스트라도 먹은 건가.

"대답 좀 해 줘요, 다들⋯⋯."

아무도 대구해 주지 않자 이예주가 한 번 더 힘없이 물었다. 피곤하고 지치는 건 비단 그녀뿐이 아닌지, 조롱이가 아까보다 한층 풀이 죽은 목소리로 답했다.

"곧 마을에 도착한다고 했잖여⋯⋯."

"그니까 그 곧이 언젠데?"

"쩌―어기 숲이 시작하는 곳이 마을의 시작이에여."

조롱이가 아직도 까마득하기만 한 어느 지점을 손가락질했다. 무성한 나무들이 자리한 그곳은 거의 해안선의 끝이었다. 아무리 봐도 마을의 시작이라고 보긴 어려웠다.

"저게 무슨 마을이야? 저긴 숲이잖아."

"동쪽 대륙은 해안 도시예여. 앞에는 바다고 뒤는 숲으로 둘러싸여 있어여. 마을이랑 숲의 입구는 같구여. 입구에서 마을이랑 숲으로 길이 또 나뉘어여."

조롱이가 나름 친절하게 설명을 덧붙여 주었지만, 이예주의 그다지 귀에 들어오지 않았다. 이렇게 끝도 없이 걷다 보니 람의 무릎 위에 앉아 사막을 날아가는 건 천국이었다는 생각이 들었다.

사람이란 게 참 이기적이다. 이렇게 몸이 고단하고 나서야 도움을 줬던 존재의 부재에 대해 깨닫게 되는 것이다. 사막에서의 이동 수단을 떠올리던 이예주는 그제야 대왕 바퀴벌레의 행방을 물었다.

"그런데 그⋯⋯ 그 바퀴는?"

"에?"

"그 있잖아. 대왕 더…… 더듬이! 으으!"

그녀가 그 거대하고 흉물스러웠던 검은색 대왕 벌레를 떠올리다가 사색이 되어 진저리를 쳤다.

1000년 전에도 사람들을 심각하게 위협했던 해충이 이제는 인간만큼 혹은 인간보다 더 커져 버렸다. 에프킬라를 가지고는 죽이긴커녕 괜히 설쳐 대었다가 되레 역으로 죽을 수도 있었다.

대체 세상이 어떻게 돌아가는지, 말세야 말세. 늙은이처럼 고개를 절레절레 저어 대는 그녀에게 조롱이가 대왕 바퀴벌레의 행방을 알려 주었다.

"해안가에서 모래 파헤치고 들어가서 자고 있어여. 곧 산란기라 서쪽에 있는 암컷한테 빨리 가 봐야 된대여."

"사, 산란기……."

일전에 인터넷에서 그런 글을 본 적이 있었다. 기어가는 바퀴벌레를 파리채로 때려잡았는데 알이 팍 터져서 사방으로 튀어 나갔다는……. 이예주는 세게 고개를 흔들며 끔찍한 상상을 털어 버렸다.

"……그런데 왜 이렇게 힘이 없어, 조롱아?"

그녀가 애써 화제를 돌렸다. 말을 하고 보니 정말로 조롱이의 상태가 평소와 매우 다르다는 것이 눈에 띄었다. 다른 때 같았으면 먼저 시비를 걸 녀석이 이상하게도 마을 입구에 가까워지면 가까워질수록 걸음도 처지고 어깨도 축 늘어졌다.

단순히 기운이 없어서 그렇다고 보기엔 뭔가 조금 미묘했다. 꼭 사형 전 포승줄에 묶여 끌려가는 죄인처럼 그의 표정이 매우 좋지 않았다. 진짜 포승줄에 묶인 것은 그녀인데 말이다.

"조롱아, 어디 아파?"

"누나 때문이잖아여."

"응? 내가 뭐?"

"누나가 바보 멍텅구리같이 여기로 와서……!"

답답해 죽겠다는 듯 전에 없던 신경질을 버럭 내던 조롱이는 휘둥그레진 이예주의 두 눈을 보고 됐다는 듯 고개를 저었다.

"하…… 아니에여. 아무것도 아니니까 신경 쓰지 말고 걸어여."

그러더니 그녀보다 앞서서 휑 걸어가 버렸다.

"저게 아까부터 왜 저렇게 성질을 내."

조롱이의 냉대에 울컥 억울해진 이예주는 '내가 오고 싶어서 왔냐.' 하고 대거리를 하고 싶었지만, 지은 죄가 있기에 참았다.

뒤에서 이런 소란이 있든 말든 그 와중에도 람은 일정한 걸음으로 제 갈 길만 걸어가기 바빴다. 물론 먼저 나서서 자신의 역성을 들어 주는 건 기대하지도 않았지만 어쩜 저리도 얄밉게 제 알 바 아니라는 듯 구는지. 이럴 거면 겉옷은 왜 벗어서 묶어 주고 난리야, 사람 가슴만 싱숭생숭하게. 괜히 엄한 남자에게 불똥이 튀었다.

'서럽다, 서러워……'

팔족 땅을 떠나올 때부터 그들과 자신이 다른 생물이라는 것을 확실히 자각당한 탓인지 울적함이 그녀를 덮쳤다.

이예주와 조롱이가 입을 다무니 그들 일행은 썰렁한 침묵에 잠겼다. 쏴아아, 파도가 몰려오는 소리와 일행의 발걸음 소리를 들으며 이예주는 과거 서울에 있던 자신의 원룸이 아련하게 그리워졌다.

그들 일행이 멈춰 선 건 마을 입구라는 정체 모를 숲에 거의 도착했을 때쯤이었다.

크고 장성한 나무들이 일정하게 늘어서 있던 북쪽 대륙 동물의 숲
과 다르게, 해안가 근처의 나무들은 전체적으로 크기가 작았다. 또
얇은 가지가 휘어져 귀신처럼 아래로 축축 늘어져 있었다. 그런 나
무들이 빽빽하게 늘어서 있으니 당연히 분위기 또한 음산하기 짝이
없었다.

숲의 입구가 당장이라도 괴악한 소리를 내며 이예주를 삼킬 것처
럼 아가리를 떡 벌리고 있었다. 음침한 분위기에 인상을 찌푸리던
그녀는 문득 옆에서 들리는 목소리에 고개를 돌렸다.

"나무가 많이 죽었네……."

조롱이가 가까이 있는 나무로 다가가 축 늘어진 나뭇가지 중 하나
를 매만지며 중얼거렸다. 이예주가 의아한 얼굴로 쳐다보는 것을 느
꼈는지 그가 어깨를 으쓱하며 대꾸했다. 자신과는 더는 말도 안 섞
을 것처럼 굴더니 대답을 하는 것으로 보아 아까 냈던 성질이 좀 가
라앉은 듯싶었다.

"이 숲의 식물들은 해수가 아니라 산에서 내려오는 담수로 자랐거
든여. 인간들 때문에 물이 끊겼나 봐여."

조롱이의 말에 이예주는 유심히 근처의 나무들을 바라보았다. 단
순히 바다 근처 식물의 특징인 줄로만 알았던 누런 나뭇잎들이 하나
같이 가을 낙엽처럼 바싹 말라 있었다.

그녀는 왠지 모르게 마음이 숙연해졌다. 죽어 가는 나무를 바라보
는 조롱이의 황금색 눈동자도 물기 하나 없이 버석하게 말라 있었기
때문이다. 고작해야 중학생 정도로밖에 보이지 않는 귀여운 외형과
는 너무나도 어울리지 않았다.

"해안 근처까진 안 그래도 물이 내려오기 힘들어서 따로 물길도
내줬었는데…… 이제 숲을 돌봐 주는 사람이 아무도 없나 봐여. 옛

날에는 마을 사람들이 순서를 정해 가지고 돌아가면서 관리했었는
데여."

마을에 대해 잘 알고 있는 듯한 조롱이의 모습에 호기심이 돋은
이예주가 되물었다.

"여기도 와 봤어?"

"아니여. 떠난 후로 몇십 년 만에 다시 온 거예여."

"떠났다가 다시 왔다고?"

그럼 여기서 산 적이 있단 말인가? 이예주가 어리둥절한 표정으로
조롱이를 바라보았다.

조롱이는 여전히 나뭇가지를 매만졌다. 바싹 마른 나뭇잎이 그의
손길 아래 위태롭게 흔들리더니 기어이 가루가 되어 바스라졌다.

"마을에서 살 땐, 이 입구 너머까지 나간 적은 한 번도 없었어여."

"……왜?"

"항상 누이 등에 업혀서 딱 입구까지만 산책 왔었거든여. 그 이상
은 못 갔어여. 누이가 몸 건강해지면 다시 오자고 했는데."

제 손에 부스러진 나뭇잎처럼 조롱이가 아스라이 웃었다. 답지 않
은 조롱이의 모습에 이예주는 내심 마을은 왜 나왔냐, 누이는 지금
어디 있냐 등을 더 묻고 싶었지만 입을 열지 못했다.

조롱이의 얼굴에서 꼭 울지 못해 웃는 것 같은 비애가 묻어 나왔
다. 그녀는 본능적으로 그것이 인간과 관련된 어떤 것임을 예측했
다. 가슴 한구석이 무거워졌다. 조롱이에게서 고개를 돌리던 이예주
는 그 순간 람과 눈이 마주쳤다.

그는 시선을 피하지 않았다. 오래전부터 그녀를 바라보고 있었던
것 같았다. 마치 네가 어떻게 하나 지켜보겠다는 듯.

이예주는 시험대에 올라 피부 한 조각, 장기 하나, 세포 하나까

지 낱낱이 뜯어지는 것 같았다. 조롱이에게 위해를 가한 것도 아닌데, 그의 눈초리가 꼭 죄인을 바라보는 듯했다. 아무 짓도 하지 않았음에도 이예주는 자신이 부끄러워졌다. 다른 때 같았으면 지레 놀라먼저 시선을 피했을 그녀는 이번만큼은 고개를 돌리지 않았다.

왜 그렇게 바라보는 거냐고, 왜 날 그렇게 새빨간 눈으로 바라보는 거냐고 묻고 싶어 그녀는 입술을 달싹거렸다. 그 모든 감정들 말이 되어 입 밖으로 튀어나오려던 순간이었다. 멀리서 들려오는 소음에 의해 퍼뜩 고개를 돌렸다.

왈왈왈―! 미야옹―!

시끄러운 동물들의 울음소리가 점점 가까워진다 싶더니 숲의 입구쪽에서 커다란 개와 고양이 한 마리가 이쪽으로 빠르게 다가왔다.

왈왈왈왈! 미야옹!

마치 경쟁이라도 하듯 목청 높여 짖어 대던 개와 고양이가 한달음에 일행의 앞에 도달했다. 람의 눈동자만큼 붉은 털을 가진 커다란대형견과 새까만 털을 가진 작은 고양이었다.

"웬 개랑 고양이가……."

이예주는 깜짝 놀라 휘둥그레 눈을 떴다. 그러자 붉고 커다란 개가 금방이라도 그녀를 물어뜯을 것처럼 크르르르, 이를 드러냈다. 원룸에 살 때 흔히 봤던 동네 유기견과는 차원이 다른 때깔과 덩치에 이예주가 헉 하고 겁먹으며 뒷걸음질 쳤다.

"훠이― 저리 가. 저리 가!"

그러나 움직일수록 개의 입에서 더욱 험악한 소리가 흘러나왔다.

얼굴에서 점점 핏기가 사라지던 그녀가 어떻게 좀 해 달라는 뜻으로 람을 쳐다보았다. 그제야 아무런 미동도 없이 서 있던 남자가 예주를 지나쳐 걸어갔다. 그리고 느닷없이 붉은 개의 머리를 쓰다듬었다.

"그만."

굉장히 익숙해 보이는 행동이었다. 진작 해결해 줄 수 있음에도 불구하고 그녀가 당황하여 버벅거리는 것을 가만히 보고만 있었던 것이다.

이런, 썩을! 이예주의 얼굴이 험악하게 일그러졌다. 하지만 그것에 대한 불만을 토로하기도 전에 '펑! 펑!' 하는 커다란 소리가 연달아 들리더니 개와 고양이 주변에 자욱한 검은 연기가 터져 나왔다.

"주인니임!"

연기 사이로 발가벗은 여자가 불쑥 튀어나와 람에게 찰싹 달라붙었다. 이예주의 입이 떡 벌어졌다.

"너무너무 보고 싶었어요, 주인님!"

물결치는 붉은 머리카락 사이로 여자의 달덩이 같은 가슴이 출렁거리며 람의 가슴과 맞닿았다. 팔족 땅에서 만났던 일리야와 맞먹을 만큼 커다란 가슴이었다.

이예주는 뜬금없이 나타난 여자의 나체에 경악하다가 반사적으로 고개를 내려 제 가슴팍을 내려다보았다. 곧바로 지저분한 자신의 운동화가 보였다.

다시 고개를 들어 람과 그에게 달라붙은 여자를 바라보았을 때, 이예주는 방금 전 발가벗은 여자가 튀어나와 그를 껴안았을 때보다 더욱 큰 충격의 도가니에 빠질 수밖에 없었다. 금방이라도 여자를 내칠 것이라고 생각했던 람이, 어느새 검은색으로 변한 눈으로 자애롭게 여자를 내려다보고 있었기 때문이다.

"오랜만이군, 붉은 개."

그것도 모자라 마주 인사도 해 주었다. 방금 전까지만 해도 자신을 바라보며 시뻘건 눈을 흉흉히 빛내던 남자라고는 믿기지 않을 정도였다.

어, 어억! 이예주가 알싸하게 아파 오는 머리를 부여잡으며 중얼 거렸다. 저 망할 어장 관리남이!

"오랜만이로라, 주인님. 오신다는 전갈을 늦게 받아서 급하게 채비하느라 좀 늦었로라."

그때 여자의 뒤에서 연기를 헤치고 나온 우락부락한 아저씨가 어디서 꺼냈는지 모를 옷을 주섬주섬 껴입으며 람에게 꾸벅 인사했다.

"허."

너무나도 어이가 없는 광경에 이예주가 저도 모르게 헛웃음을 지었다. 그러자 우락부락한 남자가 외모에 어울리지 않는 가느다란 목소리와 말투로 그녀를 향해 '왜 웃로라?'라고 물었다. 그 간극에 소름이 끼쳐 이예주는 대답할 수 없었다. 어디 가서 작은 덩치라고 할 수 없는 람이 작아 보일 정도로 거대한 남자가 '로라'라니……

람이 남자의 말에 고개를 까딱였다. 그의 동공은 여전히 검은색이었다. 그사이 발가벗은 여자가 요망하게 가슴을 뒤흔들며 칭얼거렸다. 그 발칙한 짓거리에 이예주의 눈에서 불꽃이 튀어나왔다.

"주인님, 주인니이임~! 왜 이렇게 저희를 안 불러 주셨어요? 정말 매일 주인님께 전갈이 오기만을 기다렸단 말이에요! 벌써 저를 잊어버리신 거예요?"

"그간 일이 좀 많아서 동쪽 대륙에 들를 틈이 없었다."

이런 요망한 것, 당장 그 왕가슴을 치우지 못할까! 당장이라도 저 여자와 대체 무슨 사이냐고 람의 멱살을 잡고 묻고 싶었다. 아니, 그 전에 먼저 제 앞의 둘을 잡아떼어 놓고 싶었다.

부들부들 온몸을 떨고 있는 이예주가 이상했던 듯 조롱이가 곁에 다가와 걱정스레 물었다.

"누나, 괜찮아여? 왜 이렇게 떨어여?"

조롱이의 물음에 투명 인간 취급당하던 그녀에게로 모두의 시선이 쏠렸다. 이예주는 그제야 붉은 머리 왕가슴의 얼굴을 정면으로 볼 수 있었다. 화려한 머리색과는 다르게 청순가련한 얼굴이 람의 품에서 쏘옥 얼굴을 내밀었다.

여우나 고양이 상이 분명할 것이란 추측과는 다르게, 커다란 눈을 댕그랗게 뜬 여자의 얼굴은 영락없이 귀여운 강아지 상이었다. 여자가 이예주를 바라보며 깜찍하게 눈을 깜빡이다가 람에게 물었다.

"이 냄새나는 인간 여자는 누구예요, 주인님?"

뭐? 내, 냄새? 저, 저, 저! 여자의 말에 이예주가 조가비처럼 입을 짜악 벌렸다. 뭐라고 욕지거리를 하고 싶은데 너무 기가 막혀서 목소리가 나오지 않았다.

그런 그녀를 불쌍히 여긴 건지 조롱이가 대신 나서서 이예주의 정체에 대해 설명했다.

"예주 누나예여. 누나는 인간 여자란 말 싫어해여."

이예주는 순간 감동 어린 눈으로 조롱이를 돌아보았다. 평소에는 밉상이기 짝이 없던 그가 오늘따라 너무나도 예뻐 보였다.

"주인님. 웬 인간이로라?"

그때 묵묵히 서 있던 산적 같은 남자가 람에게 공손히 물었다. 우락부락한 몸통과 말투에서 느껴지는 괴리감에 이예주는 다시 한번 소름이 끼쳤다.

그래도 그녀는 내심 기대에 찬 눈으로 람을 돌아보았다. 람과 저 붉은 머리 여자가 무슨 사이인진 모르지만, 이예주는 꽤 의기양양했다. 람이 자신에게 무슨 짓을 했는지 알면 떨어져 나갈 수밖에 없을걸? 우린 무려 뽀, 뽀뽀도 하고 키, 키스도……!

"잠깐 일이 생겨 데리고 다니는 것이니 신경 쓸 필요 없다."

그러나 람은 그런 그녀의 생각을 와장창 부수다 못해 가루로 만들기에 충분한 대답을 내놓았다. 이예주가 꽥 소리쳤다.

"뭐라고요?!"

"……."

"내, 내가 왜 잠깐 데리고 다니는……!"

잊고 있었다. 저 남자, 싸가지 없이 말하기 대회에 나가면 1등은 물론이고 심사위원 뺨까지 후려칠 만큼 패기 있는 남자였다는 것을. 그러나 분노해서 버벅거리는 이예주에게 남자가 오히려 적반하장으로 나왔다.

"뭐."

그가 할 말 있음 해 보란 듯이 잡고 있던 사슬을 한 번 격하게 흔들었다. 짤그락! 손목이 다 휘청거릴 정도로 거센 힘에 이예주가 조용히 눈을 내리깔았다.

"……아니, 아니에요."

그녀는 사슬에 묶인 제 신세에 깊은 한숨을 내쉬었다. 그와 동시에 '풉' 하고 귀에 거슬리는 소리가 들려왔다.

고개를 조심히 들어 소리의 근원지를 확인하자 조소 어린 얼굴로 자신을 내려다보는 빨간 머리의 여자가 보였다. 그 요망한 눈동자는 애완견이었던 봉구처럼 커다랗고 까맣게 빛나고 있었는데 그 속엔 이예주를 향한 비웃음과 우월감이 선연히 담겨 있었다. 이예주는 와락 얼굴을 일그러뜨렸다.

이런 비참하고 비굴한 인생아. 진짜 개는 저기 있는데, 왜 내가 이렇게 묶여 있는 것이냐. 그사이 로라, 로라 거리던 근육질 남자가 슬금슬금 다가와 그녀와 람을 연결해 주는 사슬을 조심스럽게 만지작거렸다.

"주인님께서 인간을 살려 두시고 그것도 모자라 이렇게 묶어서 데리고 다니시다니⋯⋯! 영광이로라, 인간 여자."

그러더니 선량하게 웃으며 자신을 소개했다.

"난 도둑고양이족이로라. 인간들이 붙여 준 이름은 나비라고 하로라. 너도 나비라고 부르로라."

나비라니. 이예주는 이런 근육 빵빵 아저씨에게 그런 심한 이름을 지어 준 인간이 대체 누군지 얼굴 한번 구경하고 싶다는 생각을 하며 인사를 맞받았다.

"전 인간 여자가 아니라 이예주예요."

"이에주?"

"이예주요."

"아, 이래주로라!"

이예주는 입을 다물었다. 그러나 그 후로도 나비라는 근육질 남자는 계속해서 "이례주로라, 이로주로라, 이옌주로라." 하고 노래 부르며 그녀의 신경을 긁어 댔다.

사실 나비 아저씨가 자신의 이름을 기억하는 것 따위엔 별로 관심 없었다. 당장 신경 쓰이는 건 저 요망한 것이 아직까지도 람에게 철썩 붙어 있다는 것뿐.

주인님, 주인님, 호호호. 여자가 람을 부르며 살살 눈웃음을 쳐 댔다. 람은 그녀를 검은색 눈동자로 내려다보았다.

"주인니임~ 저 너무 춥고 배고픈데. 흐응, 저도 옷 주시면 안 될까요?"

"그러고 보니 인간 마을로 들어가려면 옷부터 사야겠군."

"아잉~ 인간들이 만든 옷은 싫어요. 저도 주인님의 옷이 필요해요. 주인님 옷 주세요, 네?"

겉옷을 이미 이예주에게 넘겼기 때문에 람은 더 이상 벗을 옷이 없었다. 그것을 뻔히 알면서도 붉은 머리는 커다란 가슴을 흔들어 대며 옷을 요구했다. 이예주가 뒷목 잡기 딱 좋은 광경이었다. 그런 이예주의 심정을 알 턱이 없는 람은 요망한 것의 징징거림에 현혹되어 그녀를 돌아보았다.

검은색의 동공이 이예주를 향하자마자 순식간에 가장자리부터 새빨갛게 물들었다. 이예주는 남자의 시선이 자신이 덮어쓰고 있는 겉옷에 가 있다는 것을 눈치챘다.

그가 금방이라도 겉옷을 빼앗아 빨간 머리에게 덮어 줄 것만 같았다. 멋대가리 없이 뒤집어쓴 모양새였지만, 도로 빼앗기기는 절대로 싫었다. 저 요망한 것을 덮어 줄 목적이라면 더더욱.

옷을 내놓으라는 것처럼 지그시 바라보는 남자 때문에 이예주는 저도 모르게 턱밑에 묶여 있는 소맷자락을 꼭 붙잡고 고개를 마구 뒤흔들었다.

"싫어! 이건 내 거잖아요!"

줬다 뺏어서 저 요망한 것에게 주기만 해 봐. 정말 바람피우는 것들의 최후가 얼마나 무시무시한지 직접 보여 주겠다. 제가 무슨 생각을 하고 있는지도 모른 채 이예주는 여전히 소매를 꾹 부여잡기를 고수했다.

그녀의 '내 거'라는 발언에 주위는 잠시간 침묵에 잠겼다. 하지만 이예주는 정작 당당한 태도로 람을 마주 쏘아보았다. 그런 그녀의 눈빛에서 절대로 내놓지 않겠다는 결연한 의지를 본 걸까. 이윽고 람이 옅은 한숨을 내쉬며 시선을 거둬들였다.

"어쩔 수 없군. 그 꼴로 돌아다닐 순 없으니 인간 마을에서 옷을 사기 전까진 본체로 돌아가 있도록, 붉은 개."

"주인님!"

요망한 것이 항의했지만, 람은 번복하지 않았다. 그가 다시 숲의 입구 쪽으로 무뚝뚝하게 걸어가기 시작했다. 사슬이 팽팽해지자 얼떨결에 람을 따라 걸음을 옮기던 이예주는 입꼬리가 근질거려 혼이 났다.

이겼다. 저 요망한 것을 퇴치한 것이다! 이예주는 붉은 머리를 지나치며 의기양양한 눈빛을 숨기지 않았다.

한층 더 가까운 거리에서 본 붉은 머리 여자는 정말이지 누구라도 감탄할 정도로 예뻤다. 탐스럽고 강렬한 붉은 머리칼에 비해 크고 동그란 눈망울은 어떤 이라도 반할 만큼 청순해 보였다. 그리고 패배감이 들 정도로 가슴도 컸다.

막상 가까이서 그녀의 외모를 접하고 보니 이예주는 왠지 모르게 승리감이 조금 식어 버렸다. 아니, 사실은 완전히 의기소침해졌다. 이렇게 예쁘다면 아무리 람이라도 좋아할 수밖에 없을 것 아닌가.

아니야, 아니야! 그녀는 금세 고개를 저으며 부정했다. 람은 사실 외면보단 내면을 보는 남자일지도 모른다. 그러니까 자신의 내면의 아름다움을 확인하고 뽀뽀도 하고 키스도……

'그렇지만 다른 여자랑도 이미 해 버린 후면 어떡하지?'

생각해 보니 자신 또한 어장 관리를 당하고 있는 중이니까 람은 저 요망한 것과도 썸을 타고 있을지도!

이예주가 험악하게 얼굴을 구기며 발가벗은 요망한 여자를 뜯어보고 있을 때쯤이었다. 잠시 망연자실한 태도로 먼저 가는 람의 뒷모습을 바라보던 여자가 갑자기 확 고개를 돌려 표독스럽게 노려보는 것이 아닌가.

"비린내 나고 더러운 인간 계집 주제에. 감히, 감히……!"

바라보고 있지 않았다면 미처 알아차리지 못했을 정도로 작은 속삭임이었다.

이예주가 깜짝 놀란 얼굴로 되돌아보자 붉은 머리는 '펑!' 하는 커다란 소음과 함께 붉은 개로 변해 버렸다. 그 모습으로도 이예주를 노려보는 것을 거두지 않았다. 오히려 동물적인 감각까지 더해져서 그런지 그 눈에 섬뜩한 살기까지 담겨 있었다.

당장이라도 그녀를 물어뜯을 것처럼 으르렁거리던 붉은 개가 이어서 꽤 정확한 발음으로 죽음을 예고했다.

"너 같은 건 주인님이 곧 죽여 버리실 거야."

숨이 막힐 정도로 강한 적대감에 이예주가 우뚝 걸음을 멈췄다. 붉은 개는 곧바로 그녀에게서 등을 돌렸다.

"주인니임~ 같이 가요!"

붉은 개는 그녀를 협박하던 것과는 차원이 다른 간드러진 목소리로 훌쩍 람의 곁으로 뛰어갔다.

이예주는 붉은 개의 이중성에 한참 동안이나 얼어붙어 있었다. 그러다 사슬이 팽팽하게 잡아당겨진 후에서야 넘어질 듯 휘청거리다가 기계적으로 따라 걸었다. 그러나 걷는 내내 뒤통수 한쪽이 쭈뼛 섰던 찜찜한 느낌을 쉬이 떨칠 수 없었다.

낯선 이에 대한 경계라고 치기엔 너무나도 살벌했다. 개의 눈에 담긴 것은 순수한 적의와 살의였다.

"주인님, 이번엔 오래 계실 거죠? 그렇죠?"

보아하니 람은 별로 대답도 하지 않는 것 같은데, 뭐가 그리 재밌는지 까르르 웃는 목소리가 숲속에 울려 퍼졌다. 커다란 개의 모습임에도 교태스럽기 짝이 없는 웃음소리다.

이예주는 자상한 검은색 눈으로 붉은 개를 내려다보는 람을 훔쳐 보며 어버버 말을 더듬었다.

"저, 저거. 저거……."

완전 미친 거 아냐? 방금 전만 해도 살벌한 기세로 자신에게 이를 갈더니 람 앞에선 한순간에 순한 양이 되어 재롱을 피우고 있다. 개가 어떻게 저리도 영악할 수가…….

"개, 개, 개 주제에. 개 주제에……."

"이해해, 누나. 붉은 개는 신인류 중에서도 인간을 유독 싫어해."

말도 제대로 잇지 못하고 분노에 몸을 떠는 이예주의 곁으로 다가선 조롱이가 붉은 개에 대해 해명하듯 말을 걸었다. 나비 아저씨 또한 잇따라 고개를 주억거리며 맞장구쳤다.

"그렇로라. 붉은 개는 인간을 싫어해서 인간의 모습으로 변신하는 것도 주인님 앞에서만 하로라. 인간의 모습이 여러모로 편한데도 붉은 개는 계속 변신을 하지 않고 지내로라."

요망한 것이 발가벗고 있는 것에 대해 짜증이 치솟았던 이예주는 나비 아저씨의 말을 듣고 그제야 조금 납득을 했다. 하지만 납득은 납득이고 짜증 나는 것은 여전히 짜증 나는 것이다.

그녀는 람을 향해 꽁무니를 살랑살랑 흔드는 붉은 개를 바라보며 눈살을 찌푸렸다. 고양이도 아니고 개 주제에 저렇게 요망할 수가 있다니. 아무리 봐도 이해할 수가 없었다.

"쟤 이름은 붉은 개야? 이름 없어?"

이예주가 좋지 않은 목소리로 조롱이에게 물었다. 조롱이는 눈동자를 되록되록 굴리며 잠시 생각하는 눈치더니 곧바로 대답했다.

"옛날에 붉은 개도 인간에게서 받았던 이름이 있었던 것 같기도 한데여. 랄라였던가 룰루였던가……."

"릴리였로라."

"아! 맞아여. 릴리."

정정해 주는 나비 아저씨 덕에 조롱이가 기억났다는 듯 박수를 한 번 짝 쳤다. 그러나 금세 시들해진 얼굴로 말을 이었다.

"그치만 붉은 개는 인간에게 배신당한 후로 그 이름을 혐오하는걸 여. 예전엔 그 이름으로 부르기만 해도 물려고 했어여. 지금은 그냥 붉은 개로 불러여. 어차피 그렇게 불러도 겹치는 다른 개체도 없구여."

"왜 없어? 붉은 개가 얼마나 많은데."

이예주가 제가 살던 현대를 떠올리며 별생각 없이 불퉁하게 답했다. 그러나 막상 말을 하고 나니 새삼 붉은 털을 가진 개가 흔하지 않다는 것을 깨달았다.

현대에서 붉은색의 개를 본 적이 있었던가? 그녀는 곰곰이 다큐멘터리에 출연했던 붉은 털의 늑대나 사나운 불도그 따위를 떠올렸다. 저 앞에 걸어가는 붉은 개는 못생긴 불도그나 핏불테리어종보다는 셰퍼드에 가까웠지만 말이다.

하지만 이어진 조롱이의 말은 전혀 예상치 못한 것이었다.

"붉은 개는 붉은 개 일족의 마지막 일원이니까여. 호칭이 겹칠 리가여."

"……마지막?"

"네, 마지막이여. 붉은 개 일족은 인간한테 몰살당했는걸여."

"뭐? 왜?"

"에?"

"왜 몰살당했는데?"

이예주가 아까와는 다른 심각한 표정으로 조롱이에게 반문했다. 그녀의 물음에 대답할 말을 찾듯 눈알을 굴리던 조롱이가 이내 설명하기 애매했는지 괜히 코를 긁적였다.

"그게 설명하자면 긴데…….."

"신인류라고 오해받았기 때문이로라."

조롱이를 대신해 답한 것은 근육질의 나비 아저씨였다.

신인류라고 오해를 받아? 이해가 가지 않아 멍하니 있자 나비 아저씨가 이예주의 궁금함을 해소해 주기 위해 다시 입을 열었다.

"지금은 인간들과 가장 상극이지만, 개 종족은 가장 마지막까지 인간들에게 충성을 다했던 동물들이였로라. 특히 이 세계에서 가장 높은 산에 살던 붉은 개 일족은 용암 대폭발을 피하려고 막무가내로 영토에 침입한 인간들을 내쫓지 않고 그들을 도우며 끝내는 벗이 되었로라."

거기까지 말을 마친 나비 아저씨가 이해했냐는 듯 이예주를 빤히 바라보았다. 그녀는 그 소름 돋는 '로라'만 빼면 이해가 훨씬 더 잘될 것 같다고 말하고 싶었지만, 굳이 실행하지는 않았다.

"인간들은 용암에 타 죽을까 무서워 이 세계에서 가장 높은 산에서 내려올 생각은 꿈에도 하지 않았로라. 그런데 오랜 시간이 지난 후 산 아래 용암도 사라지고, 신인류라는 새로운 종들이 마을을 이뤄 살기 시작했다는 것을 인간들도 알아 버렸로라!"

"……."

"인간들은 신인류들이 자신들의 영토를 빼앗아 살고 있다고 여겼고 그 사실에 화가 났로라. 그래서 산을 내려가 틈틈이 신인류들을 염탐했고, 우리의 본체가 동물이란 사실 또한 알아냈로라. 인간들은 동물들이 자신들처럼 변해서 자신들과 같이 행동한다는 데에 두려움을 느꼈고, 두려움은 곧 무시무시한 분노로 변했로라. 분노의 불똥은 그들과 가장 가까이 지내던 붉은 개 일족에게 튀었고, 신인류가 아니었던 붉은 개 일족은 인간들의 폭력에 속수무책으로 죽을 수밖에 없었노라. 붉은 개는 가족들을 모두 잃고 간신히 살아남아 붉은 개 일족의 처음이자 마지막 신인류가 되었노라. 끝이로라."

나비 아저씨가 간결하고 깔끔하게 이야기를 마쳤다. 꽤 복잡한 사정이었으나 그가 줄여 말한 탓에 간단하고 의미 없는 사건으로 일축된 것만 같은 느낌이었다.

하지만 이예주는 나비 아저씨의 설명에도 궁금했던 것이 해결되기는커녕 더욱 미궁 속으로 빠져들었다. 고작 신인류가 무섭다는 이유 따위로 일족을, 하나의 종족을 몰살하다니? 아직도 그렇게 잔인한 인간들이 있단 말이야?

현대에서는 돌아다니는 유기견 한 마리를 죽여도 사람이 아니니, 도의적 문제가 있느니, 온갖 이슈가 되었다. 물론 비둘기같이 개체 수가 늘어나서 질병 전염과 같은 피해를 입히는 동물들은 임의적으로 그 수를 줄이기도 했지만, 그것은 특별한 경우에 해당했다.

그러나 붉은 개 종족은 유기견들도 아니고, 또 인간에게 피해를 입혔던 동물도 아닌데. 나름 반려견이라면 반려견이라고 할 수 있는 개들을 고작 신인류일지도 모른다는 이유 하나만으로. 그건 너무…….

"미친 것 같아……."

이예주가 한숨처럼 중얼거렸다. 조롱이가 잘못 들었다는 듯 '에?' 하고 되물었다. 이예주는 근심이 잔뜩 어린 얼굴로 중얼거렸다.

"그럼 쟤가 날 싫어할 만하네. 그치 조롱아."

"그쳐. 누나가 주인님 옷만 뒤집어쓰고 있지 않았다면 벌써 물어뜯겼을 거예여."

"그 정도야?"

"그렇로라."

조롱이의 대답을 가로챈 나비 아저씨까지 근엄하게 고개를 끄덕였다. 이예주의 낯빛이 한층 더 어두워졌다.

"근데 왜 발가벗고 다니고 난리야? 아무리 인간이 만든 옷이 싫어도 그렇지, 무슨 노출증 환자도 아니고."

그녀는 커다란 왕가슴을 떠올리며 불쾌함을 잔뜩 담아 말했다. 나비 아저씨가 이번에도 냉큼 대답했다.

"그만큼 인간에 대한 붉은 개의 혐오감이 높은 것이로라."

"아저씨는 인간에게 혐오감 없어요?"

"나? 난 딱히 인간에게 악감정은 없로라. 내가 신인류가 되어 주인님의 명령을 받은 이유도 인간과 어울려 살고 싶어서이기 때문이로라. 내가 신인류가 된 지 얼마 안 돼서 그럴지도 모르지만, 마을 인간들은 나 같은 도둑고양이에게는 별로 신경 쓰지 않고 나 또한 그렇로라."

"하지만 주인님의 명령은 인간들 사이에 섞여서 동쪽 대륙 인간들이 무슨 짓을 하는지 면밀히 살피라는 거였잖아. 붉은 개는 그러면 계속 본체로 주인님의 명령을 이행하고 있다는 거예여?"

조롱이가 그녀와 나비 아저씨의 대화에 불쑥 껴들었다. '명령'이라는 생소한 단어에 이예주는 눈을 크게 뜨고 그들을 번갈아 보았다. 람의 명령을 이행하고 있는 것이라고? 그것도 인간들 사이에 섞여서 그들을 감시하라는 명령을?

그녀는 새삼 이들이 자신과는 확연히 다른 존재라는 것을 느꼈다. 그의 명령을 듣고 움직이고 있다니. 게다가 잠복까지. 이건 마치 첩보 영화 같은 일이잖아.

그녀가 의외로운 눈으로 그들을 바라보는 것은 알아채지 못한 듯 나비 아저씨가 일순 얼굴을 굳히며 조롱이의 지적에 대꾸했다. 한

번 잠복, 첩보 등에 생각이 박히니 그런 나비 아저씨의 모습이 꼭 상사에게 변명하는 부하 직원 같았다.

"사실 몇 년 전부터 붉은 개는 인간들과 같이 지내기 싫다고 주인님 명도 어긴 채 홀로 이 세계에서 가장 높은 산의 입구 쪽만 감시하고 있었로라. 그쪽은 인적이 드문 곳이라 붉은 개가 본체로 있어도 상관은 없로라. 그런데 주인님도 딱히 제지하지 않으셔서 계속 그렇게 지내고 있로라."

"이 세계에서 가장 높은 산의 인간들은 벌써 한참 전부터 산 아래 인간들과 교류가 끊겼잖아여? 입구로 가는 길도 다 폐쇄되고여. 이상하네여."

"그, 그것이 말이로라. 산꼭대기의 인간들이 산에서 내려와 마을을 오가고 있는 것 같은 흔적이 발견되었로라. 그게 꼭 마을 인간들과 관련이…… 아, 아니로라."

주절주절 설명하던 나비 아저씨는 갑자기 이예주의 눈치를 살며시 보더니 하던 말을 멈췄다. 그들이 하는 말엔 관심도 없고 무슨 소리인지 잘 알아들을 수도 없었던 이예주는 오히려 자신의 눈치를 보는 나비 아저씨 때문에 괜히 없던 관심이 생겼다.

'그러니까 지금 내 앞에선 얘기할 수 없는 극비 사항이라 이거지?'

왠지 혼자만 따돌림을 당하는 것 같은 기분에 그녀는 입을 삐쭉거렸다. 하긴 이 무리에서 인간이라곤 자신 혼자뿐이었다. 이들이 마음먹고 자기 하나 죽이려 들면 이예주는 끽 소리 한 번 못 내고 살해당할 것이다.

붉은 개의 과거를 들었던 것보다 더욱 기분이 찝찝해지는 것 같아 그녀는 고개를 푹 수그리고 땅을 바라보며 걸었다. 그녀의 침묵에 눈알을 굴리며 불안해하던 황조롱이가 허둥지둥 말을 덧붙였다.

"어쨌거나 붉은 개는 인간에게서 받은 이름을 싫어하니까 누나도 못 들은 걸로 쳐여. 저보고 조롱이라고 부르는 것도 붉은 개 앞에선 되도록 하지 말구여."

"기껏 예쁘게 이름 붙여 줬는데…… 그럼 뭐라고 불러?"

"그냥 황조롱이라고 부르지 뭐라고 불러여."

"조롱이? 이예주가 황조롱이에게 준 이름이로라?"

나비 아저씨가 커다래진 눈으로 이예주와 조롱이의 대화에 불쑥 끼어들었다. 그러나 누구도 나비 아저씨의 말에 따로 대답하지 않았다.

"그래도. 외향 그대로 그냥 '황조롱이!' 이러는 건 너무 정 떨어지잖아, 우리 사이에."

이예주가 불퉁거렸다. 이번에는 조롱이와 나비 아저씨 둘 다 휘둥그레진 얼굴로 그녀를 돌아보았다.

"사실 신인류들은 호칭이나 이름 따위에 별로 연연하지 않아여, 누나. 인간들이나 소유 주장을 위해 이름에 집착하는 거져."

"맞로라, 맞로라."

황조롱이가 말하자 나비 아저씨가 격하게 동의했다. 그러나 이예주는 그들에게 공감할 수 없었다. 이름에 연연하지 않다니.

그녀는 이름의 중요성에 대해 떠올렸다. 이름은 다른 것과 자신을 구별하기 위해 꼭 필요한 것이다. 그 사람의 인생이자 가치관을 담아 부르는 대명사가 바로 이름이다.

낳은 자식, 키우는 애완동물이나 식물, 자주 애용하는 물건. 하다 못해 지나가는 길냥이에게도 이름을 붙여 주는 마당에 왜 인간들이 이름에 집착한다고 생각하지? 집착이 아니라 원래 있는, 그러니까 생명체의 고유한 것이 아닌가?

그러나 그녀는 제가 떠올린 이름에 관한 개념을 입에 담지 않았다. 어쨌거나 신인류들 중 몇몇, 혹은 대부분이 인간들에게서 이름을 받는 것이 인간의 소유임을 입증하는 것이라고 여기고 있을지도 모른다고 생각했기 때문이다.

"그래도…… 이름 없이 어떻게 살아가? 구별이 안 되잖아. 그러면 이름 없는 신인류를 부를 땐 어떻게 부르는데?"

"보통 붉은 개처럼 외형 그대로 붉은 개라고 부르거나 특징을 구분 지어 부르곤 하지. 예를 들면 사막에서 만났던 다섯 번째 재빠른 사막 여우처럼여."

조롱이의 말에 반사적으로 사막에서 만났던 귀여운 새끼 여우 포니가 머릿속에 그려졌다. 그러고 보니 포니 또한 인간 친구가 이름을 지어 주었다고 했다.

이예주는 문득 엄마가 지어 주었던 제 이름을 떠올렸다. '미리 예豫' 자에 '예쁠 주姝'. 이예주가 태어나기 전 미리 만났기 때문에 엄마는 '미리 예豫'자를 그녀의 이름에 넣었다고 알려 주었다.

그래, 보통의 인간들이라면 부모가 이름을 지어 준다. 그것은 딱히 자식이 자신의 소유임을 증명하기 위함이 아니었다.

"부모가 이름을 지어 주지는 않아?"

"신인류들도 가족 간의 유대가 깊으면 가족 중 다른 개체가 지어 줄 때도 있로라. 보통 새끼를 적게 낳는 신인류들이 그렇게 하는 것을 보았로라. 하지만 동물들은 대부분 한 번에 여러 마리의 새끼를 낳기 때문에 하나하나 이름을 지어 주지 않는 것이로라."

"아……."

이예주는 나비 아저씨의 보충 설명에 알아들었다는 듯 무미건조한 소리를 내었다. 하기사 황조롱이든 붉은 개든 자신들이 필요치 않다는데 호칭이랄 게 뭐 그리 중요할까 싶었다. 처음 만났을 적에 람이 조롱이에게 이름을 지어 주던 자신의 행동을 왜 그렇게 한심하다는 눈으로 바라보았었는지 알 것 같았다.

"주인니임~ 마을에 도착하면 당과 사 주실 거죠? 전 주인님이 사 주시는 당과가 세상에서 가장 맛있어요. 먹지 않고 평생 보관하고 싶을 만큼요오!"

그래, 지금 당장 그까짓 이름 따위가 뭐 중요하다고. 중요한 것은 저 요망한 개가! 감히 람에게 수작질을 거는 것이 중요한 것이지!

흥흥 거리는 콧소리에 이예주의 눈에서 다시금 불이 번쩍 피어올랐다. 붉은 개가 인간을 좋아하든 증오하든 그것은 제 알 바 아니었다. 어쨌든 저 개의 탈을 뒤집어쓴 여우 계집이 적인 것이 틀림없었기에.

전쟁은 저 개가 먼저 선포했다. 이예주는 흉포한 기세로 발걸음에 힘을 주어 빠르게 걷기 시작했다.

"람! 같이 가요!"

뛰다시피 걸어 사슬의 간극을 좁힌 이예주가 덥석 람의 팔을 잡아 팔짱 끼듯 매달렸다. 잡자마자 매정하게 털어 내면 어쩌나 내심 걱정했으나, 다행히 남자는 그러진 않았다. 대신 마술처럼 새빨갛게 변한 눈으로 그녀를 무표정하게 내려다볼 뿐이었다.

"뭐야."

귀찮은 것이 달라붙었다는 듯 남자의 한쪽 눈썹이 들썩였다. 이예주는 남자의 시뻘건 눈에 가슴이 뜨끔했지만 이내 뻔뻔하게 대답했다.

"저 길눈이 어두워요. 길 잃어버릴 것 같아요. 진짜요."

크르르, 람의 반대편 아래쪽에서 짐승의 이 가는 소리가 들렸다. 슬쩍 내려다보니 붉은 개가 날카로운 이를 드러내며 이예주를 노려보고 있었다. 개인데도 야리는 것이 어찌나 독살 맞은지 눈빛만으로 갈가리 찢어 버릴 수만 있다면 꼭 그렇게 할 것만 같았다.

흥, 내가 또 쫄 줄 알고. 이번에야말로 요망한 것에게 본때를 보여 줄 차례임을 인지한 그녀가 잡았던 람의 팔을 도리어 두 손으로 꽉 껴안으며 똑같이 눈을 부라렸다. 람이 그녀에게 잡힌 팔을 두어 번 흔들며 무뚝뚝하게 말했다.

"손은 놓고 말했으면 하는데."

"길눈이 어두워요. 그리고 이 개가 자꾸 째려봐서 무섭단 말이에요!"

이예주가 붉은 개를 삿대질하며 소리치자 람이 고개를 돌려 붉은 개를 내려다보았다. 눈동자가 짠, 검은색으로 변했다.

하지만 이예주는 그의 눈동자 색 변화에 연연할 새가 없었다. 람이 채 쳐다보기도 전에 곧바로 눈에 힘을 풀고 눈초리를 내리는 붉은 개의 발칙한 행태 때문이다.

"주인님. 저, 저 그런 적 없어요. 정말요. 전 인간 여자님이 무서워서 바라보지도 않았는걸요."

"허! 이, 이, 이런 이중인격자가!"

어윽, 내 혈압! 이예주가 급히 치솟는 분노로 부들부들 몸을 떨었다. 요망한 것이 여전히 불안해하는 연기를 하며 제 머리를 람의 다리에 비비적거리고 교태를 부렸다.

람이 다시 이예주에게로 고개를 돌려 순식간에 빨갛게 변한 눈으로 어린아이 타이르듯이 말했다.

"신인류를 괴롭히지 마라, 인간."

"괴, 괴롭히다요? 어, 어억!"

저 요망한 것의 연기에 속아 넘어갔단 말이야? 지금껏 자신의 도망갈 기색도 모조리 귀신같이 알아채던 놈이? 그러나 그의 말에 얻은 충격이 채 가시기도 전에 남자가 다시 한번 일격을 가했다.

"그리고 사슬에 연결돼 있으니 길 잃을 일 없다. 네가 꾸물거리지 않고 제때 쫓아오기만 한다면 시간이 지체될 일도 전혀 없겠군."

남자는 그 말을 끝으로 매정하게 이예주의 품에서 팔을 빼냈다. 그러고는 그녀가 원래 사슬을 늘어뜨리고 쫓아오던 뒤를 눈짓하더니 그대로 걸음을 옮기기 시작했다. 다시 뒤로 돌아가 입 다물고 따라오기나 하라는 무언의 메시지였다.

남자의 매정함에 이예주가 멍하니 굳어 있을 때쯤, 붉은 개가 콧방귀를 뀌고는 고고하게 꼬리를 흔들며 람을 쫓아갔다. 그녀는 조롱이와 나비 아저씨가 다가와 부를 때까지 충격에 젖은 채 계속해서 우뚝 서 있었다.

"누나, 괜찮아여?"

"괘, 괜찮로라, 이례주? 몸을 떨고 있로라."

조롱이가 조심스럽게 이예주의 등을 건드릴 무렵, 아래로 향해 있던 그녀의 고개가 번쩍 쳐들렸다. 그녀의 눈에는 이미 이지란 모조리 사라진 상태였다.

"저 망할 개가……."

이를 바득바득 갈며 이예주가 험악하게 욕설을 뇌까렸다. 조롱이와 나비 아저씨 모두 헉 소리를 내며 그녀에게서 물러섰다.

이예주는 눈에서 불을 뿜어내며 점점 멀어지는 붉은 개의 꼬랑지를 바라보았다. 당장 그것을 잡아 비틀어 버리고 싶다는 듯 그녀의 두 주먹이 불끈 쥐었다.

"……전쟁이다."

정식으로 전쟁을 선포한 이예주가 겁에 질린 두 신인류를 남겨 둔 채 앞서가는 둘을 따라 쿵쾅쿵쾅 걷기 시작했다. 금방이라도 무슨 일을 저지를 것 같은 살벌한 모습에 나비 아저씨가 걱정스레 나서려

했지만, 조롱이에 의해 저지되었다.

"저런 때의 예주 누나는 건들지 않는 게 좋아여. 정말 악마가 따로 없거든여. 머릿속에 아마 붉은 개를 어떻게 고문할지에 대한 생각만 수십 가지 차 있을 거예여. 으으."

이미 여러 번 겪어 본 조롱이가 진저리를 쳤다. 나비 아저씨가 새삼스럽단 눈으로 그를 돌아보았다.

"조롱이란 이름까지 받았로라. 저 인간과 그럴 정도로 친한 사이인 것이로라, 황조롱이?"

"에? 에? 예주 누나랑여?"

"그렇로라. 저 이예주 인간 여자 말이로라. 게다가 친근하게 인간 여자를 '누나'라고까지 부르다니. 황조롱이 네 누이는 따로 있지 않로라?"

"……."

"너는 저 인간 여자와 대체 무슨 관계인 것이로라?"

조롱이는 그의 질문에 대답하지 않았다. 대신 눈을 굴려 엄청난 기세로 람과 붉은 개를 뒤쫓는 이예주를 바라보았다. 이젠 익숙한 뒷모습이었다.

그는 다시 나비를 바라보았다. 나비는 신기한 생물을 발견한 것처럼 눈을 반짝거리며 이예주와 조롱이를 번갈아 쳐다보고 있었다. 검은 고양이가 또 한 번 물었다.

"저 인간 여자와 무슨 관계인 것이로라? 응?"

이예주와 저 사이가 딱히 정의할 만한 관계인 것이던가. 한 번도 생각해 본 적이 없어서 황조롱이는 알 수 없었다. 그녀는 처음부터 자신을 '예주 누나'라고 소개했던 인간 여자일 뿐이고, 자신은 그저 잠시 그녀에게 조롱이라 불리고 있는 마지막 황조롱이일 뿐이다. 그

외에 또 뭐가 있을까.

그는 나비 아저씨의 질문에 대답해 주기 위해 실로 열심히 머리를 굴리며 인간 여자와의 관계에 대해 생각했다. 그러나 성질 급한 검은 고양이는 그조차 기다려 주지 않고, 간신히 다잡은 황조롱이의 마음을 모래성 부수듯 한순간에 무너뜨렸다.

"조롱이, 조롱이. 거 참, 인간에게서 이름을 다 받다니 너답지 않로라, 황조롱이. 넌 이미 네 누이가 지어 준 이름이 있잖로라, 엘로."

"……."

"조롱이와는 전혀 다른 이름이로라. 네 이름이 이미 있다는 것, 저 인간 여자도 알고 있는 것이로라?"

황조롱이는 대답하지 않았다. 이번에는 질문에 대한 답을 생각하느라 그런 것이 아니었다. 머리가 하얘져서, 말 그대로 눈앞이 하얘져서 대답할 수 없었다.

황조롱이는 한참 동안 자리에 우뚝 멈춰 서 있었다. 얼마나 오랫동안 서 있었던지, 눈치 없기로 유명한 검은 고양이마저 이상한 낌새를 눈치채고 다시 그를 툭툭 칠 정도였다.

"엘로?"

검은 고양이가 황조롱이를 불렀다. 그는 아주 오랜 시간이 지난 후에서야 쥐어 짜내듯 간신히 입을 열었다.

"……그렇게 부르지 마여."

"으응?"

"그렇게 부르지 말라고여, 제발."

익숙한 숲길, 어느덧 어린 황조롱이의 황금색 눈동자가 짙은 갈색으로 젖어 있었다.

마을까지 이어진 울창한 숲길은 생각보다 짧았다. 실제로 그렇게 짧은 거리는 아니었지만, 그전에 해안을 따라 걸어온 시간이 한나절이다 보니 숲길 같은 거리는 우습게만 느껴졌다. 아직도 덜 말라서 척척한 청바지를 매만지며 이예주는 왠지 강제로 체력 단련을 받고 있는 것 같다는 생각이 들었다.

짤캉짤캉, 그녀의 심란한 마음과는 다르게 람과 길쭉이 이어져 있는 사슬이 경쾌한 소리를 내며 흔들렸다. 기실 이예주는 마을 입구에 완전히 들어서기 전에 한 번 더 괴성을 지르며 사슬을 풀어 달라고 길길이 날뛰었다.

아무리 1000년 후의 미쳐 돌아가는 세상일지라도 사슬에 묶여 끌려다니는 자신을 이상하게 여기고 보는 사람들이 분명 있을 터였다. 무려 31세기 미래로 왔는데 그 시대 사람들의 입에 오르내릴 자신의 모습이 노예나 죄인이라니! 생각만 해도 끔찍했다.

아무튼 이예주는 사슬로 인해 생기는 불편함을 사슬의 주인 놈에게 불같이 토해 내었다. 그래도 남자가 꿈쩍하지 않자 다시는 도망의 '도' 자조차 생각하지 않겠다고 빌었다.

그러나 남자는 그녀의 애원을 단호하게 묵살했다. 보다 못한 나비 아저씨가 "마을에 들어가도 이례주에게 신경 쓰는 인간들은 없을 테니 제발 걱정 말로라!" 하고 좀체 믿기 힘든 말로 달래고 나서야, 그녀는 부루퉁한 얼굴로 걸음을 옮겼다.

그저 겉치레한 줄 알았던 나비 아저씨의 말은 사실이었다.

"헐."

마을의 초입은 어디 시골 농촌 풍경처럼 논과 밭으로 쓰이는 듯한 땅들이 늘어져 있었다.

막상 마을에 들어선 후 이예주는 저와 같은 처지의 사람들이 이 꽤 많이 있다는 것을 알게 됐다. 그녀를 질질 끌고 가는 람처럼 다른 이를 사슬로 묶어 끌고 다니는 사람들이 아무렇지도 않게 거리를 활보하고 있었던 것이다.

다른 점이 있다면 이예주는 손목에 사슬이 채워져 있었고, 다른 이들은 목에 사슬이 채워져 있다는 것뿐이었다. 나비 아저씨의 말마따나 람에게 끌려가는 그녀를 유심히 여겨 보거나 희한한 눈빛으로 쳐다보는 사람은 아무도 없었다. 이런 일이 흔한 일상인 것처럼.

그것을 알아챈 이예주의 머릿속은 순식간에 혼란스러워졌다. 설마 1000년이 지나며 노예제도가 부활한 것일까?

하지만 그러기엔 사슬에 묶인 사람들의 표정이 너무나도 평온했다. 그들의 얼굴엔 삶에 대한 회한이나 비참함 같은 건 보이지 않았다. 그럼 대체 뭐지? 신종 애완동물 놀이 같은 건가……?

제 앞을 지나가는 젊은 남자와 그의 목에서부터 이어진 사슬을 들고 뒤를 따르는 중년 남자를 착잡한 얼굴로 바라볼 쯤이었다. 저와 같은 처지의 사람들이 있다는 것도 놀라운데, 그보다 더욱 까무러칠 광경이 펼쳐졌다.

방금 전까지 중년 남자보다 앞서 걷던 젊은 남자가 밭에 발을 들이자마자 갑자기 '펑!' 소리와 함께 눈 깜짝할 새 소로 변해 '음머~!' 하고 울어 젖히는 것이 아닌가. 이예주의 입이 떡 벌어졌다.

"저, 저거 신인류 맞지?! 그치?"

어이없고 황당한 광경에 그녀는 황급히 조롱이를 잡고 물었다. 대답해 준 것은 나비 아저씨였다.

"맞로라. 소족 신인류로라."

"뭐야? 뭐야? 신인륜데 어째서 사슬에 묶이고 왜······."

왜 인간과 같이 지내는 거냐고 물으려 했던 이예주는 소로 변한 신인류의 등에 쟁기 같은 기구를 메어 주는 중년 남자를 보며 말을 멈췄다. 쟁기를 등에 걸친 소 남자가 미친 듯이 밭을 갈기 시작했던 것이다.

하지만 놀라운 일은 그것뿐만이 아니었다. 시선을 돌리니 소 신인류가 있는 땅의 옆쪽에서 방금 전까지 밭 한가운데에 서 있던 염소가 별안간에 '펑!' 소리와 함께 늙은 여자로 변했다. 그리고 쭈그려 앉아 무언가를 심었다.

그때 앞쪽에서 소름이 돋을 만큼 차가운 뇌까림이 들렸다.

"멍청한 것들."

붉은 개였다. 그녀는 예의 그 표독스러운 눈으로 소로 변한 사내와 늙은 여인이 하는 꼴을 노려보고 있었다.

어느덧 멈춰 선 이예주 때문에 람을 포함한 일행 전체가 덩달아 거리 한가운데에서 정체했다. 이예주는 멍한 시선으로 붉은 개와 조롱이, 나비 아저씨를 한 번씩 훑어본 후 다시 밭을 향해 고개를 돌렸다.

선선한 바람이 부는 지형이었지만, 바닷가 근처라서 그런지 밭에서 일하기엔 내리쬐는 뙤약볕이 따가운 편이었다. 소로 변한 젊은 남자는 여전히 무지막지하게 밭을 갈아 대고 있었고, 인간으로 변한 염소 또한 움칫움칫 걸음을 옮겨 가며 땅에 씨를 심는 행위를 반복했다.

반면에 밭고랑에는 땅의 주인으로 추정되는 인간들이 고개를 쳐들고 앉아 구름 지나가는 것을 세고 있었는데 그 모습이 참으로 한가해 보였다.

이예주는 이번엔 시선을 들어 그녀의 한 치 앞에 멈춰 서 있는 람을 바라보았다. 그녀처럼 노동을 하고 있는 신인류들을 바라보고 있었던 듯 그의 눈동자가 어느새 검은색으로 변해 있었다. 표정만 봐서는 그가 무슨 생각을 하고 있는지 알 수 없었다. 그러나 그녀가 확신할 수 있을 만한 것이 딱 하나 있었다. 그가 지금 분노하지 않았다는 것.

자신을 바라볼 때와는 너무나도 다른 눈동자 색이었다. 너무 많이 달라서 이예주는 문득 가슴이 싸해졌다. 묻고 싶었다. 왜, 왜 그렇게…….

"신인류라고 다 인간을 싫어하는 것은 아니로라."

"네, 네?"

불쑥 나비 아저씨가 어깨를 툭 치며 말한 탓에 이예주가 자리에서 펄쩍 뛰며 돌아보았다. 그러자 그가 그녀보다 더 깜짝 놀라 '캬옹!' 울며 후다닥 조롱이의 뒤로 숨는 게 아닌가.

"갑자기 소리를 지르면 나비 가슴이 놀라잖로라!"

자신보다 덩치가 한참이나 작은 조롱이의 뒤에 선 나비 아저씨가 놀란 가슴을 쓸어내리며 앙칼지게 소리쳤다. 이예주는 그 모습에 눈앞이 아찔해져서 서둘러 사과했다.

"아…… 예. 미안합니다."

"큼큼, 알면 됐로라."

나비는 그녀의 사과를 관대하게 받아넘겼다. 그때, 이제껏 말이 없던 조롱이가 입을 열었다.

"동쪽 대륙은 중간 지대여. 인간도 신인류도 이곳에서는 마음대로 돌아다닐 수 있거든여."

"응? 중간 지대……?"

"그렇로라. 몇십 년 전 인간과 신인류 간에 일어났던 두 번의 전쟁

끝에 이곳을 중간 지대로 정했로라. 비록 마을의 족장도 인간이고, 높은 자리에 있는 놈들도 모조리 인간이며 신인류보다는 인간들이 훨씬 더 많이 살고 있지만 말이로라. 그래도 동쪽 대륙을 떠나지 않고 살아가는 신인류도 꽤 많로라."

조롱이에 이어 나비 아저씨가 마저 설명을 끝냈다. 이예주는 잠시 정보를 머릿속에 입력하느라 머뭇거리다가 손가락을 들어 밭을 갈고 있는 소를 가리켰다.

"……그럼 저 신인류들은요?"

"그게 말이로라. 저 신인류들은……."

"저것들을 신인류에 포함하지 마! 긍지도 자존심도 없이 인간에게 붙어먹는 놈들이니까!"

그 순간, 살벌한 고함 소리가 나비 아저씨와 이예주의 사이를 날카롭게 갈랐다. 이예주도 나비 아저씨도 화들짝 놀라 소리 나는 쪽으로 고개를 돌렸다. 방금 전, 밭에 있는 신인류들을 바라보며 다짜고짜 욕설을 내뱉은 붉은 개가 이번에는 나비 아저씨를 부리부리한 눈으로 노려보고 있었다.

'저 똥개는 왜 자꾸 사사건건 시비질이야?'

붉은 개의 행동에 이예주는 있는 대로 눈살을 그러모아 찌푸렸다. 나비 아저씨는 붉은 개의 일갈에 겁이 난 것처럼 목을 움츠리고 있었다. 덩치 큰 남자가 하얗게 질린 채 몸을 사리는 모습이 묘하면서도 안쓰러웠다.

이예주는 힐끗 주변을 살폈다. 다행히 소와 늙은 여자는 일을 하는 데 정신이 팔려 붉은 개의 목소리를 듣지 못한 것 같았다. 대신 그들의 목줄을 쥐고 있던 인간들이 호기심 어린 눈으로 이쪽을 바라보고 있었다.

"그만 가지."

그것을 눈치챈 것은 비단 이예주뿐이 아닌지, 때마침 람이 짤캉짤캉하고 그녀와 연결된 사슬을 두어 번 잡아당겼다. 이예주는 이딴 식으로 의사 표현 하지 말라고 항의하고 싶었지만, 다시 한번 참을 인忍 자를 새기며 빠드득 이를 갈곤 따라 걷기 시작했다.

람이 먼저 걷고 그 옆을 붉은 개가, 그 뒤를 이예주가 잇따르자 멈춰 서 있던 조롱이와 나비 아저씨도 발걸음을 떼었다. 그는 붉은 개가 완전히 등을 돌려 걷자 그제야 이예주의 옆에 조르르 따라붙어 속삭였다.

"……긍지도 자존심도 없어서 그런 것은 아니로라. 마을에는 다른 이에게 큰 빚을 지고 갚을 능력이 되지 않으면 채주債主 집의 종살이를 해서 빚을 갚아 나가는 규칙이 있로라."

붉은 개에게 들리지 않도록 딱 붙어 이야기하는 탓에 이예주는 어쩐지 귀가 간지러웠다. 때마침 또 다른 사슬을 든 중년 여자와 목에 사슬을 건 조롱이 또래로 보이는 남자아이가 사이좋게 반대편에서 걸어와 일행을 스쳐 지나갔다. 뒤로는 온통 논과 밭이니 그들 또한 농사일을 하러 가는 것이 틀림없었다.

"사슬에 묶인 사람들은 다 신인류예요?"

나비 아저씨에게 이예주가 속삭였다. 그녀의 말에 나비 아저씨는 뜻밖에도 격하게 고개를 흔들며 부정했다.

"아니로라, 아니로라. 마을 안에 더 깊이 들어가면 인간들이 신인류에게 돈을 빌려 종살이를 하는 것도 볼 수 있로라. 하지만 농사일은 인간들이 할 수 없으니 신인류들이 대신하는 것이 대부분일 뿐이로라."

나비 아저씨의 말에 이예주는 다시 한번 인간은 농사를 지을 수 없다는 것을 통감했다. 사막에서 한차례 겪었음에도 멀게만 느껴졌던 게 실제로 보고 나서야 피부로 생생하게 와닿는 것 같다.

기분이 조금 얼떨떨해졌다. 그녀는 사실 직접 농사를 지어 본 적은 없었기에 농사를 금지당한 게 어떤 건지 짐작하기 힘들었다.

새삼 학창 시절에 수박 겉핥기 식으로 배웠던 국사가 자연스레 떠올랐다. 신석기 혁명은 인간의 진화에 있어 실로 엄청난 것이다. 얼마나 중요했으면 3년 내내 시험을 볼 때마다 1번 문제로 질리도록 출제될 정도였다.

농경문화를 이룩하지 못했더라면 인간들은 계속 동물과 같이 사냥을 하거나 채집을 해서 먹고 살아갔을 것이다. 밥 한번 먹기 위해 원룸에서 나와 길거리에 떨어진 은행을 줍거나 뒷산에 올라 칡뿌리 같은 것을 캐고, 토끼, 노루 따위의 동물을 좇아 온 산을 헤집으며 다녀야 할지도.

걷는 것과 뛰는 것이라곤 질색인 이예주는 연상되는 끔찍한 삶에 잠시 침묵하다가 애써 생각을 환기했다.

"그럼 왜 쟤는 긍지도 자존심도 없다고 그러는 건데요? 인간들이랑 같이 살아서? 쳇, 말만 들으면 인간들은 엄청 더럽고 지는 엄청 깨끗한 줄 알겠네."

이예주가 앞서 걷는 붉은 개를 흘겨보며 비죽거렸다. 나비 아저씨가 그녀의 비꼬는 어투를 듣곤 희미하게 웃었다.

"모든 신인류가 인간들을 싫어하는 것은 아니라고 아까 말했지 않로라? 야생에서 직접 먹이를 구하며 살 수 없을 만큼 약한 신인류들도 있기 마련이로라. 새로 태어나는 모든 신인류들이 주인님과 계약하는 건 아니니 말이로라. 그들은 인간들의 곁에서 살면서 적당히 그들이 원하는 일을 해 준 후 식량과 잠자리를 제공받는 편이 더 낫다고 여기고 그렇게 살아가는 것이로라.”

“그치만 람은 화나지 않을까요?”

“으잉?”

“신인류는 람이랑 동물이 계약을 해서 생긴 인류라면서요? 동물들이 신인류가 되기 전에 인간들에게 사육당하던 것처럼, 신인류가 되고 난 후에도 그렇게 사는 것을 보면 람이⋯⋯.”

이예주는 잠시 말을 멈추고 앞서 걷고 있는 남자의 까만 뒤통수를 바라보았다. 쟁기질을 해 대는 소를 바라보던 그의 눈빛을 다시 한번 떠올려 보았지만, 사실 그가 화가 난 건지는 잘 모르겠다.

지금껏 보아 왔던 그의 분노한 모습은 언제나 시뻘건 눈을 하고 있을 때뿐이었다. 게다가 그간 보아 온 결과 그는 신인류들에게만큼은 커다란 관용을 베풀고 있는 것 같았다.

그녀는 문득 팔족 땅에서 람이 스치듯 이야기했던 것을 기억해 냈다. 검은 파편의 조각은 인간에게 핍박당하고 힘없이 죽어 가는 것들이 쉽게 죽지 않도록 내린 힘이라고. 그런데 힘을 내렸음에도 외면적으로 변한 것이 별로 없다면.

“⋯⋯별로 안 좋아할 것 같은데요.”

이예주가 자신 없이 웅얼댔다. 누군가에게 하는 말이라고 보기엔 지나치게 작은 목소리였다. 그러나 용케도 알아들은 듯 나비 아저씨가 ‘흠’ 하고 고민하는 소리를 내었다.

“나비는 주인님이 아니라서 잘 모르겠로라. 그래도 주인님은 그렇게 화나지 않을 것 같로라.”

그는 제가 말하고도 확신하는 것처럼 고개를 끄덕였다.

“주인님 덕분에 우리 동물들도 인간처럼 살 수 있게 되었지만, 그래도 개체마다 천성이란 게 있지 않로라? 인간이 하지 못하는 농사를 지으며 살아가는 것이 나쁘지 않다고 생각하는 신인류도 있는 것이로라. 암, 그렇로라. 그나저나……."

"……."

"이례주는 생각보단 다정한 인간인 것 같로라. 하하, 황조롱이는 이례주가 악마 같은 인간이니 조심하라고 했는데, 신인류에 대한 생각은 보통 인간들과는 다르게……."

"아, 말하면 어떡해여!"

나비 아저씨의 입을 통해서 물처럼 폭로가 좔좔 쏟아졌다. 조롱이가 뜨악하며 뒤늦게 막으려 들었지만 이미 물은 엎질러진 후였다.

"맞는 말이에요."

이예주가 웃으면서 고개를 끄덕였다.

"그 악마한테 처맞는 말."

잠시 후, 마빡이 벌겋게 부어오른 갈색 머리 소년에게서 "아구구구! 황조롱이 죽네! 아구구구!" 하는 곡소리가 들려왔다.

"그런데 이례주는 주인님을 너무 함부로 부르는 것 같로라."

제 이마빡을 감싸 안은 채 울상을 짓고 있는 황조롱이에게 안쓰러운 마음이 든 나비는 악마 같은 인간으로부터 그를 구해 주기 위해 황급히 말을 붙였다. 다행히 그녀는 그 수에 금방 넘어갔다.

"뭐가요?"

전혀 예상치 못한 지적이었다. 이예주는 고개를 갸웃거렸다. 나비는 잠시 주춤거리다 이내 결심한 듯 말했다.

"보, 보아하니 이례주도 주인님과 계약을 맺은 것 같은데, 주인님의 호칭에 주의할 필요가 있로라. 주인님은 이례주가 부르는 '그것'을 싫어하로라!"

"람이 부르라고 알려 준 건데요?"

이예주가 시큰둥하게 대꾸했다. 방금 한 결심이 무색하게 나비가 바로 눈을 내리깔며 소심하게 말을 이었다.

"그, 그거야 시간족 놈들이 제멋대로 지었지만 인간들이 주인님을 부르는 유일한 호칭이니까……."

"……."

"하지만 그것의 뜻이 아주 고약하로라. 글쎄, 우리 주인님을 자신들이 믿는 신의 아이라고, 신에게서 파생된 파편이라 칭하는 게 아니로라? 그것은 매우 잘못된 것이로라! 오호통재로라, 오호통재!"

흡사 절규라도 하는 것처럼 애절한 얼굴로 나비 아저씨는 "오호통재!"를 외쳤다. 아무리 봐도 우락부락한 근육질과는 어울리지 않는 감성이었다. 그녀는 여전히 퉁한 얼굴로 되물었다.

"그럼 뭐라 부르는데요. 람 신님? 람 교주? 아니면 람 오빠?"

"허헛! 그, 그런 외설스러운……."

이예주의 말에 나비가 큰일이라도 난 것처럼 휙휙 주위를 둘러보았다. 그러더니 마른침을 한 번 꿀떡 삼키고는 천기누설이라도 하는 양 바싹 붙어 조심스레 속삭거렸다.

"……주인님은 주인님이라고 불러 드려야 좋아하시로라."

나비 아저씨의 대단하신 비밀에 이예주는 "미친." 하고 작게 중얼거렸다. 조롱이도 나비 아저씨도, 요망한 붉은 개도 모두 람의 지독한 추종자들이다. 람을 향한 그들의 엄청난 애정에 이제는 진절머리가 다 날 지경이었다. 이런 람순이들.

이예주는 절레절레 고개를 내저으며 람밖에 모르는 신인류들의 정신 상태에 "오호통재라!" 하고 작게 탄식했다.

"이레주, 왜 대답이 없로라?"

그녀의 탄식을 듣지 못한 나비 아저씨가 몇 차례 더 물었다. 그러나 끝내 이예주의 대답은 들을 수 없었다.

"⋯⋯진짜 무슨 놈의 마을이 이렇게 생겨 먹었냐."

이예주가 광장 너머 해안선까지 쭈욱 이어진 마을의 모습을 보며 중얼거렸다. 사실 '무슨 놈의 마을'이라기보단 '무슨 놈의 세상'이란 말이 더 적합했다. '문'을 넘어 처음 굴러떨어진 망할 숲에서부터 온갖 기이한 지형들은 싹 다 지나치는 것 같았다.

"동쪽 대륙은 앞은 해안이고 뒤쪽은 숲이라고 말했잖아여."

그녀의 옆에 다가서며 조롱이가 조잘거렸다. 확실히 동쪽 대륙의 외형은 조롱이의 말과 완벽히 일치했다.

마을은 부지가 엄청나게 넓었다. 마을 외곽인 입구 쪽은 대부분이 논과 밭으로 이루어진 평야였고, 그곳을 지나 한참을 더 내리막길을 걸어야 비로소 사람 집이라고 부를 만한 오두막이 나왔다.

첫 번째 오두막을 지나친 이후로 드문드문 다 쓰러져 가는 폐가 같은 집이 여러 채 나왔다. 불규칙하던 집들은 마을 안쪽으로 들어 갈수록 질서 정연해졌다. 점점 사람이 살 법한 주택이 나오더니, 마을의 중앙 광장이라는 곳부터는 그럴듯한 빌딩들이 군데군데 솟아 있었다. 마을의 끝인 해안에 다다를수록 건물들의 외형은 더 화려하고 거대해졌다.

논과 밭을 지나며 그저 한적한 시골 마을이라고 짐작했던 이예주는 생각보다 굉장히 큰 마을, 아니 도시라고 불러도 될 만한 곳을 빙 둘러보며 얕은 한숨을 내쉬었다. 정말이지 알다가도 모를 세상이다.

이 마을은 한눈에 봐도 빈부 격차가 어마어마해 보였다. 마을 초입을 지나면서 보았던 흉가 같은 집터와 앞에 있는 삔지르르한 건물을 겹쳐 보자니 참으로 기묘하기 그지없었다.

"오늘이 마침 장날이였로라. 일주일에 한 번밖에 장이 안 열려서 중앙 광장이 발 디딜 틈도 없어야 할 때인데 이상하게 오늘따라 사람이 없로라. 저기서 파는 고구마 당과는 둘이 먹다 하나가 죽어도 모를 만큼 맛이 아주 그만이로라, 이례주."

문득 나비 아저씨가 한 천막을 가리키며 말했다. 그가 가리킨 곳에서 정말로 달콤한 설탕 냄새가 풍겨 나왔다. 음식 냄새를 맡자 이예주의 배 속이 요란하게 고동쳤다. 그러고 보니, 팔족 땅에서 나온 이후에 뭘 제대로 먹은 적이 없었다.

잠시 갈망을 담아 람을 바라보았으나, 이예주의 유일한 물주는 먼 해안선만 뚫어져라 노려보며 깊은 생각에 빠져 계셨다. 당장이라도 달려가서 당과든 뭐든 닥치는 대로 사 먹고 싶었으나, 애석하게도 그녀는 수중에 돈이 한 푼도 없었다. 심지어 이곳에서 쓰는 화폐가 무엇인지도 알지 못했다.

'조금만 기다리렴, 당과야. 누나가 어떻게 해서든 곧 구하러 갈게.'

굶주리다 못해 쓰라린 배를 쓰다듬으며 그녀는 눈물을 머금고 그곳에서 억지로 시선을 떼었다.

나비 아저씨의 말처럼 중앙 광장은 시장 용도로 쓰이는 듯 건물 앞에 일정한 간격으로 천막들이 줄지어 서 있었다. 멍한 얼굴로 천막 하나하나를 훑어보던 이예주는 불현듯 팽팽해진 사슬에 의해 '어, 어!' 하고 휘청거리다 끌려갔다.

방금 전만 해도 나 심각하니 말 걸지 말라는 아우라를 풀풀 풍기더니. 한마디 말도 없이 제멋대로 움직여 대는 람 때문에 그녀의 불만 지수가 수직으로 치솟았다.

"아, 말 좀 하고 가라고요!"

"길눈도 어두운 주제에 한눈팔 여력은 있나 보군."

마을 어귀를 지나올 때와는 다르게 꽤 빠른 속도로 그녀를 끌어 대며 남자가 무뚝뚝하게 대꾸했다. 제가 뱉은 말을 그대로 인용하는 놈 때문에 잠시 말을 잃었던 그녀가 버럭 소리쳤다.

"길눈이 어두운 건 어두운 거고! 사람 넘어질 뻔했잖아요! 왜 말도 없이 갑자기 움직이고 그래, 진짜."

"시간이 지체되지 않게 친히 도와주었다고는 생각 못하나?"

"……."

으으, 저 싸가지 바가지! 이예주가 입을 다문 것은 순전히 입을 열면 쌍욕이 걸쭉하게 쏟아져 나올 것 같았기 때문이다. 꽉 쥔 두 주먹을 부들부들 떨던 그녀가 쿵쾅 발을 구르며 람의 뒤를 빠른 속도로 바짝 따라붙었다. 또다시 사슬에 잡아당겨져 균형을 잃고 휘청거리는 사태를 미연에 방지하기 위해서였다.

몸이 거의 닿을 정도로 가까이 붙어 걷는 이예주 때문에 람이 잠시 걸음을 멈췄다. 덩달아 콩 하고 그의 등에 이마를 부딪치며 멈춘 그녀가 고개를 쳐들었다. 빨리 안 가고 뭐 하냐는 듯 미간을 잔뜩 찌푸린 채 바라보자 남자가 돌연 손을 뻗어 이예주의 미간을 꾹 눌렀다.

"뭐 하는 거예요?"

"찌푸리니까 더 못난이 같군."

엄지손가락을 놀려 남자가 억지로 이예주의 미간을 폈다. 주름이 강제로 펴지자 그는 캬악 거리는 그녀 따윈 내버리고 미련 없이 몸을 돌렸다.

홀로 남은 이예주는 다시 부들부들 떨었다. 그사이 람과의 거리가 벌어져 사슬이 다시 팽팽해졌다. 그가 뒤도 돌아보지 않고 나지막이 명령했다.

"걷지."

다시 걸음을 옮기며 그녀는 그의 뒤통수를 향해 조심스럽게 가운데 손가락을 들어 보였다. 왕재수.

쉬지 않고 투덜거리느라 정신이 없던 이예주는 다시 벌어진 사슬의 격차를 줄이지 않고 마지못해 걸었다. 그로 인해 앞서가던 왕재수의 입꼬리가 씨익 올라가는 것을 알지 못했다. 붉은 개 한 마리가 익숙해 보이는 그들의 모습을 창백한 낯빛으로 바라보고 있다는 것 또한 당연히 몰랐다.

람은 마치 전에 와 본 적 있는 사람처럼 망설임 없이 골목을 꺾어 들어가더니, 커다랗고 현란한 한 건물 앞에 멈춰 섰다. 익숙하게 건물 문을 열고 들어서는 그를 따라 들어간 이예주는 외형만큼 화려한 내부를 둘러보며 저도 모르게 감탄했다.

건물 내벽은 금칠이라도 해 놓은 것처럼 온통 황금빛이었다. 다른 층 따윈 없이 건물을 통째로 터놓은 듯 엄청나게 높은 천장엔 으리으리한 샹들리에가 3개나 달려 있었다. 빛나는 홀 한가운데에는 사치의 화룡정점을 찍듯 커다란 분수가 놓여 있었다. 분수 안에는 화려한 드레스를 입힌 마네킹이 여러 개 서 있었다.

분수를 기점으로 양옆 공간엔 마치 연예인의 옷장처럼 옷걸이들이 일정한 간격으로 배열되어 있었다. 옷은 대충 인터넷 쇼핑몰에서 주문해 입는 이예주 같은 막눈이 봐도 하나같이 귀하신 분들만 입을 것 같은, 고급스러워 보이는 옷들이었다. 심지어 전시용으로 보이는 분수 안의 마네킹에게 입혀 놓은 것조차 때깔이 좋았다.

저렇게 분수 안에 있으면 물이 튀어서 천이 상할 텐데. 이예주는 자신의 눈높이보다 높은 데 위치한 얼굴 없는 마네킹들을 바라보며 실없는 걱정을 했다.

"와, 여기 어디예요? 진짜 화려하네."

다시 한번 사치스러운 내부를 둘러보며 말하자, 나비 아저씨가 답해 주었다.

"여기는 마담 페니의 옷 가게이로라."

"옷 가게요?"

"그렇로라. 근데 이 여편네는 주인님이 오셨는데 옷 가게는 내팽개치고 어딜 싸돌아⋯⋯."

"나비! 내가 그딴 식으로 내 갤러리를 폄하하지 말라고 했잖아요! 옷 가게라니! 어딜 봐서 내 갤러리가 그런 노천 가게와 같은 수준이라는 거죠?!"

그때였다. 벼락같은 비명 소리와 함께 분수 뒤편에서 퉁퉁한 중년 여성이 휘황찬란한 분홍 드레스 자락을 질질 끌며 나타났다. 중세에서 갓 튀어나왔다고 해도 믿을 만한 차림이었다. 그 뒤를 메이드 복장을 한 젊은 여자 둘이 따라 걸어왔다.

이예주는 고함을 지르며 등장한 중년 여성을 무심결에 돌아봤다가, '푸흡' 하고 저도 모르게 터져 나온 웃음을 간신히 틀어막았다. 여자는 나비 아저씨 뺨칠 정도로 덩치도 크고 키도 컸다. 억지로 껴입은 듯한 드레스가 팽팽하게 그녀의 몸을 압박하고 있었다.

옷 가게란 말이 수치스러웠는지 벌게진 얼굴 한가운데에 떡하니 달린 커다란 돼지 코가 그녀를 절대로 일반 인간이라고 볼 수 없게끔 만들었다. 분장 소품이라도 쓴 것처럼 툭 돌출된 돼지 코가 핑크 빛으로 번들거렸다.

이예주가 조롱이를 돌아보며 눈으로 묻자, 그가 입 모양으로 '돼지'라고 말해 주었다. 돼지족 신인류였다.

"어서 오세요, 주인님. 전갈을 받고 급히 준비하느라 조금 늦었습니다. 기다리게 해 드려서 죄송합니다."

악성 곱슬머리의 중년 여성이 나비에게 눈을 부라리던 것과는 천지 차이로 람에게 공손히 인사를 올렸다. 그는 고개를 까딱이며 인사를 받고는 바로 본론을 꺼냈다.

"붉은 개에게 어울릴 만한 옷이 있나? 당분간 마을에서 묵어야 하니 이목이 쏠리지 않는 것으로. 특히 네가 걸치고 있는 것과 같은 것만 아니면 된다."

"네, 있습니다. 있고말고요, 주인님! 주인님께서 제 보잘것없는 옷가게를 찾아 주셔서 얼마나 영광인지 모릅니다."

여자가 두툼한 두 손을 모으고 감격에 가득 차 속사포처럼 내뱉었다. 역시 신인류들은 하나같이 람순이들이다. 고개를 절레절레 흔드는 이예주 옆에서 나비 아저씨가 "언제는 옷 가게라고 부르지 말라더니. 정말 돼지족은 갈대 같로라." 하며 덩달아 고개를 흔들어 댔다.

"붉은 개, 이쪽 아이들을 따라가서 준비해 둔 옷으로 갈아입도록 해요. 자기는 바스트가 되니까 조금 달라붙는 스타일이 어울릴 거야, 그치? 머리카락이 붉은색이니 좀 밝은 계열로……."

바스트를 강조하며 자신의 가슴을 위로 들어 올려 보이는 그녀의 손짓에, 이예주는 자연히 붉은 개의 알몸을 회상했다. 놀랍게도 곧바로 기분이 언짢아졌다.

중년 여성은 정신없이 주절대며 붉은 개를 뒤에 있는 메이드 두 명에게 인도했다. 사나운 인상의 붉은 개에게 옷을 입히라는 명령에 겁을 잔뜩 집어먹은 듯 메이드들은 주춤거릴 뿐, 움직일 생각을 하지 않았다.

"자기야, 얼른 움직이지 않고 뭐 하니?"

그들의 꾸물거림을 보다 못한 중년 여성이 메이드 한 명을 집어 말하자, 그녀는 결국 눈물을 머금고 조심스럽게 붉은 개를 안내했다.

붉은 개는 턱과 꼬리를 쳐들고 귀부인처럼 오만한 태도로 이예주의 앞을 고고하게 스쳐 지나갔다. 그 순간 붉은 개의 시선이 슬쩍 이예주의 가슴팍에 머무르는 듯하더니 곧 피식, 조소했다. 그러더니 가슴을 더욱 쭉 내밀며 걷는 것이 아닌가! 개 주제에, 개 주제에! 이예주의 얼굴이 와락 일그러졌다.

"잠시만 기다려 주세요, 주인님! 붉은 개를 깜짝 놀랄 정도로 변신시킬 자신이 있어요. 요즘 마을에서 가장 유행인 것이 바로 가슴 위를 시원하게 깐 모양새의 원피스인데, 보통 아가씨들은 흘러내리지 않게 솜을 잔뜩 넣곤 하지만…… 호호호호! 어머, 나도 참. 자기야."

중년 여성은 제가 말하고도 민망한 듯 깔깔 웃으며 의미 없는 자기를 찾았다. 로라보다 더 괴악한 말버릇이라고 이예주는 생각했다. 그때였다.

"그리고 이쪽도."

전혀 예상치 못한 일이 벌어졌다. 람이 흘끗 이예주를 턱짓으로 가리키며 중년 여성에게 말을 건넨 것이다. 이예주가 놀라 그와 중년 여성을 쳐다보았다. 중년 여성 또한 입을 쩍 벌리고 그녀를 돌아보았다.

"어머나! 세상에!"

재빨리 이예주를 위아래로 훑어본 중년 여성이 돼지코를 벌렁거리며 탄성을 쏟아 내었다. 큰 키와 덩치 때문에 그녀의 앞에서 이예주는 한낱 어린아이 같아 보였다.

"이 귀엽고 아기자기한 인간 아가씨는 누구죠, 주인님? 혹시 이거 주인님의 의복인가요? 세상에, 세상에!"

중년 여성이 연신 손뼉을 치며 '세상에!'를 연발했다. 마치 만지면 깨지는 유리 인형이라도 되는 것처럼 이예주의 근처를 조심스럽게 맴돌던 여자가 두꺼운 손가락으로 턱에 묶인 겉옷의 소맷자락을 살짝 건드리며 물었다.

"꼭 아빠 옷을 뒤집어쓴 아이 같은 모양새예요. 주인님의 옷을 이렇게 깜찍하게 묶어 놓다니! 그쵸?"

"아, 예……."

"그만큼 사랑스럽단 소리예요, 자기. 난 마담 페니예요. 우리 갤러리에 온 것을 진심으로 환영해요."

어느덧 이예주는 눈 깜짝할 새에 중년 여성의 자기가 되어 버렸다. 정신 사납게 몸을 돌린 마담 페니는 이번에는 람을 향해 수다를 날렸다.

"이 아가씨는 어떤 식으로 꾸며 드릴까요, 주인님? 주인님께서 이렇게 사랑스럽게 묶어 놓으신 걸 보면…… 와우! 이 장난감 같은 사슬 좀 봐요, 자기. 너무 귀여워서 미칠 것……."

"인간 여자의 옷은 완전히 눈에 띄지 않을 만한 것으로 주어라."

다행히 람에겐 그녀의 수다 공격이 전혀 통하지 않았다. 마담 페니의 말을 싸늘하게 끊으며 남자가 명령했다. 그녀가 다시 두툼한 두 손을 부여잡고 람의 말을 경청했다.

"눈에 띄지 않는 것으로요! 예 예, 주인님. 바로 준비 가능해요!"

"바닷물에 빠졌으니 닦을 것도 필요하겠군."

"어머나! 어쩐지 짠 내가 좀 난다 했어요. 아가씨가 물놀이를 하고 온 걸 바로 알아봤죠, 저는. 바로 알아보고말고요! 뒤쪽에 저희 직원들이 간단히 씻을 수 있는 공간이 있어요. 거기에서 바닷물도 좀 닦아 내고 냄새도 빼면 좋을 것 같아요! 그런데 이 귀엽고 자그마한 사슬은 어떡하죠? 옷을 갈아입으려면 푸는 것이 좋을 텐데…….”

마담 페니의 두꺼운 손이 이예주의 손목에 걸쳐져 있는 수갑에 닿자 신기하게도 수갑이 정말 귀엽고 자그마해 보였다.

혹시 잠깐이라도 사슬을 풀어 줄까 싶어 이예주가 눈을 반짝반짝 빛내며 람을 쳐다보았다. 그런 그녀의 기대를 박살 내듯 남자가 단호하게 고개를 저었다.

“안 돼. 사슬을 풀어 주면 또 도망칠 계집이니 여지를 남길 순 없지.”

“도, 도망이라뇨? 도망 안 쳐요. 정말, 진짜요! 그리고 잘못했다고 했잖아요!”

연쇄적으로 탈출을 감행한 죄인이라도 된 듯한 취급에 억울해진 이예주가 곧바로 항의했다. 그러나 남자는 황조롱이에게 명령하는 것으로 답을 대신했다.

“황조롱이, 따라가서 감시해라. 필요하다면 사슬로 압박해도 좋다. 옷을 갈아입는 동안은 네게 전적으로 사슬을 위임하지.”

“옙, 주인님!”

“허허, 참!”

이예주가 너무나도 기가 막혀 연신 ‘허허’ 하고 버벅거리는 사이, 주인과 애완동물은 북 치고 장구 치고 저들끼리 아주 죽이 착착 잘 맞았다.

그녀가 정신을 차리고 다시 람에게 풀어 달라고 떼를 쓰려고 들 즈음에는 이미 사슬이 황조롱이의 손으로 넘어가 있었다.

“어차피 안 풀려여, 누나. 그냥 빨리 가서 옷이나 갈아입어여.”

조롱이에 의해 질질 끌려가며, 이예주는 어쩌다 자신의 인권이 이렇게 바닥을 치게 되었는지 자못 심각하게 고민했다. 다 쓴 휴지처럼 구겨진 그녀의 표정은 보이지 않는 건지 그녀의 뒤에서 마담 페니가 신이 난 목소리로 외쳤다.

"정말, 지금도 귀여워 미치겠는데 옷을 갈아입히고 나면 얼마나 깜찍할지 기대돼 죽겠어요! 그쵸, 주인님?"

람이 마담 페니의 물음에 무어라 대답했다. 그러나 황조롱이에게 이끌려 가며 떨어진 인권을 찾기 위해 고군분투하는 이예주의 귀에 그 소리가 들릴 턱이 없었다.

"여기 수건입니다, 아가씨. 물은 온수이니 바로 틀어 사용하셔도 됩니다. 용무를 끝내고 나오시면 탈의실로 안내해 드리도록 하겠습니다."

"아, 고마워요."

메이드 복장을 하고 있는 젊은 여자에게 깔끔하게 접힌 수건을 건네받으며 이예주가 대충 감사 인사를 웅얼거렸다. 여자가 깍듯이 고개 숙여 인사를 하고 문을 나섰다.

그녀가 안내해 준 곳은 정말로 직원들이 쓸 법한 간이 샤워실이었지만 꽤 쓸 만했다. 팔족 땅은 시간이 멈췄으니 그렇다 쳐도, 1000년 후임에도 샤워 시설이나 수도 시설은 현대와 별다를 것이 없다는 게 신기했다.

간이 샤워실이라고는 하지만, 웬만한 호텔 욕실 뺨칠 정도로 번쩍번쩍 광이 났다. 티 하나 묻어 있지 않은 대리석 바닥 위로 바닷물이 찍찍 새어 나오는 자신의 더러운 운동화를 대기가 미안할 정도였다.

"뭐예요, 안 닦고? 이왕 온 김에 대충 얼굴이라도 씻어여, 누나."

그때 이예주와 같이 샤워실에 들어온 조롱이가 차랑차랑, 사슬을 흔들어 대며 그녀를 재촉했다. 수갑이 채워진 오른손이 덩달아 흔들렸다. 노동하러 가는 길에 잠시 쉬는 노예라도 된 것 같은 기분에 그녀가 인상을 찌푸렸다.

"흔들지 마!"

"힝, 씻으라 해도 뭐라 그래."

조롱이가 입을 삐쭉이며 볼멘소리로 투덜댔다.

이예주는 조심스레 대리석 위로 발걸음을 옮겨 세면대에 다가갔다. 먼지 하나 없는 깨끗한 거울에 람의 검은 옷을 저승사자처럼 뒤집어쓰고 있는 꾀죄죄한 자신의 몰골이 비쳤다.

턱밑에 묶어 둔 소매의 매듭을 끄른 그녀는 람의 옷을 옆쪽 벽에 붙어 있는 걸이에 대충 걸어 놓고 세면대의 물을 틀었다. 메이드 언니의 말이 거짓말은 아니었는지 수도를 돌리자마자 김이 모락모락 나는 온수가 퐁퐁퐁 쏟아졌다.

이예주는 적당한 물 온도를 맞춘 후, 거울 옆에 걸려 있는 샤워기를 들어 조롱이에게 건넸다.

"받아."

얼떨결에 그녀로부터 샤워기를 건네받은 조롱이가 황금색 눈을 되록되록 굴리며 그것을 멀뚱히 바라보았다. 그녀는 한숨을 푹 내쉬곤 요구했다.

"머리 좀 감게 옆에서 샤워기 좀 들고 있어줘."

"에엑?! 그냥 얼굴만 대충 씻고 젖은 몸이나 닦지, 갑자기 뭔 머리를 감아여!"

"머리에서 냄새나는 것 같단 말이야. 그리고 실제로 그 붉은 개가 나보고 냄새난다 그랬잖아."

"그래도여! 이따 숙소에 가서 씻으면 되지, 왜 여기서여!"

"아, 좀 도와줘!"

강압 아닌 강압에 입을 댓 발 내밀면서 안 올 것처럼 굴던 녀석이 결국 터덜터덜 그녀의 곁으로 걸어왔다.

"결국 도와줄 거면서……."

"씨잉, 제가 누나 시중들러 온 줄 알아여?! 감시하러 왔지!"

"조롱아, 저기 샴푸 좀!"

"이씨!"

투덜거리면서도 조롱이는 친절히 병뚜껑까지 따 주는 서비스까지 더하며 샴푸 병을 건넸다. 덕분에 그녀는 오른손이 수갑에 묶여 있어도 수월하게 머리를 감을 수 있었다.

쏴아아, 뜨뜻한 물줄기가 머리 위로 쏟아지자 머리끝부터 발끝까지 노곤노곤해졌다. 늙은이처럼 끄응 하고 앓는 소리를 내며 그녀는 물을 머금기 시작하는 머리카락을 손가락으로 빗어 내렸다.

"근데, 중간 지대라더니 정말 신인류들이 아무렇지도 않게 살아가나 보네? 이렇게 화려한 옷 가게도 운영하고……. 마담 페니 대단하다. 대단한 거 맞지?"

"마담 페니는 사교성이 굉장하고 상술에도 능해여. 옷 가게가 아니라도 성공했을 거예여."

"그러게. 말을 정말 쉴 틈 없이 하던데. 돈도 무지하게 벌겠지? 물 좀 더 뜨겁게!"

이예주의 요구에 조롱이가 또다시 지금 명령질하는 거냐며 떽떽거렸다. 그것을 한 귀로 듣고 한 귀로 흘리며 거품이 잔뜩 인 머리를 씻어 내리던 그녀에게, 조롱이가 진이 빠진 목소리로 힘없이 대꾸했다.

"돈을 많이 벌어도 마담 페니에게 막상 남는 건 얼마 없을 거예여."

"······응? 왜?"

"그거야 동쪽 대륙에 거주하려면 족장에게 많은 거주세를 바쳐야 하니까여. 전쟁 이후에 인간들과 신인류 사이에서 정한 조약이에여. 동쪽 대륙에 머물려면 신인류들은 족장에게 일정 금액을 줘야 해여. 인간들은 참 이상하게도 주인님의 땅을 자기들의 소유라고 엄청 우겨 대거든여."

"헐. 달란다고 그대로 바쳐? 그리고 마을 족장이 인간이란 말이야? 그 인간도 시간족 뭐 그런 거?"

두 눈을 감고 머리를 감으면서도 이예주는 입을 쉼 없이 움직였다. 조롱이는 그녀의 물음에 바로 대답하지 않았다.

한참 후, 그녀가 샴푸질을 한 번 더 하기 위해 샴푸 병을 더듬더듬 찾아 대며 "조롱아?" 하고 부를 때쯤에야 그는 "에, 에!" 하고 큰 소리로 답했다. 깊은 생각을 하다가 깨어난 듯이 화들짝 놀란 음성이었다.

"마을 족장은 시간족이 아니고, 그냥 말더듬이 인간이에여. 그리고 신인류들은 뭐, 인간들의 돈 같은 거 모아 봤자 딱히 쓸데가 있는 것두 아니구여······."

"그래도. 텃세 부리는 인간들 꼭 있잖아, 왜. 마담 페니는 생각보다 착해 보이던데 막 물정 모르고 다 뜯기는 거면 어떡해."

이예주가 마담 페니의 복스러운 돼지 코를 떠올리며 제법 걱정스러운 목소리를 내었다. 이번에도 조롱이의 답은 한참이 지나서야 어렵사리 들려왔다.

"······어쨌든 인간과의 1차 전쟁에 신인류들이 패한 건 맞으니까 꼭 나쁜 것만은 아니에여. 오히려 다행이져. 동쪽 대륙을 소유하는 대신에 전쟁에서 패배해서 노예로 가둬 두었던 신인류들을 다 풀어 주기로 했었고, 또…….”

다시는 인간들이 신인류를 강간하거나 먹지 않겠다는 조약도 만들었으니까…….

황조롱이가 아주 작은 소리로 무어라 덧붙였다. 새 모이만큼 작달막한 소리는 샤워기에서 쏟아져 나오는 물소리에 묻혀 제대로 들리지 않았다.

“응? 뭐라고? 물소리 때문에 잘 안 들려.”

그러나 조롱이는 다시 한번 이야기해 주지 않았다.

“누나, 아직 멀었어여? 팔 아파여!”

“어? 거의 다 된 것 같…….”

그때였다. 알콩달콩 머리를 감던 그들의 뒤쪽에서 별안간 문이 벌컥 열리더니, 찢어지는 고함 소리가 샤워실 내부에 텅텅 울려 퍼졌다.

“지금 뭐 하는 거야?!”

“에, 에…….”

살벌한 목소리에 황조롱이가 애매하게 고개를 갸웃거렸다.

넓은 샤워실 공기가 누군가로 인해 싸늘하게 얼어붙었다. 거품 때문에 앞이 보이지 않는 이예주만이 상황 파악을 못하고 제 머리를 더듬거리고 있을 뿐이었다.

“뭐야? 누, 누구야? 누군데…… 아악! 눈 따가워!”

두 번째로 샴푸 거품을 씻어 내던 그녀가 불현듯 괴성을 지르며 눈을 마구 비벼 댔다. 이예주의 비명 소리에 그제야 정신을 차린 황조롱이가 허둥지둥 샤워기를 마구 쏴 댔다.

“괘, 괜찮아여?”

“아악! 눈에 들어갔나 봐! 잘 좀 들어 봐!”

“잘 들고 있어여! 누나가 머리를 자꾸 이상한 데로 옮기잖아여!”

"앗, 뜨거! 차갑게, 차갑게!"

"수도꼭지 돌렸어여! 돌렸어여!"

"아, 차거! 얼굴에! 얼굴에 쏴! 조롱아, 얼굴에 쏘라……!"

그 순간, 두 사람 사이를 거친 숨을 몰아쉬며 뚜벅뚜벅 빠르게 다가오는 이가 있었다.

"당장 집어치워!"

철썩. 사납게 내려치는 소리와 함께 샤워기가 공중으로 유려하게 물살을 흩뿌리며 챙그랑, 바닥에 떨어졌다. 덕분에 물을 홀딱 뒤집어쓴 이예주가 '어푸풉' 하고 얼굴을 마구 문지르며 벌게진 눈동자를 떴다.

서늘한 정적 속에, 난감한 얼굴로 눈치를 보고 있는 조롱이가 보였다. 그리고 그 옆에 새빨간 머리칼의 가슴 빵빵한 미인이 씩씩 콧김을 내뿜으며 서 있는 것 또한.

바스트를 강조하던 마담 페니의 말이 헛소리는 아니었는지, 여자는 연예인 시상식에서나 볼 법한, 쫙 달라붙는 탑 드레스를 입고 있었다. 그녀의 분노 지수를 드러내듯 깊게 드러난 가슴골이 머리털만큼 벌겋게 달아올랐다.

"지금 뭐 하는 거냐고, 엘로!"

붉은 개가 조롱이에게 다시 쩌렁쩌렁 소리를 질렀다. 조용히 바닥을 바라보던 조롱이가 자신을 부르는 호칭에 고개를 번쩍 쳐들고 "에, 에?" 하며 멍청한 소리를 내었다. 그러고는 죄지은 아이처럼 우물쭈물 답했다.

"예, 예주 누나 샤워기 들어 줬는데여."

엘로? 생소한 이름에 갸웃거리던 이예주는 삽시간에 싸늘해진 샤워실 분위기를 서서히 파악하기 시작했다. 방금 전까지 조롱이가 들어 주던 샤워기가 여전히 뜨뜻한 물을 내뿜으며 대리석 바닥을 나뒹굴고 있었다.

그러니까 이 망할 개가 갑자기 쳐들어와서 조롱이의 팔을 내리쳐 샤워기를 집어 던진 거지?

이예주는 붉은 개에게 지금 당장 화를 내야 하는 건지 고민했다. 물론 마음은 벌써 훤히 드러난 요망한 것의 왕가슴에 찹Chop을 날리고 있었지만, 워낙 조롱이를 노려보는 붉은 개의 기세가 살기등등한 탓에 막상 나서기가 좀 난처했다.

"미쳤어. 정말 돌았구나, 엘로! 잠시 주인님을 따라다니는 동안 정신이 나간 거야!"

"에……."

"왜 네가 이 인간 계집년의 시중을 들고 있는 거야? 왜!"

"시, 시중은 아닌데여…… 그냥 예주 누나는 사슬 때문에 팔도 불편하니까 도와줄 겸……."

"네가 이러면 안 되지, 엘로. 이딴 인간 따위가 뭐라고! 이 인간 계집이랑 대체 무슨 관계인 거야! 설마 친구라도 돼? 신인류와 인간이 친구가 될 수 있다고 생각하는 거야? 그런 거냐고! 대답해!"

이예주는 내심 조롱이의 긍정적인 대답을 기대했다. 그래도 꽤 긴 시간을 같이 붙어 다니면서 미운 정 고운 정, 온갖 정은 다 들지 않았던가. 누군가 그녀에게 조롱이와 어떤 관계냐고 물어보면 친한 동생 자리쯤은 관대하게 내려 줄 수 있었다.

저도 모르게 반짝반짝 빛나는 눈으로 조롱이를 바라보았는지 그가 난감한 얼굴로 흘끗 그녀의 눈치를 살폈다. 그러더니 이예주로서는 기가 막혀 뒷목 잡을 만한 소리를 지껄여 댔다.

"친구는 아니구여……."

어억! 저, 저게! 순간 눈앞에서 불똥이 튀었다. 이예주가 단번에 조롱이를 쏘아봤다. 제 양옆에서 쌍으로 눈을 부라리는 두 여자 때문에 조롱이의 황금색 눈동자가 지진 나듯 흔들렸다.

"그럼 뭔데?"

"그럼 뭐야!"

두 여자가 동시에 물었다. 조롱이는 말하는 것이 고역인 사람처럼 힘겹게 목소리를 쥐어짰다.

"예, 예주 누나는 그냥 여행 동료인데여……."

"동료? 예주 누나? 하! 예주 누나?"

그러나 고심 끝에 내뱉은 그의 대답이 마음에 들지 않는지 붉은 개가 바로 말꼬리를 부여잡고 늘어지기를 시전했다.

"누가 네 누나야? 네 누이는 따로 있어, 엘로! 인간들에게 뜯어 먹히고 죽어 버린 네 불쌍한 누이 말이야!"

"……."

"게다가 너 이 인간 계집한테서 이름도 받았다며? 정신 나간 짓거리 당장 집어치워! 네 누이를 생각하란 말이야! 네 누이! 이딴 인간 계집 말고 네 진짜 가족!"

붉은 개가 '누이'라는 말을 꺼냄과 동시에 조롱이의 얼굴에서 거짓말처럼 표정이 사라졌다. 그의 낯빛이 한순간에 하얗게 질렸다. 너무나도 적나라한 표정 변화에 오히려 제3자인 이예주가 당황스러울 지경이었다.

지금껏 짧지 않은 기간 동안 조롱이를 봐 오면서, 저렇게 새파랗게 얼어붙은 얼굴은 본 적이 없었다. 같은 신인류인 포니의 참혹한 살해 현장에서도 그녀에게 보지 말라고 권할 정도로 침착했고, 느닷없이 나타난 팔다리가 몇천 개씩 달린 괴물을 보고도 별다른 동요조차 없었던 조롱이였다.

자신과의 수도 없는 다툼에서 한마디도 지지 않고 대들어 대던 그 영악한 새가, 몸까지 부들부들 떨어 대며 입에 꿀이라도 바른 것처럼 아무 말도 하지 못했다.

죄인처럼 고개를 숙인 조롱이의 모습에 이예주는 어쩐지 기분이 이상해졌다. 그리고 직감했다. 조롱이에게 '누이'는 이예주에게 엄마 혹은 봉구, 또는 수학여행과 흡사하다는 것을.

"벌써 잊어버린 거야? 엘로! 네 이름은 엘로야! 잊어버리면 안 되잖아! 인간들은 우리의 평생 숙적……!"

새하얀 얼굴로 굳어 있는 조롱이를 어디까지 몰아붙일 심산인지, 붉은 개가 흡사 절규하듯 소리 지르며 조롱이를 향해 한 발 한 발 다가섰다. 이예주가 저도 모르게 그 앞을 막아선 것은 조롱이가 금방이라도 쓰러질 것 같아서였다.

"그만해."

또 다른 이가 제 앞을 막아설 줄은 예상하지 못했는지 붉은 개가 놀란 눈으로 주춤 물러섰다. 그러나 그것도 잠시, 인간 여자라는 것을 확인하자 표독스럽게 이를 드러냈다.

"넌 뭐야? 우리 사이에 끼어들지 말고 꺼져!"

"내가 먼저 조롱이랑 여기서 머리 감고 있었거든? 너야말로 우리 사이에 끼어들지 말고 꺼져!"

"이, 이게……!"

이예주의 우렁찬 목소리에 붉은 개가 가슴에서 목까지, 그리고 목을 넘어 얼굴까지 점점 시뻘겋게 물들었다. 원래 잘잘못을 떠나서 목소리 큰 사람이 이기는 법이지! 이예주는 기세를 몰아 배에 힘을 잔뜩 주고 더욱더 큰 목소리로 외쳤다.

"그리고 조롱이 얼굴 안 보여? 너 때문에 애가 하얗게 질린 게 꼭 경기 일으킬 것 같잖아! 그러니까 그만하라고!"

"인간 계집년 주제에! 인간 계집년 주제에 뭘 안다고! 네가 뭘 안다고!"

"몰라!"

이예주가 당당히 무지를 선포했다. 그러고는 곧바로 덧붙였다.

"그치만 알아도 너처럼 싸가지 없이 말 안 해!"

"뭐, 뭐? 싸가지?!"

"그래! 그리고 노크 몰라? 예의 없이 막 쳐들어와서 이게 무슨 행패야!"

"이, 이런 냄새나는 인간 계집이……!"

정말로 화가 난 건지 붉은 개의 송곳니가 순간 날카롭게 빛이 나더니 점점 길쭉해졌다.

'개로 변하려고 그러는 건가?'

사나운 투견으로 변해서 금방이라도 물어뜯을 것처럼 구는 무시무시한 붉은 개의 모습에 이예주는 싸우던 것도 잊고 덜컥 겁을 먹었다.

그러나 다른 한편으론 차라리 이성을 잃은 개에게 물려서 람에게 이 요망한 것의 실체를 알리는 것도 좋은 방법이라는 생각이 들었다. 비록 조금, 아니 많이 아플 테지만.

"으르르르."

고운 여자의 얼굴에서 짐승의 으르렁거림이 흘러나왔다. 이예주는 눈을 질끈 감았다. 그래! 물어라, 물어!

"그만! 그만해여!"

그러나 다행히도 이예주가 물리는 꼴은 볼 수 없었는지 어느덧 제

정신을 차린 조롱이가 서둘러 두 여자 사이를 막아섰다.

감았던 눈을 뜨며 이예주는 내심 안도의 한숨을 쉬었다. 하지만 붉은 개는 여전히 살벌한 기세를 내뿜었다.

"으르르르, 비켜! 너도 물어뜯는다, 황조롱이!"

"자꾸 이러면 주인님 부를 수밖에 없어여!"

"왜? 물어뜯게 놔둬, 놔둬!"

조롱이의 뒤에 교묘하게 몸을 숨긴 상태로 이예주가 깐족댔다. 붉은 개가 다시 이를 드러내자 조롱이가 재빠르게 소리쳤다.

"누나도 마찬가지예여! 그만두지 않으면 진짜 주인님을 부를 거예여! 주인님! 예주 누나랑 붉은 개 싸워여! 주인…… 우웁!"

조롱이가 정말로 람을 부를 듯 목소리를 높이자 이예주가 당황하여 황급히 거품 묻은 손으로 그의 입을 틀어막았다. 쓰고 짠 그녀의 손맛을 본 조롱이가 발악했다.

"나가."

이예주가 붉은 개에게 축객령을 내렸다. 그러나 붉은 개는 못내 분을 삭이기 힘든 듯 여전히 독 오른 눈으로 그녀를 노려볼 뿐이었다. 그 모습에 조롱이가 발작하듯 몸을 뒤틀며 제 주인을 필사적으로 불러 젖혔다.

"우웁, 우우웁! 주인님! 우우웁!"

"나가라고, 빨리!"

결국 이예주의 손아귀 사이에서 '주인님' 소리가 흩어져 나오고 나서야 붉은 개는 차가운 바람을 일으키며 샤워실을 휙 빠져나갔다.

그녀가 나가자마자 서릿발 같던 샤워실 내부 공기가 깨졌다. 완전히 닫힌 문을 확인한 이예주가 조롱이를 틀어막았던 손을 놓아주었다. 그러자 그가 재빠르게 세면대로 달려가 입을 헹궜다.

"에퉤, 에퉤퉤! 아고 써! 아구구! 쓰고 짜! 말로 하면 되지, 왜 남의 입에 손은 집어넣구 그래여!"

이예주는 아직도 바닥에 떨어진 채 쫄쫄쫄 물을 뿜어 대는 샤워기를 주워 들며 대꾸했다.

"너야말로 안 끝내려고 했잖아. 네 주인을 부르려고 들어? 미쳤어, 미쳤어."

"그, 그건…… 그렇게 안 했으면 누나랑 붉은 개랑 정말 싸울 것 같으니 그런 거져……."

그녀는 절레절레 고개를 흔들며 조롱이가 있는 세면대로 다가가 수도꼭지를 돌려 잠갔다. 오랫동안 샤워기를 방치해 둔 탓에 대리석 바닥이 온통 물로 흥건하게 젖어 있었다. 물론 샤워실이니 물에 젖어도 상관은 없겠지만 먼지 한 톨 없이 반질반질했던 처음을 생각하니, 마담 페니와 메이드들에게 약간 미안해졌다.

에라, 모르겠다. 머리만 대충 감으려 했던 이예주는 세면대 옆쪽으로 죽 늘어져 있는 샤워 부스 중 한 곳으로 들어갔다. 그 탓에 사슬을 놓친 조롱이가 '어, 어!' 하고 당황하더니 따라붙으려 들었다.

"어딜! 도망가는 게 아니라 샤워할 거야!"

이예주가 눈을 부라리자 그는 결국 더 따라붙지 못하고 세면대 근처에 섰다.

샤워 부스는 다행히도 불투명했다. 그럼에도 그녀는 끝내 나가지 않고 자신을 기다리려는 조롱이에게 무서운 얼굴로 당부했다.

"보면 죽을 줄 알아."

"보라고 해도 안 볼 거거든여!"

황조롱이가 억울하다는 듯 빽 소리쳤다. 그것을 흘려들으며, 그녀는 거추장스러운 사슬을 단 채로 몸을 씻기 시작했다.

쏴아아— 천장에 달린 샤워기에서 물이 쏟아졌다. 물에 닿으면 쇠가 녹슬지 않을까 하는 생각이 잠시 들었지만, 곧 '제발 녹이 슬다 못해 부서졌으면.' 하는 심정으로 손목을 감싼 수갑에 신나게 물을 뿌려 대었다.

간단하게 샤워를 마친 이예주는 샤워 부스 안의 수납장에 놓여 있는 커다란 수건으로 대충 몸을 가리고 나왔다. 바닷물에 푹 절어 있는 옷을 다시 입기가 여간 찝찝한 게 아니었기 때문이다.

조금 야시시한 차림 탓인지 조롱이가 수증기와 함께 샤워 부스에서 빠져나오는 이예주를 보자마자 '헙!' 하고 두 손으로 눈을 가렸다.

"으악! 눈 아프니까 빨리 옷 갈아입으러 가여!"

"이게 죽을라고! 나 그럼 옷 갈아입으러 갈 테니까 아까 일은 네 주인한테 절대 이르면 안 돼."

그녀가 작은 수건으로 머리에 묻은 물기를 쭉 짜내며 말했다. 조롱이는 바로 답하지 않고 한참을 우물쭈물했다.

"……주, 주인님이 누나에 관한 건 빠짐없이 보고하라고 했는데여…….."

"그게 왜 나만 관련된 일이야! 너도 관련된 일이잖아!"

자신과는 관계없는 싸움이라는 듯 슬쩍 빠지려 드는 태도에 이예주의 얼굴이 순식간에 흉악해졌다. 그녀는 무시무시한 얼굴로 주먹을 들어 보이며 조롱이에게 다가갔다.

"그래서 기어이 일러바치시겠다?"

"어, 어……."

"어?!"

"마, 말 안 할게여! 이것만 비밀로 할게여!"

결국 확답을 받아 낸 이예주는 만족스러운 얼굴로 그의 어깨를 툭

툭 두어 번 두드린 후 벗어 놓았던 람의 겉옷을 몸 위에 걸친 채 문을 향해 걸어 나갔다.

"누나."

조롱이가 조금은 다른 목소리로 그녀를 부른 것은, 문고리에 손을 올렸을 즈음이었다.

"……왜?"

그의 부름에 그녀가 반 정도만 몸을 돌리고 느릿하게 답했다.

몸을 반만 돌려서 그런지 조롱이가 어떤 표정을 짓고 있는지 잘 보이지 않았다. 그러나 아무리 둔한 이예주라도 그의 분위기가 좀 전과는 다르다는 것을 모를 리 없었다.

"있잖아여."

"…….."

"안…… 물어봐여?"

뭘? 붉은 개는 왜 널 엘로라고 불렀는지? 또 네 누이는 대체 어쩌다가 인간들에게 잡아먹힌 건지?

이예주는 황조롱이가 말한 '물어봄'의 범위에 대해 생각했다. 그러나 그것을 입 밖으로 내뱉지는 않았다. 사실 내뱉기도 전에 황조롱이가 먼저 가로챈 탓도 컸지만.

"왜 붉은 개가 그렇게……."

"말하지 마."

머릿속에 엄마, 봉구, 수학여행 따위의 단어들이 어지럽게 나열되었다. 그래서였다. 평소 같았으면 먼저 나서서 꼬치꼬치 캐물었을 텐데, 그러지 않고 조롱이의 말을 막은 것은.

딱히 이유를 꼽으려 해도 말할 수 없었다. 이건 그냥. 그래, 그냥…….

"그냥……."

"……."

"……그냥 기억하지 마."

그 말을 끝으로 이예주는 다시 몸을 돌려 힘차게 문고리를 잡아당겼다.

그녀가 완전히 샤워실을 빠져나갈 때까지, 황조롱이는 한마디도 없이 자리에 서 있을 수밖에 없었다. 이예주에게 묻고 싶은 게 있던 것은 오히려 그였지만 끝내 물을 수 없었다. 과거가 들춰져 슬프고 난감한 건 자신인데, 왜 그녀가 그렇게 울 것 같은 표정을 짓고 있는 건지.

텅 빈 샤워실에 조롱이만 우두커니 남겨졌다.

샤워실 밖으로 나오니, 아까 전 샤워실까지 길을 안내해 주었던 예의 그 메이드 언니가 이예주를 반겼다. 그녀를 따라 탈의실이라는 거대한 거울 방에 도착했다. 사방팔방이 거울로 도배되어 있어 괜스레 민망해졌다.

이미 이예주가 오기 전 모든 준비가 끝났는지, 방 안에는 옷들이 빽빽이 걸려 있는 이동식 옷걸이와 메이드 복장을 하고 있는 젊은 여자 두 명이 있었다. 그녀를 안내해 준 메이드는 그들이 머리와 화장 담당이라고 알려 주었다. 그리고 마지막으로 자신은 의상 담당이라고 소개했다. 팔족 땅에서의 악몽이 재현되는 것 같아 이예주는 시작도 전에 머리가 아파 왔다.

"일단 옷부터 갈아입으시는 게 좋겠어요. 머리랑 얼굴은 그다음에……."

메이드 언니가 서둘러 이예주를 옷걸이 앞으로 데려다주었다. 마담 페니가 대체 그녀를 보며 무슨 생각을 한 건지, 걸려 있는 옷들이 죄다 짧은 원피스 종류였다.

게다가 옷 문양이 하나같이 다 괴악스럽기 짝이 없었다. 음침한 해골 문양부터 시작해서 리본 레이스가 가슴 부분에 잔뜩 달려 있는 것도 있었고, 또 어떤 것은 치마 뒷부분에 호피 무늬 꼬리가 달려 있었다. 메이드가 그것을 바라보는 이예주에게 세트라며 호랑이 귀가 달린 머리띠를 건넸다. 기겁을 하자 이번에는 다른 괴상한 것을 추천했다.

"아가씨는 사랑스러운 스타일이니까⋯⋯."

내뱉은 말에 충실하듯, 메이드가 하트 모양의 천이 가슴 부분에 커다랗게 박혀 있는 민소매 원피스였다.

"아니에요! 제가 고를게요!"

꼼짝없이 여자가 건네는 끔찍한 것들을 입어야 한다는 무서운 확신이 들자, 이예주는 정신없이 달려들어 옷가지를 헤쳤다.

한참을 뒤진 후에야 그녀는 옷걸이의 맨 구석에 처박혀 있는 청색의 무난한 데님 원피스를 찾을 수 있었다. 다른 옷들은 하나같이 민소매에 괴상한 문양, 허리께부터 펑퍼짐하게 퍼지는 플레어 스커트가 대부분이었기 때문에 무난한 검은색 자수가 놓여 있는 일자 원피스를 찾았을 땐 거의 환호할 지경이었다. 보기 드물게 2017년과 흡사한 디자인이었는데, 자칫 밋밋해 보일 수 있었으나 어깨 부분에 셔링주름 장식이 잡혀 있어서 나름 발랄한 맛이 있었다.

"이걸로 할게요!"

"그런 건 아무도 찾지 않는 건데⋯⋯."

"아니에요! 전 이게 좋아요!"

이예주가 그것을 들고 강력히 요구했다. 어찌나 강력하고 필사적인 눈빛을 보냈는지, 등과 배 앞뒤에 괴기스러운 녹색 토끼가 그려져 있는 원피스를 건네던 메이드도 끝내 수긍할 수밖에 없었다. 하지만 곧바로 이어지는 그녀의 말 때문에 이예주는 다시 머리가 지끈지끈 아파졌다.

"그럼 구두는 뭘로 준비할까요? 원피스가 파랑색이니 신발은 빨간색 하이힐로……."

"아니요! 제가 신고 왔던 운동화 같은 건 없을까요? 발 아파서 구두는 신기 싫은데."

"운동화요? 그게 뭐…… 아! 실용화 말씀하시는 거구나! 잠시만요."

다행히 이 세상에도 운동화는 존재하는 듯, 메이드는 금방 신발이 담긴 상자를 들고 왔다. 이예주는 간신히 태극기 패션의 위협에서 벗어날 수 있었다.

"이건 마담 페니표 수제 실용화예요."

마담 페니표임을 강조하며 여자가 보여 준 신발은 하얀색 단화였다. 단화라고 단정 짓기엔 신발 끈 구멍이 지나치게 많고 굽이 꽤 있었다. 마담 페니표라는 것이 빈말은 아니었는지, 신발 뒷부분에 엄지손톱만 한 분홍색의 돼지 코가 그려져 있었다. 그래도 어쨌거나 원피스들에 비하면 훨씬 무난한 디자인이었기에 이예주는 분홍 돼지 코 따윈 감수하기로 했다.

"그럼 이쪽에서 갈아입도록 하세요."

거울 방 중앙에는 마치 소극장 무대처럼 천막이 쳐져 있는 동그란 돔이 있었는데, 그곳이 바로 탈의실이었다.

천막 안에 들어가서 슬쩍 위를 올려다보니, 돔의 천장 부분에 커다란 조명이 달려 있었다. 설마 옷을 갈아입고 커튼을 젖히면 스포트라이트라도 켜지는 건 아니겠지. 왠지 모를 불안함에 이예주는 좋지 않은 얼굴로 서둘러 옷을 갈아입었다. 그리고 설마가 사람 잡았다.

속옷까지 새것으로 싹 다 갈아입고, 신발을 신자마자 어디서 지켜보고 있었는지 자동으로 커튼이 밀렸다. 그리고 머리 위에 달린 조명이 눈을 파멸시킬 만큼 '팟' 하고 강하게 켜졌다.

"어머나! 너무 귀여워요, 아가씨! 걱정했는데 파란색이 정말 잘 어울리시네요."

"눈! 눈 아프니까 불이나 좀 꺼 줘요!"

아까 전 샤워실에서 눈에 거품이 들어간 여파인지 금세 눈이 시큰거렸다. 하지만 조명을 꺼 주기는커녕, 그런 이예주가 귀여워 죽겠다는 듯 여자들이 까르르 웃으며 저들끼리 떠들어 댔다.

"어디 불편한 데는 없으세요? 착용감은 어때요? 신발은 맞고요? 한번 돌아다녀 보세요!"

이예주는 몇 걸음 걸어 다니면서 신발이 맞는지 확인했다. 굽이 있어서 걱정했는데 예상과는 달리 신발은 현대의 운동화처럼 가볍고 푹신했다.

다만 생각보다 치마가 짧아 허벅지 위로 뎅강 올라와서 그게 조금 민망했다. 그녀의 인생에서 치마란 학창 시절 입었던 교복이 전부였는데, 그것조차 모두 무릎 위를 넘은 적이 단 한 번도 없었기 때문이다.

짧은 치마가 어색해서 자꾸 손으로 끌어 내리는 이예주를 보고 메이드가 걱정스레 말했다.

"다리도 예쁜데 왜 그러세요? 지금 얼마나 잘 어울리시는데요! 혹시 옷이 마음에 안 드신다면 다른 옷을 준비할까요? 아까 꼬리 달린 옷도 귀엽긴……."

"아니요! 이 옷으로 할게요! 절대요."

고개를 세게 휘저으며 이예주는 옷이 마음에 든다는 것을 강력하게 주장했다. 그런 이예주를 잠시 이상한 눈으로 쳐다보던 메이드가 이내 그녀를 다른 메이드에게 양도했다.

"머리랑 화장을 마저 손보고 나가요."

그냥 머리만 말리면 된다고 거절했으나 몇 번이고 붙잡는 바람에 결국 이예주는 거울 앞 의자에 털썩 앉았다.

여자 노릇을 하는 건 정말 귀찮은 일이구나. 평소에도 머리를 잘 감지 않고 모자를 눌러쓰고 다니던 게 일상이었던 이예주는 이 모든 것이 다 번거롭게만 느껴졌다.

다른 이가 머리를 매만지니 슬슬 잠이 쏟아졌다. 그냥 대충 하고 잠 좀 잤으면 좋겠는데.

꾸벅꾸벅. 병든 닭처럼 졸다 깨다 졸다 깨다를 반복하던 그녀는 머리 손질이 끝나고 간질거리는 붓이 얼굴에 닿을 때쯤에는 아예 대 놓고 꿀잠을 자기 시작했다.

자고 일어나니 머리 손질도, 화장도 끝나 있었다. 그리고 거울에 비치는 사람 또한 달라져 있었다.

"어서 나와여, 누나! 뭐 해여!"

조롱이의 짜증스러운 재촉에 이예주는 꾸물꾸물 벽 뒤에서 걸어 나왔다.

또각또각. 구두도 아니건만 굽이 있는 실용화가 대리석에 맞닿으 며 커다란 소리를 만들어 내어 괜히 민망해졌다. 그 소리에 잠시 주 춤거리던 그녀가 이내 다시 걸음을 옮겨 분수가 있는 홀 안으로 발 을 들여 놓았다.

그 순간 각각의 인물들에게서 동시 다발적으로 소리가 터져 나왔다.

"헤엑?!"

"오호, 이례주로라?"

"어머나, 세상에! 정말 너무너무너무 귀엽고 깜찍하잖아요!"

이예주가 부끄러운 듯 답지 않게 볼을 붉혔다. 평소와는 달리 볼 터치를 한 그녀의 두 볼이 탐스러운 분홍빛을 띠었다.

컬이 들어간 고동색 단발머리가 목 근처에서 찰랑거렸다. 손질의 힘이 대단하긴 했다. 불에 그슬려 강화되었던 머리카락에 윤기가 도는 것을 보면.

"정말, 생각보다 더 사랑스럽지 않나요? 이 아기 같은 원피스 좀 봐요! 어쩜, 취향도 이렇게 귀여운지."

마담이 이예주를 번뜩이는 눈으로 훑어보고는 흥분에 가득 차 돼지 코를 심하게 벌렁거렸다.

"한쪽은 이렇게 섹시하고 한쪽은 이렇게 사랑스러우니, 정말 번갈아 보는 맛도 쏠쏠하네요. 호호호, 나도 참. 자기야."

그녀의 의미 없는 자기 타령에 메이드가 맞장구를 쳐 주며 웃어 주었다. 마담 페니의 말에 잠시 람의 곁에 붙어 있는 붉은 개를 슬쩍 돌아본 이예주는 헉 하고 눈이 튀어나올 뻔한 것을 간신히 참아 넘겼다.

아까는 화가 나서 제대로 보지 못했는데, 붉은 개의 인상이 180도로 변해 있었다. 환한 빛 아래, 깊게 파인 채 흘러내리는 부드러운 베이지 색 옷을 입고 있는 붉은 개는 같은 여자가 봐도 침 나올 정도로 끝내줬다. 무난한 옷 색과 반전되는 화려한 붉은색 머리가 너무나도 인상 깊었다. 게다가 강아지상 얼굴은 어찌나 청순한지!

아까는 그래도 개의 모습이라 '개 주제에'라고 비웃을 수 있었으나 이젠 그럴 수도 없어졌다. 완벽한 인간의 모습, 그것도 너무나도 아름다운 모습을 하고 있었기 때문이다.

으으! 이예주가 저도 모르게 앓는 소리를 내며 입술을 꾹 깨물었다. 메이드가 옆에서 립스틱 지워진다고 속삭였지만, 그런 말이 귀에 들어올 리 없었다.

"주인니임~!"

저 요망한 것이 옷을 주워 입고도 요기를 풀풀 풍기며 람에게 달라붙고 있었다! 이예주의 눈에 번쩍 레이저가 쏟아져 나왔다.

"람!"

저도 모르는 사이 쪼르르 달려간 이예주가 요망한 것이 잡고 있는 람의 반대편 팔을 턱 하니 붙잡았다. 그러고는 제법 수줍은 얼굴을 하고 물었다.

"어, 어때요? 옷도 갈아입고 화장도 했는데…….."

람이 무심하게 고개를 돌려 이예주를 내려다보았다. 그의 눈이 곧바로 시뻘겋게 변했다. 그 눈을 보자니 일순 마음이 따끔해졌지만, 그녀는 애써 기대에 가득 찬 눈으로 그를 올려다보았다.

그가 말없이 이예주를 내려다보는 사이 똥줄이 탄 붉은 개가 콧소리를 내며 람을 불러 대었다.

"주인니임! 저도요. 저도 옷도 갈아입고 화장도 했어요. 주인님! 저도 봐 주세요."

저 요망한 것이 누구한테 자꾸 봐 달라는 거야! 솟아오르는 짜증에 붉은 개를 한 번 세게 노려본 이예주가 람이 채 고개를 돌리기도 전에 그의 얼굴을 두 손으로 확 잡아 자신에게 고정시켰다. 짤그랑! 사슬이 시끄럽게 공중에서 울었다.

"저! 옷 갈아입었어요! 저 먼저 봐야죠! 어떻냐고요!"

이예주의 무례한 행동에 람이 설핏 미간을 찌푸렸다. 그러나 그녀는 그의 얼굴을 잡은 손을 놓지 않았다. 오히려 그가 요망한 것을 향해 고개를 돌리지 못하도록 잔뜩 힘을 줬다.

하지만 그것도 얼마 가지 못했다. 그가 이예주의 손을 차갑게 잡아 내린 것이다. 그리고 무뚝뚝하게 내뱉었다.

"짧군."

"좀 그렇죠? 그래도 여기 옷 중에서 가장 무난한 거였어요."

이예주는 람이 그래도 저를 봐 준 것 같아 조금 감동했다. 그러나 다음 이어진 그의 말은 정말이지 상상을 초월하는 말이었다.

"벗어."

"헉! 버, 벗으라뇨? 여, 여기서요?"

뜬금없는 그의 말에 그녀가 괴상한 소리를 내며 반문했다. 그러나 그는 대답하는 대신, 여전히 굳은 얼굴을 하고 뚜벅뚜벅 그녀를 지나쳐 걸어갔다.

이예주와 붉은 개 그리고 모두의 시선을 한 몸에 받는 남자가 도착한 곳은 분수대 양옆으로 늘어진 옷걸이 앞이었다. 그는 자연스럽게 옷을 뒤적였다. 그러더니 무언가를 꺼내 들고 뒤로 돌아 이예주에게 그것을 획 던졌다.

"어, 어!"

얼떨결에 남자가 던진 것을 받은 이예주는 멍한 얼굴로 그것을 내려다보았다. 바닥에 질질 끌릴 정도로 기다란 옷은, 그의 겉옷과 비슷한 검은색 로브였다. 그것을 확인한 이예주가 다시 '어쩌라고?' 하는 표정으로 람을 올려다보았다. 그가 명령했다.

"그걸로 갈아입고 와."

"네에?!"

이건 또 무슨 어이없는 상황이지? 얼굴에 덕지덕지 칠하는 걸 질색하는 자신이 기껏 저 때문에 화장도 곱게 하고 나왔더니, 옷을 갈아입고 오라고? 그것도 이런 괴상한 옷으로?

람이 준 옷은 머리끝부터 발끝까지 칭칭 둘러싸고도 남을 만한 펑퍼짐함이 존재했다! 이예주는 심각하게 그의 심미안을 걱정했다.

"……장난이죠? 그쵸? 장난하는 거죠? 하, 하하. 무슨 이런 돈 주고 입으라 해도 안 입을 옷을……."

"내가 지금 너랑 농담 따먹기나 하자는 걸로 보이나?"

"그, 그럼 진짜 이 미친 포대 자루 같은 걸로 갈아입으라고요?!"

남자는 대답하지 않았다. 그것으로 보아 긍정임이 확실했다. 이예주는 다시 한번 놈이 제정신이 아니란 것을 깨달았다.

"싫어요! 그냥 이 옷 입으면 되지, 왜 갈아입어요!"

"짧다고 했다."

"이게 뭐가 짧아요! 그럼 붉은 개는요! 쟤는 저렇게 가슴골도 다 보이고 완전 난리 났는데 왜 쟤한텐 뭐라 안 하고 나한테만 뭐라 하는데요!"

이예주가 불쑥 붉은 개를 손가락질하며 끌어들이자, 남자가 이해가 가지 않는다는 표정으로 눈썹을 꿈틀거렸다.

"붉은 개와 무슨 상관이지? 난 너보고 갈아입으라는 것이지, 붉은 개에게 갈아입으라곤 안 했다."

"아악! 그러니까!"

이 말 안 통하는 구닥다리 같은 놈아! 이예주가 답답하다는 제 가슴을 퍽퍽 내리치고는 애써 심신을 진정하려고 노력하며 짓씹듯 말했다.

"됐어요. 됐고요! 난 절대 안 갈아입을 거야. 저는 그냥 이 옷 입고 싶다구요!"

"입고 싶으면 입어. 값을 지불할 능력이 된다면 말이지."

이예주의 말에 람이 오만하게 웃으며 마담 페니에게 가격을 물었다. 마담 페니가 그녀답지 않게 흠칫 눈치를 보며 "금화 50개인데 자기에겐 특별히 할인해서 45개로 내려 줄게요. 할부는 없어요." 하고 대답했다.

현대에서 쓰던 지갑이 있어도 돈을 낼 방도가 여의치 않을 마당에, 이예주의 수중에 금화 50개가 있을 리가 없었다. 저놈이 어쩐지 곱게 옷을 사 주더라. 그럴 리가 없지, 없고말고.

친절하신 람 덕에 이예주는 오늘도 뚜껑이 열리면 정말 온 세상이 붉게 보인다는 진귀한 경험할 수 있었다.

옷을 찢을 듯이 쥐고 잠시 바르르 몸을 떨던 그녀가 결국 터덜터덜 어깨를 늘어뜨리고 다시 탈의실로 발걸음을 옮겼다. 그녀의 뒷모습이 완전히 사라진 후, 홀 안에는 무거운 정적이 가라앉았다.

아까부터 느껴지는 미묘한 기운에 나비는 이미 한쪽 구석에서 이를 딱딱딱 부딪치며 벌벌 떨고 있었고, 마담 페니는 변신이 풀려 어느덧 머리 위까지 핑크빛 돼지 귀가 솟은 상태였다. 목을 짓누르는 묵직한 살기에 담담한 것은 오직 황조롱이와 붉은 개뿐이었다.

"분명 완전히 눈에 띄지 않을 만한 것으로 입히라고 했을 텐데."

"주, 주인님! 그, 그것이……!"

"명령을 듣지 않는 것도 모자라 감히 저런 넝마 조각을 입혀? 다시 인간들의 발밑에서 구르는 미물 따위로 돌아가고 싶은 건가 보군, 돼지."

주인의 말에 마담 페니가 허옇게 들뜬 얼굴로 털썩 무릎을 꿇고 주저앉았다. 그리고 맨바닥에 이마를 박으며 빌었다.

"주인님! 잘못했습니다. 주인님이 소, 손님을…… 그, 그것도 어린 인간을 데려온 적은 처음인지라 미천한 것이 잠시 정신이 나갔나 봅니다! 제, 제발 용서해 주세요! 용서해 주세요!"

"마지막 기회다. 누구의 눈에도 띄지 않게, 누구도 알아볼 수 없도록 싸매라. 속살 하나라도 노출된 부분이 있다면 그 부위만큼 네 신체도 포기하는 것으로 알아듣지."

"예, 예! 알겠습니다! 알겠습니다, 주인님!"

기듯 뛰듯 허겁지겁 멀어지는 마담 페니의 뒷모습을 보며 황조롱이는 생각했다. 인간 여자에 대한 감시를 조금도 허투루 해선 안 되겠다고. 어쩐지 벌써부터 피곤이 몰려와 목 뒷부분을 뻐근하게 짓누르는 기분이었다.

번쩍번쩍한 마담 페니의 옷 가게에서 검은색 장포를 입은 장신의 남자와 황조롱이, 나비, 그리고 썩은 표정의 붉은 개가 차례대로 나왔다.

나비의 말처럼 거리는 일주일에 한 번 열리는 장날치곤 너무나도 한산했다. 람의 시뻘건 눈이 날카롭게 빛을 내며 거리를 샅샅이 훑었다. 마을 전체의 분위기가 무거웠다. 그것을 느낀 것은 비단 그뿐이 아니었는지 나비가 고개를 갸웃거리며 혼잣말처럼 말했다.

"그거 참 이상하로라. 다른 때 같으면 당과 고물이라도 떨어질까 싶어 어린 인간들이 저쪽에 발 디딜 틈 없이 꼬물꼬물 모여 있을 텐데……."

그가 가리킨 고구마 당과 가게에는 몇몇 어린아이들만 있을 뿐, 그 외의 손님들은 보이지 않았다. 나비는 "실로 이상하로라." 하고 근심 어린 투로 덧붙이며 흘끗 뒤를 돌아보았다. 이상한 것은 비단 그뿐만이 아니었기 때문이다.

자신이 말한 '어린 인간'의 범주에 속해 있는 인간이 아직도 건물 입구에서 미적거리며 나올 생각을 하지 않고 있었다. 머리끝부터 발끝까지 검은색으로 철저히 둘러싸여진 인간은, 자칫 잘못 보면 그냥 커다란 검은색 덩어리 같았다.

평퍼짐하고 커다란 겉옷 끝이 바닥에 닿아 질질 끌렸다. 후드 또한 머리 전체를 푹 덮고도 자꾸만 흘러내려 시야를 가렸다. 그것을 연신 머리 위로 치켜 올리는 여자의 손길이 어린 인간치고는 굉장히 거칠었다. 올려도 흘러내리고, 다시 쳐올려도 또 흘러내리는 후드 때문에 인간 여자가 끝내 "망할, 망할!" 하고 양발을 쿵쿵 굴렸다.

나비는 가슴이 선득해질 정도로 거친 욕설을 내뱉는 그녀를 어느 정도 이해했다. 후드 사이로 흘끗 보이는 얼굴이 더위와 차오르는 분노로 인해 벌겋게 상기되어 있었다.

동쪽 대륙은 해안가와 밀접해 있기 때문에 계절의 변화가 뚜렷하지 않아 여름에도 선선했다. 하지만 그렇다고 해서 두꺼운 옷으로 꽁꽁 싸맬 수준까지는 절대 아니었다.

초여름인 지금, 인간 여자의 차림은 좋게 봐주려고 해도 쪄 죽고 싶어 환장한 사람 그 이상, 이하도 아니었다. 얼마 떨어지지 않은 곳에서 어깨를 모두 훤히 드러내고 시원한 바람을 맞고 있는 붉은 개와 확연히 대조되는 차림이었다.

인간 여자는 결국 참지 못하고 뒤집어쓰고 있던 후드를 휙 걷었다. 붉게 상기된 뺨을 선선한 공기에 노출하여 잠깐이라도 식히기 위해서였다. 물론 얼마 가지 못했다.

쩔컹, 쩔컹! 주인이 거칠게 사슬을 잡아당기자, 아직도 건물 안쪽에 서 있던 이예주가 넘어질 듯 아슬아슬하게 끌려 나왔다.

"아악! 얘기 없이 잡아당기지 말라고 했잖아요!"

"너야말로 뭉그적거리지 말라고 했을 텐데, 아직도 거기 서서 뭐하는 거지? 그리고 모자 뒤집어써."

람이 이예주의 머리통을 향해 엄지손가락을 치켜들고 재수 없게 명령했다. 그녀는 곧바로 항의했다.

"더워서 쪄 죽을 것 같단 말이에요! 제발 모자는 봐주면 안 돼요? 제에발요."

"잘 때도 사슬에 묶여 자고 싶으면 벗고 있든지."

그들은 나오기 전부터 꽥꽥 언성을 높여 한바탕 거나하게 협상했다. 물론 꽥꽥댄 쪽은 이예주뿐이었다. 람은 그저 발악하며 떼를 쓰는 아이에게 사슬이란 미끼를 살랑살랑 흔들어 대었고, 미끼란 것을 알고도 덥석 문 건 그녀였으니.

후드를 뒤집어쓰고 있으면 그래도 잘 때는 사슬을 풀어 주겠다는 소리에 이예주는 더 말대꾸하지 않고 신경질적으로 후드를 뒤집어 썼다. 두꺼운 천 속에 다시 열기가 훅 들어찼다.

그녀는 고개를 들어 야시시한 차림새의 붉은 개와 사슬을 들고 있는 남자를 번갈아 보면서, 작게 욕을 구시렁거렸다. 그러나 그도 잠시였다. 제 욕하는 건 어찌나 귀신같이 알아채는지, 남자가 휙 하고 뒤를 돌아 시뻘건 눈동자를 부라린 탓에 황급히 입을 다물 수밖에 없었다.

잠잠해진 인간 여자를 확인한 람은 그녀에게서 등을 돌려 다시 거리로 시선을 향했다. 본디 표정이 별로 드러나지 않던 그의 얼굴이 무섭고 딱딱하게 굳었다. 좋지 않은 기세에 이예주를 뺀 나머지 신인류들은 바짝 긴장했다.

"이상하군."

람이 의뭉스러운 얼굴로 중얼거렸다.

"동쪽 대륙 계약자의 생명의 기척이 느껴지지 않는다."

"새, 생명의 기척 말이로라? 그렇지만 마을 족장은 주인님과의 계약으로 인해 수명을 많이 늘렸지 않로라? 그, 그런데 생명의 기척이 느껴지지 않는다니……."

나비가 람의 말에 혼란스러운 얼굴로 반문했다. 조롱이가 황금안을 뒤룩뒤룩 굴리다가 "왜여? 심각한 거예여?" 하고 소심한 목소리로 물었지만 아무도 대답해 주지 않았다.

"황조롱이."

"예? 예?!"

"가서 동쪽 대륙에 무슨 일이 일어났는지 알아보고 오도록."

"에에, 예엡! 주인님!"

"나비는 가서 동쪽 대륙 족장의 저택에 숨은 들쥐를 데려와라."

짧고 요연하게 명령을 내리는 람의 말투에서 윗사람의 익숙한 태도가 묻어나 이예주는 새삼 놀랐다. 물론 저에게도 명령을 마구마구 내뱉는 남자지만, 황조롱이와 나비 아저씨에게 내린 지시만큼 엄중함이 담겨 있지는 않았다.

그 와중에도 그가 내뱉은 '나비'가 참 다정하다고 이예주는 생각했다. 그의 입에서 나오는 다정한 어감의 이름.

"해질 무렵 회색 토끼 그레이의 주점에서 만나지. 가라."

"오호라! 안 그래도 며칠 전 그레이가 새끼를 보아서 당근을 가지고 들를 참이었는데 잘됐로라! 그럼 다녀오겠로라, 주인!"

"다녀올게여, 주인님!"

나비 아저씨와 황조롱이가 람에게 깍듯이 인사하고는 골목 사이로 빠르게 사라졌다. 얼마 안 가 희미하게 '펑!' 하는 소리와 함께 퍼드덕 새가 날아오르는 소리가 들렸다. 이예주는 황조롱이가 새의 모습으로 변해 창공으로 날아오르는 모습을 상상했다.

"그리고 붉은 개."

조롱이와 나비 아저씨가 훌쩍 떠난 한산한 골목길, 람이 문득 붉은 개를 향해 입을 열었다.

"너는⋯⋯."

"저도 임무를 주세요, 주인님!"

람이 채 명령을 내리기도 전에, 요망한 것이 덥석 그에게 달라붙으며 외쳤다. 그 모습에 이예주의 눈이 토끼처럼 댕그래졌다가, 곧 커다란 수박 덩어리들을 뒤흔드는 것을 보고 사나워졌다.

"저도, 저도 임무를 수행할 수 있어요, 주인님!"

"⋯⋯."

"제발 저에게도 명령을 주세요. 주인님, 주인니임⋯⋯!"

명령을 못 받아서 환장한 것처럼 붉은 개가 람에게 애원했다. 그가 거절의 말이라도 내뱉는다면 곧바로 울어 버릴 심산인 듯 커다란 눈알에 몽글몽글 눈물이 차올랐다. 아까 표독스러운 얼굴로 자신에게 막말을 지껄여 대던 모습은 상상조차 하지 못할 지경이었다.

이예주가 기가 막혀 그 모습을 바라보고 있을 때였다. 잠시 붉은 개를 내려다보던 남자가 흘끗 눈을 들어 붉은 개의 뒤에 서 있는 그녀를 쳐다본 것은.

남자의 검은색 눈동자와 정면으로 눈이 마주쳤다. 마치 세균 검열이라도 하듯 이예주를 바라보자마자 그의 동공이 가장자리부터 빨간색으로 점점이 물들기 시작했다. 하지만 그녀는 그가 자신을 바라본 자체에 열이 뻗쳐 그런 것 따위에는 신경 쓸 겨를이 없었다.

마담 페니의 가게 안에서 벌어진 남자의 만행 덕인지, 자신의 심사가 잔뜩 꼬이긴 했나 보다. 그의 눈이 꼭 자신의 의중을 묻는 것 같다는 생각이 드는 것은 왜일까.

이예주는 완전히 시뻘게진 람의 두 동공을 바라보며 완강하게 부정했다. 그럴 리가 없지. 한두 번 속은 줄 아나.

'아내 눈치 보는 남편도 아니고 뭘 새삼 날 바라보고 그런대?'

차오르는 심술궂은 마음에 이예주가 람에게서 팩 고개를 돌렸다.

"그럼 붉은 개, 너는 나와 같이 가지. 잠시 거리를 둘러보고 바로 회색 토끼의 주점으로 간다."

드문드문 사람들이 돌아다니는 시장 거리를 바라보며 관심 없는 척 딴청을 피우던 이예주는, 들려오는 남자의 목소리에 순간 맥이 탁 풀렸다. 예상하고는 있었지만, 어쩐지 기분이 바닥까지 떨어져 땅을 치는 것 같았다.

"혹시 모를 사태를 대비해 몇 걸음 뒤에서 동태를 살피며 뒤따라오는 것이 네 임무다."

"네, 주인님! 저 잘할 수 있어요. 정말 잘할 수 있어요, 주인님!"

"그래."

탐스러운 머릿결을 살랑살랑 흔들며 붉은 개가 여러 번 고개를 끄덕였다. 빵빵한 몸매와 다르게, 그녀는 정말 갯과 동물처럼 람 앞에서는 순한 강아지가 되었다.

동그랗게 뜬 눈망울을 깜빡이는 붉은 개의 모습은 누구라도 혼을 쏙 빼놓을 만큼 예뻤다. 곁눈질로 그들을 번갈아 바라보던 이예주는 우울한 얼굴로 '귀여운 척한다.'라고 생각했다. 귀여운 척이 아니라 진짜 귀엽다는 것만큼은 끝내 인정하지 않았다.

대충 꼴값들을 끝낸 건지 남자가 '쩔컥, 쩔컥!' 두어 번 성의 없이 이예주와 이어져 있는 사슬을 흔들었다.

"멍하니 있지 말고 그만 걷지. 동쪽 대륙은 골목이 복잡해서 길 잃어버리기 쉽다.”

그러더니 아차 할 새도 없이 휙 돌아 큰 거리로 걸어 나가기 시작하는 것이 아닌가.

“사슬에 묶여 끌려가는데 어떻게 길을 잃어버려요.”

넘어지지 않도록 재빨리 걸음을 옮기면서도 그녀는 불퉁한 목소리로 말대꾸하는 것을 잊지 않았다. 흘끗 붉은 개를 바라보자 그녀는 람이 말한 ‘임무’라는 것을 지킬 심산인지 람과 이예주가 걷기 시작해도 움직이지 않고 제자리에 서 있었다.

이예주는 울적한 기분으로 람을 따라 걸었다. 쩔컹쩔컹, 질질 끌려가는 그녀의 심정을 대변해 주듯 람의 손에 들려 있는 사슬이 쇳소리를 내며 울었다.

남자는 정말 제가 한 말을 지키려는 듯, 하염없이 시장 바닥을 걸어 다녔다. 아무런 목적도 없이 걷기만 하다 보니 오히려 좀이 쑤신 것은 이예주였다.

마을 골목과 거리는 생각보다 굉장히 넓고 복잡했다. 구불구불한 골목길을 타고 한 집 건너 한 집, 비슷한 가게와 식당이 죽 늘어서 있었다. 처음에는 계속해서 새로운 길이 나타나는 건 줄 알고 구경하는 재미도 쏠쏠했더랬다.

그녀가 같은 곳을 맴돌고 있다고 깨달은 것은 당과를 파는 가게 앞에 서 있던 몇몇 꼬마 애들을 세 번째로 보았을 때였다. 한 30분 전, 엄마 손을 잡고 가게 앞에서 떼를 쓰던 파란 옷의 조그만 꼬마 하나가 기어이 원하는 걸 얻었는지 꼬치에 끼워져 있는 빨간색 당과를 쪽쪽 빨아 먹고 있었다.

그 모습을 바라보자니 불뚝 울화가 치솟았다. 그녀는 참지 않고 앞서가는 까만 뒤통수를 불렀다.

"저기요."

"……."

"저기요. 저기요!"

한 번만 무시한 것이면 못 들었다고 생각할 수 있지만, 두 번째부터는 아니다. 이예주는 고의적으로 자신을 무시하는 람 때문에 벌컥 열이 받아 이번엔 제가 쩔컹쩔컹 사슬을 잡아당겼다.

"이봐요! 람! 람!"

인내력이 다 타서 없어질 때쯤이 돼서야 그가 드디어 그녀의 애탄 부름에 돌아보아 주었다.

"왜."

"저기요, 우리 지금 뭐 하는 거예요?"

이예주는 제자리에 우뚝 멈춰 서서 물었다. 그러자 남자가 별스러운 질문을 다 받는다는 듯한 표정으로 짧게 대꾸했다.

"뭐 하긴. 마을 구경 중이다."

"……예? 뭐라고요?"

전혀 예상치 못한 대답에 이예주는 순간 제 귀가 잘못된 건가 싶었다. 그녀는 헛웃음을 터뜨렸다.

"허허. 있잖아요, 마을 구경을 대체 왜요? 왜 하는 건데요? 누구 찾는 사람 있어요?"

"……다른 대륙보단 동쪽 대륙에 볼거리가 많기 때문이지."

"네에?!"

돌아오는 남자의 대답은 마을 구경을 한다는 것보다 더 환장할 소리였다. 볼거리가 많다니? 그럼 지금 관광이라도 하고 있다는 말인가?

하도 어이가 없어 얼이 빠질 지경이었다. 그녀는 마지막으로 혹시나, 정말 혹시나 싶어 재빨리 람의 얼굴을 샅샅이 훑었다. 혹시 그가 자신에게 농담을 거는 건가 심각하게 고민했다. 그러나 그는 여전히 고운 미간을 좁힌 채 되레 의아하다는 듯 그녀를 바라보고 있었다. 이예주는 깨달았다.

'이 자식, 장난 아니구나.'

그사이 남자가 찌푸렸던 미간을 다시 쭉 펴고 한 번만 더 관용을 베풀어 주겠다는 태도로 설명했다.

"동쪽 대륙에 다시 장이 서려면 일주일을 더 기다려야 한다. 곧 떠날 테니 인간 구경을 할 수 있는 날은 오늘밖에 없을 텐데."

"그래요. 인간 구경하는 건 좋아요. 좋은데요. 근데 생각보다 사람들도 없고요. 아니, 이게 아니라. 대체 왜…… 왜 인간 구경을 해야 하는데요?"

"마음에 안 드나?"

"아, 그러니까 왜요! 마음에 들고 안 들고를 떠나, 왜!"

왜 같은 곳을 빙빙 돌아야 하냐고, 이 자식아!

말을 하면 할수록 더욱 미궁 속으로 빠지는 기분이 들어 이예주가 버럭 소리를 지르려 들었지만, 오히려 자신보다 더 답답한 듯한 남자의 표정에 말문이 막혔다.

주변을 아무리 돌아봐도 자신처럼 검은색 천 뭉치를 머리끝부터 발끝까지 꽁꽁 싸맨 인간은 단 한 명도 없었다. 그 상태로 몇 시간을 남자 뒤만 졸졸 따라 걸었더니 정말 더워서 죽을 것 같았다.

그런데 이 이 남자는 참으로 태평한 소리를 지껄여 댔다. 마을 구경 중이라고. 어이가 없어서 화내는 것도 잊은 채 멍청하게 남자의 얼굴만 올려다보고 있자니, 그가 싸늘하게 되물었다.

"아까부터 왜 계속 그런 표정이지?"

"……."

"꼭 심통 난 아이 같군."

그걸 몰라서 묻냐? 이예주는 진심으로 남자에게 물어보고 싶었다. 남자가 정말로 모르겠다는 듯 눈살을 찌푸리지만 않았어도 그리했을 것이다.

허탈한 심정으로 그녀는 멍하니 주위를 둘러보았다. 덥고 배고프고 다리 아프고 짜증 났다. 어디선가 솔솔 달큼하고 고소한 냄새가 피어났다. 그쪽으로 눈을 돌리자 그들이 서 있는 당과 가게에서 새 과자를 굽고 있는 것이 보였다.

아까 엄마를 졸라 당과를 얻어 낸 아이가 이번에는 새것을 들고 신나게 이예주를 스쳐 지나갔다. 아이가 지나간 자리에 단내를 폴폴 풍기는 투명한 시럽들이 뚝뚝 떨어졌다.

그녀가 아련한 표정으로 저거라도 핥아 먹어야 하나 잠시 고민하던 때였다. 그녀의 머리맡에서 얕은 한숨 소리가 들렸다.

"……어린것에겐 신기한 것들을 보여 주면 된다고 그러던데."

고개를 드니 남자가 무뚝뚝한 표정으로 그녀를 내려다보며 말했다.

"넌 어린 인간 주제에 다루기가 까다롭군."

"……뭐요?!"

"여기서 꼼짝 말고 기다리고 있어."

잡을 틈도 없이 람이 사슬도 놓고 휙 멀어졌다.

"어, 어디 가요!"

예상치 못한 남자의 돌발 행동에 이예주가 당황하는 사이, 남자는 기다란 다리를 휙휙 움직여 순식간에 당과 가게 앞에 당도했다.

뜬금없는 그의 행동에 놀라서 자빠질 지경인데, 더 놀라운 것은 그다음이었다. 그가 품에서 무언가를 꺼내 가판대에서 열심히 과일과 채소 따위를 튀기던 가게 주인에게 건넸다. 람이 건넨 것을 받은 주인은 눈이 휘둥그레지더니 곧바로 실실 웃음을 터뜨렸다.

얼마 후 람은 양손 가득 미어터져라 당과 꼬치를 들고 이예주의 앞으로 걸어왔다.

"자, 들어."

그가 손에 든 것을 그녀의 앞에 내밀었다. 사슬을 잡고 있지 않으니 도망가야 한다는 생각은 고사하고, 이예주는 제 앞에서 달큼 새큼한 냄새를 풍풍 풍기는 당과들을 얼뜨기처럼 내려다보았다.

"이, 이게…….."

투명한 설탕 시럽을 잔뜩 끼얹어 반질반질한 과일들이 먹기 좋게 잘린 채 꼬치에 차례대로 끼어 있었다. 빨갛고 노랗고 파란 당과들이 색색이 모여 있으니 꼭 꽃다발 같았다.

미끌미끌한 시럽이 과일을 타고 뚝뚝 떨어져 내려 람의 손을 적셨다. 끈적거릴 텐데. 설탕물로 젖어 들어가는 그의 손등을 바라보며 이예주는 왠지 울컥 울음이 나올 것 같았다.

"안 들고 뭐 하지?"

"왜…….."

남자가 한 번 더 당과 다발들을 휘이 흔들자 달큼한 냄새가 훅 올라와 콧속을 메웠다. 너무 달아서 머리가 띵하고 가슴이 덜컹 내려앉는 것 같다. 이예주는 입술을 꾹 깨물다가 입을 열었다.

"이걸 왜…… 줘요?"

남자가 별 이상한 소리를 한다는 듯한 얼굴로 그녀를 보았다.

"먹고 싶어서 그렇게 침을 질질 흘렸던 것이 아닌가?"

"내가 언제……!"

"받아. 먹기 싫으면 버리든가."

버린다는 말에 이예주가 냉큼 남자의 손에서 당과 꼬치들을 낚아챘다. 그러는 동안 시럽이 떨어져 끈적끈적하게 젖은 남자의 손과 그녀의 손이 스치듯이 맞닿았다. 그 탓에 그녀의 손도 금세 끈적하게 젖어 들어갔다.

더 이상 들 손이 없을 정도로 손안 가득 꼬치 더미를 든 이예주는 제일 먹음직스러운 빨간 사과 당과부터 입에 쑤셔 넣었다. 설탕물 때문에 겉모습은 꼭 딱딱한 사탕 같았으나, 탁구공만 한 사과는 씹자마자 거짓말처럼 와삭 부서졌다.

코가 따가울 정도로 단맛이 입 안에 퍼지더니, 이어서 향긋한 사과 향이 머릿속까지 파고들었다. 가끔 명동 거리에서 사 먹었던 설탕 덩어리와는 차원이 다른 맛이었다.

"대박, 이거 진짜 맛있잖아?"

잠시 감탄 어린 눈으로 꼬치를 내려다보던 이예주가 이내 다른 과일과 채소들도 허겁지겁 씹어 먹기 시작했다. 와그작와그작, 달달한 당과들이 입에서 부서질 때마다 그녀의 눈이 초롱초롱하게 빛났다.

정신없이 볼에 단것들을 밀어 넣던 이예주는 한참 후가 지나서야 이상한 낌새를 느끼고 고개를 들었다. 경악 어린 시뻘건 눈동자가 제게 못 박혀 있었다.

"……조음 우까여?"

적나라한 그의 시선에 이예주가 남자에게 아직 손대지 않은 당과를 조심스럽게 내밀며 물었다. 남자는 정색하고 그녀를 외면했다. 민망해진 이예주는 내밀었던 꼬치를 거두고, 제가 대신 우적우적 씹어 먹으며 웅얼거렸다.

"……나 어인애 아이에여. 무으은 어인애더 아이거 당가을 사우구……."

"입에 묻히지나 말고 먹었으면 좋겠군."

그녀를 바라보는 눈에 잔뜩 한심함을 담고 남자가 일갈했다. 흥, 싸늘한 그의 태도에 이예주가 입술을 삐죽거렸지만, 워낙에 볼이 빵빵했기에 입 모양이 명확하지 못했다.

그렇게 그녀가 당과에 빠져 정신없이 우걱우걱 씹어 먹을 때였다.

"비, 비, 비켜라! 비켜!"

한 무리의 사람들이 거리 한가운데에 서 있는 그녀를 거칠게 밀치고 지나갔다.

"어억!"

이예주가 비틀거렸다. 람이 넘어지려던 그녀의 허리를 재빨리 잡아채지 않았다면, 양손에 꼬치들을 한 묶음씩 든 채 대자로 엎어지는 낭패를 피하지 못했으리라.

그의 도움을 받아 가까스로 다시 중심을 잡은 그녀는 자신을 치고 지나간 무리를 향해 번뜩 눈을 부라렸다.

"저, 저! 치고 지나갔으면 사과를 해야……!"

"쉿, 입."

"읍, 읍!"

그러나 말을 끝내기도 전에 람이 그녀의 입을 재빨리 틀어막았다. 이예주가 휘둥그레 그를 올려다보았지만, 그는 입을 막은 손을 풀어주지 않았다.

"……장로가 어린 소년의 모습을 하고 있는 물건을 찾습니다. 조건을 충족시키지 못하면 더 이상의 검은 안개 공급은 없다고……."

"소, 소, 소리를 낮춰라. 드, 드, 듣는 귀가 많지 않은가."

무리의 중심에서 걷고 있는 작고 뚱뚱한 중년 남자가 말을 더듬었다. 자신을 치고 지나간 남자가 분명했다.

'말더듬이인가?'

그 주변의 일행들 모두가 마담 페니의 가게에 있던 것들만큼이나 고급스러운 옷을 입고 있었다. 하여간 있는 것들이란. 이예주가 불쾌함에 눈살을 찌푸리고 그들을 한껏 노려보았다.

또 다른 남자가 말더듬이에게 말을 걸었다.

"마을 외곽을 다 뒤졌지만 그런 신인류는 찾지 못했습니다."

"차, 차, 찾아야지. 무, 무슨 일이 있어도……."

"이리 와."

그들의 대화를 듣는 듯하던 람이 불현듯 이예주의 입을 풀어 주며 그녀의 손목을 잡아당겼다. 사슬이 아닌 손목이 잡혔다는 사실에 놀랄 틈도 없이 그녀는 한산한 거리 한쪽으로 질질 끌려갔다.

"왜 그래요?"

당과 가게 옆, 거리 안쪽에 이예주를 몰아세우며 남자가 두리번거렸다. 갑작스러운 그의 행동에 당황해 뭘 찾는 거냐고 다시 물었지만 그는 답하지 않았다. 대신 여전히 놓지 않은 그녀의 손목을 잡아당겨 당과 가게로 가까이 다가갔다.

"이봐."

람이 가게 주인을 부르더니 품을 뒤적거려 무언가를 꺼내 들었다. 그의 손에 한가득 들려 있는 것들은 번쩍번쩍 빛이 나는 금덩어리였다. 정확히는 500원짜리 동전보다 약간 더 큰 크기의 금화들이었다.

람이 그것을 가게 주인에게 내밀었다. 가게 주인과 이예주, 둘의 눈이 튀어나올 정도로 커진 것은 당연했다.

"이걸 줄 테니 어디 도망가지 못하도록 잘 지키고 있어라."

"예, 예? 이쪽 분 말씀이신가요?"

가게 주인이 얼떨떨한 표정으로 이예주를 가리켰다. 그러자 람이 고개를 끄덕이며 그녀가 거래 대상임을 공고히 했다.

"그래. 귀하신 몸이니 잘 감시하고 있으면 갔다 와서 이만큼의 금화들을 더 주지."

"예! 예, 손님! 알겠습니다! 귀한 분, 잘 모시고 있고말고요!"

"뭐, 뭐 하는 거예요?!"

수많은 금화들이 람의 손을 떠나 가게 주인이 공손히 내민 두 손 안으로 떨어졌다. 두 눈 시퍼렇게 뜨고 뻔히 바라보고 있는 제 앞에서 저를 사고파는 거래가 끝이 났다. 이예주가 황당함에 말까지 더듬으며 람을 올려 보자 그가 무뚝뚝하게 내뱉었다.

"사슬 묶을 곳이 없다."

"예?! 지금 그게……!"

"잠시 들를 데가 있으니, 여기 꼼짝 말고 있어. 10분도 걸리지 않아 금방 온다. 그사이 도망가기라도 했다간……."

람이 말끝을 잠시 흐리며 시뻘건 눈을 번뜩였다. 생각만 해도 이가 갈리는지 그의 입에서 으득, 섬뜩한 소리가 흘러나왔다.

"동쪽 대륙을 다 때려 부숴서라도 찾아낼 테니, 얌전히 말 듣고 있도록."

"아니요. 저기, 잠시만! 이대로 가요? 저기……."

"부탁하지. 혹여나 도망가도록 뒀다간 이 가게부터 없앤다."

람이 드물게 '부탁'이란 말까지 꺼내며 주인을 협박하자 선량한 마을 주민이 두려움에 질려 미친 듯이 고개를 끄덕였다.

남자는 이예주의 말을 듣지도 않고 휙 뒤를 돌아 빠른 속도로 멀어졌다. 잡을 틈조차 없었다. 그가 걸어가는 방향을 확인하니, 방금 전 그녀를 치고 지나간 무리가 사라진 쪽이 분명했다.

'설마 그 남자들을 쫓아가서 다 때려 부수고 어쩌고 하는 건 아니겠지?'

불현듯 숲에서 자랑스럽게 인간 박멸이 꿈이라고 지껄여 대던 남자가 떠올라, 이예주는 덜컥 겁이 났다.

"저기요! 잠시만요! 람! 저기……!"

'고작 어깨 부딪힌 걸로 때려죽이면 안 돼요!' 하고 외치며 그를 쫓아가려던 이예주는, 불쑥 앞길을 막는 인영 때문에 미처 그것을 실행으로 옮기지 못했다.

"어허! 거, 주인 말씀 잘 듣게, 아가씨. 보아하니 손님께서 급한 용무가 있나 본데, 괜히 쫓아가서 봉변당하지 말고. 노예 생활을 하던 도중 계약 기간이 끝나기도 전에 도망쳤다가 되레 영구 노예 계약을 맺은 이들을 내 여럿 보았네."

「춘향전」의 변 사또처럼 얄팍한 콧수염을 기른 당과 가게 주인이 단내를 풀풀 풍기며 이예주의 앞을 막아섰다. 주인이나 노예 따위의 어처구니없는 소리에 그녀는 아연해졌다.

"하, 주인 말을 들어…… 누가 주인이에요? 그리고 누가 노예고요?"

"크흠, 좋은 사슬을 손목에 칭칭 감은 것을 보아하니 아가씨 주인은 좋은 분인 모양이군. 싸구려 사슬을 매단 탓에 쇳독이 들어 피부가 퍼렇게 상한 이들도 내 여럿 보았네."

"허, 허허. 나 참."

그녀가 기가 막혀 헛웃음 짓는 것을 뿔이라도 난 것이라 착각한 모양인지, 가게 주인이 방금 막 튀긴 사과 당과를 내밀며 아이 어르듯 말했다.

"이거 먹고 얌전히 주인님을 기다리고 있으면 곧 데리러 올 거야,

아가씨."

"됐어요. 저도 많이 가지고 있거든요?"

이예주는 쌀쌀맞게 대답하며 용케 흘리지 않고 쥐고 있던 당과 꼬치들을 보여 주었다. 가게 주인이 멋쩍은지 샐쭉 웃음을 짓고는 가게 안으로 들어갔다. 그러면서도 그녀를 예의 주시하는 것을 잊지 않았다.

이예주는 다시 한번 람이 사라진 거리를 돌아보았다. 얼마나 발이 빠른 건지 뒤꽁무니조차 남지 않았다. 그녀는 몸을 돌려 이번에는 제 뒤로 펼쳐진 또 다른 골목을 바라보았다. 분명 붉은 개가 어느 정도 거리를 두고 따라왔던 것 같은데, 그사이 제 주인을 따라갔는지 그 요망한 것 역시 보이지 않았다.

그녀는 다시 몸을 바로 하고 람이 사라진 쪽을 향해 쭈그려 앉았다. 그러고는 손에 들려 있는 당과 하나를 씹어 먹었다.

와사삭. 굳은 설탕 시럽 때문에 입 안에서 부서지는 당과 조각들이 아까보다 딱딱했다. 나름 맛있게 먹고 있던 포도였는데 이제는 지독히도 달아서 오히려 쓰게 느껴졌다.

이예주는 그럼에도 포도알 6개를 모조리 먹어 치웠다. 이 세상 온갖 짜증을 담은 얼굴로 우걱우걱 파편들을 씹던 그녀는, 마지막 조각 하나까지 모조리 꿀떡 삼킨 후 '에이 씨!' 하며 빈 꼬챙이를 바닥에 내팽개쳤다.

"맛없어."

맛없어 죽겠다는 것도 문제인데, 아직 많이 남아 있는 것들을 차마 버릴 수가 없다는 것이 더 문제였다. 그녀는 다시 한번 람이 사라진 곳을 바라보며 풀 죽은 강아지처럼 중얼거렸다.

"씨이…… 이렇게 나만 또 두고 가면 어떡해!"

설탕이 흘러 굳은 손이 잔뜩 찐득거렸다. 기분이 좋지 않았다. 당장이라도 들고 있는 당과들을 내던지고 싶었지만 이예주는 끈적임을 감수하면서도 끝내 그것들을 모두 쥐고 놓지 않았다.

◆━━━◆

처음엔 이예주가 조금만 자리에서 뒤척여도 눈을 빛내며 쏘아보던 가게 주인은 몇 분도 지나지 않아 금방 그녀에게 관심을 끄고 몰려오는 손님을 받았다. 금화를 잔뜩 받아 놓은 주제에 정말 도망이라도 가면 어쩌려고 그러는지, 태평한 그 모습에 그녀가 다 걱정이 들 정도였다.

하지만 가게 주인에게는 다행스럽게도 이예주는 '문'을 넘자마자 바로 바닷가에서 잡혀 버린 탓에 도망칠 전의를 완전히 상실한 상태였다. 도망치면 동쪽 대륙을 때려 부순다며 이를 갈던 남자의 말이 이제는 우스갯소리로 들리지 않았다.

람이 떠나고 얼마 안 있어 한산하던 길거리가 갑자기 분주해지기 시작했다. 나비 아저씨가 여러 번 이상하다고 중얼댔던 것처럼 정말 무슨 날인지, 상복 같은 검은색 옷을 입은 사람들이 거리 한복판을 뛰어다녔다.

지나가면서 하도 먼지를 피워 대는 탓에 이예주는 결국 원래 있던 당과 가게의 옆자리에서 조금 떨어졌다. 한산한 골목길로 들어서는 모서리 틈에 기대 앉아 바삐 오가는 사람들을 멍하니 구경했다. 심심풀이로 다디단 당과들을 와그작와그작 씹어 먹는 것도 잊지 않았다.

그때, 멀리서 낯설면서도 낯설지 않은 소리가 시끄럽게 들려왔다.

"아이고, 아이고! 아이고, 족장님! 동쪽 대륙의 위대한 족장님!"

"동쪽 대륙의 위대한 족장님! 우리들에게 바다를 주시고 이 세계에서 가장 높은 산으로 다시 돌아가신다네! 아이고!"

"아이고, 아이고!"

괴상한 노랫말의 곡소리였다. 이예주는 소리가 나는 쪽으로 호기심 가득한 눈을 돌렸다. 부유한 주택들이 세워져 있는 바닷가 부근으로부터 한 무리의 검은색 옷을 입은 사람들이 2층 높이의 커다란 수레를 끌며 거리 한가운데를 따라 걷고 있었다.

수레 위에는 수많은 꽃들이 층층이 쌓여 있었고, 맨 꼭대기 층에는 화려한 금으로 덧씌워진 네모난 관이 놓여 있었다. 황금색 관도 빛났지만, 꽃에도 뭔가를 바른 듯 반짝거려 멀리서 봐도 눈이 부셨다. 점점 다가오는 그것은 목을 한껏 빼 들어야 그 끝이 간신히 보일 만큼 장성하고 성대했다.

"……상여?"

그래, 꼭 한국의 상여 같은 모양새였다.

"아이고, 아이고!"

상여를 끌며 다가오는 검은 상복 무리의 곡소리가 한층 더 크게 울려 퍼졌다. 그러자 열심히 장사를 하던 상인들, 그리고 그 가게 앞을 지나가던 행인들, 심지어 건물 안에 있던 사람들까지 모두 쫓아와 '족장님!'을 외치며 거리에 절을 하고는 엉엉 울었다.

순식간에 거리가 비통함과 슬픔으로 가득 차 숙연해졌다. 모두들 엎어져서 우는 바람에 이예주는 저 혼자 당과를 먹고 있기가 민망할 지경이었다. 그녀는 저도 모르게 입에 가져다 대던 당과 꼬치를 슬쩍 내리며 덩달아 고개를 숙였다. 바닥에 철퍽 주저앉아 있던 몸도 슬며시 일으켜 다른 사람들이 하는 것처럼 무릎을 꿇어앉았다.

"정말 너무 안됐지 뭐야. 그렇게 정정하시던 분이 하루아침에 돌아가실 줄 누가 알았겠어."

"그러게 말이에요. 족장님 덕에 우리가 이렇게 산에서 내려와 신인류들을 몰아내고 평화롭게 살 수 있었던 건데요. 족장님이 죽으면 과연 그 망나니 같은 아들놈이 마을을 잘 이끌 수 있을지 걱정이에요."

"예끼, 이 사람아! 누가 들으니 그런 소린 하덜 말어!"

"없는 말 한 것도 아닌데요, 뭘. 무서운 신인류의 저주 때문에 족장님은 말더듬이 병신을 아들로 두게 되었잖아요. 게다가 그 아들마저 매일같이 술과 검은 안개나 빨아 대는 망나니인데, 신인류와의 전쟁 이후로 평생을 저택에 갇혀서 일만 하다 죽은 우리 족장님이 얼마나 불쌍해요?"

때마침 검은 상복을 입은 남자와 여자 두 명이 두런두런 말을 주고받으며 이예주의 앞을 지나쳤다.

저주? 검은 안개? 신인류와의 전쟁? 족장? 그들의 말을 엿듣자니 알쏭달쏭한 키워드들이 머리 위로 뭉게뭉게 떠올랐다.

황조롱이가 말하길, 신인류들은 인간들과의 전쟁에서 졌기 때문에 동쪽 대륙에서 쫓겨났다고 했다. 또한 동쪽 대륙 마을의 '족장'이란 사람은 시간족이 아닌 그냥 일반 사람이라고.

그럼 저주는 또 뭘까? 혹시 신인류들이랑 전쟁을 일으켰기 때문에 분노한 람이 저주를 내렸나? 그럼 검은 안개는? 시간족이 먹었다는 검은 안개를 빨아?

이예주가 문어발처럼 생각을 이어 가는 사이, 음울한 곡소리가 더욱 커졌다.

"아이고, 족장님. 아이고, 우리 불쌍하고 위대한 족장님."

그녀는 이것 하나만은 확실하다고 결론지었다. 어찌 되었든 간에 이 마을 사람들에게 족장이란 사람의 신망은 굉장히 두터운 것 같다고. 오죽하면 '위대한 족장'이라는 말을 쓸까. 이곳 족장은 팔족 족장 같은 미친놈은 아닌 듯했다. 다행이었다.

그때, 수레 가득 꽃과 관을 실은 상여가 그녀의 코앞까지 당도했다. 코를 찌르는 듯한 꽃향기가 얼굴로 훅 끼쳐 와 그녀는 눈살을 찌푸렸다.

장례식이니 국화나 백합 같은 꽃을 떠올리던 이예주는 생전 처음 보는 꽃 모양이 신기했다. 비록 냄새는 지독했지만, 조문 꽃이라고 보기엔 굉장히 발랄한 외형이었다.

새하얀 색의 꽃은 활짝 개화하지 않은 채, 둥근 꽃봉오리 형태로 축 고개를 떨어뜨리고 있었다. 은방울꽃보다 크기가 커서 꼭 전구라도 단 것 같은 모양새가 한번 건드려 보고 싶게끔 했다.

"……귀엽네."

야생화인 듯 시큼털털한 풀 냄새를 가득 풍기며 상여가 그녀의 앞을 천천히 지나갔다. 그 순간 상여의 바퀴가 돌부리에라도 걸린 듯 덜컹하고 위태롭게 흔들렸다. 한참 높은 곳에 있는 황금색 관의 뚜껑이 덩달아 덜컥덜컥 흔들리는 것을 보았을 때, 누군가 뒤에서 이예주의 몸을 거칠게 떠밀었다.

"우악!"

당과 꼬치를 양손에 잔뜩 쥔 채로 무릎을 꿇고 앉아 있던 그녀는 중심을 잡지 못하고 그대로 엎어졌다. 놓친 당과 꼬치들이 와르르 쏟아져 흙바닥을 뒹굴었다.

쿵. 바닥과 세게 충돌하는 바람에 격렬하게 몰려오는 고통을 느낄 틈도 없이, 이예주는 딱딱하게 얼어붙었다. 덜커덩하고 코앞에서 커다란 수레바퀴가 지나갔기 때문이다.

손가락 두세 마디 차이였다. 둔중한 바퀴에 람이 쥐여 준 당과들이 짓눌려 산산조각이 났다. 하마터면 수레 밑에 깔린 것이 당과 조각들이 아닌, 자신이 될 뻔했다. 정말로 죽기 직전이었던 것이다.

가슴이 선뜩해졌다. 그녀가 하얗게 질린 얼굴로 일어날 생각을 못하고 그대로 엎어져 있을 때였다.

"이봐! 수레에 치이고 싶어 환장했어?! 그렇게 엎어져 있으면 어떡해! 어서 일어나!"

누군가 머리맡에서 호되게 꾸짖었다. 그 소리에 이예주는 그제야 화들짝 정신을 차리고 자리에서 벌떡 일어났다.

자신이 넘어졌던 자리 앞에 당과들이 완전히 으스러져 가루가 되어 있었다. 그나마 수레바퀴에 치이지 않은 것들 또한 흙바닥에 실컷 나뒹군 후라 먹을 수는 없는 상태였다. 이예주의 얼굴이 왈칵 일그러졌다.

'람이 사 준 건데. 람이. 람이 사 준 내 건데. 어떤 망할 놈이 밀쳐서, 내 당과들을······!'

그녀는 황조롱이를 처음 만나 그에게 사정없이 쪼였을 때와 비등한 분노가 머리끝까지 치솟는 것을 느꼈다. 활화산이 폭발하는 것처럼 정수리가 뜨거워졌다. 살기 어린 눈을 한 이예주가 득달같이 뒤로 돌았다. 거센 움직임에 바닥에 줄줄 똬리를 틀고 있던 사슬이 '쩔컹!' 하고 시끄럽게 쇳소리를 내었다.

범인이 벌써 튀었을지도 모른다는 생각은 다행히 불발로 그쳤다. 뒤로 돌자마자 방금 전 넘어졌던 자신보다 더 창백한 얼굴을 하고 파르르 떨고 있는 익숙한 여자가 보였기 때문이다.

"너!"

눈이 뒤집힌 이예주가 그쪽을 향해 사납게 외쳤다.

"나, 난······."

여자가 움찔 몸을 떨었다. 탐스럽게 구불거리는 붉은색 머리가 살랑살랑 춤을 췄다. 람을 쫓아간 줄 알았던 붉은 개였다.

밀쳐져 수레에 치일 뻔한 것은 저인데, 마치 제가 피해자라도 되는 양 요망한 것이 퍼들퍼들 몸을 떨었다. 이예주는 더욱 험악한 표정으로 저를 밀친 범인에게 다가갔다.

"너! 죽고 싶냐?!"

"나, 나는……."

"진짜 나랑 맞짱 뜨고 싶냐고!"

"……."

"하다 하다 이젠 수레에 치여 죽이려고? 왜! 더 세게 밀지! 진짜 뭐 이런 미친년이……!"

"난, 난 네가 싫어!"

쌍욕을 읊조리는 이예주에게 붉은 개는 황당한 소리를 지껄여 댔다. 방귀 뀐 놈이 성낸다고, 이건 무슨 막장 같은 일일까.

여전히 바닥에 나뒹구는 당과들이 보였다. 너무 화가 나고 어이가 없다 보니 두피까지 띵하게 아파 왔다.

"네가 날 싫어하는지, 좋아하는지 내 알 바 아니고, 당장 주워."

"……뭐, 뭐?"

이예주가 바닥에 굴러다니는 당과들을 손가락질하며 답지 않게 단호한 어조로 말했다. 화가 치솟을 대로 치솟아 오히려 머리가 차가워지는 기분이었다.

아까 마담 페니의 가게에서와는 사뭇 다른 이예주의 모습에 붉은 개가 꽤 당황한 얼굴로 되물었다. 이예주는 다시 한번 한 마디 한 마디 씹어뱉었다.

"내 당과들. 주우라고."

"내, 내가 왜?"

"너 때문에 다 떨어뜨렸으니까, 당장 주우라고!"

이예주가 분노로 인해 눈을 까뒤집으며 꽥 소리를 지르자, 붉은 개가 흠칫 뒷걸음질 쳤다. 주위에 지나가던 사람들조차 걸음을 멈추고 수군대었다.

순식간에 쏠리는 이목에 붉은 개가 멈칫하는가 싶더니 그것도 잠시, 되레 적반하장으로 당당하게 턱을 쳐들었다.

"싫어!"

"왜? 네가 떨어뜨린 거 주우라는 게 왜 싫은데?"

이예주는 정말로 궁금해서 물었다. 그러나 돌아오는 대답은 한결같이 그녀의 인내심을 자극할 만한 것들이었다.

"네가 싫으니까! 난 너 같은 인간 계집이 혐오스러울 정도로 싫어!"

"아, 글쎄 네가 싫어하든 좋아하든 내 알 바 아니라고 했지? 말할 시간에 당장 줍기부터 해!"

"……너 같은 거 죽어 버렸으면 좋겠어."

열심히 맞받아치던 이예주는 그녀에게서 흘러나온 소리에 순간 할 말을 잃고 망연자실 붉은 개를 쳐다보았다. 제가 말하고도 놀랐는지 붉은 개의 눈이 커다래졌다. 하지만 실수라고 치부할 생각은 전혀 없는지 입술을 꽉 깨물고 버렸다.

이예주는 가만히 붉은 개의 얼굴을 바라보기만 했다. 그녀뿐만이 아니었다. 수군거리던 주위가 일순 조용해졌다. 붉은 개는 자신에게 쏟아진 책망하는 듯한 눈빛들에 상처받은 사람처럼 안절부절못했다.

"왜…… 왜 너 같은 인간 계집 따위에…… 왜 주인님이 너 같은 인간 계집 따위를……."

"……."

"너 같은 거…… 너 같은 거 진짜 주, 죽어 버렸으면 좋겠어. 진짜로……."

"나도 너 싫어!"

이예주가 붉은 개의 말을 잘라먹으며 커다랗게 내질렀다. 그러자 붉은 개의 두 눈이 튀어나올 정도로 커다랗게 홉떠졌다. 이예주는 붉은 개가, 그리고 그녀가 만든 이 상황이 진저리나게 싫었다.

"누군 네가 좋은 줄 알아? 나도 너 싫어! 처음 봤을 때부터 싫었어. 아까 조롱이한테 뭐라고 소리 지를 때도, 네가 날 밀쳐서 내 당과들을 다 떨어뜨린 지금도!"

"……."

"싫어, 완전 싫어! 너 짜증 나 죽겠어! 너무 싫어서 미치고 환장할 정도로 네가 싫다고!"

이예주는 정말 지긋지긋하다는 듯 치를 떨며 내뱉었다. 그녀의 진심 어린 말에 주위에서 헉 하고 숨을 들이켜는 소리가 들렸지만 상관하지 않았다.

누구는 싫지 않아서 아무 말 안 하고 있는 줄 아나. 누구는 입이 없어서 싫다는 소리도 못하고 가만히 있었나. 자신도 처음부터 싫었다.

자신은 화가 나서 막말할 때가 아니면 말을 걸기도 어려운 람에게 친근한 사이처럼 아무렇지도 않게 말을 거는 것도, 그에게 예쁨받기 위해 애교를 피우는 것도, 그에게 달라붙어 아양을 떨면서 한편으로는 자신을 무시하고 깔보는 것도 모조리 싫어! 너무 싫고 화가 나서 돌아 버릴 지경이었다.

그렇지만 참았다. 아니, 참을 수밖에 없었다. 왜냐하면 람과 그의 일행에게 자신은 이방인이었고, 이예주는 그것을 사막에서 막 깨닫고 온 참이었으니까. 경멸 어린 붉은 개의 시선에 울컥 짜증이 치솟아도 어금니를 꽉 깨물고 참았다.

그런데 그렇게 말 한 마디 못하고 참은 제가 이 계집애에게 그토록 큰 잘못을 했던가? 죽어 버렸으면 좋겠다는 말을 들을 만큼 그렇게 큰 잘못을 했던가? 어이없음과 억울함, 짜증과 혐오감 등 온갖 감정이 마구 뒤섞이며 휘몰아쳤다.

그 순간이었다. 불현듯 이예주를 죽이려 들었던 가해자가 정말 예고도 없이 히끅, 히끅 숨을 몰아쉬더니 눈물방울들을 뚝뚝 떨어뜨리기 시작했다. 가지가지 하는구나, 하. 이예주가 어이없다는 듯 헛웃음을 내뱉었다.

"뭐야? 갑자기 왜 처울고 그러는데?"

"…….."

"잘못한 건 넌데, 왜 네가 울고 있느냐고! 진짜…… 어억!"

'울고 싶은 건 난데!'라고 외치려던 이예주는 순간, 누군가가 입고 있던 겉옷의 후드를 위로 잡아당긴 탓에 목이 턱 막혀 강제로 말을 멈췄다.

"그만."

익숙한 목소리가 위에서부터 들려왔다. 이예주는 퍼뜩 제 후드를 잡은 미친놈을 향해 고개를 돌렸다. 시뻘건 두 동공에 쓰다 버린 휴지 조각처럼 얼굴을 일그러뜨린 자신이 비쳐 있었다.

금방 온다더니, 퍽이나 금방 왔다. 상황이 엉망진창 난장판으로 변한 후에야 드디어. 기가 막힌 순간, 그녀의 앞에서 더욱 기가 막힌 소리가 들려왔다.

"흐, 흐흑…… 주, 주인님……."

앞을 바라보니 붉은 개가 눈물을 뚝뚝 떨구며 이예주를 우악스럽게 붙잡고 있는 람을 애처롭게 바라보았다. 방금 전 독기가 가득 서린 눈으로 자신을 향해 죽어 버리라고 저주를 퍼붓던 것과는 완전히 다른 인격체 같았다. 그리고 그렇게 흐느끼며 내뱉는 말은 더욱더 가관이었다.

"미, 미안해요. 제가 잘못했으니 그만 노여움 푸세요, 인간 여자님. 흐, 흐흡, 그리고 정말 죄송해요, 주인님……."

"무슨 일이지."

"거리에 커다란 수레가 지나가는데 인간 여자님께서 위험할 정도로 가까이 다가가서 보시기에, 제가 말리다가 그만 인간 여자님의 심기를 거슬렀어요. 죽을죄를 지었습니다, 주인님! 용서해 주세요, 흐윽……."

이예주는 조금 전 가만히 앉아 구경만 하던 자신을 뜯어말리던 사람이 있었는지, 머리를 쥐어짜며 떠올렸다. 하지만 아무리 떠올려 봐도 자신의 몸뚱이가 차디찬 땅바닥에 거세게 밀쳐졌던 것 이외에는 아무것도 떠오르지 않았다.

당연했다. 붉은 개가 하는 말은 모두 다 거짓말이었으니까.

이예주는 입은 삐뚤어져도 말은 똑바로 해야 한다는 것을 붉은 개에게 깨우쳐 주기 위해 말문을 열었다. 그녀는 상황을 바로잡을 자신이 있었다.

"야! 갑자기 왜 우냐고! 그리고 네가 언제 날 말렸어? 너 때문에 내가 얼마나…… 으헉!"

"스읍, 그만하라고 했다."

남자가 자신의 후드를 다시 한번 틀어쥐고 압박하지만 않았다면. 옷자락이 턱 밑에 걸려 숨이 막혔다.

"붉은 개, 먼저 그레이의 건물로 가 있어라."

"가긴 어딜 가! 이, 이거 놔 봐요! 아, 놔 보라고요!"

이예주가 람의 손아귀에서 벗어나려고 미친 듯이 발버둥 치는 사이 남자가 붉은 개를 향해 짧게 명령했다. 그러자 붉은 개가 눈물을 닦으며 람에게 꾸벅 인사를 하고 뒤로 돌아 잽싸게 사라졌다.

살랑살랑 우아하게 움직이던 붉은 머리가 거세게 뒤흔들렸다. 순간, 길고 풍성한 머리에 가려져 있던 붉은 개의 목뒤와 등이 훤히 드러났다. 입고 있는 옷이 앞만 파인 것이 아니라 뒤도 파였던 것이다.

그러나 중요한 것은 그게 아니었다. 머리가 치워진 붉은 개의 등에는 하얗고 보드라운 피부가 아닌, 거무튀튀하고 흉측한 흉터가 자리하고 있었다.

그리고 빛이 나고 있었다. 그래, 엑스 자로 흉하게 파인 커다란 흉터에서 검은빛이 나고 있었다. 마치 남자로 인해 변색된 이예주의 손목처럼.

붉은 개가 시야에서 완전히 사라진 후에야 람은 잡고 있던 그녀의 후드를 놔주었다. 얼마나 거세게 잡고 있었는지 천에 졸린 목이 다 시큰했다. 그러나 제 목을 채 돌아볼 새도 없이 이예주는 번뜩 뒤로 돌아 저를 막은 남자에게 소리쳤다.

"왜 보내요?"

"······."

"왜 내 말은 듣지도 않고 보내냐고요!"

그녀는 붉은 개와 네가 싫니, 내가 싫니 실랑이를 할 때보다 더 열이 뻗쳐 눈앞이 시뻘겋게 물드는 것 같았다. 뒷목이 뻐근하게 당기고 쉭쉭 소리가 날 정도로 내뿜는 숨이 거칠어졌다. 하지만 그런 그녀는 보이지도 않는지 말이 없던 남자가 피곤하다는 듯 한숨을 내뱉더니, 이윽고 입을 열었다.

"잠시라도 가만히 있지를 못하는군."

"······뭐, 뭐라고요?"

"한눈이라도 팔면 사고를 쳐 대니 도대체 혼자 둘 수가 없잖아. 응?"

틱, 남자가 손을 들어 잔뜩 흐트러진 그녀의 후드를 정리해 주었다. 마치 아이라도 달래는 투다. 그것에 이예주는 화가 가라앉긴커녕 억울함에 눈두덩이가 뜨겁게 달아올랐다.

억울했다. 너무 서럽고 억울한 나머지, 울음이 다 쏟아질 것 같았다. 그녀는 어금니를 악물며 필사적으로 울음을 참았다. 엄마가 죽었을 때도 울지 않았던 자신이다. 울면 지는 거다. 울면 지는 거야, 예주야. 어린애도 아니고, 울면, 울면…….

"내가…… 내가 우스워요?"

그러나 말투에 묻어나는 울음기까지 숨길 수는 없었다. 그녀가 금방이라도 울 것 같은 얼굴로 제 앞의 시뻘건 눈동자를 올려다보았다.

"날 우습게 만드니까 좋아요?"

"그런 적 없다."

"어린애 취급하고, 내 말은 듣지도 않고, 붉은 개 앞에서 날 무시하고! 이게 우습게 만드는 게 아니면 대체 뭔데요?"

이예주는 분명 최선을 다해 감정을 꾹 눌러 참고 사실만 말하려고 했다. 꾹꾹 눌러서 감정 한 점 안 내보이게. 남자처럼 언제나 이성적일 수 있게.

하지만 마음처럼 쉽지 않았다. 기어이 그녀의 두 볼을 타고 뜨거운 물줄기가 방울방울 떨어져 내렸다.

"쟤 때문에 난 수레에 치여 죽을 뻔했어요! 당신이 준 당과도 다 떨어졌다고요! 아니 아니, 이건 됐어요. 다 됐고! 난 당신 여자 친구한테 너 때문에 떨어진 당과나 주우라는 말밖에 안 했어요. 그 외엔 아무 소리도 안 했어!"

"……."

"근데 왜! 왜 날 이렇게 만드냐고요! 내가 뭘 그렇게 잘못했다고. 당신이 뭔데! 당신이 뭔데, 왜 이렇게 날…….."

"…….."

"왜 이렇게 날 비참하게 만드냐고요. 흐어엉…….."

결국 왈칵 눈물을 터뜨리며 이예주가 울었다. 시야를 뿌옇게 만들 만큼 줄줄 흘러내리는 눈물에 그녀가 두 손을 들어 얼굴을 감싸 안을 때였다.

강한 힘이 그녀를 훅 끌어당겼다. 사태 파악을 하기도 전에 몸이 휘청이더니, 그녀는 억 소리도 지르지 못하고 단단한 가슴에 얼굴이 처박혔다.

등허리 뒤로 사슬보다 더 두꺼운 남자의 팔이 그녀의 몸을 강하게 압박했다. 이예주가 뒤늦게 정신을 차리고 고개를 들었을 땐, 이미 자신의 몸뚱이가 남자의 품에 가득 끌어안긴 후였다.

"울지 마."

원래 달래 주면 더 울기 마련이지 않은가. 자신을 내려다보는 남자의 동공은 아직도 시뻘겠다. 그러나 그 동공만큼 붉은 입에서 나오는 것은 소름 끼칠 만큼 다정한 목소리여서 다시 왈칵 울음이 터져 나왔다.

"……흐, 흐으. 이, 이게 뭐야? 당신 때문에. 당신 때문에, 난 완전히 우스운 꼴이 됐잖아. 흑, 흐흑. 붉은 개가 얼마나 비웃겠어. 나도 당과도 완전히…….."

"안 우스워. 안 우스우니 그만 울어라. 그렇게 우니까 못생긴 홍당무 같잖아."

"으허엉! 지금 그딴 농담이 나와요? 내가 누구 때문에, 누구 때문에 이러는데! 흐, 흐윽."

이예주가 손을 들어 퍽퍽 그의 가슴을 내리치며 벌컥 화를 냈다. 그 소리에 묻혀 "농담 아니다."라는 남자의 말은 그녀의 귀까지 닿지 못했다.

인간 여자의 주먹 때문에 가슴이 점점 알싸하게 아파 오자 람은 그녀가 움직일 수 없을 만큼 세게 끌어안고는 머리 위에 턱을 가져다 대었다. 당연하게도 이예주는 그의 품에서 벗어나려고 버둥거렸다.

"이거 놔요! 답답해요!"

"붉은 개 릴리는 인간들에게 고문당하면서 제 일족이 하나하나 처참히 죽어 가는 것을 보았기 때문에 인간에 대한 혐오감이 깊다. 붉은 개 일족은 다리족만큼이나 달리기에 능해서 한 번 도망치면 다시 잡기가 꽤 까다롭지. 도망치는 것을 방지하기 위해 잔인한 인간들은 붉은 개들의 등을 뚫고 척추에 사슬을 연결해 놓곤 했다. 너도 보았지 않아, 등 뒤의 흉터를."

"……."

뜬금없는 붉은 개에 대한 설명에 이예주가 잠시 버둥거리는 것을 멈췄다. 잠자코 그의 품에 안겨 있자니, 몸이 터지도록 세게 끌어안은 그의 두 팔이 조금 느슨해졌다.

이예주는 남자의 말에 침묵했다. 붉은 개의 등 뒤 상처는 그녀 또한 보았다. 람이 힘을 써서 되살려 준 듯 검게 빛나던 흉터는, 부상을 입었을 당시의 상태를 짐작할 수 없을 만큼 깊고 넓어 보였다. 그치만 그게 뭐? 그래서 그게 뭐 어떻다고.

"그래서요? 그거 봤다고 내가 뭘 어떻게 해야 하는데요. 내가 그런 것도 아닌데, 내가 한 것도 아닌데. 그럼 걔가 일방적으로 화내고 난리 치는 걸 받아 주고 이해해 주기라도 해야 한다는 거예요? 내가 단지 인간이라는 이유로?"

이예주는 또다시 울컥하는 마음에 나오는 대로 마구 쏟아 뱉었다.

"난 그렇게 속 안 넓어요! 별로 이해하고 싶은 마음도 없지만, 그러라고 강요해도 못해요. 걔 때문에 내가 죽을 뻔했는데, 걔 사정이 어쩌고 자시고 이해할 마음 따윈 추호도 없다구요!"

"이해하는 걸 바라는 게 아니야. 받아 줄 필요도 없다."

"그럼 왜 나한테 그런 소리를 하는 건데요? 왜요?"

남자가 짧게 한숨을 내쉬며 덧붙였다.

"그냥 조금만 알아주었으면 좋겠군."

"……."

"릴리는 이제 뛰지 못한다. 척추를 뚫으면서 폐가 많이 손상되었기 때문에 폐활량이 늘어나면 큰일이지. 호흡을 하다가도 언제 폐가 터져 버릴지 몰라 항상 두려움에 질려 있으니, 가끔 상식 밖의 행동을 하곤 한다."

이예주는 남자의 말에 대꾸하지 않고 고개를 들어 멍하니 그를 쳐다보았다. 여전히 그녀를 내려다보는 눈동자가 빨갛다. 그 눈과 마주하고 있자니, 가슴 한쪽이 소금으로 문지르는 것처럼 따끔거렸다.

조금쯤은 익숙해질 때가 된 것 같은데, 신인류를 향할 때마다 검게 변하는 것을 보고 매번 가슴이 철렁하는 것을 보면 아직도 적응하지 못한 것 같았다.

뭐라 반박하고 싶은데 반박할 거리를 쉬이 찾을 수 없었다. 피해자는 자신인데 반박조차 못하다니. 그녀는 울상을 지었다.

"그래도…… 그게 모든 변명이 될 순 없어요. 게다가 걔 때문에 당과가 다 떨어졌잖아요. 다 산산조각 나서 씻어 먹지도 못하고. 씨이……."

"동쪽 대륙에 있는 동안 물려서 못 먹을 만큼 사 주마. 아니, 아예 당과 가게를 통째로 사다 주지."

"칫, 됐어요! 내가 뭐 당과 못 먹어서 떼쓰는 어린애인 줄 알아요?"

괜히 한 번 튕기면서 삐죽댔지만, 말이라도 그렇게 해 주니 그래도 화가 조금 가라앉는 것 같았다. 그녀의 기분이 어느 정도 풀린 것을 짐작한 듯, 남자가 다시 민감한 사항을 입에 담았다.

"릴리는 내가 알아서 하지. 앞으로 그녀가 네게 해되는 짓거리를 하는 일은 두 번 다시 없을 것이다, 인간."

릴리. 남자의 입에서 붉은 개의 이름이 쏟아져 나오자 슬그머니 풀리던 이예주의 마음이 다시 얼어붙었다. 나비 아저씨를 부를 때도 그랬지만, 타인의 이름을 부를 때의 그는 너무나도 다정한 목소리였다.

그녀가 빤히 그를 올려다보았다. 남자가 왜 그렇게 쳐다보냐는 듯 한쪽 눈썹을 꿈틀거렸다.

"나도 이름 있어요."

"……뭐?"

"나도 이름 있으니까 '인간, 인간' 거리지 말고, 이름으로 불러 달라고요."

생뚱맞은 이예주의 요구에 남자가 미간을 찌푸렸다. 그러더니 지금껏 잘만 끌어안고 있던 그녀를 품에서 확 떼어 내었다.

"헛소리."

이예주가 크게 눈을 치켜뜨며 당황하는 사이, 남자가 차갑게 한마디를 내뱉고는 그대로 등을 휙 돌려 걷기 시작했다. 어느 틈에 주워든 건지 그의 손엔 땅바닥에 쩔그럭거리며 질질 끌리던 사슬이 들려 있었다. 퇴로 차단 하나만은 기가 막히게 훌륭했다.

"아, 왜요! 뭐가 헛소리인데요! 나도 이름 불러 줘요!"

이예주가 남자의 뒤를 바싹 따라붙으며 이름 좀 불러 달라고 애원했다. 그러나 남자는 대구하지 않고 묵묵히 당과 가게로 가, 아까부터 그들이 하는 양을 숨죽여 지켜보던 가게 주인에게 묵직한 꾸러미를 건넸다.

"약속했던 금화다."

가게 주인의 입이 헤벌쭉 벌어졌다. 그는 감격스러운 얼굴로 람에게 연신 고개를 조아렸다.

"아이고! 감사합니다, 나으리! 감사합니다!"

"그리고, 이것."

람이 품에서 한 주먹의 금화를 더 꺼내어 내밀었다. 거절하는 법도 모르고 열심히 받아 챙기는 가게 주인의 모습에, 이예주가 나서서 "그만 줘요! 이 아저씨 솔직히 제대로 감시 안 했단 말이에요!" 하고 외칠 정도였다.

그러나 그런 그녀를 무시한 채 람이 요구한 것은, 생각보다 충격적인 것이었다.

"여기 있는 당과들, 모조리 사도록 하지."

"하, 아이고! 아이고, 나으리!"

이제 가게 주인은 흡사 졸도라도 할 것처럼 침을 질질 흘리며 람을 찬양했다.

잠시 후 이예주는 터질 만큼 당과가 가득가득 들어 있는 종이봉투를 넘겨받았다. 그것을 바라보는 그녀의 표정이 묘했다. 남자가 이것들을 모두 다 사 젖힐 때부터 무엇인가에 홀린 것 같은 기분이었다.

"훌륭한 연인을 두어서 정말 좋으시겠습니다!"

가게 주인이 이예주에게까지 쉴 새 없이 아첨을 해 댔다. 그 소리에 그녀는 아니라는 부인도 못하고 얼굴이 화악 달아올랐다. 당과를 산 사람은 저리도 무표정한데, 왜 제가 이리도 가슴이 떨리는지 모르겠다.

그렇잖아. 단순히 당과를 사 주는 것뿐인데, 왜 자꾸 가슴이······.

"이, 이렇게 많이 사도 돼요?"

이예주가 어렵사리 떨어뜨리지 않고 종이봉투들을 끌어안으며 람에게 물었다. 그의 양손에도 당과가 가득 담긴 봉투가 있었다. 거리에 지나가는 사람들에게 하나씩 나눠 주어도 남을 양이었다.

"실컷 먹고 더 사 달라는 소리나 하지 마."

람이 나지막이 답했다.

그렇게 그들은 달달한 냄새를 풀풀 풍기며 회색 토끼의 주점까지 걸어갔다.

회색 토끼 그레이의 주점은 특별할 것 없는 일반 숙박 시설이었다. 맨 아래층은 식당 겸 주점으로 쓰이고 그 위층부터는 투숙을 할 수 있는, 현대에서도 흔히 볼 수 있는 업소였다. 신인류가 운영하는 주점이라기에 뭐 대단한 술집일 거라 기대했던 이예주는 어쩐지 맥이 빠졌다.

아직 날이 저물지 않았기 때문인지 주점 안은 한산했다. 드문드문 커다란 컵을 홀짝이며 앉아 있는 사람들이 있었다.

'신인류가 운영하는 곳인데 인간들도 이용하는 건가?'

가까운 곳에 앉아 있던 덩치 큰 청년을 바라보며 생각하던 그녀는 그가 앉아 있는 의자 밑에서 살랑살랑 흔들리는 말 꼬리를 보고 곧바로 그런 생각을 접었다.

"에엑?! 뭔 당과를 이렇게 많이 사 왔어여? 당과 못 먹구 죽은 귀신이라도 붙었어여?!"

코가 아릴 정도의 달콤한 설탕 냄새를 풍기며 도착한 이예주를 맞이한 것은 황조롱이였다. 들쥐를 데리러 간다던 나비 아저씨와 자신을 죽음까지 몰고 간 장본인은 아직 도착하지 않은 건지 주점 안은 텅 비어 있었다.

"이, 이렇게 많은 거 누가 다 먹으려구여! 으으, 설탕 냄새!"

"됐고, 좀 받아."

"으헉!"

이예주는 어렵사리 들고 있던 당과 봉투 중 일부를 조롱이에게 와락 넘기고 나머지는 주변에 있는 탁자 위에 우르르 쏟았다. 한가득 들고 있던 당과 봉지를 내려놓고 나니 그제야 조금 살 것 같았다.

"하…… 팔 빠지는 줄 알았잖아."

그녀가 커다란 봉지 더미를 바라보며 울상을 하고 중얼거렸다. 아직 채 식지 않은 당과 덩이들에서 단내가 훅 끼쳤지만 아까처럼 달달하다는 생각은 전혀 들지 않았다.

그것뿐인가. 람이 가게에 있는 당과를 모조리 사 주었을 때 느꼈던 간질거리던 기분은 한 톨도 남지 않고 증발한 지 오래였다.

남성한테 무언가를 받은 것이 생전 처음이었기에 사실 조금 설레었다. 나름 로맨틱이라고도 생각했다. 그래, 솔직히 말해서 꽤 많이 설레었다, 이거야!

이예주가 뭔가 잘못되었다는 것을 느낀 건 경사진 골목길을 따라 올랐을 때였다. 묵직한 봉지들을 한 아름이나 들고 걷느라 속도가 느려졌다. 그런 그녀를 남자가 자꾸 채근했다.

아니, 저 인간은 대체 자신 모르게 산삼을 삶아 먹었나. 뭐 이리 무거운 걸 들고도 잘만 걸어갈까 싶어 바라보았던 이예주는, 남자의 손안에 들려 있는 당과 봉지가 고작 두어 개밖에 되지 않는다는 사실

을 깨달았다. 무려 다섯 개나 힘겹게 들고 있는 자신과 달리 너무나
도 가뿐해 보였다. 게다가 나머지 한 손으로는 잊지 않고 자신을 옭
아맨 사슬 끝을 잡은 채 흔들어 대기까지 했다.

여유가 철철 넘치는 그 모습에 이예주는 당황했다. 그리고 절대
도망 안 갈 테니, 사슬을 들고 있을 바에야 제 품에서 시야를 가리고
있는 봉지나 같이 들어 달라고 요청했다. 그러자 남자가 뭐라 지껄
이며 그녀의 혈압을 올려 댔더라.

―스읍, 제가 먹을 건 제가 들 줄도 알아야지.

그렇게 로맨틱은 산산이 부서졌다.

"칫. 이거 사 달라구 주인님께 생떼 부리느라 이렇게 늦게 온 거져?"

"뭐? 생떼?!"

그때 그녀를 샐쭉 흘기며 내뱉는 조롱이의 말에 파김치처럼 의자
위에 널브러져 있던 이예주가 벌떡 일어났다.

"생떼는 무슨! 사 달라고 떼라도 부렸으면 억울하지나 않지!"

"그럼 뭐 하느라 이렇게 늦었는데여?"

"네 주인 놈이 나를 짐꾼으로……!"

'부려 먹는 짓거릴 봤으면 그딴 소리 못할걸!' 하고 외치려던 이예
주는 그 주인 놈이 불쑥 안으로 들어온 탓에 황급히 입을 다물었다.
주점 안의 묘한 기류에 남자가 시뻘건 눈을 형형히 빛내며 내부를
주욱 훑어보다가 그녀에게 못 박혔다.

'히익!'

이예주는 혹시 자신이 욕하는 것을 그가 들었을까봐 필사적으로
그 시선을 피했다.

때마침 안쪽에서 푸근한 인상의 중년 부부가 헐레벌떡 뛰어나와
람을 맞이한 덕에 그녀는 문초당하는 것을 피할 수 있었다. 천만다

행이었다.

람의 등장과 동시에 가게 안에 있는 모든 신인류들의 시선이 이쪽으로 쏠렸다. 믿을 수 없다는 눈으로 잠시 멍하니 바라보던 그들은 이내 허겁지겁 자리에서 일어나 람에게 목례했다. 확실히 남자가 대단한 존재이긴 한 모양이었다. 이예주는 그것을 신기한 눈으로 바라보았다.

그레이 씨로 추정되는 중년의 남성이 그보다 새파랗게 젊어 보이는 람을 향해 90도로 고개를 숙여 인사를 했다. 부부는 닮는다고 했던가. 통통하게 살이 오른 부부의 머리 위로 길쭉한 토끼 귀가 봉긋 솟아 올라와 있었다.

"주인님! 어서 오세요. 정말 오랜만에 뵙습니다!"

"오랜만이군, 그레이."

그레이가 람에게 정중하게 인사를 하자, 람 또한 담담히 인사를 마주 건넸다.

역시나 자신을 대할 때와는 차원이 다른 태도였다. 그의 눈동자에서 시뻘건 기운이 눈 녹듯이 사라지는 것을 보며 이예주는 왠지 모르게 드는 서운함에 아랫입술을 쭈욱 내밀었다. 저런 남자가 당과 한 번 사 줬다고 헤실헤실하며 화를 모두 푼 아까의 자신이 바보 같았다.

칫, 이깟 게 뭐라고. 그녀는 괜히 심술이 나서 탁자 위의 봉지 더미를 툭툭 내리치며 삐쭉거렸다.

어느새 검은 눈동자로 변한 람이 들고 있던 당과 봉지들을 그레이에게 넘겼다.

"아이들에게 전해 주도록. 이번에 아기가 새로 태어났다던가."

"어이쿠! 감사합니다, 주인님! 부인, 어서 산티보고 아기 데리고 나와서 인사드리라고 좀 시키시오."

이예주는 안쪽에서 그레이의 아내와 함께 나오는 리틀 그레이에게 금세 시선을 강탈당했다. 네다섯 살이나 됐을까. 그레이의 아들로 추정되는 어린아이가 앙증맞은 토끼 귀를 쫑긋거리며 람에게 꾸벅 인사했다.

"안녕하세요, 주인님. 처음 뵈어요. 저는 산티예요. 얘는 이번에 태어난 동생이고요. 아직 너무 어려서 변신을 못해요."

산티는 강보에 싸인 토끼 한 마리를 안고 있었다. 강보 사이로 엄지손가락만 한 아기 토끼의 손이 삐죽 나와 있었다. 그레이 씨의 자식답게 회색 털이었다.

아악, 너무 귀엽잖아! 애기가 애기를 안고 있는 모습에 이예주는 전율했다.

홀린 듯이 그레이 씨와 그의 부인 그리고 그들의 자식들, 이 단란한 가족을 바라보던 이예주는 문득 기묘한 느낌에 산티에게서 시선을 떼고 주위를 둘러보았다. 그러다 자신을 바라보고 있는 그레이 부인과 눈이 딱 마주쳤다.

이예주를 똑바로 바라보는 그레이 부인의 눈은 충혈되었고 어딘지 모르게 퀭해 보였다. 머리 위로 솟은 앙증맞은 토끼 귀가 보이지 않을 만큼 섬뜩한 눈빛이었다.

언제부터 바라보고 있었는지는 모르겠으나, 그녀는 이예주와 눈이 마주쳤음에도 시선을 돌리지 않았다. 묘한 기류로 번들거리는 커다란 두 동공이 한 치의 흔들림도 없이 자신을 바라보고 있었다. 오싹했다. 저도 모르게 시선을 피할 만큼.

'왜 저렇게 바라보는 거지? 뭐 실수한 것이라도 있나?'

이예주는 그레이 씨의 주점에 온 후의 제 행동들을 떠올려 보았다. 그러나 딱히 그들 부부에게 실례가 되는 행동은 한 적이 없었다.

그레이 부인의 시선을 눈치챈 이는 이들 중 저밖에 없는 것 같아 그녀는 왠지 불안해졌다. 그러나 이예주가 그러거나 말거나, 그녀와 부인을 제외한 분위기는 훈훈했다. 람 또한 예의 바르게 인사를 하는 산티가 마음에 드는지 아이의 머리를 다정하게 쓰다듬어 주고 있었다.

"그런데 쌍둥이들은 보이지 않는군."

일순 주위가 싸해졌다. 이예주는 람의 쌍둥이 언급에 토끼 가족의 얼굴이 확연하게 굳어지는 것을 보았다. 곧이어 이 단란한 가족에게 무언가 커다란 우화가 생겼다는 것을 알아챘다.

푸근해 보이던 그레이 씨와 아기자기하기 짝이 없던 산티의 얼굴에 짙은 그늘이 드리워졌다. 그레이 부인은 여전히 묘한 시선으로 자신을 바라보고 있었다.

이예주는 고개를 움츠리며 그녀의 눈길을 애써 외면했다. 마침 그레이 씨가 근심이 잔뜩 서린 표정으로 조용히 입을 열었기에 이예주는 송곳처럼 뺨을 찌르는 부인의 시선에서 간신히 벗어날 수 있었다.

"저희 자손인 산쵸와 칸쵸 쌍둥이들을 기억해 주시는군요. 아이들의 이름을 주인님께서 지어 주셨지요. 그런데 며칠 전, 칸쵸가 크게 앓았습니다. 마을 의원에게 약을 지어다 먹여 보았지만 열이 내리질 않아, 결국 산쵸가 마을 뒤 숲에 있는 약초 언덕 근처로 열꽃을 찾으러 나갔다가 사라졌습니다. 그런데 그 뒤에 열이 내린 칸쵸마저 산쵸를 찾는다고 나가서 며칠째 집으로 돌아오질 않고 있습니다, 주인님."

"야, 약초 언덕……! 거긴 금지된 곳이잖아여!"

그때 옆에서 귀가 따가울 정도로 날카로운 외침이 들려왔다. 화들짝 놀라 돌아보자 황금색 눈을 찢어져라 부릅뜬 조롱이가 보였다.

"금지된 곳에 가는 것을 가만히 보고만 있었단 말이에여?!"

"그, 그렇지만 열이 너무 많이 올랐다. 열꽃은 그쪽에서밖에 피지 않고, 또 오랫동안 폐쇄됐던 곳이니…….”

조롱이의 날 선 목소리에 그레이 씨가 당황하여 우물거렸다.

뜬금없이 왜 저러는 걸까? 사색이 된 조롱이로 인해 침울했던 공기가 한순간에 날카로운 칼날처럼 예리하게 변했다.

그러나 그것도 얼마 가지 못했다. 이예주가 얼떨떨한 얼굴로 조롱이와 람, 그레이 씨를 번갈아 보던 사이, 불현듯 아기 토끼가 왈칵 울음을 터뜨렸기 때문이다.

흐응, 흐에엥! 산티의 품에 있는 강보 속에서 우렁찬 울음소리가 터져 나와 조용해진 장내에 울려 퍼졌다. 발버둥 치기 시작하는 아기를 들고 산티가 어쩔 줄 몰라 하며 침묵하는 어른들을 올려다보았다.

고작 제 허리춤에 닿을락 말락 한 어린애가 아기를 들고 있기엔 너무나도 벅차 보였다. 보다 못한 이예주가 산티에게 다가가 조심스레 손을 내밀었다.

"저기, 애기 내가 안고 있을까? 힘들면, 나한테 넘겨 줄…….”

짝―! 그러나 내민 손은 강보에 채 닿기도 전에 누군가에 의해 싸늘하게 내쳐졌다. 무표정한 람도, 당황한 그레이 씨도, 새된 비명을 지르며 분위기를 차갑게 굳히던 황조롱이도 놀란 얼굴로 돌아보았다.

그레이 부인이 찢어지는 목소리로 소리 질렀다.

"손대지 마!"

이예주는 눈을 화등잔만 하게 치켜뜨고는 멍하니 내쳐진 제 손과 그레이 부인을 번갈아 가며 바라보았다. 저를 바라보는 그녀의 눈이 꼭 천적을 바라보듯 음산하게 빛나고 있었다.

그 눈빛이 낯설지 않았다. 람과 황조롱이를 만나고, 그들과 함께 다니는 동안 무던히 보고 느꼈던 것과 같은 종류였다. 심지어 방금 전 붉은 개에게 살해당할 뻔하기까지 했으니 그 눈빛이 절대로 낯설 리가 없었다.

하지만 이유도 모르고 받는 완전한 적의는 언제나 할 말을 잃게 만들었다. 이예주의 입이 잠시 열렸다가 도로 닫히며 붕어처럼 소리 없이 뻐끔거렸다. 그러니까 저 신인류는 자신과 같은 인간을 싫어하고, 자신은 인간이고…….

머릿속이 새하얘지는 기분이었다. 부인에게 거세게 내쳐진 손등이 화끈거리며 아팠다. 이예주의 얼굴에 점점 핏기가 가셨다.

밀쳐 낸 것만으로는 부족했는지 아이를 안고 있는 산티를 허겁지겁 제 등 뒤로 숨기며 그레이 부인이 억척스럽게 외쳤다.

"내 아기에게 더러운 손 대지 마, 인간!"

"부인! 이, 이게……! 손님께 이게 무슨 경우 없는 짓이요!"

"당신도 알잖아요! 우리 산쵸랑 칸쵸가 인간들에게 잡혀간 걸요! 난 알아! 뒤 숲에 우리 아이들 냄새 말고 인간들의 냄새도 짙게 배어 있었다는 것을 당신도 알잖아요! 주인님! 인간들이에요! 들쥐 놈이 인간들과 결탁해서, 주인님과의 계약을 무시하고 내 아이들을 데려 갔다고요!"

"부인!"

"인간들은 다 똑같아! 쥐새끼처럼 하나같이 제 욕심만 채우려고 드는 족속들! 으흑! 그때, 들쥐 놈이 돈을 빌려준다고 했을 때 거절해야 했어요, 여보! 더러운 인간 놈들의 돈이라는 걸 알았을 때, 그만뒀어야 했다고요!"

"……."

"우리 잘못이야, 흐흐흑! 주점을 닫는다고 해도 그 더러운 놈들의 돈을 빌리는 게 아니었는데! 우리가 돈을 못 갚으니까, 인간들이 산쵸와 칸쵸를 노예로 부려 먹기 위해 데리고 간 거라고요!"

그레이 부인의 눈은 이지가 완전히 사라진 상태였다. 말리는 그레이 씨가 무색하게 그녀는 통곡했다. 아이들을 잃고 제정신이 아닌 것 같았다.

핏발 선 눈을 부리부리하게 뜬 채 주점 내부를 정신 사납게 훑어보던 그녀는, 돌연 람의 팔을 붙잡고 애원하기 시작했다.

"주인님! 주인님, 제발! 제발 우리 아이들 좀 찾아 주세요. 주인님께서는 찾을 수 있으시잖아요! 저와 계약을 해 주세요! 아이들만 찾는다면, 제 몸도 영혼도 모두 대가로 바치겠어요! 제발 우리 아이들, 우리 아이들을 좀! 내 아가들을, 내 아가들을…… 으흐흐……."

"흐, 흐으…… 으아앙!"

제 어미의 기행을 보고 겁을 먹은 건지, 울먹거리던 산티가 기어이 울음을 터뜨렸다. 이예주는 난감한 얼굴로 람을 바라보다가 손님이 있었다는 사실을 떠올리곤 황급히 주위를 둘러보았다. 그러나 주점 안에 있는 몇몇 이들 또한 토끼 가족의 사정을 잘 알고 있는 신인류들인 듯, 안쓰러운 얼굴로 부인을 바라볼 뿐 딱히 다른 태도를 취하지는 않았다.

흐아앙, 으아앙! 산티가 울자 아이의 품에 안겨 있던 갓난아기 또한 더욱더 커다란 목소리로 울기 시작했다. 엉망진창이 되어 버린 토끼 가족의 모습에 이예주의 얼굴 또한 울상으로 일그러졌다. 조롱이와 람을 제외한, 저를 바라보는 주변인의 눈초리들이 꼭 범죄자를 보는 시선이었다.

오히려 손등을 맞은 건 자신인데. 대체 내가 뭘 어쨌다고…… 차오르는 억울함에 이예주는 입술을 꾹 깨물었다.

'이곳에서 나가야 하는 건가?'

그녀는 고민했다. 자신이 오면 안 되는 곳을 와서, 잘 버티고 있던 이들의 상처를 후벼 판 것인지.

그레이 부인은 가라앉기는커녕 점점 더 심하게 몸을 떨며 오열했다. 당장 길거리로 쫓겨날지도 모른다는 생각에 그녀는 이러지도 저러지도 못한 채 안절부절못했다.

그런데 그 순간이었다. 수갑이 채워져 있지 않은 그녀의 손목이 강한 힘으로 끌어당겨졌다. 차르랑! 주인 잃은 사슬이 바닥에 이리저리 부딪히며 시끄러운 소리를 내었다.

"어, 어!"

잠시 비틀거리는 사이, 이예주는 람의 뒤편으로 질질 끌려갔다. 그녀는 멍하니 주위를 둘러보았다. 여전히 훌쩍이고 있는 산티와 그의 엄마를 제외하고 주점 안의 모든 이들이 놀란 눈으로 자신을 쳐다보고 있었다.

이예주의 작은 몸이 어느덧 남자의 장신 뒤로 쏙 가려졌다. 람의 등 뒤로 옮겨진 자신의 상황에 그녀는 울상을 짓던 것도 멈추고 휘둥그레졌다.

이예주를 제 등 뒤에 숨긴 람이 회색 토끼에게 말했다.

"그레이, 네 처와 아이는 안으로 돌려보내고 이야기를 나누지."

신인류들의 날카로운 시선 속에서 인간을 감싸는 주인의 행동에 그레이의 표정이 살짝 굳어졌다.

"그분께서는……."

주인이 뒤에 숨긴 인간 쪽으로 흘끗 시선을 던지며 그레이가 의중을 물었다. 그러나 람은 인간 여자를 언급하지 않고 재차 같은 말을 내뱉었다.

"네 식솔부터 신경 쓰는 게 좋을 것 같군."

"주인님, 그렇지만 요즘 제 아내가 인간만 보면 발작을 일으키는 탓에 인간은……."

"그만."

더 이상의 변명은 용납하지 않겠다는 듯 람이 그의 말을 막았다. 굳은 얼굴로 잠시 서 있던 그레이 씨는 이내 꾸벅 고개를 숙이며 람의 명령에 수긍했다.

"오신다는 전갈을 받고 급하게 객실을 비워 두었습니다. 일단 자리에 먼저 앉으시지요. 곧 식사를 준비하도록 하겠습니다. 물의를 일으켜서 죄송합니다, 주인님. 아가씨께도 실례를 저질러 미안합니다."

람에게만 인사를 했어도 되었는데 괜히 그의 뒤에 있다가 덩달아 사과를 받은 이예주는 미안함에 얼굴을 흐렸다.

정중하게 허리까지 굽혀 사과를 전한 그레이 씨는 바닥에 실신하듯 엎어져 있는 그의 부인을 일으켜 세우고는 위층으로 사라졌다. 그 뒤를 산티가 코를 훌쩍이며 쫓아갔다.

우울한 토끼 가족이 사라지자 얼어붙었던 내부 공기가 다소 풀어졌다. 이예주는 긴장하여 몸에 잔뜩 준 힘이 탁 풀리는 것을 느끼고 휘청거렸다. 남자가 여전히 그녀의 손목을 잡고 있지 않았다면 그대로 바닥에 쓰러졌을지도 모른다.

"앉아."

남자가 비틀거리는 그녀의 몸을 종잇장처럼 가볍게 끌어당겨 의자에 앉혀 주었다. 떨어진 사슬 끝을 주워 올린 람은 수갑이 채워져 있는 이예주의 오른쪽에 털썩 앉았다.

그녀는 갑자기 옆에 앉은 남자가 의식되어 얼굴이 화끈거렸다. 그러니까 방금 전, 나 감싸 준 거 맞지? 감싸 주고, 또 그레이 부인에게서 지켜 주고…….

그녀가 왠지 발그레해진 얼굴로 당과와 람을 번갈아 가며 바라보았다. 당과도 사 주고. 오늘따라 이 남자 왜 이래? 왜 이렇게 다정하게 대해 주지?

어느덧 남자의 하얀 얼굴에 못 박힌 이예주의 눈이 반짝반짝 빛났다. 이렇게 보니까 진짜 잘생긴 것 같기도 하고. 매일같이 얄미운 소리만 하는 것치고는 입술도 빨가니 예쁘고. 아까부터 그를 바라볼 때마다 가슴께가 꼭 깃털로 살살 간질이는 것처럼 살랑거렸다.

수백 마리의 개미가 피부 위를 꼬물꼬물 타고 움직이는 것처럼 온몸이 근질근질 거리는 기분에 이예주가 '으으으' 하고 잠시 몸을 떨었다. 토끼 부인으로 인해 울상으로 일그러져 있던 그녀의 표정이 봄바람 일듯 해사하게 풀어질 때였다.

털썩. 왼쪽에서도 누군가가 의자에 앉는 소리가 들렸다. 휙 고개를 돌리자 방금 전 토끼 부인의 소란으로 인해 자신과 같이 어정쩡하게 서 있던 조롱이가 탁자 위에 쏟아져 있는 당과 봉지를 뒤적거리고 있었다.

방금 전만 해도 웃을 듯 말 듯 말랑거리던 이예주의 얼굴이 와작 구겨졌다.

"오! 고구마도 있네여!"

황조롱이는 고구마뿐만 아니라 당근, 사과 그리고 다른 꼬치들마저 한가득 손에 쥐더니 여러 꼬치들을 한 번에 입으로 가져가려 들었다. 이예주가 기함했다. 나도 아까워서 아껴 먹고 있건만, 이게!

"야! 하나씩 하나씩 아껴 먹어!"

"뭐 어때여? 어떻게 먹든 먹는 건 다 똑같잖아여. 이렇게 먹어야 더 맛있단 말이에여.”

“절대 안 돼. 이게 어떻게 얻은 당과인데!”

목숨과 바꾼 당과다. 게다가 네 주인이 몇 개월간 개처럼 끌고 다니면서 처음 사 준 것!

“한 번에 먹으면 어디가 덧나여!”

“그럼! 덧나지! 그리고! 사과는 다 내 거야.”

이예주는 꼬치들이 잔뜩 들린 조롱이의 손에서 어렵지 않게 사과 꼬치만 빼내어 와작와작 씹어 먹었다. 동글동글 예쁜 사과가 순식간에 그녀의 입 속으로 사라졌다.

“치사 똥구멍!”

황조롱이는 쪼잔하다니 뭐니 구시렁거리다가 결국 이예주와 같이 꼬치에 꽂힌 당과를 하나씩 빼어 먹었다.

여상한 얼굴로 당과를 씹어 먹던 이예주는 문득 볼에서 느껴지는 따끔한 시선에 고개를 돌렸다. 시뻘건 눈동자의 남자가 저를 뚫어져라 쳐다보고 있었다.

뭐 이런 한심한 것이 다 있느냐는 듯한 그 따가운 눈초리에 그녀는 괜히 민망해져서 먹던 당과를 봉지 위에 내려놓으려 했다. 한데 괜한 오기가 솟아 다른 꼬치까지 꺼내 들었다.

볼이 미어터져라 열심히 우물우물 먹고 있는데, 남자는 시선을 거두지 않았다. 가슴이 지레 찔린 이예주가 별수 없이 먼저 선수를 쳤다.

“왜요? 왜 그렇게 보는데요?”

“너는…….”

남자가 이예주에게 무슨 말을 하려고 입을 떼다가 푸욱 한숨을 내쉬며 고개를 절레절레 흔들었다. 칫, 잔뜩 먹고 사 달라고 하지 말라 할 때는 언제고. 입을 삐죽거리던 그녀는 불현듯 이렇게 태평하게 앉아 있을 때가 아니라는 생각에 넌지시 말을 던졌다.

"저기, 그런데 있잖아요."

"……."

"저 여기 나가야 하는 거 아니에요?"

무슨 소리냐는 듯 남자의 한쪽 눈썹이 위로 치솟았다. 이예주는 방금 전 경계심이 가득한 시선으로 자신을 바라보던 토끼 가족과 신인류들을 떠올렸다.

그레이 씨는 주점에 인간들을 받지 않는다고 람에게 이야기하려 들었다. 그를 막아선 람이 아니었다면 꼼짝없이 쫓겨났을 터였다.

아직도 핏발이 숭숭하게 선 채 자신을 바라보며 울부짖던 토끼 부인이 눈앞에 생생했다. 그것은 새끼를 잃고 제정신이 아닌 어미의 눈이었다. 자식 한 명이 없어져도 미쳐 버릴 것 같은 심정일 텐데, 쌍둥이 두 명이 모두 다 끌려갔다니…….

물론 이예주라고 근거 없는 유괴범 취급이 억울하지 않은 것은 아니었다. 하지만 하루아침에 아이가 없어진 심정을, 자신이 어떻게 다 이해할 수 있을까. 절박한 얼굴의 그레이 부부를 생각하던 그녀는 울적한 목소리로 이어 말했다.

"여긴 저를 환영하는 것도 아니고…… 여러모로 불편하니까 차라리 나가는 게 나을 것 같아서요."

"길거리에서 노숙이라도 하겠다는 건가?"

이예주의 말이 이해가 가지 않는지 람이 인상을 찌푸리며 되물었다. 그 말도 안 되는 소리에 그녀가 펄쩍 뛰며 강력히 거부했다.

"아니요! 노숙은 무슨!"

"그럼 쓸데없는 소리 하지 말고 먹던 거나 마저 먹지."

허. 이예주는 기가 막혀 할 말을 잃었다. 그녀 또한 능력으로 인해 좁은 선택지의 삶을 살아오느라 결정을 내리는 데에 있어 오랜 생각을 하지 않는 나쁜 버릇이 있지만, 이 남자는 자신보다 더했다.

거참, 세상에 흑백만 있다고 우겨댈 놈일세. 어떻게 이곳에 있거나 노숙을 하거나 둘밖엔 답이 없다고 단정 지을 수가 있지?

"노숙 말고 다른 답은 없어요? 예를 들면 다른 주점을 찾아본다든지요."

하지만 그녀의 간절함이 담긴 말은 무참히 짓밟혔다. 아무리 바라보아도 대답 따윈 들려주지 않는 남자로 인해 안달복달하던 이예주는 꽤 한참이 지나서야 제가 완전히 무시를 당했다는 것을 깨달을 수 있었다.

왜! 왜! 왜 노숙 말고 답은 없는 건데! 부아가 치밀어 오른 그녀가 전투적으로 머리를 굴리며 또 다른 방법을 찾으려던 그때였다.

쾅! 정적을 깨부수듯 별안간 주점의 문이 벌컥 열리더니 익숙한 인물이 힘차게 등장했다.

"왔로라!"

주점 내부에 있는 모든 이들의 시선이 문 쪽으로 확 쏠렸다. 커다란 덩치의 나비가 위풍당당한 모양새로 저벅저벅 걸어 들어왔다. 몇 시간 만에 다시 만난 그는 어린아이 들듯 옆구리에 누군가를 가볍게 끼고 있었다.

"이, 이거 놔라! 찍! 이거 놓으래도, 찍찍!"

옆구리에 꽉 끼어 있는 작은 인영이 애처롭게 공중에 팔다리를 휘저어 댔지만, 힘줄이 부득부득 솟은 나비의 팔뚝에 짓눌려 금방 '켁!' 하고 늘어졌다. 그사이 람과 이예주가 앉아 있는 탁자까지 당도한 그가 쩌렁쩌렁한 목소리로 말했다.

"주인님! 들쥐를 데려왔로라!"

이예주는 나비 아저씨의 말에 그제야 그의 팔에 짓눌려 캑캑대고 있는 인물을 자세히 살펴보았다. 들쥐라고 하더니, 정말로 설치류 신인류인 듯 인간의 몸에 쥐 대가리가 붙어 있었다. 나비 아저씨의 품에서 벗어나기 위해 버둥거릴 때마다 코에 달린 길쭉한 수염이 위아래로 흔들렸다.

이예주는 순간 제가 잘못 본 게 아닌가 싶어 눈을 비볐다. 그러나 다시 봐도 옷을 입고 있는 멀쩡한 인간의 몸에 머리만 쥐인 모습이었다. 그것도 인간의 평균 머리 크기만 한.

'진짜 쥐 대가리잖아!'

팔족 땅에서 대왕 바퀴벌레를 만났던 때 느꼈던 끔찍함이 다시금 느껴졌다. 머리끝부터 발끝까지 좌악 소름이 돋았다. 흠칫 몸을 떨자 조롱이가 순진한 눈동자로 "왜 그래여, 누나? 쥐 처음 봐여?" 하고 물었지만, 대답조차 할 수 없었다.

"오랜만이군, 들쥐."

람은 버둥거리는 쥐가 징그럽지도 않은지 태평하게 말을 건넸다. 그러자 필사적으로 몸을 움직이며 털을 날려 대던 들쥐가 움직임을 멈추고 람을 바라보았다.

들쥐 신인류의 낯빛이 순식간에 창백해졌다. 털이 짙은 회색이라 낯빛을 알아보는 것도 신기했지만, 하여간 느낌이 그랬다. 톡 튀어나온 새까만 눈이 크게 확장된 채 두려움으로 덜덜 떨렸다.

"주, 주인님……!"

"분명 동쪽 대륙으로 가고 있으니 마중을 나오라는 전갈을 받았을 텐데. 쥐새끼라 그런지 숨는 것 하나만큼은 기가 막히더군."

"주인님! 그것이 아닙니다! 찍! 수, 숨다니요! 절대 그런 적 없습니다, 찌찍!"

람의 말에 들쥐가 현란하게 고개를 내저으며 부정했다. 그의 코에 달린 수염이 달랑달랑 쉴 새 없이 움직이며 허공에 포물선을 만들었다. 이예주는 그 모습에 눈살을 찌푸렸다. 그것은 나비도 마찬가지였다.

"숨은 적이 없다니! 얼마나 꽁꽁 숨었던지 네 냄새를 쫓느라 코가 다 헐었로라!"

"찌찍! 네 이놈! 도둑고양이 주제에 다, 닥치지 못할까! 찍!"

들쥐가 눈에 띄게 당황하며 욕설을 내뱉었다. 그러자 나비 아저씨의 눈이 세모꼴로 찢어졌다.

"뭐로라! 더러운 시궁창에서 굴러먹던 쥐 놈이 감히 이 나비에게 뭐라 지껄이는 것이로라?!"

"찍, 내가 뭐 틀린 말 했느냐? 찍찍. 인간들의 눈을 살살 피해 음식을 훔쳐 먹는 주제에, 찌찍!"

"적어도 네놈처럼 일족을 배신하고 인간들에게 붙어서 연명하지는 않로라!"

"그만."

쥐와 고양이의 끝나지 않을 것만 같았던 싸움은 람이 손을 들어 보이는 것으로 일단락되었다. 그의 한 마디에 나비와 들쥐 모두 언제 떠들었냐는 듯 입을 다물었다.

이예주는 입을 다물고도 여전히 서로를 앙칼지게 노려보고 있는 나비 아저씨와 들쥐를 보며 《톰과 제리》를 떠올렸다. 나비 아저씨의 억센 팔 아래 옴짝달싹 못하면서도 으르렁거리는 쥐의 꼴이 조금 웃겼다.

그때 람이 다시 명령했다.

"나비, 그것 내려놓도록."

그러자 나비가 재빠르게 한쪽 발로 근처에 놓여 있는 의자를 끌어 당겨 쥐를 그 위에 앉혔다. 아니, 앉혔다기보다는 패대기쳤다는 것이 더 옳았다.

쿵! 커다란 소리와 함께 나비의 손아귀에서 의자 위로 내던져진 들쥐에게서 '찍!' 하는 고통스러운 신음이 흘러나왔다. 그러나 그것도 잠시, 벌떡 일어나 줄행랑을 놓으려던 들쥐를 나비가 다시 거세게 잡아 앉혔다.

"찍찍! 이거 놔라, 놔!"

"가만있으라!"

자꾸만 몸을 꿈틀대는 들쥐의 왜소한 어깨를 내리누르며 나비가 거칠게 소리쳤다. 처음 보는 그의 박력에 이예주는 내심 놀랐다.

문득 도리질을 해 대는 들쥐에게 뻗어지는 손이 보였다. 누구의 손인가 눈치챌 새도 없이 조용하게 다가온 손아귀가 들쥐의 머리털을 잡아 꺾었다.

"컥!"

숨넘어가는 소리와 함께 들쥐의 목이 뒤로 확 꺾였다. 나비조차 놀라 주춤거릴 정도로 거센 힘이었다. 이예주 또한 놀란 눈으로 그것을 바라보았다. 어느덧 지배자로 변한 남자가 흉흉한 표정으로 들쥐를 내려다보고 있었다.

하지만 그녀가 놀란 것은 비단 남자가 신인류의 머리채를 휘어잡았다는 사실 때문만은 아니었다. 방금 전까지만 해도 시뻘겋던 남자의 눈동자에서 서서히 빨간색이 빠졌다. 그리고 들쥐를 바라보는 그 두 동공에 온전한 검정색이 차오르기 시작했다.

"네 죄는 네가 잘 알겠지."

"주, 주인님! 전 정말 전갈을 못 받았습니다, 찍! 제, 제가 전갈을 받았으면 왜 주인님의 명령도 무시하고 숨었겠습니까!"

"그것 말고."

"컥!"

들쥐의 털을 잡은 람의 악력이 더욱 거세졌다. 조금이라도 더 힘을 준다면 그대로 목이 부러질 만큼 쥐의 신체가 위태롭게 꺾여 있었다. 언제 '뿌각' 하는 끔찍한 소리가 날지 몰라 이예주도 덩달아 겁이 났다.

"그것 말고 더 있을 텐데."

"그, 그것 말고는……."

"인간들의 수족이 되어 마을의 신인류들에게 이율 높은 채무를 지게 하고 노예화시키는 데 앞장섰다지."

"허 헉……! 찌찍, 주, 주, 주인님……!"

이제야 사태가 심각하다는 것을 깨달았는지 들쥐가 미친 듯이 고개를 저으며 말을 더듬었다. 그 모습이 완전히 궁지에 몰린 쥐다웠다.

"주인님! 오, 오해십니다! 찌찍! 그, 그런 게 절대 아닙니다, 주인님!"

"아쉽군. 넌 그나마 초기 신인류 중 하나이기에 사실대로 실토했다면 어느 정도 감안했을 텐데."

람이 전혀 아쉽지 않다는 말투로 이어 말했다.

"네 꼴을 좀 봐라, 들쥐. 인간들과 붙어먹고 제 욕심을 채우는 것에만 심취하여 인간의 외형으로 완벽하게 변신할 수 있었던 강대한 힘을 모두 잃었다. 이젠 동물도 아니고 인간도 아닌 한낱 쓰레기가 되었군. 넌 계약을 위반했고 실패한 신인류다. 그러니 벌을 피해 갈수 없지."

"주, 주인님! 잘못했습니다, 찍! 잘못했습니다! 제가 미쳤나 봅니다! 잘못했습니다! 찌찍!"

람의 입에서 나온 '벌'이라는 말이 참 깜찍하다고 생각할 때였다. 눈 깜짝할 사이에 나비의 손에서 벗어난 들쥐가 람의 발밑에 무릎을 꿇고 싹싹 빌기 시작했다.

놈은 무릎을 꿇고 파들파들 몸을 떨었다. 까만 쥐 눈깔에서 물방울이 뚝뚝 떨어져 마룻바닥을 적셨다. 대성통곡을 하며 잘못을 비는 들쥐를 보던 이예주는 고개를 갸웃거렸다.

대체 얼마나 무서운 벌이기에 저렇게 벌벌 떠는 걸까? 손들고 서 있기? 아니면 엎드려뻗쳐? 기마 자세? 벌에 관해 통상적인 것들을 떠올리자니 왠지 웃음이 나올 것 같았다. 사람 몸에 쥐 대가리가 달린 생물이 사람들 많이 나다니는 거리 한복판에서 기마 자세를 하고 있는 것도 참 볼만한 일이리라.

하지만 저 남자가 그런 가벼운 벌을 내릴 리는 없을 테고. 앞잡이 노릇 정도의 중죄면 신인류의 힘을 도로 빼앗는 것? 줬다 뺏어 가면 조금 억울할 수도 있겠다 싶어 이예주가 고개를 끄덕이려던 참이었다. 람이 단호하게 벌의 기준을 뒤엎었다.

"소멸이다."

컥, 무심결에 침을 삼키던 그녀는 람의 말에 사레들려 작게 기침을 내뱉었다. 그러나 아무도 그런 그녀에게 신경 쓰지 않을 만큼 공기가 무겁게 가라앉았다.

"찌, 찌직! 주, 주인님! 찍!"

들쥐가 세상이 무너진 표정으로 차마 말을 잇지 못했다. 이번에야 말로 그의 표정에 깊이 공감이 되었다. 세상이 무너질 만도 하지. 현대로 따지자면 일수꾼 놀이를 하고 다닌 죄로 받는 벌이 사형이란 소리다.

"사, 사형……."

이예주는 먼 나라 얘기처럼 잘 와닿지 않은 사형을 멍하니 중얼거리며 생각했다. 우리나라 사형 기준이 뭐였지? 살인같이 무서운 죄를 저질러야 하지 않나?

벌이 소멸이라니. 그러고 보니 저 남자와의 첫 만남에서 조롱이를 괴롭혔단 이유로 자신은 소멸 대상이었다. 이예주는 아직도 용암 구덩이 속에 빠져 떨어지던 그 엄청난 속도감을 기억한다. 번쩍번쩍 내리치던 번개도, 3층 건물만 한 괴물을 모래 밧줄로 마구 던져 대던 소름 끼치는 괴력도.

"안됐네여. 말만 잘하면 살 수도 있었는데. 멍청한 인간들이랑 다니다 보니까 들쥐도 머리가 굳었나 봐여. 그래도 신인류였으니, 지옥불에 소멸은 아니구 머리가 뽑혀 죽으려나여? 쩝, 들쥐는 맛있는데."

문득 들려오는 소리에 이예주가 경악을 하고 옆을 바라보았다. 조롱이가 통곡하는 들쥐를 바라보며 입맛을 쩝쩝 다시고 있었다. 이럴 때 보면 생긴 거랑 다르게 소름 끼친다니까. 머리가 뽑혀 죽는다니. 그리고 들쥐는 맛있다니!

그러나 이예주의 경악은 거기서 그치지 않았다. 조롱이의 말에 격하게 고개를 끄덕이며 덧붙이는 나비 아저씨 때문이었다.

"머리를 뽑기 전에 눈도 뽑아내는 게 좋을 것 같로라. 죄인에게는 과분한 시력이로라! 주님, 들쥐에게 내리실 벌은 무엇이로라?"

믿었던 나비 아저씨 또한 눈 하나 깜짝 않고 진지한 어투로 물었다. 들쥐의 끔찍한 형벌은 람의 입에서 정점을 찍었다.

"인간들의 밑에 붙어 같은 신인류들을 괴롭힌 것도 모자라 내게 거짓을 고했으니 죄질이 무겁다. 들쥐에게 부여한 신인류의 힘을 빼앗고, 산 채로 사지를 갈기갈기 찢어 황조롱이의 먹이로 주도록 하지."

엄마야, 애네 진짜 다 미쳤나 봐. 이예주는 남자가 진심으로 하는 말인지 믿기지 않아 몇 번이나 그의 얼굴을 살피고 또 살폈다. 그러나 평안하기 그지없는 목소리로 내뱉는 람의 얼굴에는 티끌 한 점의 장난기도 묻어나지 않았다.

'나, 너무 위험한 놈들과 같이 다니고 있는 게 아닐까?'

그녀는 심각하게 두려워졌다. 이제라도 도망가는 게 좋을지 모른다.

"주, 주, 주인님! 자, 잘못했습니다, 찍! 먹고사는 것이 힘들어 제가 잠시 회까닥한 모양입니다! 주인님! 주인님! 찍찍!"

들쥐가 미친 듯이 수염을 아래위로 휘저으며 찢어지는 비명을 내질렀다. 나비 아저씨에게 야비한 목소리로 대들 땐 언제고, 물기가 가득 밴 눈망울이 자못 안타까워 보이기까지 했다. 그러나 람은 일말의 망설임도 남기지 않았다.

"나비, 찢어라."

"이 자리에서 바로 찢으로라?"

"그래. 황조롱이가 바로 먹을 수 있게 지금 찢어라."

"아이고! 찍찍! 아이고오, 주인님! 잘못했습니다! 아이고오! 찍, 찌직!"

나비가 들쥐에게 다가갔다. 그러자 들쥐가 발악을 하며 람의 바짓가랑이를 잡고 늘어졌다. 하지만 곧 우락부락한 고양이의 팔뚝에 속수무책으로 끌려갈 수밖에 없었다.

펑! 그와 동시에 조롱이가 새의 모습으로 변신했다. 매캐한 연기 속에서 푸드덕푸드덕 황갈색의 새가 솟아오르자 들쥐가 "히이익, 찍찍!" 하고 경기를 일으켰다.

난장판이 돼 버린 주점 안의 모습에 이예주는 머리가 아파 왔다.

"주인님! 찍찍! 주인님! 잘못했습니다!"

"버둥대지 말로라!"

"주인님! 주인님, 잠시만! 이, 이것 놔라! 주인님!"

나비보다 작은 체구를 이용하여 가까스로 그의 커다란 손아귀에서 벗어난 들쥐가 날쌔게 바닥을 기어 와 람의 발치에 다시 납죽 엎드렸다. 그러고선 엉엉 울면서 자비를 구걸했다.

"다, 다 불겠습니다! 찍, 찍! 그레이의 쌍둥이들이 누구에게 끌려간 건지 다 불겠습니다! 찍!"

"내가 고작 그런 것 하나 찾지 못해 너 따위에게 도움을 구할까. 웃기는군."

람이 들쥐의 협상을 결렬했고, 새로 변한 황조롱이가 옆에서 떽떽 소리쳤다.

"빨리 찢어엽! 빨리 찢어엽!"

나비 아저씨가 바지 밖으로 삐져나온 들쥐의 꼬리를 거세게 잡아챘다. 끌려가지 않기 위해서 들쥐가 이것저것 손에 치이는 것들을 부여잡으며 버텼지만 별수 없었다. 되레 버티려다가 부드득하는 소리와 함께 나비 아저씨의 손에 털이 한 줌이나 뽑혔다.

"끄아아아악!"

쥐에게서 듣는 사람도 괴로울 만큼의 비명이 터져 나왔다. 이예주가 눈살을 찌푸리며 귀를 틀어막았다. 손안에 한가득 뽑힌 회갈색의 털을 본 나비 아저씨가 "에비, 더럽로라!" 하고 곧바로 손을 털었다. 빳빳한 쥐 털들이 하늘하늘 공중으로 휘날리고, 그 사이로 그는 다시 쥐꼬리를 휘어잡았다.

바닥 위로 손톱자국을 주욱 남기며 질질 끌려가는 들쥐의 모습이 처절하기까지 했다. 평소 맘에 들지 않는 부위였는지, 나비 아저씨가 들쥐의 등에 발을 대고 가장 먼저 그의 꼬리를 잡아당기려던 때였다.

"거, 검은 안개!"

들쥐가 피를 쏟아 내듯 악을 질렀다.

"족장의 측근들이 요즘 검은 안개를 사들이고 있는 듯합니다!"

그 소리에 꼬리부터 뽑으려던 나비 아저씨도, 공중에서 푸드덕거리며 날갯짓을 하던 황조롱이도, 무미건조한 얼굴로 들쥐를 내려다보던 람도 멈칫했다.

이예주는 오래간만에 접한 낯설지 않은 단어에 저도 모르게 람을 돌아보았다. 들쥐를 바라보는 람의 두 동공은 검은색이었다.

검은 머리에, 검은색 동공, 그리고 검은 안개. 눈족이 뜯어 먹어 버린 검은 파편의 검은 안개.

들쥐의 자백에 람은 팔을 들어 팔짱을 꼈다. 그 와중에도 이예주를 묶어 놓은 사슬을 잊지 않고 꾸역꾸역 들고 있던 탓에 사슬이 쇳소리를 내며 그의 손을 따라 위로 솟았다.

들쥐의 말에 관심이 생긴 듯한 남자의 태도에 이예주의 표정이 묘해졌다. 람은 정말 검은 파편인지 뭔지, 그 동화 속 신 같은 존재란 말인가? 그렇다면 밤하늘처럼 검게 빛나던 그의 두 동공은, 검은 안개를 빼앗아 먹어 버린 인간들로 말미암아 그렇게 시뻘겋게 물들어 버린 걸까?

그녀가 람의 얼굴을 곁눈질하며 살펴보는 사이, 그가 붉은 입술을 비틀며 비릿하게 웃었다.

"검은 안개라……. 신인류들에게서 걷는 주거세로는 검은 안개를 사들일 자금을 충당하기 어려울 텐데. 돈은 어디서 나오는 거지?"

"찍찍, 그, 그것까지는 저도 잘은……."

들쥐가 뻔뻔한 얼굴로 모른다고 잡아뗐다. 그러자 람이 나지막이 나비를 불렀다.

"나비."

"바로 꼬리부터 잡아 뽑겠로라!"

"아, 아악! 지금은 세금! 신인류에게서 걷는 주거세로 시작되었습니다! 아무거나 이유를 갖다 붙여 신인류에게 세금 폭탄을 때리는 것입죠, 주인님! 찍찍!"

별로 잡아당긴 것 같지도 않은데 몇 분 전, 털이 한 줌이나 뽑힌 여파인지 들쥐가 곧바로 실토했다.

"이제 좀 대화를 할 생각이 드나 보군."

람의 빨간 입술이 호선을 그리며 위로 말려 올라갔다. 미치도록 잘생긴 얼굴임에도 이예주는 살이 떨렸다. 일방적으로 당하고 있기만 하는 들쥐를 보니, 남자와의 세 번째 만남이 떠올랐다.

그때 자신도 저런 식으로 협박을 당하곤 했다. 후드가 잡힌 채 건물 2층 높이의 나무 위에서 달랑달랑 흔들리던 그때의 심정이란. 정말 없는 말도 지어낼 정도로 속이 타들어 가고 입술이 바짝바짝 마르던 시간이었다.

들쥐가 뚝뚝 눈물방울을 흘리며 체념 조로 말했다.

"다, 다 말하겠습니다! 찍찍! 그러니 목숨만은 살려 주십시오, 주인님!"

"주인님, 어떻게 하로라?"

"잠깐 자리에 앉혀라."

나비 아저씨는 정말로 훌륭한 부하였다. 람의 한마디에 들쥐는 그의 손에 덜렁 들려 아까처럼 배려 없이 의자 위로 던져졌다.

"앉지."

마치 아무 일도 없던 것처럼 람이 좌중을 향해 명령했다. 그녀같이 얼이 빠져 있는 몇몇을 제외한 대부분이 그것을 받들었다.

옆에서 '펑!' 하는 커다란 소음과 함께 조롱이가 다시 벌거벗은 인간의 모습으로 변했다. 꺅, 이예주가 눈을 가린 틈에 조롱이는 재빠른 솜씨로 바닥에 떨어져 있던 옷을 주워 입었다.

"누나, 이제 됐으니까 앉아여."

조롱이가 이예주를 툭 치며 말했다. 그녀는 그제야 퍼뜩 정신을 차리고 람의 옆자리에 앉으며 황조롱이에게 속삭였다.

"야…… 네 주인 말 한번 완전 살벌하게 한다. 나 진짜 저 쥐 죽이는 줄 알았잖아."

장난 아니었다. 소멸이라느니 어쩌니, 정말로 눈앞에서 살인, 아니 살생 나는 줄 알고 내심 달달 떨었다.

그녀는 그것이 다 들쥐를 심문하기 위한 하나의 연기에 불과함을 알고 진심으로 안도했다. 그러나 무슨 이상한 소리냐는 듯 돌아오는 조롱이의 목소리에 의아함이 가득 담겨 있었다.

"그럼 진짜로 죽이지, 가짜로 죽이는 것도 있어여?"

"……응?"

"배신은 소멸이에여! 들었잖아여, 주인님께서 '잠깐' 자리에 앉히라고 하신 거여. '잠깐'이 지나면 곧 다시 죽을 목숨이에여. 어차피 소멸될 거 그냥 빨리 죽지, 왜 자꾸 토는 달구 그런대."

그는 정말로 아쉽다는 표정을 하고 덧붙였다.

"씨잉, 아깝다. 오랜만에 들쥐 먹는다고 신났는데. 굶주린 인간들이 들쥐 같은 작은 동물들을 깡그리 잡아먹어 대서 이제 설치류는 거의 멸종된 거나 마찬가지거든여."

조롱이가 또 한 번 입맛을 쩝쩝 다셨다.

이예주는 다시 침묵했다. 그리고 생각했다. 3000년대 미래는 정말 미친놈들 천지인 것 같다고.

딱히 람이 이야기한 것도 아닌데 나비는 어디선가 밧줄을 구해 와 들쥐를 꽁꽁 묶었다. 아까 당한 게 있어서인지 들쥐는 눈을 부라릴 지언정, 더 이상 나비에게 반항하지 않았다.

"고구마 당과도 있로라?"

자리에 앉자마자 그 또한 조롱이의 전철을 밟아 가며 당과부터 찾았다. 아까 전 들쥐를 쥐 잡듯이 잡아 대던 모습이 떠올라 새삼 그가 낯설게만 보였다.

"고구마 당과가 맛있다고 언질을 준 건 바로 나인데, 어떻게 말도 없이 혼자 먹을 수가 있로라? 이례주, 치사하로라. 흥흥!"

"하도 무섭게 쥐잡이를 해서 줄 틈도 없었거든요."

"크, 큼……."

나비 아저씨가 멋쩍은 얼굴로 헛기침을 했다. 이예주는 마지못한 얼굴로 봉지에서 고구마 당과를 꺼내 그에게 건넸다. 그는 흥흥 거리면서 그녀가 내준 당과를 맛있게도 씹어 먹었다.

때마침 그레이 씨가 요상한 냄새를 풍기는 요리들이 한가득 담긴 접시들을 들고 왔다. 그 뒤를 물병을 든 그레이 씨의 아들 산티가, 또 그 뒤를 아까 본 말 꼬리 청년이 이었다. 손님인 줄 알았는데 말 꼬리를 씰룩씰룩 뒤흔들며 능숙하게 두 손으로 접시를 들고 오는 폼이 종업원이었던 듯싶다.

금세 탁자 위로 푸짐한 상이 차려졌다. 팔족 족장 저택에서의 석연치 않았던 만찬 이후, 제대로 된 식사는 거의 처음과도 같았던 이예주가 눈을 희번덕거리며 접시들을 훑었다. 그러나 얼마 지나지 않아 그녀가 울상을 지었다.

휘황찬란하지는 않았지만, 정갈한 음식들이 담겨 있는 접시 위에는 아무리 눈을 씻고 찾아봐도 고기 비슷한 것이 없었다. 풀만 무성할 뿐. 깍둑썰기로 썬 당근, 양파, 고구마, 감자 따위를 볶은 요리, 이름을 알 수 없는 채소를 튀긴 요리들뿐이었다. 심지어 음식 위에 끼얹어 놓은 양념도 자극적인 것은 없는지 모두 옅어 빠진 색이었다.

한데 그조차 대체 무슨 기름을 썼는지 튀김 색깔이 군침이 도는 노오란 빛이 아니라, 그레이 씨의 귀와 비슷한 회색빛이 돌았다. 식욕이 뚝 떨어지는 색이었다.

갖가지 채소 중에서는 이예주의 눈에 익은 것들도 있었다. 고사리와 콩나물, 시금치 그리고 브로콜리 위로 우유보다 더 옅은 희멀건 빛의 정체불명 소스가 끼얹어져 있었다.

브로콜리는 그렇다 쳐도 왜 고사리랑 콩나물을 이런 식으로 먹는 거지? 그나마 먹을 만한 건 하얗고 커다란 버섯에 굵은 소금을 쳐서 구워 놓은 것뿐이었다.

"고기는 없네……."

이예주가 울먹이며 고기 타령을 하자 조롱이가 짐짓 어른스러운 체하며 그녀를 타일렀다.

"토끼네는 채식주의자니까여. 그래두 콩으로 만든 고기 같은 건 있는데여? 요기."

"여기 인간들의 주식인 쌀도 있습니다."

이예주의 앞에 쌀밥이 가득 담긴 대접을 내려놓으며 그레이 씨가 거들었다. 하지만 그 쌀밥마저 대체 어느 품종인 건지 한국에서 먹던 동글동글하고 모양 예쁜 쌀알이 아닌, 후 불면 후루루 날아갈 것만 같은 길쭉하고 얇은 쌀이었다. 자고로 쌀밥이란 찰지고 쫀득한 맛으로 먹는 것이건만!

좋지 않은 얼굴로 고사리, 시금치, 콩나물 등을 바라보며 그녀는 지극히 낮은 가능성에 기대를 걸어 보았다.

"……혹시 고추장 같은 양념은 없겠죠?"

"고투더장? 그게 뭡니까? 없습니다."

혹시나 해서 물어본 것이었지만, 그렇다고 정색을 하고 고투더장이라고 바꿔 말할 것까지야. 푸근하고 통통한 손으로 마저 들고 온 접시를 내려놓으며 냉정하리만치 딱 잘라 말하는 그레이 씨 때문에 그녀는 조금 머쓱해졌다.

조롱이가 고개를 갸웃거리며 물었다.

"꼬춘장이 뭔데여?"

"있어, 그런 게."

"먹지."

람이 먼저 수저를 들자, 나비 아저씨와 황조롱이는 너 나 할 것 없이 그릇에 달라붙었다. 물론 밧줄로 묶여 있는 들쥐는 침만 질질 흘릴 뿐, 먹을 수 없었다.

그레이 씨와 말 꼬리 사내는 일행이 밥을 다 먹을 동안 잔시중을 들을 예정인지, 탁자에서 약간 떨어진 곳에 공손히 서 있었다. 허름한 주점에 어울리지 않은 고급 서비스였다.

람조차 내색 않고 밥을 먹기 시작하자 이예주는 결국 한숨을 내쉬며 숟가락으로 밥을 푹 펐다가 굉장히 놀랄 수밖에 없었다. 밥알이 푸자마자 모래알처럼 우수수 떨어졌기 때문이다. 그렇지만 천만다행히도 밥맛은 일반적인 맛이었다. 퍼석거리는 것을 제외하곤 먹을 만했다.

그러나 사람이 밥만 먹고 살 수는 없는 법. 탁자 위에는 여러 가지 반찬들이 놓여 있었으나, 이상한 색깔로 버무려진 반찬들에 쉽게 손이 가지 않았다. 특히나 그녀의 밥그릇 근처에 놓인 회색빛의 튀김에는 더더욱. 그녀는 결국 버섯 구이 하나만 두고 밥을 먹기 시작했다.

그때, 수북이 담겨 있는 그녀의 밥 위로 희멀건 양념을 뒤집어쓴 브로콜리가 쑤욱 올려졌다.

브로콜리라고는 가끔 반찬이 없을 때 사다가 대충 삶아서 초장에 찍어 먹어 본 적밖에 없던 이예주는 그 괴상한 모양새에 인상을 찌푸렸다. 이런 짓을 할 사람은 조롱이밖에 없을 테다. 하지만 고개를 들자 보이는 것은 시뻘건 눈동자였다.

"어린것이."

"……."

"편식하지 말고 먹도록. 그래야 쑥쑥 큰다."

아니, 대체 어리긴 누가 어리단 말이야? 남자의 말에 불쑥 반감이 치밀어 올라 이예주가 항의했다.

"저 이미 클 만큼 컸거든요? 어리긴 누가 어려……."

그녀는 구시렁거리면서도 이상하게 기분이 마냥 나쁘지만은 않았다. 사실 잘 모르겠다. 좀 괜찮은 것 같기도. 아니, 조금 좋은 것 같기도…….

그러니까 지금 나 챙겨 준 거지? 맞지? 이거 착각 아니지? 자꾸만 어린것 취급하는 남자에게 불만이 들지 않는 것은 아니지만, 그래도 은근 챙겨 주는 것 같아서 기분이 좋았다.

입꼬리가 자꾸 근질거려 그것을 억누르던 그녀는, 남자가 올려 준 괴상한 모양새의 브로콜리를 밥과 함께 먹어 보았다. 생각보다 맛은 나쁘지 않았다. 브로콜리 특유의 맛과 희멀건한 양념의 은은한 단맛이 입 안에서 잘 어우러졌다.

얼마 안 가 이예주는 조롱이와 나비와 같이 그릇에 코를 박고 와구와구 음식들을 흡입하기 시작했다.

잠시 후, 텅 빈 접시 그릇들을 그레이 씨와 그의 어린 아들, 말 꼬리 종업원이 차례차례 치워 나갔다. 일행의 근처로 주춤주춤 다가와서 작은 키로 어렵사리 접시를 빼던 산티가 쌓여 있는 당과 봉지들을 미처 보지 못하고 툭 쳐 버렸다. 그 바람에 탁자 위로 당과 꼬치 몇 개가 투두둑 쏟아졌다.

"당과!"

마침 다들 후식을 찾고 있던 차였기에 조롱이와 나비 아저씨가 반색을 하고 달려들었다. 이예주가 쏜살같이 사수하려 들었지만 결국 거의 다 빼앗겨 버리고 말았다.

아오! 얄밉게 웃으며 아삭아삭 당과를 씹어 먹는 두 명에게 주먹을 들어 보이던 그녀의 눈에 별안간 다른 모습이 들어왔다. 수많은 당과 꾸러미들을 본 산티가 어린아이답게 눈을 반짝이고 있었던 것이다. 작은 토끼 귀를 쫑긋거리는 것이 앙증맞기 짝이 없어서 이예주는 저도 모르게 선뜻 말을 건넸다.

"……먹을래?"

가장 맛있었던 사과 당과 하나를 꺼내 아이에게 내밀었다. 산티가 흔들리는 눈동자로 당과를 한 번 바라보았다가 그녀를 올려다보았다.

그 귀여운 모습이 심장을 타격하는 것 같았다. 이예주는 들고 있던 당과를 아래위로 흔들어 보였다. 당과를 따라 아이의 까맣고 커다란 눈동자도 움직였다. 좋아, 거의 다 넘어왔어! 그녀가 회심의 미소를 지으며 또다시 당과를 흔들어 보일 때였다.

"산티! 얼른 이리 오지 않고 뭐 하는 거야!"

벼락같은 음성이 이예주와 산티에게로 내리쳤다. 머리 위로 삐죽 솟은 산티의 두 귀가 움찔거렸다. 고개를 들자 그레이 씨가 무서운 얼굴로 산티와 그녀를 노려보고 있었다.

채 붙잡기도 전에 산티가 "가, 가요, 아부지!" 하고 뛰어갔다. 살집이 잡힌 푸근한 손으로 산티를 잡아채 서둘러 부엌 쪽으로 끌고 가던 그레이 씨가 작은 목소리로 어린 아들을 다그쳤다.

"인간에게 함부로 말을 걸면 안 된다고 했잖니!"

"말은 안 걸었어요, 아부지."

그렇게 목소리 줄여도 다 들리거든요! 이예주가 입술을 씨근덕거리며 표정을 구겼다. 그레이 씨는 그런 그녀를 보고도 태연하게 부엌 안으로 들어갔다가 곧바로 다시 나왔다. 산티는 떼어 놓고 왔는지 나올 때는 혼자뿐이라 괜찮았던 기분이 순식간에 곤두박질쳤다.

그때, 지금껏 말없이 묶인 채 몸을 사리고 있던 들쥐가 다시 나온 회색 토끼를 향해 넌지시 말을 던졌다.

"찍찍. 이봐, 그레이. 나, 나도 허기가 지는데. 남은 음식이라도 좀 나눠 줄 수 없겠는가, 찍."

"배신자 따위에게 줄 음식은 없소."

들쥐가 최대한 불쌍한 얼굴을 해 보이며 동정을 구했지만, 그레이 씨는 단호하게 들쥐의 요청을 잘라 냈다. 그러자 들쥐가 성난 표정으로 소리쳤다.

"저 계집에게도 밥을 주었지 않은가! 같은 신인류 동지보다 한낱 인간의 입이 더 중요하단 말인가? 찍, 찍! 그렇게 인간에게는 장사

안 한다 어쩐다 그러더니, 다 말로만 그런 게 아니냐 이 말이야! 찍 찍찍!"

아니, 저 쥐새끼가 왜 나를 걸고넘어지고 난리야? 여태껏 들쥐에게 약간의 측은지심을 느끼던 이예주는 놈의 버릇없는 언행에 눈을 부릅 치켜떴다. 한순간에 들쥐에 대한 동정심이 바닥으로 뚝 떨어졌다.

"찍, 찍! 나 그래도 1세대 신인류야! 비록 죽을죄를 지었지만 그래도 대우는 해 주어야 예의가 아닌가! 내 덕에 이렇게 마을에서 장사도 하고! 인간의 노예로 전락하지도 않고! 어? 지금껏 잘 살아왔으면서! 찍찍찍!"

들쥐가 벌건 얼굴로 씩씩댔다. 이예주는 속으로 박수를 치며 인정할 수밖에 없었다. 죄인의 처지로 묶여 있는 주제에, 겁대가리 없이 놀리는 그 입이 경이로웠기 때문이다.

때아닌 들쥐의 생떼에 그레이 씨가 난처한 얼굴로 람을 돌아보며 정중히 질문했다.

"어떻게 할까요, 주인님?"

"달라는 대로 줘라."

의외로 람이 선선히 허락한 탓에 이예주는 놀란 눈으로 그를 돌아보았다. 저 죄인에게 밥도 준다고? 1세대 신인류인지 뭔지가 그렇게 위대한 건가?

그러나 그 생각은 곧 덧붙여지는 람의 말에 지나친 억측으로 전락했다.

"인간들에게는 사형 직전의 사형수에게 최후의 만찬을 들 수 있도록 아량을 베푸는 풍습이 있더군. 인간과 어울리며 인간에게 완전히 물들어 버린 놈이니 그에 어울리는 대우를 해 줘야지."

"허억, 찍!"

들쥐의 날카로운 숨을 들이켜며 얼어붙었다.

'역시 무서운 놈.'

등골이 서늘해졌다. 남자를 바라보던 이예주의 눈에 약간의 두려움이 차올랐다.

들쥐에게 향해 있는 남자의 두 동공은 아직도 까맸다. 하지만 남자는 분노했다. 둔한 그녀도 느낄 만큼 남자에게서 예리한 살기가 피어 나오고 있었다. 이예주는 그럼에도 남자의 눈이 변하지 않는다는 사실에 꽤 당황했다. 소멸시킨다는 말을 입에 담을 정도로 들쥐가 밉고 싫은 것이 아닌가?

그녀는 매번 인간을 바라볼 때마다 그의 동공이 붉어지던 것을 보아 왔다. 그리고 그때마다 생각했다. 얼마나 화가 나고 죽이고 싶으면, 얼마나 분노하고 살기를 느끼면 저렇게 눈동자가 새빨개질까. 하지만 인간이 아닌 여타 다른 생물들은 아무리 잘못을 저질렀다 해도 그 정도까지는 아니란 소리인가.

머릿속이 혼란스러워졌다. 람에 대해 새로운 정보를 입수했다는 사실에 기뻐할 만도 한데, 어쩐지 마냥 기쁘지만은 않았다. 기쁘긴커녕 이 감정은 뭐랄까…… 그래, 이 감정은 울적함과 우울함에 가까웠다.

쿵. 람이 두 손을 깍지 낀 채 탁자 위를 내려친 탓에 둔탁한 소리가 났다. 그 덕에 이예주 또한 더 이상 생각을 잇지 못하고 그에게로 신경이 쏠릴 수밖에 없었다.

그의 움직임에 들쥐가 눈에 띄게 움찔거렸다.

"자. 이제 어디 한번 소멸되기 전, 마지막 대화나 나눠 볼까."

마치 먹잇감을 사냥하는 맹수처럼 그런 들쥐를 흉흉한 기세로 주시하며, 남자가 입을 열었다.

"……몇 달 전부터였습니다. 마을 족장이 눈족에게서 '검은 안개'
를 어마어마하게 사들였습니다. 찍찍!"

들쥐가 그사이 핼쑥해진 얼굴로 람의 눈치를 보며 조심스레 입을
열었다. 그러나 말을 끝맺기도 전에 조롱이가 탕, 책상을 치며 반박
했다.

"마을 족장은 오늘 죽었는데여? 하루 종일 장례를 치르는 걸 보고
왔어여!"

"맞로라! 맞로라!"

"들쥐는 거짓말을 하는 거예여, 주인님!"

조롱이가 삿대질까지 하며 제 주인에게 일렀다. 그 옆에서 나비
아저씨가 "로라로라, 맞로라!" 하고, 굳세게 맞장구를 쳤다. 들쥐가
당황한 얼굴로 찍찍 울었다.

이예주는 조롱이의 말을 토대로 아까 거리에서 보았던 상여를 실
은 수레를 떠올렸다. 역시 족장의 장례를 치르는 거였구나.

그렇지만 마을 족장은 시간족도 아니고, 람이랑 계약도 했다며?
족장이 람과의 계약으로 수명을 늘렸기 때문에 아직 죽을 때가 되지
않았다는 소리를 나비 아저씨에게 얼핏 들었던 것도 같다.

그녀가 의아함에 고개를 갸웃거리는 사이, 충성스러운 두 부하의
말을 전해 들은 람이 가늘게 뜬 눈으로 들쥐를 돌아보았다.

"그렇다는데."

"……찍찍! 저, 정확히는 족장의 아들놈입니다!"

들쥐가 눈에 띄게 당황한 얼굴로 재빨리 말을 바꿨다.

"족장의 말더듬이 아들놈이, 마을 지주들과 결탁하여 눈족 장로들
에게서 검은 안개를 마구마구 사들이고 있습니다, 주인님! 찍찍!"

"마을 족장은 왜 죽은 거지? 나와 계약한 인간이라는 건 너도 알고 있었을 텐데."

"그, 글쎄 말입니다. 찍, 벼, 병이라도 걸렸나…… 찍찍."

람의 질문에 들쥐가 애매하게 웃으며 툭 튀어나온 앞니를 긁적였다. 그 때문에 아래로 길게 늘어져 있던 그의 콧수염이 미미하게 움직이며 탁자 위를 쓸었다.

이예주는 그 모습에 오만상을 찌푸렸다. 람 앞에서 저렇게 거드름을 피우는 모습이라니, 놈의 간이 배 밖으로 튀어나오기라도 한 것 같았다. 그러한 생각은 비단 그녀만 한 것이 아닌지, 들쥐의 옆에 앉아 있던 나비 아저씨가 탁자를 '쾅!' 내려치며 박력 넘치게 외쳤다.

"그 콧수염을 하나하나 뿌리째 뽑아 버리기 전에 똑바로 대답하로라!"

"찍! 아이고, 깜짝이야! 도둑고양이 주제에! 찍찍!"

무시무시한 나비 아저씨의 눈초리에 들쥐가 불만을 토로하면서도 목을 움츠리며 제 수염을 가다듬었다. 그러고는 람에게 애절한 목소리로 호소했다.

"저, 저는 정말 족장의 죽음에 대해서는 아무것도 모릅니다, 찌직! 저, 정말입니다! 거짓말이 아닙니다, 주인님! 그냥 갑자기 죽어 버렸는걸요! 찍찍. 사실 저도 늙은 족장이 갑자기 왜 죽어 버렸는지 궁금하던 차였습니다. 게다가 족장은 제 말더듬이 아들이 검은 안개를 사들이는 것조차 잘 모르던 눈치였거든요! 신인류들이 바치는 주거세로 지금까지 호의호식했으니 뭐, 죽어도 여한이 없었겠지만……
찍찍!"

"지금은."

"예?"

"검은 안개를 사들이는 자금 얘기나 마저 하지."

"에…… 그러니까……."

람은 의외로 마을 족장의 의문사를 파고들지 않았다.

시간족이 아닌 일반 인간인 마을 족장, 람과의 계약, 검은 안개, 죽음……. 그녀의 한층 더 복잡해졌다.

람은 마을 족장과 무슨 계약을 했을까. 또 람에게서 수명을 대가로 받은 마을 족장은 갑자기 왜 죽어 버렸을까. 여러 가지 의문이 드는 것은 자신뿐인 것 같았다.

들쥐가 다시 입을 열었다. 중요한 비밀이라도 되는 것처럼 뜸을 들이는 놈의 표정이 제법 비장했다.

"그거야 마을 신인류들에게 걷는 세금을 쏟아부었겠지요. 그 돈으로 검은 안개를 사들이고, 검은 안개에 중독이 된 멍청한 마을 인간들에게 몇 배의 돈을 받고 되팔다 보니 자금을 모으는 것은 생각보다 쉬운 일이었습니다. 천문학적인 액수가 족장의 아들놈 손에 떨어졌지요. 게다가 검은 안개가 시중에 암암리에 풀리면서 수요가 급증해 버렸습니다. 검은 안개를 한 번이라도 맛본 인간들은 빚을 내면서까지 그것을 사들였지요."

"……."

"지금 마을 안의 인간들 중 젊은것들은 하나같이 검은 안개에 중독된 상태라고 볼 수 있습죠, 찍찍. 낮에는 노예 생활을 하고 밤에는 검은 안개를 들이마시며 의미 없는 일생을 보내고 있는 겁니다. 완전히 맛이 간 것들이죠. 신인류들이 당장 전쟁을 일으켜도 피 하나 보지 않고 마을을 다시 탈환할 수 있을 만큼 말입니다, 찍."

들쥐는 제가 이야기를 해 놓고도 웃긴지 말을 잠시 멈춘 후 킬킬거렸다. 그러나 들쥐의 말로 인해 장내는 침묵에 휩싸였다. 아무도 웃음에 동조하지 않고 빤히 바라보기만 하자, 놈이 멋쩍은지 금세 웃음을 그쳤다.

"그렇지만 애석하게도 마을 신인류들은 전쟁을 일으킬 만한 자금이 없으니 계속해서 인간들에게 탈취당하며 살 수밖에요, 찍찍. 어쨌든 검은 안개를 사기 위해 인간들이 신인류들에게도 손을 뻗치기 시작했고, 시장의 흐름을 영 알지 못하는 멍청한 신인류들은 그저 이자를 받을 생각에 좋다고 돈을 빌려주었습니다. 대표적으로 저기 토끼 그레이가 그런 경우입니다."

들쥐는 때마침 주방에서 홀로 걸어 나오는 그레이 씨를 길쭉한 주둥이로 가리켰다. 그레이 씨가 들쥐의 말에 우뚝 멈춰 섰다. 이야기를 계속 듣고 있었던 건지 그의 얼굴이 완연한 흙빛이었다. 그러나 들쥐는 그런 반응 따윈 신경 쓰지 않고 지껄였다.

"저는 요즘 세태가 어떻게 돌아가는지 잘 모르는 신인류들을 부채질하는 일을 했습죠. 절대로 갚을 능력이 없는 중독된 인간들에게 돈을 빌려주라고 말입니다, 찍찍. 마담 페니는 아무리 좋은 말을 흘려도 속지 않더군요! 약아 빠진 돼지 할망구 같으니라고…… 찍찍."

"그래서."

말이 딴 길로 새자 람이 무뚝뚝한 얼굴로 재촉했다. 들쥐가 고개를 흘끗 조아리며 계속해서 떠벌렸다.

"찍찍, 결국 돈을 갚지 못한 인간들은 그레이 같은 신인류들의 노예가 되었습니다. 그런데 이 마을 법은 노예도 사유 재산으로 치지 않습니까? 찍찍, 재산이 늘면 그만큼 내는 세금도 높아지기 마련이지요! 정당한 이유를 대고 세금 폭탄을 때리면 그레이든, 마담 페니든 손쓸 틈도 없이 망할 수밖에 없습니다. 낼 돈은 없는데, 검은 안개에 중독되어 맛이 간 노예는 팔리지도 않고, 게다가 세금은 하늘 높은 줄 모르고 치솟으니 돈에 쪼들리기 시작하는 건 당연지사! 그러면 저는 그때 다시 인간 채권자를 소개시켜 주는 것이죠!"

"……."

모두의 침묵 속에서 들쥐가 신이 난 목소리로 연달아 떠들어 댔다.

"돈에 쪼들린 신인류는 낮은 이자란 소리에 앞뒤 잴 것 없이 돈을 빌리고 봅니다. 하지만 그 돈은 다 족장 아들놈의 주머니에서 나오는 돈입지요, 찍찍. 생활력 강한 신인류들은 이자부터 갚기 시작하지만, 워낙 원금이 크니 기한 내에 갚기란 여간 힘든 일이 아닐 수 없습니다! 채권자였다가 하루아침에 채무자로, 그렇게 계속해서 악순환을 반복하며 족장 아들놈의 돈을 불려 주는 겁니다, 찍! 저는 그 중간에서 얼마 정도 떨어지는 돈을 받아 챙긴 죄밖에 없습니다, 주인님! 찍찍!"

"그래서 내 아이들은! 처음부터 갚지 못할 돈을 빌려준 것이란 말이냐! 이런 쳐 죽일 놈! 내 아이들을 어쨌어! 내 아이들을!"

불현듯 그레이 씨가 와락 달려들어 들쥐의 멱살을 잡았다.

"찍찍! 이, 이게 뭐 하는 짓인가! 찍찍!"

"내 아내의 말처럼 나도 맡았어! 뒷산에서 인간들의 냄새와 네 더러운 풋내를 맡았다고! 기한 내에 이자를 못 내서 대신 내 아이들을 데려간 것인가! 내 아이들 어쨌어! 우리 산쵸와 칸쵸를 어쨌냐고!"

"찍찍! 이거 놓고 말하게! 나, 나……!"

들쥐가 그레이 씨의 손아귀에 잡혀 정신없이 흔들렸다. 그레이 씨는 무서운 얼굴을 하고 있었다. 두 눈에서는 살기가 그득그득 뿜어져 나왔다. 아까 전 부인을 달래며 점잖은 모습과는 판이했다.

"내 아이들을 내놔, 이 쥐새끼야! 내 아이들을 내놓으라고!"

"켁, 케켁!"

이성을 잃은 듯 그가 상스러운 욕까지 내뱉으며 들쥐의 목을 졸랐다. 저 순박해 보이는 토끼 귀를 달고 어디서 저렇게 악이 쏟아져 나오는 건지 알 수 없을 지경이었다. 아이를 잃은 부모의 심정이란 저런 것일까.

들쥐의 목을 조르는 그레이 씨의 무시무시한 모습에 이예주는 덩달아 숨을 멈췄다. 목젖이 잡아 뜯길 만큼 억세게 잡힌 탓에 들쥐의 눈에 핏발이 섰다. 보다 못한 나비 아저씨가 "진정하로라, 토끼!" 하고 나서서 둘을 떼어 내고 나서야 급박하게 돌아가던 상황이 일단락되었다.

어찌나 세게 쥐었는지 들쥐의 턱 밑에 있는 회갈색 살이 눈에 확연히 띌 정도로 벌겋게 부었다. 제 목을 부여잡고 연신 잔기침을 내뱉던 들쥐가 헉헉 숨을 고르며 그레이 씨에게 악다구니를 썼다.

"켁, 켁! 이런 제기랄! 찍찍! 자네가 이렇게 경우 없이 구니 멍청하게 당하고 사는 거야, 찍! 딸린 새끼들이란 새끼들은 싹 다 잡아 오란 것을 내 자네와의 인연을 생각하여 산티와 갓 태어난 핏덩이만은 내버려 두었거늘!"

"뭐야! 이 망할 쥐새끼가……!"

"그만! 그만하로라!"

그레이 씨가 분을 못 참고 다시 들쥐에게 달려들자, 나비 아저씨가 재빨리 앞을 막으며 그의 시야에서 들쥐를 차단했다. 그레이 씨는 머리에 달린 토끼 귀를 미친 듯이 흔들며 쌍둥이들의 이름을 울부짖었다.

"그러게, 누가 인간들을 믿으라고 했나? 찍찍! 돈 좀 더 벌어 보겠다고 욕심내서 인간에게 돈을 빌려준 것은 자네야! 또 인간에게 갚지도 못할 돈을 빌린 것도 자네고! 찍찍. 나는 알선만 주도했을 뿐,

나머지는 다 자네가 결정한 게 아닌가!"

"그 입 닥쳐라."

목이 졸렸으면서도 쉴 새 없이 입을 놀리던 쥐새끼를 조용하게 만드는 방법을 가지고 있는 인물은 역시나 람뿐이었다. 남자의 한마디에 보이지 않은 힘이라도 실린 것처럼 들쥐의 열린 입이 '힙' 하고 닫혔다.

"한마디만 더하면 대가리만 남겨 놓고 모조리 찢어발겨 주마. 어차피 네게 필요한 것은 들을 수 있는 정보뿐이니 쓸데없는 몸뚱이야 없어도 그만이겠지."

"찍찍. 주, 주인님……."

살벌한 람의 말에 들쥐가 곧바로 겁먹은 표정을 지으며 자세를 바로 했다. 그레이 씨를 바라보며 깐족대던 태도와는 전혀 다른 그 모습이 보는 이로 하여금 눈살을 찌푸리게 만들었다.

람은 표정이랄 것이 없는 무미건조한 얼굴로 딱딱하게 들쥐의 죄를 읊었다.

"결국 토끼 자매의 실종이 너와 관련된 것이 확실해진 셈이군. 네 입으로 실토했으니 네 죄는 이제 명실상부해진 것이나 다름없다."

"주인님! 찍찍! 그, 그것이 아니라!"

"그만하고 검은 안개와 마을 족장의 아들에 대해서나 마저 말해여."

들쥐가 람에게 채 변명을 하기도 전에 날카로운 말투가 야비한 목소리를 갈랐다. 들쥐가 까만 동공을 굴려 조롱이를 바라보았다. 잠시 무언가를 살피듯 눈을 양옆으로 쭉 찢은 채 조롱이를 샅샅이 훑어보던 놈이 갑작스레 번뜩 소리쳤다.

"그러고 보니…… 그 어린 황조롱이로군, 그래! 족장에게 저주를 내린 어린 황조롱이! 찍찍! 너무 시간이 지나서 하마터면 못 알아볼 뻔했지 않은가! 2차 전쟁 때 족장의 저택에서 그 난리를 치고 난 이후로 마을엔 처음 오는 것이지? 아니! 세상에나, 이, 이쪽은 인간이 아닌가! 흐억! 이, 인간이 이 자리에 있다니! 찍찍!"

이제야 조롱이와 그녀의 존재를 알아챈 것처럼 들쥐가 호들갑을 떨며 이예주를 바라보았다. 자신을 괴상한 생명체 바라보듯 하는 들쥐의 행동에 이예주는 기분이 나빠졌다. 그러나 그녀의 씰룩거리는 얼굴은 아무래도 상관없는지 들쥐 놈은 계속해서 그녀를 훑어보았다.

"인간! 인간이 어떻게 여기……!"

"우리 누나한테 신경 꺼여."

조롱이가 이예주를 시야에서 슬쩍 가리며 들쥐에게 차갑게 일갈했다. 그녀는 조롱이에게 조금 감동했다. 그러나 돌아온 것은 숨을 집어삼키며 괴상한 소리를 찍찍대는 들쥐의 반응뿐이었다.

"히익! 찍! 우리, 우리 누나! 엘로, 네 누이는 몇십 년 전 잡아먹혔지 않느냐! 그런데 이, 이, 인간 여자가 네 누나라니! 찍찍찍! 이런 인간 따위가 어딜 봐서 네 누이란 것이냐? 주인님, 새로이 키우는 인간 노예입니까? 이런, 이, 이런 걸 데리고 다니면 여러모로 불편한 점이 많으실 텐데요. 특히나 시간족 놈들이 이런 대체품을 만들려고 들 텐데 그럼 또 수요가 바뀔 테고……."

"예주 누나는 노예 아니에여!"

이예주가 채 욕지거리를 내뱉기도 전에 황조롱이가 먼저 말을 가로채어 소리 질렀다. 맞로라! 맞로라! 옆에서 나비 아저씨도 열심히 고개를 끄덕이며 조롱이의 말에 동참했다.

이예주는 들쥐 새끼의 말에 화가 치솟다가도, 저보다 더 적극적으로 나서 주는 황조롱이와 나비 아저씨의 행동에 놀라 눈을 동그랗게 떴다.

단호한 황조롱이의 부정에도 들쥐는 여전히 음침한 눈으로 그녀를 바라보았다.

"찍, 찌직. 그럼 이 인간 노예는 왜 데리고 다니는 것이지? 게다가 사, 사슬까지 묶어 놓고, 찍찍! 오호, 신체를 자르지 않은 이상 끊을 수 없는 검독수리 발톱으로 만든 사슬이잖아! 찍찍, 어지간히도 도망을 많이 치는 노예인가 보군. 저런 것으로 묶어 놓은 것을 보니…….."

"아니, 듣자 듣자 하니까! 이 쥐새끼가 자꾸 누구보고 노예래?!"

이예주가 결국 폭발했다. 쾅 하고 탁자를 내리치며 벌떡 일어나자, 옆에서 조롱이도 똑같이 탁자를 치며 일어났다. 쌍으로 일어선 그녀와 조롱이가 흉흉한 기세로 들쥐를 내려다보자, 들쥐의 까만 동공이 당황으로 물들었다.

"찍찍! 그, 그럼 인간 노예가 아니면 대체 무엇이냐!"

"예주 누나는 우리 여행 동료예여!"

"맞아! 난 얘랑 이 남자 여행 동료야!"

조롱이가 먼저 답했고, 이예주가 양옆을 손가락질하며 그에 동조했다. 덕분에 짤그락하고 람의 손에 들려 있는 사슬이 움찔거리며 쇳소리를 냈다. 맞로라, 맞로라! 나비까지 맞장구를 치자, 들쥐의 눈이 한층 더 어두워졌다.

죄인 쥐새끼에게 제가 우위인 것을 똑똑하게 알려 주자 이예주는 더러웠던 기분이 조금 나아지는 것 같았다. 하지만 놈은 좀체 인정하기가 싫은지 또 한 번 얄미운 소리를 중얼댔다.

"찍찍! 이, 인간 여자 주제에 가, 감히 주인님을…… 주인님, 이 인간 노예는 대체……!"

"그만. 곧 소멸될 너 따위가 알 필요 없을 텐데."

"찍찍. 그건……."

들쥐 놈의 얍삽한 입을 다물게 하는 것은 역시나 람의 권한이었다.

또 한 번 짜증이 치솟아 들쥐에게 욕지거리를 하려던 이예주는 그만 앉으라는 듯 사슬을 흔드는 남자 때문에 분을 삭이며 착석했다. 그녀를 따라 조롱이 또한 자리에 앉았다.

람이 입을 열자 마을의 끔찍한 비밀이 재조명됐다.

"검은 안개를 사고파는 인간들 이야기나 마저 하지. 그래서 마을 인간들이 검은 안개를 되팔아 이익을 챙기고 있다, 이건가?"

"찍찍! 예, 예, 주인님! 모든 이익은 다 마을 족장의 아들놈이 챙기고 있습니다! 어찌 됐건 검은 안개를 사들일 자금은 손쉽게 해결되었습니다."

"이상하군. 내가 아는 눈족 놈들은 그 많은 검은 안개를 쉽게 내주는 놈들이 아닌데."

"찍찍! 맞습니다! 사실 수요야 넘쳐 나서 탈이지요! 언제나 문제가 되는 것은 공급입니다. 찍찍. 하지만 주인님께서도 눈족에게서 검은 안개를 짜내기 위해선 돈을 갖다 바치는 걸로는 안 된다는 것을 잘 아시지 않습니까? 또 함부로 죽일 수도 없지요! 눈족을 자칫 잘못 죽이면 히카톤이란 끔찍한 괴물이 탄생할 수도 있으니까요. 주인님도 쉽게 없앨 수 없는 무시무시한 괴물 말입니다! 위험합니다. 암, 위험하고말고요. 찍찍."

들쥐가 정말로 위험하다는 듯 '위험'을 여러 번 반복하여 말했다.

이예주는 히카톤이란 익숙한 단어에 사막에서 두 번이나 마주쳤던 역겨운 괴물을 떠올렸다. 눈족을 잘못 죽이면 그러한 괴물이 탄생한다고? 많은 사람이 살고 있는 이 마을에 그런 예비 괴물이 검은 안개인지 뭔지를 공급하기 위해 나다닌다는 사실이 소름 끼쳤다.

"엄청난 돈을 갖다 바쳐도 검은 안개를 쉽게 내주지 않는 눈족을 달래려면 그들이 원하는 요구 사항을 들어줘야 하지요. 꽤 까다롭고 복잡한 일이지만, 돈을 긁어모으기 위해 혈안이 되어 있는 족장의 아들은 들어줄 수밖에 없는 처지였습니다. 에…… 주인님께서 가장 잘 아시겠지만, 시간족이 원하는 건 주인님의 힘이잖습니까? 그놈들은 멍청하고 무식하기 짝이 없어서 주인님의 힘이 담긴 것이라고는 뭐든 탐하고 보는 족속들이고……. 사실 놈들이 동쪽 대륙까지 와서 검은 안개를 흩뿌리고 다니는 이유도 다 그것에 있지요. 그건……."

들쥐가 잠시 말을 멈추며 숨을 골랐다. 사실 숨을 고른다기보다는 무언가를 꺼리는 듯했다. 실제로 그는 나비 아저씨에게 기대 서 있는 그레이 씨를 흘끗 바라보며 말하기를 주저했다.

계속해서 입을 열었다가 닫는 들쥐를 재촉해서 그것이 무엇인지 토하게 만든 것은 황조롱이였다.

"뜸 들이지 말구 빨리 말해여! 그래서 검은 안개 공급을 위해 눈족이 요구한 건 뭔데여?"

"음…… 찍찍. 그건 신인류들과의 성관계랄까요. 그것도 무조건 어린것들과요. 나이가 든 것들은 주인님의 힘이 약해졌을 게 뻔하고, 그나마 어린것들과 관계를 하고 그것을 잡아먹으면 주인님의 힘을 온전히 흡수할 수 있을 거라 생각했던 모양입니다."

"……."

"한마디로 신인류들을 매춘 대상과 음식으로 원한 것이지요, 찍찍."

들쥐가 과열되었던 탁자 위에 찬물을 끼얹었다. 이예주는 크게 숨을 들이마시며 멈췄다. 그것은 나비 또한 마찬가지였다.

"아, 아⋯⋯."

그레이 씨가 비틀거리며 바닥에 쓰러졌다. 허옇게 질린 그의 얼굴을 바라보며, 이예주는 이번에는 그의 심정을 조금쯤은 이해할 수 있겠다고 생각했다.

아니, 사실 이해하기에는 턱없이 부족했다. 실종된 자식들이 매춘, 그도 모자라 식용으로 이용되고 있을지 모른다는 사실을 안 그의 심정을 어떻게 이해할 수 있을까.

끔찍해. 같은 인간이 저지르고 있는 행위라고 보기에 너무너무 끔찍하고 무서웠다. 제 배를 채우기 위해서 무슨 짓들을 하고 있는 것인지. 인간이, 사람의 탈을 쓰고 어떻게, 어떻게⋯⋯.

마을 인간들이 저지른 일들은 현대에서도 중범죄에 속했다. 그것이 마약이나 인신매매와 다를 바가 뭐가 있는가.

"세상에⋯⋯."

조롱이가 한숨처럼 중얼거렸다. 이예주는 입술을 꽉 깨물었다. 지금까지 제가 당해 왔던 억울하고 분한 일들이 파노라마처럼 눈앞에 스쳐 지나갔다.

숲에서 조롱이는 제게, 인간들은 갓 태어난 신인류들을 잡아먹는 나쁜 것들이라고 비명 지르듯 소리쳤었다. 사막에서 포니를 만지려던 손을 차갑게 내친 람도, 동쪽 대륙으로 오자마자 이유도 모른 채 붉은 개의 적의를 받았을 때도, 그레이 부인의 살기 어린 시선을 받았던 방금 전까지만 해도, 사실 억울하고 짜증 나기만 했다.

이해가 가지 않았고, 이해하고 싶은 마음도 없었다. 자신은 그저 1000년을 건너 온 죄밖에 없지 않은가. 1000년 후의 인간들이나 신인류들이 어떤지에 대해 별로 관심 가지고 싶지도 않았다.

하지만 이들에겐 아니었다. 1000년간, 이들에게 인간은 모두의 공통된 적으로 인식된 것이다. 그들의 머릿속과 마음속에는 인간을 향한 뿌리 깊은 불신과 반감이 똘똘 뭉쳐 하나의 문화처럼 자리 잡혀 있었다.

이예주는 앞으로도 람을 따라 과거로 돌아가는 방법을 찾는 한 계속 이러한 적의를 받아야 한다는 사실이 두려워졌다. 그러나 더 두려운 것은 목이 터져라 자신과는 무관하다고 외쳐도 믿지 않을 신인류들이었다.

"마을 족장은 다시는 신인류를 먹지도, 괴롭히지도 않는 조건으로 주인님과 계약을 한 것이잖아여!"

조롱이가 벌겋게 물든 눈으로 들쥐를 거세게 몰아붙였다. 그러나 들쥐는 제 잘못이 전혀 아니란 것처럼 어깨를 과장되게 으쓱였다.

"찍찍. 그러게 시간족, 그중에서도 검은 안개를 가지고 있는 눈족이라고 했잖느냐. 마을 인간들은 신인류를 잡아먹지 않는다, 찍찍. 하지만 또 모르지. 시간족들이 그것을 탐할 때 옆에 껴 있었을 수도, 찍."

"넌 그걸 도운 거고?"

"누가 도왔다고! 난 그저 중간에서 인간들에게 약간의 조력을……."

"너 정말 쓰레기구나."

이예주가 음울한 목소리로 묻고 답했다. 그제야 제게 질문을 한 인물이 인간임을 깨달은 들쥐가 단박에 얼굴을 찌푸렸다. 그녀를 양껏 노려보는 반질반질한 동공이 사나웠다.

"뭐, 뭐냐! 찍찍! 인간 계집 따위가 이 위대하신 들쥐님께 감히! 인간 계집 주제에!"

"죽은 족장의 아들이 자금을 긁어모으는 이유는 뭐지."

람이 이예주를 향해 패악을 부리며 꽥꽥대는 들쥐의 말을 자르고
물었다.

"그, 그것은……."

들쥐가 람의 물음에 이예주를 노려보던 시선을 거두지 않으며 공
손한 태도로 대답했다.

"찍찍, 이, 인간 계집이 있는 한 마, 말씀드릴 수 없습니다! 이것까
지 발설한 것을 알면 인간들이 저를 정말 주, 죽일 겁니다, 주인님!"

"그 걱정은 하지 않아도 된다. 넌 어차피 인간들에게 죽기 전에 소
멸될 테니."

"으으…… 찍. 그, 그래도! 인간 계집 따위에게 이런 비밀을 발설
하면 안 되지요, 주인님! 아무렴, 그렇고말고요! 찍찍!"

이예주는 들쥐의 태도에 이제는 구역질이 다 나올 만큼 혐오감이
들었다. 머리가 아프다. 들쥐가 이야기를 꺼낸 후로부터, 주점 내부
의 공기가 질척질척 더러워진 것 같다는 생각이 들었다.

그녀는 문득 볼을 찌르는 시선에 고개를 돌렸다. 람이 자신을 바
라보고 있었다. 그녀와 눈이 마주치자마자 그의 눈이 가장자리부터
뻘겋게 물들어 가기 시작했다.

들쥐의 말을 들었으니 자리를 피하라는 뜻을 담은 걸까? 빤히 자
신을 바라보는 람의 두 눈에 그녀는 조금 우울해졌다. 날 못 믿어
요? 그에게 물어보고 싶은 말이 턱밑까지 그득 차올랐다.

그녀가 그 말을 참을 수 있었던 것은 이제야 조금씩 그의 분노를
이해하게 되었기 때문이다. 아무리 죄를 지어 소멸하기 직전인 쥐새
끼라도 어찌 됐든 본질은 신인류였고 자신은 그 쥐새끼가 말한, 믿
기 힘든 이야기 속의 인간들과 같은 존재였다.

'그래도 조금쯤은 나를 인정해 줬다고 생각했는데…….'

이예주는 고개를 푹 숙인 채 자리에서 천천히 일어났다. 차르릉, 그녀의 움직임을 따라 사슬이 소리를 내었다.

"어딜 가려고. 앉아."

람이 말했다. 그러나 이예주는 고개를 저었다.

"머리 아파서 그러는데, 그냥 먼저 방에 올라가 있으면 안 돼요?"

진심이냐는 듯 그의 한쪽 눈썹이 삐죽 위로 올라갔다. 그녀는 그 모습을 보며 애써 웃어 보였다.

"먼저 올라가 있을 테니까 편하게 얘기 나눠요."

"……2층으로 올라가자마자 가장 첫 번째 방에 들어가 있도록. 딴 길로 샐 생각 따윈 안 하는 게 좋을 것 같군."

이딴 식으로 사슬 달린 수갑을 채워 놓았으면서 딴 길로 새긴 어디로 새, 이 자식아! 사슬을 질질 끌면서 도망갈 배포까진 없는 자신을 아직도 모르는 남자가 답답했다.

이예주는 천천히 탁자를 벗어났다. 그녀의 움직임에 따라 람이 가볍게 쥐고 있던 쇠사슬이 시끄러운 소리를 내며 그의 손아귀에서 쑤욱 빠졌다. 그녀는 바닥에 떨어진 사슬을 질질 끌고 2층으로 향하는 계단 쪽으로 걸었다.

"곧 올라가지."

람의 나지막한 목소리가 뒤에서 들려왔지만, 그녀는 아무런 대꾸도 하지 않았다. 절대 들쥐 새끼의 말을 듣고 자리를 피하는 것이 아닌데, 왜인지 모르게 자꾸 힘이 빠졌다.

이예주가 아랫입술을 삐죽 내밀고 걸음을 옮기던 그때였다. 마치 인간이 자리에서 사라지길 오매불망 바랐던 것처럼 그녀가 등을 돌리자마자 쥐새끼가 기다렸다는 듯 말문을 열었다.

아직 자신이 완전히 사라진 상태도 아니건만. 이예주는 어쩐지 짜

중이 치솟는 느낌에 안 그래도 느릿느릿하던 걸음의 폭을 반이나 줄여 버렸다.

"……찍찍. 그 말더듬이 병신 놈은 몇십 년 전, 신인류와의 전쟁에서 한 신인류가 내린 저주로 인해 제가 말더듬이가 된 것이라고 굳게 믿고 있지요. 제 아비는 말 못하는 벙어리가 되었고, 저는 말더듬이에, 제 아들조차 저를 쏙 닮아 말을 더듬는 지진아로 태어났으니 저주라고 굳게 믿을 수밖에요! 그래서 그놈이 아무래도 신인류들에게 무슨 짓거리를 하기 위해 다리족에게서 막대한 돈을 주고 무언가를 구매하고 있는 것 같긴 한데. 대체 뭘 구매하고 있는지까지는 저도 도저히 알아낼 수가 없었단 말이죠……."

들쥐의 목소리는 속삭이는 것처럼 꽤 작았다. 때문에 이예주는 드문드문 몇 가지 단어밖에 듣지 못했다.

말더듬이, 저주, 다리족.

하지만 문장을 모두 다 들어도 좀체 이해하기 어려울 지경인데, 단어 몇 개로 들쥐가 말하는 커다란 비밀을 추측할 수 있을 리 만무했다. 그녀의 해석이 채 따라가기도 전에 놈이 속사포처럼 말을 쏟아 냈다.

"하여간에 저주를 내린 신인류와 관련 있는 것만은 확실합니다, 찍찍. 안 그래도 제게 그 신인류를 찾아 달라고 매번 떼를 쓰는 바람에 골이 아팠지요. 에…… 몇십 년 전에 마을 족장의 혀를 뽑고 저주를 내린 것이 마지막으로 남은 어린 황조롱이였나? 기억이 잘……."

"저주는 무슨 저주! 난 그런 이상한 저주 따위 내린 적 없어여! 그럴 힘도 없구여! 그리고 그게 무슨 저주야!"

조롱이가 펄쩍 뛰며 들쥐의 말을 부인하는 것이 들려왔다.

이예주는 조롱이의 저주 소리에 불현듯 기억 하나가 떠올랐다. 거리 한복판을 지나가는 상여를 발견했을 때였다. 검은 상복을 입은 인간들이 그녀의 앞을 지나가며 의미심장한 대화를 나눴었다.

—무서운 신인류의 저주 때문에 족장님은 말더듬이 병신을 아들로 두게 되었잖아요. 게다가 그 아들마저 매일같이 술과 검은 안개나 빨아 대는 망나니인데, 신인류와의 전쟁 이후로 평생을 저택에 갇혀서 일만 하다 죽은 우리 족장님이 얼마나 불쌍해요?

그럼 그들이 말했던 '무서운 신인류'라는 것이 조롱이를 두고 한 이야기란 말인가?

이예주는 왜 자리를 박차고 나왔을까 후회가 되었다. 자신이 있을 땐 끔찍하고 진절머리 나는 말들만 지껄이다가 왜 자리를 뜨자마자 저렇게 알 만하고 호기심 이는 이야기를 주고받는 건지 분통이 터질 지경이었다. 조롱이에 대해 조금이라도 알 수 있는 기회인데.

그러나 최대한 느리게 걸었음에도 그녀의 몸은 이미 계단 앞에 도착해 있었다. 더 이상 지체했다가는 그들의 말을 엿듣고 있는 사실을 들킬 위험이 컸다.

그녀가 떼어지지 않는 발바닥을 억지로 떼어 계단 위로 턱 올렸다. 어느덧 말소리를 줄인 건지 들쥐의 목소리가 잘 들리지 않았다. 계단에서도 최대한 시간을 끌어 볼 요량이었던 이예주는 성질이 났다.

결국 그녀는 조롱이에 대한 비밀을 조금이라도 엿들어 보려는 마음을 깔끔히 포기하고 쿵쾅거리며 마구 계단을 밟아 위층으로 올라갔다.

이예주가 완전히 사라진 뒤, 들쥐의 비열한 목소리가 주점 안에 공허하게 울려 퍼졌다.

"하지만 인간들 사이에서는 네가 이미 전설이 되고도 남았는걸,

찍찍! 넌 주인님을 쫓아다니느라 몰랐겠지만, 네 덕에 혀를 잃은 마을 족장은 평생을 저택에 숨어 살았다. 그놈은 그때 뒈져 버린 쪽이 차라리 나았을 거야! 마을 인간들은 족장 놈이 자신들을 대신해서 일하느라 눈코 뜰 새 없이 바쁜 거라고 알았지만, 사실 그놈은 벙어리가 된 제 모습이 창피해서 밖으로 나올 생각은 쥐똥만큼도 안 했으니까 말이야!"

"……."

"만약 꼴사납게 전쟁에서 포로로 잡은 신인류, 찍! 그것도 막 각성한 애송이에게 혀가 뽑혔다는 소문이 돌면 얼마나 비웃음을 샀을까. 아! 비밀이 하나 또 있었지, 참! 넌 마을 족장의 처남이나 마찬가지 아닌가? 찍찍, 누이의 복수를 위해 대대손손 저주를 내리는 신인류라니! 이 얼마나 무서운 일이란 말인가! 너 제법이야, 엘로!"

들쥐의 빈정거림에 엘로는 답하지 않았다. 놈은 다시 한번 어린 황조롱이를 치켜세우며 낄낄 웃어 댔다.

2층은 예상했던 것처럼 복도를 가운데에 두고 일정한 간격으로 양쪽에 방문이 늘어서 있는 객실 층이었다. 마담 페니의 가게처럼 화려하지는 않았지만, 깔끔한 카펫과 먼지 하나 없는 복도의 모습이 그레이 부부의 성실한 성격을 알려 주는 것 같았다.

복도를 타고 쭉 시선을 돌리니, 그 끝에 휴게실로 추정되는 발코니가 보였다. 어느새 해가 질 무렵인지, 발코니 난간 너머 하늘이 불그죽죽한 노을로 물들어 있었다.

그곳에서부터 이예주가 있는 정반대 끝까지 바람이 솔솔 불어와

머리카락을 쓸어 넘겼다. 해안 주변의 마을이라 그런지, 바람 냄새
에 은근한 짠 내가 섞여 있었다.

"올라가자마자 제일 첫 번째 방에 있으라고 했지?"

계단에서 가장 가까운 방문을 발견한 이예주는 잠시 방문과 발코
니를 번갈아 보다가, 이내 길게 고민하지 않고 복도를 가로질러 발
코니 쪽으로 걷기 시작했다. 짤그랑짤그랑. 그녀의 손목에 매달린
주인 잃은 사슬이 바닥을 질질 쓸며 작은 소리를 내었다.

발코니로 완전히 나오니, 답답했던 시야가 확 트이는 것 같았다.

"……그냥 거리네."

내심 바다 정경이 보이지 않을까 기대했던 이예주는 그저 2층보다
낮은 건물들과 마을 거리밖에 보이는 것이 없자, 실망스러운 표정을
지었다. 바다까지 보기 위해서는 더 위로 올라가야 하는 것인가.

이곳에 오자마자 그렇게 짠 바닷물을 집어 먹고도 바다가 보고 싶
은 생각이 들다니. 저도 참 답 없는 인간이라고 되뇌며 그녀는 난간
에 몸을 기댔다.

아래를 내려다보니 어느덧 길거리가 어둑어둑해져 있었다. 거리
위로 사람들이 종종걸음을 하며 집으로 돌아가는 것이 보였다. 하루
일과를 마치고 집에 가는 거겠지. 이런 거 보면 그냥 어디 한적한 시
골 동네 같은데.

붉은 노을 아래 바삐 걸어가는 사람들을 가만히 바라보고 있자니,
이곳으로 '문'을 타고 건너오기 전에 정처 없이 번화가를 걸었던 것
이 생각났다.

과거에도 미래에도 자신은 아무것도 변한 것이 없었다. 다들 정확
한 목적을 가지고 어딘가로 향해 걸어가고 있는데, 자신만이 갈 곳
도, 가고 싶은 곳도 없이 헤매는 것 같았다.

"하……."

이예주는 우울한 얼굴로 한숨을 내쉬었다. 어쩌다가 인생이 이 모양이 됐을까? 그래도 나름 죽기 직전에 위험에서 탈출하는 능력도 있건만. 용암에 타 죽을 위험을 피해 죽지도 않고 잘 살아 있는데 왜 이렇게 행복하지가 않지.

'문'을 건너 숲에 떨어진 후로 이예주는 자신이 폭풍 속에서 헤매고 있다는 생각을 떨칠 수가 없었다.

시간족이니 뭐니, 이상한 인간들. 신인류라는 이름하에 인간의 모습으로 변신하는 동물들. 그리고 오래전에 인간들에게 검은 안개를 빼앗기고 잠들었다가 인간을 박멸시키기 위해 깨어났다는 시뻘건 미친놈.

"……람."

그녀가 속삭이듯 중얼거렸다. 인간들만 보면 눈이 시뻘겋게 변해서 살기등등해지는 남자. 신인류를 안타깝게 여기고 인간을 증오하는 남자.

처음 만났을 때부터 자신을 죽이려 들었던 남자이지만, 어쩌면 자신이 지금껏 살아 있을 수 있는 것은 다 그 때문일지도 모른다. 그와 만나지 않았더라면. 그의 흥미를 끌어 계약을 하지 않았더라면. 그래서 그를 좇아 여기까지 오지 않았더라면 자신이 이런 곳에서 견딜 수나 있었을까?

그녀가 귀찮더라도 버리지 않고 여기까지 데리고 와 주었고─비록 계약 사항이지만─ 굶어 죽지 않게 먹을 것도 가끔 던져 주고, 또 당과도 사 주고, 아까 그레이 부인 앞에서는 자신을 지켜 주기도 했다.

하나하나 따지고 보면 고마운 사람이다. 정말 고마운 사람인데…… 왜 이렇게 밉지? 왜 자꾸 이렇게 원망스러운 마음이 드는 걸까.

그레이 부부가 자신에게 부당한 대우를 해도 그는 화내지 않았다. 들쥐가 인간 계집 따위라고 무시하여 결국 자리에서 일어날 때도 딱히 잡지 않았다. 붉은 개가 자신에게 했던 망할 짓거리 얘기를 들어도 그 요망한 것이 인간에게 크게 상처를 받아 그런 것이라며 달래기만 할 뿐, 다른 태도를 취하지는 않았다.

그는 그럴 수밖에 없는 거라고 애써 웃어넘기려고 했다. 자신은 인간이고 그들은 신인류니까. 안 지 이제 몇 달 된 인간보다는 직접 힘을 부여한 신인류들에게 더 정이 갈 테니까. 자신은 보기만 해도 눈깔이 시뻘게지는 인간이니까. 맞아, 그는 인간을 증오하는 검은 파편인지 뭔지니까.

근데 붉은 노을을 보면서 시뻘건 눈의 남자를 떠올리자니 왜 자꾸, 왜 자꾸⋯⋯.

"⋯⋯미워."

이예주가 저도 모르게 중얼거렸다. 그녀는 눈이 자꾸만 시큰시큰하고 가슴 한쪽이 따끔따끔 아파 오는 것을 무시하려고 노력했다. 그러나 짤그랑, 조금의 움직임으로도 시끄러운 소리를 자아내는 사슬에 의해 그 노력은 금방 허물어졌다. 그늘이 드리워져 있던 얼굴이 울컥 일그러졌다.

"아오, 짜증 나!"

당과도, 반찬도, 다정함도 다 필요 없다. 이렇게 개처럼 사슬에 꽁꽁 묶어 놓는 놈 따위, 좋게 생각해서 뭐 해? 진짜 개인 붉은 개도 이렇게 개처럼 묶어 놓지 않더만!

이예주는 순식간에 분노가 치솟아서 오른쪽 손목을 감싼 수갑을 난간 위로 두어 번 캉캉 내리쳤다. 그렇다고 단단한 쇠 수갑이 덜컥 벗겨지거나 부서지는 것은 아니었다. 순전히 분풀이였다.

결국 제 손목만 시큰하게 아려 오자 그녀는 소득 없는 행위는 그만두고 다시 힘없이 난간에 몸을 기댔다. 어느덧 노을도 지고 주위에 어둑어둑한 땅거미가 내려앉았다.

그때, 이예주가 있는 건물 바로 앞 가게에서 주인이 나와 차광막 양쪽에 등불을 걸었다. 그러고 보니 이곳은 전기를 쓰지 않았다. 미래가 전기를 안 쓰는 세상으로 퇴보되었다니. 2017년의 현대인들은 상상도 못할 일임이 분명했다.

바람에 흔들거리는 두 개의 등불을 바라보자니, 자신이 지금 완전히 다른 세상으로 왔다는 괴리감이 더욱더 피부에 와닿는 것 같았다. 이예주의 얼굴이 다시금 우울함으로 뒤덮였다.

가로등이 없어서 그런지 거리를 지나가는 사람이 이제는 거의 없었다. 그녀는 다시 한번 땅이 꺼져라 한숨을 푹 내쉬며 머리를 싸매고 고뇌했다.

"이제 어쩌니, 예주야."

답은 과거로 돌아가는 방법뿐인데. 그 해답을 알 만한 자식은 밑에서 제 볼일만 보고 있고. 이젠 어쩔까.

아무리 머리를 굴려도 딱히 좋은 생각이 나지 않았다. 속이 타는 답답함만 늘어나던 찰나였다. 멀리 떨어진 곳에서 하얀 전등 같은 것을 무더기로 든 채 거리를 총총 걷고 있는 남자가 눈에 들어온 것은.

주위가 꽤 어두워진 상태였기에 홀로 빛나는 물건을 가득 들고 있는 남자는 거리에서 단연 돋보였다. 그는 아까 당과 가게 앞에서 보았던 사람들처럼 검은색 상복을 입고 있었다.

남자는 점점 가까워졌다. 방향을 꺾지 않는다면 그녀가 있는 그레이의 주점 건물을 지나칠 것 같았다. 문득 그가 들고 있는 빛나는 물건을 확인한 이예주는 눈을 휘둥그레 떴다.

"헐, 꽃에서 빛이 나잖아?"

남자가 들고 있는 것은 하얀 전등처럼 스스로 발광하고 있는 꽃다발이었다. 그녀는 제가 잘못 본 게 아닌가 싶어 눈을 비비고 다시 한번 바라보았다. 헛것이 아니었다. 백열전구처럼 동그란 모양의 꽃봉오리들이 하얗게 빛나며 남자의 품에서 살랑살랑 머리를 흔들었다.

그 모양새가 낯설지 않았다. 어디서 많이 본 것 같더라니 아까 상여에 쌓여 있던, 꽃이었다. 그때도 전구같이 생겼다고 생각했었는데, 진짜 전구처럼 빛이 나자 이예주는 자신이 무슨 별나라에 온 것만 같은 기분이 들었다.

어느새 꽃을 든 남자가 그녀의 바로 아래를 지나가고 있었다. 그녀는 조금 더 자세히 보기 위해 난간 밖으로 상체를 쭉 빼고 아래를 내려다보았다. 은방울꽃과 비슷한 외양이었으나 그보다 크기가 훨씬 더 큰 꽃들이 남자의 품에서 어두운 거리를 환하게 빛냈다.

아무리 보아도 요상하고 기이한 꽃임이 틀림없었다. 반딧불이도 아니고, 자체적으로 빛을 낼 수 있는 꽃이 있었나? 동물에 관해서는 조금 자신이 있었지만, 식물에 관해선 완전히 문외한인 이예주는 반짝반짝 빛나는 꽃에서 쉬이 눈을 떼지 못하고 중얼거렸다.

"무슨 꽃에서 빛이 다 나? 신기하네. 예쁘다."

그때, 걸어가던 남자가 갑작스럽게 고개를 훅 쳐들었다. 이예주를 발견한 그의 두 눈이 튀어나올 것처럼 댕그래졌다.

"저, 저, 저 말씀인가요?"

남자가 과하게 말을 더듬으며 물었다. 간신히 사춘기를 넘은 고등학생처럼 앳되어 보이는 얼굴이었다. 주근깨가 점점이 박힌 얼굴, 왜소한 몸보다 훨씬 큰 검은색의 상복이 꼭 맞지 않은 아빠 양복을 주워 입은 것처럼 어색했다.

생각 없이 중얼거린 말에 당사자가 과도하게 반응하니 이예주는 약간 민망해졌다. 그녀는 멋쩍게 웃으며 손가락으로 꽃을 가리켰다.

"아…… 아니요. 그쪽이 들고 있는 꽃이요."

"이, 이, 이거요?"

남자가 들고 있던 꽃을 그녀 쪽으로 높이 쳐들었다. 훅 하고 시큼한 풀 냄새가 밀려오자 반사적으로 눈살을 찌푸린 이예주는, 곧 눈앞이 환히 빛나는 오밀조밀한 꽃으로 가득 차자 저도 모르게 표정을 풀고 웃었다.

둥그렇게 오므려져 아래를 향해 고개를 떨어뜨리고 있는 꽃송이 안에 빛 덩이 한 줌이 몸을 웅크리고 있었다. 가까이에서 보니 약간 노란색을 띠는 빛이었으나, 꽃 외겹이 하얘 멀리서 볼 땐 백열전구가 빛나는 것처럼 보였다.

특이한 꽃을 흥미진진한 눈으로 바라보며 이예주가 조금 늦게 답했다.

"네. 빛나는 꽃은 처음 봐요. 진짜 신기하네."

"레, 레이디는 외, 외지에서 오신 분인가요?"

"뭐…… 그렇다고 볼 수 있겠네요."

정확히는 외지가 아니라 1000년 전 과거에서 온 것이지만. 외지가 틀린 말은 아니었으나 미래의 인간을 앞에 두고 이야기를 나누자니 왠지 기분이 묘해졌다. 그러고 보면 1000년 후로 넘어와서 정상적으로 대화가 가능한 인간을 만난 건 일리야 이후로 처음이었다.

"이 꽃은 이름이 뭐예요?"

이예주의 입에서 자연스럽게 다음 대화를 잇는 질문이 튀어나왔다. 말은 좀 더듬지만 이런 멀쩡한 인간이 아예 없는 건 아니었구나! 지금까지 하나같이 끔찍스럽기 짝이 없는 인간들만 만나 왔던 탓에 그녀는 오랜만에 해 보는 사람다운 대화에 감정이 고양되는 것을 느꼈다.

이예주가 보이는 관심에 남자 또한 신이 났는지 버벅거리는 말로 꽃에 대해 설명해 주기 시작했다.

"이, 이, 이건 뤼미에르예요. 아, 아직 개화 전이라서 뤼미에르라고 불러요. 뤼, 뤼미에르는 개화하기 전에 바, 밤에만 빛나는 꽃이에요. 개, 개, 개화하면 빛이 나지 않기 때문에 비, 빛무리 꽃이라고 따로 이름이 있거든요."

"뤼미에르?"

"네, 네! 고, 고, 고대인들의 언어로 빛이라는 뜻이래요!"

뤼미에르, 빛. 종종 RPG게임이나 판타지 영화 같은 데서 보고 들은 듯한 단어였다. 고대인이란 남자의 말에 이예주는 푸흡 하고 웃음이 터져 나왔다. 하긴 3000년대에서 2017년을 판단하자면 까마득한 고대지.

"왜, 왜, 왜 웃으세요?"

남자가 이예주의 웃음에 화들짝 놀라 물었다. 그 탓에 환하게 빛나는 꽃들이 그의 품에서 어지러이 흔들렸다. 그녀는 웃음기 어린 얼굴을 애써 지우며 답했다.

"아니요. 그냥, 이름도 예쁜 것 같아서요."

"그, 그, 그렇죠? 마, 마을에는 기름이 부족해서 뤼미에르를 드, 드, 등불 대신 쓰기도 해요. 드, 등불은 부, 불이 날 수도 있어서 저, 저택에서는 잘 안 사용하거든요."

저택이라는 말에 이예주는 왠지 기시감이 들었다. 남자의 말에 건너편 가게의 차광막에 달려 있는 등불을 흘겨보며 잠시 갸우뚱하던 그녀는 이어서 조잘대는 남자의 말에 기시감을 금방 잊어버렸다.

"비, 비, 비싸서 구하기 힘들지만, 조, 좋은 꽃이에요."

"그러게요. 양초 대신 쓰이는 것도 편리하고요. 냄새만 좀 더 좋았으면 완벽했을 텐데."

"내, 내, 냄새는 좀 지독하죠? 헤, 헤헤."

남자가 그녀를 따라 고개를 끄덕이며 순박하게 웃었다. 처음 만난 남자이지만, 대화가 잘 통했다. 이예주는 순진한 그의 모습에 점차 거부감이 사라지고 대화에 몰입했다.

"뤼, 뤼, 뤼미에르에는 고, 고대에서부터 내려오는 저, 전설도 하나 있어요."

"전설이요?"

"네, 네! 세, 세기말 용암 폭발 전의 고대요! 그, 그때는 이, 이런 마을이 아니라, 커, 커, 커다란 대륙과 그 위를 통치하는 와, 왕국이 있었대요."

"세기말 용암 폭발 전에 왕국이 있었다고요?"

이예주는 잠시 어이가 없어서 헛웃음을 지었다. 왕국은 무슨, 1000년 전에는 미래인 지금보다 더 발달한 문명과 그로 인해 극도로 치열한 삶을 살아가는 현대인들밖에 없었다.

그녀는 남자에게 그런 건 다 거짓말이라고 말해 주고 싶었지만, 꿈을 꾸는 듯한 눈동자로 꽃을 내려다보고 있는 그의 환상을 깨고 싶진 않았기에 도로 입을 다물었다.

"그, 그, 왕국에는 하나뿐인 고, 공주가 살고 있었어요. 그, 그렇지만 아름다운 공주는 나, 나쁜 검은 파편에 의해 저주에 걸려 버렸어요. 빛을 보면 오, 온몸이 타 들어가는 무, 무시무시한 병이 생기는 저주요! 레, 레이디도 아시죠? 그, 그, 괴물 같은 거, 검은 파편 이야기요⋯⋯!"

괴물 소리에 이예주는 얼굴을 찌푸렸다. 그러나 그런 그녀의 표정을 잘못 해석한 건지, 말더듬이 남자는 계속해서 전설 나부랭이를 이어 말했다.

"비, 비, 빛을 보지 못한 공주는 시름시름 앓으며 주, 죽어 가기 시작했어요. 그런데 그, 그런 공주를 사랑했던 하, 한 기사가 있었어요. 그 기사는 주, 죽어 가는 공주에게 다, 다시 햇빛을 보여 주려고 마, 마음먹었지요. 고, 공주를 살리기 위해서는 저, 저주를 내린 검은 파편을 죽이거나, 아, 아니면 거, 검은 파편이 가지고 있는 세, 세상에서 하나뿐인 빛을 담는 꽃에 빛을 담아 고, 공주에게 바쳐야 했어요. 기, 기사는 거, 검은 파편을 죽이러 머, 먼 길을 떠났어요."

"빛을 담는 꽃?"

이예주가 뤼미에르를 내려다보며 멍하니 중얼거렸다. 말더듬이 남자가 격하게 고개를 끄덕였다.

"네, 네! 비, 빛을 담는 꽃이요! 그, 그치만 거, 검은 파편은 죽이기엔 너무 가, 강했어요. 아, 안타깝게도 기사는 거, 검은 파편을 죽이지는 못했어요. 하지만 치, 치열한 전투 끝에 거, 검은 파편에게서 비, 빛을 담는 꽃을 빼, 빼앗을 수 있었어요. 기, 기, 기사는 다친 몸을 이끌고 다, 다시 왕국으로 돌아왔어요. 기, 기사가 공주의 성에 도착했을 때는 해, 해가 없는 밤이었지요. 자, 자신을 마중 나온 고, 공주의 앞까지 도착한 기사는 피를 너무 많이 흘려서 하, 한쪽 무릎을 꿇은 채 주, 주저앉았어요. 기, 기사는 넘어지지 않게 부러진 칼을 바, 바닥에 꽂고 모, 몸을 지탱했어요. 그, 그런데 고, 공주에게 비, 빛을 담은 꽃을 바치려고 보니 너, 너무 한밤중이라 빛이라곤 다, 달빛밖에 없었어요! 고, 공주는 절망했어요. 그, 그래서 다시 성 안으로 들어가려고 했죠."

"……."

"기, 기사는 소중히 품에 담아 왔던 꽃을 꺼내 공주에게 주려고 했지만, 너, 너무 지친 나머지 몸을 일으킬 수 없었어요. 머, 멀어지는 공주를 잡기 위해 기, 기사는 계속 일어나려고 했지만 계, 계속, 계속 넘어졌고 겨, 결국 다시는 일어날 수 없게 되었어요. 기, 기사의 몸이, 따, 땅에 박혀 있던 칼을 쓰러뜨리며 넘어졌어요. 그, 그런데 땅에 떨어진 칼에 반사된 달빛이 쓰, 쓰러진 기사의 손에 있던 꽃에 닿았어요. 비, 빛을 담는 꽃이 화, 환하게 빛이 났고, 뒤, 뒤늦게 그것을 발견한 공주는 벼, 병이 나아 행복하게 살았답니다."

그래서 그 빛을 담아 공주를 살린 꽃이 이 뤼미에르라고?

이예주는 남자의 품에서 환하게 빛나고 있는 꽃과 그것을 바라보며 바보같이 웃고 있는 그를 내려다보곤 다시금 피식 웃음을 터뜨렸다. 이런 전설은 누가 짓는 건지, 참. 어린애들이 빠져들기 딱 좋은 이야기였다.

왕국도, 공주도, 기사도 없는 세기말 용암 폭발 이전 시대에서 살던 자신한테는 어처구니없는 전설이었지만, 말더듬이 남자의 이야기는 나쁘지 않았다.

어느새 완전히 그늘이 사라진 편안한 얼굴로 이예주가 뤼미에르의 전설에 대한 감상을 내렸다.

"완전 비극적인데요?"

"예, 예? 비, 비, 비극이요?"

"기사는 결국 죽었잖아요? 공주한테 꽃만 바치고요. 바보네, 바보."

"그, 그건 그렇지만……."

혼자만의 로맨스에 푹 젖어 있던 말더듬이가 그녀의 신랄한 비판에 시무룩한 얼굴을 했다.

"고, 공주님은 병이 낫고 해, 행복하게 살았으니까요."

"어쨌든 전설 들려줘서 고마워요. 우울했는데 그쪽 덕분에 좀 나아진 것 같아요. 꽃도 예쁘고요."

이예주가 진심을 담아 남자에게 고맙다는 소리를 건넸다. 그러자 오히려 남자가 되레 펄쩍 뛰며 허공을 향해 두 손을 마구 휘저어 댔다.

"아, 아니에요! 이, 이렇게 제, 제 얘기를 들어 주셔서 오히려 제가 더 고, 고마워요, 레이디! 사, 사실 저는 마, 말더듬이 병신이라서 아, 아무도 저와 말하려고 들지 않거든요. 노, 노, 놀리기만 하고……."

말더듬이 병신이라니. 이예주는 문득 아래층에 있는 들쥐가 죽은 족장의 아들을 신랄하게 욕하던 것이 떠올라 눈살을 찌푸렸다. 죽은 족장이 신인류의 저주에 걸려 대대손손 말을 더듬는다고 했나? 가만, 그러고 보니 이 남자도 말을 더듬고 있잖아. 게다가 족장의 장례 때 사람들이 입고 있던 검은 상복도 입었고.

그녀는 새삼스러운 눈초리로 말더듬이 남자를 훑어보았다. 그는 순진한 눈동자로 2층에 있는 이예주를 고개가 빠져라 올려다보고 있었다. 그녀가 위에서 내려다보고 있어서 그렇지, 남자가 있는 지상에서 그를 보았다면 멍청해 보이는 모습일 것이 분명했다.

혹시나 족장의 아들과 관련이 있는 사람일까 가늠하던 이예주는 곧바로 깔끔하게 그 생각을 접었다. 들쥐의 말을 토대로 들어 보면, 죽은 족장의 아들은 신인류들을 매춘과 식용으로 쓰길 원하는 눈족의 요구를 군말 없이 들어줄 정도로 역겹고 끔찍한 인간이었다.

팔족 족장만큼, 어쩌면 그보다 더 혐오스러울지도 모른다. 그런 정신 나간 놈이 이런 순박하기 짝이 없는 청년일 리 없을 것이다. 이예주는 아직도 시무룩한 남자의 표정에 약간의 측은지심이 들었다.

"말 좀 더듬으면 어때요! 못하는 것도 아닌데. 힘내요!"

"예, 예?"

"힘내라고요. 놀리는 놈들이 나쁜 놈들인 거예요."

그럼! 놀리는 놈들이 나쁜 놈들이지! 무당 딸이니, 신들린 년이니, 학창 시절 내내 수도 없이 욕을 들어 왔던 이예주는 괜히 울컥하여 남자에게 파이팅 넘치게 소리 질렀다.

잠시 어벙하게 서 있던 남자의 얼굴이, 그녀의 말을 알아들은 듯 천천히 감격으로 젖어 들어갔다. 붉게 달아오른 눈시울이 그것을 증명해 주었다. 잠시 말을 잇지 못하던 남자가 별안간 품에 안고 있던 뤼미에르들을 이예주를 향해 와락 들어 보였다.

"이, 이거! 이거 레, 레이디 드, 드릴게요!"

"어? 꽃을 준다고요?"

"네, 네!"

남자의 뜬금없는 행동에 당황한 이예주가 얼떨결에 난간 아래까지 올라온 꽃다발을 손을 뻗어 받았다. 아롱아롱 빛을 뿜는 뤼미에르 꽃들이 그녀의 품에 한 아름 안겼다. 비록 지독한 풀 냄새를 풍기는 것들이었지만, 그녀는 예상치 못한 꽃다발 선물에 기분이 좋아졌다. 꽃 선물을 받아 본 적이 언제였던가. 엄마가 죽기 몇 달 전에 치렀던 중학교 졸업식이었던가.

뤼미에르 덕분에 그녀의 주위는 순식간에 환해졌다. 자체적으로 빛나는 기이한 꽃을 받아서 기쁘긴 한데, 이 남자는 어째서 이런 귀한 것을 자신한테 덥석 넘기는 걸까.

"이거 저한테 줘도 돼요? 비싼 거라면서요? 굳이 줄 것까지는……."

"레, 레이디 귀에 꽂으면 예, 예, 예쁠 것 같아요!"

이예주가 우려의 말을 채 꺼내기도 전에 말더듬이 남자가 적극적으로 자신의 의견을 관철했다. 귀에 꽂으라고? 꽃을 준 것보다 더 황당한 제안이었다.

그러나 오랜만에 꽃 선물을, 그것도 나름 남자한테서 받아서 그런 것일까. 이예주는 생각보다 많이 들뜬 상태였다. 그래서 평소라면 절대 하지 않을 일을 하며 남자의 장단에 어울려 주었다.

들고 있는 꽃다발 중에서 줄기 하나를 쑤욱 빼낸 그녀가 한 손으로 그것을 귀 뒤에 꽂으며 남자에게 물었다.

"이, 이렇게요? 괜찮아요?"

꽃에서 나온 빛이 너무 환해서 눈이 따가웠다. 눈을 찡그리는 못난 얼굴을 하고 있음이 분명한데도, 남자는 그녀의 행동에 황홀한 표정을 지으며 환호했다.

"너, 너, 너무 예뻐요. 비, 빛의 여신 같아요! 계, 계속 그렇게 꽂고 다니면 조, 조, 좋겠어요."

"예쁘다니 빈말이라도 고맙네요."

자식, 예쁜 건 알아 가지고. 빛의 여신이라는 말에 내심 기분이 좋아진 이예주는 남자를 샐쭉 흘기면서도 입꼬리를 들고 실실 웃었다. 그런 그녀의 행동에 용기를 낸 남자가 말을 더듬으며 대담한 질문을 던졌다.

"저, 저기 레이디는 여, 여기 계속 묵으시는 거예요?"

"당분간은 여기 묵을 것 같은데. 잘 모르겠어요."

"그, 그, 그럼 어, 언제 떠나시는 거예요? 아, 아 참! 시, 실례지만 레, 레이디의 이름을 여쭤 봐도 될까요? 제, 제 이름은 제드예요."

"아, 제드."

남자와 어울리는 이름이라고 생각하며 이예주가 그의 이름을 의미 없이 한 번 따라 불러 보았다. 그러고선 어깨를 한 번 으쓱하는 걸로 그의 물음에 대답했다. 안타깝게도 그녀는 언제까지 동쪽 대륙에 계속 체류할지, 또 언제 떠나게 될지, 자신의 일정에 대해 아는 바가 전혀 없었기 때문이다.

람이 멈추자면 멈추는 것이고, 가자면 가는 것이 일정의 전부였다. 돌이켜 보자니 정말 미친 강행군이 따로 없었다.

"글쎄요. 언제 떠날지도 잘 모르겠네요. 사실 여기 마을은 오고 싶어서 온 게 아니라 어떤 미친놈이 끌고 와서 오게 된 것이거든요."

이예주가 금세 배배 꼬인 심정으로 무거운 쇳덩이를 단 오른쪽 손목을 제드에게 흔들어 보였다. 짤랑짤랑, 수갑에 연결된 사슬이 공중에서 춤을 추며 소리를 내었다. 그 모습을 바라보던 제드가 '히익' 하고 날카로운 숨을 집어삼켰다.

솔직히 한 번 보고 말 사이라 생각했기에 개인적인 질문에도 대충 답을 했던 그녀는, 사슬을 보여 주면 남자가 자신을 노예로 여기고 그만 제 갈 길을 갈 것이라 예상했다.

하지만 제드는 사슬을 보여 주었음에도 가지 않았다. 그도 모자라 끈질기게 그녀의 일정에 대해 물었다. 예상외의 행동이었다.

"그, 그, 그러면 레, 레이디를 또 어, 언제 뵐 수 있을…… 참, 이, 이름을 아직 안 알려 주셨는데……."

우물쭈물하며 그가 두 번째로 그녀의 이름을 물었다.

꽃 선물도 받았으니 이름쯤이야 가르쳐 줘도 되지 않을까. 어차피 이 마을을 뜨면 다신 안 볼 사람인데. 그렇게 생각한 이예주가 별생각 없이 제 이름을 가르쳐 주기 위해 입을 연 순간이었다.

"제 이름은 이예…… 어억!"

그녀는 제드에게 이름을 가르쳐 주지 못했다. 누군가 그녀의 후드를 거칠게 위로 잡아끌어 목이 턱 막혔기 때문이다.

짧은 비명을 지른 이예주는 꼼짝도 할 수 없었다. '어떤 미친놈이야!' 하고 역정을 내기도 전에, 피처럼 빨간색이 그녀의 온 시야에 점철되었다.

"올라가자마자 제일 첫 번째 방에 얌전히 처박혀 있으라고 분명 말했을 텐데."

남자의 시뻘건 두 눈이 코앞에서 형형하게 번뜩였다.

들쥐랑 얘기하느라 한참 바쁠 인간이 대체 왜 여기에 있는 거야? 이예주는 멍한 얼굴로 그의 동공을 바라보며 생각했다.

그녀가 상황을 이해하기 위해 필사적으로 머리를 굴리는 사이, 남자의 눈동자가 스윽 움직여 난간 너머로 향했다. 인간만 보면 바뀌는 요술 같은 눈동자에 살기가 스멀스멀 돌기 시작했다.

람이 눈동자만큼 붉은 입술을 벌려 무뚝뚝하게 지껄였다.

"이건 내 거다."

개선장군처럼 당당하기 짝이 없는 그 발언에 이예주는 소름이 다 끼쳤다. 그 '이것'은 바로 그녀를 뜻하는 듯, 남자가 틀어쥔 후드를 두어 번 성의 없이 흔들었다. 그 때문에 그녀의 몸도 양옆으로 성의 없이 두어 번 흔들렸다.

살기 어린 시뻘건 눈동자를 온전히 받은 제드가 주춤주춤 뒷걸음질을 치더니 기어이 넘어져 엉덩방아를 찧었다. 새파랗게 질린 애송이 위로 남자의 오만한 명령이 떨어졌다.

"그러니까 꺼져."

—3권에서 계속—

BLACK LABEL CLUB 033
레드 앤 매드 2

초판 인쇄 2018년 3월 12일
초판 발행 2018년 3월 20일

지은이 권겨을
펴낸이 신현호
편집국장 김은주
편집부장 예숙영
편집 김수민
편집디자인 한방울
영업·관리 김민원 이주형 조인희
물류 이순우 최준혁

펴낸곳 ㈜디앤씨미디어
출판등록 2002년 5월 1일 제117-90-51792호
주소 서울시 구로구 디지털로 26길 111 JnK디지털타워 503호
대표전화 (02)333-2513 팩스 (02)333-2514
전자우편 dncbooks@dncmedia.co.kr
디앤씨북스 블로그 http://blog.naver.com/dncbooks
디앤씨북스 로맨스 카페 http://cafe.naver.com/dnc2007

ISBN 979-11-264-4275-1 (04810)
        979-11-264-4273-7 (SET)